Hans-Dieter Lührmann

Asnide

Zehn Geschichten einer Magd unter ihren fremden Herren

Hans-Dieter Lührmann

ASNIDE

Zehn Geschichten einer Magd
unter ihren fremden Herren

TRIGA\VERLAG

Die Deutsche Bibliothek – CIP-Einheitsaufnahme
Lührmann, Hans-Dieter:
Asnide: Zehn Geschichten einer Magd unter ihren fremden
Herren/ Hans-Dieter Lührmann. –
Gelnhausen: TRIGA\VERLAG, 2001
ISBN 3-89774-173-3

1. Auflage 2001
© Copyright TRIGA\VERLAG
Herzbachweg 2, D-63571 Gelnhausen
www.trigaverlag.de
Alle Rechte vorbehalten
Umschlaggestaltung/Satz: Beate Hautsch, Göttingen
Druck: Digital-Druck GmbH, Frensdorf
Printed in Germany
ISBN 3-89774-173-3

Es lässt sich im nachfolgenden Text der Eindruck nicht vermeiden, dass diese Geschichten auf dem Boden der Stadt Essen angesiedelt sind.
Ich selbst würde das allerdings nie behaupten, obwohl es mir manchmal so vorkommt.
Dennoch gebe ich bereitwillig jedem Recht, der sagt: Es war doch alles ganz anders!
Hinwiederum: Oft denke ich, der Ort der Handlung könnte ganz gut die Stadt Essen sein.
Sicher wirft man mir auch vor: Du erzählst wie der kleine Moritz sich die Geschichte der Stadt vorstellt; so naiv ist das. Und dann sage ich: Richtig! Wie die großen Maxen die Geschichte sehen, haben wir lang genug gehört; und das sind wir gründlich leid.

Asnide – Essen,
Habe einen Narr'n an dir gefressen
und an deinen Interessen
mich berauscht und vollgefressen.
Bin nur noch darauf versessen,
deine Interessen
zu ermessen.
Seh' indessen,
wie vermessen
Interessen
zu ermessen.
Denn ich frag' mich: Wessen
Interessen,
Essen?

Inhalt

12 Die Palisadenburg am Hellweg

Asnide I ist eine Leibeigene, die durch den Vorstoß der fränkischen Großmacht (um 735, als es noch keine Dokumente über Essen gibt) aus dem Dunkel ihres Dorfes gerissen und zerbrochen wird.

22 Irrungen und Wirrungen im Damenstift

Asnide II ist eine junge Frau aus niederem Adel, die von der entstehenden Ordnung des deutschen Reiches während der Blütezeit des Stifts (um 1000) zerrieben wird.

40 Die Burg auf dem Bramberg

Asnide III ist eine Bäurin, die zwischen die Mahlsteine der Großen gerät, als während des 13. Jh im Westen Deutschlands größere Landesherrschaften entstehen (Erzbischof von Köln-Grafen von Berg und Mark).

72 Das Fest in der Schmiede

Asnide IV ist eines Büchsenschmieds Tochter, die trotz gegebener Chance (im 15. Jh. gewinnt die Gewehrproduktion der Stadt Weltruf) den Sprung nach oben nicht schafft.

107 Die Zwillinge

Asnide V ist ein verwaistes Zwillingspaar, das während des 30-jährigen Krieges (in Essen 32 Jahre) und später die Streitigkeiten aller Beteiligten ausbaden muss.

145 Die Bergmannstochter

Asnide VI ist eine Bergmannstochter (um 1860), die durch ein Unglück auf der Zeche um ihre Liebe betrogen wird.

181 Nach dem großen Krieg

Asnide VII ist eine ›höhere Tochter‹, die taten- und machtlos zusehen muss, wie ihr Leben in den Wirren nach dem I. Weltkrieg zerrieben wird.

224 Die Jüdin

Asnide VIII ist eine Jüdin während des Dritten Reiches und als solche zum Untergang verurteilt.

255 Die begabte Tochter

Asnide IX ist ein begabtes junges Mädchen, das trotz bester Voraussetzungen während des anhebenden Wirtschaftswunders seine Emanzipation und seinen Aufstieg verspielt.

299 Die Verkäuferin

Asnide X ist eine Verkäuferin, die im (Verkehrs-)Chaos der Großstadt untergeht.

310 Epilog

I

Wenn ich die Gladbecker Straße entlangbummle ... ich gebe zu, es ist keine schöne Gegend, eigentlich lohnt es sich nicht, dort spazieren zu gehen. Ich tu es trotzdem gelegentlich! Vielleicht weil hier ungefähr alles angefangen hat, was ich erzählen will, obwohl rein gar nichts mehr davon zu sehen ist. Andernorts sind wenigstens Ruinen erhalten geblieben oder doch Grundmauern, archäologische Reste gefunden worden. Aber hier ...?
Wenn ich also die Gladbecker Straße entlangbummle und mich Ecke Krablerstraße die Lust auf ein Glas Bier überfällt, ich dann schließlich an der Theke stehe und die ehemaligen Kumpel von den Tauben reden höre, dann überfällt es mich jedes Mal: Ja, hier ungefähr könnte das alte Dorf gestanden haben, in dem die Geschichte spielt, die ich erzählen will. Irgendwo zwischen dem Unionschen Feld und der Wildpferdehut muss es ja gelegen haben. Aber wenn ich dann die Fans von Rot-Weiß mit eingerollten Fahnen von der Hafenstraße kommen sehe – verloren, abgestiegen – dann denk ich, es muss doch weiter westlich gestanden haben. Und dann wieder, wenn ich ihnen – montags etwa – am Tor von Emil-Emscher begegne, müde, geschunden, nicht einmal von der Arbeit, nur so ..., dann meine ich, es müsse weiter nördlich gelegen haben.
Ach, überall könnte es gewesen sein!
Frag ich aber einen, wo er denn meint, dass es gewesen sei, guckt er mich nur dumm an, als wenn ich irre wäre.
Keiner, der sich an meine Geschichte erinnern will!
Nun ja, woher sollen sie das auch wissen? Es ist alles schon so lange her und zu sehen ist, wie gesagt, rein gar nichts mehr von damals.
Doch wenn ich sie ansehe, denke ich, sie könnten, ja sie müssten eigentlich dabei gewesen sein.
Andere sagen auch: Das hat es alles nie gegeben. Die Burg am Hellweg ist nur der Phantasie lokalpatriotischer Archäologen entsprungen. Aber Menschen – die haben hier doch gelebt. Und das Dorf, die Höfe hat es auch gegeben.
Ist aber auch egal! Nehmen wir an, es sei an der Bäuminghausstraße gewesen. Ich jedenfalls tu das einfach mal.

Die Palisadenburg am Hellweg

Bei fahler Dämmerung aufwachend aus langem Schlaf und dunkler Nacht, erinnert sich die Magd Asnide an ihre Geschichte.
Auf schäbiger Matte unter Wildpferde-Wiehern langsam wach werdend für einen neuen Morgen einer neuen Zeit, fällt es über sie her: Eine Nachricht von Alf, dem Herrn, ist von Asnide zu überbringen an Elmer, seinen Bruder im Dorf am anderen Ende des Bruchs.
Es ist die Rede von Karl.
Wer ist Karl?
Karl will seine Herrschaft ausweiten, Stützpunkte, kleine Burgen am Hellweg bauen. Hoffnung und Freude bei Alf und Elmer!
Aber auch Angst!
Nachricht überbracht – Rückkehr – da geschieht es: Überfall – am Rande des Bruchs – Elmers Knechte! Sie reißen Asnide Hemd und Rock weg – fassen mit rohen Händen nach ihr – kneten ihre Brüste – misshandeln ihren Schoß. Aber kein Schrei kommt aus Asnides Kehle, nur Stöhnen, und nur schwach wehrt sie sich mit Armen und Beinen. Ein Fieber ist über sie gekommen und hat sie gepackt. Schmerz, Schande, Schrecken – aber auch: Wohltat!
Und Erfüllung!
Schließlich gelingt ihr ein Schrei: »Haro, Haro!«
Ach, was soll's – Haro ist weit weg.
Lange muss Asnide herhalten. Dann endlich haben die groben Gesellen genug und geben sie frei. Sie schleicht nach Hause.
Und nun?
Haro, Haro, wo ist Haro?
Asnide gehört Haro. Sie weiß es. Neulich abends hat sie auf der Tenne ein Gespräch zwischen Alf, dem Herrn und Losse, seiner Frau, belauscht:
»Arnulf will Asnide für Haro!« Meckerndes, lüsternes Lachen – erst bei Alf, dann auch bei Losse. Und weiter wie ein auf Beute stoßender Geier: »Was hast du gefordert?«
»Drei Kühe und ein Pferd!«
»Gut!« Noch einmal meckerndes Lachen und dann Stille!

So viel ist Asnide also wert: drei Kühe und ein Pferd! Oder auch: so wenig gilt sie: drei Kühe und ein Pferd! Dafür gehört sie Haro.
Haro? Wer ist das?

Sein Vater, Arnulf, ist Alfs, des Herrn, Bruder und lebt unter Alf mit im Dorf. Er hat es also nicht wie Elmer, der andere Bruder, zu einem eigenen Dorf gebracht, aber immerhin: Arnulf ist des Herrn Bruder und Haro ist sein Sohn. Nicht so stark und mächtig wie Alf und auch nicht wie Wulf, Alfs Sohn. Aber stärker und mächtiger doch als die anderen im Dorf.
Und Asnide wird Haros Frau sein. Frau! Nicht bloß Magd auf schäbiger Matte. Frau!
Alf hat es gesagt. Asnide hat es gehört beim Lauschen auf der Tenne.
Noch ist es nicht so weit. Es kann aber nicht mehr lange dauern. Dann ist sie Haros Frau. Unter Alf und Wulf!
Alf ist der Herr! Und Wulf? Was hat der damit zu tun?
Wulf hat als erster Asnide Rock und Hemd weggerissen, denn Wulf ist stark und mächtig wie Alf. Dazu aber auch schön und zart! Asnide hatte im folgenden Frühjahr ein Kind zur Welt gebracht – aber tot.

Ziehender Nebel – langsam lichtende Dämmerung! Asnide, die Magd, liegt immer noch auf schäbiger Matte in dumpfer Hütte am Rande des großen Bruchs, aber sie wacht auf: stetig und unaufhaltsam.
Wulf ist weit weg. Er ist zwar immer noch im Dorf, jetzt aber mit Frau. Vestalia! Sie stammt aus einem Castell bei Köln. Deshalb auch kein Rock-Wegreißen mehr. Hilte, Altmagd, aber weiß: »Er wird's schon wieder tun!« So wie Alf bei ihr früher auch! Ist das Drohung oder Verheißung?
Asnide, Magd auf schäbiger Matte, immer noch nicht ganz wach trotz weichender Dämmerung, grübelt zwischen Angst und Frohlocken: Ob das immer so ist und überall? Auch in Köln? Oder nur hier im Bruch? Köln ist weit weg. Es muss unvorstellbar groß sein und mächtig und herrlich. Und es rückt näher mit neuen Göttern und neuen Herren.
Auf schäbiger Matte erwachend, ahnt die Magd Asnide erste Wonnen der Herrlichkeit. Lichtstrahlen eines fremden Heils fallen in ihre dumpfe Hütte. Strahlen der Herrlichkeit – Licht – Köln. Und dazu: Getrappel, Gepolter, Befehle! Was ist das?
Der neue Tag!
Aufwachend in einen neuen Tag und eine neue Geschichte, fährt der Schreck Asnide in die Glieder. Asnide muss arbeiten. Dazu ist sie da. Kühe melken, Stube kehren, Grütze rühren.

Aber was ist das? Da sind Stimmen in der Luft, Klirren, Rufen, Pferdegetrappel. Sie fährt hoch, öffnet die Tür, tritt aus der Hütte. Auf dem Platz inmitten des Dorfes sind schon die anderen. Sie kriechen aus den Hütten, wischen sich den Schlaf aus den Augen und starren auf fremde Reiter. Alf und Losse sind da, Wulf, Arnulf, Haro – das ganze Dorf. Am Rande die Reiter: glitzernd und gleißend im ersten Morgenlicht.

Gehen Träume so schnell in Erfüllung? Sind Glanz und Herrlichkeit ins Dorf gekommen? Köln nun nicht mehr weit, sondern ganz nah?

Der Anführer hebt die Stimme: »Im Namen Karls! Wir bauen eine Burg zur Sicherung des Landes. Bollwerk und Schutz soll sie sein gegen alle Feinde. Hier an Hilinki- und Hellweg wollen wir sie bauen, und ihr sollt dabei sein. Im Namen Karls!«

Wer nur immer ist Karl?

Asnide, nun nicht mehr auf schäbiger Matte, aber noch träumend, oder auch: schon wieder träumend, hört die Worte. Herrlichkeit ist zu ihnen ins Bruch vorgedrungen. Glitzernde Reiter – eine Burg wird gebaut – hier. Und Asnide soll dabei sein.

Vorbereitungen werden getroffen, Befehle, Gewimmel, Geschrei – allmählich findet es Gestalt. Der Anführer der Glitzernden übernimmt das Kommando. Sein Finger fährt in die Runde. Du machst mit und du und du und du und Haro und Asnide.

Aber nicht auf allen Gesichtern liegt Glanz. Auch Angst und Wut, Verbissenheit und Trotz! Ja, freuen sie sich denn nicht?

Es geht los. Vorneweg marschieren die Glitzernden und mit ihnen Alf und Wulf. Losse aber und Vestalia sind nicht mit dabei.

Warum eigentlich nicht?

Nur kurz ist der Weg durch Wald und Bruch. Da ist schon der Kreuzpunkt von Hilinki- und Hellweg. Andere sind dort bereits am Werk. Soldaten – und Bauern, Knechte, Mägde, aus Dörfern und Höfen ringsum zusammengetrommelt. Sie fällen Bäume, roden Gestrüpp, ebnen den Boden, bauen die Burg. Haro und Asnide bauen mit. Die übrigen aus ihrem Dorfe auch. Nur Alf und Wulf fassen nicht mit an. Sie haben zusammen mit dem Glitzernden einmal den Platz abgeschritten. Jetzt spricht er zu ihnen. Alf und Wulf nicken. Nicken wie Knechte. Sind aber doch Herren. Nicken – und werden mit einer herrischen Geste entlassen. Sie verschwinden.

Asnide aber und Haro bauen die Burg, fröhlich und voller Hoffnungen, dazwischen jetzt aber auch ein wenig nachdenklich und sor-

genvoll. Warum sind ausgerechnet Alf und Wulf nicht dabei? Und Losse und Vestalia gar nicht erst mitgekommen?
Es wird zügig gearbeitet. Palisaden werden eingerammt, Blockhäuser begonnen, Grund für einen Turm gelegt Ein richtiger Turm wird gebaut – wie in Köln.
Den ganzen Tag über arbeiten sie. Mittags bringen Soldaten einen Kessel mit Suppe. Alles geht flink, denn der Glitzernde befiehlt. Und dann ist Abend. Es wird dunkel. Was nun? Man müsste einen Unterschlupf suchen und auf zwar schäbiger Matte, aber in wohligen Schlaf eintauchen. Doch wo ist in der entstehenden Burg ein Unterschlupf für Asnide, die Magd?
Da sind Schritte in ihrer Nähe. Ist das vielleicht Haro? Nein! Es ist ein Soldat, fett und hämisch lachend. In seinen Augen funkelt es. Asnide kennt dieses Funkeln. Da gellt ihr Schrei über den Platz: »Haro, Haro!«
Und Haro, der Jüngling im grauen Bauernwams, kommt angerannt. Aber mit ihm zwei andere – glitzernde Soldaten.
Haro befiehlt: »Weg da, sie gehört mir!« Asnide will ihm entgegenjauchzen, fällt aber wieder in sich zusammen. Allzu schwach ist, was da von Haros Lippen kommt. Es kann sich nicht messen lassen mit dem, wie die Glitzernden reden. Nicht mal mit Alf und Wulf ist es zu vergleichen. Woher auch? Ist ja nur Haro im grauen Bauernwams!
Der erste Soldat, der Asnide schon gepackt hat, ist auch nur einen kleinen Augenblick verdutzt, solange wie man ›nanu‹ denkt. Dann ist er sich im Klaren und schleudert Haro sein fettes Lachen entgegen; die beiden anderen stimmen mit ein. Da wird Haro zornig, auch in seinen Augen glimmt etwas auf; und dieses Glimmen zündet in Asnide einen Funken Hoffnung an. Ein Schauer rinnt durch ihren Körper, ihr Busen spannt sich Haro entgegen, und der greift an. Er stürzt sich auf den fett Lachenden, wird ihn zu Boden reißen, ihn in die Erde stampfen, die anderen werden fliehen.
Aber nein! Der Dicke hebt nur den Arm, hält mit der anderen Hand noch Asnide fest und fängt Haros Angriff ab. Leicht wirft er ihn, abprallend vom eigenen Schwung, auf den Boden und steht mit geballter Faust da: »Narr, sie ist doch eine Magd!«
Noch einmal ist ein kurzes Aufbegehren in Haros Bewegungen, als er sich erhebt; aber dann sieht er in den Augen der Soldaten, wie sie mit böser Lust auf seinen Angriff warten, um ihn vollends fertigzumachen. Da kneift er die Augen zusammen, zieht den Kopf ein

und geht. Haro geht, und da reißt auch schon einer der Soldaten Asnide den Rock weg.
Es ist eine hässliche, eine grell-schwarze Nacht mit allen Schrecken. Bei beginnender Dämmerung findet Asnide sich wieder – auf nackter Erde, nun nicht einmal mehr auf schäbiger Matte. Ringsum kohlen noch Feuer, und vereinzelt grölen immer noch Soldaten.
Morgen – Grauen!
Es wird hell. Die Sonne geht auf. Strahlend-unberührt und feuriggelb steigt sie über den Horizont, als wenn nicht Nacht über Asnide gekommen und in ihr wäre. Finsterste, grausigste Nacht! Was wird das für ein Tag sein?
Ein Arbeitstag! Palisaden werden weiter eingerammt, der Turm höher gebaut, die Blockhäuser fester gefügt, die Burg wächst.
In Asnide wächst etwas anderes. Ein harter Klumpen füllt ihr Inneres. Kaum, dass daneben noch ein Restchen Hoffnung Platz hat. Asnide kann Haro und Arnulf unter den Arbeitenden nicht finden. Sie sind weg. Wohin? Geflohen? Wen kann sie fragen?
Sie findet Falk, Alfs Großknecht. »Wahrscheinlich ist er zum Vetter Trutman!«
»Beistand holen?« Hoffnungsvoll legt Asnide es ihm in den Mund. Er aber schnaubt nur verächtlich durch die Nase und zuckt die Achseln. Da fällt Asnide wieder zusammen. Ist ja wahr: Gegen diese glitzernden Herren lassen sich schwerlich Beistände gewinnen. Was will er aber dann beim Vetter Trutman?
Falk: »Dort kommt Karl nicht hin!«
Also einfach nur geflohen? Er hat sich in Sicherheit gebracht und Asnide im Stich gelassen. Das also ist Haro! Ja, was soll er denn anders machen? Sicher wird er wiederkommen, sie nicht einfach im Stich lassen. ›Drei Kühe und ein Pferd‹, so viel ist Asnide doch wert! Oder nur so wenig?
Asnide wartet, aber Haro kommt nicht.
Dann wieder Mittag – wieder fette Suppe – dann wieder Arbeit – und dann wieder Abend! Sonnenuntergang! Ein Funke springt auf die Soldaten über, zischt zwischen ihnen hin und her. Kurze Sätze zucken von Mann zu Mann: »Es wird Abend.« »Die Sonne sinkt.« »Bald ist Nacht.« Die Sätze zünden in den Gesichtern, platzen in den Seelen, geben ihr Gift an die Glieder weiter. Die Gebärden werden hart. Asnide sieht es und erschauert. Und Haro kommt nicht! Da packt sie die Wut.
Aufwachend bei Sonnenuntergang fühlt Asnide, Magd, am Rande

des großen Bruchs, die Wut in ihren misshandelten Brüsten und zwischen den Schenkeln. Wut, kalte Wut!
Sie ist nur Magd? Ist das denn nichts?
Sie ist Asnide und soll Haros Frau werden. Welches Hindernis soll denn da noch im Wege stehen? Alf, der Herr, hat zugestimmt. Er hat zwar auch gemein gelacht, aber zugestimmt. Und nun soll das alles nicht mehr gelten?
»Niemand soll mich hindern und im Wege stehen!« Laut schallt es über den Burgplatz. Asnide weiß nicht, dass es aus ihrem eigenen Mund kommt, hört es als fremde Stimme, aber hört es. Heute wird man sie nicht fangen. Sie wird fliehen.
Aber wohin? Zu Alf, der kein Herr mehr ist? Oder zum Vetter Trutman, bei dem Haro sich in Sicherheit gebracht hat?
Immer wacher werdend auf kahlem Platz inmitten der werdenden Burg erkennt Asnide: Da sind Herren von weither gekommen. Von Köln oder noch weiter! Und da haben Alf und Wulf ihre Herrschaft verloren und Arnulf und Haro ihr kleines bisschen erst recht. Haro muss nun dienen und schuften und gehorchen wie ein Knecht – oder fliehen. Für Alf und Wulf reicht es, wenn sie nicken.
Und was bleibt für Asnide? Immer nur Magd und Rock wegreißen, Qual und Wohltat, Kühe, Korn und Kälber, Heu und Herd, Stall und Stube?
Und Köln ist wieder ganz weit. Asnide droht in ihren Schlaf zu versinken. Nein! Die Wut zwischen ihren Schenkeln wächst an. Asnide will nicht immer nur Magd sein, will groß sein, groß werden.
Sie wird fliehen. Nicht fliehen – einfach weggehen! Sie ist doch Asnide: schön und groß und stark! Sie kann Balken tragen wie Knechte. Und ist voller Glut und Zärtlichkeit. Asnide weiß das. Sie weiß es aus den Blicken Alfs und Wulfs, die ihr häufig folgen. Weiß es von den Augen Losses, die dann ganz schmal und von ihren Lippen, die dann ganz hart werden. Weiß es auch durch Vestalias gerunzelte Stirn.
Asnide wird weggehen. Ein kurzer Blick noch – ja, es ist so weit. Die Sonne steht bereits auf dem Horizont. Asnide lässt den Balken von ihrer Schulter gleiten und beginnt zu rennen. Da ist noch eine Lücke in den Palisaden – hindurch – den Hügel hinab – durch die Beeke – in den lichten Buchenwald – dahinter das Bruch. Asnide rennt um ihr Leben. Hinter ihr Stimmen – Geklirr – Geschrei – Warte-wehe-wenn-wir-dich-haben-Rufe.
Sie werden sie nicht fangen. Hier weiß Asnide Bescheid. Besser als

die Verfolger! Wenn sie erst das Bruch erreicht hat, ist sie sicher. Es ist nicht weit, und Asnide ist stark und flink. Sie läuft wie ein Reh. Welcher Soldat sollte sie fangen? Da ist schon das Bruch. Hinein! Sumpfig ist es; aber Asnide weiß einen Weg, kennt trockene Stellen. Kein Soldat kann ihr folgen.
Tief ins Bruch hinein läuft Asnide, Magd, soeben erst auf schäbiger Matte aufgewacht, nun aber schon aus der wachsenden Burg und ihren Palisaden entlaufen.
Und wohin willst du, Asnide?
Zu Haro! Asnide gehört Haro! Für drei Kühe und ein Pferd!
Haro ist aber geflohen, ist gar nicht mehr da. Asnide wird ihn suchen.
Weißt du denn den Weg, Asnide? So wie du die Wege im Bruch kennst?
Alf wird ihn zeigen. Hat er doch selbst gesagt: Drei Kühe und ein Pferd. Das muss gelten.
Also erst einmal zu Alf, dass er ihr den Weg zeigt. Eine Pause gönnt sie sich noch, dann macht sie sich auf den Weg. Inzwischen ist es dunkel. Sie schlägt einen weiten Bogen um das Dorf herum, schleicht durch Büsche und Sträucher. Scheucht in einem Gebüsch ein Rudel Wildpferde auf, das dort Unterschlupf gesucht hat. Laut wiehernd stieben sie davon. Langsam nähert sie sich den ersten Hütten. Bis zu Alfs großem Stall ist sie schon gekommen; da trampelt's aus dem Haus mit Klirren und Glitzern: Soldaten mit Fackeln in den Händen. Alf ist bei ihnen und hebt begütigend die Hände. Hilflosigkeit und zugleich Zorn mit seiner Bewegung verratend. Der Anführer dreht sich noch einmal um: »Du sorgst dafür. Morgen sind alle da, sonst ...« Und Alf schluckt die Drohung mit eifrigem Nicken: »Es wird alles recht sein.« Asnide duckt sich, staunt noch einmal über Alfs nickenden Gehorsam, dann sind die Klirrenden weg. Alf tritt ins Haus zurück, Asnide stürzt hinter ihm her. Auf dem Herd brennt ein Feuer. Losse und Vestalia starren da hinein. Wulf ist nicht zu sehen. Alf will sich gerade am Feuer niederlassen. Als er Asnide sieht, fährt er wieder hoch und stürzt sich auf sie: »Was willst du hier? Warum bist du nicht in der Burg?« Ärger und Unwillen ist in seiner Stimme. Asnide fängt es auf, legt es beiseite: »Ich will nicht mehr. Ich will zu Haro!«
Verdutzt schaut Alf auf Asnide. Sie will nicht, ist Magd und will nicht.
Asnide hat's gesehen: Alf ist verdutzt. Immer wacher, immer freier

wird sie nun. Mit flackernden Augen steht sie trotzend vor Alf: »Ich will zu Haro!«
Und Alf zögert, ist so überrascht, dass er den richtigen Ton nicht findet: den Ton der Herren. Hat ihn wohl durch sein dauerndes Nicken vor den Glitzernden verloren. Nur ein Knurren bringt er zustande: »Haro ist nicht hier!«
Aber das ist zu wenig, um die erwachte, entlaufene, trotzende Asnide beiseite zu schieben: »Sag, wo er ist, zeig mir den Weg!«
Da wacht der verdutzte Alf aus seiner Verwunderung auf. Grob fährt er sie an: »Es geht nicht. Du musst in die Burg – arbeiten.«
»Warum, Alf?«
Soll er ihr antworten? Ein Herr tut das nicht, er befiehlt. Aber Alf ist kein Herr mehr; dann kann er auch antworten. Oder ist es etwas anderes, das ihn antworten lässt?
»Karl ist der Herr. Er sichert das Land gegen die Feinde. Darum baut er hier eine Burg. Ich muss Leute dafür stellen. Wenn sie fertig ist, werde ich Hauptmann in der Burg sein.«
So ist das also: Karl ist Herr und Alf nicht mehr. Aber immerhin noch Hauptmann!
»Und Haro?« Asnide wirft es ihm vor die Füße, und Alf lässt es sich gefallen: »Jetzt nicht, später, vielleicht!« Schläfrig tröpfelt es von seinen Lippen; und ganz leise, fast schon eingeschlafen, schiebt er nach: »Wenn die Burg fertig ist, kann er zurückkehren!«
Wann aber wird das sein?
So also sieht Herrschaft aus. Karl ist der Herr, Alf Hauptmann und für die anderen bleibt nur die Arbeit in der Burg: Balken schleppen, Pfosten setzen, Erde räumen.
Und für Asnide?
Grausige Nächte mit glitzernden Soldaten!
Asnide, aufgewachte und entlaufene Magd, will aber nicht. Sie spürt einen verlockenden Gedanken in ihrem Busen. Alf ist kein Herr mehr? Dann ist er auch ihr Herr nicht mehr! Lustvoll läuft dieser Gedanke durch ihren Körper und findet einen Weg nach draußen: »Ich gehe nicht zurück. Ich gehe zu Haro!«
Asnide, aufgewachte, entlaufene und nun mit flackernden Augen vor Alf auftrumpfende Magd, sagt: Ich! Ich gehe zu Haro!
Steht da mit festen Brüsten, kräftigen Schenkeln und wehendem Haar und schleudert es Alf entgegen: Ich gehe zu Haro.
Doch nur wenige Augenblicke gelingt ihr diese Kraftanstrengung, dann ist es vorbei. Alf wacht auf. Er stürzt auf sie zu, greift sie

an den Armen, reißt sie hin und her, schleudert sie an den Pfosten und herrscht sie an: »Du gehst in die Burg!« Sonst nichts, keine Erklärungen mehr, und Asnide weiß: Es ist vorbei.
Sie geht. Nimmt noch zwei höhnisch-böse Blicke von Losse und Vestalia mit und schleicht hinaus in die Nacht.
Wohin denn nun aber? In ihre Hütte, um wieder einzuschlafen auf schäbiger Matte? Nein! Sie schlürft ins Bruch. Dort wird sie es besser aushalten. Sie sucht sich eine trockene Stelle, wühlt sich ins hohe Gras, liegt dort wie ein Tier und wartet.
Worauf? Auf Haro?
Haro kommt nicht zurück – kann gar nicht kommen.
Haro? – Das ist vorbei.
Der Klumpen in Asnides Magen platzt, eine große Wut quillt daraus hervor und erfüllt Asnide ganz. Sie steht auf, läuft hin und her und her und hin, immer wieder durch das von einem diesigen Mondlicht gespenstisch erhellte Bruch. Sie läuft und läuft. Und wie ihr Laufen ist auch ihre Wut. Sie weiß nicht, wohin damit. Gegen wen soll sie sich denn kehren? Gegen Karl, Alf, Haro, die Soldaten? Alle nicht greifbar für sie.
Nach Stunden erst hat Asnide ihre Wut totgelaufen. Jetzt ist nur noch Müdigkeit in ihr. Sie legt sich hin und schläft ein.
Und Morgen? Morgen wird Asnide in die Burg zurückkehren und arbeiten – Pfosten schleppen, Erde schaufeln, Sträucher roden, Suppe essen. Was sonst? Abends wird sie dann wieder fliehen. Versuchen wird sie es zumindest.
Und warum hält sie nicht an ihrem Entschluss fest, zu Haro zu gehen? Es geht halt nicht. So wie es nicht ging, zu Alf zu gehen und zu sagen: Ich will zu Haro. Irgendwas steht da im Wege, hält auf, hindert. Es ist kein Weg da für die Magd Asnide, der sie zu Haro führt. Sie ist halt nur Magd.
Und ganz tief innen weiß Asnide, dass es nicht mehr Haro ist, auf den sie wartet.
Aber wer ist es dann? Welcher Herr?
Asnide weiß es nicht. Sie liegt im dürren Gras und wartet.
Die Magd Asnide, aufgewacht am frühen Morgen unter Wildpferde-Wiehern, Herrlichkeit schauend beim ersten Morgenlicht, gemartert in grausiger Nacht, entlaufen ins weite Bruch, trotzend vor Alf, ihrem Herrn, nun aber müde geworden, schläft ein in dürrem Gras.

Die kleine Palisadenburg am Hellweg, von Karl Martell errichtet, wird keinerlei Bedeutung für das Land erlangen. Vielleicht hat es sie auch gar nicht gegeben. Dokumente gibt es jedenfalls nicht. In denen wäre Asnide ja sowieso nicht vorgekommen, allenfalls Alf. Denn wenn es die Burg gegeben hat, dann hat Karl Martell sie errichtet. So die Dokumente! Und Asnide? Hat die nicht mitgebaut? Lassen wir das!

Dokumentiert aber ist, dass gut hundert Jahre später der berühmte Bischof Altfried – von Hildesheim, so sagt man für gewöhnlich, aber womöglich ist er in Asnides Dorf geboren – just an dieser Stelle ein hochadeliges Damenstift gründen wird, das unter den sächsischen Kaisern große Bedeutung erlangen wird.

Und was hat Asnide davon?

Nichts! Sie liegt immer noch im Bruch, weiter nördlich, wartet und schläft wieder.

II

Wenn ich am Kurienplatz – nicht doch, der heißt jetzt: Kardinal-Hengsbach-Platz – stehe, wo sie das »Wachsame Hähnchen« aufgestellt haben, und zu Loosen – stimmt ja auch nicht mehr: ist jetzt Peek und Cloppenburg – und C & A hinübersehe, denke ich immer: Hier etwa könnten früher die Goldschmiede gewohnt haben, die die Äbtissin Mathilde in die Stadt geholt hatte. – Richtig: Damals war es noch gar keine Stadt, ein Marktflecken nur. Wie sich doch alles wandelt! Von den Häusern der Goldschmiede gibt es natürlich keine Spur mehr. – Aber wenn ich dann im zweiten Stock bei C & A einen Mantel kaufen will und den Verkäufer anblicke und sehe, wie er sich in dieser Fremde verloren hat, möchte ich ihn geradewegs fragen: »Hast du nicht damals auch den Goldschmieden gedient?« Aber ich weiß ja, dass er mich nicht versteht, nicht verstehen kann. Er hat auch gar keine Zeit, denn eine türkische Familie nimmt ihn wegen einer Hose in Beschlag.
Und eine dicke Frau – ich nehme an, sie ist aus Borbeck – drängt sich dazwischen: »Wo ham'se denn mal'n Sakko, Größe 52 in braun für mein' Mann?« Und da der Verkäufer sowieso nicht weiß, wem er dient, weiß er jetzt auch nicht, was er tun soll. Wahrscheinlich ist er froh, dass er bei den Mänteln ist; so sagt er mit lascher Handanzeige: »Da drüben!«, und will sich wieder mir zuwenden. Aber ich habe plötzlich keine Lust mehr und bin schon weitergegangen.
Ein Stockwerk tiefer suche ich nach Strumpfhosen für die Kinder. Hat meine Frau mir aufgetragen, soll ich bei der Gelegenheit mitbringen, Größe 1 und 3, blau. Die Verkäuferin hilft mir beim Kramen in der Gondel, aber bei der Sache ist sie nicht. Das merke ich genau. Wie soll sie auch! Wer hat das denn bestimmt, dass sie mir Strumpfhosen verkaufen und dann auch noch helfen soll, sie in der Gondel zu finden?
Warum soll sie sich denn für meine Kinder interessieren? Gestern Abend ist vielleicht ihr Freund nicht gekommen, oder sonst etwas Schlimmes ist passiert.
Und wieder habe ich plötzlich keine Lust mehr. Ich gehe; und während ich bei C & A aus der Tür trete, fällt mein Blick auf das Münster. Richtig, denke ich, das ist noch da, unverändert wie eh und je. Oder doch auch verändert?
C & A wird abgerissen, lese ich in der Zeitung.

Und wieder aufgebaut! Größer, besser, schöner!
Und ist schon wieder fertig!
Wie sich doch alles so schnell verändert in einer Stadt!

Irrungen und Wirrungen im Damenstift

Beim ersten Schlag der Vesperglocke schreckt Asnide hoch. Sie hat den ganzen Nachmittag am Fenster gestanden und das bunte Treiben auf dem Platz vor der Abtei beobachtet. Heute war der vierte Markttag, und da waren wieder aus allen Dörfern und Höfen ringsum die Leute gekommen – heute mehr noch als an den Vortagen – und hatten ihre Waren gebracht.
Wenn man doch wie eine Bauersfrau über den Markt gehen könnte! Bei all den Ständen stehen bleiben, einen Ledergürtel prüfen oder einfach mit den Weibern schwatzen oder auch erleben, wie die Wache, die von der Äbtissin zur Aufsicht auf den Markt befohlen war, zudringlich wird!
Aber all das war einem Stiftsfräulein natürlich verboten. Nur die Frau Äbtissin ging einmal täglich in Begleitung des Schulten vom Viehof zur Kontrolle und zum Beweis ihrer Herrschaft über den Markt. Auch zwei oder drei Stiftsdamen durften sie gelegentlich begleiten; und natürlich gingen Mägde mit, wenn etwas für das Stift einzukaufen war.
Asnide war noch nie mitgenommen worden. Sie konnte das auch nicht erwarten, denn sie war die geringste unter den Fräulein. Asnide wusste durchaus, welcher Vorteil – Mathilde, die Äbtissin, gebrauchte an dieser Stelle immer das Wort ›Gnade‹ – es war, wie ein Fräulein im Stift erzogen zu werden. Wenn sie diesen Gedanken weiterspann, dann stellte sich jedes Mal ein wohliges Gefühl in Asnides Busen ein. Erst neulich hatte die Frau Äbtissin eine Andeutung gemacht, dass ein reicher Droste sich um sie bewerbe. »Ein richtiger Ritter«, hatte sie gesagt und dabei durchblicken lassen, dass das für Asnide eine ehrenvolle und angemessene Lösung sein würde, da sie ja nur die verwaiste Tochter des völlig verarmten Drostes von Rellinghausen, also gar nicht von hohem adligen Stande und darum auch kein echtes Stiftsfräulein, sondern nur aus Gnade – wieder: Gnade! War das doch etwas anderes als Vorteil? – mitsamt

dem heruntergekommenen Anwesen ihres verstorbenen Vaters in Stiftshoheit übernommen worden sei.

Mathildes Blick war bei dieser Rede, als Asnide sie unvermittelt ansah, plötzlich unstet geworden. Irgendetwas stimmte da mit der Übernahme ihres väterlichen Gutes nicht.

Als Mathilde, die hohe Frau Äbtissin, ihr zum ersten Mal die Geschichte ihrer Herkunft und Übernahme ins Stift erzählt hatte, waren der Schulte vom Viehof und der Kanonikus dabei gewesen; und Asnide hatte genau gesehen, wie der Schulte hämisch gegrinst und mit dem Kanonikus geflüstert hatte, als die Äbtissin in ihrer kühlen und wohlgesetzten Art davon sprach, dass man aus lauter Gnade – wieder dieses Wort, das Asnide solche Schwierigkeiten machte – das verkommene und verpfändete Anwesen des Vaters übernommen und als gutes Werk die Tochter zu christlicher Erziehung mit ins Stift aufgenommen habe. Nicht als Stiftsdame freilich, da ja das Stift dem niederen Adel nicht offen stehe, wie sie sicherlich wisse und verstehe, aber doch fast wie ein Fräulein von Stande. Misstrauen! Aber Asnide ist zu jung, um Kapital aus ihrem Misstrauen zu schlagen.

In vielem wirkt sie fast noch wie ein Kind. Das heißt: ›Kind‹ ist, genau betrachtet, der falsche Ausdruck: eine junge Frau doch schon! Aber viel zu sehr mit ihren Träumen beschäftigt, als dass sie Willen und Vermögen aufbrächte, den Misstrauensfunken in ihrer Brust zu heller Flamme anzufachen.

Zwei Träume sind es, die da verquer laufen und ihr dauernd durcheinander geraten. Das eine ist der Traum vom reichen Drosten, bis vor kurzem ihr einziger Traum. Aber seit ein paar Tagen verblasst er und wird von einem anderen überlagert.

Und das kam so:

Mathilde ist eine große Förderin der Kunst. Im Münster und in der Schatzkammer steht schon manches kostbare Stück: ein siebenarmiger Leuchter, eine goldene Madonna, ein Prozessionskreuz mit wunderschönen Emailarbeiten. Seit einiger Zeit hat die Äbtissin Goldschmiede ins Land gerufen, da sie größere Arbeiten in Auftrag geben will. Einige sind gekommen, haben sich in der Stiftsfreiheit angesiedelt – dauernd oder vorübergehend, wer weiß – sogar aus Köln sind ein paar dem Ruf gefolgt und hoffen, hier bessere Arbeit zu bekommen, weil es doch in Köln schon so viele Goldschmiede gibt.

Vor einigen Tagen nun – zu Beginn des Marktes St. Cosmae et Dami-

ani – hatte Mathilde sie alle ins Stift geladen und ihnen ihren Plan eröffnet. Sie gedenke, ein Vortragekreuz etwa oder auch eine Krone für die goldene Madonna oder für das Christuskind auf ihrem Schoße zu vergeben und hatte gebeten, dass doch jeder eine Probe seines Könnens vorweise, damit sie die rechten Meister beauftragen könne.
So waren sie denn von nah und fern gekommen und hatten ihre Arbeiten mitgebracht: Spangen, Nadeln, Fibeln, Kämme und andere feine Dinge. Die Stiftsdamen durften alles bewundern, auch ihre Meinung sagen. Asnide hatte ebenfalls dabei sein dürfen, war tief beeindruckt gewesen von der goldenen Pracht, aber all das war verblasst gegenüber dem, was sie dann erlebt hatte.
Einige der Meister waren mit ihren Gesellen erschienen, die während der Vorstellung in der Abtei zeigten, dass sie ihr Handwerk kunstvoll auszuüben verstanden.
Und dabei hatte sie ihn gesehen!
Seinen Namen wusste sie nicht. Er war Geselle beim Meister Johannes – blond, mit weichen Locken, einem klaren Gesicht, festem Kinn und nervigen Händen. So hatte er am Tisch gesessen und eine Fibel bearbeitet. Asnide war bei ihm stehen geblieben und hatte den Blick nicht von ihm wenden können, während er, ohne aufzublicken, ruhig weitergearbeitet hatte. Irmingard, eine kleine, kecke Grafentochter, hatte sie angestoßen, um sie auf das Unschickliche ihres Tuns hinzuweisen, aber sie hatte den Stoß kaum gespürt, zumal der Geselle in diesem Augenblick aufgeschaut hatte. Direkt in Asnides weit offene Augen hatte er geblickt.
Und da war es passiert!
Was? – Asnide kann es nicht benennen. Etwas Großes – Gewaltiges – Nicht-mehr-Ruhe-Gebendes war in sie hineingefahren. Mit einem tiefen Seufzer hatte Asnide auf den Blick des jungen Gesellen geantwortet. So tief war dieser Seufzer, dass er ihre Brust gedehnt hatte und die Formen ihrer Brüste selbst unter der weiten Pellerine erkennbar waren. Der junge Goldschmied jedenfalls hatte es gesehen. War sein Blick vorher unbefangen gewesen, so wurde er jetzt flackernd und unstet.
Irmingard hatte der Szene ein Ende bereitet, indem sie Asnide derart in die Seite gestoßen hatte, dass sie weitergestolpert war. Um sich schauend hatte sie noch einen Blick Mathildens aufgefangen und Besorgnis darin erkannt.
Das alles war vor ein paar Tagen geschehen, und Asnide hatte seit-

her keine Ruhe mehr gefunden. Gestern hatte sie den ganzen Tag vom Drosten geträumt, den ihr die Äbtissin angekündigt hatte. In ihren Träumen sah er aus – wie der junge Goldschmiedegeselle! Herrliche Träume waren das. Nur dass in ihrem Inneren ein Störenfried saß, der den Drosten und den Gesellen immer wieder auseinander jagte! Irgendetwas spielte da nicht mit und zerrte an ihrer Seele.

Heute nun hatte sie in der Erwartung am Fenster gestanden, den jungen Gesellen möglicherweise auf dem Markt zu erspähen. Sie hatte gehofft, durch seine Erscheinung das dauernd zerfließende Bild in ihrer Brust festigen zu können. Aber der junge Bursche hatte sich nicht blicken lassen. Und Asnides Unruhe wuchs.

Jetzt also erklang die Vesperglocke.

Asnide nimmt ihren Umhang und eilt die Treppe hinab, um durch den Kreuzgang die Kapelle zu erreichen. Offensichtlich ist sie die Letzte. Die anderen müssen wohl schon vorher aufgebrochen sein. Asnide beeilt sich. Sie nimmt die Beine unter die Arme, läuft los – und erschrickt. Löst sich doch aus dem Schatten eines Pfeilers eine Gestalt, blond und mit wehenden Locken. Der Goldschmiedegeselle fährt auf Asnide zu und reicht ihr etwas auf offener Hand: eine Fibel! Die Fibel, an der er vor ein paar Tagen im Stift gearbeitet hatte. Asnide erkennt sie wieder.

»Für dich!« Erwartungsvoll schaut er sie an. Und wieder muss Asnide diesen Blick mit einem Seufzer beantworten. Wieder dehnt sich ihr Busen unter dem Tuch. Wie von selbst greift sie nach der Fibel, spürt die leichte Berührung seiner Hand, als er das goldene Ding in ihre gleiten lässt; und dann ist er verschwunden. Ein Sprung über die Brüstung, einige Schritte durch den Hof und auf der anderen Seite heraus!

Asnide ist allein. Sie hört eine Tür schlagen und hat die Fibel in der Hand. Ein Blick darauf, und sie erkennt in ihr alle Träume des Nachmittags wieder. Träume von Glück und Geborgenheit, und alle tragen das Gesicht des jungen Goldschmieds mit den blonden Locken. Nur dass dieser blonde, junge Mann ein reicher Droste ist und auf seiner Burg über das Land ringsum herrscht. Und noch etwas ist diesem geträumten, blonden Ritter zu eigen: Zärtlichkeit! Dazu gefühlvolle Hände, die streicheln können und Augen, die warm und tief blicken. Sie – Asnide – wird bei ihm sein. Die Fibel in ihrer Hand ist Zeichen und Beweis dafür.

»Asnide!«

Sie fährt hoch und blickt in die kühlen Augen der Äbtissin. Mein Gott, Wie lange hat sie in sich versunken da gestanden und ist von Mathilde beobachtet worden?
Ein Kopfschütteln – dann geht sie wortlos zur Andacht in die Kapelle voran. Und nach der Andacht ins Refektorium.
Dort sitzen sie an langen Tischen vor ihren Tellern mit Grütze und Hammelfleisch, haben Löffel und Gabeln in den Händen und lassen sich von den Mägden aufwarten, denn es sind ja alles adelige Fräulein aus den vornehmsten sächsischen Geschlechtern, die hier leben und zu feiner, christlicher Lebensart erzogen werden. Asnide ist zwar die jüngste und die geringste von allen; heute aber, da sie die Fibel des jungen Goldschmieds in der Hand hält, fühlt sie sich über die anderen erhaben. Sie ist mehr, denn sie wird begehrt. Und obwohl sie gar nicht richtig ermessen kann, was das ist, so fühlt sie es doch als Prickeln im ganzen Körper und auf der Haut.
Aus diesem Hochgefühl heraus kann sie ihre Umgebung jetzt nur schwer ertragen. Warum um alles in der Welt gibt es Äbtissinnen und Refektorien und diese entsetzlich vornehm tuenden sächsischen Adelsfräulein? Warum ist nicht alles klar und einfach wie in ihren Träumen? Es ist doch Gottes Welt, in der sie alle leben. Was kann denn da im Wege stehen? Hat sie doch im Unterricht der Scholastikerin gelernt, dass die Liebe und Barmherzigkeit Christi stärker waren als die Launen der heidnischen Götter, und dass darum die Franken unter dem Zeichen des Christengottes, die Sachsen, die noch den alten Göttern dienten, besiegt haben. Die Liebe und die Barmherzigkeit Christi haben ihren Weg gemacht. Bis hierher zu ihnen ins Sachsenland! Warum kann sie denn diesen Weg nun nicht einfach gehen – hin zu dem jungen Goldschmied, seine Hände nehmen, sie auf ihre Wangen legen oder ihren Busen streicheln lassen?
Asnide erschrickt. Solche Gedanken! Das darf man selbst in seinen kühnsten Träumen nicht denken. Warum muss sie jetzt auch hier unter all den unerträglichen Fräulein sitzen, noch dazu unter den Augen der gestrengen Frau Äbtissin? Warum muss sie jetzt Grütze mit Hammelfleisch essen und derart geziert und vornehm tun? Warum kann es nicht so wie in ihren Träumen sein? Der junge Goldschmied-Droste reitet mit ihr auf sein Schloss, wo sie einfach in der Liebe und Barmherzigkeit Christi leben – warum nicht?
Oder gehen Träume doch irgendwann in Erfüllung? Ist vielleicht dies hier: Stift und Fräulein – Äbtissin und Refektorium – Grütze

und Hammelfleisch nur Vorbereitung und Prüfung? Kommt danach die Erfüllung der Träume?

Danach kommt erst einmal die Litanei im Münster; und dann gehen die Fräulein ins Dormitorium. Dort könnte Asnide dann auf dem Bett liegen und weiter träumen.

Aber dazu soll es heute nicht kommen. Mathilde hat noch eine Überraschung für Asnide bereit. Sie wird in die große Kammer der Äbtissin beordert. Mit klopfendem Herzen macht sie sich auf den Weg. Ob Mathilde den Goldschmied gesehen hat? Und die Fibel? Wird es ein Donnerwetter geben? Karzer? Hinauswurf gar?

Nichts dergleichen! Mit strahlendem Lächeln führt Mathilde ihr jüngstes Fräulein in den Raum, und dort steht er: gedrungen, stämmig, schwarz, mit groben Gesichtszügen, stumpfen Blickes. Als Asnide eintritt, geht etwas über sein gedunsenes Gesicht, das wohl ein Lächeln sein soll, aber allenfalls ein Grinsen ist. Asnide erschrickt. Wer ist dieser Kerl? Was will er hier im Stift?

Da bricht es auch schon über sie herein: »Dies ist der Ritter von der Leythe, Droste des Grafen von Berg, und das ist Asnide, verwaiste Tochter des Drosten zu Rellinghausen«, ist die silberklirrende Stimme Mathildens zu vernehmen. Es folgt ein Geräusch aus dem bärtigen, dunklen Gesicht, ein Knurren, aus dem so etwas wie Anerkennung herauszuhören ist. Deutlicher aber hört Asnide einen anderen Ton: Gewalt! Stumpfe, brutale Gewalt! Damit wird dieser dunkle Klotz umgehen, solange er kann. Erst wenn er einen Mächtigeren spürt, wird er davon lassen und buckeln und kriechen. Sie hört es aus seinem Grunzen.

Mathilde richtet das Wort an Asnide: »Meine liebe Tochter, der Ritter von der Leythe, Droste des Grafen von Berg, hat bei uns um deine Hand angehalten, und wir haben in treuer Erfüllung unserer Pflichten, die wir am Sterbebette deines Vaters auf uns nahmen, wo er dich uns ans Herz legte« – so ähnlich hatte sie auch geredet, als der Schulte vom Viehof hämisch grinsend dem Kanonikus zugeblinzelt hatte – »und wie es uns der hochehrwürdige Herr Erzbischof geheißen hat, dich ihm zum Eheweib versprochen!«

Herr, unser Heiland, so herrlich und vornehm und kunstvoll kann sie reden, und ist doch Abgrund, ist Hölle, was sie sagt. Dieser schwarze Kerl da, der dunkle Ritter-Klotz, das kann doch nur der Böse sein. Hat sie sich nicht gleich erschreckt, als sie zur Tür hereingekommen ist und ihn gesehen hat? Und nun soll sie seine Frau werden? Das kann, das darf nicht sein. Was soll denn mit dem Bild

des jungen Goldschmieds in ihrer Brust geschehen? Und erst recht mit der Fibel, die sie in ihrem Gewand versteckt hat?
»Nein!«
Asnide merkt nicht, dass sie ihre Gedanken hat laut werden lassen. Erst der gestrenge Blick Mathildens macht es ihr klar.
Trotzdem: »Nein!«
»Du gehst jetzt in deine Kammer, meine Tochter.«
›Deine Kammer‹, das ist das Dormitorium, wo ihre Betten stehen und ein Dutzend Fräulein sich in Schlaf schnattern.
Fragende Augen blicken Asnide an, als sie eintritt. Spöttisch fragende, höhnisch fragende, neidisch fragende! Doch Asnide kann jetzt nicht in ihr Geschwätz mit einstimmen; zu sehr hat das dunkle Gesicht des Ritters von der Leythe ihr Herz erschreckt, und zu stark war das Nein, das sie ihrer Seele abverlangt hat, als dass sie noch Kraft zum Geschnatter hätte. Still geht sie zu ihrem Bett, aber die anderen lassen nicht locker:
»Nun?«
»Was ist?«
»Was hat sie gesagt?«
Irmingard, Gerhild und Reglindis sind das. Aber Asnide will jetzt partout nicht Schwester ihres Geschnatters sein. Alles, was sie hervorbringt, ist ein Nein, so wie im Zimmer der Äbtissin. Und dieses Nein, das ihr zur Verfügung steht, ist schön, voller Kraft und Wut. So steht es jetzt auch im Dormitorium.
Die Fräulein fahren zurück: »Huch, sie sagt nein, einfach nur nein. Wie das? Sie, die Geringste von allen, sie, die eigentlich gar nicht dazugehört, sie, die nur aus Gnaden Aufgenommene, sagt nein!«
Asnide liegt auf ihrem Lager und bastelt an ihrer Verweigerung. Wie soll sie dieses Nein halten und pflegen, stützen und bewahren, dass es ihr nicht wie ein morscher Schuppen zusammenbricht? Sie spürt, dass sie ein starkes Nein braucht, um gegen Mathilde zu bestehen. Oder soll sie sich gar nicht gegen die Äbtissin stellen? Soll sie vielleicht zu ihr gehen und ihr alles erklären? Sie ist doch eine Dienerin des Reiches Christi und wird sie bestimmt verstehen. Sie hat doch eine so klare Stimme und gibt so deutliche Befehle. Sie sieht in allem klar. Wie, wenn Asnide sich ihr anvertraute, ihr alles erzählte von den wehenden Locken des jungen Goldschmieds und von der Fibel?
Gewiss wird sie dann von dem dunklen Drosten von der Leythe abstehen und sie dem jungen Goldschmied zuführen. Sie, die sonst

alles so klar sieht, muss doch gemerkt haben, dass der Droste dunkel und stumpf ist.
Vielleicht hat sie ja auch den blonden Goldschmiedegesellen im Kreuzgang gesehen und bemerkt, wie schön und sanft er ist. Und wenn Asnide ihr jetzt noch die Fibel zeigt, dann muss sie doch erkennen, wie alles zusammengehört, auf dass es sich zum Rechten fügt.
Ja, Mathilde hat gesehen: den Goldschmied, die Locken und sogar die Fibel. Das heißt, die Fibel nicht! Aber wie da etwas aus seiner Hand in Asnides geglitten ist, das hat sie ganz deutlich wahrgenommen. Und Mathilde weiß auch, was da geschehen ist; sie sieht wirklich völlig klar. Dennoch wird sie Asnide nicht helfen können! Was soll denn werden? Asnide kann nicht ewig im Stift bleiben. Man hat sie nur vorübergehend aufgenommen. Ihrer Herkunft nach ist sie zu gering, um auf Dauer mit all den vornehmen sächsischen Adelsfräulein zusammenzuleben, zu vornehm andrerseits, um einem Goldschmied als Gemahlin angetraut zu werden. Es muss ja alles seine Ordnung haben! Wenn es noch ein bekannter Meister wäre! Aber nicht einmal das – nur ein kleiner Geselle! Wie soll das gehen? Ein Geselle! Soll er seinem Meister eine Frau mitbringen und sagen: Die gehört jetzt dazu; du musst sie mitversorgen? Schön bedanken wird sich der Meister.
Mathilde muss sich immer wieder vorhalten, wie lächerlich dieser Gedanke ist. Unmöglich, albern, grotesk! Nur allmählich merkt sie, dass sie mit ihren Vorhaltungen einen anderen Gedanken totschlagen muss, der in ihr groß wird und aus ihr heraus will: Was ist denn lächerlich an Begehren und Begehrtwerden?
Mathilde ist eine Frau. Sie hat auch einmal am Fenster gestanden und geträumt. Inzwischen sind die Träume zwar seltener, dafür aber auch realer geworden. Als sie die Goldschmiede einlud, war das ja auch ein Traum. Der Traum vom Schönen und Edlen! Vor allem aber ein realer Traum! Mathilde hat gelernt, ihre Träume mit der Wirklichkeit – und das ist die Wirklichkeit einer Fürstäbtissin im Deutschen Reich – in Einklang zu bringen.
Das Reich – das Stift – die Kunst, die drei passen zusammen, bilden geradezu eine Dreieinigkeit, und sie als Äbtissin sitzt mittendrin.
Aber Goldschmiedegeselle und – wenn auch verarmte und verwaiste – Drostentochter, das will sich ganz und gar nicht reimen. Nein, nein, es ist schon das Beste, was sie da in die Wege geleitet hat. Asnide wird Frau des Drosten von der Leythe – und wird damit versorgt sein.

Noch etwas grummelt in Mathilde: Das schlechte Gewissen wegen des nicht ganz ehrlich erworbenen Gutes Rellinghausen. Gewiss, der Herr Erzbischof hatte zugestimmt und der Vogt auch; aber war das denn christlich, die Notlage eines Mannes auszunutzen und ihn um sein Gut zu bringen? Es geschah im Interesse des Reiches, ruft Mathilde sich zur Ordnung. Außerdem ist der Mann tot, und für seine Tochter wird gesorgt. So zerkaut Mathilde den Gewissensbrocken, der ihr aufgestoßen ist, und schluckt die Brösel herunter.
Ob sie sie verdauen wird?
Einige Jahre später wird sie in Rellinghausen ein Stift für die Töchter aus niederem Adel gründen.
In ihrer Kammer aber spricht sie zum Drosten von der Leythe: »Ritter, ihr dürft es ihr nicht übelnehmen. Sie ist noch so jung und unerfahren. Ich bin sicher, dass unter Ihrer weisen Führung das gute Werk, das wir hier an ihr begonnen haben, einen löblichen Fortgang nimmt und ein herrliches Ende gewinnt.«
Da sind wieder die wohlgesetzten Worte; und Mathilde spürt selbst, dass sie damit ein Rumoren in ihrem Bauch übertönen muss, das sich gegen diesen dunklen, knurrenden Mann regt, der ihr andrerseits doch wieder der Rechte für Asnide zu sein scheint.
Die Antwort des Drosten ist ein erneutes Grunzen. Vielleicht heißt es diesmal: Wird schon werden! Wie zur Bestätigung knallt seine dunkle Pranke auf den Tisch, packt mit plumpem Griff den Becher – ein kostbares Stück, Mathilde hat ihn in Köln anfertigen lassen – und stürzt den Wein hinunter. Die Erinnerung an eine andere Handbewegung überfällt die Äbtissin: Die des jungen Goldschmieds, mit der er seine Fibel leicht und anmutig in Asnides Hand gleiten ließ! In dieser Handbewegung lag so viel zarte Bewunderung und kecke Zudringlichkeit zugleich, dass Mathilde noch in der Erinnerung erschauert. Und als Antwort dann Asnides Seufzer, das Spannen ihres Busens! Mathilde weiß nicht – zum ersten Mal seit langem ist die kühle, kluge Äbtissin ratlos –, war diese Begegnung der beiden nun heilig oder verwerflich?
Jedenfalls passt es nicht. Es würde die Ordnung durcheinander bringen. Mag da auch in Mathilde etwas grummeln und bohren – es passt einfach nicht, und darum geht es nicht. Sie, Mathilde, Enkelin des großen Otto weiß Bescheid. Träumen hat nur Sinn, solange die Träume in die bestehende Ordnung des Reichs passen. Wenn man diese Beschränkung beachtet, lässt sich auch heute noch herrlich träumen. Die Goldene Madonna, die sie hat fertigen lassen, die

ist solch ein wahr gewordener Traum. Wenn sie im Münster ihr gegenübersitzt, ihre sinnenden, großen Augen sieht, Augen, die ganz nach innen gerichtet sind und zugleich die ganze Welt begreifen, dazu der leicht geöffnete Schoß und das Kind darauf, dann ist es fast wie früher, als sie ein junges Fräulein war, am Fenster stand und träumte. Die Träume sind mehr oder weniger vergangen, aber die Goldene Madonna ist Wirklichkeit geworden.

Das alles muss Mathilde denken, während von der Leythe seinen Wein schlürft. Ja, nun müsste er eigentlich gehen. Wie, wenn sie noch solch eine wohlgesetzte Sequenz hervorbringen könnte, um ihn loszuwerden? Ach ja: »Werter Ritter, alldieweil denn unser Planen mit Gottes gütiger Hilfe Ihr Zustimmen gefunden, so darf ich wohl bitten, dass Sie in drei Monaten lobesam die Ihnen von uns und dem Hochwohlgeborenen Herrn Erzbischof zugedachte Asnide, Tochter des weiland Drosten zu Rellinghausen, als ihr Gemahl heimführen möchten.«

Ja doch, einigermaßen ist es ihr gelungen. Aber der Ritter hat auch dafür nur ein Grunzen übrig. Diesmal heißt es wohl: ist gut, in drei Monaten! Und damit ist er weg. Mathilde begleitet ihn noch bis ans Tor. Seine Schritte knallen auf dem Pflaster des Hofes und verlieren sich dann in der Dämmerung.

Als Mathilde zu ihrer Kammer zurückkehrt, löst sich ein heller Fleck aus dem Dunkel, eine Gestalt in lichtem Umhang schwebt auf sie zu.

»Asnide!?«
»Ehrwürdige Frau ...«
»Du solltest längst schlafen!«
»Ich kann nicht!«
»Du musst!«
»Ich muss mit Ihnen sprechen!«
»Ich weiß – aber es geht nicht!«

So viel Mut Asnide sich auch zusammengekratzt hat, jetzt ist es doch zu wenig. Die kühlen, klaren Worte der Äbtissin wischen alles weg. Hundert Fragen hat Asnide, aber keine kann sie stellen. Das einfache ›Es geht nicht‹ der Äbtissin ist stärker. Asnide weiß zwar kaum, an welcher Stärke sie scheitert, aber sie fügt sich und schleicht davon. Sie schlüpft ins Dormitorium, wühlt sich in die Kissen und weint; weint und hofft, dass die anderen nichts merken! Und Mathilde?

Mathilde möchte auch weinen, aber sie weiß, dass Tränen nicht helfen. Deshalb verbietet sie sich die Tränen und schleicht ins Münster. Sie zündet ein Licht an und starrt auf die Goldene Madonna. In deren Goldglanz wird Mathilde, die verwirrte und verunsicherte Fürstäbtissin des Deutschen Reiches, wieder ganz sie selbst: eine hohe Frau! Allein zwar und von keinem begehrt, aber sie braucht das auch nicht. Sie braucht keinen Mann, einen wie den Ritter von der Leythe sowieso nicht, aber auch keinen Pfalzgrafen und keinen Fürsten. Sie ist selber Fürstin. Kann eine Frau noch mehr erreichen, als Äbtissin eines Reichsstiftes zu werden?

Am anderen Morgen – nach Complet und Morgengebet – fängt Mathilde Asnide ab: »In drei Monaten wird er kommen und dich heimführen!«

»Nein!« Noch einmal gelingt Asnide ein Trotz. Aber ein Blick und ein Wort der kühlen Äbtissin machen ihn zunichte: »Meine Tochter!« – und nach einer Pause: »Es ist das Beste für dich, es geht nicht anders, du wirst Drostin!« Und nochmals nach einer Pause: »... und Frau und Mutter!« Als sie das gesagt hat, geht sie schnell weg.

Drostin, Frau und Mutter! Asnide pfeift darauf, wenn es mit dem dunklen Ritter-Klotz zusammenhängt. Wenn es doch der andere sein könnte!

Drei Monate bleiben ihr also noch. Was dann? Wird sie aus den Resten ihres Trotzes noch einmal einen starken Sud brauen können? Wird sie etwas finden, etwas schaffen, etwas gewinnen? Oder wird alles unter dem kühlen Wort der Frau Mathilde einfrieren? Wird Asnide die Frist nutzen können oder wird sie sie verträumen und dann eingeholt werden von der Wirklichkeit des Ritters von der Leythe?

Unruhig sitzt Asnide in ihrer Bank. Die Scholastikerin erzählt vom Reich. Von Rom und Köln, von Sachsen und Franken, von Karl und Otto, von Altfried und Ludgerus. Aber was soll ihr das? Hat sie – Asnide – damit zu tun? Ja, sie hat. Sie ist mit darin verwickelt. Irgendwo zwischen Rom und Otto, zwischen Sachsen und Köln, zwischen Altfried und Karl ist auch Asnide mit eingewoben in den großen, bunten Teppich des Reichs. Und der Ritter von der Leythe und der junge Goldschmied? Die auch! Nur dass der Ritter von der Leythe und Asnide sich ohne weiteres zu einer Masche knüpfen lassen, ohne dass das Muster des Teppichs in Unordnung gerät, während der junge Goldschmied an ganz anderer Stelle gebraucht wird. Wer aber ist der Herr des Teppichs, und wer knüpft ihn?

33

Asnide begreift es nicht. Der Unterricht der Scholastikerin geht an ihr vorüber mit Otto, Köln und Rom und Sachsen.
Nach dem Mittagessen will Mathilde größere Einkäufe auf dem Markt tätigen. Sieben Stiftsdamen begleiten sie. So viele waren es noch nie. Asnide ist natürlich trotzdem nicht dabei, wohl aber das zweitjüngste Fräulein im Stift, die nur wenig ältere Mathilde, die freilich einen ganz anderen Rang hat als Asnide. Sie ist eine Base der Äbtissin Mathilde, aber noch hochwohlgeborener als diese; denn sie ist nicht nur Enkelin eines Kaisers, sondern auch Kaisertochter und Kaiserschwester. Es ist ausgemachte Sache – Otto selbst will es so –, dass sie einmal Äbtissin wird. Das heißt, so ganz ausgemacht kann es trotz des Kaiserwunsches noch nicht sein, denn das Kapitel wählt ja die neue Äbtissin, wenn die alte gestorben ist. Aber wer wird schon einem Kaiser einen Wunsch abschlagen? Andrerseits kann noch was dazwischenkommen, denn Mathilde, die Schwester des Kaisers, ist jung – und schön!
Während die anderen also auf dem Markt sind, sitzt Asnide auf einer Bank im Stiftsgarten. Eigentlich müsste sie in der Küche mithelfen. Aber es sind ja genügend Mägde da, und Asnide ist doch fast – wenn auch nicht ganz – ein Stiftsfräulein. Die Pröpstin, die es bemängeln könnte, ist auch auf dem Markt. Da gönnt Asnide sich das Stündlein auf der Bank. Sie blickt über die Hecke auf Mühlenteich und Berne. Wie, wenn sie jetzt einfach wegginge? Asnide schluckt an diesem Gedanken. Er ist verlockend und schön, aber auch gefährlich. Für Ungehorsam gibt es Karzer und andere Strafen. Asnide muss lachen. Soll man sie doch in den Karzer stecken, da ist sie vielleicht vor dem stumpfen Ritter von der Leythe sicher.
Einfach weggehen! Aber wohin? Plötzlich ist ihr klar: Sie hat ja längst ein Ziel, sie muss nur hingehen.
Da ist sie auch schon draußen! Durch die Hecke, am Teich entlang, zwischen Mauer und Wiese um den Burgplatz herum, zu den Häusern der Handwerker! Vom Markt aus kann man sie nicht sehen. Asnide weiß, wo die Häuser der Goldschmiede stehen. Tastend und unsicher, aber mächtig angezogen, findet sie dorthin – und steht unverhofft vor seinem Tisch. Das Bild ist fast das gleiche wie neulich im Stift. Er sitzt am Tisch und arbeitet an einer Fibel. Den Kopf hat er über sein Werk gebeugt, er sieht sie nicht. Erst als ein Schatten vor ihm auf seinen Tisch fällt, hebt er den Kopf und erschrickt.
»Hab Dank für die Fibel!« Wie selbstverständlich und völlig unbe-

fangen kommt das aus Asnides Mund, hold und voller Verheißung. Aber er weiß es nicht einzusammeln. Er lächelt zwar, doch weil er hilflos ist, wird es ein Grinsen; und da wird auch Asnide hilflos. Wie soll es jetzt weitergehen. In ihren Träumen war sie mit dem Satz: ›Hab Dank für die Fibel‹, immer schon am Ziel. Alles Weitere würde sich von selbst finden. Doch jetzt steht sie hier und nichts findet sich.
Seine Locken tanzen verspielt im Wind. Das sieht schön aus, aber es ist keine Kraft darin. Sein klares Gesicht ist durch das Grinsen aus dem Gleichmaß geraten, seine feinnervigen Hände haben Fibel und Werkzeug fallen lassen und krampfen sich am Tisch fest, als ob sie einen Halt bräuchten. Da tritt der Meister Johannes aus dem Haus, mit schnellem Schritt, einen groben Spruch auf den Lippen, in der Meinung, seinen bummelnden Gesellen zur Arbeit antreiben zu müssen. Sein Fluch erstirbt: »Oh, Fräulein ...!«
Aber es ist zu spät. Asnide hat gesehen, wie sich das lockenschäumende Haupt in Erwartung eines Hiebes geduckt hat, wie er die Arme um den Kopf gelegt hat, um dem Schlag die Wucht zu nehmen. Dabei hatte der Meister Johannes nur erschreckt und begütigend zugleich die Hand erhoben, als er das Fräulein aus dem Stift gewahrte. Asnide sieht auch, wie der Geselle jetzt wieder aus seiner Deckung auftaucht, verwundert und erleichtert, weil der Hieb ausgeblieben ist; und beschämt und gedemütigt, als er in Asnides Blick seine Niederlage erkennt. Auch der Meister Johannes weiß den Faden nicht wieder zu knüpfen.
Noch einmal tropft es aus seinem Mund: »Oh, Fräulein ...!«, aber mehr gelingt ihm nicht. Da weiß Asnide, es ist keine Hand da, die zusammenknüpft, was zusammengehört. Es ist aus, und ihr bleibt nur noch zu gehen. Ohne Gruß zieht sie los; ohne aufzupassen, wählt sie den kürzesten Weg zurück, geht über den Markt, vorbei an Tischen, Buden und Ständen. Mag Mathilde, die strenge Äbtissin, sie sehen, mag es Karzer geben, was soll's. Aber sie wird gar nicht gesehen. Nur die andere Mathilde, keck und helle, die sieht Asnide über den Markt wehen und im Stift verschwinden.
Als die anderen zurückkommen, ist Asnide im Kreuzgang und betet wirres Zeug: »... das Reich ... und die Kraft ... und die Herrlichkeit ... und der junge Goldschmied ... in Ewigkeit – amen!«
Geräuschvoll schnattern die anderen herein. Als letzte Mathilde, die junge! Im Vorbeirauschen wirft sie Asnide einen spöttischen und herablassenden Blick zu. Aber auch ein Stück Anerkennung ist

dabei. Dann sind sie mit ihren Körben in der Küche verschwunden. Bald darauf sieht man die hochehrwürdige Frau Äbtissin ganz aufgeregt und wenig würdevoll durch den Kreuzgang und den Hof laufen. Sie guckt ins Refektorium und rennt hin und her und her und hin; sie wirtschaftet ungeduldig in Stuben und Kammern. Immer bei ihr ist der Hauptmann der Wache. Er redet auf sie ein, bis er mit einer herrischen Geste entlassen wird. Hastig marschiert er über den Hof und geht zu seinen Wachsoldaten. Was hat das zu bedeuten?
Unruhe im Stift! Sichtbar zunächst nur an der aufgeregten Geschäftigkeit der Äbtissin und an den fragenden Gesichtern der übrigen. Wispern und Tuscheln überall – aber keiner, der etwas weiß! Die Einzige, die ruhig bleibt, ist Mathilde, die schöne. Kühl lächelnd lehnt sie an der Mauer und genießt die Unruhe der anderen. Weiß sie etwas? Wer wird es wagen, die kecke, vornehme Mathilde zu fragen?
Sie brauchen aber nicht lange zu warten. Man hört Pferdegetrappel. Waffenklirren bricht in den lauen Sommernachmittag herein. Was ist das? Ein Heer! Ein Heer? Dies ist ein freies Reichsstift. Was will da ein fremdes Heer?
Es ist schon am Tor, das zur Verteidigung nicht stark genug ist. Ein kurzer Kampf entsteht. Ach, keine Schlacht mit klingenden Degen und fechtenden Helden, ein Handgemenge nur, eine Rauferei! Die wenigen Wachsoldaten der Äbtissin werden wie lästige Hunde mit ein paar Hieben und Fußtritten aus dem Weg geräumt. Dann ist das Tor offen, und es strömt herein. Vorneweg: Er! Das ist Ezzo, Pfalzgraf von Lothringen, ein schöner, ein großer, ein schlanker Mann in einem leuchtend blauen Mantel mit einem kurzen Schwert in der Hand! Hinter ihm seine Soldaten! So tritt er in den Hof, in dem sich alles neugierig versammelt hat, nun aber ängstlich an die Hauswand drängt. Stiftsdamen, Knechte, Mägde und auch der Kanonikus, alles drängt sich nach hinten. Nur Mathilde, die hochehrwürdige Äbtissin, bleibt mitten im Hof stehen. Ezzo geht forsch auf sie zu, aber sie weicht keinen Schritt.
»Wohin willst du mit deinem Schwert?«
»Ich will zu Mathilde!«
»Ich bin Mathilde!«
»Du bist die Äbtissin, ich will Mathilde!«
»Du kannst sie nicht haben, Graf. Hier gilt dein Schwert nicht. Dieser Boden ist dem ewigen Herrn geweiht. Du stehst an heiliger Stätte, im Hof einer freien Reichsabtei!«
Hat sie ihn abgewehrt mit ihren würdigen, ruhigen Worten? Es

scheint nur so, weil er auf diese Rede keine Antwort weiß. Stattdessen lächelt er: erst ganz fein, ein wenig spitzbübisch belustigt fast, dann spöttisch-frech, schließlich hämisch-fies; und dann kommt Bewegung in seine Gestalt, so als wisse er jetzt, wie er das Hindernis vor ihm überwinden könne. Er wippt in den Knieen, schlenkert mit den Armen, macht einen schnellen Schritt nach links und geht in einem groß gemessenen Bogen um die Äbtissin herum auf die Fräulein zu, die sich – nicht wissend, was da kommt – an die Wand des Hauses drängen. Mathilde will ihn aufhalten, den Weg versperren, den Bogen abschneiden. Sie hat gespürt, dass sie ihn in Schach halten kann, solange sie ihn vor sich hat.

Beiseite stoßen kann er sie nicht. Darum läuft sie mit ausgestreckten Armen auf der Sehne des Bogens, den er geht, um diese Position wieder zu erlangen. Aber er ist schneller; und so wirkt Mathilde wie eine Dienstmagd, die ihrem ungetreuen Liebsten hinterherrennt. Mit ihrem langen Gewand kann sie nur kleine, trippelnde Schritte machen. Sie merkt, dass sie sich lächerlich macht und gibt auf; sie bleibt stehen und lässt die Arme sinken.

Ezzo aber ist schon bei den Fräulein. Da die Mauer nicht nachgibt, können sie nicht weiter zurückweichen. Nur die andere Mathilde, die junge und schöne, ahnend – oder gar wissend? –, dass sie der Grund für dieses Spektakel ist, wartet gelassen, was da auf sie zukommt. In ihren Augen blitzt Triumph auf. Mit der freien Hand fasst Ezzo ihren Arm und zieht sie mit einer herrischen, halb zärtlichen Bewegung an sich. Noch immer lächelt er, spielend zwischen triumphierender Zärtlichkeit und hämischer Freude. So steht er vor Damen und Gesinde, schaut sie alle an, und sie müssen anerkennen: Er ist Sieger!

Jeden und jede guckt er an, und als er Asnide findet, verweilen seine Augen. Nicht lange, aber doch so, dass sein unruhig schweifender Blick einen Moment lang fest wird auf Asnides Gesicht und Gestalt! Und dieser Augenblick genügt. Er genügt Ezzo, um die Nuancen seines Lächelns einmal durchzuspielen; er genügt Asnide, um das Begehren darin zu erkennen und davor zu erschrecken. Er genügt auch der jungen Mathilde, um in ihren Augen den Glanz des Triumphes zu löschen und etwas anderes hineinzubringen: Enttäuschung, Angst und Wut!

»Und nun in die Kirche!« Das ist Ezzo, der damit das Zeichen zum Aufbruch gibt. »In die Kirche«, brüllen die Soldaten durcheinander und schwärmen aus.

»In die Kirche, in die Kirche«, schwirrt es über den Hof. Da kommt auch in die Stiftsleute Bewegung. Die Fräulein heben die Köpfe und sehen sich an. »Was will er denn in der Kirche?« Die Frage läuft von einem zum anderen. Die verkrochenen Gestalten richten sich wieder auf. Sie recken die Hälse, als wenn da etwas zu sehen wäre. Da kommt ein neuer Befehl: »Holt den Kanonikus!«
Wieder wird Ezzos Befehl von hundert Mündern aufgegriffen: »Den Kanonikus her! Wo steckt der Kanonikus?«
Er steckt in einer Mauernische an der Hauswand. Schnell haben die ausschwärmenden Soldaten ihn gefunden. Ein altes, gebrechliches Männlein. Sie packen ihn und zerren ihn mit sich. Der Haufe wälzt sich zum Münster. Solch Waffenklirren hat das Münster noch nicht erlebt. Schon sind ein paar Soldaten bei den Glocken und läuten sie wie wild. Die anderen tanzen und toben in der Kirche herum. Am Rande stehen ängstlich und verschreckt die Stiftsdamen. Auch die Äbtissin ist nach einigem Zögern mit ins Münster gekommen. Ohnmächtig schaut sie dem wilden Treiben zu und muss hinnehmen, dass am Altar ihr Kanonikus gezwungen wird, Ezzos gewaltsame Ehe mit ihrer Base zu segnen.
Hinten versteht man nichts von den Worten und Gebeten, solch ein Lärm ist in der Kirche. Aber das Schauspiel ist eindeutig: Vorn am Altar segnet der Priester die Ehe von Ezzo und Mathilde.
Und sollte doch Äbtissin werden in Ottos Reich!
Noch schlimmer für Mathilde, die ältere, ist: Da vorne steht auch ihre Goldene Madonna und sagt kein Wort, bleibt stumm! Ein wenig starr, aber eher verständnisvoll als missbilligend blickt sie offenen Schoßes auf das Paar, das gesegnet wird. Die Äbtissin kann es nicht ertragen, sie geht. Da ist die Zeremonie aber auch schon zu Ende. Man hat es bei dem Lärm gar nicht richtig bemerkt. Die Soldaten haben sich die Mägde geholt, toben und tanzen mit ihnen durch die Kirche, singen dabei und grölen: »Er muss sie segnen. Sie sind ein Paar. Und wir feiern ein Fest!«
Ezzos Ruf bringt wieder Ordnung in den Haufen: »Los jetzt!«
Er selbst drängt zum Ausgang. In der Hand hält er immer noch das kurze Schwert. Halb hinter sich, halb neben sich, halb ziehend, halb geleitend führt er Mathilde am Handgelenk. Die Soldaten stürzen ihm nach, überholen ihn, stürmen durch das Portal in den Hof und durch das Tor zu ihren Pferden und Wagen.
Im Nu sind sie verschwunden. Sie werden Hochzeit feiern.
Im Stift ist es wieder still. Ein lieblicher Abend senkt sich auf eine

liebliche Landschaft. Letzte Sonnenstrahlen scheinen über sanfte Hügel, wechselnd zwischen grün-silbern und braun-golden.
Die Emscher hat von dem Spektakel nichts mitbekommen, die Berne ist viel zu klein, nur die Ruhr hat sich einmal kurz erschreckt, als der Haufe bei Mülheim über die Brücke gedonnert ist.
Eine milde, eine sanfte, eine laue Sommernacht bricht an, und macht alles nur unverständlicher, unbegreifbarer. Als wenn nichts gewesen wäre! Asnide liegt auf ihrem Bett im Dormitorium und weiß nicht, wohin mit ihren Gedanken. Der Droste und der Goldschmied, das war schon schlimm genug. Aber nun kommt auch noch Ezzo, Pfalzgraf des Reiches, holt die junge Mathilde mit Gewalt aus dem Stift und schaut währenddessen Asnide so an, dass sie sich ganz nackt dabei vorgekommen ist. Hat er in ihr Herz geschaut? Oder wohin sonst? Es verwirrt sich alles in Asnides Gedanken.
Ob aber die beiden anderen glücklicher sind?
Mathilde, die mit Waffengewalt gewonnene, so begehrte? Wird sie nicht schon bald spüren – wenn sie es nicht schon weiß –, dass sie nur die leichte Beute eines unwürdigen Schachspiels geworden ist, das der Pfalzgraf mit dem Kaiser Otto gespielt und gewonnen hat? Und dass sie vor allem als Faustpfand von Ezzo begehrt wird? Hat sie es nicht schon an dem Blick gespürt, mit dem er Asnide abgetastet hat? Und Mathilde, die kunstsinnige Äbtissin? Wird sie nicht immer wieder erfahren, dass ihre Goldene Madonna nur starr blicken, ihr aber keine Antworten geben kann?
Asnide fällt in einen hölzern splitternden Schlaf und träumt:
In der Münsterkirche ist ein riesiges Schachbrett aufgebaut. Die schwarze Dame Mathilde räumt unter den weißen Goldschmiedebauern auf. Aber sie begibt sich dabei in Gefahr. Der starke Ezzoturm schlägt die schwarze Dame. Er bietet sogar dem Kaiser-König Schach und schlägt dann, während jener sich aus der Bedrohung windet, auch noch den schwarzen Mathilde-Läufer.
Asnide wundert sich: den Läufer auch?
Plötzlich greift einer der schwarzen Springer an. In wirren Sprüngen hüpft er über das Feld. Als er näher kommt, erkennt Asnide, dass es der Ritter von der Leythe ist. Doch da ist es auch schon zu spät. Er schlägt Asnide. Asnide ist mit in diesem Spiel.
Asnide fällt, geschlagen von dem schwarzen Springer von der Leythe. Asnide wird aus dem Spiel genommen.
Was nun?
Das Spiel geht weiter!

III

Wenn ich in der ›Schwarzen Lene‹ Kaffee getrunken habe und mit meiner Frau und den Kindern durch den herbstlichen Wald wandere, wenn ich dann ins Ruhrtal blicke und den Baldeneysee sich mit sanftem Schwung durch die Ruhrhöhen winden seh' und dann noch, wie die Sonne hinter den Türmen der Werdener Kirche versinkt und das ganze Land mit messinggelbem Glanz überzieht – dazu den leichten Herbstdunst, der den Wald und den See zärtlich verschleiert – und wenn ich dann schließlich in der ›Heimlichen Liebe‹ noch einen Steinhäger trinke – er ist dort billiger –, dann, ja dann kann ich gar nicht verstehen, dass der Garten Eden in Palästina oder in Kleinasien gelegen haben soll; denn es will mir scheinen, es müsse hier gewesen sein.

Aber dann fällt mir ein, dass wir als Kinder in der Ruine der alten Burg Raubritter gespielt haben. Wieso eigentlich Raubritter? Und wieso konnten wir dort spielen? Wanderer und Spaziergänger müssen uns dabei doch gründlich gestört haben! Es waren aber gar keine Spaziergänger da. Richtig, wir haben halt nicht sonntags dort gespielt. Und montags? Ja, montags gab es hier kaum Spaziergänger. Montags waren sie ja im Pütt und in der Kokerei oder in der Hütte und in der Gießerei.

Aber die Frauen hätten dann doch spazieren gehen können! Ach, Frauen können montags doch erst recht nicht weg. Kinder, Wäsche, Hausputz und so weiter!

Ja, und während ich meinen Steinhäger austrinke, mich umsehe und in die Gesichter der Leute schaue, muss ich seufzend zugeben, der Garten Eden wird wohl doch nicht hier, sondern anderswo gelegen haben.

Die Burg auf dem Bramberg

Asnide tritt aus dem Hoftor, lässt ihren Blick wohlgefällig über den Garten schweifen und geht den Scheunenweg entlang, um auf den Fahrweg zu stoßen, der von Rellinghausen nach Heisingen führt. Diesen Weg muss Arnd jetzt bald kommen. Arnd, das ist ihr Mann.

Vor einem halben Jahr haben sie geheiratet, als Arnds Vater plötzlich starb. Arnd hatte den Hof bekommen und sollte ihn nun als huldiger und höriger Bauer aus der Hand der Hohen Frau Bertha von Arnsberg, essendischer Fürstäbtissin, als bäuerliches Lehen entgegennehmen.

Arnds Vater war nur ›freier‹ Bauer gewesen, frei von allen Rechten und von allem Schutz, den der Huldbrief verlieh. Und das war schlimm, denn ihr Hof lag an der Grenze. Der Abt von Werden hatte Anspruch auf den Hof und die Flur erhoben, aber Arnd hatte nachweisen können, dass der Hof auf dem Winneskamp schon zu Zeiten seines Urgroßvaters zur Herrschaft Rellinghausen gehört hatte, deren äußerster Zipfel im Süden hoch über der Ruhr eben der Winneskamp war; und Rellinghausen war auf die Äbtissin übergegangen. Das war eindeutig. Man brauchte sich also keine Sorgen zu machen.

Aber Arnd hatte sich doch welche gemacht. Asnide wusste nicht, warum. Arnd machte sich immer Sorgen. Er hatte versucht, es ihr zu erklären, aber sie hatte es nicht richtig verstanden. Arnd hatte ihr erzählt, dass Rellinghausen zwar Grundherrschaft der Äbtissin sei, dass aber der Abt zu Werden seit je den Zehnt von Rellinghausen erhalte; und außerdem sei da noch der Vogt der Äbtissin, der ein Wörtchen mitzureden habe. Asnide hatte hier schon aufgehört mitzudenken. Vogt? Wer war denn das nun wieder? Wieso hatte der mitzureden? War er denn mehr als die Hohe Frau Äbtissin?

»So kann man es nicht sagen«, hatte Arnd geantwortet, »aber er hat halt mitzureden!«

Es gab da oben offensichtlich Dinge, die nicht zu verstehen waren, die man einfach hinnehmen musste. Nun ja, warum auch nicht! Was hatte sie – Asnide – schon damit zu tun?

Arnd hatte ihr auch das zu erklären versucht. Es hing mit jener schauerlichen Geschichte zusammen, die man sich abends auf den Höfen erzählte. Der Vogt, Friedrich von Isenberg war hingerichtet worden, weil er den frommen Erzbischof Engelbrecht von Köln im Ruhrtal ermordet hatte. Asnide hatte diese Geschichte von ihrem Vater gehört und heiße Tränen über den schrecklichen Tod des frommen Mannes geweint, hatte auch ein Vaterunser und ein Ave Maria für ihn gebetet, obwohl das für solch einen heiligmäßigen Mann sicher nicht nötig war. Einen Augenblick hatte sie sogar überlegt, ob es nicht richtiger wäre, für den bösen Isenberger zu beten, es dann aber doch sein gelassen. Aus Unsicherheit? Aus Trägheit?

Was Asnide nun aber ganz und gar nicht verstand, war, dass Arnd Angst haben konnte vor dem Streit der Isenberger mit den Kölnern. Wieso eigentlich, wenn doch die Erzbischöfe von Köln solch fromme Männer waren? Und überhaupt: Was hatten sie – Arnd und Asnide – denn damit zu tun? Aber Arnd ließ das Argument mit der Frömmigkeit nicht gelten. Er befürchtete Racheakte von beiden Seiten.

Diesen Sorgengeist hatte Asnide dann nicht mehr ertragen und das Gespräch dadurch abgebrochen, dass sie keine weiteren Fragen gestellt hatte.

Tags darauf war ein berittener Bote mit dem Angebot gekommen, den Hof auf dem Winneskamp zu Hulde und Gehöre als bäuerliches Lehen aus der Hand der Fürstäbtissin zu nehmen. Asnide hatte also Recht gehabt. Besser konnten sie es als Bauern nie haben. Auch Arnd hatte sich gefreut, aber sein Sorgengeist hatte zum Schluss doch wieder die Oberhand gewonnen. Den ganzen Nachmittag hatte er gegrübelt, was wohl der Haken in dem überraschend günstigen Angebot der Äbtissin wäre. Abends hatte er es dann gefunden und Asnide geradezu triumphierend verkündet: »Das ist es, sie ist sich dieses Gebietes nicht sicher und will jetzt eine Urkund schaffen, die ihr Recht bestätigt. Sie hat keine Urkund über den Winneskamp!«

Asnide hatte nur den Kopf geschüttelt. Was war das für eine verworrene Welt, wo man nicht genau wusste, wer wem was zu sagen hatte, und wo dauernd jemand von fernher oder nahebei hereinreden konnte, und wo dann ein Stück Papier Ordnung schaffen sollte. Warum ließ man sie nicht in Ruhe Bauer und Bäuerin auf ihrem schönen Hof sein? Sie taten doch niemandem was zuleide. Alles war schön und gut, vor allem an diesem warmen Sommerabend.

Damals, bei ihrem Gespräch, hatte Arnd heftig gesagt: »Das verstehst du nicht, es geht um die Herrschaft!«

In der Tat, das verstand Asnide nicht. Wie sollte sie auch? Hatte es je einer verstanden? Arnd doch auch nicht! Er tat zwar so, aber er konnte lediglich von einem großen Durcheinander berichten, in dem es zwar von Grafen, Bischöfen, Vögten, Äbtissinnen, Kaisern und anderen hohen Herren nur so wimmelte, aber welche Ordnung das hatte und welches ihr Platz in dieser Ordnung war – nein, das konnte auch Arnd nicht erklären.

Asnide geht nun schon geraume Weile auf der Rellinghauser Straße. Bauern kommen ihr entgegen mit leeren Karren und fröhlichen Mienen. Sie haben ihre Waren auf dem Markt des Stiftes gut verkauft, klimpern mit den Münzen in ihren Taschen, ziehen frohgemut in den Abend und freuen sich auf den Feierabend in der Schänke zu Heisingen.

Jetzt müsste auch Arnd bald auftauchen. Und da kommt er schon. Hoch zu Pferd erscheint seine mächtige Gestalt über dem nächsten Hügel. In Asnides Herz zündet sein Anblick ein Feuer an. Ihr großer, starker, schöner Mann kommt dort geritten. Auf einem Ross, fast wie ein Ritter! Was kümmert es Asnide, dass er keinen schimmernden Panzer, sondern nur ein braunes Bauernwams trägt! Was stört es sie, dass das Pferd kein edler Rappen, sondern eine Bauernmähre ist. Ihr großer, starker Arnd kommt, umgleißt vom Licht der untergehenden Sonne, den Hügel herabgeritten, direkt auf Asnide zu, lächelt, steigt ab, und schließt sie in seine Arme. Asnide versinkt in ihnen wie in einem Meer von Glück. Alles ist gut, wenn er sie so empfängt.

Ja, es ist alles gut gegangen. Arnd hat den Huldbrief mitgebracht. Und Recht hat er auch gehabt. Eine Urkunde über den Winneskamp hatte die Äbtissin nicht vorweisen können. So ist Arnds Huldbrief die erste Urkunde. Asnide macht es nur glücklicher. Ihr Mann, Arnd, der starke, ist der Erste – ist Arnd auf dem Winneskamp.

Arnd auf dem Winneskamp, das könnte glatt der Name eines Dienstmannes, eines Ritters sein!

Während sie nun gemeinsam den nächsten Hügel wieder emporsteigen, träumt Asnide davon, wie sich Arnd als Lehnsmann der Äbtissin an der südlichen Grenze ihrer Herrschaft bewährt, wie sie ihn zum Dank dafür zum Dienstmann erhebt – zum Dienstmann mit Wappen und festem Sitz. Sie werden statt eines alten Bauernhofes einen großen Rittersitz aus festen Steinmauern haben und das Land über der Ruhr im Namen der Äbtissin schützen und bewahren.

Als sie die Kuppe des Hügels erreicht haben, liegt alles vor ihnen: der eigene Hof mit den ernteschweren Feldern, direkt dahinter der Wald, der die steilen Hänge des Ruhrtales bedeckt. Die Ruhr selbst ist nicht zu sehen, zu steil ist hier das Tal; nur weiter im Westen, wo sie nach Süden umbiegt, kann man ihren Lauf ein wenig verfolgen. Dort liegt auch die Werdener Abtei. Asnide fährt einen Augenblick lang der Gedanke durch den Kopf, was es wohl bedeutet, dass man von ihrem Hof aus zwar die Werdener Abteikirche, nicht aber das Münster der Fürstäbtissin, ja, nicht einmal die Rellinghauser Kirche sehen kann, weil das nach Norden in sanften Wellen ablaufende Land solch weite Sicht nicht freigibt.

Aber was soll das schon an solch einem schönen Abend ausmachen? Arnd ist bei ihr und hat den Huldbrief der Fürstäbtissin in der Tasche. Und noch etwas hat er mitgebracht. Das kramt er jetzt aus seiner Satteltasche hervor. Der große, starke Arnd holt es mit unendlicher Vorsicht heraus, wickelt es aus einem Tüchlein, fasst danach mit seinen schweren Händen, die Sack und Balken, Pflug und Ochsen packen, fasst danach mit zartem Griff: eine goldene Fibel! Er nimmt sie aus dem Tuch und steckt sie mit spitzen Fingern Asnide an den Rock. Die Zärtlichkeit, die er Asnide dabei spüren lässt, empfindet sie erregender als seine starken Arme und festen Hände, mit denen er sie sonst an sich reißt. Asnide fühlt es heiß in ihrem Körper. Sie kann gar nicht anders, sie schlingt ihre Arme um seinen Hals und zieht seinen Kopf herab; und er lässt es geschehen. Er lässt das Pferd, das er bisher mit einer Hand geführt hat, los und fasst mit beiden Armen zu. Das ist nicht ungefährlich, denn Asnide ist eine zarte, eine schlanke junge Frau mit hohen Brüsten und geraden Schenkeln fast wie ein adeliges Fräulein, und Arnds Arme sind wie Schraubstöcke. Asnide spürt sie schmerzhaft, es ist ihr aber egal. Wenn auch ihre Rippen knacken, sie ist glücklich, sie ist Frau – Arnds Frau!
Dann sind sie auf dem Hof. Asnide hat das Essen schon bereitgestellt und einen Krug mit Wein dazu. Den trinken sie jetzt und essen ihr Mahl auf der Bank vor dem Haus. Es ist ein wunderschöner Abend. Und dann ist Nacht. Eine herrliche, eine wilde, eine samtene Nacht! Eine unendlich tiefe Nacht, voll funkelnder Helligkeit und zugleich voller Lieder vom Glück.
Asnide fällt in einen Rausch, erlebt Feuer und Wasser und alle Farben, Weite und Erfüllung – Geborgenheit. Und alles ist Arnd, der auf ihr liegt, und auf dem sie liegt, der ihre Brüste drückt, dass es ihr wehtut, und den sie doch festhält, wenn er es merkt und aufhört; der zu schwer ist für ihren schmalen Schoß, und dessen Schwere sie doch als Seligkeit empfindet; der nicht von ihr lassen will mit seinen starken Armen und seinem muskelharten Leib, und den sie nicht lassen will, den sie festhält mit ihren zarten Armen, aber mit erstaunlicher Kraft; der gar nicht müde wird, und sie immer wieder neu erregt. Asnide fühlt nur eins: Frau – Arnds Frau!
Der Morgen entspricht der Nacht, er ist strahlend schön, mild und schon in den frühen Morgenstunden warm. Die Sonne steht bereits einen Spann über dem Horizont als Arnd und Asnide aufwachen, mit schüchternem Lächeln sich wiedererkennen, als müssten sie

sich entschuldigen für das, was in der Nacht geschehen ist, und als wollten sie ein wenig davon mit hinübernehmen zu dem, was jetzt auf sie wartet: Arbeit! Harte Arbeit auf dem Hof und auf den Feldern!
Zunächst aber wartet die Morgengrütze auf sie. Arnd und Asnide schlürfen sie in sich hinein, sehen sich immer wieder an und lachen. Dann ist der letzte Löffel gegessen. Sie treten aus dem Haus auf den Weg zu den Feldern.
Was ist das? Was quillt dort aus dem Wald auf ihre Felder? Äugt, spannt, sichert und wittert – und entdeckt den Hof: Soldaten, Reiter, eine ganze Kompanie! Das sitzt ab, zertrampelt den Roggen und läuft hin und her. Geschrei ist in der Luft; und immer mehr quillt es den Hang herauf und aus dem Wald heraus. Auch andere: Knechte, Tagelöhner, Bauern mit Kisten und Packen, Säcken und Körben! Setzen es ab und alles in Arnds und Asnides Roggen am Rande des Waldes.
Asnide sieht Arnd an. Der steht mit verkrampften Muskeln und verzerrtem Gesicht da, als nähme er alle Kraft zusammen um loszustürmen und ist doch von unsichtbaren Fesseln gehalten.
Inzwischen löst sich aus dem Haufen ein kleiner Trupp Soldaten und kommt herangeritten, mitten durch den Roggen – ihren Roggen, breite Spuren des Verderbens ziehend. Bis in den Garten kommen sie geritten. Knapp vor Arnd und Asnide halten sie an. Arnd ist ihnen ein paar Schritte entgegengegangen. Mit klarer Stimme spricht er den Anführer an: »Herr, Ihr verwüstet den Roggen auf meinem Feld. Ich bitte euch, gebietet euren Leuten, dass sie vorsichtig sind und meinen Grund schonen!«
»Dein Grund?«
»Ja, Herr, ich habe ihn als bäuerliches Lehen aus der Hand der Fürstäbtissin empfangen. Hier ist der Huldbrief!«
Arnd kann so gewählt reden. Asnide ist stolz auf ihn. Sicher wird der fremde Ritter sich jetzt entschuldigen. Der aber nimmt den Huldbrief, wirft nur einen kurzen Blick darauf und lacht dann laut auf: »Ha, die Äbtissin hat dich betrogen. Dies ist Land des Grafen von Isenberg!«
»Herr, ich stehe unter Schutz und Hulde der hohen Frau Äbtissin!«
»Dann sieh zu, dass sie dir die Hulde auch gewährt. Aber beeil dich, sonst haben wir die Burg gebaut, bevor deine Äbtissin ihre drei Wachsoldaten zusammengetrommelt hat!«
Meckerndes Lachen aus rauen Kehlen belohnt den Anführer für

diesen Scherz. In das Lachen hinein hört man ein Kreischen, als der Ritter Arnds Huldbrief zerreißt: »Dein Brief gilt nicht. Hier ist Isenberger Land!«
Arnds Gesicht ist ganz weiß geworden, seine Muskeln zittern vor verhaltener Wut. Einer der Burschen ist vom Pferd gestiegen und auf Asnide zugetreten, die sich halb hinter Arnd versteckt hat. Mit hartem Griff erfasst der Soldat Asnides Handgelenk, reißt ihren Arm hoch und sie selbst zu sich heran: »Seht, welch nettes Püppchen wir hier haben!«
Er will Asnide umarmen, aber da gerät Arnd in Fahrt. Mit einem Satz ist er zur Stelle. Sein Arm wirbelt durch die Luft, und von einem fürchterlichen Schlag getroffen, kugelt der Soldat in die Beerensträucher. Das ist ein Signal für die anderen. Herunter von Pferd und drauf auf Arnd! Von links und rechts, von vorn und hinten fliegen sie heran. Aber nun beginnt ein Fest für Arnd, den starken, den großen. Asnide sieht es mit Entzücken. Es überkommt sie ein Gefühl ähnlich dem in der vergangenen Nacht. Sie sieht, wie Arnds Arme durch die Luft wirbeln, wie seine Fäuste auf Schädel und Leiber krachen, wie er mit den Beinen heranfliegende Gegner abfängt und zurückschleudert in Sträucher und Nesseln, gegen den Zaun und die Regentonne. Immer wieder versuchen sie es, fliegen heran; und immer wieder tauchen Arnds schmetternde Fäuste in dem Gewirr der Leiber auf – unaufhaltsame Sieger dieses Festes. Dreie liegen schon erledigt am Boden. Der Vierte fliegt soeben, von einem gewaltigen Fußtritt beflügelt, gegen den Plankenzaun. Er wird nicht mehr hochkommen. Den Fünften schließlich hat Arnd mit beiden Händen gepackt, er hält ihn hoch über dem Kopf. Gleich wird er ihn zerschellen, zerscheitern – da passiert es: Der Anführer, der bislang abseits gestanden hat – halb amüsiert, halb interessiert zuguckend –, hat sein Schwert gezogen. Mit einem kräftigen Schwung rammt er Arnd den Knauf in die Magengrube. Da ist das Fest zu Ende. Arnd sackt zusammen, und schnell sind die anderen wieder auf den Beinen, fallen über ihn her und machen ihn fertig.
Asnide sieht es und stürzt sich auf die Feiglinge, reißt den einen bei den Haaren, kratzt dem nächsten das Gesicht wund. Aber das ist den groben Gesellen nur ein hässliches Lachen wert, so als wollten sie sagen: Gut, dass du uns an dich erinnerst, denn um dich ging es ja!
Da hat auch schon der Erste seine Arme von hinten um sie geschlungen und greift lüstern an ihren Busen. Ein anderer hat ihren Rock

erwischt, der Stoff reißt, die Fibel springt auf. Ein Dritter greift nach ihrem Hemd, reißt es weg, – und da liegt sie nun, die schöne, schlanke Asnide, Arnds Frau. Frau eines huldigen und hörigen Bauern essendischer Fürstäbtissin! Liegt da: nackt und wehrlos vor den Blicken und Händen der wilden Männer, die mitleidlos nach ihren Brüsten, ihren Schenkeln, ihrem Schoß greifen. O Asnide, o Arnd!

Asnide kann sich gegen die rohe Gewalt nicht wehren. Schon spürt sie, wie der Erste in sie eindringt. Obwohl er viel leichter als Arnd ist, ist er doch viel schwerer zu ertragen. Asnide ist zumute, als wenn ihr Innerstes aus dem Halse herauskäme. Sie muss sich übergeben, aber die rohen Kerle lassen trotzdem nicht von ihr. Die Sinne schwinden ihr.

Als sie wieder zu sich kommt, findet sie sich auf der Strohschütte in der Diele ihres Hauses wieder. Neben ihr liegt Arnd und stöhnt. Auch er scheint gerade aus einer Ohnmacht erwacht zu sein. Nur mühsam bewegt er die Glieder. Um sie herum hocken die Kerle, saufen Wein – Arnds Wein – kauen seinen Schinken und grinsen. Ganz dicht vor ihnen hockt der Anführer, wiegt sein Kurzschwert auf den Knien und blickt von einem zum anderen. Jetzt redet er Arnd an. Erstaunlich sanft ist seine Stimme: »Du gefällst mir. Starke Bauern können wir brauchen!«

Arnd schweigt.

»He du, hörst du nicht?« Der Ritter knufft Arnd mit dem Schwertknauf in die Rippen, aber mehr kameradschaftlich, freundlich fordernd. »He du, wir können dich brauchen!«

»Ich bin huldiger Bauer der hohen Frau Bertha von Arnsberg, essendischer Fürstäbtissin!« Das Letzte schleudert Arnd seinem Gegenüber wie eine geballte Faust ins Gesicht.

Aber der lächelt nur: »Bertha von Arnsberg – eine Frau! Fürstäbtissin? Was soll's?« Und dann wird sein Gesicht ernst und hart, fast brutal: »Und ich bin Heinrich von Gellen, Droste des Grafen Isenberg. Dies hier ist sein Land!«

»Jetzt!«, setzt er nach einer kleinen leise Pause hinzu und dann wieder laut werdend: »Wir bauen ihm hier die Isenburg neu auf, und niemand wird uns daran hindern, am wenigsten deine Äbtissin!« Wieder eine Pause und dann überraschend: »Ich biete dir die Stellung eines Schulten in der Burg an: Überleg es dir gut, aber nicht zu lange!«

Damit steht er abrupt auf und geht, zwei der Kerle mit sich nehmend und den drei anderen befehlend, gut auf Arnd und Asnide aufzupassen.

Er geht! Was wird nun? Asnide sieht Arnd, ihren starken, nun aber geschundenen Mann, an. Sie versucht, in seinem Gesicht zu lesen und mit ihren erwartungsvollen Blicken etwas in ihm anzuzünden: eine Hoffnung, ein Wollen oder sonstwas; aber da ist nur Leere und sorgenvolles Grübeln.

Achselzucken! Schrecklich mit anzusehen. Was ist denn bloß passiert?

Der Isenberger ist zurückgekommen. Der, der mitzureden hatte, der Vogt! Nun gut, Asnide sieht jetzt, wie er mitreden kann. Aber warum geht er nicht zur Äbtissin. Bei ihr wollte er doch mitreden. Warum tut er es hier auf ihrem Hof?

Der Isenberger will die Vogtei über das Stift zurückgewinnen und sichern? Soll er doch! Aber was haben sie damit zu tun? Warum zertreten sie ihr Roggenfeld und bauen hier ihre Burg? Die Isenburg hat doch ganz woanders gestanden!

Asnide blickt aus dem Fenster. O ja, sie bauen die Burg. Große Scharen sind da bereits mit Schaufeln und Hacken am Werk. Sie brechen, heben, stechen, schanzen. Immer mehr werden es. Sie schleppen Steine und Balken heran – ein ungeheures Gewirr! Asnide kann keinen Sinn und keine Ordnung darin erkennen, aber es muss sie geben, denn alle sind ungewöhnlich eifrig, alles geht im Laufschritt, als wenn die Burg noch heute fertig werden sollte. Ein riesiger Graben wird ausgehoben, und jenseits des Grabens werden schon die ersten Steine gesetzt. Das schöne, gute Roggenfeld wird immer mehr zerstört. Eine Burg entsteht an der Grenze ihres Hofes. Wem soll sie dienen? Wen soll sie schützen? Wer soll darin geborgen sein?

Asnide weiß es nicht. Sie spürt nur, dass sie jäh aus einer Geborgenheit herausgerissen wird, die offensichtlich keine war.

Sie kehrt mit ihren Blicken zurück, schaut Arnd an und sieht: Es ist etwas geschehen! In ihm hat etwas angefangen. Er sitzt zwar immer noch steif da und brütet vor sich hin, aber es ist nun kein stumpfes Brüten mehr. Arnd zimmert an einem Gedanken, er mauert daran, fügt zusammen, glättet und versäubert, ganz wie die da draußen mit ihrer Burg. Ob ihm etwas gelingt, das stärker ist als die entstehende Burg?

Asnide spürt, wie da in ihm etwas wächst und wagt deshalb nicht, ihn anzusprechen.

Und dann ist es soweit. Asnide sieht, wie von seiner Stirn aus ein Zucken durch seinen Körper läuft. Unvermittelt springt er mit einem gewaltigen Satz hoch – wie eine Kugel aus einem Katapult – ist schon an der Tür – hindurch – er knallt sie zu und ist weg.
So verblüfft sind die Wächter, dass sie sekundenlang erstarren und nicht wissen, was sie tun sollen. Schließlich fasst sich einer: »Pass du auf sie auf. Wir holen ihn zurück!« Zwei machen sich auf den Weg, Arnd zu verfolgen, der Dritte fasst Asnide mit schmerzhaftem Griff an den Oberarmen, zieht sie zu sich heran, schüttelt sie mit wutverzerrtem Gesicht, als wollte er an ihr die Scharte auswetzen, die sie erlitten haben. Aber dann überlegt er es sich anders und stößt Asnide mit bösartigem Schnauben zurück auf das Stroh. Da liegt sie nun. Alle Glieder tun ihr weh. Mehr aber noch schmerzt sie ihre wunde Seele, die nicht versteht, immer nur geschunden wird. Warum nun das? Was bedeutet es, dass Arnd geflohen ist? Bringt er sich in Sicherheit und lässt sie hier allein unter den rauen Kerlen zurück? Flucht – ist das alles, was ihr großer, starker Arnd in seinem Hirn gezimmert hat; ist das alles, was er der Burg entgegensetzen will? O Arnd!
Dumpf brütet Asnide vor sich hin, kaut ihre Verlassenheit, schluckt die harten, unverdaulichen Brocken hinunter, die ihrer Seele so schwer sind. O Arnd!
Zwei Stunden sind vergangen. Da trampeln Schritte heran. Die Tür springt auf – herein mit hängenden Köpfen, leise fluchend und schimpfend: die beiden Soldaten. Hastiges Fragen des Dritten: »Entwischt? Warum?« – »Der Wald!« – »Was nun?« Achselzucken – stumpfes Brüten nun bei den Soldaten! »Wir müssen es melden!« – »Er wird uns bestrafen!« – »Harte Strafen!« – »Je länger wir warten, desto mehr!«
Sie werden aus ihren Überlegungen gerissen. Die Tür fliegt wiederum auf. Herein kommt mit wiegendem Schritt: Heinrich von Gellen, der Drost: »Er ist entwischt? Macht nichts!« Fast fröhlich kommt es aus seinem Mund. Ungläubiges Staunen bei den Dreien. »Er wird zur Äbtissin sein. Soll er!« – Und dann, nach einer Pause und einem belustigten Blick auf Asnide: »Er wird wiederkommen!« – Pause – Und wieder mit Lächeln auf dem Gesicht: »Solange sie hier ist!« Und dann wieder hart: »Das werdet ihr Schafsköpfe ja wohl noch schaffen, sie zu bewachen!« Schließlich, schon im Weggehen und unter Lachen: »Zu Bertha von Arnsberg ist er, hahaha ...!« Noch den ganzen Gartenweg lang hört man sein Lachen.

49

Aber Asnide kann er nicht auslachen. Sie weiß jetzt Bescheid. So ist das also. Wie konnte sie nur denken, dass Arnd sie sitzen lassen würde! Er ist zur Äbtissin. Nun wird sich der Schutz, den der Huldbrief gewährt, erweisen. Gewiss doch! Arnd ist huldiger Bauer. Sie wird kommen und Arnd und Asnide ihre Huld gewähren. Sie wird ihr Recht geltend machen und mit dem Spuk der Isenberger aufräumen. Mit starker Macht wird sie anrücken und Ordnung schaffen; und ihr Arnd wird dabei sein – als Anführer vielleicht sogar? Ob das dann schon die Bewährung ist, von der Asnide geträumt hat und auch schon die Belohnung bringt, die sie erhofft: Dienstmann, Ritter der Äbtissin?
Asnide ist fast schon wieder glücklich beim Spinnen dieses Gedankenfadens. Nur ganz leise regen sich Bedenken: Was ist eigentlich die Macht einer Äbtissin? Soldaten hat sie ja kaum. Aber Asnide schiebt diese Bedenken sofort und rigoros beiseite: Das Recht ist doch auf ihrer Seite. Natürlich, das Recht verleiht der Äbtissin Macht.
Arme Asnide! Es gibt nicht einmal einen Kaiser, der über das Recht wachen könnte.
Aber eine Äbtissin gibt es, trotz Asnide; und die wird kommen – mit Arnd! Sie überlässt sich diesem Gedanken und merkt gar nicht, wie der Tag verstreicht. Die Dämmerung bricht herein, da sind Schritte auf dem Gartenweg zu hören. Es ist der Drost mit ein paar Männern seines Gefolges. Die Leute haben in der entstehenden Burg irgendwelche einfachen Lager bezogen. Er aber kommt mit seinem Gefolge hierher und macht es sich auf dem Hof bequem. Wein und Fleisch holen sie aus dem Keller, essen und trinken. Heinrich füllt einen Becher mit Wein und reicht ihn Asnide: »Trink! – Trink auf die Rückkehr deines Mannes!« Und dann schüttelt er sich vor Lachen.
Dann ist das Essen vorbei. Ein Kienspan wird angezündet. Die Szene wird gespenstisch und unwirklich: flackernde Schatten – Schweigen – Strohrascheln – Waffenklirren – Weinschlürfen. Eine lange, lange Stunde! Dann sind wieder Schritte auf dem Gartenweg zu hören. Alle haben sie gehört, aber keiner springt auf, doch Spannung ist auf den Gesichtern und bei Heinrich wieder das belustigte Lächeln. Die Tür geht auf, nicht mit Stoß und Schwung, sondern langsam, bedächtig, behutsam, und dann steht Arnd im Türrahmen.
O Arnd! Der große, starke Arnd steht mit hängenden Schultern und gesenktem Kopf da und tritt in die Diele.

Die Soldaten wollen aufspringen, verharren aber doch am Boden, gespannt kauernd, ohne jeden Laut. Nur Heinrich ist aufgestanden. Erst sieht es so aus, als wolle er wieder sein amüsiertes Lachen ausschütten, aber er verkneift es sich. Asnide erkennt – soweit man in dem flackernden Licht überhaupt etwas erkennen kann – Gutmütigkeit in seinen Zügen.
»Nun?« Das ist alles, was er sagt, als er auf Arnd zutritt, fordernd zwar, aber doch freundlich, einladend.
»Was habt ihr mit ihr gemacht!« Noch einmal bricht es aus Arnd hervor. Sein Kopf fliegt hoch, seine Arme zucken. Aber Heinrich lässt sich dadurch nicht provozieren; er zahlt nicht mit gleicher Münze heim. Fast demütig mit gesenktem Blick antwortet er Arnd: »Es soll nicht wieder vorkommen. Wir wissen unsere Leute zu schützen« – und dann nach einer kleinen Weile: »die uns gehorchen!«
Beim letzten Wort ist er schon wieder der Alte: Drost Heinrich von Gellen, der schneidige, der gewandte. Drohend hängt das Wort ›gehorchen‹ im Raum, und Arnd steht einfach nur da. Asnide sieht, wie es in ihm arbeitet. Sein kluger, schöner Kopf pendelt unruhig auf den hängenden Schultern. Dann ist es ausgestanden; es hat seinen Körper durchlaufen, überall ist es gewesen, aber es hat sich nicht festsetzen können. In den Beinen nicht, in den Armen nicht und ebenso nicht in Brust und Leib! Da ist es zurückgekehrt in seinen klugen Kopf.
Es? Was denn? Ich weiß es nicht!
Jedenfalls hebt Arnd nun den Kopf, blickt Heinrich an, und dann kommt es leise von seinen Lippen: »Nun gut, es sei!«
Knapp und kaum zu hören ist das Lachen Heinrichs. Schnell bricht er es ab und schluckt es hinunter. Stattdessen füllt er mit raschen Bewegungen zwei Becher und reicht einen davon Arnd: »Auf das Wohl unseres Herrn, Dietrich von Isenberg – Arnd unser neuer Gesindeschult!«
Er selbst stürzt den Wein mit hastigen Schlucken hinunter; und auch Arnd setzt nach kurzem Zögern den Becher an und trinkt und trinkt.
Trinkt seinen eigenen – ihm von Heinrich kredenzten – Wein auf das Wohl des Isenbergers.
Mit dem letzten Tropfen sinkt er auf das Stroh, dreht sich zur Seite, krümmt sich zusammen: Arnd auf dem Winneskamp, Gesindeschult des Grafen von Isenberg.

Asnide sieht zwar, was da geschehen ist, versteht es aber nicht. Er hat sich gebeugt. Ihr großer, starker, kluger Arnd hat sich gebeugt. Wovor? Vor dem Isenberger natürlich! Arnd auf dem Winneskamp, huldiger Bauer essendischer Fürstäbtissin beugt sich vor dem Isenberger. Was wird daraus? Zunächst ein unruhiger Schlaf, der Arnd und Asnide heimsucht. Es ist nichts zu machen. Arnd ist in sich verkrümmt, Asnide kann gar nicht an ihn herankommen. Die Isenbergischen sitzen um sie herum und schlürfen in mildem Triumph Arnds Wein.

Zwei Jahre sind vergangen. Die Neu-Isenburg steht als stolze Feste auf dem Bramberg über der Ruhr und droht ins Land. Steil hinab ins Ruhrtal bis nach Werden! Der Abt dort kann sie sehen und auch die kölnischen Truppen, die dort stationiert sind. Sie droht aber auch über die sanften Hügel Rellinghausens hinweg, und so spürt auch die andere, Bertha, hohe Frau Äbtissin, mit wem sie es zu tun hat, wer Herr im Lande ist und trotz Fürstenprivileg die Macht ausübt: Dietrich von Isenberg, Vogt des Stifts und der Abtei Essen. Arnd aber und Asnide spüren gar nichts. Erstaunt und erleichtert nehmen sie wahr, dass auch unter den Isenbergern zu leben ist, gut sogar – wenigstens beinahe. Heinrich hat sein Versprechen gehalten. Nie mehr hat es einer gewagt, Asnide zu nahe zu treten.
Und Arnd ist ein geachteter Mann in der Burg. In der Burg, das ist es – sie wohnen in der Burg wie Herren! In einem festen Haus aus Steinen mit festen Türen!
Arnd ist über Kammern und Scheunen gesetzt. Er muss für die Verpflegung sorgen. Genaue Pflichten und Vollmachten sind ihm übertragen worden. Fleisch und Korn, Gemüse und Obst, das alles muss er besorgen. Die Bauern der Umgebung haben es ihm nach seinen Anforderungen zu bringen. Am Tor nimmt er es in Empfang, bescheinigt Zehntlieferungen, bezahlt die Leute, wenn etwas gekauft wird, bringt die Sachen dann mit Knechten in Scheunen und Vorratskammern, lagert alles mit Sorgfalt.
Asnide ist zweite Köchin. Unter der ersten, die die Isenberger mitgebracht haben, arbeitet sie in der großen Küche. Von dort kann sie direkt auf ihren alten Hof sehen. Es ist eigentlich alles in Ordnung. Das Leben hat seinen festen Gang, und sie haben ihren Platz darin. Ein guter Platz – so will es Asnide scheinen!
Sie haben zu essen, wohnen in einem festen Haus, und der große starke, kluge und doch so zärtliche Arnd ist ihr Mann.

Asnide wird nicht vergessen, wie er sie an dem Morgen nach dem Überfall in die Arme genommen hatte. Es war so viel Trösten-wollen, so viel Schützen-Wollen darin gewesen, dass in Asnide jedes Mal, wenn sie daran dachte, die Erinnerung an das, was geschehen war, erst recht wieder schmerzlich hochstieg. Dabei hatte sie gerade angefangen zu vergessen. Nun ja, es gab halt böse Zeiten, in denen man leiden musste. Aber wenn danach die Sonne wieder schien, wenn es reichlich zu essen gab und ein festes Haus da war – was soll's? Das sind so die Wechselfälle des Lebens. Da muss man sich anpassen. Am besten, man tut es so schnell wie möglich. Hatte es früher geheißen, Graf Engelbert, der kölnische Erzbischof sei ein frommer Mann gewesen, so muss sie jetzt lernen, dass er ein Schuft war, ein machtgieriger, skrupelloser Eroberer wie alle Kölner Erzbischöfe, nur darauf versessen, angestammte Rechte und Gebiete unrechtmäßig zu erobern und seinem Einfluss zu unterwerfen. Das aber darf der Gerechte nicht hinnehmen; und so musste denn der Isenberger, um geschehenes Unrecht zu sühnen, hierher zurückkehren, um seinen Ansprüchen auf die Vogtei des essendischen Reichsstifts Nachdruck zu verleihen.

Wie gut, dass Heinrich es ihnen in der Küche deutlich so erklärt hatte, dass es für jeden zu verstehen war. Die Kölner hatten Unrecht getan, als sie ihre Hand auf diese Gebiete gelegt hatten; nun wurden sie durch die Burg in ihre Schranken gewiesen. Und Asnide war in der Burg!

Es hatte sie sehr bekümmert, dass ausgerechnet ihr eigener Mann diese Gewissheit erschüttern wollte. Als sie ihm beim Mittagessen weitererzählte, was sie von Heinrich erfahren hatte, hatte Arnd nur unwillig den Kopf geschüttelt und gesagt: »Der Kaiser hat es anders geordnet!«

Hatte der Kaiser denn auch damit zu tun? Und was konnte der Kaiser anders ordnen, wenn doch die Kölner Unrecht hatten?

Asnide hatte nicht weiter gefragt, weil sie spürte, wie verworren das alles war, so dass sie es nicht überblicken konnte. Warum musste bei den hohen Herren alles so kompliziert sein, und wieso wurde man in diese Komplikationen einfach mit hineingezogen? Was ging es sie eigentlich an?

Eine kurze Wut gegen alles Hohe, Edle, Fromme kriecht in Asnide hoch: »Was haben wir mit euch zu schaffen? Was zieht ihr uns in eure Händel«, ruft sie über den Hof. Zum Glück hat's keiner gehört. Ihre Wut kühlt auch schnell wieder ab. Jetzt ist ja alles gut.

Stark und fest steht die Burg gegen alle Feinde. Sollen sie doch kommen, sie werden sich blutige Schädel holen und erfahren, dass Recht Recht bleiben würde.
Die Burg ist stark. Wer soll sie je erobern?
Und Arnd und Asnide sind in der starken Burg. Nur dass Arnd offensichtlich nicht die gleiche Freude wie Asnide darüber aufbringen kann. Er hat sich zwar auch in der Burg eingerichtet, ist ein geachteter Mann und tut seine Pflicht ohne Murren, aber oftmals, wenn Heinrich von Gellen Befehle erteilt, wenn er Arnds Ratschläge ohne jedes weitere Wort abtut und seine knappen Anweisungen bösartig schnaubend ausstößt, keinen Widerspruch duldend, oder wenn Dietrich von Isenberg bei seinen gelegentlichen Besuchen auf der Burg an ihm vorbeigeht, als wenn Arnd gar nicht da wäre, dann kann Asnide jedes Mal das Zucken seines Kopfes sehen und den Krampf, der durch seine Glieder läuft, bis er in einem kraftlosen Herabfallen seines Kopfes erstirbt. Leer – absolut leer ist dann sein Blick. Asnide hat Angst vor diesen leeren Blicken ihres großen, starken, klugen Arnds. Manchmal kann sie ihn mit ihrer Zärtlichkeit aus dieser Leere herausholen. Dann ist sie glücklich. Wenn sie sich an ihn schmiegt und er sie in die Arme nimmt, ist es, als ob ein Funke in seinen Augen zündet, und oft versteht Asnide es, diesen Funken zur Flamme anzufachen. Oh, Arnd ist zärtlich.
Aber so schön wie damals, als er mit dem Huldbrief der Äbtissin zurückkam, ist es nie wieder gewesen.

Seit einigen Tagen ist Unruhe in der Burg. Kuriere kommen und gehen. Dietrich von Isenberg ist hastig abgereist – wichtige Aufgaben, heißt es. Heinrich von Gellen läuft aufgeregt umher, bellt unsinnige Kommandos, nimmt sie zurück und befiehlt sie von neuem. Alle werden von dieser Unruhe angesteckt. Aber keiner wagt etwas zu sagen, wenn Asnide nach den Gründen für diese Umtriebe fragt. Achselzucken allenthalben!
Ein neuer Tag! Wieder steigt eine goldene Sonne über dem Wald von Heisingen auf und überzieht die lieblichen Hügel mit messinggelbem Glanz. Wie schön dieses Land doch ist! Und mitten drin am Rande sanfter Hügel hoch über dem steilen Tal der Ruhr: die Burg! Asnide sieht es mit wachen, entzückten Augen. Kann es etwas anderes geben als das Gefühl von Glück und Geborgenheit an solch hellem Morgen, in solch lieblicher Landschaft, in solch starker Burg?

Aber was ist das? Das sind nicht die Stimmen der Vögel, das ist nicht das Rauschen hoher Buchen, nicht das Sensendengeln friedlicher Bauern. Das ist das Klirren von Schwertern und Spießen. Da wimmelt es zwischen den Bäumen das steile Tal empor, über die Landstraße krabbelt es wie Ameisen heran, dreht ab in die Felder und Saaten: unendliche Schwärme, braun und grau, schwappen über den Horizont und füllen Mulden und Hügel. Von allen Seiten zieht es heran, ein riesiges Heer: der Feind!

Erschrecken will in Asnide hochsteigen. Aber dann erinnert sie sich an Heinrich von Gellens Worte: »Niemand wird diese Burg einnehmen!« Jetzt also wird sich zeigen, dass Recht Recht bleibt. Sie werden gegen die starken Mauern anrennen und sich die Köpfe blutig stoßen.

Und Asnide wird dabei sein – in der Burg! Auf den Wehrgängen wird sie stehen und sehen, wie die Feinde gegen die Mauern anbranden und zerschellen, zerscheitern. Triumph und Jubel füllen ihre Brust und jagen das kurze Erschrecken davon. Freilich, als Asnide um sich blickt, kehrt es blitzschnell, als hätte es nur hinter ihrem Rücken gelauert, zurück. Sie schaut in die Gesichter der Soldaten und erkennt dort stumpfe Resignation, mürrischen Unwillen. Sie sieht Heinrich von Gellen aufgescheucht herumlaufen, ohne Mut, ohne Kraft, ohne Willen. Da läuft sie zu Arnd: »O Arnd!«

Nur zwei kurze Sätze sagt er: »Es sind zu viele!« und: »Sie haben Sturmböcke!« Dann verkriecht er sich. Der große, kluge, starke Arnd verkriecht sich.

Es ist Mittag geworden. Unter der hohen, messinggelben Sonne ist die Burg eingeschlossen. Ganz eng ist der Ring, den sie gezogen haben; und immer neue Truppen stoßen hinzu.

Drei Reiter lösen sich aus dem Ring, reiten auf das Burgtor zu. Der mittlere trägt ein weißes Tuch an seiner Lanze. Heinrich von Gellen gibt Befehl, die Brücke herabzulassen. Sie jankt herunter. Die drei sprengen herüber in den Torhof. Dort tritt Heinrich ihnen entgegen. Sie arretieren die Pferde, und der mittlere Reiter schnarrt: »Wir geben eine Stunde Zeit. Wir bieten freien Abzug für Ritter und Mannen, Schonung für Leute und Gesinde – auf das Wort des Herrn Erzbischofs!« Als lohne es nicht, auf eine Antwort zu warten, reißen sie die Pferde herum und sprengen davon. Die Brücke knirscht herauf.

Heinrich hat die Demütigung verstanden. Mit eingezogenem Kopf schleicht er davon.

Es ist noch keine halbe Stunde verstrichen, da lässt sich die Brücke schon wieder herab, und an der Spitze seiner Mannen reitet Heinrich von Gellen aus der Burg: den Helm in der Hand, das Schwert in der Scheide.
Als die Brücke herabgeht, gerät Bewegung in den Kreis der Belagerer; und als sie die Männer sehen, barhäuptig, mit gesteckten Schwertern, da wissen sie: Ihre Stunde bricht an. Ein Jubel brandet auf, pflanzt sich fort, läuft um die Burg, steckt auch die an, die an den Hängen im Wald nichts sehen können von dem, was geschieht; und in diesem Jubel ertrinkt die Burg. Eine Schwadron kölnischer Reiter stößt auf die Isenberger zu. Heinrich hält sein Pferd an. Der Zug stoppt und Heinrich übergibt dem Hauptmann der Kölner ein Schreiben. Der Jubel steigert sich. Die Kölner bilden ein Spalier, es entsteht eine schmale Lücke im Ring der Belagerer, und durch diese Lücke ziehen die Isenberger ab – lahm und geschlagen. Heinrich und seine Reiter voran, hinter ihnen – zu Fuß – seine Mannen.
Asnide steht neben Arnd auf dem Wehrgang und beobachtet den Abzug.
Recht bleibt Recht? Recht bleibt nicht Recht! Mehrzahl siegt!
»Es sind zu viele«, sagt Arnd; und weiter: »Es ist niemand erschlagen worden!« Asnide kommt es vor, als wenn sie Erleichterung und Befriedigung daraus hörte. Dass er so etwas denken mag, wo doch Asnide gerade darunter leidet, dass die Isenberger abgezogen sind, ohne auch nur einen Schwertstreich für das Recht riskiert zu haben. Wie geprügelte Hunde sind sie davongeschlichen. Ist es denn nicht herrlich, für das Recht zu kämpfen? Ist ein Mann so viel wert, dass man seinen Tod nicht riskieren darf, um das Recht zu retten? Das Recht steht doch auf dem Spiel. Wer wollte da vom Leben eines Mannes reden?
Arnd tut es. Was ist nur in ihn gefahren?
Wie es weitergeht? Ganz einfach: Die Kölner nehmen die Burg ein. Während der Jubel im Belagerungsring in rasche Geschäftigkeit umschlägt, während Zelte aufgeschlagen, Lagerfeuer angezündet, Lebensmittel beschafft und verteilt werden, sprengt der Anführer mit einem Trupp Reiter in die Burg. Dort sind nur noch Leute und Gesinde.
Leute: das sind Arnd und Asnide und noch ein paar andere. Gesinde: das sind Knechte und Mägde.
Im Hof gellt ein Befehl: »Alle herkommen!«
Die Reiter sind abgesessen und stürmen mit gezogenen Schwer-

tern in Säle und Häuser, in Kammern und Scheunen und treiben heraus, wer sich dort verkrochen hat, schrecken Leute und Gesinde hoch, jagen sie vor sich her. Auch über den Wehrgang kommt einer gerannt. Vor seinem züngelnden Schwert weichen Arnd und Asnide die Treppe hinab in den Hof. Dort ist bald alles versammelt, was in der Burg geblieben ist: Leute und Gesinde! Die Reiter kehren einer nach dem anderen von ihrer Hatz zurück, nehmen ihre Pferde beim Zügel und reihen sich neben ihrem Hauptmann ein, der auf dem Rücken seines unruhig tänzelnden Pferdes sitzen geblieben ist. Ungeduldig blickt er über das Gewimmel der Menschen, wartet begierig, dass alles in geordnetem Haufen vor ihm steht. Mit herrischem Ruf gebietet er Ruhe und noch in die letzten ersterbenden Geräusche der Zusammengetriebenen und ihrer Treiber schneidet seine Stimme: »Ich bin Rudbert, Hauptmann des hochwohlgeborenen Herrn Konrad von Hochstaden, Erzbischofs von Köln. Ich habe mit meinen Soldaten diese Burg erobert, um meinem Herrn die angestammten Rechte über dieses Gebiet zurückzugewinnen, die ihm mit frevelnder Hand durch den Bau dieser Burg für kurze Zeit genommen waren. Aber wir werden nicht zulassen, dass das Reich zerschlagen, das Recht mit Füßen getreten und die Gerechtigkeit verhöhnt wird. Darum haben unsere Truppen unter dem Schirm des Allmächtigen und im Namen seines Dieners, des hochedlen Herrn Erzbischofs diesen Sieg über einen frevelnden Feind errungen.«
Und dann, nach einer kurzen Pause, bedeutungsschwer weiter: »Diesem Feind habt ihr gedient. Aber weil denn dem hohen Herrn Erzbischof gefallen hat, Gnade und Barmherzigkeit walten zu lassen, dazu auch den niederen Ständen Schonung und Bewahrung nach seinem Wort zuzusagen, so wird euch vergeben, sofern ihr gelobt, von nun an treue und gehorsame Diener des hohen Herrn Konrad von Hochstaden zu sein. Wollt ihr das?«
So endet Rudbert seine Rede, stolz um sich blickend, ob sie wohl auch gebührend auf diese wohlgesetzte Rede ihres Hauptmanns geachtet haben und seine Klugheit und Überlegenheit respektvoll anerkennen.
Auch Asnide hat die Rede mit wachsendem Wohlbehagen gehört. Wie ein warmer Strom der Freude ist es in ihrer Brust emporgestiegen, und wie ein heller Strahl der Erkenntnis hat es ihr Gehirn durchzuckt: Ja, natürlich, das ist es! Darum sind die Isenberger wie räudige Hunde abgezogen und haben ihr Leben nicht wie recht-

schaffene Helden in die Schanze geschlagen, weil das Recht gar nicht auf ihrer Seite war, sondern auf Seiten der Kölner ist! Sonnenklar ist es Asnide. Nicht die Isenberger, die Kölner sind die angestammten Herren über dieses Gebiet. Nicht Unrecht, Recht ist geschehen.
Und Asnide ist dabei – in der Burg!
Der Herr Erzbischof gewährt Gnade und Barmherzigkeit. Er erweist sich damit als ein rechter Herr. Es ist ihnen vergeben. Sie dürfen dem hohen Herrn Erzbischof dienen. So ist es für Asnide keine Frage mehr, die Rudbert an sie richtet: Wollt ihr das?
Wie eine Befreiung bricht es aus ihr hervor: »Wir wollen dem Herrn Konrad treue und ergebene Diener sein!«
Die anderen scheinen nur darauf gewartet zu haben, dass jemand ihren Gehorsamswillen formuliert. Begeistert stimmen sie mit ein: »Ein Hoch dem gnädigen Herrn Konrad! Wir wollen treue Diener sein!«
Ein Hoch-leben-lassen und Benedeien hebt an. Auch die Ritter stimmen mit ein. Eitel um sich schauend, triumphierend und hochmütig-belustigt genießt Rudbert seinen Erfolg. Aber als der Jubel kein Ende nimmt, stoppt er ihn mit einer herrischen, ungeduldigen Gebärde: »Nun gut denn, wir wollen feiern. Wein her und Braten!«
Ein Rennen und Laufen geht los. Asnide ist es eine Lust und eine Genugtuung, für die Kölner zu wirtschaften. Sie gibt ihr Bestes. Hei, das ist ein Leben in der Burg. Hammel werden gebracht und Rinder. Im Hof prasselt ein Feuer. Dort wird für die niederen Reiter ein Ochse am Spieß gebraten. In der Küche hingegen werden für Rudbert und sein engeres Gefolge feine Speisen zubereitet. Da wird gebraten, gesotten und gebrutzelt, und Asnide gibt dabei den Ton an. Rudbert hat sich derweil im Rittersaal niedergelassen und wartet auf den Festschmaus. Die Becher kreisen und werden nicht leer. Immer neu wird eingeschenkt. Musikanten sind da und spielen auf. Wo kommen die nur her? Haben die Kölner sie im Vorgefühl des sicheren Sieges gleich mitgebracht? Natürlich, das Recht ist ja auf ihrer Seite. Wie sollten sie da nicht des Sieges gewiss sein und ihre Musikanten mitbringen?
Asnide ist völlig in ihrem Eifer für die rechtmäßigen Herren gefangen. Sie wirkt in der Küche über Töpfen und Kannen, über Tiegeln, Schüsseln und Pfannen, damit es ein rechter Festschmaus wird für die wahren Herren.
Langsam wird es dunkel. Wo ist Arnd? Arnd, der kluge, starke

macht nicht mit. Er sitzt mit eingezogenem Kopf in der Stube und grübelt. So findet Asnide ihn: »Arnd!« Mit leerem Blick schaut er sie an. »Arnd, sie gewähren uns Gnade und Barmherzigkeit. Willst du dich nicht auch freuen und den rechten Herren dienen?«
Asnide ist selbst erstaunt über diese klugen, feinen Worte, die ihr da aus dem Munde fließen. Muss es nicht so sein, wenn das Herz voll Freude ist, weil die rechten Herren in die Burg eingezogen sind? Arnd antwortet nur kurz mit ratlosem Blick: »Und die Äbtissin?«
Zum ersten Mal ist Asnide zornig über Arnds Worte. Dieser Hinweis passt ganz und gar nicht zu ihrer Stimmung. Wieso soll sie jetzt an die Äbtissin denken. Sie war nicht da, als die Isenberger kamen. Jetzt hat der Herr Erzbischof gesiegt und will Asnide an seinem Sieg teilhaben lassen, da wird sie sich dieses Siegesfest nicht verderben lassen. Sie wird den Siegern einen Schmaus zubereiten, der ihnen noch lange den Magen kitzeln soll. Mag Arnd doch allein Trübsal blasen und in seinen klugen Bedenken schmoren.
Es ist ja auch schon alles fertig zubereitet. Mit den Mägden trägt Asnide die Speisen auf. Im Rittersaal beginnt ein großes Schlemmen. Rudbert und seine Getreuen tun sich gütlich an Gesottenem und Gebratenem.
Heissassa, es schmeckt ihnen, dass ihnen der Bratensaft über das Gesicht läuft. Ihre Lippen schmatzen und schnalzen. Immer neue Schüsseln werden hereingetragen, immer schneller kreisen die Becher, immer lauter werden die Rufe, immer kräftiger das Rülpsen, immer heftiger die Musik.
»Heja, wir wollen tanzen!«
»He, du, komm her!«
Wie ein Signal ist das. Da hat auch schon einer der Ritter Asnides Handgelenk gefasst und schwenkt sie herum. Die anderen sehen das als einen Anfang an, den sie fortzuführen haben. Sie stürzen sich auf die Mägde.
Ein Reigen beginnt!
Ein Reigen auf den Sieg des Herrn Erzbischofs!
Und Asnide ist dabei – beim Siegesreigen in der Burg!
Aber was ist das? Ist das Gnade und Barmherzigkeit? Ist das Schonung?
Der Asnide schwenkende Ritter, der Ritter aus dem Siegesreigen des hohen Herrn Erzbischofs von Köln, wird zudringlich. Er greift nach Asnides Brüsten, langt unter ihren Rock, lacht halb gutmütig, halb hämisch über ihr Wehren.

»He, du, ich bin Frau – Frau des Mannes Arnd auf dem Winneskamp!«

»Haha, und ich bin Gottfried, Ritter des Herrn Erzbischofs. Wir haben heute einen großen Sieg errungen, du bist die Beute, haha«, meckert ein fettes Lachen aus seinem Mund.

»Gnade und Barmherzigkeit und Schonung habt ihr zugesagt!«
Aber er hört gar nicht zu. Etwas Hartes, Gieriges ist plötzlich in seinem Blick. Mit Gewalt zerrt er an Asnides Wams, an ihrem Rock, lässt sich durch ihr Wehren nicht stören.

»Gnade, Schonung«, so gellt ihr Ruf durch die Burg. Da ist Arnd zur Stelle. Der kluge, starke, verkrochene, grübelnde Arnd steht im Rittersaal, ist zur Stelle. Mit einem Griff hat er Asnide dem Ritter entrissen und zerrt sie zu Rudbert hin.

»Herr, ihr habt Gnade und Barmherzigkeit zugesagt und Schonung!«

Aber Rudbert starrt nur trunken, mit glasigem Blick, auf die beiden. Der Wein fließt ihm aus dem Mund und sogar aus der Nase. Unter Rülpsen bringt er hervor: »Barmherzigkeit für eure Seelen – Schonung für euer Leben!«

Das ist angesagt – mehr nicht! Heja, jetzt wird das Fest erst richtig schön! Zwei, drei Ritter fallen über Asnide, die schöne, schlanke, dunkle, her. Aber Arnd ist da. Der starke Arnd kämpft um seine Frau gegen die Ritter des Herrn Erzbischofs.

Asnide sieht, wie er kämpft und weiß, so war es doch schon einmal: Die fliegenden Fäuste, die wirbelnden Arme, seine schwellenden Muskeln. Hei, die werden auch mit Rittern fertig. Wie das kracht, wenn seine Fäuste ihre Schädel treffen, ihre Rippen knacken lassen. Auch wenn es viele sind – in ihrer Trunkenheit sind sie eine leichte Beute für Arnd, den starken.

Asnide sieht den Sieg ihres Arnd über die trunkenen Ritter und kann sich doch nicht freuen. Es ist ja alles schon einmal so gewesen. Nun muss doch einer das Schwert nehmen und seinen Knauf Arnd in den Bauch rammen, und dann ...

Aber die Ritter haben ihre Schwerter gar nicht zur Hand, haben abgeschnallt und stürzen sich immer nur wie blind auf den Starken, den Gewaltigen – und müssen immer wieder an ihm scheitern. Das geht so hin und her und nimmt kein Ende.

Doch es kommt ein Ende!

Ein Ruf ist plötzlich im Raum – ein Befehl!

»Schluss jetzt!«

Nicht hart und bellend, aber deutlich klar und bestimmend; und alle, alle hören. Hören und gehorchen!
Arnds Arme fallen herab. Die Ritter erstarren und wenden sich dem Rufenden zu. Der steht in der Tür in einem blauen Mantel mit goldenen Litzen und Tressen, begleitet von zwei Rittern. Wie lange hat er schon dort gestanden und dem schändlichen Treiben zugesehen? Jetzt löst er sich von der Schwelle und tritt in den Raum. Ehrfurchtsvoll verneigen sich die Ritter. Auch Rudbert kann seinen Rausch halbwegs überwinden und bringt wenigstens eine kümmerliche Verbeugung zustande. Nur Arnd und Asnide stehen aufrecht, aber ratlos im Saal.
»Konrad von Hochstaden«, murmelt einer der Ritter. Das bringt ein Lächeln auf Asnides Züge. Natürlich, das kann nur Konrad von Hochstaden, der hochwohlgeborene Herr Erzbischof selber sein; so schön ist er in seinem blauen, goldbesetzten Mantel.
Konrad tritt auf Arnd zu. Mit bestätigendem Kopfnicken spricht er ihn an: »Du bist stark, mein Sohn. Solche Leute kann ich gebrauchen!«
Und dann wendet er sich Asnide zu. Wohlgefällig gleitet sein Blick über ihre Gestalt. Wohlgefällig!
Asnide spürt es in allen Gliedern, spürt aber auch noch etwas anderes, etwas, das auch im Blick des Ritters war, der sie gepackt hatte: Lust, böse Lust!
Asnide ist gehemmt und misstrauisch. Der hohe Herr steht mit freundlichem Anblicken direkt vor ihr, aber Asnide hat Angst. Er hebt seine Hand, greift unter ihr Kinn, streicht über ihr Haar, das dunkle, lang wallende.
»Du bist schön, meine Tochter. Geht jetzt in eure Kammer. Morgen werden wir weitersehen!« Damit sind Arnd und Asnide entlassen.
Morgen? Was ist dann?
Morgen ist gar nichts. Morgen ist wie gestern. Es bleibt alles beim Alten. Die Kölner richten sich ein. Arnd und Asnide bleiben in der Burg. Rudbert hat Leute und Gesinde noch einmal zusammengeholt und ihnen ihre Aufgaben zugewiesen. Es ist wirklich alles beim Alten geblieben. Arnd ist weiter Gesinde-Schult, Asnide arbeitet in der Küche.
Und ist kein Unterschied zwischen Isenbergern und Kölnern. Die rechten Herren leben genauso wie die unrechten. Der Dienst für die einen ist genau so wie für die anderen. Asnide hat bald vergessen, dass da ein Einschnitt war, und dass das Recht gesiegt hat.

61

Nur eins hat sie behalten: ein Erlebnis, dass sie immer wieder beunruhigt, wenn sie daran denkt; und sie denkt oft daran.
Es war am Tag nach der Siegesfeier gewesen. Asnide hatte zusammen mit der ersten Köchin ein gutes Mahl bereitet und trug die Suppe selbst auf. Konrad von Hochstaden speiste allein. Rudbert und einige Ritter standen ehrfurchtsvoll und mit geneigten Köpfen in weitem Bogen um den Tisch herum wie bestrafte Knappen. Sie waren nicht mit zur Tafel geladen.
Asnide setzte mit Knicks und niedergeschlagenen Augen die Schüssel auf den Tisch und wollte sich entfernen. Da sieht sie direkt in Konrads blaue Augen. Er ist aufgestanden, er legt seine Hände auf Asnides Schultern, er fährt mit seinen Händen ihre Arme entlang, bis er ihre Handgelenke ergreifen kann, er hebt Asnides Arme seitwärts hoch, dass sich das Tuch über ihrer Brust spannt; er lässt sie los und fasst, bevor sie herabgefallen sind, Asnides Hüften. Er dreht sie nach links und nach rechts. Da lässt ihn ein heftiges Zittern Asnides einhalten. Asnide hat in Konrads Augen etwas erblickt, was sie jetzt schon gut kennt. Es war in den Augen von Heinrich von Gellens Leuten und in den Augen von Rudberts Rittern. Und jetzt auch wieder in Konrads Augen: böse Lust! Das Zittern überfällt Asnide wie ein Platzregen. Im Nu ist ihr ganzer Körper davon geschüttelt. Konrad merkt es; und als er es merkt, werden seine Augen hart und sein Mund verkniffen. Seine Hände stoßen Asnide weg: »Geh, geh jetzt«, so kommt es heiser und rau aus seiner Kehle. Dann stürzt er sich hastig auf die Suppe, und Asnide flieht.

Fünf Jahre sind vergangen. Drei Kinder – alles Söhne – hat Asnide ihrem Arnd in diesen Jahren geboren: Arnd, Friedrich und Johannes. Sie spielen in der Burg, und alle sind es zufrieden.
Asnide ist noch schöner geworden. Aus dem schlanken, schwarzhaarigen, dunkeläugigen Mädchen ist eine reife Frau geworden. Ihre Brust ist voller, ihre Hüfte runder geworden. Arnd freut sich daran. Es ist auch das Einzige, was ihm Freude macht. Wenn seine Frau über den Hof geht, dann sieht man manchmal ein Lächeln auf seinem Gesicht.
Arnd ist stolz auf seine Frau, die schöne Asnide. Ansonsten ist er sehr verschlossen; er spricht wenig und denkt viel. Asnide sieht dann, wie es hinter seiner Stirn arbeitet. Aber sie sagt nichts, weiß auch gar nichts zu sagen. Außerdem hat sie ja jetzt neben der Küche – wo sie inzwischen erste Köchin ist – eine weitere Aufgabe: die Kinder.

Arnd tut seine Pflicht gründlich und fleißig. Aber lachen? Nein, lachen sieht man ihn nicht. Nur – wie gesagt – wenn seine Frau über den Hof geht, wiegend und schreitend fast wie ein Edelfräulein – und wenn dann noch einer aus der Burg hinter ihr herschaut, dann, ja dann ist ein Lächeln auf seinen Zügen. Aber auch nur ganz kurz! Plötzlich können seine Lippen und Augen hart werden, so als fiele etwas in ihn hinein, das auch das leiseste Lächeln vertreibt. Dann bricht er abrupt auf, geht an seine Arbeit; und wenn ihm dann einer in die Quere kommt, schnauzt er ihn an, selbst wenn es ein Ritter ist. Denn Arnd ist Schult in der Burg und kann sich schon mal was herausnehmen.

Seit einiger Zeit ist Rudbert, Amtmann des Erzbischofs, wieder in der Burg. Er erteilt eines Tages Asnide den Auftrag, ins Kastell nach Werden zu gehen, um vom dortigen Hauptmann der kölnischen Wachtruppe ein Dutzend Schnepfen zu holen, die jener beim Würfelspiel an Rudbert verloren hatte.

Zunächst hat Asnide Angst, denn der Weg nach Werden ist weit – zwei Stunden fast – und führt steil den Hang hinunter ins stickige und sumpfige Ruhrtal und dann durch dichte Wälder bis kurz vor das arme Städtchen Werden. Erst dann wird die Straße etwas besser. Ein beschwerlicher mühsamer Weg also, den Asnide da zurücklegen muss. Und gefährlich womöglich auch! Aber Asnide sagt sich, was soll schon passieren? Die Kölner beherrschen das ganze Land, und seitdem sie da sind, herrscht Ruhe und Ordnung. Straßen und Wege sind sicher, das muss man wirklich sagen. Lichtscheues Gesindel hat unter den Kölnern keine Chance.

So zieht sie also mit einer Kiepe auf dem Rücken los zum Hauptmann des Werdener Kastells. Sie steigt den steilen Pfad zur Ruhr durch uralte Eichen und Buchen hinab, wandert die schmale, kümmerliche Straße an der Ruhr entlang, erreicht nach knapp zwei Stunden das Kastell, empfängt in der Küche auch richtig die Schnepfen, packt sie sorgfältig in die Kiepe und nimmt alsbald den Heimweg unter die Füße: über die Brücke und dann wieder die feuchte, sumpfige Straße an der Ruhr entlang. Hier unten ist es gar nicht schön, die Landschaft absolut nicht lieblich. Dichtes Unterholz, Gestrüpp, Farnkraut und wilde Dornenhecken wachsen bis dicht an die Straße. Die Luft ist stickig und voll Modergeruch. Erst wenn sie von der Straße abbiegen und zur Burg heraufsteigen wird, werden Luft und Landschaft angenehmer werden.

Aber so weit ist es noch lange nicht.

Zwei Soldaten brechen plötzlich aus dem Gebüsch und sperren Asnide den Weg.
»Wohin?«
»Ich bin Köchin in der Burg, habe dem Herrn Rudbert Schnepfen vom Amtmann in Werden geholt und will jetzt wieder heim!«
Asnide ist noch ganz ruhig. Es können ja nur kölnische Soldaten sein, die hier die Straße sichern. Was soll sie von denen schon zu befürchten haben? Ganz geheuer ist ihr die Sache allerdings nicht. Die Helmbüsche der Soldaten erscheinen ihr so fremd und doch auch wieder bekannt.
»Was trägst du in der Kiepe?«
»Die Schnepfen!«
»Und sonst?«
»Nichts!«
»Lass sehen!«
Einer der beiden fasst Asnides Handgelenk und zerrt sie seitwärts in den Wald und den Hang hinauf. Der andere nestelt ihr die Kiepe vom Rücken. Sie erreichen eine kleine Bergnase. Dort liegen noch weitere Soldaten auf dem Boden. Ein Dutzend etwa! Von hier aus kann man wunderbar die Straße einsehen, ohne selbst gesehen zu werden.
Als die beiden mit Asnide eintreffen, gibt es ein Hallo, gedämpft und leise zwar nach den Stimmen, gewaltig aber nach dem Minenspiel.
Und da sieht Asnide endlich klar. Das sind nicht kölnische Soldaten, das sind isenbergische. Sie ist einem Spähtrupp märkischer Soldaten in die Hände gefallen.
Asnide schreit auf. Aber ihr Schrei erstickt in der riesigen Pranke eines Soldaten, der sie von hinten fasst und ihr den Mund verschließt.
Und dann fallen sie auch schon über sie her. Dieses Mal ist kein Arnd da, der mit rudernden Armen und harten Fäusten dazwischen fährt. Es tritt auch kein Größerer auf und spricht sein ›Halt‹; und dass Asnide zittert, merken diese rohen Kerle eh nicht.
Sie reißen Asnide das Wams auf und greifen gierig nach ihren Brüsten, sie streifen ihr den Rock hoch, brechen ihren Schoß auf und dringen tief in sie ein.
O Asnide! Gar kein Ende nimmt das. Wie sollte es auch? So viele Soldaten und in aller Augen das Gleiche: böse Lust!
Aber dann hat es doch ein Ende. Sehr plötzlich sogar!
Ein Ruf – erschreckte Antworten – Füße trappeln – Pferde wiehern –

Asnide rappelt sich auf, versucht ein wenig Ordnung in ihre Kleider zu bringen und sieht: Die Soldaten sind zu ihren Pferden geeilt, die etwas abseits an Bäumen angebunden stehen, sitzen auf – der letzte knüpft sich noch im Aufsteigen die Hosen zu – und sind davon, ehe Asnide einen klaren Gedanken fassen kann. Einen Augenblick steht sie allein auf dem Lagerplatz und nestelt verlegen an ihrer zerrissenen Kleidung. Was soll sie tun?

Da bricht es schon wieder herein. Sind die anderen ostwärts abgezogen, so strömt es nun von Westen heran. Mehr noch als die Märkischen, doppelt so viele; und es sind zweifelsfrei Kölnische. Asnide erkennt sie sofort. Hoffnung keimt in ihr auf. Sie sind gekommen, um Recht und Ordnung wieder aufzurichten. O ja, die Kölner lassen nicht zu, dass fremde Truppen Gewalt und Unrecht ins Land tragen. Sie werden an den Märkern rächen, was sie Asnide angetan haben.

Der größte Teil des Trupps sprengt auf einen kurzen Befehl des Anführers gleich weiter hinter den Flüchtenden her. Nur drei bleiben zurück, sitzen ab, nähern sich Asnide. Sicher werden sie ihr Geleit zur Burg geben.

Zur Burg, wo sie geborgen ist! Ja, das werden die Kölner tun.

Einer der drei geht an Asnide vorbei zu der Kiepe, die am Boden liegt und hebt sie auf: »Ha, was ist das?« Gar nicht freundlich, drohend klingt das. Was kann denn nur immer Drohendes an Schnepfen sein? Das ist es: »Die Dirne hat den Feinden Proviant gebracht. Hier ist der Beweis!« Triumphierend hält er die Kiepe hoch. »Sie hat sich mit ihnen abgegeben, seht sie nur an!«

Asnide will schreien: Nein, es ist doch alles ganz anders, ihr müsst mich schützen und mir Geleit geben. Ich bin aus der Burg, bin eure.

Aber die Bestürzung ist wie ein Pfropf in ihrer Kehle, den sie nicht ausstoßen kann. Erst als einer der drei sie anfasst, ist es die Wut, die den Pfropfen löst. Aber sie fängt am falschen Ende an: »Ich bin doch eure«, so will sie den Soldaten ihre Wut als ein schweres Geschoss entgegenschleudern; aber als sie gleichzeitig das kalte Glitzern, das sie nun schon so gut kennt, in ihren Augen sieht, da wird es nur ein leichter Wurf, den sie leicht und meckernd lachend auffangen: »Sie ist unsere, hahaha, sag ich es doch, sie ist unsere!«

Und dann muss sie die ihre sein!

O Asnide, gibt es denn nichts anderes für dich?

Was sind das für Herren, deren Recht und Gerechtigkeit, deren

Macht und Herrschaft wie Mühlsteine sind, zwischen die du gerätst? Warum nur? Wer bist du denn, Asnide?

Grauen, Angst, Wut, Schrecken, Schmerzen, Verzweiflung, Asnide bricht es aus, als die Kerle endlich von ihr ablassen und ihren Kameraden hinterhersprengen. Aber sie fühlt sich danach nicht besser, nur leerer. So leer, dass nicht einmal mehr Wut in ihr ist. Sie hat sie mit ausgespuckt und hätte sie doch behalten müssen.

Nur Leere!

Irgendwie kommt sie nach Hause. Arnd wartet schon am Burgtor auf sie. Er hat sich Sorgen gemacht. Sie ist lange weggeblieben. Natürlich!

Er geht ihr entgegen und sieht alles. Sieht seine schöne, geschundene Frau und verkrampft sich. Verkrampft sich und bemüht sich doch um Zärtlichkeit: »Erzähl!« Rau und sanft zugleich kommt es aus seinem Mund. Doch Asnide ist so leer, dass nicht einmal Worte aus ihr herausfließen. Nur mühsam, in einzelnen Worten tröpfelnd, kann Arnd die ganze Geschichte aus ihr herausholen. Dann löst sich sein Krampf in einem Entschluss. Er zieht Asnide mit sich fort. Mit festen, schnellen Schritten strebt er über den Hof der Burg auf den Rittersaal zu. Er stürmt die Treppe hoch, stößt die Tür zum Rittersaal auf und dringt ein. Ohne Pochen, ohne Verneigung, ohne höfliches Warten dringt ein: Arnd, der starke und verkrampfte, nun aber gelöste, freie und zieht hinter sich her: Asnide, die schöne, die geschlagene, gedemütigte, geschundene. Dort tafelt Rudbert mit seinen Getreuen. Arnd schleudert ihm die Kiepe vor die Füße, zieht seine Frau zu sich heran, legt ihr von hinten die schweren Hände auf die Schultern und schiebt sie zu Rudbert hin: »Da, sieh! Es waren Kölner, Eigene – Eigene!« Arnd schreit es: »Erst Märkische, dann Eigene – deine Leute, Rudbert!«

»Meine?« Rudbert runzelt die Augenbrauen und dann noch einmal: »Meine?«

»Deine!« Und nach einer Weile, zurücksteckend: »Kölnische!«

»Aha, Kölnische! Es gibt viele kölnische Truppen und Besatzungen im Land, mein Lieber. Sage mir, welche es waren: Broicher? Haansche? Werdener? Und ich werde dir helfen, deine Klage vor einem Gericht des Herrn Erzbischofs zu vertreten!« Halb entschuldigend, halb begütigend, dazu noch einen Schuss Genugtuung fordernd, bekräftigt er: »Meine Truppen aus der Burg waren es jedenfalls nicht!«

Was soll Arnd da sagen? Er ist ja so klug und weiß längst, dass

Recht und Macht an ihm vorübergehen, ja, dass es noch gut ist, wenn sie vorbeiziehen, denn man muss aufpassen, dass man nicht dazwischen gerät.
Aber das Recht anhalten und vor den eigenen Wagen spannen, das ist nichts für Leute wie Arnd und Asnide. Was sollen sie denn machen? Sollen sie von Kastell zu Kastell, von Burg zu Burg, von Stadt zu Stadt ziehen und von den Hauptleuten der kölnischen Besatzungen Recht und Genugtuung fordern für das, was Asnide geschehen ist? Sollen die Hauptleute ihre Soldaten antreten lassen? Soll Arnd dann mit Asnide die Reihen abschreiten und sagen: Der war es und der und der! Lächerlich ist das. Wer sind denn Arnd und Asnide? Leute in der Burg, nicht einmal Dienstmannen oder Ritter. Gewiss, Arnd ist Gesinde-Schult, ein bisschen ist das schon, aber nicht genug, um diese Sache durchzustehen. Arnd weiß es, schüttelt seine Wut in einen Krampf und löst den Krampf wiederum in Arbeit auf.
Während seiner Arbeit träumt Arnd davon, dass einer kommen wird, der wirklich das Recht suchen wird und nicht aufhört zu suchen, bis dass er es gefunden hat. Und wenn er zuvor die ganze Welt in Stücke hauen müsste. Arnd träumt weiter davon, wie sie – die Leute – aufstehen werden, um Macht und Herrschaft für sich zu fordern und an sich zu reißen; wie sie selber Herren im Lande sein werden und niemand sie von Recht und Macht aussperren kann; und wie sie alles zerschlagen und zerschmettern werden, das sich ihnen in den Weg stellt.
Aber werden sie dann noch etwas in Händen halten, wenn alles zerschlagen ist? Oder wird dann einer kommen, der ihnen hilft, die zerschlagenen Brocken aufzulesen, und der ihnen mit heilenden Händen austeilt und zuteilt und nichts für sich behält, damit sie genug, ja, damit sie die Fülle haben?
Arnd träumt. Ansonsten werkelt er in Scheunen und Schuppen. Asnide bosselt in der Küche. Hier haben sie ein kleines Stück Recht und ein noch kleineres Stück Macht. Wenn es auch nur Macht über Töpfe und Schüsseln, Säcke und Karren, Hühner und Pferde und vielleicht noch über ein paar Knechte und Mägde ist, es ist Macht.
Asnide birgt sich in diese Ordnung, so wie ein verwundetes Tier im Gebüsch oder in seiner Höhle Schonung und Heilung sucht. Arnd hingegen will durch stummen Trotz Boden unter die Füße bekommen. Der Hof der Burg, das ist sein Revier. Hier hat er Macht. Staunend entdeckt Arnd: Ja, auch er hat Macht; er herrscht sogar

über Menschen, über Knechte nämlich. Sein Staunen geht über in Grübeln, sein Grübeln in Selbstanklage: Bin ich am Ende selbst ein Mühlstein, der andere zerreibt, oder an dem andere sich zu Tode reiben? Arnd denkt viel darüber nach.

Fast vier Jahrzehnte sind verstrichen. Es ist nicht viel von ihnen zu berichten. Zwar war es eine bewegte Zeit, wenn man den Chroniken glauben darf. Die kaiserlose, die schreckliche Zeit kam und ging, die Chinesen führten das Pulvergeschütz ein, ein Kreuzzug – der siebte – fand statt, in Köln begann man mit dem Bau des Domes. Aber was ist das schon? Für Arnd und Asnide jedenfalls nichts! Für sie war es eine verhältnismäßig ruhige Zeit. Zwar hat es ständig Scharmützel zwischen Märkischen, Bergischen und Kölnischen gegeben, aber auf der Burg hat man nichts davon gemerkt. Hier war es ruhig.

Arnd und Asnide sind nun die ältesten Bewohner der Burg. Die Besatzungen wechseln rasch. Rudbert ist gestorben. Nach ihm sind noch manche Hauptleute oder Drosten gekommen. Sie alle haben in Arnd eine verlässliche Stütze gehabt. Er kennt alle Winkel in der Burg, alle Wege im Land, er weiß, worauf es ankommt. Darum ist Arnd ein geachteter Mann. Seine Tüchtigkeit und Verlässlichkeit haben ihm diesen Ruf eingebracht. Selbst Ritter begegnen ihm mit Respekt.

Nur eins muss aus den vergangenen Jahrzehnten noch unbedingt als berichtenswert nachgetragen werden, obwohl es wiederum in den Chroniken nicht verzeichnet ist. Es war vor dreißig Jahren. Ein Fieber zog durchs Land; und obwohl die Burg starke Mauern hatte, das Fieber ist einfach hinübergesprungen und hat die Bewohner der Burg gepackt. Einige Ritter sind daran gestorben. Am härtesten aber hat es Arnd und Asnide getroffen. In drei Tagen hat das Fieber ihre drei Söhne dahingerafft. Asnide hat geweint, Arnd sich heftig verkrampft. Als dann ein Priester den Segen über den Leichnamen gesprochen hatte, hat Arnd sie auf einen Karren geladen und ist mit ihnen zum Friedhof nach Rellinghausen gefahren. Dort hat er seine Söhne begraben.

Arnd hat in den vierzig Jahren auf der Burg viel nachgedacht. Vor allem über das Bild vom Mühlstein. Hat er Menschen zerrieben, die unter ihm leben und arbeiten mussten? Gewiss er hat Knechte angeschrien und zusammengestaucht, wenn sie schlechte Arbeit geleistet hatten. Aber zerrieben? Hat er sie zerrieben, wie er und Asnide

zerrieben worden sind? Er ist sich keiner Schuld bewusst; aber darf er sich damit zufrieden geben? Hat er nicht immerhin mit dazu beigetragen, dass sie Knechte, immer nur Knechte blieben? Arnd kommt zu keinem Schluss, und jetzt ist keine Zeit mehr zum Grübeln. Es wird wieder spannend.
Ein Gerücht macht die Runde: Der hohe Herr Erzbischof – es ist inzwischen der Herr Siegfried von Westerburg, aber was soll's – habe zu Worringen eine blutige Niederlage erlitten, und nun werde die Lage sich schnell ändern; nun könnten die Kölner ihre Oberhoheit nicht länger aufrechterhalten. Seit einiger Zeit schon waren in immer kürzeren Abständen Boten der Fürstäbtissin auf der Burg erschienen, die irgendwelche Rechte verkündigten. Der Drost hatte sie zur Kenntnis genommen und bedenklich den Kopf geschüttelt. Nachdem die Kölner vier Jahrzehnte lang von der Burg aus im Lande geschaltet und gewaltet haben, wie sie wollten, sieht es nun so aus, als wenn Bertha, die greise Fürstäbtissin zu Essen, den längsten Atem habe und das Regiment wieder in die Hand bekommen solle.
Der Drost hat sich schon seit einiger Zeit nicht mehr auf der Burg sehen lassen; und eines Morgens, als Arnd aufwacht, erwischt er gerade noch den Augenblick, wo die Besatzung die Burg verlässt. Er entsinnt sich, dass er im Halbschlaf wahrgenommen hat, dass in der Nacht ein reitender Bote Einlass gefordert hatte. Und nun also machen die Kölner sich aus dem Staube. Was nun?
Sie brauchen nicht lange zu warten. Von Osten nähert sich ein Heer; es zieht durch den Wald herauf und nimmt die Burg ein. Es sind aber nicht Essendische. Die Äbtissin hat ja auch gar kein Heer. Es sind Märkische unter dem Kommando des Grafen Eberhard von der Mark.
Wieder wird alles im Burghof zusammengetrommelt. Wie sich doch die Bilder gleichen! Wieder hält ein Hauptmann eine Rede: »Diese Burg ist zum Zeichen für unrechte Herrschaft über dieses Land geworden. Ein schamloser Eroberer hat von dieser Burg aus widerrechtliche Gewalt geübt. Wir aber werden dieses Zeichen des Unrechts nicht länger dulden. Die Burg wird geschleift!«
Ein lautes Hurra ist die Antwort der märkischen Soldaten. Das wird ein Fest für sie. Sie gehen auch gleich ans Werk. Arnd und Asnide haben kaum Zeit und Gelegenheit, ein paar Habseligkeiten ins Freie zu schaffen, da geht es schon los mit Hämmern, Hauen, Sägen, Brechen. Überall wird Holzwerk herausgerissen und Feuer gelegt. Um

Mittag steht die Burg bereits in hellen Flammen. Eine hohe Fackel, die jedem sagen soll: mit den Kölnern ist es vorbei, zu Ende! Nun gut, die Kölner! Vielleicht haben sie es nicht besser verdient. Wer kann das schon sagen?
Was aber ist mit Arnd und Asnide? Arnd kämpft sich zum Hauptmann durch, steht vor ihm, ein rüstiger Greis, aber doch mit leicht gebeugtem Rücken und hängenden Schultern. Ein trotziges: »Und wir?« bringt er zustande, erntet aber nur ein Achselzucken: »Knechte?« Da wirbelt noch einmal Zorn in Arnd hoch: »Herr, ich bin von Anfang an in der Burg gewesen – seit ihrer Erbauung. Damals haben mich eure Leute – Isenberger – von meinem Hof zum Dienst in die Burg geholt. Ihr könnt mich jetzt nicht einfach wegjagen!«
Sei es, weil er so etwas wie Ehrfurcht vor Arnds grauem Haar hat, sei es, weil ihm dessen Argument selber stichhaltig erscheint, sei es auch nur, weil er in Arnds Hinweis auf seinen Hof einen Anhaltspunkt sieht, wie er sich die Sache vom Hals schaffen kann – jedenfalls geht der Hauptmann auf Arnds Anliegen ein: »Du warst früher Bauer der Fürstäbtissin? Sie soll deinen Huldbrief erneuern. Ich gebe dir ein Schreiben für sie mit!«
Er ruft seinen Schreiber, setzt zur Stunde einen Brief an die Frau Äbtissin auf und gibt ihn Arnd.
Mit diesem Brief wird Arnd morgen zur hohen Frau Bertha – uralt inzwischen – in die Abtei ziehen. Er wird auch tatsächlich seinen Huldbrief erneuert bekommen und damit zurückkehren. Nicht wie damals voller Hoffnung und Freude, aber doch mit einer gehörigen Portion Trotz, gemischt mit Wut, die er im Leibe trägt; und mit der Kraft, die daraus gebraut ist, wird er sich an die Arbeit machen, seinen alten Hof auf dem Winneskamp wieder in Schuss zu bringen.
Aber welch ein Hof, welch eine Arbeit ist das! Weil das Haus von der Burg ein wenig zu weit entfernt war, ist es von dort kaum genutzt worden und dementsprechend in schlechtem Zustand. Nur hin und wieder sind ausgediente Gerätschaften dort gelagert, ab und zu auch mal Vorräte, wenn bei reicher Ernte zu viel in die Burg geliefert wurde, dort aufbewahrt und ganz selten Soldaten und Gesinde dort untergebracht worden. Das Haus ist arg zerfallen, der Garten restlos verwildert und der genaue Besitzstand der Felder nicht geklärt.
Mit verbissenem Zorn macht Arnd sich an seine neue Aufgabe.

Während ein paar Steinwurf weiter ein Trupp märkischer Dienstleute unter Anleitung einer Schar Soldaten die ausgebrannte Burg schleifen, richtet Arnd sein altes, neues Haus. Während drüben Steine krachen, Mauern bersten, werden hier Balken gefügt, Fenster, Mauern, Wände gerichtet. Mit verbissenem Gesicht und verkrampften Muskeln arbeitet Arnd vom ersten Sonnenstrahl bis in die Nacht.

Derweil versucht Asnide, im Garten Ordnung zu schaffen. Ein paar Schafe und Hühner, einige Sack Korn und etwas Gerät haben sie aus der Burg retten können. Dazu hat Arnd auch ein nettes Sümmchen gespart. So sieht das Ganze nicht hoffnungslos aus; wenn auch Asnide über der Arbeit im Garten schier verzweifeln will. Aber wenn sie dann das unaufhaltsame, nicht zum Schweigen kommende Hämmern, Sägen, Hauen ihres Mannes hört, dann fasst sie wieder neuen Mut.

Jetzt allerdings hört sie seit geraumer Weile nichts von ihm. Nun ja, selbst er wird eine Pause brauchen. Sie ist ihm zu gönnen. Oder braucht er neuen Mut? Soll sie zu ihm hingehen und ihn ermuntern?

Sie wird nachsehen. Richtig! Arnd hat sich auf eine Strohschütte gelegt, um auszuruhen. Arnd schläft. Er muss sich erholen. Danach wird er mit neuer Kraft an die Arbeit gehen. Asnide wird über seinem Schlaf wachen und warten.

Aber da wird sie lange warten müssen. Als sie sich über ihn beugt, sieht sie es: Arnd schläft nicht, Arnd ist tot.

O Asnide, worauf wirst du jetzt warten?

IV

Wenn ich vor Schloss Borbeck stehe, wo früher die Fürstäbtissin – im Mittelalter eine hohe Frau – gewohnt hat, frage ich mich immer, ob es wohl an ihr gelegen hat, dass es kaum große Gestalten aus meiner Stadt gibt. Jedes Mal ist es mir wie ein Stich ins Herz, wenn ich in den Bildbänden anderer Städte die Liste glanzvoller Namen derer lese, die dort geboren sind oder dort gelebt haben. Beinahe endlos ist die Liste von Berlin. Natürlich, das ist ja die deutsche Hauptstadt gewesen und ist es jetzt wieder. Auch bei Hamburg, München, Köln, Frankfurt will es mir einleuchten, dass sie mehr vorweisen können. Diese Städte sind schließlich größer als Essen. Aber alle anderen Orte in Deutschland sind kleiner. Trotzdem! Wo haben sie ihre Großen her?
Düsseldorf z. B. hat – auch wenn es manchem dort nicht passt – seinen Heinrich Heine und noch etliche andere. Wuppertal hat seine Else Lasker-Schüler und vor allem – obwohl es vielen dort erst recht nicht passt – seinen Friedrich Engels.
Was aber sind die Großen meiner Stadt. Kaum dass es einen bekannten Sportler, einen Olympiasieger etwa, gibt. Allenfalls mal einen guten Außenstürmer. Aber wer kennt schon noch Helmut Rahn?
Sicher, Gustav Heinemann gilt als Essener, hat hier gelebt. Aber so ganz können wir uns den auch nicht zugute halten; er ist in Schwelm geboren.
Und sonst?
Heinz Rühmann vielleicht! Der ist zwar in Essen geboren, hat aber nicht hier gelebt.
Und sonst?
Ach ja, Krupp!
Hat der meiner Stadt Größe beschert? Selbstverständlich hat er Essen groß gemacht. Stahl-groß, Kanonen-groß.
Warum hat es denn dann nicht schon im 15. Jahrhundert geklappt? Damals haben die Essener Büchsenschmiede die besten Gewehre weit und breit hergestellt. Bis nach Spanien ist der Ruf essendischer Arkebusen gedrungen. Die Heerführer haben ihre Agenten geschickt, um Gewehre in meiner Stadt zu kaufen. Mit diesen Gewehren haben sie dann ihre Schlachten geschlagen und sind groß geworden. Essen aber ist ein kleines Städtchen geblieben. Warum nur?
Natürlich, mir geht ein Licht auf. Nicht Arkebusen schmieden

macht groß, sondern mit Arkebusen schießen lassen. Du musst möglichst vielen Soldaten Arkebusen in die Hand drücken und sie lehren, möglichst viel und treffsicher damit zu schießen, dann wirst du groß. Und wenn deine Soldaten dann genug – und vor allem: erfolgreich – geschossen haben, dann nimmst du ihnen die Arkebusen wieder weg, gibst ihnen stattdessen Schaufeln, Hämmer, Kellen und lässt sie prächtige Residenzstädte mit breiten Alleen, Palästen und Schlössern bauen.
Und das alles darf eine Äbtissin wohl nicht so ohne weiteres.
Aber dürfen es denn die anderen?

Das Fest in der Schmiede

Asnide sah ihn just in dem Augenblick, als sie das Spülwasser aus ihrem Eimer in die Gosse geschüttet hatte und wieder aufblickte. Als er sie ansah, sprang in ihrer Brust etwas auf, so weit, dass sie gar nicht merkte, wie albern sie dastand mit ihrem leeren Eimer und offenem Mund. Vor ihm, dem eleganten, großen, schönen, dunklen Grafen! Graf? Wieso Graf? Sicher doch! Etwas anderes kam gar nicht in Frage.
Graf – das war er mindestens. Er trug ein samtenes Wams mit feinen Spitzenaufschlägen, weiche Stiefel, einen großen Federhut und hatte einen edlen Schnurrbart. Komisch ja, aber sogar sein Schnurrbart wirkte edel.
Er zieht den kostbaren Federhut – zieht ihn vor Asnide und fragt mit höflichem Lächeln – ja, höflich! Woher soll Asnide auch wissen, dass dieses Lächeln nur ironisch amüsiert ist? Wer kennt sich mit solch feinen Unterschieden schon aus? – fragt also, etwas fremdländisch klingend, aber gerade darum auch so weich, so warm, so elegant: »Ist dies die Schmiede des Meisters Hinnerk Geerdes?«
»Ja«, bricht es aus Asnide heraus, und ihr ›Ja‹ ist mehr als nur Antwort auf eine simple Frage. Es ist das jauchzende Aufnehmen eines Balles, der ihr unerwarteterweise zugespielt wird; es ist eine neue Welt, in die sie mit ihrem ›Ja‹ eintritt. Der fremde, vornehme, südländisch aussehende Herr hat sie – Asnide – angesprochen, wie soll sie da nicht ja zu allem sagen, was er sie fragt; wo er noch dazu nach Hinnerk Geerdes fragt. Das ist nämlich ihr Vater.

Der schöne Graf geht also nicht vorbei. Er kommt zu ihnen in die Schmiede. Der Fremde hat das uneingeschränkte ›Ja‹ Asnides nur zu gut verstanden. Er lächelt jetzt noch stärker. Da merkt auch Asnide, dass nicht nur Höflichkeit, sondern auch Spott, Amüsiertheit darin ist.

Aber sie ist noch zu sehr Magd, um es ihm übel zu nehmen und ihr ›Ja‹ zurückzuholen. Sie gibt sich vielmehr selbst die Schuld, sieht ihren grauen Rock an, die fleckige Schürze, den lächerlichen Spüleimer und vermutet hier den Grund für den lächelnden Spott des Fremden. Darauf also wird sie ihren Zorn zu richten haben. Und sie tut es.

Dieweil der fremde Graf am Hoftor pocht und eingelassen wird, rennt Asnide durch den Küchengarten ins Haus, reißt noch im Laufen die Schürze ab und pfeffert ihren Eimer in die Ecke. Dann läuft sie in ihre Kammer, holt ihr bestes Kleid aus der Truhe und legt es an. Als sie damit fertig ist, schleicht sie sich die Treppe hinab über die Diele in die kleine Kammer, in der allerlei Geräte aufbewahrt werden, denn diese Kammer ist nur mit einer dünnen Holzwand von der vorderen Stube abgetrennt, wo jetzt ihr Vater mit dem Fremden sitzt. Asnide kann alles hören, was die beiden miteinander reden.

Hinnerk Geerdes benutzt nämlich die vordere Stube seines Hauses seit geraumer Zeit als Kontor; denn Hinnerk Geerdes ist Schmied – Waffenschmied genauer und ein guter dazu. Es gibt eine ganze Reihe von denen in der Stadt, aber Hinnerk Geerdes ist unstreitig der Tüchtigste und darum auch der Erste in der Gilde. Er hat entscheidenden Anteil daran, wenn nun der Name der Stadt im ganzen Reich und darüber hinaus bekannt geworden ist.

Es hatte damit angefangen, dass vor zwanzig Jahren der reiche Vetter Trutman dreißig Gewehre bestellt hatte. Asnide war damals gerade geboren, und ihr Vater hatte ihr erzählt, dass er aus Freude über ihre Geburt solch gute Arkebusen geschmiedet habe, dass der reiche Vetter mit ihnen einen Sieg über den ansonsten weit stärkeren Markgrafen errungen habe. Seither war der Ruf essendischer ›Bussen‹ stetig gewachsen. Hinnerk war zu Wohlstand gelangt, hatte sein Haus und die Schmiede immer weiter ausgebaut. Sieben tüchtige Gesellen arbeiteten inzwischen für ihn. Dazu war er einer der angesehensten Ratmannen der Stadt, die Anfertigung und Verkauf der Arkebusen streng überwachte. Dieses Ansehen verdankte Hinnerk ebenso wie seiner beruflichen Tüchtigkeit seinem Mut, mit dem er vor der Fürstäbtissin für die Stadt eingetreten war. Es war ein gutes Jahr her, da hatte die hohe Frau den Jahrmarkt mit den Worten eröffnet: »Wir, Sophia von Gleichen, samt dem Rat unserer Stadt Essend ...« da war Hinnerk der Kragen geplatzt und er hatte dazwischen geschrieen: »Es ist nicht Ihre Stadt, Frau Sophia. Dies ist eine freie Stadt und Stand des Reiches wie es unser hoher Herr und Kaiser Friedrich bekundet hat!«

Heller Jubel war aufgeflattert. Aus tausend Bürgerkehlen war Beifall erschollen; und der Äbtissin war nichts anderes übriggeblieben, als sich indigniert zurückzuziehen. Da sie gegen den Lärm nichts ausrichten konnte, war sie in ihre Kutsche gestiegen und wie eine Ausgestoßene in ihr Schloss nach Borbeck zurückgekehrt. Seit dieser Zeit genoss Hinnerk großes Ansehen in der Stadt als Wahrer ihrer Freiheit.

Und nun also sitzt Hinnerk Geerdes in seinem Kontor, und ihm gegenüber am runden Eichentisch auf hartem Eichenstuhl elegant und samten, dunkel und fremd, sitzt lächelnd und wissend der ausländische Herr und hinter der dünnen Holzwand durch Ritzen spähend: Asnide!

Er sei gekommen – so hört sie –, weil der Ruf essendischer Arkebusen auch bis ins ferne Spanien gedrungen und man am Hofe an der Entwicklung dieser Waffe interessiert sei. Voll Lobes sei man von den essendischen Gewehren, von deren Güte man sich im fernen Spanien habe überzeugen können, seit man einige von ihnen in einem Waffengang erbeutet habe. Leicht sei es, ein Geschäft mit dem spanischen Hofe abzuschließen, und er, der Marques del Almaden – also tatsächlich ein Graf –, sei beauftragt, Bedingungen zu erkunden, Verhandlungen zu führen und womöglich zum Abschluss zu bringen.

Ganz erschlagen sind die beiden Zuhörer: am Tisch der dicke, kräftige Schmied und hinter der Bretterwand die junge, zarte, schlanke Asnide.

Aber während der eine stumpf und unbeweglich am Tisch sitzt und nicht weiß, wie er antworten und den angeknüpften Faden weiterspinnen soll, zappelt die andere vor Erregung in ihrem Versteck, so dass sie sich beinahe verrät. Sie verlässt ihren Horchposten und schleicht in die Küche, während drüben der Marques del Almaden zum Aufbruch rüstet. Als die beiden Männer sich in der Diele verabschieden, weiß Asnide es einzurichten, dass sie just in diesem Augenblick die Diele durchqueren muss. Hinnerk sieht das gute

Kleid seiner Tochter und runzelt die Stirn. Aber er sieht auch, dass seine Tochter gut aussieht in dem schönen Kleid und viel besser zu dem vornehmen, eleganten Grafen in seiner Diele passt als er selber. In diesem Augenblick wird ihm bewusst, wie plump und ungeschliffen er sich in allem verhalten hat. Wie leicht kann da der angesponnene Faden reißen! Er muss etwas tun, damit das nicht passiert. Und Hinnerk Geerdes fasst einen raschen Entschluss. Er stellt Asnide dem Grafen förmlich vor: »Herr Graf, das ist meine Tochter!« Dienstfertigkeit und Stolz sind in seiner Stimme und mildern sein plumpes Organ. Und wie Asnide mit einem tiefen Knicks bei entzückendem Erröten vor dem Grafen niedergeht, da kann Hinnerk selbstgefällig feststellen: das ist nicht ohne Eleganz, was seine Tochter da macht. Auch der Marques del Almaden erkennt es. Mit einer weit ausholenden Gebärde fasst er Asnide unters Kinn und geleitet so ihr Aufstehen mit sanfter Hand. Er lächelt ihr voll ins Gesicht, zieht mit der anderen den Hut und ist mit einer leichten Verneigung seinerseits verschwunden.

Aber er wird wiederkommen, denn Hinnerk hat ihn – wie so üblich bei größeren Geschäften – zu einem Festessen eingeladen. Der grobe Hinnerk den feinen Grafen, auf heute Abend noch!

Ob das gut geht?

Es wird gut gehen!

Der feine Graf wird an Hinnerks Tafel speisen und Hinnerk wird zeigen, dass in seinem Hause nicht nur gute Gewehre geschmiedet werden, sondern dass man in dieser Stadt auch fein zu leben weiß. Hinnerk verspricht sich einen guten Fortgang der Verhandlungen über das Waffengeschäft von seinem Fest

Und was verspricht sich der Graf davon? Der spanische Hof hat ihn von den Niederlanden aus hierher geschickt, weil die erbeuteten essendischen Arkebusen sich bei der Erprobung durch die spanischen Generäle wirklich als vortreffliche Waffen erwiesen hatten. Erstaunlich für solch ein kleines, unbekanntes Städtchen. Aber da man ja nicht wissen kann, wie interessant ein Geschäft mit ihnen für die spanische Krone werden kann, muss man es halt prüfen. Nach seinem ersten Eindruck schätzt der Graf die Chance, zu einem Geschäftsabschluss zu kommen, eher gering ein. Er verspricht sich nicht viel davon.

Aber jetzt hat er Asnide gesehen und ihr die Hand unter das Kinn gelegt.

Und was verspricht er sich davon?

Hinnerk plant sein großes Abendmahl. Den ganzen Rat der Stadt wird er einladen. Es soll ein Festessen werden, wie es noch keins in der Stadt gegeben hat. Gassen und Plätze, Straßen und Märkte sollen davon widerhallen, wenn er, Hinnerk Geerdes, den spanischen Grafen bewirtet. Freilich, die Zeit ist recht kurz bemessen, um alles vorzubereiten. Ein guter halber Tag nur steht zur Verfügung. Aber er wird sie scheuchen, treiben, jagen. Es soll eine Lust sein, ihn zu sehen, wie er kommandiert, Aufträge stellt, Arbeiten verteilt. Hat er das doch gründlich gelernt, als seine Schmiede immer größer wurde! Er wird die Diele räumen. Dort werden der Graf, die Ratsleute und seine Familie sitzen, der Rest im Hof.
Und die Kanoniker? Muss er die nicht auch einladen? Und wo sollen die dann sitzen? Pah, die Kanoniker, die zur Frau Meina halten, allen voran der versoffene Hurenbock und Dechant Arnold Platte, – dieser Bagage wird er es zeigen. Keiner von denen wird an seiner Tafel sitzen. Die Zeit der Frau Meina und ihrer Kanoniker ist zu Ende. Jetzt kommt die Zeit der Stadt, die Zeit der Bürger.
Hinnerk sieht es bei seinen Planungen auf einmal ganz klar vor sich: Jetzt ist die Stunde der Freiheit für die Stadt gekommen. Die Lage war noch nie so günstig wie jetzt, da die Frau Meina mit der Frau Irmgard über die Regentschaft im Stift streitet. Wenn schon, dann steht Hinnerk auf Seiten der Frau Irmgard und nicht auf Seiten der Frau Meina, der von den korrupten Kanonichen Erwählten. Aber was soll's! Im Grunde sind beide nicht fähig, eine aufblühende Stadt mit ihren vielseitigen wirtschaftlichen Verbindungen zu führen. Was verstehen die beiden denn schon von den trefflichen Arkebusen, die man in der Stadt zu schmieden versteht. Sogar im fernen Spanien hat man davon gehört, und der Graf von Almaden ist zu ihm gekommen – zu Hinnerk Geerdes, nicht zur Frau Meina oder zur Frau Irmgard! Soll er das nicht als ein Zeichen werten, den eingeschlagenen Weg fortzusetzen, auf dem er doch schon durch manchen schönen Erfolg – Hinnerk denkt mit Wohlbehagen an seinen Zwischenruf bei jener denkwürdigen Eröffnung des Jahrmarktes zurück – bestätigt worden ist? Die Stadt soll frei sein von aller fremden Herrschaft. Sie selbst – die Bürger – werden ihre Geschicke lenken.
Die Kanonichen wird er also auf keinen Fall einladen. Soll er aber vielleicht von der anderen Seite die Stiftsdamen, die zur Frau Irmgard halten, bitten? Ihre Tante zum Beispiel, die hitzige Pröpstin Elisabeth von Brunkhorst? Das kann nicht schaden, denn einerseits

macht es sich ganz gut, wenn ein paar adelige Fräulein an seiner Tafel mit dabei sind; andererseits braucht er nicht zu befürchten, als übergeschnappt oder unverschämt zu gelten, weil er es wagt, adelige Damrn an seinen bürgerlichen Tisch zu bitten. Denn wenn der Gesandte des spanischen Hofes bei ihm zu Gast ist, dann wäre es doch albern, wenn sie sich zu schade dafür vorkämen. Wer sind sie denn schon? Adelige Stiftsdamen! Na und? Ist das etwa mehr, als ein freier Bürger dieser Stadt zu sein, die sich anschickt, groß zu werden durch ihre Gewehre?

Da stürmt er los – Hinnerk Geerdes –, stürzt sich in seine Befehle, Anordnungen, Kommandos. Ganz ungestüm und voller Tatendrang macht er sich an die Ausführung seiner Pläne. Ein spanischer Graf wird an seiner Tafel sitzen, dazu die adeligen Damen des Stifts. Da darf nichts schiefgehen, alles muss bedacht sein. Großartig ist er in seinem Eifer, gewaltig in seinen Befehlen. Alle bringt er auf Trab, nichts vergisst er, auch das Kleinste und Unscheinbarste wird bedacht. O ja, Hinnerk Geerdes hat es gelernt, ein großes Haus zu führen. Sie werden kochen, braten, backen – putzen, fegen, wischen – tragen, schleppen, buckeln – hämmern, feilen, sägen – laufen, rennen, jagen – wiegen, messen, schmecken – füllen, häufen schöpfen – und alles wird er lenken, leiten, richten. Der Wink eines Fingers bringt eine Magd ans Wischen oder einen Boten ans Laufen, und Hinnerk hat viele Finger. Ein Wort bringt seine Gesellen ans Bänke-Zimmern, und Hinnerk hat viele Worte.

Und wo ist Asnide bei diesem geschäftigen Gewimmel? Welche Rolle ist ihr zugedacht? Was hat sie zu tun? Du sollst helfen, Asnide, dass die Stadt groß wird! Aber wie passt das denn zusammen? Du bist zart und biegsam, schlank und schön, Asnide. Wie passt das zu den harten Gewehren und dem rauen Waffenhandel? Eben, das ist es doch! Die Gewehre will der schöne, elegante Graf haben; und der hat gesehen, wie zart und schön du bist. Er hat es gezeigt mit seinen Augen, seinem Mund, seiner Hand. Und wenn es auch nur Spott war, er hat nicht verstecken können, dass du ihm gefallen hast. O Asnide, wirst du mithalten können bei diesem Spiel? Lass dich nicht blenden. Der Graf will nicht dich – allenfalls zu amüsantem Zeitvertreib – in Wahrheit will er die Gewehre.

Und du, Asnide, was willst du?

Asnide ist ein Rad in dem Getriebe, das ihr Vater so schwungvoll in Gang gesetzt hat. Mit ihrer Mutter ist sie in der Küche und bereitet endlose Schüsseln und Platten mit feinen Speisen. Immer neu und immer mehr häuft es sich auf Tischen und Borden. Als Asnide wieder eine Schüssel mit süßen Törtchen in die Diele trägt, steht plötzlich Harald vor ihr. Harald Strötgen, Vaters bester Laufschmied! Harald ist aus dem Werdenschen in die Stadt gekommen – zweiter Sohn eines Bauern – und hat bei ihrem Vater das Handwerk eines Büchsenschmieds erlernt. Schon früh hat Hinnerk dabei erkannt, dass er mit Harald einen guten Fang gemacht hat. Keiner, der so fein die Läufe schleift; keiner, der sie so glatt ausbohrt; keiner, der gehörige Länge und gute Fasson so fein abstimmen kann: ein Künstler beinahe!

Hinnerk hatte Harald in sein Haus aufgenommen, und das um so entschlossener, als seine eigenen Söhne schon als Kinder gestorben waren. Nur Asnide war ihm geblieben, und jetzt hatte er Harald dazu – fast wie einen Sohn.

Es war ein offenes Geheimnis, dass Harald Asnide heiraten und später einmal Hinnerks Schmiede übernehmen sollte. Harald durfte am Tisch neben Asnide auf der Bank sitzen. Hinnerk hatte Harald geradezu ermuntert, mit seiner Tochter anzubandeln. Mit Maßen natürlich und mit Anstand! Aber da brauchte er bei Harald keine Sorge zu haben. Zu schüchtern war der junge Laufschmied, als dass ein Funke von Leidenschaft zwischen ihm und Asnide hätte überspringen mögen. Harald hätte es nie gewagt, auch nur ein kleines bisschen zudringlich zu werden. Er war es gewohnt zu warten und zu tun, was man ihn zu tun hieß. Er war ja schließlich zweiter. Zweiter Sohn eines Werdener Bauern und immer zweiter. Ohne Erbe, unten, gehorsam, Knecht! Wie soll man da leidenschaftlich werden? Es ist ja immer noch einer vor dir, den du erst fragen musst.

Bei Hinnerk hat Harald es zwar gut getroffen; besser kann es gar nicht sein; richtig aufgeblüht ist er unter der warmen Sonne der Zuneigung, die ihm im Hause Geerdes entgegengebracht wird, und unter seinem beruflichen Erfolg; aber zweiter ist er natürlich auch hier. Und das wird immer so bleiben. Das verliert sich ja nicht.
Das also ist Harald!
Und wer ist Asnide?
Das einzige Kind eines Waffenschmieds!
Das ist viel – denn Hinnerk Geerdes ist ein angesehener und wohlhabender Bürger.
Aber es ist andrerseits auch wenig – denn Asnide ist Tochter, Frau. Sie wird einmal eine Küche haben. Da wird sie Mägde regieren.

Doch wenn sie aus der Küche heraustritt, wird sie selber Magd sein.
Aber Asnide ist noch mehr: Sie ist die junge Frau, die der spanische Graf unters Kinn gefasst und vor der er den Hut gezogen hat. Ein Graf hat die Hand nach ihr – Asnide – ausgestreckt. Wie soll sie da nicht eine andere werden! Eine, die heraustritt aus dem dumpfen Dunst der Küche auf ein weites Feld. Das Neue ist in ihr; Asnide spürt es wie einen Funken, den sie zur Flamme anfachen möchte. Aber sie weiß nicht wie. Weiß auch nicht, was aus dem Funken werden soll: ein helles Licht auf ihrem Weg? Ein wärmendes Feuer für ihr Haus? Oder ein glühender Brand in ihrem Herzen? Ach Asnide, es ist ja viel zu groß, was da über dich kommt. Siehst du es nicht, wenn du in Haralds Augen blickst?
Richtig, das war's ja: Harald steht plötzlich im Trubel der Vorbereitungen vor ihr und blickt sie mit seinen treuen Schafsaugen an. Voller Bitten und Fragen ist sein Blick. Asnide ärgert das. Sie sieht in seinen Augen nur die Unterwürfigkeit. Er wird immer zweiter sein, auch wenn er Hinnerks Schmiede führen wird. Zornig erkennt es Asnide, und der Zorn facht den Funken in ihr an. Eine erste Flamme züngelt aus ihm hervor. Mit verstecktem Erschrecken fühlt Asnide: das ist nicht Helligkeit oder Wärme, das ist Wut, was da züngelt. Soll sie denn die Frau eines Zweiten sein? Sie, Asnide, nach der ein Graf die Hand ausstreckt!
Zudem ist sie doch die Erbin. Ihr wird einmal die Schmiede gehören. Warum soll sie nicht selber die Erste sein, so wie die Äbtissin – eine Frau wie sie – die Erste im Stift ist. Aber die eiskalte Wut in ihr lässt sie sofort erkennen: Es stimmt ja nicht. Das Beispiel hinkt. Wenn Asnide etwas von ihrem Vater gelernt hat, dann dies, wie fragwürdig doch gerade die Regentschaft der Fürstäbtissin ist. O nein, sie ist kein gutes Beispiel für eine Erste. Stundenlang hat sie ihren Vater davon reden hören, wie das Wohl des Landes und der Stadt allzu lange durch die Fürstäbtissin gehindert und aufgehalten worden sei, und dass es nun genug sei und man die Geschicke der Stadt selber in die Hand nehmen müsse. Solle die Fürstäbtissin doch zusehen, wie sie ihr Stift durch die Zeiten steuere, wie sie mit Grafen, Herzögen und Erzbischöfen fertigzuwerden gedenke. Sie, der Rat der Stadt, seien jedenfalls nicht länger gesonnen, das Wohl der Stadt den schwachen Händen einer Frau anzuvertrauen. Asnide wird auch nie vergessen – obwohl sie damals noch ein kleines Mädchen war – wie ihr Vater eines Abends vom Rathaus zurückkam

und stolz verkündete, nun habe auch der Kaiser die Stadt als freien Reichsstand anerkannt und zum nächsten Reichstag eingeladen. Und noch etwas fällt Asnide in diesem Zusammenhang ein. Die Tante ihrer Mutter, Thusnelda von Vittinghoff, die im nahen Stoppenberg als Stiftsdame – niederen Ranges natürlich – wohnt, erzählt bei jeder Gelegenheit die köstliche Geschichte, wie sie – vor nun schon dreißig Jahren – die Hohe Frau – damals noch Sophia von Gleichen – in ihre Schranken gewiesen hätten. Die Äbtissin sei eines Tages mit ihren Klerikern zum Fest der Kreuzerhöhung in Stoppenberg erschienen und habe in unverschämtester Weise von ihnen verlangt, Nonnenschleier anzulegen, wo sie doch seit Menschengedenken freiweltliche Stiftsdamen seien. Mit Gewalt habe sie schließlich ihr Ziel zu erreichen versucht. Aber da habe sie natürlich auf Granit gebissen. Sogar die Kirche habe sie missbraucht. Einer ihrer Kleriker habe nämlich sie – die Stiftsdamen – in unflätigster Weise von der Kanzel herunter beschimpft. Selbstverständlich hätten sie das nicht unwidersprochen hingenommen, sondern kräftig zurückgeschrien, woraufhin dieser freche Kerl von einem Kleriker sich erdreistet habe, damit zu drohen, ihnen den Hintern zu versohlen. Das habe dem Fass den Boden ausgeschlagen, und es habe einen großen Tumult gegeben. Drei von ihnen hätten den Fettwanst von der Kanzel heruntergezogen und tüchtig vertrimmt, und sie selbst – Thusnelda – habe die Frau Sophia – als diese in den Streit eingegriffen habe – kräftig in den Arsch getreten. Hinnerk hatte diese Erzählung zwar immer abgemildert und erklärt, die Tante sei viel zu vollgefressen, um ihr Bein so weit zu heben, wie es nötig wäre, um jemanden kräftig in den Arsch zu treten. Aber selbstverständlich hatte Hinnerk diese Geschichte zur Hand, wann immer es darum ging, zu belegen, dass die Äbtissin unfähig sei, eine aufstrebende Stadt zu regieren, wenn sie nicht einmal verstehe, solch eine geringe Angelegenheit in ihrem Lande zu regeln.

Das alles schießt Asnide in diesem Augenblick, da Harald vor ihr steht, durch den Kopf. Nein, Asnide wird nicht Erste, sondern Frau eines Zweiten sein. Es ist eine schlechte Zeit für Frauen. da ist nichts zu machen. Es sei denn ...

Ein Graf ist doch in ihr Leben getreten, hat den Hut vor ihr gezogen.

Das siehst du in einem falschen Licht, Asnide; das war doch nur eine höfische Geste ohne tiefere Bedeutung.

Falsches Licht? Ist denn das Licht der Küche und das Licht des Harald Strötgen das richtige Licht für Asnide?

Falsches Licht? Schon möglich! Dann ist es eben falsches Licht, aber doch Licht und damit eine Möglichkeit, einen neuen Weg zu gehen: heraus aus der dumpfen Küche, weg von dem ewig zweiten Harald.

Falsches Licht? Kann aus falsch nicht richtig werden? Schon, aber dafür müsstest du kämpfen, Asnide.

Asnide wird kämpfen.

Wie denn? kennst du die Waffen, Asnide, die für diesen Kampf nötig sind? Hier helfen die Arkebusen deines Vaters nicht.

Wer hilft Asnide in diesem Kampf, wer sagt ihr, was zu tun ist? O Asnide, du bist allein. Willst du wirklich diesen Kampf wagen?

Sie will. Und so schleudert sie Harald ein hastiges und liebloses »was ist« hin. Als sich daraufhin Erschrecken und Traurigkeit in seinem Blick mischen, wird Asnide unsicher, aber so schnell gibt sie natürlich nicht auf. Mit einem ärgerlichen »lass mich, ich habe jetzt keine Zeit« huscht sie an ihm vorbei; und Harald weiß nicht, wie ihm geschieht. Was hat er denn falsch gemacht?

Der Mittag ist vorbei. Die Vorbereitungen für Hinnerks Fest sind gut vorangekommen. Schon jetzt sind seine Umrisse zu erkennen. Diele und Hof sind als Schauplatz hergerichtet, und selbst die Gasse vor dem Haus hat was abgekriegt von all dem Schmuck und Flitter, den Hinnerk aufwendet.

Da ist plötzlich Pferdegetrappel auf dem Pflaster, eine Kutsche rattert heran, hält vor Hinnerk Geerdes Tor, und heraus klettert der Vetter Trutman. Richtig – der hatte sich für den späten August angesagt, um über ein weiteres Geschäft zu verhandeln. Hinnerk hat natürlich heute in keinem Moment an ihn gedacht. Aber nun soll er ihm willkommen sein. Heute wird zwar keine Gelegenheit mehr sein, um über Gewehre zu sprechen, aber er kann ihn zur weiteren Dekoration bei seinem Fest gebrauchen. Bei diesem Gedanken klatscht Hinnerk geradezu vor Belustigung in die Hände: Der reiche Vetter Trutman, der es gewohnt ist, auf seine tölpeligen Verwandten herabzusehen, wird heute nur zur Dekoration an Hinnerks Tafel dienen, an der er selber und der fremde Graf der Mittelpunkt sein werden.

Großmütig erzählt Hinnerk dem Vetter, was sich zugetragen, erzählt vom Fest, das bevorsteht; und ebenso großmütig lädt er ihn ein, daran teilzunehmen. Was bleibt Trutman anderes übrig als anzunehmen. Er kann ja schlecht am gleichen Tag zurückkehren, obwohl er das am liebsten täte, denn zu genau merkt er, dass er hier nur

Staffage abgeben soll, wenn Hinnerk sich ins rechte Licht rückt. Zu deutlich hat er beim Empfang gespürt, dass Geerdes ihm heimzahlen will, was er an Hochnäsigkeit und Überheblichkeit von ihm hat einstecken müssen.
Trutman wird also bleiben, und die anderen werden kommen – alle! Die Ratsleute und die Stiftsdamen, sogar die Pröpstin! Neugier treibt sie und die Spannung, was dieses Fest des Hinnerk Geerdes wohl bewirken wird. Denn dass Spannung in der Luft liegt, das spüren alle. Spannung zwischen Stift und Stadt – und noch mehr. O ja, es liegt was in der Luft, und wie leicht kann es bei solch einem Fest ausregnen.
Ein sonniger Nachmittag verstreicht, und mit ihm gewinnt Hinnerks Fest die letzten Konturen. Alles läuft, wie von ihm geplant und ins Werk gesetzt. Nichts hindert, nichts steht im Wege, nichts, das er vergessen oder unbedacht gelassen hätte.
Nur ein Ereignis bleibt in Hinnerks Plänen unberücksichtigt, ein Ereignis, das er nun wirklich nicht voraussehen konnte. In der letzten Nachmittagsstunde rollen zwei Kutschen in die Stadt und bringen den Dechanten Arnold Platte und den Geistlichen Rat Herrmann Scholle mit ihrem Gefolge als Ladung; und bald verbreitet sich in der Stadt das Gerücht, sie seien gekommen, um die Regentschaft der Frau Meina mit Briefen des Kaisers, des Erzbischofs und des Vogtes endgültig durchzusetzen.
Sollen sie! Hinnerk lässt das kalt, er fühlt sich stark. Wenn sie die Konfrontation suchen, werden sie erleben, dass sich die Stadt unter seiner Führung endgültig von fremder Herrschaft befreien wird. So stark fühlt Hinnerk sich, dass auch die Zaudernden im Rat ihn nicht zurückschrecken lassen. Das Kommen des spanischen Grafen ist ihm Signal, dass es nun so weit ist: Sie werden das Geschick der Stadt in die eigenen Hände nehmen. Sollen Scholle und Platte im Stift machen, was sie wollen, in der Stadt haben sie nichts zu bestellen. Die fremde Herrschaft wird fallen – ist gefallen.
Der Abend ist wie der Nachmittag: sommerlich warm und mild. Hinnerks Rechnung geht auf. Sie strömen herbei – die Gassen kriecht es herauf – bunt und festlich – in Kutschen, wer es sich leisten kann – bäuerlich grob oder bürgerlich steif, wimmelt es vor Hinnerks Haus – drängt hin und her, lacht und schwatzt – wirbelt auseinander und wieder zusammen – Musik ertönt, (auch daran hat Hinnerk gedacht) – großspurig, derb und verlegen zugleich, ohne Mitte, doch getrieben von Neugier und gespannter Erwartung wieselt es

83

heran und hinein. Alle, alle kommen. Schon der Aufmarsch zum Fest ist ein voller Erfolg.

Der Graf von Almaden ist einer der ersten. Er steigt, von einer Schar Dienstboten begleitet, aus seiner vornehmen Kutsche. Jetzt am Abend ist er noch feiner in Samt und Seide und Spitzen. Ein schöner Mann, ein großer Mann. Hinnerk geleitet ihn in die Diele, wo die Festtafel aufgebaut ist. Und da erschrickt Hinnerk. Er hat doch etwas vergessen. Wie sollen denn die Plätze an der Tafel verteilt werden? Bei seinen Überlegungen ist er immer davon ausgegangen, dass er selber neben dem Grafen sitzen wird. Aber zu einer vornehmen Tafel gehören Damen. Wer soll die Dame des Grafen sein? Seine – Hinnerks – Frau etwa? Ach nein, das würde ganz und gar nicht passen. Die Pröpstin vielleicht oder eine von den Stiftsdamen? Das würde Hinnerks Pläne umwerfen. Aber da ist Asnide zur Stelle. In vollem Putz steht sie vor dem Grafen, begrüßt ihn mit einem tiefen Knicks, nicht formvollendet wie bei Hofe, aber mit jugendlichem Schwung und natürlicher Anmut. Und noch etwas ist in ihrer Bewegung: Hingabe und ernster, unbedingter Wille. Der Graf sieht es. Sieht es mit Verwunderung und unter ironischem Lächeln. Aber er sieht noch mehr, etwas, das er nicht kennt. Er, der Weitgereiste, Vielerfahrene! Das reizt ihn so, dass sein Lächeln auf einmal ernst wird. Er reicht Asnide die Hand und geleitet sie zu Tisch.

Alles weitere regelt sich von selbst. Asnide sitzt neben dem Grafen am Kopf der Tafel, neben ihnen Hinnerk und seine Frau. Die Ratsherren und Stiftsdamen schließen sich auf den weiteren Plätzen an. Ganz unten sitzt der Vetter Trutman und weiß nicht, ob er sich ärgern soll in dieser Schar von Gernegroßen und Möchtegerns, oder ob er sich freuen soll, dass er nicht näher zu ihnen gehört.

Für das geladene Volk ist im Hof der Tisch gedeckt. Elisabeth von Bronkhorst ist noch nicht da. Sie hat ausrichten lassen, dass dringende Geschäfte sie noch verhinderten, dass sie aber später erscheinen werde. Natürlich, sie muss sich einen Auftritt verschaffen, ist sich zu schade, mit dem einfachen Volk einzutreffen. Hinnerk hat es wohl verstanden. Aber er wird auch darauf eine Antwort wissen. Selbst die Frau Pröpstin soll heute erfahren, welche Stunde geschlagen hat.

Das Fest kann beginnen. Ein Wink Hinnerks – ein Tusch der Musik – Hinnerk steht auf, erhebt das Glas und hält eine Rede. Wahrhaftig – Hinnerk, der Schmied, hält eine richtige Begrüßungsrede. Genau überlegt hat er sich jedes Wort. Er weiß, was er spricht. Nicht irgendein dummes Zeig, nein, ganz klar und deutlich drückt er seine Gedanken aus. Zwar nicht elegant und beflissen, eher kantig, eckig, hart und trocken, aber ganz genau. Präzise folgt eins aus dem anderen. Er spricht von der Gründung des Stifts, seiner Aufgabe für die adeligen Damen und die Entwicklung des Landes, spricht von den Verdiensten früherer Äbtissinnen um Wirtschaft, Kunst und Erziehung – woher weiß er nur all das, der Schmied Hinnerk Geerdes? – und ist voll des Lobes für die vergangene Zeit unter dem Zepter der Äbtissin.

Waren die Gäste anfangs nur aus Höflichkeit still, so ist es mit fortschreitender Rede interessierte, ja staunende Stille.

Hinnerk spricht inzwischen – o wie geschickt ist das – davon, dass auch die Stadt dem Stift verdanke, was sie nun ist, nämlich: eine aufblühende Stadt des Handwerks und des Handels, die allerdings jetzt aus dem Stift als freier Stand des Reiches herausgewachsen sei.

Die Gäste schauen sich an. Die dummen Gänse der Stiftsdamen wissen nicht, was sie denken sollen. Ist das denn schon ausgemacht und entschieden? Die Äbtissinnen haben doch immer wieder betont, dass es ihre Stadt sei. Aber so klar und zwingend spricht der Mann dort vorne, dass doch etwas dran sein muss. Sie schauen zu den Ratsherren hin. Aber dadurch werden sie auch nicht schlauer. Verlegenheit liegt auf den Gesichtern der Zaudernden und Schwachen, Stolz und geschwollene Brüste kann man bei den Entschlossenen wahrnehmen.

Und auch der Vetter Trutman weiß nicht, wie ihm geschieht. Mund und Nase stehen ihm offen. Er sieht nicht gerade klug damit aus. Aber was soll man auch sagen, wenn ein Kerl, den man bisher allenfalls als Schuhputzer angesehen hat, plötzlich eine Hand voller Goldstücke aus der Tasche zieht.

Der Graf schließlich hat wieder sein belustigtes Lächeln aufgesetzt. Er ahnt nur von ferne, was sich hier abspielt. Obwohl er der deutschen Sprache einigermaßen mächtig ist, hat er doch Probleme, alles mitzukriegen. Er versteht gerade so viel, um sich zu amüsieren. So ernst aber, dass man darüber nachdenken müsste, ist es ihm nicht.

Hinnerk spricht weiter. Er erklärt, dass es keineswegs Feindschaft sei, die die Stadt aus dem Stift herausgetrieben habe, sondern eine ganz natürliche Entwicklung. Denn Handel und Gewerbe dieser

Stadt beruhten auf der Kunst des Arkebusen-Schmiedens – und das sei nun wahrlich eine Sache, die man einer Frau, einer geistlichen noch dazu, nicht in die Hände legen könne. Hinnerk macht nach dieser Schlussfolgerung wieder eine Pause und kann die Bewunderung der meisten Gäste für diese zwingende Gedankenführung einheimsen. Kopfschüttelnd die einen, nickend die anderen, aber beide anerkennend: Ja doch, Gewehre gehören nicht in die Hand einer geistlichen Frau!

Zweie unter den Gästen wissen es natürlich besser: Trutman! Aber der kann sein Wissen nicht in Worte fassen. Ihm ist zwar geläufig und vertraut, dass durchaus sein kann, was nicht sein darf. Aber er weiß nur, dass es oft so ist und nicht, warum. Der Graf wiederum kennt so vieles, das ist, obwohl es nicht sein dürfte, dass er Hinnerks Schlussfolgerung, die die Runde gläubig bestaunt, nur als einen Witz ansehen kann, dem er seinen Beifall zollt.

Und Hinnerk? Weiß er um die Brüchigkeit seiner Argumentation? Ist es Bauernschläue oder bürgerliche Naivität, die ihn so reden lässt? Egal! Hinnerk fährt fort. Er spricht vom Ruf der Gewehre, die in der Stadt geschmiedet werden, wechselt geschickt zwischen den Ausdrücken »meine« und »unsere« Gewehre, deren Güte in deutschen Landen schon seit geraumer Zeit gerühmt würden, des sei der Vetter Trutman Zeuge – deren Ruhm nun aber auch in aller Welt erschalle, des zum Zeichen sei heute – als eigentlicher Anlass des Festes – ein lieber und hoher Gast zu begrüßen, der den guten Ruf essendischer Gewehre im fernen Spanien vernommen habe und nun gekommen sei, um sie für den spanischen Hof zu erwerben. – Der Graf ist zwar nur aus den Niederlanden angereist, aber sein Auftraggeber ist ja tatsächlich die spanische Krone. – Und so, schließt Hinnerk seine Rede, spreche er denn im Namen aller ein herzliches Willkommen dem hochwohlgeborenen Grafen von Almaden, dem Diener der spanischen Krone, aus. Ihm zur Ehre solle dieses Fest nun seinen Lauf nehmen. Und »hoch!« und »hoch!« und »hoch!«

Dreimal hat Hinnerk seinen Pokal hochgerissen. Natürlich so ungelenk, dass der rote Wein herausspritzt auf die Bluse seiner Frau und bis auf die weißen Spitzenmanschetten des Grafen. Aber der nimmt auch das gelassen hin. Er lächelt in die Runde. An und für sich kommt ihm die ganze Gesellschaft grobschlächtig und albern vor. Aber er hat schnell begriffen, dass sich die plumpe Zuwendung des Volkes auch genießen lässt; und so fügt er sich ein, wo er eigentlich

das Weite suchen möchte. Er greift zum Kelch. Als er ihn hebt, geht ein bewunderndes Murmeln durch die Reihen ob der Eleganz, mit der er seinen Becher schwenkt. Und als er dann noch das Wort ergreift und in gebrochenem, leicht niederländisch klingendem Deutsch antwortet, gar dankt für die Freundlichkeit des Empfangs und die Ehre, die ihm zuteil geworden sei – und dann auch noch bestätigt, was Hinnerk in seiner Rede beschworen hatte: den guten Ruf essendischer Bussen – und als er daraufhin den Becher hebt und den Gästen Bescheid tut – da ist des Jubels kein Ende. Ein begeisternder Beginn des Festes! Rufen und Schulterklopfen! Prosten und Trinken! Und mittendrin der Graf voll amüsierter, ironischer Leutseligkeit! Er klopft Hinnerk auf die Schulter; er erhebt sich von neuem, verbeugt sich mit unendlicher Eleganz vor Asnide und trinkt auf ihr Wohl. Asnide errötet. Der Funke will zur Flamme werden und wird es doch nicht. Das Glück ist so nahe, aber Asnide findet den Absprung nicht. Irgendetwas hält sie zurück, nagelt sie fest. Sie spürt, es ist etwas falsch an der ganzen Sache, irgendwo steckt ein Fehler, der erst behoben werden müsste, wenn das Ganze nicht gründlich schiefgehen soll. Aber sie findet den Fehler nicht, und so geht der Augenblick vorbei.
Stattdessen beginnt ein Essen und Trinken, ein Fressen und Saufen mit Schmatzen und Rülpsen, mit Rufen und Kichern, mit Poltern und Pöbeln. Auch hier ist der Graf amüsiert dabei. Mit spitzen Fingern stochert er in Gesottenem und Gebratenem, nippt an allem und ist voll fröhlicher Überheblichkeit ob des ungeschlachten Essens der Bürger und mehr noch ob des Vornehmtuns der Stiftsdamen.
Und Hinnerk trinkt. Schon den dritten Becher stürzt er hinunter. Bisher hat er unter großer Anspannung gestanden. Wird alles gelingen? Jede Faser seiner Kraft hat er gebraucht, alle Sinne zusammenhalten müssen, um alles zu bewerkstelligen. Aber jetzt ist es geschafft, alles gelungen. Nichts, das noch schiefgehen könnte! Alles eingetroffen wie geplant! Da kann er nun wohl fröhlich trinken: »He du, noch einen Becher!«
Das Fest hat seinen ersten Höhepunkt hinter sich. Die Schüsseln werden leerer. Braten und Früchte, alles ist weniger geworden. So haben sie zugelangt. Aber nun sind auch die gierigsten Esser satt – da rauscht die Bronkhorst herein. Mit langer Schleppe! Ganz hohe Dame!
Ratsherren und Stiftsdamen verstummen ehrfürchtig und folgen mit neugierig-stumpfsinnigen Blicken der Frau, die durch den Raum

eilt, geradewegs auf den Grafen zu, der sich erhebt und sie artig begrüßt. Auch Asnide und Hinnerk sind aufgestanden. Aber schon als Hinnerk seinen Hintern noch kaum gelüftet hat, ärgert ihn seine Dummheit, denn natürlich haben die Gäste das zum Zeichen genommen, sich ebenfalls zu erheben; und so steht nun die ganze Diele voll ehrfürchtig blickender Männer und Frauen da, und das wegen der Frau von Bronkhorst. Nicht zu fassen, solch eine Eselei! Die Bronkhorst sieht auch prompt ihren Erfolg und möchte ihn kräftig nutzen. Sie lächelt huldvoll in die Runde und will sich auf den Stuhl neben dem Grafen setzen. Dann werden – so ihre Überlegung – sich die anderen auch setzen, und es wird klar, wer hier den Ton angibt: Sie, Elisabeth Bronkhorst, Pröpstin von Essen und Rellinghausen, Tante und Vertraute der Irmgard von Diepholz, Essendischer Fürstäbtissin!

Aber sie hat ihre Rechnung ohne Asnide gemacht. Just in dem Moment, als die Pröpstin sich setzen will, durchschaut Asnide, was hier gespielt werden soll. Sie zieht mit leichter Hand den Stuhl unter dem sitzbereiten Hintern der Pröpstin weg und setzt sich selbst darauf. Niemand soll sie von der Seite des Grafen vertreiben, auch eine Elisabeth von Bronkhorst nicht.

Diese – wenn sie nicht im letzten Augenblick Halt an der Tischkante gewonnen hätte – wäre auf ihren mageren Hintern geschlagen; so aber kann sie einen Sturz gerade noch vermeiden und ihre Niederlage überspielen, indem sie mit einigen flinken Schritten um den Grafen herumtänzelt und sich den Stuhl an der anderen Seite des Grafen angelt. Der gehört Asnides Mutter. Die aber ist viel zu langsam, vielleicht auch viel zu ehrerbietig, um der Pröpstin den Platz streitig zu machen. Inzwischen sitzt natürlich alles wieder; nur Geerdes' Frau hat keinen Stuhl mehr abgekriegt und steht nun überflüssig herum. Aber sie macht sich nichts daraus, findet es wohl auch richtig, dass sie weichen muss, wenn eine hohe Frau wie die Bronkhorst die Szene betritt. Sie zieht sich in ihre Küche zurück.

Dieweil hat die Bronkhorst den Grafen mit Beschlag belegt. Hinnerk halb den Rücken zukehrend und dadurch den Grafen gleichsam zwingend, es mit Asnide ebenso zu machen, schnattert sie aufgeregt auf ihn ein. Wie zwei Verschworene sind die beiden plötzlich, durch ihre weggedrehten Rücken abgesondert von der übrigen Gesellschaft. Hinnerk kann gerade noch so hören, wie sie dem Grafen die Ohren vollbläst. Und was er da hört, treibt ihm die Zornesröte ins Gesicht.

Es täte ihr furchtbar Leid, dass sie erst jetzt erscheine, aber er wisse ja sicher als ein Mann von Stand besser als diese naiven Bürger, welch ungeheure Arbeit zu leisten sei bei der Verwaltung und Regierung eines Landes; und sie als die rechte Hand der Fürstäbtissin habe einen Großteil dieser Last zu tragen. Aber selbstverständlich werde sie sich für die Belange des Grafen höchstpersönlich mit all ihrer Kraft einsetzen und dafür sorgen, dass er seine Geschäfte unverzüglich und zu seiner vollsten Zufriedenheit abwickeln könne. Sie habe gehört, er wolle Gewehre kaufen. Sie könne wirklich dafür bürgen, dass die Arkebusen ihrer Stadt gediegene Arbeit darstellten; und sie wolle dafür sorgen, dass er günstige conditiones – sie sagt wirklich: conditiones – bekomme.
Das plätschert und spritzt nur so dahin. Hinnerk ist ganz rot vor Wut über dieses Geschwätz. Auch Asnide möchte die Aufmerksamkeit des Grafen wieder auf sich ziehen, weiß aber nicht, wie sie es anstellen soll. Ihre Augen brennen. Sie wird den Kampf nicht aufgeben.
Aber wie soll sie ihn führen?
Sie weiß, dass sie ihn nicht mit Worten fesseln kann. Wie dann?
Hinnerk weiß etwas!
Er steht auf, geht zu den Musikern, die sich am Biere gütlich tun, und gibt ihnen eine Anweisung. Hinnerk ist noch nicht ganz wieder an seinem Platz, da setzen Trommeln und Trompeten mit einem schmetternden Tusch ein. Die Musik spielt zum Tanze auf. Grölendes Lärmen der Gäste nimmt den Tusch auf und verstärkt den Krach in der Diele.
Die Bronkhorst ist beim ersten Ton zusammengezuckt, hochgeschreckt, aufgefahren. Mit einem Blick hat sie durchschaut, welchen Streich Hinnerk ihr da gespielt hat. O ja, sie ist eine erfahrene Frau.
Und eine hohe Frau, die sich so etwas nicht einfach bieten lässt. Sie wird den Lärm abstellen, Schweigen gebieten. Wütend fährt sie auf Hinnerk los. Aber da macht sie einen Fehler, denn nun lässt sie in der Tat den Grafen los. Der nutzt die Gelegenheit. Zwar hat ihn interessiert, was die Pröpstin geredet hat. Sein in Geschäften geübter Geist hat gleich erkannt, dass diese Spannung zwischen Stift und Stadt ihm nur nützlich sein kann und eine gute Grundlage bildet, um einen angenehmen – das heißt: niedrigen – Kaufpreis zu erzielen. Natürlich kann es auch schwierig werden, wenn man zwischen zwei Parteien lavieren muss. Aber diese beiden wird er doch mit leichtem Griff in die Tasche stecken. Wäre er sonst Bevollmächtigter

des spanischen Königs? Jetzt hat er auch genug gehört, als dass er weiter Lust hätte, dem Gerede dieser knochigen Frau zu lauschen. Da gibt es doch Angenehmeres, Erfreulicheres, Reizenderes, dem er sich zuwenden könnte.
Reizenderes! – Ja, das Mädchen neben ihm reizt ihn wahrlich. Es ist etwas an ihr, das selbst er, der in allen Raffinessen erfahrene Herr von Stand, nicht kennt, das er aber kennen lernen möchte. So erhebt er sich denn, verbeugt sich vor Asnide und geleitet sie zum Reigen. Hinnerk braucht auf das Fauchen der Bronkhörstin nur noch zu den beiden, die ihre ersten Schritte auf seiner groben Diele machen, hinüberzunicken, um die Pröpstin wissen zu lassen, dass sie ein Stück Boden verloren hat.
Ein köstlicher Reigen hebt an. In der Mitte der elegante, biegsame Graf mit der in ihrem Kampf alle Kräfte aufbietenden Asnide. Das ist wieder nicht ohne Anmut, wie sie sich dreht und beugt und wiegt und neigt; wenn man auch sieht, dass sie sich anstrengen muss, um ihm eine ebenbürtige Partnerin zu sein. Wenn auch mit Mühe, mit Kraft und Anstrengung, aber sie schafft es. Der Graf sieht es und muss es anerkennen.
Das Rätsel wird größer: Wer ist dieses Mädchen?
Auch Hinnerk sieht es – und trinkt, trinkt ungezählte Becher schweren Weins!
O Hinnerk, wird das gut gehen?
Warum soll Hinnerk denn nicht trinken und seinen Sieg feiern? Denn das ist doch für jedermann zu sehen: Hinnerk hat gesiegt. Mit einem gezielten Streich hat er die Bronkhörstin aus dem Feld geschlagen, und die kann nichts dagegen tun.
Sie hat sich zwar ein paar Ratsherren vorgeknöpft, tut als wenn sie etwas Wichtiges mit ihnen zu besprechen habe und will so ihre Niederlage vertuschen, aber das will nicht verfangen.
Die plumpen Bürger und die vornehm stelzenden Stiftsdamen versuchen, es dem Paare, das den Reigen begonnen hat, gleichzutun. Alle wollen sie groß sein, elegant, biegsam, geschmeidig, fließend und weich, lächelnd und wissend – und sind doch jämmerliche Tröpfe, hart und eckig, poltrig, klobig, klotzig die einen – steif und stelzig die anderen, ohne dass ein Feuer ihre Leiber erhitzte.
Und doch ist ein Funke in ihren Augen. Sie warten darauf, dass etwas geschieht, dass eine Flamme aufzüngelt, ein Feuer aufbrennt, das ihre Gesichter hell und ihre Seelen leuchtend macht; und sie denken und tun so, als wenn es vor der Tür stünde.

Vor der Tür aber steht nur Trutman. Er weiß das alles nicht einzuordnen. So hat er sich ein wenig zurückgezogen und steht abseits. Was wollen diese Tölpel denn? Sie wollen groß werden? Dazu muss man doch erst einmal das Heer eines Grafen schlagen, so wie er und die Seinen das getan haben. Anders kann er sich das nicht vorstellen. Das ganze Fest ist in seinen Augen lächerlich.
Und noch einer steht abseits und ist ratlos: Harald Strötgen! Auch in seinen Augen ist der Funke; aber auch bei ihm will er nicht zur Flamme aufflackern. Er folgt mit seinen Blicken Asnides Schritten und spürt, wie sie sich mit jedem von ihm entfernt. Er war sich so sicher gewesen, dass sie zu ihm gehörte. Das war doch endlich einmal etwas, auf das er sich hatte verlassen können. Sonst war ja immer wieder etwas dazwischen gekommen und hatte ihn zurückgedrängt auf den zweiten Platz.
Daran hatte er sich gewöhnt. Inzwischen rechnete er schon damit, dass immer irgendwer doch noch seine besten Trümpfe überstach. Nur bei Asnide hatte er das bisher nicht für möglich gehalten. Aber jetzt sieht es so aus, als ob es doch wieder so wäre.
Trotzdem wird der Funke in seinem Auge nicht zur Flamme. Weder Kampf noch Wut züngeln hervor. Harald wird nicht kämpfen, wird sich dem Grafen nicht in den Weg stellen und wird ihm die schöne Asnide nicht entreißen. Er wird nicht – er kann nicht.
Die Leute, die im Hof gesessen haben, sind mit eingefallen in den Tanz und drängen durch die weit offenen Türen in die Diele. Die Tische werden zur Seite geräumt, es entsteht ein arges Gewühle. Immer derber, immer poltriger wird der Tanz, immer lauter, unverschämter, kreischender das Schreien der Leute. Überall hat der Wein die Gesichter erhitzt, immer hemmungsloser geben sie sich. Aber sie werden dadurch nicht geschmeidiger, weicher, gelöster – nur lauter, poltriger, dreister.
Und immer noch fließt der Wein in Strömen. Die ersten Taumelnden sind schon auszumachen unter dem Heer der tobenden Tänzer. Auch Hinnerk trinkt, trinkt, trinkt. Stürzt wieder einen Becher herunter, spült alles, was an Widrigkeiten aufsteigen will, herab; denn heute ist er Sieger. Sieger Hinnerk, der auch die Pröpstin geschlagen hat! Er trinkt und spürt, wie es zu viel wird. Der Kopf wird ihm schwer, es dreht sich alles. Er sinkt auf einen Stuhl, wendet sich halb herum und legt seinen Kopf auf die Stuhllehne. Oh, das tut gut, ein wenig auszuruhen, gleich wird es weitergehen.
Der Graf und Asnide bleiben von all dem unberührt. Asnide wird

mit jedem Schritt freier, sicherer, biegsamer; und der Graf schaut staunend zu. Das ironische Lächeln ist aus seinem Gesicht verschwunden. Verwunderung liegt stattdessen auf seinen Zügen. Wer ist nur dieses Mädchen? Der elegant samtene Graf, der viel erfahrene, der weit gereiste – er fühlt sich zunehmend unsicher, denn das Mädchen an seiner Seite wächst, während er abnimmt. Geradezu hilflos steht er dem gegenüber. Er wundert sich.

Der Tanz ist auf seinem Höhepunkt, das Haus voll Schreiens und Lärmens, fast übertönt es die Musik. Trunkenes Lallen taumelnder Gestalten, erhitzte Gesichter, stumpfe Gebärden erzeugen eine Stimmung gehetzer und getriebener Fröhlichkeit. Sie alle suchen ja etwas, wähnen sich auf der Spur und sind doch von vornherein Betrogene – Spieler, die einen Einsatz wagen, obwohl kein Gewinn zu erwarten steht – Glücksritter, die alles gewinnen wollen und nicht sehen, dass andere im Hintergrund die Fäden ziehen, nach denen sie tanzen – andere, immer nur andere!

Und Hinnerk? Ach ja, Hinnerk! Er denkt, weil er die Bronkhörstin aus den Feld geschlagen und seine Tochter dadurch den Grafen ans Bändel bekommen hat, nun sei er der Spieler und mit eingetreten in die Reihen derer, die die Drähte ziehen.

O Hinnerk, wenn du wüsstest!

Aber Hinnerk weiß nichts. Hinnerk denkt auch nicht mehr, dreht nicht an Rädern und zieht keine Fäden. Hinnerk ist auf seinem Stuhl eingeschlafen. Mit dem Kopf auf der Lehne schläft und schnarcht er mitten im Krach des poltrigen Festes – Hinnerk, der Sieger! Ist es der Wein, ist es die Erschöpfung des Sieges? Hinnerk schläft und hört nichts – nicht den Lärm der Feiernden und nicht die Stille, die plötzlich eintritt.

Eine Kutsche ist vorgefahren. Soldaten begleiten sie. Zwei Männer steigen aus und treten ins offene Tor der Diele. Die Musik bricht ab, das Lärmen verstummt, die Bürger weichen zurück – und da stehen mit fettem Grinsen, gespenstisch beleuchtet vom Flackern der Fackeln in den Händen der Soldaten – weiden sich an der ehrfürchtigen Stille, die ihr Erscheinen ausgelöst hat: Dechant Arnold Platte und der geistliche Rat Hermann Scholle, Vertrauensleute der Frau Meina! Jedermann kennt sie, und jedermann fragt sich: Wie sind die zu so später Stunde noch in die Stadt gekomen? Sie müssen die Wächter bestochen haben, ihnen die Tore zu öffnen. Sie müssen Gefolgsleute in der Stadt haben. Bitter schmeckt diese Erkenntnis auf der Zunge derer, die ahnen, was das zu bedeuten hat.

Und was wollen sie?
Darüber sollen sie nicht lange im Unklaren bleiben, denn der eine
– Platte – fängt mit fetter, salbadernder Stimme und wollüstigem
Grinsen zu reden an.
Man habe in der Residenz von dem Feste gehört, das heute begangen werde und sei im Rate der Hohen Frau Meina der Ansicht gewesen, dass dies eine günstige Gelegenheit sei, den Anwesenden einige wichtige Weisungen zu erteilen. Und also sei man zu so später Stunde noch aufgebrochen, habe den Weg von Schloss Borbeck selbst im Dunkeln nicht gescheut, sei auch – dies mit besonders zynischem Grinsen, aber auch unter ersten gemurmelten Protesten seitens der Bürger – mit der gebührenden Hochachtung und Ehrerbietung an den Toren der Stadt empfangen worden und also nun hier angekommen, um den anwesenden Gästen – tiefe Verbeugung in Richtung des Grafen von Almaden, leichtes Kopfnicken in Richtung Trutmans – huldreichen Gruß und Versicherung allen Wohlwollens der Frau Meina, essendischer Fürstäbtissin, zu entbieten, sowie Bürgern und Stiftsdamen zu kund und zu wissen zu bringen, dass die hohe Frau gedenke, ihre Stadt am übernächst folgenden Tag zu besuchen, die Abteigebäude zu inspizieren und die Huldigung der Bewohner von Stift und Stadt allergnädigst entgegenzunehmen. Nur der Vollständigkeit halber habe er hinzuzufügen, dass auch der allergnädigste Vater in Rom – wie schon immer der Herr Erzbischof zu Köln – und auch unser allergnädigster Herr, der Kaiser, diese Huldigung der Bürger erwarteten und widrigenfalls schlimme Strafen angedroht und beschlossen hätten.
Mit teuflischem Grinsen beendet Platte damit seine Rede und weidet sich an der Betroffenheit und Bestürzung der Bürger. Sie wollen aufschreien, protestieren, aber es wird nur ein undeutliches Gemurmel. Es ist keiner da, der ihre Wut in Worte fasst und sie dem salbadernden Priester entgegenschleudert. Der Graf und Trutman sind nicht betroffen und deshalb allenfalls ein wenig peinlich berührt, eher amüsiert über die streitenden Wichtigtuer.
Und Hinnerk, der Sieger, schläft seinen Sieg, seinen Rausch aus, hat seinen Kopf auf die Lehne gelegt und schnarcht. Die Bürger starren auf ihn; einer stubst ihn an der Schulter, er fährt hoch, bringt aber nur ein trunkenes Lallen über seine Lippen und sinkt zurück auf seinen Stuhl, den Kopf auf die Lehne gestützt. Jedermann sieht: Er wird sie nicht leiten können in ihrer Wut.
Bliebe noch die Bronkhörstin. Aber sie ist heute schlecht in Form.

Die Niederlage des Abends hat sie nervös gemacht. Das wäre jetzt ihre Stunde, aber sie vergreift sich im Ton; dabei wäre es so leicht gewesen, in diesem Augenblick alle hinter sich zu versammeln.
»Pah, das will eine freie Stadt des Reiches sein, die jedem hergelaufenen Pfaffen die Tore öffnet, wenn er es nur dreist genug fordert! Marsch, lasst das Viehofer Tor öffnen, damit ich Truppen vom Nienhauser Hof holen lassen kann«, so pfeift sie eine Gruppe von Ratsherren in ihrer Nähe an. Aber das ist genau die falsche Musik für die ohnehin schon gedemütigten Ratmannen:
»Das geht nicht, Hohe Frau, Beschluss des Rates: Die Tore bleiben nachts geschlossen!«
Wieder eine Niederlage! Sie will es aber nicht einsehen und denkt bei sich, sie wird es ebenso machen wie Platte und Scholle. Mit einem »Pah, Beschluss des Rates« rauscht sie davon, ein paar Stiftsdamen rauschen mit.
Daraufhin Grabesstille! Platte und Scholle wollen sich gerade mit einer spöttischen Verbeugung und im Wonnegefühl eines totalen Sieges verabschieden, da springt doch noch der Funke. Er springt auf Johann Schriver, den kleinen, zierlichen – zwar als temperamentvoll, aber auch als ängstlich bekannten – Kaufmann und Ratmann der Stadt über. Johann steigt auf einen Stuhl und schreit in die Menge: »Bürger! ...« Wie eine Kanone ist seine Stimme in der großen Stille. »Bürger, dies ist eine freie Reichsstadt, wie es unser hoher Herr, der Kaiser Friedrich, bestätigt hat und durch Briefe der kaiserlichen Kanzlei anni domini 1488 jederzeit nachgewiesen werden kann.«
Auch sei – so fährt Johann fort – die Stadt auf dem Reichstage selbigen Jahres zu Frankfurt am Main als freier Stand des Reiches vertreten gewesen und habe sich mit 32 Gulden an dero kaiserlichem Feldzug gegen Flandern beteiligt. Es sei daher eine Unverfrorenheit ohne gleichen, wenn immer wieder die Frau Äbtissin – und in Sonderheit die Frau Meina – versuche, ihre Hand über die Stadt zu schlagen, dessen man sich als freier Bürger mit Nachdruck wehren müsse. Solle sich doch die Frau Meina um ihr Stift und die Abtei kümmern und sehen, wie sie allda mit der anderen, der Frau Irmgard, fertig werde; sie, die Bürger der Stadt, hätten sich da ja auch nicht eingemischt, hätten aber umgekehrt erwartet, dass auch die hohen Frauen sich aller Einflussnahme auf die Stadt enthielten. Das sei nun offenkundig nicht der Fall, und so müsse man nunmehr anders zu Werke gehen.

So spricht Johann Schriver. Die Menge hat ihm zugehört, erst staunend, dass dieser kleine Mann solch gewaltige Töne zu schwingen wagt, dann überlegend: ist es der Alkohol, der ihn so reden lässt? Schließlich aber immer mehr begeistert erkennend, dass hier einer ihr Anliegen ausspricht, vornehm noch dazu, geziemend mit Maß und doch mit aller Deutlichkeit.
Als Johann eine kleine Pause macht, werden denn auch erste Rufe laut: »Bravo ..., bravo!« Auch Scholle und Platte, schon im Abgehen begriffen, werden von dieser Rede festgehalten. Widerstrebend zwar und ärgerlich, aber eben doch festgehalten!
Und Johann Schriver wird durch den Beifall angetrieben, vorwärts geschoben. Weit, weit wagt er sich vor, viel weiter als es durch seine Persönlichkeit gedeckt ist: »Ich will euch heute Nacht vorangehen. Wir wollen sie heimsuchen, die zu der Frau Meina halten. Wer ein guter Bürger ist, der folge mir!«
Ein kleiner Augenblick Stille, dann brausender Jubel! Vorwärts – Trampeln – Stoßen – Laufen – Rennen – Jagen – Drängen: zum Ausgang, zur Gasse! Dort sind Scholle und Platte alsbald in ein Handgemenge verwickelt. Bürger und Knechte dringen auf sie ein, und die Soldaten, mit denen sie gekommen sind, haben alle Hände voll zu tun, um diese Angriffe abzuwehren. Kaum will es ihnen gelingen, die beiden Geistlichen wohlbehalten in die Kutsche zu bringen. Mit Mühe ist es schließlich geschafft. Die Kutsche rasselt davon, die aufgebrachte Menge will sie aufhalten, es gelingt ihr aber nicht. Die Soldaten hauen den Weg frei, und die Kutsche donnert durch die dunklen Gassen den Hang hinunter zum Limbecker Tor – das tatsächlich offen steht – und hindurch!
Wenige Augenblicke später kommt auch der hastende Haufen von Bürgern und Knechten dort an, kann aber nur noch sehen, wie die Kutsche mit Scholle und Platte samt dem Häuflein Soldaten das Weite sucht. Eine weitere Verfolgung ist nicht möglich. Nun ist die Torwache dran:
»Warum habt ihr den losen Buben das Tor geöffnet?« Schüchterne Versuche der Rechtfertigung – böses Gemurmel der Menge – Flüche, Verwünschungen – drohende Fäuste – ein falsches Wort des Anführers der Wache und schon ist eine saftige Keilerei im Gange. Johann Schriver, der zierliche, mitten dazwischen! Aber die paar Leutchen der Torwache sind natürlich kein nennenswerter Gegner. Schnell – zu schnell sind sie verprügelt.
Was nun?

Soll man jetzt nach Hause gehen? Ist das schon der ganze Aufstand, die ganze Befreiung? Soll man jetzt wieder warten, bis die Gegenseite neue Kräfte gesammelt hat und erneut zuschlägt, wie schon so oft?
Aber wohin mit dem Aufruhr? Schloss Borbeck – Residenz der Frau Meina – ist weit, und es ist Nacht. Wieder ist es Johann Schriver, der den Weg weist: »Wir werden ihre Häuser heimsuchen, dass kein Stein auf dem anderen bleibt!«
Richtig! Scholle und Platte haben Häuser in der Stadt. Die werden sie schleifen und so ein Zeichen ihres Aufstands und ihrer endgültigen Befreiung setzen.
Kaum ist die Losung ausgegeben, da hastet die Menge lärmend los: Die Torgasse hinauf, über den Kornmarkt, vorbei an St. Gertrud und am Münster und dann die Dellbrügge hinunter. Dort sind die Häuser von Scholle und Platte. Große, schöne, feste Häuser, die sie sich von erpresstem, geraubtem, ergaunertem Geld gebaut haben – so sagen die Leute. Bisher zwar nur hinter vorgehaltener Hand, denn Scholle und Platte sind Herren, die unter dem Schutz der Fürstäbtissin und des Erzbischofs stehen. Da muss man vorsichtig sein.
Aber heute stehen die Dinge anders. Endlich ist der Funke gesprungen. Nun werden sie mit diesem Geschmeiß abrechnen.
Der Lärm auf den Straßen hat auch noch die letzten Bürger, die nicht auf Hinnerks Fest dabei waren, aus den Betten geholt. Sie schließen sich dem hastenden Haufen an. Jetzt haben sie die Häuser der Geistlichen erreicht. Die an der Spitze haben im Laufen Steine aufgehoben.
Krachend poltern sie gegen die Tore, klirren in die Fenster. Scheiben zerspringen knirschend. Ein Balken ist plötzlich da; wie von selbst formieren sich sechs sieben drum herum. Der Balken wird zum Sturmbock und saust gegen die Tür von Plattes Haus – zwei-, dreimal, dann birst das Holz, der Rahmen splittert, das Volk stürzt hinein. In der Diele stehen verschreckt die Bediensteten und schlagen zitternd die Hände über dem Kopf zusammen. Die rasende Menge rennt sie über den Haufen. Hinein in die Stuben! Da werden Möbel zerschlagen, Porzellan zerdeppert, Löcher in die Wände gestampft. Andere haben inzwischen Scholles Haustür gesprengt und treiben dort das gleiche Spiel. Hausrat fliegt aus den Fenstern – Krachen – Rufen – Schreien – erhitzte Köpfe – frenetisches Lärmen – meckernder Jubel, so tönt es durch die dunkle Gassen. Bald sind

beide Häuser total verwüstet, nichts, das noch zu zerschlagen wäre.
Was nun?
Schließlich haben auch die Letzten am Werk der Zerstörung genug.
Die Menge sammelt sich wieder auf dem engen Platz vor den Häusern, und erneut schleicht das Gespenst der Unsicherheit herum.
Was nun?
Wohin soll ihre Wut sich jetzt wenden? Wer nennt ihrem Aufbegehren Ziele? Wer weist die Richtung? Unbehagen dringt durch die Ritzen in ihre Seelen: Sind wir schon zu weit gegangen?
Zu weit? Ihr Weg hat doch gerade erst begonnen.
Aber wohin?
Ohne dass es einer veranlasst hätte, richten sich aller Blicke erwartungsvoll auf Johann Schriver. Aber das ist zu viel für den, er wird dadurch nur noch unsicherer, als er ohnehin schon ist; denn das Unbehagen steckt auch in ihm. Ja, auf Hinnerks Fest, nach Plattes Schmährede, da hatte er genau gewusst, was zu reden und zu tun war. Auch noch am Limbecker Tor! Aber jetzt fordern sein ängstliches Gemüt und seine zierliche Gestalt ihren Tribut. Unheimliche Gedanken, bedrückende Gedanken wirbeln durch seinen Schädel. Ist er nicht doch zu weit gegangen? Wäre es nicht an der Zeit, Deckung bei Stärkeren, Kräftigeren zu suchen? Zum Beispiel bei Hinnerk Geerdes! Wo ist der überhaupt? Wie eine Zentnerlast fällt Johann plötzlich Hinnerks Abwesenheit, die er bisher gar nicht bemerkt hatte, auf die Seele. Er ist allein.
Was kann er tun? Was soll er tun? Was muss er tun? Soll er vielleicht Gewehre an die Leute ausgeben? Es lagern ja genügend in den Magazinen der Stadt. Eine gute Idee: Gewehre nicht nur schmieden und verkaufen, sondern auch benutzen; zumal es die besten sind, die im ganzen Reich geschmiedet werden. Aber darf man das einfach so: Gewehre benutzen? Muss man dazu nicht mindestens ein Graf, ein Fürst sein, um solch einen Befehl zu erteilen? Er, Johann Schriver, Kornhändler in der Stadt, kann das nicht. Ja, wenn Hinnerk Geerdes da wäre – dann vielleicht. Aber nein! Hinnerk ist auch nur ein Schmied, wenn auch der beste Büchsenschmied weit und breit. Aber sagen: nehmt Gewehre und schießt – das ist etwas anderes. Wie soll man das denn verantworten? Dieses letzte Wort, der letzte Gedanke des Johann Schriver läuft in leisen Bahnen weiter durch die Windungen seines Hirnes: Verantwortung! Vor wem denn eigentlich? Wer fragt hier? Und wem muss man antworten? Wer kann Gewehre – benutzte Gewehre – überhaupt verantworten?

Und wie machen das die Fürsten? Wer fragt die, und wem antworten sie? Das wird es sein: Sie fragt niemand und so brauchen sie auch niemandem zu antworten. Aber ihn – Johann Schriver – wird man fragen. Tausendfach! Wie konntest du das tun? Was soll er dann antworten?
Müssen aber die Fürsten nicht wenigstens Gott antworten, wenn er sie fragt? Oder fragt Gott die Fürsten nicht? Hier wird es dem Johann Schriver zu brenzlig; und der leise Gedanke, der sich gerade in seinem Gehirn festsetzen wollte, verflüchtigt sich wieder, flieht in entfernte Winkel seines Schädels, wo Johann ihn nicht mehr aufspüren kann.
Außerdem ist es viel zu laut auf der Gasse, als dass solch ein leiser Gedanke länger hörbar bliebe.
So steht denn Johann mit leerem Blick da und – schlimmer noch – mit leerem Hirn und leerem Herzen. Er weiß nichts. Aber just in dem Augenblick, als er ganz leer ist, fällt etwas Neues in ihn hinein: Ein Gedanke, eine Idee! Warum soll er eigentlich alles allein verantworten? Sie sind doch eine Stadt, und eine Stadt handelt durch ihren Rat. Wenn die anderen mitmachen, wird es auch für ihn leichter sein. Wie eine Erleuchtung verkündet Johann darum der Menge: »Wir wollen einen Rat halten!« Zunächst betroffenes Schweigen! Einen Rat halten? Hier? In der Nacht? Auf der Straße? Diese Bedenken müssen erst einmal von ihnen abgeschmeckt werden, dann aber zündet der Gedanke in ihren Herzen. Natürlich, eine Stadt handelt durch ihren Rat. Was ist selbstverständlicher für eine Stadt, als Rat zu halten? Beifall wird laut. Noch einmal ordnet sich der Haufen wie von selbst: zu einer Ratssitzung!
Ein Feuerchen wird mit Plattes zerbrochenem Mobilar angezündet, und alles lagert sich um das Feuer. In der ersten Reihe die Ratsherren, dahinter die Bürger und ganz im Hintergrund Frauen und Knechte.
Wie von selbst auch ist Johann Schriver die Leitung zugefallen; und er eröffnet den Rat mit der Frage, die er selbst nicht beantworten kann: »Was ist jetzt zu tun?«
Nur einen Moment lang ist ihre Ratlosigkeit schweigend, dann wird sie geschwätzig. Vorschläge prasseln in die Runde, ihre Sinnlosigkeit dadurch dokumentierend, dass keiner besprochen wird, sondern jeder nur neue Gegenvorschläge auslöst. Nicht einer, gleich drei, vier, fünfe reden zugleich. Wenn an ihren Ideen etwas gemeinsam

ist, dann dies, dass etwas zu zerstören sei: die Abtei, das Schloss, die Häuser der Kanoniker usw.
Johann Schriver hört es und ist soviel klüger als die aufgeregten, großmäuligen Bürger, als er weiß: das ist es nicht! Nicht zertrümmern, zerschlagen ist jetzt angesagt, sondern: aufbauen, ordnen. Aber was und wie? Johann weiß es nicht und die Leute erst recht nicht.
Ihr Geschrei wird nur immer lauter und dadurch unverständlicher. Haben die ersten noch leise gesprochen, so steigert sich die Lautstärke der Sprecher von Augenblick zu Augenblick. Jeder Vorschlag wird von der Menge mit zustimmenden, mehr aber noch mit ablehnenden Bemerkungen begleitet. Keiner wartet, bis das Wort an ihn kommt, und er das Gehör aller findet. Vielmehr reden sie alle durcheinander, und jeder, der etwas sagen will, versucht mit besonderer Lautstärke, die anderen zu übertönen. Ein Heidenlärm ist das – und führt zu nichts.
Johann Schriver sieht es und kann doch nichts dagegen tun; sieht auch, dass er alles Ansehen verlieren wird, wenn er nichts dagegen tut. Aber er wird aus dieser Verlegenheit befreit.
In dem Lärm erst kaum zu vernehmen, dann aber immer lauter werdend, hört man einen Wagen heranrasseln. Sind das Leute der Frau Meina? Soldaten gar, die gekommen sind, Rache zu nehmen? Sofort flackert die Kampfbereitschaft der Bürger wieder auf. Etliche springen hoch, greifen zu Knüppeln und Steinen.
Aber es ist kein Kampf nötig! Der Wagen, der da um die Ecke biegt, ist nicht mit Soldaten beladen. Die Frau von Bronkhorst ist es mit ein paar Dienstleuten. Langsam fährt sie heran, lässt anhalten, grüßt in die Runde und spricht in die staunend still werdende Menge. Sie habe mit Wohlwollen und Huld – sie sagt: Huld! Was ist das eigentlich? – den Eifer der Bürger gesehen und mit Freude verfolgt, wie sie – die Bürger – mit Nachdruck und Mut die Übergriffe der fremden Herrin zurückgewiesen hätten. Sie sei nun gekommen, den tapferen Bürgern der Stadt – nicht mehr: Stadt der Frau Äbtissin – Lob und Anerkennung auszusprechen und ihre Tapferkeit gebührend zu belohnen. Zu diesem Zwecke habe sie einige Fass Bier als Labsal nach heißem Kampfe heranfahren lassen.
Da macht ein jubelndes Geschrei ihrer Rede ein Ende. Sie stürzen sich auf den Wagen und reißen die Fässer herunter. Im Nu sind sie angezapft. Becher hat die Bronkhörstin gleich mitgebracht. Die machen nun die Runde. Mühsame Runden! Einer reißt dem anderen das Gebräu aus der Hand. Schaum spritzt, Bierlachen bede-

cken den Boden, aber was soll's – es ist ja so viel da. Ein fröhliches, krakeelendes Saufen hebt an.

Johann Schriver steht mitten zwischen den Saufenden und ist verlegen. Sein nüchterner Sinn, sein wacher Geist sagen ihm, dass das jetzt kein guter Fortgang ihrer Erhebung ist und schon gar nicht die Lösung ihres Problems sein kann. Aber was soll er denn machen? Er ist ja so allein und weiß nichts. Und schließlich: Hat sie die Stadt nicht anerkannt?

Ausdrücklich sicher nicht! Aber sie hat auch nicht mehr ›Stadt der Frau Äbtissin‹ gesagt. Ist das nicht wie ein Versprechen, die Hand nicht mehr über die Stadt zu schlagen? Soll man das nicht als Sieg feiern und fröhlich mittrinken? Wenn auch ein Rest Unbehagen bleibt, Johann Schriver beschließt, es zu vertreiben, indem er auf die andere Seite springt. Er reißt dem Nächstbesten den Becher aus der Hand und schreit: »Es lebe die Frau Bronkhörstin!« Ein hundertfaches Hoch ist die Antwort. Elisabeth von Bronkhorst hört es, lächelt und ist zufrieden. Sie hat ihr Ziel erreicht. Das Volk wird jetzt saufen, bis alles blau ist. Nichts Wesentliches wird in der Nacht noch geschehen. Es wird zwar ratsam sein, ein paar Beobachter zurückzulassen, im Übrigen aber kann sie getrost umkehren und sich dem Gefühl hingeben, zum guten Schluss doch noch einen Sieg errungen zu haben.

Besser hätte es für sie und ihre Nichte, Irmgard von Diepholz, in der Tat nicht laufen können. Die Widersacherin, Meina von Amöneburg, ist gedemütigt und in ihre Schranken gewiesen, ihre Leute sind aus der Stadt gejagt, deren Häuser verwüstet worden, und doch ist kein größerer Aufruhr in der Stadt entstanden, der dem Erzbischof oder dem Vogt als Vorwand zum Eingreifen dienen könnte. Die Stadt und ihren Rat wird man schon wieder in den Griff bekommen. Da ist sie ganz sicher.

Zufrieden lächelnd lässt sie den Wagen wenden und kehrt in ihr Haus zurück.

Johann Schriver aber weiß wieder nicht, ob er richtig gehandelt oder einen Fehler gemacht hat. Doch das weiß er: Er ist erleichtert.

Und wo sind Asnide und der Graf geblieben?
Sie waren doch die Hauptpersonen dieser Geschichte! Wieso haben wir sie aus den Augen verloren und sind mit dem Faden der Erzählung den tobenden und lärmenden Bürgern gefolgt?
Ach richtig: Nach Plattes Schmährede und Schrivers aufrührender

Antwort schien die Initiative auf die Bürger übergegangen zu sein. Aber jetzt, da sich das als Irrtum herausgestellt hat und der Aufbruch der Bürger im Bier der Frau Bronkhorst ertrinkt, können wir uns wieder Asnide und dem Grafen zuwenden. Wir kehren zum Ausgangspunkt unseres Abschweifens zurück: in Hinnerk Geerdes Haus! Dort ist wenige Augenblicke nach Schrivers Aufruf niemand mehr zu finden. Alle sind auf die Straße gestürmt und haben sich ins Getümmel gestürzt. So ziemlich als Letzte sind auch Asnide und der Graf auf die Straße getreten; der Graf wieder mit seinem amüsierten Lächeln auf dem fremdländisch schönen Gesicht. Aber als dann der Kutsche doch die Flucht gelingt, laufen nicht alle mit. Ein paar bleiben ratlos einige Augenblicke stehen, verdrücken sich dann in irgendwelche Gassen und schleichen nach Hause. Schließlich stehen nur noch Asnide und der Graf vor dem Tor; und auch der entschließt sich, dem Haufen zu folgen. Entschieden, aber ohne Eile schreitet er, eine fremde Melodie flötend, davon. Asnide zögert – soll sie einfach mit ihm gehen? – zögert eine Sekunde zu lange, um den Abstand, den er inzwischen gewonnen hat, noch mit Anstand überbrücken zu können. Außerdem tut in diesem Augenblick der Einzige in der Diele Zurückgebliebene – ihr Vater – auf seinem Stuhl einen Schnaufer, der Asnide herumfahren lässt. Und nun ist es endgültig zu spät, dem Grafen zu folgen. Er ist weg.

Wütend stößt Asnide auf ihren Vater zu. Er ist an allem schuld. Doppelt groß ist ihre Wut, weil sie vor kurzem noch so hoch von ihm gedacht hat. Er hatte alles wunderbar angefangen, eingefädelt, in die Wege geleitet, ins Werk gesetzt. Wie ein ganz Großer hatte er die Drähte gezogen. Das Spiel war nach seinen Ideen und Gedanken gelaufen. Voll Bewunderung hatte Asnide es gesehen und gefühlt, wie es gelang, selbst den Grafen mit aufzureihen auf den roten Faden dieses Spiels.

Direkt neben sie – Asnide – war er dabei geraten; und sie wollte dafür sorgen, dass es dabei auch bliebe. Niemand sollte sich dazwischen drängen können, so wie sie es der Frau Bronkhörstin mit Nachdruck bewiesen hatte.

Und nun war der Faden gerissen, alles auseinander und durcheinander gepurzelt, was so mühsam und schon so schön geordnet war. Das alles, weil ihr Vater, der Büchsenschmied Hinnek Geerdes, nicht bedacht hatte, wie lange man aushalten muss, um wirklich Sieger zu sein. Ein paar lumpige Becher Weins zu viel – und nun sitzt er da: trunken, aus dem Weg geräumt, verloren!

Asnide kann ihre Enttäuschung nicht zurückhalten. Mit einem leichten Schubs und einem verächtlich gemurmelten »Saufkopp« stößt sie ihn gegen die Schulter; und obwohl es nur ein ganz leichter Stoß war, reicht er doch aus, dass Hinnerk Geerdes das Gleichgewicht auf seinem Stuhl verliert und polternd auf die Dielen schlägt. Selbst das lässt ihn nicht richtig aufwachen. Er lallt nur ein paar unverständliche Worte und will es sich sofort auf dem Boden wieder bequem machen. Er legt den Kopf auf die Seite, schiebt einen Arm darunter und zieht ein Knie hoch. Asnide ist nun doch erschrocken. Sicherlich auch über die Folgen ihres Stoßes, mehr aber noch über die Tiefe seines Rausches. Sie kümmert sich um ihn, holt einen Lappen aus der Küche, wischt sein Gesicht ab, reinigt es von Staub, Schweiß und winzigen Blutspuren, die aus einer Schramme an der Backe herrühren. Als auch das ihn nicht munter macht, beschließt Asnide, ihn ins Bett zu schaffen. Er kann ja nicht hier liegenbleiben. Wenn die Gäste zurückkommen und ihn so finden, wird ein großes Gelächter über Hinnerk Geerdes durch die Stadt laufen. Sein Ansehen wird eh schon dahin sein. Asnide denkt mit Wut und Schrecken daran, – nicht aus Mitleid – sie ist ja selbst betroffen und zu sehr mit sich selbst befasst, um in diesem Augenblick an etwas anderes als an sich zu denken. Um ihrer selbst willen fasst sie also nach dem Vater und will ihn aufheben. Aber er ist viel zu schwer. Kaum einen Meter kann sie ihn weiterschleifen. Sie muss nach Hilfe Ausschau halten. Ist denn sonst keiner im Haus? Ihre Mutter? Sie ist nicht zu finden.
Auch mitgelaufen mit dem Haufen? Da sind aber doch Stimmen im Hof. Asnide geht ihnen nach und entdeckt im hintersten Winkel vor dem Tor zur Schmiede ein paar Kerle, die Hinnerks Wein saufen. Es sind Diener des Grafen – Spanier – und ein paar Jung-Gesellen aus der Schmiede. Sie schlagen Karten. Offensichtlich ein Spiel, das die Spanier mitgebracht haben, denn sie sind im Angriff. Geerdes Gesellen glotzen grimmig, grob und glasig, wenn die Spanier wieder einen Stich gewonnen haben und schenkelklopfend und grölend nach dem Becher greifen, ihren Gewinn zu begießen. Zwischen beiden Gruppen versucht ein Diener des Grafen – ein Deutscher anscheinend, den der Graf wohl als Dolmetscher in Dienst genommen hat – zu vermitteln. Aber er gerät dauernd zwischen die Fronten; beide Seiten scheinen ihm zu misstrauen. Jedenfalls muss er sich nach beiden Seiten wehren.
Asnide hat eine kleine Weile zugesehen und überlegt, wie sie

sich bei den trunkenen Kerlen Gehör verschaffen kann. Sind sie überhaupt zur Hilfe tauglich? Wird sie nicht Hinnerks Ansehen weiter schmälern, wenn sie ihn durch diese rüden Gesellen ins Bett schaffen lässt? Etwas Überzeugendes fällt ihr nicht ein. So fährt sie denn mit hartem Wort dazwischen: »Schluss jetzt, ihr müsst helfen!«

Die Spanier blicken nur dumm drein, sie verstehen nicht. Aber die eigenen Leute sind zu Asnides großer Erleichterung sofort dienstbereit und gehorchen der Tochter ihres Meisters aufs Wort.

So wird denn Hinnerk Geerdes von seinen eigenen Gesellen zu Bett gebracht. Zu besoffen sind sie, als dass es respektvoll oder gar sanft geschähe; und Asnide ist zu enttäuscht, als dass sie mit scharfem Befehl dafür sorgte. Hinnerk wird mehr in die Kissen geschmissen als gelegt.

Die Knechte sind froh, dass Asnide nicht weitere Aufgaben für sie hat, und kehren zu ihrem Spiel und den spanischen Genossen zurück.

Auch Asnide sieht keinen Anlass, sich weiter um ihren Vater zu kümmern. Sie verlässt das Haus und geht in der lauen Sommernacht dem fernen Lärm nach. Es ist zwar alles wie sonst auch: Gänsemarkt, Flachsmarkt, St. Geerth, das Münster, rechter Hand der Hagen, und doch hat Asnide den Eindruck, dass in dieser Nacht alles anders geworden sei.

Es ist dunkel in der Stadt, aber es ist ein warmes Dunkel. Bald wird ein lichter, heller Sommermorgen aus diesem Dunkel hervorbrechen und alles wird wieder seinen gewohnten Gang nehmen. Aber noch ist es dunkel, auch wenn Asnide jetzt im Norden den rötlichen Schimmer des Feuers wahrnimmt, das die Menge vor Plattes und Scholles Häusern angezündet hat. Und auch die Gestalt, die da heranschlendert und sich von dem rötlichen Schimmer abhebt, ist dunkel. Es ist der Graf. Just am Ende des Hagen trifft Asnide auf ihn. Stumm und fragend blickt sie zu ihm auf, und er erzählt ihr mit seinem spöttischen Lächeln: »Sie haben ihre Häuser verwüstet!«

Asnide spürt: der Graf ist weit, weit weg. Sie empfindet Wut und Trauer dabei, kann aber nichts dagegen tun, schaut nur stumm zu ihm auf.

Dem Grafen wird unter diesem stummen Aufblick unbehaglich zumute.

Dieser fragende Blick, Graf Almaden! Asnide Geerdes, Tochter eines Büchsenschmieds fragt dich etwas. Mit stummem Aufblick!

Was fragt sie denn?
Das weißt du doch, du schöner, eleganter Graf! Du willst es nur nicht wissen und schon gar nicht an dich heranlassen.
Sie ist doch nur ein Bürgermädchen!
Sicher – aber ein schönes Mädchen – eine Frau mit vollen Brüsten und runden Hüften – und mit fragendem Blick!
In solchen Situationen, Graf Almaden, hast du doch sonst nicht lange gezaudert, sondern hast zugegriffen. Aber hier kannst du das nicht: einfach zugreifen. Das Mädchen vor dir macht dich unsicher. Sonst hast du keine Skrupel gekannt. Du hast sie dir einfach genommen: in deine Kammer, in dein Bett und hast getan, was man mit einem Mädchen – einem Bürgermädchen – tut, wenn es einem gefällt. Alle haben ihren Spaß daran gehabt, auch wenn einige sich zunächst gewehrt und geschrieen haben; später dann, wenn du zur Sache gekommen bist, haben sie allen Widerstand aufgegeben und sich dir wohlig hingegeben.
Etliche sind sogar wiedergekommen – freiwillig – obwohl du sie nicht gerufen hast. Ist ja nichts lästiger und peinlicher als solch ein Mädchen, das wiederkommt, weil es ihr bei dir gefallen hat.
Graf Almaden, der schöne, stolze, eitle Herr fasst einen Entschluss: Er wird dieses Mädchen nicht mit in seine Herberge und sein Bett nehmen! Nicht wegen dem Wirt! Pah, dieser lausige Kerl sollte es nur wagen .... Ein spanischer Grande versteht sich auf seinen Degen, anders als diese dumpfen Bürger, die da meinen, mit ein paar Steinen und Knüppeln die Welt ändern zu können.
Nein, es ist nicht der Wirt, auch nicht die fremde Stadt, die ihn hindern. Es ist das Mädchen selbst, ihr fragender Blick!
Und er ist nicht gewohnt, gefragt zu werden.
Er weiß keine Antwort.
Er ist unsicher und schwach.
Er kommt sich schäbig vor.
»Asnide«, so spricht er sie an und legt dabei seine Hände auf ihre Schultern, »Asnide«, und mit seinem südländischen Tonfall klingt das ein wenig unbeholfen, aber zugleich ungeheuer zärtlich; so zärtlich, dass beide erschrecken. »Asnide«, so kommt es wahrhaftig von seinen Lippen: »Gott segne dich!«
»Gott«, hat er gesagt und: »Segen.« Was ist das? Wer weiß das? Weiß Asnide, was das ist? Weiß es der Graf?
Der überlegt noch einen Augenblick an dem Satz herum, der ihm da aus dem Mund geflossen ist, aber eine Erläuterung fällt ihm nicht

ein. So dreht er sich abrupt um, geht in seine Herberge und lässt Asnide mitten in der dunklen Stadt am Ende des Hagens stehen.
Während sie da steht, rappelt eine Kutsche heran. Es ist die Bronkhörstin, die von ihrem Sieg zurückkehrt. Freundlich winkt sie Asnide zu. Ja, wenn man gewonnen hat, hat man es leicht, freundlich zu winken.
Asnide aber drückt sich benommen an die Hauswand und denkt nach. Es summt und schwirrt in ihrem Kopf. »Gott« und »Segen« hat er gesagt. O ja, sie hat es genau gehört. Ist das nun ein Wunsch, eine Hoffnung, eine Verheißung? Deren Erfüllung man erwarten muss?
Ja, wie denn, wo denn, wann denn?
In Asnide ist doch alles zerbrochen, kaputtgeschlagen, in Trümmer gegangen.
Asnide schleicht nach Hause. Sie betritt die Diele, in der immer noch einige Lampen brennen und steht unvermutet vor Harald Strötgen. Als er sie allein zurückkommen sieht, geht ein Strahlen über sein Gesicht, das sich aber in Besorgnis verwandelt, als er sieht, wie verstört sie ausschaut. Er tritt nah an sie heran, legt einen Arm um ihre Schultern. Sie lässt es sich gefallen, ohne sich dagegen zu wehren, aber auch ohne sich in den Arm, der sie bergen will, zu schmiegen. Asnide steuert auf ihre Kammer zu, löst sich aus Haralds Arm, öffnet die Tür, tritt ein. Harald bleibt selbstverständlich zurück. Asnide schließt die Tür und sinkt aufs Bett. Mehr aus seelischer Erschöpfung als aus körperlicher Müdigkeit fällt sie in einen unruhigen Schlaf. Sie träumt von Gott und seinem Segen. Aber der Traum zerrinnt ihr, sie kann ihn nicht festhalten.
Am nächsten Morgen wird die Nachricht durch die Stadt laufen, dass der spanische Graf eilends abgereist sei, ohne das angestrebte Geschäft zu Ende zu führen. Hinnerk wird einen Mordszorn und einen Mordskater in einem neuen Rausch ersäufen.
Im nächsten Jahr wird Asnide Harald Strötgen heiraten, im übernächsten wird sie ihm einen Sohn gebären, der aber – ebenso wie Asnides Eltern – von der Pest, die in jenem Jahr die Stadt heimsuchen wird, hinweggerafft wird.
Doch abermals ein Jahr später wird Asnide wieder einen Sohn haben, ein hoffnungsvolles Bürschchen, das später einmal – wie sein Vater – ein tüchtiger Laufschmied sein und der überkommenen Schmiede wohl vorstehen wird.
Und nochmals ein Jahr später wird sich die Frau Meina von

Amöneburg gegen die Frau Irmgard von Diepholz und gegen die Stadt durchgesetzt haben. Die Frau Irmgard wird sich in die Kluse einmauern lassen und zur Legende werden. Die Stadt aber muss der Frau Meina und dem Herzog Johann huldigen. Denn um den Sieg zu erringen, muss die Frau Meina den Herzog von Kleve zum Erbvogt über das Stift ernennen. Und was das bedeutet, kann wohl jeder ermessen: Er hat jetzt im Lande das erste und das letzte Wort. Der Stadtschreiber notiert: In diesem Jahr ist das Gold verdunkelt und die herrliche Farbe verwandelt; das Silber ist zu Schlacken geworden.

Asnide aber und Harald werden reiche Bürger sein in einer Stadt, die nichts zu sagen hat, und in einem Land, das nichts gilt.

Asnide muss immer daran denken, was ihr der Graf gesagt hat: »Gott segne dich!« Und muss immer wieder grübeln, wenn sie einen kostbaren Schmuck anlegt, sich in prunkvolles Gewand kleidet oder einen goldenen Löffel aus kunstvoll geschnitzter Truhe holt: Ist das nun der Segen Gottes, oder soll sie noch auf etwas anderes warten?

Harald und Asnide werden Reichtum erwerben, weil alle Welt essendische Gewehre kaufen wird. Natürlich werden die Schmiede in der Stadt die Hauptnutznießer davon sein und einen ordentlichen Batzen Geld verdienen, indem sie Gewehre verkaufen.

Verkaufen! – Gebrauchen werden andere sie! Wie auch anders, wenn der Klever Stift und Stadt fest im Griff hat?

Doch das essendische Schwertzeichen im Lauf wird zeitweilig mehr gelten als die Zeichen der großen Waffenschmieden zu Nürnberg, Wien und Augsburg. Genau hundert Jahre später werden auch die Spanier wiederkommen, Musketen und Arkebusen für ihr Heer zu kaufen. Und dann der große Krieg ...! Dumm und dusselig werden sich Asnides Enkel da verdienen.

Aber Asnide? Worauf soll sie denn warten? Immer nur auf den Segen verkaufter Gewehre?

V

Wenn ich die ›Kettwiger‹ bis zum Kurienplatz – heißt jetzt: Kardinal-Hengsbach-Platz – hinunterbummle, am Baedecker-Haus und an Loosen vorbei – ach, ist ja nicht mehr Loosen, ist jetzt Peeck & Cloppenburg – dann weiterschlendre, C & A liegenlassend, schließlich zu Wertheim kommend – ist auch nicht mehr Wertheim, ist jetzt Hennes & Mauritz und Werdin, und was weiß ich noch alles. Noch früher hat hier unser Rathaus gestanden – stoße ich zuletzt bei Boecker auf die Marktkirche. Nanu, denke ich, die steht hier aber merkwürdig verquer und verloren zwischen den großen Kaufhäusern. Die hindert doch mächtig den Verkehr. Ach richtig, fällt mir ein: Autoverkehr in der Innenstadt ist unmodern. Autos haben hier nichts zu suchen; und dass gar eine Straßenbahn hier vorbeifährt – wie früher – ist glatt undenkbar. Also: die Kirche steht hier schon ganz richtig. War ja auch schon viel früher da als die Kaufhäuser.
Aber warum ist sie dann so klein und mickrig, ohne richtigen Turm? Ich erinnere mich doch: als hier noch eine Straßenbahn fuhr, hatte sie einen schönen spitzen Turm und war auch um ein ganzes Joch größer.
Ja sicher, ich weiß, sie ist 1943 im Krieg durch einen Bombenteppich – so nannte man das: Bombe neben Bombe – zerstört worden. Beim Wiederaufbau war dann einfach nicht mehr genügend Platz für die Kirche da. Ich frag mich bloß, wieso war dann für die Kaufhäuser Platz? Naja, Kaufhäuser sind halt wichtig für eine Stadt – Essen, die Einkaufsstadt! Haben ja sogar das Rathaus für ein Kaufhaus verscherbelt.
Die Katholiken haben übrigens ihr Münster – war genauso zerbombt wie die Marktkirche – wieder aufgebaut, so wie es war. Ach, viel schöner noch! Manche Münsterbaulotterie ist dafür veranstaltet worden. Ich hab auch immer fleißig Lose gekauft, aber nie etwas gewonnen. Und jetzt ist das Münster auch noch zum Dom avanciert, denn seit '53 haben sie einen Bischof in der Stadt.
Umso mehr wundert es mich, dass die Evangelischen ihre Kirche so mickrig wiederaufgebaut haben. Ob sie vielleicht etwas gelernt haben?
Oder ob sie nicht mehr so viel darum geben, und die Kirche nur noch ein Symbol ist – das dann ja auch klein sein kann?

Oder ob es doch einfach nur die Umstände waren?
Ich höre, die Marktkirche soll umgestaltet – erneuert, vergrößert? – werden.

Die Zwillinge

Als Jan, der niederländische Korporal, von Stine, Magd auf dem Viehofe, abließ, schenkte er ihr zwei Silberstücke.
Er hatte sie selbst irgendwann gewonnen, gestohlen, erplündert, geraubt – wer behält so etwas schon im Gedächtnis – bei irgendeiner Schlacht, Eroberung, Inbesitznahme oder wie immer man da sagte – es war schon zu lange Krieg, um das noch auseinander zu halten und richtig zu bezeichnen.
Und kompliziert war das Ganze!
Es ging um den Glauben. Aber wenn dann eine Stadt erobert wurde, gebrandschatzt oder geplündert, wo war dann der Glaube? Solange man nur ihre Kirchen zertepperte, nahmen sie es klaglos hin. Aber wenn man dann in die Häuser kam und einen Pfennig Wegzehr forderte – einen Pfennig nur –, dann fing das große Lamentieren an, dass man dazwischen schlagen musste und sich nehmen, was sie freiwillig nicht rausrückten.
So sah Jan die Sache.
Die Frage nach dem Glauben hatte er sowieso nie richtig verstanden. ›Päpstlich‹ – ›papistisch‹ nannten die anderen es – sowie ›lutherisch‹ und schließlich ›calvinistisch‹ –, auch gab es so einen hochtrabenden Ausdruck: ›nach Gottes Wort reformiert‹ – für Jan waren alle diese Bezeichnungen Böhmische Dörfer geblieben. Nur eins hatte er begriffen: Es musste irgendwie mit dem Geld zusammenhängen. Geld war einfach nicht genug vorhanden, und da jeder, der etwas davon hatte, es partout auch für sich behalten wollte, blieb einem nichts anderes übrig, als es denen, die es hatten, wegzunehmen.
So war Jan Söldner in der niederländischen Armee geworden.
Früher hatte man anscheinend auch auf andere Art an Geld kommen können: durch Arbeit, Handel und dergleichen. Aber sehr gut hatte das wohl nicht geklappt, sonst hätte man den Krieg sicher nicht angefangen; denn schön war der Krieg nun auch wieder nicht. Man konnte zum Beispiel auf die falsche Seite geraten, wenn man

nicht schnell genug laufen konnte und die anderen in der Überzahl waren.

Aber bisher war es für ihn, Jan, recht gut gegangen. Und für die hohen Herren, die den Krieg führten, verwalteten, leiteten – oder wie man das nannte – anscheinend auch, denn sonst hätten sie ja wohl aufgehört.

So dachte sich das Jan van Alsen, Korporal in der niederländischen Armee und dritter Sohn eines Gelderländer Bauern.

Jan wurde den Verdacht nicht los, dass papistisch, lutherisch und calvinistisch nur Umschreibungen, Vernebelungen, Abschirmungen – wie sollte er sich da nur ausdrücken – waren für die Sache mit dem Geld.

Das hatten die hohen Herren doch nur erfunden, damit der kleine Mann es nicht so ohne weiteres verstünde. Sooft er auch gefragt hatte, die Antworten hatten ihn nicht überzeugt. Nein, ihn nicht! Darum führte man doch keinen Krieg!

Nein, nein, es musste sich schon um das Geld drehen; und damit die kleinen Leute nicht dahinterkämen, hatten sie erfunden: lutherisch, papistisch, clavinistisch. Wenn man zugreifen wollte, hieß es plötzlich: ›calvinistisch‹ oder ›reformiert‹ und dann durfte man nicht. Und wenn es dann hieß: ›papistisch‹ oder ›lutherisch‹, dann war nichts da. Ein fauler Trick!

Aber ihn, Jan van Alsen, konnten sie damit nicht länger an der Nase herumführen. Er hatte kapiert: Es ging ums Geld.

Das Geld, von dem er nun der Stine zwei Silberstücke schenkte; denn er hatte wirklich seine Freude an ihr gehabt. Wie er sie jetzt so entblößt vor sich auf dem Stroh liegen sah mit ihren vollen Brüsten, die er in seinen Händen gehalten, und mit ihren starken Schenkeln, auf denen er gelegen hatte, überkamen ihn noch einmal die Wonnen, die er erlebt hatte. Es war wirklich schön wie lange nicht mit der Stine gewesen. Sie hatte sich zwar anfangs auch gewehrt, aber als er ihr dann bewiesen hatte, dass er der Stärkere war, und alles Wehren ihn nicht von seinem Vorhaben abbringen würde, da hatte sie auch mitgemacht und ihn erkennen lassen, dass es ihr auch Spaß machte; und so hatte er ihr die beiden Silberlinge geschenkt.

Er trug sie schon lange in der Tasche. Wie gesagt, genau konnte Jan sich nicht erinnern, bei welcher Plünderung usw. er sie gewonnen hatte. Er hatte sie bisher noch nicht ausgegeben, weil es fremdländische Münzen waren. ›Esc. Pernamb. Brasil.‹ konnte man mühsam als Umschrift entziffern. Weiß der Kuckuck, woher sie

109

kamen. Niemand kannte ihren Wert und wollte etwas Rechtes dafür geben.
So hatte er sie behalten und nun der Stine zum Geschenk gemacht. Wenn er gewusst hätte, was er damit anrichtete!
So aber gelangte Stine, Magd auf dem Viehofe essendischer Fürstäbtissin, infolge einer halben Vergewaltigung und einer halben, leidenschaftlichen Hingabe in den Besitz zweier fremdländischer Silberstücke und an eine Schwangerschaft, an deren Ende sie gleich zweier Mädchen entbunden wurde. Was lag da näher, als die sorgsam gehüteten Silberlinge den Kindern als Glückszeichen in die Wiege zu legen, das heißt: in die Strohkiste, denn eine Wiege hatten sie für die Mägde auf dem Viehofe noch nicht angeschafft. Es war eine Gnade schon, dass der Schulte vom Viehofe sie nicht einfach auf die Straße setzte.
Die Silberlinge waren das Einzige, was Stine ihren Kindern noch mitgeben konnte. Denn infolge eines Kindbettfiebers verstarb sie wenige Tage nach der Geburt. Das heißt, Namen hatte sie ihren Kindern auch noch gegeben. Katrin, ebenfalls Magd auf dem Viehof und so etwas wie eine Freundin der Stine, hatte die Zwillinge ins Münster getragen, wo sie vom Kanonikus Wilhelm Praten getauft worden waren. Ins Register wurde eingetragen: ›Asnide‹ und ›Assinde‹ sowie: ›Töchter der Stine Groot, Magd auf dem Viehof‹. Auch nach dem Vater der Kinder wurde gefragt, und als Katrin die Geschichte zum Besten gegeben hatte, die ihr die Stine erzählt hatte, wurde eine Fußnote dazugesetzt: ›Erzeuger: Jan van Galen.‹ Ob nun Katrin den Namen verwechselt hatte oder schon Stine selbst, oder ob der abteiliche Schreiber das unbekannte ›van Alsen‹ gegen das ihm geläufigere ›van Galen‹ ausgetauscht oder gar absichtlich verwechselt hatte, um einem verhassten Lutheraner eins auszuwischen – in der Stadt wohnt seit etlichen Jahren die angesehene Familie von Galen – wer weiß?
Es sollte jedenfalls Folgen haben.
Zunächst aber muss von dem gütigen Geschick berichtet werden, das die Kinder trotz des frühen Todes ihrer Mutter traf. Denn die lagen jetzt keinesfalls auf der Straße, sondern hatten ihr Heim – wenn es auch nur eine Kammer im Kuhstall war – auf dem Viehof. Und das lag am Schulten des Viehofes, der ein frommer Mann war und der Äbtissin treu ergeben, und an Katrin, die eine fromme Magd war. Und so gestattete der Schulte, dass Katrin die Kinder aufzog, obwohl das ihrem Dienst doch abträglich war. Aber der

Schulte war eben ein frommer Mann und Katrin eine fromme Frau. Sie hielt die Kinder wie ihre eigenen, obschon es doch doppelte Arbeit für sie bedeutete.
Und weil sie eine fromme Frau war, hatte sie sich auch nicht an den Silberlingen vergriffen, die Stine den Kindern in die Wiege – will sagen: Strohkiste – gelegt hatte, sondern hatte vielmehr einen Faden durch das Loch in ihrer Mitte geführt und sie den Kindern um den Hals gebunden.
So weit, so gut!
Nur dass inzwischen zwei Jahre vergangen und die Holländer längst aus der Stadt abgezogen sind. Von Magdeburg her nähert sich der Pappenheimer mit papistischen Truppen und fällt, nachdem er von Dortmund mit Geldesleistung abgelenkt worden ist, über die Stadt her. Natürlich lässt sich dabei nicht vermeiden, dass auch ein paar Schüsse fallen. Einer dieser wenigen Schüsse trifft wie von ungefähr, aber eben recht bitter und ungerecht, die Brust der Katrin, Magd auf dem Viehofe, und die ist doch eine treue Seele, der Fürstäbtissin treu ergeben und vor allem: katholisch. Aber das hat die Kugel nicht gewusst. Der Soldat, der sie abgefeuert hat, wohl auch nicht.
Nun ist Katrin auch nicht mehr! Wer soll sich jetzt um die Kinder kümmern? Der Schulte vom Viehof ist zwar ein frommer Mann, aber so weit darf man die Frömmigkeit nicht übertreiben, dass die Wirtschaft darunter leidet. Es ist ja Krieg; und auch wenn zur Zeit die eigenen Leute in der Stadt und im Land sind, es sind schlechte Zeiten. Da kann man sich nicht auch noch um fremde Bälger kümmern. So trifft es sich gut, dass die Stadt als ein Werk christlicher Nächstenliebe ein Waisenhaus errichtet hat. Nein, nein, nicht ein großes, neues Haus, ein alter Schuppen mehr! Es ist die ehemalige Schmiede des jüngst verstorbenen Johann Bleckmann, den man wegen Trunksucht aus der Schmiedegilde ausgeschlossen, dessen heruntergekommenes Anwesen die Stadt übernommen und dessen – nicht minder trunksüchtigen, so muss man leider sagen – Bruder sie als Waisenvater eingesetzt hat. Aber es ist doch ein Werk christlicher Nächstenliebe, dass nun auch die Ärmsten der Armen in der Stadt – die Waisen – eine Bleibe haben.
Hier ist neben einem Dutzend armer Würmchen auch noch Platz für Asnide und Assinde.
Es hat zwar einige Schwierigkeiten gegeben, da die beiden ja stiftische Kinder und katholischen Glaubens sind, das Waisenhaus aber ist eine Institution der Stadt und damit lutherisch. Die Kinder sind

also protestantischem Einfluss ausgesetzt. Der Schulte vom Viehof tröstet sein Gewissen damit, dass es doch wohl nicht so schlimm sei, wenn Asnides und Assindes Leib lutherisch ernährt wird, und dass man ihr geistlich-katholisches Wohl getrost dem Himmel überlassen dürfe.

Die Bedenken der städtischen Lutheraner, es sei nicht ihre Aufgabe, für fremde – katholische – Kinder zu sorgen, weiß er zu zerstreuen mit dem Hinweis, der Vater der Kinder, Jan van Galen –, das weiß er wohl nicht besser – ein hoher niederländischer Offizier – hier übertreibt er –, habe versprochen, zurückzukehren und sich der Kinder anzunehmen; sicherlich werde er dann auch die Stadt für ihre Liebe reichlich belohnen. Letzteres saugt er sich aus den Fingern, aber es geschieht aus Frömmigkeit: den Kindern soll es doch gut gehen!

Und so ziehen Asnide und Assinde ins Waisenhaus ein. In die Bücher werden die Angaben des Schulten vom Viehofe getreu übernommen; und da die beiden gesunde Kinder des kräftigen Korporals van Alsen sind, überstehen sie nach Stine und Katrin nun auch den lutherisch-essendischen Waisenvater Karl Bleckmann, obwohl die Suppe im Waisenhaus dünn und das Brot hart ist.

Nach zwei Jahren ist es soweit. Der Suff in Verbindung mit einer mittelschweren Grippe räumen ihn aus dem Weg.

Aber ich habe vergessen: Inzwischen hat sich die Lage erneut gewandelt. Das heißt, die Lage hat sich gar nicht gewandelt, denn die Suppe im Waisenhaus ist weiter dünn und das Brot weiter hart. Aber es sind jetzt hessische – protestantische – Truppen in der Stadt. Ob sich die dünne Suppe und das harte Brot in einem lutherischen Waisenhaus dadurch leichter isst?

Etwas anderes ist wichtiger: Der lutherische Pfarrer Wittgen ist zurückgekehrt und hat sich des Waisenhauses angenommen. Er hat seinem Freund, dem Lehrer Wilhelm Becker die Leitung des Hauses übertragen. Und das ist ein herzensguter Mann, der sich eher einen Finger abhacken würde, als den Kindern etwas zu entziehen, und der den Kindern wirklich alle Liebe zuwendet. Ist das ein Wandel, wenn nunmehr ein herzensguter Mann dünne Suppen austeilt? Das Brot ist weiter hart. Es ist zwar im vorigen Jahr in der großen Stadt Straßburg ein Reisebuch erschienen, das berichtet von meiner Stadt: »... wird auch schönes, weißes Brot daselbst gebacken.« Aber was so alles in den Büchern steht! Ich sage dir: Es war Krieg, die Suppen dünn und das Brot hart. Besonders im Waisenhaus! Und

auch ein herzensguter Mann wie der neue Waisenvater kann halt die Suppe nicht kräftiger machen, wenn man ihm die Hände nicht füllt.
Aber wer soll schon noch Geld haben nach so vielen Jahren Krieg, nach so vielen Besatzungen?
So sehr man Asnide und Assinde gegönnt hätte, dass sie sich in der Liebe des herzensguten Lehrers und Waisenvaters Wilheln Becker ein wenig gesonnt hätten, so muss man doch wohl sagen, sie haben von dieser Liebe nicht allzu viel gespürt; denn wie soll ein vierjähriges Mädchen einen Unterschied spüren, wenn die Suppe nach wie vor kärglich ist?
Und wie soll ein herzensguter Mann seine Liebe zeigen, wenn er seinen Kindern dünne – viel zu dünne – Suppen vorsetzen muss? Oder ob da doch ein Unterschied ist? Vielleicht ja doch!
Wilhelm Becker ist ein herzensguter Waisenvater, aber er hat kein Geld. Wittgen ist ein gewaltiger Prediger, aber auch er hat kein Geld. Keiner hat es nach so vielen Jahren Krieg. Das heißt, irgendwo muss es doch sein. Irgendwer muss es doch haben. Es kann doch nicht vom Erdboden verschwunden sein. Wer hat es denn?
Asnide und Assinde haben Geld! Je einen fremdländischen Silberling – einen brasilianischen Dukaten? – am Band um ihren Hals. Wenn man auch nicht genau weiß, was sie wert sind, so ist es doch eindeutig Silber. Also: Brot könnte man schon davon kaufen. Aber merkwürdig: selbst der versoffene Karl Bleckmann hat es nicht gewagt, diese Geldstücke anzutasten. Ich weiß nicht, war es Ehrfurcht, Anstand, Glaube, Aberglaube, Scham oder einfach das Geheimnisvolle an der Geschichte dieser fremden Dukaten – jedenfalls hat niemand je gewagt, den Kindern diesen Besitz zu nehmen. Die Zwillingswaisen haben dank dieser Münzen und der damit verbundenen Geschichte eine gewisse Bekanntheit in der Stadt und sogar im ganzen Stift erlangt. Fast jeder kennt die Geschichte der beiden Dukaten an den Hälsen der Kinder. In den Schenken, an den Biertischen erzählt man sich diese merkwürdige Geschichte. Man weiß von Stine und dem Soldaten in holländischen Diensten, nennt seinen Namen und zwinkert mit den Augen. Die anderen zwinkern zurück. Teils nährt sich dieses Wissen von Gerüchten, die der ränkische Abteischreiber und der Wichtigmacher Bleckmann in die Welt gesetzt haben, mehr aber noch von einer Meldung, die der Schmiedegeselle Gerhard Brinkmann, der nach langen Wanderjahren in die Stadt zurückgekehrt ist, um hier bei den Büchsenmachern

seiner Heimat sein Meisterstück zu machen, aus Amsterdam mitgebracht hatte – eine Meldung, die die Angaben über Asnide und Assinde aufs Deutlichste zu bestätigen schien. Er habe dort – in Amsterdam nämlich – den Spielgefährten seiner Kindheit, Johann von Galen aus Essen, getroffen, der sich nun Jan van Galen nenne und ein hoher Offizier der niederländischen Flotte geworden sei.
Diese Meldung trug ihrem Überbringer großes Interesse ein. Viele, die für diese Erzählung ein Glas Wein oder einen Humpen Bier spendierten! Was Wunder, dass mit jedem Erzählen aus dem hohen ein immer höherer Offizier wurde – ein Feldherr gar, der große Schlachten geschlagen, Reichtum gewonnen hatte und nun in höchstem Ansehen stand.
Gerhard kann diese Meldung einschließlich aller Übertreibungen umso leichter verbreiten, als der Vater des Johann von Galen, der es besser wüsste und richtig stellen könnte, vor geraumer Zeit schon gestorben und sein Halbbruder Conrad, nachmaliger Stadthauptmann, noch ein kleines Kind ist.
Die Bürger der kleinen Stadt horchen jedenfalls auf: Einer der Ihren ist ein großer Held. Der kleine Johann und nun der große Jan – Kriegsmann, Feldherr, Schlachtenlenker. Jan von Galen aus Essen schlägt fremde Heere in die Flucht, führt die Seinen zu Sieg und Ruhm.
Die Seinen! Wer sind denn die Seinen? Sind sie es nicht, die Bürger dieser Stadt? Muss er nicht zurückkehren und auf ihre Seite treten, seine – ihre Stadt zu Ruhm und Siegen führen? Alle Mühsal wird ein Ende haben. Der ewige Streit mit der Äbtissin, die ständigen Eingriffe der jeweils Mächtigen, Klever, Märker, Kölner, Brandenburger, Pfälzer, die Demütigungen hochnäsiger Nachbarn, die Einquartierungen, Plünderungen, Brandschatzungen – jetzt wird all das aufhören. Einer der Ihren ist ein großer Held und wird sie zum Sieg führen.
Hoffnungen keimen auf, Wünsche und Träume werden wach und wachsen an, sind wie Blüten auf den Trümmern der vom Krieg geschundenen Stadt, Labsal für tausendfach gedemütigte Bürger, eine süße Melodie über den schrillen Tönen des Verfalls.
Sie sehen sich in der Rolle reicher Handelsherren, ruhmreicher Generäle, Befehlshaber über Heere, die das Reich beherrschen; und all das wird seinen Ausgang hier haben – hier bei ihnen. Sie werden an der Spitze stehen, wenn erst der Eine, der Große, der Held zurückkehrt.

Die Gerüchte, Träume und Wünsche machen sich selbstständig, laufen in immerwährenden Kreisen durch die Stadt, werden unabhängig von Gerhard Brinkmann. Ja, fast will es nach einiger Zeit scheinen, als stehe dieser der Sache im Wege, da er ja Augenzeuge ist und jedermann Angst haben muss, von ihm als Schwindler, Aufschneider oder Übertreiber entlarvt zu werden. Gerhard muss mit Verwunderung hinnehmen, dass seine Gesellschaft bei den Bürgern bald nicht mehr gefragt ist. Umso schneller und wunderlicher können Träume und Wünsche kreisen und anschwellen. Und wenn dann mal einer – nicht aus Kritiksucht, nein, aber aus Angst, vielleicht auch, um durch den Protest der anderen die eigenen Zweifel zu überwinden – wenn also mal einer – wie gesagt: nicht großspurig, eher kleinlaut und schüchtern – fragt, ob das denn auch alles stimme und gewiss sei, dann fällt gleich ein vielstimmiger Chor über ihn her: Ob er denn nicht wisse, was da im Buch des Waisenhauses stünde, dass Jan van Galen als Erzeuger der Asnide und Assinde versprochen habe wiederzukommen? Ob er vielleicht nicht lesen könne? Nicht selten geschieht es, dass noch zu später Stunde eine trunkene Gesellschaft aufbricht, den Waisenvater Wilhelm Becker heraustrommelt, um den Zweifler im Licht einer trüben Laterne die Eintragungen im Buch des Waisenhauses lesen zu lassen. Und dann kann ja wohl kein Zweifel mehr möglich sein, denn dort steht es schwarz auf weiß: Jan van Galen! und: Er werde wiederkommen, um für die mit der Stine Groot gezeugten Kinder zu sorgen.

Dass es nicht Jan van Galen selbst war, der das geschrieben oder auch nur gesagt hat, sondern lediglich auf Angabe des Schulten vom Viehof vom betrunkenen Waisenvater Karl Bleckmann niedergeschrieben worden ist – ja, wer wollte solch ein Radikaler sein und gleich alles in Zweifel ziehen. Schließlich war der Schulte vom Viehof – wenn auch katholisch – ein ehrbarer Mann gewesen und vor allem: er ist seit ein paar Jahren tot.

Und wenn dann doch noch einer weitergehende Fragen hatte und – etwa ein Älterer, der den jungen Johann von Galen noch aus seiner Zeit in der Stadt kannte – infrage stellte, ob nicht doch ein anderer als ihr Johann zur Zeit der holländischen Besatzung die Stine geschwängert habe, da man doch den Essener Johann von Galen wiedererkannt hätte, so wurde ihm augenzwinkernd bedeutet, der Jan sei schon immer ein Bruder Leichtfuß gewesen und habe sich absichtlich nicht zu erkennen gegeben. Die verschiedens-

ten Gründe wurden dafür genannt. Außerdem sei es für ihn auch ganz leicht gewesen, sich vor den lutherischen Bürgern der Stadt versteckt zu halten, weil die Holländer ja vorwiegend bei den Katholiken im Stift einquartiert waren, die wiederum Jan, den vormaligen Bürger der Stadt, nicht so gekannt hätten. Außerdem – so wurde der Zweifler regelmäßig belehrt: hast du nicht die Münzen am Hals der Kinder gesehen? Meinst du, ein Soldat schenkt Münzen so einfach mir nichts, dir nichts weg, wenn er damit nicht etwas Besonderes erreichen will? Meinst du, dieser Jan habe der Stine die Münzen nur so aus Gefälligkeit geschenkt, wo doch jedermann weiß, dass Soldaten oftmals eher die Seele als Geld hergeben würden? Nein, nein, der Jan hatte etwas Bestimmtes vor; der war ein kluger Kopf und wusste, dass im Krieg Kinder leicht verloren gehen können, und hat die Münzen zurückgelassen, damit die Stine sie damit kennzeichnen und er sie wiederfinden könnte, wenn ihr etwas zustoßen würde. Wie besonnen er dabei vorgegangen sei, könne man daran sehen, dass er nicht einfach gängiges Gold oder Silber gewählt habe – was man ja in diesen Zeiten zu verwenden und zu gebrauchen leicht in Versuchung geraten könne –, sondern dass er stattdessen diese fremdländischen – und sicher sehr, sehr wertvollen – Silberlinge verwandt hätte, um die Kinder zu kennzeichnen.
So wuchern die Gerüchte, erfüllen die Stadt, bestätigen sich selbst, ersticken jeden ängstlichen Zweifel, nähren wie mit einem süßen Brei die wildesten Illusionen, und jeder ist es zufrieden, dass nach so vielen Jahren des Elends, der Schinderei, der Ausplünderungen – Ausplünderungen auch der Seele – sich eine Hoffnung mitten in der schwarzen Wand des Krieges und seiner Schrecken auftut und wie eine milde Sonne über den erstarrten Herzen und Gewissen zu scheinen beginnt.
So hängen die Hoffnungen einer ganzen Stadt an den Hälsen zweier Waisenkinder; und nicht selten passiert es, dass ein Bürger beim Gang durch die Stadt, wenn er zufällig auf die Kinder trifft, nach den Münzen an ihrem Hals greift, nicht um sie zu entwenden – bewahre; wer würde solch großen Frevel auch nur erwägen –, aber um mit verklärtem Blick das Tor in der dunklen Nacht der Zukunft aufzustoßen: Ja, der gute Jan wird kommen. Dann streicht er den Kindern über das Haar und geht mit besonntem Blick weiter.
Wer will es ihm verdenken nach so viel Jahren Krieg, nach so viel Schindereien?!
Wer wollte es den Bürgern verübeln, wenn sie nach dieser Mög-

lichkeit greifen, das Tor in der dunklen Wand aufzustoßen, um von ferne wenigstens den guten Herrn zu sehen, den sie so sehnlichst erwarten?!

Aber wer wird schließlich durch dieses Tor Einzug halten? Doch es ist jetzt nicht die Zeit, von Träumen, Wünschen und Sehnsüchten zu berichten, obwohl es schöne Träume sind; denn es tritt wiederum eine Änderung ein. Das heißt, im Grunde ändert sich nichts. Aber die Hessen ziehen ab, und die kaiserlichen – katholischen – Truppen des Grafen Götz rücken ein, und das ist doch – wenn man so will – eine Änderung. Nur: viel ist nicht mehr zu ändern! Die Stadt ist fast gänzlich zerstört, auch die vormals reichen Bürger sind restlos ausgeplündert; und wenn sich etwas ändert, dann dies, dass die neuen Truppen noch härter pressen und quetschen müssen, wenn sie etwas herausholen wollen.

So plündern sie – obwohl katholisch – das Münster gleich mit. Viel ist auch da nicht mehr zu holen, und so müssen sie auch ihre Wut noch härter auslassen als die früheren. Ausgerechnet die Ärmsten hat es am stärksten getroffen: das Hospital und das Waisenhaus. Wilhelm Becker, der Lehrer und Waisenvater war ihnen entgegengetreten, bewaffnet nur mit dem Wort der Versöhnung und der Liebe; aber das hatte sie nur noch mehr gereizt und ihre Wut gesteigert, und so haben sie ihn wie einen räudigen Hund totgeschlagen. Dann sind sie in die Häuser gestürzt und haben zerschlagen, was nur immer zu zerschlagen war.

Das Hospital hat es überstanden, das Waisenhaus nicht! Wohin jetzt mit den Kindern? Ist doch kein Waisenvater mehr da, der ihnen eine warme Suppe kocht und wenigstens liebevolle Worte hineinbrockt. Und auch kein Dach mehr über ihren Köpfen!

Ja, wohin mit den Kindern?

So schwer ist das nun auch wieder nicht, solange es Verantwortung unter den Menschen gibt.

Und Verantwortung, die spürt in dieser Stunde, da das Waisenhaus zerteppert ist, der götzische Hauptmann. Man darf die armen Würmchen ja nicht auf der Straße verkommen lassen. So trommelt er denn die Bürger der Stadt unter der Anführung des Rates auf dem Marktplatz zusammen und tut ihnen seinen Plan kund: Er wird die Kinder einfach auf die Familien verteilen. Wo fünf oder sechs satt werden, da wird auch noch ein siebtes satt; und wenn sie nicht satt werden, so macht es auch nichts aus, wenn noch ein weiteres dabei ist, das nicht satt wird. Es ist Krieg, schlechte Zeit, da kann man nicht auf alles Rücksicht nehmen. Richard von Hoogen, götzischer Hauptmann ist ein freiherziger, großzügiger Mann, geradezu demokratisch-freiheitlich gesonnen, könnte man sagen, wenn dieser Ausdruck nicht so schlecht zu dem großen Krieg passte. Er zwingt die Bürger nicht etwa, die Kinder zu nehmen – er lässt sie frei entscheiden, ob und welche sie wollen. Und er hat einen großen Erfolg. Anfangend mit dem Buchstaben A werden als erste die Kinder Asnide und Assinde aufgerufen; und Richard von Hoogen muss sich über die Liebe der Bürger wundern. Denn nach wenigen Sekunden des Zögerns melden sich alle, den Zwillingen Unterkunft zu geben. Zweie freilich sind dabei eine Sekunde schneller als die anderen: der Bäcker Bernd Klocke und der Koch Heinrich Hasselmann. Bernd Klocke ist ein tüchtiger Bäcker, einer, der dazu beigetragen hat, dass die klugen Straßburger Büchermacher über diese Stadt geschrieben haben, dass schönes, weißes Brot in ihr gebacken werde.

Es ist freilich seit geraumer Zeit schwierig, schönes, weißes Brot zu backen, denn man braucht dazu schönes, weißes Mehl; und wo soll man das in diesen Zeiten hernehmen?

Aber die Kinder der Stine Groot will Bernd Klocke aufnehmen, genauso wie Heinrich Hasselmann. Von ihm ist nicht viel zu berichten. Nur, dass er aus dem stiftischen Städtchen Steele an den Hof der Fürstäbtissin gekommen ist. Auch er ist gewiss ein tüchtiger Vertreter seines Berufsstandes, wenngleich der lausige Krieg ihn wohlmöglich noch mehr an der Ausübung seines Berufs hindert als den guten Bernd Klocke; zumal auch die hohe Frau Clara von Spaur, essendische Fürstäbtissin, vorgezogen hat, Stift und Stadt zu verlassen und in der Feste Köln bessere Zeiten abzuwarten.

Die beiden also haben es eine Sekunde früher begriffen, welche Chance sich ihnen als Pflegeväter von Asnide und Assinde, Kinder des hohen Herrn Jan van Galen, auftut. Eine Sekunde vor Anton Krupp, dem Stadtschreiber, und Sander Huyssen, dem Kaufmann, und zwei Sekunden vor all den anderen begreifen sie: Pflegevater von Asnide und Assinde, das heißt doch Erster zu sein, wenn Jan kommt und sie zu Ruhm und Ehren führt. Solange die Zwillinge im Waisenhaus waren, ist niemand auf den Gedanken gekommen. Die Kinder gehörten der ganzen Stadt. Nun aber werden Väter – oder doch wenigstens Pflegeväter – für die Zwillinge gesucht, und da kapieren sie schnell: Wenn man schon ein Pflegekind ins Haus nehmen muss, dann ist es gut, ein Kind zu nehmen, dessen Vater ein großer Held ist. Der kehrt eines Tages zurück, und dann hast du den Segen davon.

Wie gesagt, Bernd und Heinrich kapieren es eine Sekunde schneller als die anderen und Richard, Götzscher Hauptmann nimmt ihre Meldung erstaunt und erleichtert an. Einer Laune folgend teilt er – anstatt beide einem zu geben – Bernd und Heinrich je einen der Zwillinge zu, ohne darüber nachzudenken, ob es gut und richtig ist, sie zu trennen.

Dann will er auf die gleiche – erfreulich leichte – Art die anderen Waisenkinder loswerden, muss aber – wiederum mit Erstaunen – feststellen, dass die Nächstenliebe der Stadt mit dem Buchstaben A erschöpft ist; denn als er nun unter B einen Bruno aufruft, da will niemand von denen, die geradezu begierig nach Asnide und Assinde gegriffen haben, zufassen.

Da wird Richard natürlich hellhörig. Recht bald hat er den Grund erforscht, warum es die Bürger nach Assinde und Asnide gelüstete, die anderen Waisenkinder ihnen aber nur eine Last sind.

Was soll er machen?

Eine ganze Reihe von Gedanken wirbeln ihm durch den Kopf. Aber er fühlt auch, dass die Masse seines Hirns nicht ausreicht, all das zu bedenken, was hier zu bedenken ist: Kinder aus einem lutherischen Waisenhaus – aber katholisch getauft – Kinder einer katholischen Mutter – doch eines protestantischen Vaters, besser gesagt: Erzeugers – in einer lutherischen Stadt – innerhalb eines katholischen Stifts und unter katholischer Besatzung! Und dann noch: Welche Bedeutung kommt diesen Kindern zu? Stimmen die Gerüchte um den hohen niederländischen Offizier? Dann wäre es gut, Faustpfänder gegen ihn in der Hand zu haben! Oder ist dieser Offizier gar der kommende Mann? Dann müsste man durch diese Kinder zeigen, dass man auf seiner Seite steht und sich so der Zukunft versichern.

Richard fühlt, das sind zu viele Unwägbarkeiten, als dass er hier eine gültige Entscheidung treffen könnte. Aber wer sagt denn, dass er entscheiden muss? Warum gibt es schließlich eine Rangordnung beim Militär. Er wird nach alter Soldatensitte den Fall nach oben weitermelden. Sollen die doch entscheiden. Was hat er denn mit der Sache zu tun? Er wird nur eine vorläufige Entscheidung treffen. So verteilt er denn – nun gar nicht mehr wohlwollend und demokratisch – die restlichen Waisenkinder in obrigkeitlicher Manier auf die versammelten Bürger. Auch Anton Krupp und Sander Huyssen, die sich mächtig ärgern, dass sie nun statt Asnide oder Assinde ein völlig undedeutendes Balg ernähren müssen, werden bedacht. Dann löst Richard die Versammlung auf.

So geschieht es, dass Asnide und Assinde – vorläufig – zu Bernd Klocke, dem städtisch-lutherischen Bäcker und zu Heinrich Hasselmann, dem stiftisch-katholischen Koch, ins Haus geraten. Wer aber ist nun zu Bernd und wer zu Heinrich gekommen? Eben das ist die Frage!

Beide geben nämlich schon bald nach dieser Geschichte an, ihr Pflegekind sei die Asnide. Einer von beiden hat dabei natürlich gemogelt. Wahrscheinlich aus der Erkenntnis, es sei, wenn Jan van Galen zurückkehrt, besser, die Erstgeborene der beiden als Pflegetochter vorweisen zu können; und das ist laut dem erhaltenen Buch des Waisenhauses eindeutig die Asnide. Erleichtert wird die Mogelei – von Bernd oder Heinrich? – dadurch, dass sich die Lebenswege der Zwillinge von nun an nahezu völlig trennen, denn die eine ist ja in einem stiftisch-katholischen, die andere in einem städtisch lutherischen Haus.

Nun wäre das Ganze ja wohl ans Licht gekommen, wenn nach der vorläufigen Entscheidung des Richard von Hoogen noch eine endgültige gefällt worden wäre. Aber das ist nie geschehen. Es hat sich wohl keiner verantwortlich gefühlt.

Ein Jahr darauf, zu Epiphanias, ziehen die götzischen Regimenter sowieso ab, nun wird es nahezu unmöglich, noch etwas zu ändern. Asnide und Assinde werden endgültig Pflegetöchter von Heinrich Hasselmann und Bernd Klocke. Nur, dass beide vorgeben – das heißt, einer von ihnen hat damit ja auch Recht – Pflegeväter der Asnide zu sein.

Für die Zwillinge jedenfalls war die Entscheidung des götzischen Hauptmanns nicht das Schlechteste, was ihnen passieren konnte; denn ein Bäcker und ein Koch, die verstehen es vielleicht doch auch in schwerer Zeit, das Brot weicher zu backen und die Suppe nicht allzu dünn geraten zu lassen.

Und so ist es denn auch! Überhaupt bessern sich die Zeiten ein wenig. Die Äbtissin kehrt zurück und residiert in Schloss Borbeck. Man kann wieder Weizen anbauen und ernten, Handel treiben, ohne dass gierige Soldaten sofort dazwischen fahren und alles an sich reißen. Die Besatzungen bleiben längere Zeit aus. Eine sanfte Sonne liegt über Hügeln und Höfen, über Bruch und Berne und über den Wäldern an der Ruhr, Licht über dem Land, Stille in Stift und Stadt: so schön ist das und reimt sich sogar, ist schön und heil in diesen Tagen. Kein Krachen berstender Mauern, kein Schreien geschundener Bürger, kein Klatschen klirrender Kugeln, Rasseln riesiger Säbel! Ein feines Land, ein mildes Land, sanft, rund, in weichen Wellen fließend, ohne Zacken, Narben, Schründe! Es sei denn, du sähest, wie unter den Krusten die Wunden noch nicht geheilt sind.

Und Glocken läuten wieder: feine, helle, silberne Töne in Stift und Stadt. Und Gebete! Lob, Preis und Dank! Aber da wird es dann schon wieder schwierig. Sie beten verschieden!

Wenn Asnide über dem nun wieder weißer und weicher werdenden Brot betet, so tut sie es, wie der lutherisch-fromme Bäcker Bernd Klocke es sie gelehrt hat. Sie faltet die Hände, indem sie die Finger verschränkt und spricht: »Lobe den Herrn, meine Seele ...« oder: »Komm, Herr Jesu, sei du unser Gast ...«

Wenn aber Asnide beim katholisch-frommen Koch, Heinrich Hasselmann, über der nun wieder kräftiger werdenden Suppe betet, so legt sie – wie es Heinrich sie gelehrt hat – die Handflächen aneinander und spricht: »Ave, Maria ...«

Ist das ein Unterschied? Macht das was aus? Man weiß es nicht. Aber merkwürdig ist es schon. Wer hat es Bernd und Heinrich gelehrt, was sie nun ihrerseits ihren Asniden weitergeben? Sie haben es natürlich von ihren Eltern und Pfarrern. Und haben sie wohl gefragt, warum und wieso? Ach wer wird denn in diesen Zeiten solche Fragen stellen, noch dazu vor dem Essen. Wer kann sich das leisten? Seit unendlich vielen Jahren ist Krieg. Und auch, wenn es zur Zeit etwas ruhiger hergeht, so kräftig ist die Suppe und so hell das Brot nun auch wieder nicht.

Aber es sind ein paar ruhige Jahre, die über das kleine Land dahinziehen und über das unbedeutende Städtchen.

Wieso eigentlich unbedeutend? Nur, weil sie keine Soldaten haben, und eine Frau an ihrer Spitze steht, die sich nicht einmal gegen die Stadt – ihre Stadt? – durchsetzen kann?

Nur, weil sie ihre Gewehre nicht selber benutzen, sondern immer nur verkaufen und sich nicht einmal gegen die schwache Frau Äbtissin behaupten können?

Sind sie deshalb unbedeutend? Ja, wer bedeutet denn etwas?

Jahre sind vergangen! Die Zwillinge treten ins zweite Lebensjahrzehnt.

Beide haben es gut bei ihren Pflegeeltern. Asnide Klocke ist wie eine Tochter im Hause; und man kann es Bernd und seiner Frau wahrhaftig nicht nachsagen, dass sie Asnide gegenüber ihren älteren Kindern benachteiligten. Auch die Kinder – drei Söhne, schon fast erwachsen – nehmen sie wie eine kleine Schwester liebevoll auf. Ob sie spüren, dass dieses Kind ihnen nicht schaden, allenfalls dienlich sein kann, oder ob sie wirklich solch fromme, liebevollen Burschen sind? Wer weiß? Jedenfalls ist genug zu essen da in diesen Jahren.
Asnide Hasselmann hat es fast noch besser getroffen, denn Heinrich und seine Frau, Grete, haben keine Kinder. Asnide lebt dementsprechend wirklich wie eine Tochter im Hasselmannschen Haus.
Auch der Tageslauf der Zwillinge unterscheidet sich wenig. Beide gehen ihren Pflegemüttern in Haus und Hof zur Hand. Da ist ja immer etwas zu putzen, waschen, kehren, wobei man die hilfreiche Hand einer Zehnjährigen schon gut gebrauchen kann. Ebenso in der Küche! Auch da ist ständig etwas zu backen, braten, kochen oder wiederum: zu putzen, waschen, fegen; und da müssen die Mädchen dann mit anfassen. Und das ist gut so! Lernen doch dadurch beide von Grund auf, wie sie später ihren Männern ein Leben lang tüchtige und ergebene Frauen sein können.
Ach richtig, das ist ein heikles Thema: Was soll aus den Mädchen werden? Sie sind doch Töchter des Jan van Galen. Ihr Los ist es sicher nicht, simple Bürgersfrauen zu werden, sondern Gattinnen hoher Herren. Wer bereitet sie darauf vor? Wer kann das?
Grete Hasselmann und Luise Klocke können das nicht. Woher sollen sie wissen, wie hohe Herren leben?
Ist im Augenblick auch alles nicht so wichtig, denn je ruhiger die Zeiten werden, desto blasser wird die Legende von der Herkunft der Kinder. Je erträglicher das Leben wird, desto geringer die Sehnsucht nach dem Kommen des großen Jan. Infolgedessen ist auch das oftmals peinlich wirkende Interesse an den Kindern – das durch die Trennung der beiden sowieso schon gemildert ist – merklich zurückgegangen, so dass sie völlig unbelastet von überspannten Erwartungen der Öffentlichkeit wie ganz normale Kinder aufwachsen können.
Normal: Das heißt, sie haben zu essen – ›täglich Brot‹ nennt man das wohl – und das ist doch das Wichtigste. Dafür muss man Gott Lob und Dank sagen. Oder?
Es heißt weiter: Sie müssen arbeiten! In der Küche, im Hof, im Garten, im Haus! Aber auch das ist nichts Schlechtes für ein junges

Mädchen, zumal es keine übermäßige, unbarmherzige Arbeit ist, die von ihnen gefordert wird. Was soll denn ein junges Mädchen sonst den lieben, langen Tag machen? Es kann doch nicht einfach nur so herumtollen, da verwildert es ja. Und ein Stündlein fürs Spielen und Tollen im Hof, auf der Gasse oder auch im Hagen – oder bei der anderen: im Schlosshof – soweit es die Frau Äbtissin erlaubt –, auf den Feldern, in der Burg – solch ein Stündlein, das findet sich noch allemal am Tag.

Nur, dass sich die Kinder dabei nie begegnen! Denn die eine ist stiftisch-katholisch und die andere städtisch-lutherisch. Fast möchte man sagen: Sie haben vergessen, dass sie Zwillinge sind, so sehr sind sie in ihre neue Umgebung hineingewachsen.

Es wendet sich überhaupt alles zum Besseren, ist auch wieder eine festgefügte Ordnung im Lande. Oben ist wieder oben und unten ist unten; und diese Ordnung festigt sich von Tag zu Tag. Wenn nur nicht neues Unheil dazwischenschlägt!

Viel zur Festigung beigetragen haben – zumindest in der Stadt – die Schule und der Katechismus. Nein, nein, noch gibt es keine allgemeinen Volksschulen, aber in diesen ruhigen, letzten Jahren des Krieges geht die Stadt dazu über, eine Küsterschule einzurichten. Zweimal in der Woche treffen sich die Kinder in der Marktkirche – so nennen sie jetzt St. Geerth – und lernen beim Küster Philipp Feldhaus den Kleinen Katechismus Doktor Martin Luthers. Das ist eine gute Sache! Manche lernen dabei sogar lesen und schreiben. Aber mehr noch, dass man lernt, Gott zu fürchten und zu lieben, indem man seine Eltern und vor allem seine Herren nicht verachtet oder erzürnt, sondern sie in Ehren hält, ihnen dient und gehorcht, sie lieb und wert hat – das ist eine feine Sache! Und dass ein Hausvater nun angeleitet wird, wie er seinem Gesinde den Glauben aufs Einfältigste fürhalten soll – das ist gut so!

Und schließlich: dass die ganze Stadt versteht, zum täglichen Brot fromme Kinder, frommes Gesinde, fromme und getreue Oberherren, gut Regiment hinzuzurechnen – das ist geradezu prächtig.

Also, was soll's? Es ist alles aufs Beste bestellt. Fast alles! Denn oben ist es natürlich schöner als unten; und damit ist ein gewisser Unsicherheitsfaktor in die schöne, neue Ordnung eingebaut. Man kann ja nicht verhindern, dass die, die unten sind, nach oben wollen. Aber nicht mit Gewalt, bittschön! Das ist der Wunsch aller – fast aller. Es sieht so aus, als wenn man sich in diesen Jahren auf die Haltbarkeit des Ordnungsgefüges verlassen könnte und nicht zu fürchten brauchte, dass eine verirrte Kugel wieder alles durcheinander bringt, ein betrunkener Soldat alles auf den Kopf stellt, ein ehrgeiziger Hauptmann das in den letzten Jahren mühsam Gefügte zusammenschlägt. Natürlich ist es oben schöner als unten; aber selbst unten haben sie genug zu essen, das soll man doch erst einmal anerkennen. Wer nicht allzu unbescheiden ist, der kann sich durchaus wohlfühlen in diesen Jahren. Auch wenn er ganz unten ist!

Man kann es an den Asniden sehen. Arme Waisenkinder – und wie gut geht es ihnen. Sie werden wie leibliche Kinder im Haus frommer Bürgersleute gehalten. Und das nicht, weil ihre Pflegeeltern schnöden Gewinn erwarten, denn die Erinnerung an den hohen Herrn, Jan van Galen, ist restlos verblasst. Verdrängt, möchte man sagen! Denn wenn er jetzt käme, würde er die braven Bürgersleut in Stift und Stadt nur stören. Das gäbe ein neues Durcheinander. Jetzt hat gerade wieder alles seinen Platz gefunden, und das würde dann wohl alles wieder umgestoßen werden. Es sagt zwar keiner, aber die ganze Stadt hofft, dass Jan – zumindest jetzt – nicht kommt, wo doch alles seine natürliche Ordnung gefunden hat.

Die Mädchen sind inzwischen 16 Jahre alt – und außergewöhnlich hübsch. Groß und schlank, mit langen dunklen Zöpfen, Madonnengesichtern und kleinen, hohen, festen Brüsten! Sonntags nach Messe und Gottesdienst sehen sich die jungen Burschen bereits nach ihnen um. Bernd Klocke sieht, wie bewundernde und lüsterne Blicke seiner Pflegetochter folgen und überlegt, was dagegen zu tun ist. Asnide selbst sieht die Blicke auch – freut und schämt sich zugleich.

Asnide Hasselmann hat es in dieser Hinsicht schlechter getroffen, denn in der Kapelle zu Borbeck sind natürlich nicht so viele junge Burschen, die lüsterne Blicke werfen könnten. Und wenn, dann sind es nur ein paar Bauernlümmel, Knechte oder auch Söhne von Stiftsbauern. Aber ihre Blicke sind die gleichen.

So könnte man denn dieses Kapitel abschließen; denn wie so etwas weitergeht, wenn junge Burschen hinter hübschen Mädchen hersehen, das weiß man ja. Das lohnte keine besondere Geschichte – wenn nicht, ja wenn nicht in diesem Augenblick doch noch etwas Besonderes geschähe.

Heinrich Hasselmann erfährt es als einer der ersten, jedenfalls früher als Bernd Klocke: Anna Eleonore von Staufen, Nachfolgerin der strengen, langjährigen Äbtissin Maria Clara von Spaur ist nach nur einjähriger Regentschaft gestorben.

Nun ist das ja zunächst einmal etwas ganz Alltägliches, Normales, Natürliches. Auch solche Leute sterben halt. Es ist auch – zunächst – kein Grund zum Jubel oder zur Trauer; denn es ändert sich ja – zunächst – nichts, weder für die einen noch für die anderen. Aber ein Stück Ungewissheit kommt doch ins Spiel. Es wird eine neue Fürstäbtissin vom Kapitel gewählt; und eh man sich versehen hat, ist es auch schon geschehen. Gräfin Anna Salome – mit Betonung auf dem O – von Salm-Reifferscheid wird neue essendische Fürstäbtissin. Wer ist das? Wer steckt hinter diesem Namen? Was das wohl für eine ist? Neugierige Erwartungen in Stift und Stadt. Erst 23 Jahre soll das hohe Frauenzimmer alt sein. Sie will im Stift wohnen und von der fürstlichen Residenz zu Borbeck und nicht wie ihre Vorgängerin von Köln aus die Amtsgeschäfte führen. Ist das nun gut oder schlecht? Wird sie an der Stellung der Stadt rütteln? Stift und Stadt sind gerade erst mühsam ein wenig zwischen den Großen im Reich in die Reihe gekommen. Soll das jetzt wieder in Bewegung geraten? Wenn nur ein wenig geschoben wird, gedreht, gefummelt, oder wie man es sonst nennen mag, dann fällt alles wieder in sich zusammen.

Ein paar Wochen müssen Bürger und Bauern noch warten, dann ist die feierliche Inthronisation, dann wird man weitersehen.

Stift und Stadt haben sich gründlich auf diesen Tag vorbereitet. Alle Häuser, Straßen und Gassen sind geschmückt.

Auch der Rat hat alles getan, die hohe Frau freundlich zu empfangen und nur ja keinen Vorwand zu liefern, der Stadt mit Härte zu begegnen. Sie haben zusammengekluckt und immer wieder beschworen, an diesem Tag doch recht freundliche Gesichter zu zeigen. Nicht, dass sie sich vor der Frau Anna Salome duckten oder gar kuschten, aber dass sie durch offenkundiges Wohlverhalten die hohe Frau zu gleicher Gesinnung brächten, so sehr sind selbst die größten Hitzköpfe an Ruhe und Ordnung interessiert!

Sogar Hein Dickhoff, sonst der erste, wenn es darum geht, sich mit der Äbtissin oder dem Stift anzulegen, ein Mann, der keine Gelegenheit auslässt, über Katholiken im Allgemeinen und Äbtissinnen im Besonderen zu schimpfen – sogar dieser Hein Dickhoff sagt: Warten wir es doch erst einmal ab, wie das hohe Frauenzimmer es mit Stift und Stadt zu halten gedenkt.

Am Festtag selbst ist alles mit dem ersten Morgenlicht auf den Beinen.

Ein milder essendischer Frühlingstag ist über der Stadt, den sanf-

ten Hügeln, dem lieblichen Land heraufgezogen. Eine messinggelbe Sonne leuchtet über grünen Feldern. Der Herr Erzbischof ist persönlich aus Köln gekommen, Segen, Salbung und Weihe zu spenden.
Aus dem ganzen Stift strömt es in die Stadt: meist Bauern, aber auch Handwerker, Amtsleute. Die Stadt ist voll von ihnen. Sie quirlen herein, wirbeln durch Gassen, trudeln auf Plätze und Straßen. Lärmen – Schreien – Rufen! Aus Steele, Kray und Schonnebeck, Altenessen, Stoppenberg und Rellinghausen, Frillendorf und Altendorf, Borbeck, Dellwig, Gerschede – aus Städten, Dörfern, Weihern – von Höfen, Gütern, aus allen Ecken und von allen Enden kommen sie, auch Gäste aus Werden und Mülheim, und wollen dabei sein, wenn heute die Frau Anna Salome zur Fürstin des Reichs gesalbt wird.
Ebenfalls auf den Beinen sind die Bürger der Stadt. Vollgestopft mit Wohlwollen gegenüber der neuen Äbtissin, aber auch voll Misstrauen, ob ihr Wohlverhalten gebührend honoriert wird! Voll Neugier und Stolz über den Wirbel in ihrer Stadt, aber auch ängstlich, was noch daraus wird! Voll brüderlicher Herzlichkeit gegen die Besuchermassen, doch zugleich vorsichtig und ständig auf dem Sprung, die Türen hinter sich zu schließen!
Zwei Ströme bilden sich aus dem Wirbel der Menschen. Der eine fließt ins Münster, der andere in die Marktkirche. Sind wohl mehr heute im Münster; ist auch alles prächtiger, prunkvoller, feierlicher dort. Viel Latein und bunte Zeremonien!
Aber auch in der Marktkirche beten sie heute für die hohe Frau, dass Gott ihr Gnade und Weisheit schenke zur Regierung des Stifts und zu Frommen seiner Bürger, und dass es zu aller Nutzen eine gute Zusammenarbeit zwischen Stift und Stadt gebe; dazu erbitte man auch für den Rat der Stadt Weisheit und Geduld.
Hein Dickhoff kann an dieser Stelle nicht mehr an sich halten. So sehr hat ihm das gefallen, was der Pfarrer da gebetet hat, dass er sich die Hände reiben und seinen Nachbarn, Hermann Grotkamp, in die Rippen stoßen muss; und das alles während des Gebets. Wirklich ein kluger, ein gerissener Kerl, dieser Pfarrer: Zusammenarbeit von Stift und Stadt, so muss man das nennen. Zusammenarbeit – Hein Dickhoff wird sich diese Formulierung merken.
Dann läuten die Glocken, die Gottesdienste sind zu Ende. Die Ströme ergießen sich wieder aus den Kirchen heraus und bilden, wie von magischen Kräften geformt, ein weites Rund am ›Stein‹ vor

der Johanniskirche. Dort wird die hohe Frau ein Grußwort an die Bevölkerung richten, und natürlich will sich niemand dieses Ereignis entgehen lassen.
Trompeten – Fahnen – Trommeln – Fanfaren – Rufen – Hoch und Hurra! Dann betritt Gräfin Anna Salome, nunmehr essendische Fürstäbtissin den ›Stein‹. Sie nimmt Platz auf dem Sessel der Landesherrin und hebt eine Hand. Es wird still, ganz still. Wohlwollende Stille – gespannte Stille! Vor allem die Ratsherren notieren: Eine junge Frau, nicht direkt hübsch, aber sympathisch, mit einem klaren, jugendlich ernsten Gesicht. Triumph auf Ratsmienen! Mit diesem jungen Frauenzimmer wird man schon zurechtkommen. Kein Fanatismus, kein Starrsinn in ihren Gesichtszügen.
Und dann ihre Stimme: eine beherrschte, klare, deutliche Stimme. O ja, eine Frau, die Argumenten zugänglich sein wird; und Argumente haben sie im Rat der Stadt, da ist ihnen nicht bange.
»Ich weiß«, so hebt die hohe Frau an, »dass ich in schwerer Stunde dieses Amt antrete, und dass es ein kleines und darum gefährdetes Land ist.« Aber sie sei fest entschlossen, so fährt sie fort, die Geschicke von Stift und Stadt – erstes Augenbrauen-Runzeln bei den Städtischen: und Stadt? – in die Hand zu nehmen, mit Gottes Hilfe natürlich. Sicherlich sei jedermann klar ersichtlich, dass man es sich in einem kleinen Lande nicht leisten könne, die Kräfte zu verzetteln, sondern dass alle gemeinsam an einem Strang ziehen müssten.
Aufatmen bei den Ratsherren! So also hat sie ›Stift und Stadt‹ gemeint: Zusammenarbeit! Sie ist also doch vernünftig!
Und deshalb erwarte sie, dass sich die Bürger von Stift und Stadt wie ein Mann hinter sie stellten, um in dieser schweren Zeit zu bestehen. Neue Schatten auf den Gesichtern der Bürger: hinter ihr? – so denkt sie sich Zusammenarbeit? Das kann nicht gut gehen.
Und um diese Zusammenarbeit zu fördern und eine gemeinsame Front zu bilden, gedenke sie, den essendischen Rat zu einer Vertretung des ganzen Landes zu erweitern, wo die Interessen aller gebührend beraten werden könnten.
Einen Augenblick lang herrscht Stille. Betroffen und überrascht gewährt die Menge sie. Hein Dickhoff ist der erste, der sich aus ihr lösen kann: »Eine Unverschämtheit ist das von der Frau Anna Salome. Dies ist eine Freie Stadt und Stand des Reiches.«
Schon einmal hat ein Ratsherr einer Äbtissin das entgegengeschleudert.

Heins Worte gehen unter im Jubel der Stiftischen. Das Wort ›Unverschämtheit‹ hat man noch klar gehört, aber was dann kam, ist erstickt im Triumphgeschrei der Mehrheit; und die ist heute aus dem Stift. Dementsprechend ist der Protest der Städtischen zurückhaltend. Sie wissen: Heute sind sie in der Minderheit, es geht auf ihre Kosten, wenn der Pöbel aus dem Stift losschlägt. Sie sind auch weise genug, um zu erkennen, dass morgen die Haufen wieder auf ihren Dörfern und Höfen sind. Dann sieht alles ganz anders aus, dann wird man zur Sache kommen – auch mit der Anna Salome von Salm Reifferscheid. Sollen sie heute ihren Triumph haben! Es sind ja nur Worte gewesen, die da so unpassend gefallen sind. Morgen wird man der Äbtissin schon zeigen, dass die Tatsachen anders liegen. Wenn nur erst der Pöbel abzieht!

Hein Dickhoff allerdings ist ein zu großer Hitzkopf, sich dieser Weisheit zu beugen.

Die Äbtissin hat derweil erkannt, dass bei dem entstandenen Geschrei weiteres Reden nichts nützt und sich zurückgezogen. Die Versammlung am ›Stein‹ löst sich in lärmende Haufen auf. Wieder wirbelt es durch die Stadt, sammelt sich in kleinen Rotten in Schenken und Kneipen und auf den Märkten: Kornmarkt, Gänsemarkt, Flachsmarkt, Salzmarkt, Pferdemarkt – überall sind trinkende, lachende, lärmende Gruppen vorwiegend stiftischer Bauern, die ihr Mütchen kühlen wollen an den hochnäsigen Bürgern der Stadt. Die aber halten sich klug zurück, gehen allem Streit aus dem Wege – bis auf Hein Dickhoff, der es nicht lassen kann. Mit seinen Schmiedegesellen zieht er durch die Gassen und führt wilde Reden über die Reichsfreiheit der Stadt. Die Rotten aus Kray und Steele, und wo sie alle herkommen, sehen bald, dass hier der Punkt ist, wo man ansetzen muss, um doch noch zu einer Rauferei zu kommen, die den Sieg erst richtig krönt. Ein baumlanger Bauernknecht aus Rellinghausen baut sich vor Hein auf, in der Hand eine halbvolle Flasche Schnaps. Er streckt sie ihm entgegen: »Trink auf das Wohl unserer gemeinsamen Fürstin!« Und noch einmal, nun schon drohender: »Trink!« Hein stößt die Schnapsflasche zur Seite, sie entfällt den groben Händen des Knechts und zersplittert am Boden. In das Splittern der Flasche mischen sich Schreie der Entrüstung und Empörung. Und dann ist die Keilerei im Gange! Bauernfäuste auf Schmiedeschädeln und Schmiedefäuste auf Bauernschädeln! Immer weitere Kreise zieht die Rauferei. Bürger, Bauern, Knechte, Handwerker, Amtleute gar, wer es auch sei, vor keinem macht sie

Halt, die Rauferei! Über alle fällt sie her und fällt wieder heraus, ergreift den nächsten, flicht ihn hinein in den Kranz der Schlagenden und sucht sich weitere Opfer.
In unmittelbarer Nachbarschaft von Hein Dickhoff steht Bernd Klocke mit einigen Ratsherren samt ihren Familien am Stand eines Töpfers und führt mit einigen Amtsleuten aus Steele eine höfliche, fast akademische Disputation über den Stand der Stadt Essen. Das ist jetzt vorbei. Die Rauferei ergreift sie. Sie fallen übereinander her, auch die Frauen und Kinder. Nicht nur Fäuste sind dabei die Waffen. Man hat ja das Tongeschirr zur Hand. Scheppernd zerteppern Töpfe und Teller an Schädeln und Leibern.
Bernds Tochter, Asnide, ist ebenfalls mit von der Partie. Auch sie überfällt es, sie wird nicht verschont von dieser Rauferei und muss mitmachen. Am Rande der Prügelszene sucht sie nach einem Gegner und findet ihn in einem jungen Mädchen – wie sie selbst –, das zusammen mit anderen, Männern und Frauen, vom benachbarten Stand eines Kupferschmieds herbeikommt, den Streit zu sehen und von ihm ergriffen zu werden.
Asnide fährt auf sie zu, greift nach den schwarzen Zöpfen, krallt sich hinein, reißt den Kopf ihrer Gegnerin zu sich heran und rammt ihren gesenkten Schädel in das nun schutzlos ihr zugewandte Gesicht. Aber die Gegnerin ist vom Streit nicht überrascht, ist angesteckt von ihm. Ein Fausthieb fährt von unten Asnide ins Gesicht, lässt sie zurücktaumeln, auffahren, zwingt sie, ihren Angriff neu anzusetzen. In dieser Sekunde haben beide Streithennen einen Augenblick Zeit, sich anzusehen. Und dieser Augenblick genügt! Genügt, sich wiederzuerkennen: Das gleiche Haar – Augen, Nase, Mund, Kinn, alles gleich! Asnide Klocke hat es als erste begriffen: »Du ... ich«, stammelt sie immer wieder. Bilder steigen in ihr auf. Erinnerungen werden lebendig. Viele Jahre ist es her. Das kleine Mädchen, mit dem sie immer Hand in Hand gehen musste! Dunkle, blasse Erinnerungen! Dünne Suppe, hartes Brot! Und manchmal das unsinnig wohlwollende Hätscheln und Tätscheln eines Bürgers, wenn sie mit dem Mädchen durch die Gassen der Stadt ging! Dazu unbestimmte Erklärungen ihres Stiefvaters über ihre Herkunft!
Und jetzt dieses Mädchen! Wie aus einem Automaten fließen immer wieder die Worte »ich ... du« aus ihrem Mund. So unabweisbar ist das, dass auch die andere die Worte aufnimmt: »Ich ... du – du ... ich!« Asnide Hasselmann fährt auf einmal unsäglich zart über

das Gesicht der anderen, streichelt die Stellen, wo soeben noch ihre Fäuste hingeschlagen haben. Die andere gibt die Zärtlichkeiten zurück, streichelt die Schwellungen auf Lippen und Wangen, die ihr Schädel verursacht hat. Streicheln sich und sehen sich an: »Du ... ich – ich ... du!« Erkennen in der anderen sich selbst und wissen doch mit dieser Erkenntnis nichts weiter anzufangen, finden auch keine weiteren Worte. Alles um sie herum ist vergessen, nur sie beide und immer wieder: »Ich ... du – du ... ich!«
Wie lange? Solange der Streit dauert!
Und das ist beträchtlich!
Aber irgendwann ist jeder Streit einmal zu Ende – auch dieser! Plötzlich ist die Sehnsucht, die Fäuste fliegen zu lassen, verflogen. Das Gefühl bricht sich Bahn, dass man bei einer Schlägerei außer Schlägen nichts gewinnen kann. Und wer will schon Schläge gewinnen? Niemand will das! So rücken die Fronten auseinander. Häufchen bilden und trollen sich. Unverhofft werden auch die beiden Mädchen, die, ins eigene Ansehen versunken, sich streicheln und nur zweier Worte fähig sind, an den Armen gepackt und auseinander gerissen. Bernd Klocke und Heinrich Hasselmann fassen ihre Pflegetöchter bei der Hand und streben auseinander, der eine in die Bäckerei an der Limbecker Straße, der andere in die Küche von Schloss Borbeck.
Es dauert eine Weile, bis die Mädchen sich aus der Starre, in die das Erlebte sie gestürzt hat, lösen können; dann aber bricht ein wilder Strom aus ihnen heraus: Fragen, Fragen und nochmals Fragen! Nach der Herkunft, nach dem Warum der Trennung, nach den Umständen!
Die Mädchen wachen auf aus der stumpfen Verkrochenheit ihres Alltags. Sie ahnen, dass da noch mehr ist: Eigenes! Und sie fragen danach, fragen nach Vergangenem und Kommendem.
In der Limbecker Straße müssen Bernd Klocke und seine Frau Rede und Antwort stehen und in den Küchenräumen von Schloss Borbeck sind es Hasselmanns. Beiden Paaren fällt das nicht leicht, aber beide – das muss zu ihrer Ehre gesagt werden – geben sich große Mühe, ihre Pflegetöchter zufrieden zu stellen. Sie erzählen und berichten, was nur immer sie wissen; und wo sie nichts wissen, da helfen sie auch schon mal mit ihrer Fantasie nach.
So erfahren die beiden denn auch die Geschichte von Jan van Galen, dem großen Feldherrn, Schlachtenlenker, Sieger. In der Limbecker Straße hört Asnide von Bernd, dass sie Jan van Galens erstgeborene

Tochter ist. Wenn er wiederkommen wird, wird er Asnide zu großen Ehren führen.

»Und die andere?« Plötzlich schwingen Neid, Missgunst und Angst in Asnide Klockes Frage mit und überdecken das zart aufgekeimte Gefühl, mit der anderen zusammenzugehören. Bernd spürt, was da in seiner Pflegetochter hochsteigt und will sie beruhigen, will die Angst stillen, die Neid- und Konkurrenzgedanken erledigen und kann es doch allenfalls ein wenig. Seine Antwort: »Die andere wird nur die Zweite sein, denn sie ist auf der falschen Seite, auf der Seite der Katholiken. Jan aber, der Feldherr der Niederländer, steht auf der Seite der Protestanten.«

Bernd spürt wohl, dass er damit eher sein eigenes Sehnen und Wünschen formuliert hat, als dass er die Zweifel und Bedenken seiner Tochter ausgeräumt hat. Ist das denn so klar, dass sie auf der richtigen Seite ist? Was ist denn die richtige Seite in diesem unendlichen Krieg?

Und auf welcher Seite steht sie denn?

Aber zunächst einmal ist Asnide Klocke zufriedengestellt. Sie ist die erstgeborene Tochter des großen Jan van Galen und wird als erste hoch zu Ehren erhoben, wenn er kommt.

In Borbeck träumt die andere Asnide. Auch sie hat ihrem Pflegevater in den Ohren gelegen und Antworten bekommen, die ihr gefallen haben. Auch sie hat von dem großen Jan gehört, und auch ihr ist er wie ein leuchtender Stern aufgegangen.

»Du bist seine Erstgeborene«, so hat Heinrich gesprochen. Ganz feierlich ist er dabei geworden. »Wir sind nur einfache Leute, die sich deiner um der Barmherzigkeit Christi willen angenommen haben. Aber wenn der große Jan kommen wird, wird er dich hoch zu Ehren heben.«

»Hoch zu Ehren«, das sagt er genauso wie Bernd Klocke – »und wir hoffen, dass dann ein Strahl dieser Ehren auch auf uns fallen wird, die wir in all diesen schweren Jahren für dich gesorgt haben.«

Würdevoll klingt das und gar nicht schlecht für einen Koch. Asnide ist sehr bewegt. Aber eins sitzt ihr doch quer: »Und die andere?« Auch bei ihr also wird das zarte Pflänzchen der Erkenntnis, mit der anderen zusammenzugehören und solidarisch mit ihr zu sein, von der Konkurrenzangst überwuchert. Heinrich Hasselmann – ähnlich wie Bernd Klocke – schürt das mehr, als dass er Asnides Bedenken zerstreut, indem er erklärt: »Die andere steht auf der falschen Seite, auf Seiten der aufrührerischen, selbstherrlichen Städte gegen die

von Gott gewollte Obrigkeit; und Jan, der ein treuer Diener seiner Herren ist, wird – wenn er auch Protestant ist – damit nichts zu tun haben wollen. So wird er denn sie, Asnide Hasselmann, erwählen und ehren. Was heißt überhaupt Protestant? Calvinist ist er! Und das weiß doch jedermann, dass Calvinisten und Lutheraner einander nicht grün sind. Erst kürzlich hat es in der Stadt darüber einen heftigen Streit gegeben. Nein, nein, da kommen Calvinisten und Katholiken schon besser zurecht, zumal wenn es um die gottgewollte Obrigkeit geht.«
So ist auch Asnide Hasselmann erst einmal beruhigt und zufrieden gestellt. Sie ist die Erstgeborene und auf der Seite der gottgewollten Obrigkeit und muss nur noch warten, bis er kommt.
Aber Zweifel bleiben. Gibt es da nicht noch andere Seiten? Und ist die gottgewollte Obrigkeit so eindeutig die richtige?
Warten, dass er kommt! Ausgehend von den Zwillingen und neu angeheizt durch ihre Begegnung macht das Gerücht um Jan van Galen wiederum die Runde in der Stadt. Gegen Ende des großen Krieges werden auch die Zeiten wieder härter. Noch einmal bäumt der Krieg sich auf, will sich nicht erledigen lassen. Noch einmal spült er feindliche Besatzungen ins Stift und in die Stadt. Plündernde Rotten ziehen durchs Land. Die Suppen werden wieder dünner, das Brot härter.
Hohe Zeit für hoffnungsfrohe Gerüchte! Großer Jan van Galen komm doch endlich, mach aller Not ein Ende!
Und wieder wuchern die Träume, während der Krieg in den letzten Zuckungen liegt. Angst und Schrecken wechseln mit hellen Tagen und warmer Sonne. Mildes, sanftes, welliges Land mit wogenden Ährenfeldern und dazwischen die Schreie geplagter und geschundener Menschen! Verirrte Kugeln, immer noch berstende Mauern, splitternde Tore, aber auch müde Söldner, die sich durch zerfallene Städte schleppen. Dann endlich ist es so weit. In Münster und Osnabrück verkünden sie den Frieden.
Was ist das? Frieden?
In Essen ist es Unterdrückung, Besatzung, Plünderung, Vergewaltigung. Ein salmisches Regiment begehrt Einlass in die Stadt. Graf Waldemar beschießt sie mit Kanonen – so schreiben sie hier Frieden –, und schließlich kommen von Dortmund noch weitere Regimenter, die man dort durch Zahlung von 2000 Talern losgeworden ist – wo haben die bloß das Geld noch her? –, und fallen in die Stadt ein.

Aber ewig kann es nun nicht mehr dauern. Es ist ja Frieden. Wer wird da noch kämpfen wollen?

Zwei Jahre sind schon wieder ins Land gezogen, seit sie in Münster und Osnabrück die Papiere unterzeichnet haben, aber in Essen ist der Frieden noch immer nicht angekommen.
Doch schließlich kann sich der Krieg auch hier nicht mehr halten. Die kaiserlichen Kommissare haben die Söldner entlohnt und nach Hause geschickt. Endlich ist wirklich Frieden.
Frieden, den man auch feiern kann!
Und sie tun es. Die Bürger der Stadt feiern ein großes Friedensfest. Asnide, Hasselmann und Klocke, sind dabei.
Die Mädchen sind nun fast zwanzig Jahre alt. Junge Frauen, anmutig, kraftvoll, schlank und rank, schwarzhaarig!
Natürlich: Freier sind auch da! In der Limbecker Straße ist es ein junger Geselle des Bernd Klocke: Jakob Kimmeskamp! Sein Vater ist Bäcker in Mülheim. Jakob ist sein Erbe; und der hat ein Auge auf Asnide geworfen. Sehr vernünftig, kann man nur sagen. So ist nun mal der Lauf der Welt, dass junge Burschen ein Auge auf junge, hübsche Mädchen werfen; und wenn dann auch die Pfennige stimmen, soll man nicht im Wege stehen. Freilich, ein Geld muss da sein. Wovon soll man sonst leben? Aber das ist in diesem Fall ja gewährleistet. Jakob erbt die Bäckerei in Mülheim, und ein tüchtiger Bäcker ist er auch.
Wenn da nicht der Jan van Galen wäre!
Ist es nicht eine Weggabe unter Wert, wenn Bernd die Tochter Jan van Galens einem Bäckergesellen aus Mülheim überlässt? Diese Frage quält ihn. Er muss sich das reiflich überlegen.
Unterdessen ist das Friedensfest herangekommen, und Bernd weiß noch immer nicht, wie er sich entscheiden soll.
Bei Hasselmanns in Borbeck ist die Lage ganz ähnlich. Nur dass hier der junge Bursche Walter Tiggelbeck heißt und einziger Sohn eines Bauern aus Altendorf ist. Auch das ist wahrlich nicht das Schlechteste.
Bäuerin auf einem freien Hof, das wäre manche gern und weiß nicht dran zu kommen. Aber Heinrich zögert ebenfalls, mehr noch als Bernd Klocke. Soll er seine Pflegetochter, Erstgeborene des hohen Herren, Jan van Galen, einem Bauern geben? Ist das nicht geradezu ein Verschleudern hoher Werte? So naht auch für Heinrich Hasselmann das langersehnte Friedensfest mit der einen großen

Ungewissheit: Ist es richtig, seine Tochter Walter Tiggelbeck zur Frau zu geben, oder soll er lieber warten, bis das Schicksal Besseres für sie – und für ihn – bereithält?
Andererseits ist jetzt Frieden. Ordnung und Sicherheit werden zurückkehren und erstarken. Ob aber Jan zurückkehrt – wer weiß das? Allzu lange warten sie schon auf ihn. Dieses Warten wärmt die Herzen jetzt nicht mehr, da man sich an näherliegenden Dingen wärmen kann.
Die letzten Soldaten jedenfalls haben ihre Musketen zerbrochen und sind abgezogen. Die Stadt rüstet zum Fest und tut es unter der Leitung Conrads von Galen, Halbbruder des großen Jan und seit einigen Jahren essendischer Stadthauptmann.
Ist das vielleicht ein Zeichen? Die kleine Ordnung, das kleine Recht, die sind jetzt zu haben. Muss man nicht dankbar sein, dass Männer wie Conrad die Stadt leiten? Verspielt man nicht alles, wenn man jetzt immer noch auf den großen Jan wartet?
In Bernd Klockes Brust tobt ein Kampf. Soll er denn alle Träume fahren lassen und sich wieder ganz auf das stürzen, was vor Händen ist: das Brot, die Bäckerei? Sicher, eine Zusammenarbeit mit den Kimmeskamps in Mülheim wäre nicht schlecht. Ein Großhandel könnte daraus entstehen. Voriges Jahr ist Bernd in den Rat gewählt worden. Vielleicht wird er Bürgermeister, wenn er gute Handelsbeziehungen einbringen kann. Bernd muss sich entscheiden zwischen Conrad und Jan; und das fällt ihm so schwer. Conrad, das heißt: Hochzeit zwischen Jakob Kimmeskamp und Asnide Klocke; heißt weiter: Brot, Bäckerei, Handelsbeziehungen nach Mülheim und eines Tages vielleicht: Großhandel, Bürgermeister. Dabei ist zu beachten, dass er den Faden, aus dem diese Geschichte gestrickt ist, schon in Händen hält. Er braucht ihn nur weiterzuspinnen und muss aufpassen, dass er nicht reißt.
Und Jan? Das hieße: Weite, Reichtum, Größe, Ehre, Macht. Bernd träumt gern davon, und diese Träume sind unsagbar süß. Aber es bleiben Träume, sie geraten ihm nicht zur Vision. Er versucht zwar, sich an ihnen festzukrallen, aber wenn er aus seinen Träumen auftaucht, ist nichts hängengeblieben. Er spürt, wie sein Griff lockerer wird. Wann fängt die Geschichte des Jan van Galen denn endlich an? Die Gestalt des großen Feldherrn zerfließt ihm in einem fernen Nebel. Das Schwergewicht des Brotes, das er täglich backt – schönes, weißes Brot jetzt wieder –, zieht ihn auf die Seite Conrads. Aber noch hat er seine Zustimmung zur Hochzeit nicht gegeben,

noch ist sein Widerstand nicht völlig überwunden, noch hat er seine Träume nicht ganz fahren gelassen.
Ähnliche Gedanken kreisen in Heinrich Hasselmanns Schädel. Auch er ist ein Kind dieses Landes. Auch seine Gedanken und sein Tun sind ausgerichtet auf das, was vor Händen ist; und das sind die Schüsseln und Töpfe in der Küche des Borbecker Schlosses.
Ist das zu wenig?
Sicher, es ist ein kleines Schloss, eigentlich nur ein Herrensitz, und die hohe Frau Äbtissin ist der bald armseligste Stand des Reiches, angewiesen auf den Schutz des Brandenburgers, aber seinem Einfluss nahezu hilflos ausgeliefert, jedoch ein freier Stand des Reiches, eingefügt in eine feste Ordnung, die sich jetzt, da Frieden ist, neu festigen wird. Und wenn sein Platz auch nur die Küche des kleinen Borbecker Schlosses ist, so ist er doch mit drin in der großen Ordnung des Deutschen Reiches.
Sind da nicht auch Aussichten, Perspektiven? Die Frau Anna Salome hat erkennen lassen, dass sie ehrgeizig ist, nicht zufrieden mit dem, was ist. Sie will mehr, sie will aufbauen. Es gibt Pläne, Schloss Borbeck zu erweitern. Dann wird es ein richtiges Schloss sein. Mit einem Hofstaat!
Die adligen Stiftsfräulein werden hier leben und nicht wie bisher in aller Welt rumkutschieren. Es werden hohe Gäste kommen. Da wird man dann nicht umhin kommen, die Küche zu vergrößern. O ja, und er, Heinrich Hasselmann, wird nicht nur einfacher Koch sein. Er wird zum Küchenmeister aufsteigen, gar Mundschenk und adliger Dienstmann werden. Zur Belohnung wird er möglicherweise einen kleinen Herrensitz, ein festes Haus bekommen – hat doch die hohe Frau ihm erst neulich bestätigt, wie zufrieden sie mit ihm ist.
Das alles bahnt sich an, ist gewissermaßen schon im Entstehen begriffen, kommt geradewegs auf ihn zu, wenn er sich jetzt nur nicht von seinen Suppenschüsseln abbringen lässt. Denn selbst wenn es nur ein winzig kleiner Herrensitz wäre – es wäre doch ein großartiges, ein goldenes Ziel.
Sage mir keiner, die Leute an Ruhr und Emscher seien dumpfe subalterne Seelen, die es nicht verstünden, das Große zu denken. Sind das keine großen Linien, die Bernd und Heinrich da zeichnen? Von der Semmel zum Bürgermeisterstuhl und von der Suppenschüssel zum Herrensitz!
Aber wird auch alles so geschehen, wie Bernd und Heinrich sich das denken und träumen? Sind vielleicht schon ihre kleinen Pläne

blinde Träume, unerfüllbare Sehnsüchte? Was kann man tun, dass sie sich dennoch erfüllen? Als kleiner Mann hast du da ja kaum Möglichkeiten.
Du müsstest schon zu den Großen gehören. Wie der Brandenburger etwa! – Oder der große Feldherr, Jan van Galen!
Ja, soll man dann nicht die kleinen Träume beiseite schieben und gleich die großen träumen? Jan van Galen und nicht Anna Salome von Salm Reifferscheidt!
So zögert auch Heinrich Hasselmann – obwohl die natürliche Schwerkraft seiner Seele ihn zu den Suppenschüsseln der Äbtissin hinzieht – die Entscheidung, seine Pflegetochter Asnide mit Tiggelbecks Walter ehelich zu verbinden, immer wieder hinaus.

Morgen nun ist das Fest.
Ein großes Fest mit Girlanden, Kränzen, Kronen, Lichtern! Posaunenchöre schmettern von den Türmen des Rathauses und der Marktkirche. Böllerschüsse und Choräle! Großer Gott, wir loben dich – Trommeln – Umzüge – und immer wieder: Choräle! Dank! Gottesdienste und Flaggen, Musik – die ganze Stadt ist auf den Beinen, dazu das halbe Stift und Tausende von Gästen aus Wesel, Duisburg, Mülheim, Bochum, Dortmund und was weiß ich, woher! Immer wieder: Choräle, Gebete, Freudensalven! Dann endlich auch: Bier und Wein, Tanz und Trubel auf Straßen und Gassen, in Schenken und Kneipen. Immer mehr werden es, die in die enge, kleine Stadt hineindrängen, denn wer wollte nicht mitfeiern, wenn endlich Frieden ist. Wer wollte jetzt nicht Bier und Wein trinken, da keine Kugel mehr zu fürchten ist.
Von der Stiftsfreiheit her drängt sich die Menge zum Markt hin und weiter zum Flachsmarkt, bis zum Pferdemarkt und flutet wieder zurück. Überall sind die Schenken voll. Auch auf den Straßen ist manches Fass Bier aufgeschlagen, das Ratsherren oder Gildemeister auf diesen fröhlichen Tag gespendet haben.
Selbstverständlich ist auch Bernd Klocke mit seiner Familie auf den Beinen – und Jakob Kimmeskamp ist dabei. Er darf ein wenig um Asnide herumscharwenzeln, sie auch mal um die Hüfte fassen, wenn auf den Gassen ein Reigen anhebt. Aber mehr nicht! Da passt Bernd auf, denn entschieden hat er noch nichts.
Heinrich Hasselmann ist ebenfalls mit Frau und Pflegetochter da. Matthes Tiggelbeck – Walters Vater – hat die ganze Gesellschaft auf dem Leiterwagen hergekarrt.

So hat denn das Schicksal – oder wer auch immer – die Fäden gesponnen und alles für ein Treffen vorbereitet. Am Flachsmarkt stehen sich die Familien plötzlich gegenüber. Die beiden Mädchen entdecken sich zuerst. Ein Erinnern geht über ihre Züge. Sie gehen mit ausgebreiteten Armen aufeinander zu, wagen aber keine Umarmung und wissen nicht, wie ihre Begegnung weitergehen soll. Sie haben keine Form für ihr Finden, nur verlegene Gesten. Sie heben die Hände wie damals, als sie sich zärtlich streichelten, spüren aber beide, das geht heute nicht, ist nicht am Platze.

Inzwischen sind auch die übrigen Familienmitglieder aufmerksam geworden auf die beiden jungen Frauen, die sich mit aufgerissenen Augen, ungeschickten Gebärden und wortlosen Mündern gegenüberstehen, zwar auf einen gemeinsamen Weg gestellt, aber ohne zu wissen, wohin er führt.

Schließlich löst sich die Verkrampfung ein wenig: Leutseliges Begrüßen – joviales Schulterklopfen – lärmende Worte – verlegenes Räuspern und in der Mitte immer noch die wortlosen Mädchen, erstarrt in ihre hilflose Gebärde, in sich selbst an zärtlicher Berührung gehindert.

Jetzt werden auch andere aufmerksam. Ein Kreis bildet sich: erklärende Worte – staunende Rufe – salbaderndes Erinnern an die Kinder aus dem Waisenhaus – und plötzlich: Hoch und Vivat! Da löst sich alles in Lachen, Scherzen, Jubeln auf. Auch die beiden Mädchen haben sich so weit lösen können, dass sie wenigstens zu einem innigen Händedruck finden. Zwei Becher sind auf einmal in ihren Händen, von irgendwoher aus der Menge gereicht. Sie trinken. Wieder ruft jemand ›Vivat‹ und ›Hoch‹, und diesmal antwortet ihm ein Jubelsturm, der die Gassen am Flachsmarkt erfüllt. Immer mehr werden in diesen Jubel mit hineingezogen, alle werden davon angesteckt, als wenn nun erst richtig Frieden wäre.

In der Tat, die Menschen sind jetzt, nach der denkwürdigen Begegnung, andere. Die Zwillinge haben dem Fest und dem Frieden Gestalt verliehen. Überall herzliche Scherzworte – freundliches Schulterklopfen – großzügiges Bier- und Wein-Spendieren – allgemeines Wohlwollen – bereitwillige Versöhnlichkeit – wachwerdende Erinnerungen – und dazu auch vorsichtiger Ausdruck zaghafter Hoffnungen.

Aber es ist die Versöhnlichkeit des Weines und des Bieres, und die ist schnell verflogen. Auf einmal ruft einer: »Ein Hoch unser aller Fürstin, der Frau Anna Salome!« Eine Sekunde Schweigen!

Erschrecken und Erwachen! Dann haben sich wie von selbst zwei Lager gebildet. Hier die Stiftischen mit kräftigem Hurra, dort die Städtischen mit verkniffenem, ja, mit eisigem Schweigen.
Die Grenze geht mitten durch die Menge und auch durch die Mädchen.
Asnide Hasselmann hat spontan ihren Becher gehoben und damit für jeden sichtbar gemacht, wohin sie gehört. Die Mädchen haben es selbst gespürt, dass ein simpler Hochruf sie auseinander gebracht hat, und wissen nun nicht, ob sie traurig darüber sein sollen oder erleichtert. Beides liegt ihnen hart an. Jeder Zoll ihres Leibes zeigt ihnen ja, dass sie zusammengehören, andrerseits fühlen sie das Fremde, Feindliche, das über sie gekommen ist und das sie nun trennt. Sie empfinden Barrieren, die nicht da sein dürften, aber da sind und finden keine Möglichkeit, sie zu übersteigen.
Indes, die Mädchen werden einer Entscheidung enthoben. Die beiden Lager trennen sich immer mehr voneinander und nehmen ihre Asnide jeweils mit. Von einer Minute zur anderen umschlagend, fliegen plötzlich böse Worte hin und her. Drohungen, Verwünschungen, Flüche!
Walter und Jakob stehen sich unversehens gegenüber. Es sieht so aus, als sollte es auch noch eine Rauferei geben; aber dazu ist heute keiner aufgelegt. Ist doch Frieden! So werden denn die beiden von den Besonneneren auseinandergezogen. Das Fest ist eh vorbei. Auch ohne Rauferei wissen Bürger und Bauern, die sich trollen: ist Frieden und ist doch kein Frieden.

Ein halbes Jahr später! Bernd Klocke tritt nach getaner Arbeit aus seiner Backstube in die Diele, da steht Jakob Kimmeskamp vor ihm: verlegen – bedrückt! Bernd hatte ihn vor einer Woche nach Hause geschickt, letzte Modalitäten – finanzielle vor allem – vor der Hochzeit mit dem Vater zu besprechen. Er sollte erst übermorgen zurückkehren, und nun steht er schon heute da. Es muss etwas passiert sein. »Der Vater ist bankrott – eine Bürgschaft!« Nur diese wenigen Worte tröpfeln unter Achselzucken aus Jakobs Mund und fallen doch wie tonnenschwere Felsbrocken auf Bernds Diele. Man mag vielleicht denken: Das muss Bernd sich doch nicht zu Herzen nehmen. Sein Bankrott ist das doch nicht! Von wegen! Bernd hat auf die Karte Kimmeskamp gesetzt, und jetzt ist das eine Lusche. Kurz nach dem Friedensfest hatte sich Bernd endlich die Entscheidung abgerungen, Jakobs Werbung anzunehmen. Bernd war sich klar, was das für ihn bedeutete. Jetzt musste er alle Pläne und Hoffnungen für sein Fortkommen und Aufsteigen auf die Verbindung mit den Kimmeskamps in Mülheim ausrichten. Wie ein Sprung in kaltes Wasser war es gewesen. Es hatte ihm den Atem genommen, und er hatte tüchtig strampeln müssen, um wieder warm zu werden. Er hatte kraftvoll schwimmen müssen, um an ein neues Ufer zu gelangen. Im Rat und in der Gilde hatte er seine Fühler ausgestreckt und alles in die Wege geleitet, um den geplanten Großhandel für Getreide und Backwaren im Raum Mülheim, Duisburg, Wesel, Essen aufzuziehen. Natürlich hatte er auch viel Geld in diese Vorbereitungen gesteckt. Das ist nun verloren. Die Bäckerei Kimmeskamp in Mülheim war bei Bernds Planungen fest mit einkalkuliert. Sie war sozusagen die zweite Säule, die den kühn geschlagenen Bogen des projektierten Großhandels tragen sollte.

Nun bricht das alles zusammen, bevor es richtig begonnen hat. »Bankrott – eine Bürgschaft!« Jakob dreht sich um und geht – für immer. Wortlos geht auch Bernd aus der Diele. Was soll er denn auch sagen? Er hat jetzt nichts mehr zu sagen. Abends in der Ratssitzung nicht – die anderen wissen es schon. So etwas spricht sich in einer kleinen Stadt schnell herum! – und überhaupt nicht mehr. Bürgermeister wird ein anderer. Einer, der etwas zu sagen hat. Etwa: Ich habe Verbindungen nach Amsterdam. Aber Bernd kann ja nun nicht einmal mehr sagen: Ich habe Verbindungen nach Mülheim.

Bernd hat nur noch seine Bäckerei, und selbst die geht nicht gut. Der ganzen Stadt geht es schlecht, obwohl Frieden ist. Sie haben halt vorwiegend Gewehre geschmiedet, und die lassen sich heuer schlecht verkaufen; und wenn sie keine Gewehre verkaufen, dann ist auch kein Geld da; und wenn kein Geld da ist, dann werden die Bäcker nur wenig Brot los, sei es noch so weich und weiß. Man versucht in der Stadt, mit der Produktion von Kaffemühlen Ersatz zu schaffen, aber das klappt nicht so recht. Alle geizen mit den Pfennigen. Wie soll ein Bäcker da auf einen grünen Zweig kommen? Es sieht nicht gut aus für Bernd und Asnide.

Für Heinrich Hasselmann auch nicht! Er hat sich verrechnet, indem er auf die Frau Anna Salome gesetzt und von ihr seinen Aufstieg erhofft hat. Wenn jedoch die wirtschaftlichen Verhältnisse schlecht sind, dann kann auch eine Fürstäbtissin keine großen Sprünge machen. Das Schloss Borbeck bleibt eine kleine, mickrige Residenz, und Heinrich bleibt Koch, wird weder Mundschenk noch gar adli-

ger Dienstmann. Koch – einfach nur Koch – mit Kraut und Rüben und manchmal ein bisschen Pastete! Walter Tiggelbeck und dessen Vater Matthes hat er immer wieder hingehalten, die Hochzeit hinausgezögert. Aber dabei hat er sein Blatt überreizt.
Matthes Tiggelbeck hat einen Leiterwagen feinen Weizens auf die Cranger Kirmes gekarrt und gut verkauft. Beim anschließenden Würfelspiel hatte er einen Bauern aus Gladbeck kennen gelernt und während des gemeinsamen Heimweges festgestellt, dass sie gut zueinander passten. Drei Monate später hatte dann der Walter Tiggelbeck die Gertrud Kattenstroth aus Gladbeck geheiratet.
Heinrich Hasselmann ist über diese Entwicklung zunächst erleichtert, weil ihm die Entscheidung abgenommen ist, dann aber doch verwundert, betroffen, bestürzt. An Walter Tiggelbeck liegt ihm zwar nicht viel, aber es kränkt ihn doch, dass Tiggelbecks es sich leisten können, ihn und seine Asnide zu verschmähen. Ist er denn so wenig wert? Heinrich schüttelt es ab. Schließlich hofft er nicht durch die Tiggelbecks, sondern durch die Frau Anna Salome und vielleicht noch durch Jan van Galen aufzusteigen.
Aber da muss er lange warten. Der Frau Anna Salome gelingt nichts. Sie wird durch den Brandenburger beschnitten, bedrängt, eingeschnürt, kann sich nicht entfalten.
Und Jan van Galen?
Ein Pferdehändler bringt die Nachricht in die Stadt: »Jan hat bei Livorno seinen größten Sieg errungen! Als holländischer Admiral hat er im Seekrieg gegen die Engländer diesen eine vernichtende Niederlage beigebracht!«
Jan van Galen, der große Seeheld aus Essen!
Nun wabern wieder die Gerüchte, wuchern ihre Wünsche. Jan van Galen, der große Jan! Wann wird er in seine Stadt zurückkehren? Ach ja, komm bald, großer Siegesheld.
Da bringt ein zweiter Händler, Martin Afflerbach, Gewürzkrämer aus Ruhrort, die Nachricht: »Jan ist an einer Verwundung, die er bei seinem ruhmreichen Sieg davongetragen hat, gestorben!«
Ernüchterung – tiefe Erschütterung und Enttäuschung – Resignation!
Jan wird nicht kommen.
Nie!
Was nun? Das Leben geht weiter.
Heinrich verheiratet seine Pflegetochter übers Jahr mit einem kleinen Bauern – halb so groß wie Tiggelbecks – aus Borbeck. Otto

Voßnacken heißt er. Asnide lebt mit ihm auf dem Hof ihrer Schwiegereltern. In ein paar Jahren, wenn sie aufs Altenteil ziehen, wird Asnide Bäurin sein.
Asnide Klocke kriegt etwas später einen Bäckergesellen, Hermann Gritschneider, als Mann. Immerhin gelingt es ihm, sein Meisterstück zu machen. Er wird in die Bäckergilde aufgenommen und kann am Gänsemarkt eine Backstube einrichten. Dort lebt Asnide mit ihm in einem kleinen Haus.
So sind die Zwillinge endgültig getrennt und doch wieder auf geheimnisvolle Weise vereint. Ihr Leben verläuft im gleichen Takt: kochen, putzen, nähen! Und immer wieder: kochen, putzen, nähen! Ganz nah sind sich die zwei dabei. Wünsche und Erwartungen gibt es schon noch, aber sie sind zugedeckt von: kochen, putzen, nähen. Sie blühen nur ganz im Verborgenen.
Gibt es denn keine Änderung? O doch! Beide bekommen Kinder. Das ist natürlich eine Änderung. Vornehmlich aber doch nur vermehrt: kochen, putzen, nähen.
Ein paarmal werden die beiden sich auch noch treffen. Bei der Versöhnungsfeier zum Beispiel!
Es wird nämlich wieder einmal Krach zwischen der Stadt und der Äbtissin geben. Diesmal wegen der Kornaccise! Befreiung für die Stiftsdamen von dieser Steuer – Bezugscheine des Accisepächters und so weiter, und so weiter – Kinkerlitzchen! Aber eben: Streit! Als aber der Brandenburger diesen Streit für seine Zwecke ausnützen will: freie Religionsausübung für die Calvinisten – da versöhnen sie sich schnell wieder. Die Frau Anna Salome bekommt sogar, was schon lange keine Äbtissin mehr bekommen hat: eine Huldigung von der Stadt. Anna Salome revanchiert sich mit einem großen Fest und Gelage auf allen Straßen. Dabei treffen sich die Zwillinge. Die Stadt ist ja klein. Es ist also kein allzu großer Zufall, dass die beiden plötzlich nebeneinander vor einer Weinschenke stehen. Ein erkennendes Lächeln huscht über ihre Gesichter, aber es ist kein zündender Funke in diesem Erkennen. Müde, fremd und ohne Hoffnung gehen sie aufeinander zu, reichen sich die Hand, plaudern ein wenig über die Kinder und über: kochen, putzen, nähen, verabreden noch schnell einen Besuch und gehen wieder auseinander.
Es kommt auch tasächlich dazu. Gritschneiders besuchen Voßnackens. Ein Lamm wird geschlachtet. Sie gehen über die Felder, begutachten den Stand der Saaten, reden über die Arbeit und über: kochen, putzen, nähen.

Und Voßnackens besuchen Gritschneiders. Hermann hat sein feinstes Gebäck gebacken. Es wird sehr gelobt. Sie besichtigen die Backstube, reden über ihre Arbeit und wieder über: kochen, putzen, nähen.
Aber damit ist es dann auch vorbei. Weitere Besuche finden nicht statt. Wozu auch? Was bringt es denn? Was könnten Gritschneiders den Voßnackens und Voßnackens den Gritschneiders denn bringen? Doch nur wieder: kochen, putzen, nähen! Eine Wende jedoch, ein Neues, das nicht kochen, putzen, nähen ist, zeigt sich nicht, ist nicht im Entferntesten in Sicht. Weder Voßnackens noch Gritschneiders können daran etwas ändern. Sie müssen warten. Aber worauf denn?

Sechs Jahre später – Anfang dreißig sind die beiden jetzt und schon nicht mehr junge Frauen – gibt es wieder Krach. Wieder Kinkerlitzchen! Ein Goldschmied aus der Stiftsfreiheit hat den Bürgermeister beleidigt. Die Stadt will ihn verhaften lassen, die Frau Anna Salome ihm freies Geleit verschaffen. Kinkerlitzchen, wie gesagt! Aber die Stadt ruft die Bürger zu den Waffen, und die Frau Anna Salome mobilisiert die Bauern des Landes. Mit Hämmern, Beilen, Prügeln und Flinten rücken sie an, und Otto Voßnacken ist dabei. Am Limbecker Tor ist die Besatzung durch die Bürger verstärkt worden, und Hermann Gritschneider ist dabei.
Hämmer knallen auf Beschläge und Schlösser, Beile splittern ins Holz, ein Rammbock fährt gegen die Planken. Lange kann das altersschwache und sowieso etwas kümmerliche Tor an der Limbecker Pforte nicht standhalten. Drinnen warten bange die Verteidiger. Sie sind zahlenmäßig unterlegen und wissen nicht, was zu tun ist. Sollen sie Widerstand leisten, wenn das Tor bricht? Heldenhafter Widerstand – so sagt man wohl in solchem Falle! Aber das Heldenhandwerk haben sie allesamt nicht gelernt. Schmiede, Bäcker Töpfer, das sind sie. Soll man da nicht lieber gleich weglaufen? Doch das Tor bricht zusammen, bevor sie zu einem Beschluss kommen. Weit schwingen die Flügel auf und schaffen eine freien Raum zwischen den Fronten. Auf der einen Seite der Haufen der Belagerer, auf der anderen die Handvoll Verteidiger. Da ist die Sache natürlich ganz schnell entschieden. Ein Haufen und eine Handvoll – da ist doch klar, dass die Handvoll Reißaus nimmt. Was denn sonst? Was könnten sie denn Besseres tun?

Ausgerechnet Hermann Gritschneider fällt in diesem Augenblick etwas besseres ein – wie er meint. Man darf doch nicht einfach weglaufen, zumal wenn man ein Gewehr in der Hand hält. Da muss man kämpfen und nicht einfach mir nichts, dir nichts ausreißen, ohne einen Schuss getan zu haben. Es geht ja um die Stadt und die Freiheit. Er legt die Hakenbüchse an und schießt. Dummerweise hat auf der anderen Seite Otto Voßnacken zur gleichen Zeit den gleichen Gedanken. Das heißt, ganz gleich ist er natürlich nicht. Er gehört ja zum großen Haufen, dafür hat er aber auch nur ein Beil in der Hand. Es geht doch nicht – so denkt er – dass man einfach wartet, bis die Handvoll wegrennt. Das ist ruhmlos. Man muss sich einsetzen, etwas für den Sieg tun. Es geht ja um das Land und das Recht. So schleudert denn Otto just in dem Augenblick – vielleicht eine halbe Sekunde früher –, als Hermann seine Büchse donnern lässt, sein Beil in das Grüppchen der Verteidiger.

Es werden dies die einzigen militärischen Kampfhandlungen in diesem Krieg sein, bei denen Menschen dauerhaften Schaden des Körpers nehmen. Sicherlich, es werden eine Menge Leute verprügelt,. verdroschen und geschlagen, auch geraubt wird in diesem Krieg, aber weitere Schüsse fallen nicht. Der Brandenburger greift recht bald ein und zwingt beide Seiten zu Ruhe und Ordnung.

Und doch: Otto Voßnacken trifft Hermann Gritschneider, und Hermann Gritschneider trifft Otto Voßnacken. Nein, nein, tödlich getroffen wird keiner. So schnell geht das nicht. Ottos Beil zerschmettert Hermanns Ellenbogen und Hermanns Kugel streift Ottos Lunge. Beide werden lange wegen ihrer Wunden auf dem Krankenbett liegen, aber sterben werden sie nicht. Ihre Frauen werden sie pflegen: liebevoll, geduldig, ausdauernd, nimmermüde – beide!

Hermanns Arm bleibt steif. Das behindert ihn in der Backstube. Er muss einen Gesellen einstellen, was seinen Verdienst schmälert. Seine Frau, Asnide, muss doppelt fleißig kochen, putzen, nähen, arbeiten. Dennoch bleibt ihr Verdienst gering, ihr Leben armselig. Aber sterben wird Hermann Gritschneider an dieser Wunde nicht.

Auch Ottos Lungenstreifschuss wird dank der aufopfernden Pflege – so nennt man das wohl – seiner Frau Asnide schließlich verheilen. Freilich, ein wenig schwach auf der Lunge wird er lebenslang bleiben. Die schwere Arbeit – Pflügen und so – wird er nicht recht schaffen. Ein Großknecht muss auf den Hof. Das mindert auch seinen Verdienst; und auch seine Frau muss doppelt fleißig kochen, putzen, nähen, arbeiten, um die Familie durchzubringen. Mühselig wird ihr Leben sein.

Warten werden auch Voßnackens: auf Änderung, auf Besserung, auf die Wende. Aber woher soll die denn kommen?

Und wer soll sie bringen?

Es liegt alles im Nebel. Nur ein paar Träume bleiben. Aber Träume kann man so schlecht festhalten. Wenn man erwacht, ist alles verschwunden. Nur der Nebel breitet sich weiter aus.

Und wer kommt aus dem Nebel auf sie zu?

Vom Urteil des Reichskammergerichts über den Streit zwischen der Stadt und dem Stift, acht Jahre später und hundert Jahre erwartet, spricht bald keiner mehr. Wieso auch? Es bleibt doch alles beim Alten: die Stadt ist frei und ist es doch nicht. Die Äbtissin ist Herrin und auch wieder nicht. Keine Wende!

Sodann ist es der Brandenburger, der auf sie zukommt. O ja, der wird ändern und wenden. Aber alles zu seinen Gunsten. Er wird beide – Stift und Stadt – gründlich verschaukeln. Im Krieg gegen den französischen Ludwig wird er aus ihnen herauspressen, was nur herauszupressen ist. Beide Asniden müssen dann dreifach fleißig kochen, putzen, nähen, arbeiten. Aber ohne Zweifel wird der Brandenburger als Sieger aus der essendischen Affäre hervorgehen. Er ist der kommende Mann. Doch für die Zwillinge ändert sich nichts. Keine Wende!

Sie warten, bis sie Großmütter sind.

Dann wird der Pfarrer Merker gewaltige Predigten zur Änderung des Lebens halten. Er wird gegen Saufereien und Zechgelage zu Felde ziehen und zu einem heiliggemäßen zuchtvollen Leben aufrufen. Wie alle in Stadt und Land werden auch die Asniden – ein letztes Mal: beide – die Ohren spitzen. Aber wie so oft in der Stadt wird es auch über Merkers Predigten nur wieder zu Streitereien kommen.

Und schließlich wird – kurz vor ihrem Tod – noch einmal ein Leuchten über Asnide Gritschneiders – ihre Schwester ist schon gestorben – Gesicht gehen, denn ihr ältester Enkel wird dann ins Gymnasium im Hospital zum Heiligen Geist gehen. Neues, Wunderbares wird er dort vom Magister Zopf lernen. Asnide ist schon zu alt, um es zu verstehen; nur noch ahnen kann sie es. Ihr Gesicht strahlt. Wird für ihren Enkel die Wende kommen, auf die sie lebenslang gewartet hat?

VI

Wenn ich über die Gladbecker Straße fahre, kommt zwischen Krabler- und Schonnefeldstraße prompt der Augenblick, wo ich traurig werde, weil der Förderturm von Schacht Anna nicht mehr steht. Ich kann zwar verstehen, dass sie ihn abgerissen haben, wird ja seit ewigen Zeiten dort nicht mehr gefördert; aber traurig bin ich trotzdem. ›Graf Beust‹ und ›Langenbrahm‹ sind auch verschwunden, und das waren berühmte Zechen. Erste Mergelzechen – Durchstoßung der Mergelschicht, ermöglicht durch Dinnendahls Dampfmaschinen! ›Langenbrahm‹ war früher schon Stollenzeche gewesen und ist nun auch sang- und klanglos verschwunden.
Um Schacht Anna aber ist es mir besonders Leid, denn mein Großvater war dort Meister am Leseband. Meister – so hieß das damals. Heute würde man wohl Vorarbeiter sagen. Er hatte nur Jungen jünger als sechzehn Jahre unter sich – die dürfen noch nicht einfahren. Die Berge aus der geförderten Kohle zu klauben, war ihre Aufgabe. Aber ›Meister‹ nannten sie ihn.
Wieso erzähle ich eigentlich von meinem Großvater, wo doch ganz andere Dinge zu berichten sind: Krupp baut seinen Weltkonzern auf. Was der geleistet hat! Als erstes fallen einem natürlich die Kanonen ein. Aber da gibt es noch viel mehr: Der nahtlose Radkranz für die Eisenbahn zum Beispiel und dann: Konsumgenossenschaft, Krankenversicherung und vor allem: beispielhafte Sozialwohnungen – Margarethenhöhe!
Und dann Zweigert! Zwanzig Jahre lang ist er Bürgermeister. Er macht aus Essen eine richtige Stadt. Was sage ich? Stadt? Er legt den Grund zu einer Metropole. Metropole des rheinisch-westfälischen Industriegebiets! Ein verlorener Haufen von 65 000 Menschen lebt in der Stadt, als er sein Amt antritt. Als er stirbt, sind es 240 000, und Richard Strauss dirigiert im Saalbau Mozarts Trauermusik. Die hervorragendsten Musiker der Welt sind zu der Zeit in der Stadt.
Aber dann fällt mir doch wieder der Großvater ein. Der ist zum Pastor in die Bibelstunde gegangen. Er kam ja aus dem Minden-Ravensburgischen, und das waren alles fromme Leute. ›Bielefelder‹ wurden sie genannt, halb anerkennend – fleißig, zuverlässig – halb geringschätzig spottend – Frömmler! Mit den Roten hatte der jedenfalls ganz und gar nichts im Sinn. Im Gegenteil: Er hat seinem

eigenen Sohn noch mit 23 Jahren eins gescheuert, als der mit solchen Parolen nach Hause kam. Auf der Bergschule konnte er damit natürlich erst recht nicht landen. Sie haben ihn kurzerhand rausgeschmissen. Er söffe zu viel.
War leider nicht zu widerlegen. Mein Großvater hat zwar beim ›Ollen‹ ein gutes Wort für seinen Sohn eingelegt, und der hat es dann auch noch mal wieder hingebogen; mein Großvater war nämlich wirklich ein zuverlässiger Mann, und für so einen rührt auch schon mal ein Bergassessor die Hand. Es war aber wohl nicht mehr zu reparieren – die Parolen, meine ich, die bleiben ja. Und das Saufen auch! Da hatten sie es dann leicht. Meinen Großvater hat das viel Kraft gekostet – innere Kraft, wenn du verstehst. Geld hatte er sowieso nicht. 135 Mark bekam er damals monatlich.
Aber Goldmark!
Natürlich!
Doch er hatte noch einen Sohn. Der wäre gern aufs Präparanden-Seminar gegangen. Er wollte Lehrer werden, und der Rektor Diekmann hatte gesagt, es wäre eine Schande, wenn der Junge nicht ... usw. usw. Aber der Großvater hatte noch weitere Söhne. Einen – ja einen hätte er eventuell aufs Seminar gehen lassen können. Weiß man denn aber, ob die anderen nicht auch gehen wollen? Und alle, das geht nun wirklich nicht mit 135 Mark.
Goldmark!
Natürlich!
Darum also fällt mir immer der Großvater ein, auch wenn ich an Krupp und an Zweigert denke. Es war halt die gute alte Zeit. Ist ja längst hinüber – Schacht Anna, meine ich; aber ich komme gelegentlich noch da vorbei, wenn ich schon mal zu Rot-Weiß gehe.

Die Bergmannstochter

Was ist das? Das liebliche Land, die schöne, kleine Stadt – sie sind runzlig geworden, schmutzig und staubig.
Sind sie denn schon so alt?
Wo kommt das her? Was bricht da aus der Erde, birst wie hässliche Schrunden, eitrige Blasen? Es ist doch so ein liebliches Land gewesen, mit seinen sanften Hügeln und der milden Sonne und dem

weiten, dunstigen Bruch im Norden, selbst im Krieg noch lieblich. Aber jetzt? Das ist Qualm und Rauch! Dreck pestet aus der Erde, grau und schwarz legt es sich auf die Häuser, die Bäume, die Gärten. Dunkle, drohende Gassen, Kot und Kehricht und kümmerliche Kabuffs! Eng und düster ist es in der Stadt geworden. Überall wimmeln und wieseln Menschen in diesem Dunkel mit finsteren Mienen und verschlossenen Gesichtern. Das ganze Land brodelt und kocht. Immer neue Blasen bersten aus der Erde, speien Eisen und Kohle aus, verteilen es übers Land, richten schwärzliche Türme, sperrige Gerüste, dunkle Schlote hoch auf, nageln das Eisen wie eherne Gürtel über das Land, fahren mit feurigen Wagen neue Schwärze heran. Lärm und Getöse ist in der Luft: krachende Klötze, rasselnde Rammen, sirrende Schienen – Dröhnen und Donnern! Eisen, Stahl und Stein! Stampfende Hämmer, prasselnde Bohrer, schrillende Schremmen – das ganze Land ist voll davon! Keine Weite mehr im Bruch, kein Fließen in den Hügeln! Immer wieder: Hütten und Häuser, hässlich hingehauen, zerhacken den Wald, zerhauen die Felder. Menschen laufen darin umher und zertreten das Bruch. Schrillend bricht es herein, spült alle Wege weg, findet keine Form, frisst sich nur immer fräsend ins Feld, in den Wald, ins Bruch, schindet die Erde.

Meine gute Stadt, das schöne Land!

Was ist das, und wer ist das?

Ach, meine arme Stadt, das essendische Land, sie sind nicht mehr. Der Brandenburger – Preußen – hat nun endgültig alles geschluckt. Es gibt keine Äbtissin mehr; ihr sanfter Schritt ist nicht mehr über dem Land. Eine neue Zeit ist angebrochen. Die Preußen haben alles an sich gebracht und neu verteilt. Meine Stadt ist dabei schlecht weggekommen. Nichts ist geblieben. Der Gouverneur sitzt in Düsseldorf. Das haben sie fein und prächtig rausgeputzt; und selbst das Bergamt haben sie nach Dortmund verlegt. Natürlich, werden sie sagen. Soll etwa ein hoher preußischer Beamter in solch einem kümmerlichen Kaff mit holprigen Gassen wohnen, Kot und Kehricht vor den Türen, Gesindel und Gelichter auf den Straßen. »Schmutzigere Gasthöfe, gröbere Wirte trifft man in ganz Deutschland nicht. Ein hamburgischer Packträger könnte hier für einen Mann von höflichem Weltton gelten. Die ganze Gegend wimmelt von Vagabunden und räuberischem Gesindel.« So hat einer von ihnen über meine Stadt geschrieben. Wenn ein preußischer Beamter so etwas schreibt, dann muss auch etwas dran sein, denn

ein preußischer Beamter lügt sich ja nicht einfach was zurecht. Die Preußen haben nämlich gesiegt, und ihre Ordentlichkeit ist berühmt.
Ich frage mich bloß, wie das so gekommen ist?
Es war doch ein altehrwürdiges Stift und eine fleißige Stadt. Die besten Gewehre haben sie geschmiedet. Und nicht nur das: Auch die Goldene Madonna ist hier zu Hause. Nicht in Dortmund, geschweige denn in Düsseldorf oder Potsdam!
Und dennoch ist nichts draus geworden.
Eben, schreien sie, du siehst es ja: Sie waren unfähig. Jetzt sind andere dran. Die machen es besser. Willst du ihnen verdenken, dass sie sich schönere Städte erwählen? Repräsentative Residenzen: Düsseldorf, Berlin!
Da zucke ich hilflos mit den Achseln. Aber meine Frage bleibt: Warum nur? In meiner Stadt sind doch jetzt auch Menschen, die Großes und Neues wagen und schaffen.
Franz Dinnendahl, Alfred Krupp, Franz Haniel, Matthias Stinnes, Friedrich Grillo, die verwandeln das Land in wenigen Jahren. Dinnendahl baut Dampfmaschinen, Krupp kocht besten Gussstahl, Haniel und Stinnes teufen mit Dinnendahls Dampfmaschinen Schächte ab, durchstoßen die Mergeldecke und holen Kohle, Kohle, immer wieder Kohle aus der Erde. Eisenbahnen werden gebaut. Dazu braucht man Kohle und Eisen. Kohle und Eisen – immer schneller dreht sich dieses Karussell. Ein Schacht nach dem anderen wird niedergebracht, Kohle und nochmals Kohle gefördert, Koks gebacken, Stahl gekocht, Schienen und Radkränze geschmiedet. Überall im Land stehen Fördertürme und Schlote, ringsum kleine Hütten für die Bergleute, eilig hingeklotzt, aufs freie Feld gesetzt, ein Stück Land dazu – fertig.
Menschen strömen herbei: aus dem Rheinland, aus Westfalen, aus Hessen, vereinzelt auch schon aus dem Osten. Die Stadt ufert aus, die Bürgermeistereien ringsum wachsen an.
Und wo ist Asnide?
Asnide sitzt an einem sonnigen Sonntagnachmittag mit ihrem Vater und ihrem Bruder hinter dem Haus im Garten. Direkt am Haus ist ein freier Platz. Dort haben sie einen Tisch hingestellt und ein paar Stühle drum herum. Sie trinken Kaffee. Asnide hat einen Kuchen gebacken, denn sie versorgt den Haushalt. Die Mutter ist vor zwei Jahren gestorben. An der Hausecke vorbei kann man das Förderhaus von Schacht Anna sehen, der vor wenigen Jahren abge-

teuft worden ist und die Förderung aufgenommen hat. Hier hat Wilhelm Steegmann, Asnides Vater, Arbeit gefunden. Gute Arbeit! Als dritter Sohn eines kleinen westfälischen Bauern hätte er sonst nur Knecht werden können. So ist er aus einem Dörfchen bei Halle/Westfalen nach Essen gekommen, hat erst auf ›Langenbrahm‹, dann auf ›Graf Beust‹ gearbeitet und ist jetzt hier auf Schacht Anna in Altenessen angelegt worden. Der Bergwerksverein hat gleich die Siedlung am Schnieringskotten mitgebaut, und so hat Wilhelm hier ein kleines Häuschen mit Stall und Garten, und jenseits der Gladbecker Straße hat er noch gut einen Morgen Land für Gemüse und Futter für die Tiere gepachtet.
Ganz ähnlich ist auch das Schicksal seines Nachbarn, August Piepenbrock; und Piepenbrocks Sohn, Anton, ist – neben Vater und Bruder – der dritte Mann an Asnides Kaffeetisch, denn Anton hat ein Auge auf Asnide geworfen. Die beiden Väter haben nichts dagegen, haben sogar schon mal darüber gesprochen und es zwischen zwei Korn für gut befunden. Anton ist übrigens Schmiedegeselle bei Krupp. Stehkragenproletarier nennen sie das in der Siedlung, halb neidisch, halb verächtlich.
Eine gemütliche Kafferunde! Und schön ist es in Wilhelm Steegmanns Garten. Ganz hinten hat Wilhelm Gras gemäht, um Heu für die Karnickel und die Ziege zu machen. Das duftet lieblich herüber. Es ist auch ziemlich still, ist ja Sonntag. Krupps Hämmer schweigen, alle Räder stehen still. Man hört sogar ein feines, silbernes Klingen von Spiekermanns Hof herüber. Ja, es gibt noch Bauern und Höfe im Land. Aber nur noch vereinzelt, dazwischen hineingestreut. Spiekermann dengelt wohl gerade seine Sensen. Aber heute, am heiligen Sonntag? Asnide und Wilhelm horchen einmal missbilligend hinüber. Ach was, der muss morgen ganz früh zum Heuen, da soll er heute wohl seine Sensen dengeln dürfen, das ist keine Sünde. Wo es doch so schön klingt, so heimelig, so friedlich.
Überhaupt ist es von nahem betrachtet immer noch ein schönes Land. Am Sonntag jedenfalls und in der warmen Sonne! Von Spiekermanns Büschken her hört man Vogelgezwitscher, Drosseln und Amseln. Und abends, ja abends kann man hier wahrhaftig manchmal noch die Nachtigall schlagen hören.
Eine friedliche Runde also an Asnides Kaffeetisch. Aber da sagt Bruder Fritz: »Julius Karbach hat gestern vorm Einsteigen nicht mitgebetet!«
»Nicht mitgebetet?« Augenbrauenrunzeln bei Wilhelm, Empörung

149

bei Anton, Neugier bei Asnide und Freude bei Fritz, mit diesen Worten Spannung erzeugt zu haben. Schweigen – vorgebeugte Oberkörper! Sie wollen mehr hören. Anton wird sofort zustoßen, wenn Fritz Weiteres berichtet. Der spürt das und zögert. Er weiß, er muss jetzt einen festen Brocken ausspucken, an dem der andere seine Mühe haben wird, sonst wird er den Kürzeren ziehen. Sorgsam sucht Fritz seine Worte zusammen und lässt sie dann wie eine Schüppe Koks in das Feuer der Spannung um Asnides Kaffeetisch fallen: »Es passt nicht mehr in die heutige Zeit. Wir sind freie Industriearbeiter, Bergmänner in einer Aktiengesellschaft, keine staatlichen Bergknappen. Religion ist Privatsache!« Und dann als kleinen, persönlichen Rückzug: »So sagt es Juls!« Und dann noch, um den anderen abzulenken und zu irritieren: »Giesbrecht sagt das auch. Von dem hat Juls es gelernt.«

Friedrich Giesbrecht ist Gewerke des Bergwerksvereins – Aktionär gewissermaßen –, er unterrichtet an der Bergschule.

Anton aber beeindruckt das gar nicht, er ist schon auf der Spur und gerät in Fahrt. Nein, diese Handvoll Brocken, die Fritz da ins Feuer geschüttet hat, wird ihm keine Mühe machen. Nichts wird davon übrigbleiben, wenn er darüber hergefallen ist, als ein kleines Häufchen Grus, das man mit einem kräftigen Pusten wegblasen kann.

»So meinst du also? Und ist das auch Privatsache, ob du wieder heraufkommst, wenn du eingestiegen bist?«

Lauernd macht Anton eine Pause, ob bereits diese Einleitung bei Fritz Wirkung gezeigt hat. Der aber gibt sich unbeeindruckt, und so fährt Anton fort: »Lächerlich! Wenn einer den Schutz Gottes braucht, dann ist es der Bergmann. Wie soll er denn ruhig in den Schacht einsteigen, wenn er sich nicht der gütigen Führung Gottes anvertrauen könnte. Schlagende Wetter, Strebbrüche – wie willst du das bestehen? Meinst du wirklich, du könntest ohne den gnädigen Schutz unseres Heilands, Jesu Christi, Bergmann sein?«

Aber Fritz lässt sich auf dieses Glatteis erst gar nicht führen: »Juls sagt, man könne bessere Sicherheitsvorkehrungen einführen, Bewetterung und so weiter!«

»Ha, und darauf willst du dich dann verlassen? Deinen einzigen Trost im Leben und im Sterben aufgeben und einer besseren Wetterführung und einem besseren Strebausbau vertrauen? Mann, begreifst du denn nicht, dass ein Bergmann sein Leben eine Handbreit bei Gott führt? Und du willst ohne Gebet einfahren?« Anton schlägt sich an die Stirn und rückt aufgeregt auf seinem Stuhl hin und her.

Fritz sitzt sehr konzentriert da und antwortet leise: »Das hat keiner gesagt, aber Juls meint: wichtiger, als dass sie uns einen Betraum einrichten, ist, dass alles für unsere Sicherheit getan wird. Er könne gut auf den Betraum verzichten, wenn das Geld für Sicherheitsmaßnahmen unter Tage verwandt würde.«

Fritz macht eine Pause, und als Anton nicht sofort einhakt, wirft er noch ein paar Kohlen nach: »Und ich auch!«

»Du auch?« Befremdet und unsicher entfährt es Wilhelm Steegmann. Bisher hat er nur zugehört, interessiert, aber stumm; jetzt aber ist die Sache richtig auf den Tisch gekommen, denn es ist sein Sohn, der da gesagt hat: »Ich auch!« Nun liegt sie da neben Kaffee und Kuchen auf seinem, Wilhelms, Tisch im Garten am Schnieringskotten. Er muss jetzt Farbe bekennen, denn er ist der Hausherr.

Ja, wie ist das: Schützt Gott den Bergmann, oder muss er sich selber schützen? Asnide hängt mit ihren Augen an seinen Lippen, ihr leicht offener Mund zeigt, dass sie begierig auf seine Antwort wartet. Aber was soll er denn antworten? Er ist doch selbst unsicher. Natürlich lebt der Mensch vom Schutz Gottes. Wie hat Anton gesagt? Dein einziger Trost im Leben und im Sterben! Klar, so haben sie es aus dem Katechismus gelernt: der Vater schon, der Großvater, die Vorväter! Und alle haben daran festgehalten. Soll das jetzt etwa nicht mehr gelten? Unsinn! Ist doch völlig klar: Wenn ein Bergmann sich nicht mehr unter den Schutz Gottes stellen will, dann soll er besser erst gar nicht in den Berg einsteigen. Hat Wilhelm es nicht selbst erlebt, dass er durch die große und gnädige Hand Gottes vor Schaden und allem Übel bewahrt worden ist? Erst neulich doch, als der Streb zu Bruch ging, weil das Hangende herunterbrach! Er wäre beinahe daruntergeraten, aber wie durch ein Wunder hatte es ihn nicht erwischt. Das war gewiss der Schutz Gottes gewesen.

Freilich, Heinrich Korsch hatte es erwischt. Der war druntergekommen, und Heinrich war wahrhaftig ein frommer Mann und ein gewaltiger Beter gewesen. Wilhelm hatte ihn jedes Mal bewundert, wenn er mit voller Stimme geradezu wie ein Pastor gebetet hatte: Herr Jesus Christus, treuer Heiland unserer Seelen, wir danken dir ... Und nun war Heinrich unterm Hangende geblieben; und er, Wilhelm, musste sich das mit dem Schutz Gottes zusammenreimen. Otto Frank – auch ein großer Beter – hatte allerdings, als sie in

der Kaue darüber sprachen, gesagt, so dürfe man das nicht sehen; der Herr Jesus Christus sei schließlich auch in den Tod gegangen für uns und unsere Sünden; und der Heinrich stehe jetzt vor dem Herrn im ewigen Licht. Das war zwar ein schöner Gedanke, Wilhelm zweifelte auch gar nicht an dem, was Otto gesagt hatte, nur wollte ihm nicht so recht einleuchten, warum man noch um den Schutz Gottes beten sollte, wenn selbst Unfälle zu solch herrlichen Ergebnissen führten. Hatte Juls da nicht auf fatale Weise Recht? Warum noch beten? Der Verunglückte steht ja im ewigen Licht! Aber was ist mit Heinrichs Witwe, Ida? Der ging es jetzt verdammt dreckig. Er würde morgen ein Karnickel schlachten und ihr bringen. Man musste mal wieder was für sie tun.
Und noch etwas geht Wilhelm durch den Kopf. Bei der Untersuchung des Unglücks hatte Steiger Bammler dem Bergassessor von Wedding gesagt, es wäre Leichtsinn gewesen. Die Stempel hätten dichter gestellt werden müssen, weil sich eine Störung angebahnt hätte. Er hätte das auch ausdrücklich angeordnet, aber leider hätte man seine Anweisung nicht befolgt. das Unglück wäre also gewissermaßen selbstverschuldet, denn, wie gesagt, die Stempel hätten dichter gestellt werden müssen. Da sehe man mal wieder, wie das Geld die Menschen verderbe, denn natürlich seien die Stempel so nachlässig gestellt worden, um mehr Kohle zu machen und ein besseres Gedinge zu bekommen. Wilhelm war zwar damals schon hellhörig geworden, aber jetzt erst an Asnides Kaffeetisch, auf dem die Frage nach dem Schutz des Bergmanns obenauf liegt, bricht die volle Bedeutung dieser Sätze über ihn herein. Leichtsinn! Verdorben durch Geld! Als wenn sie sich nicht arg quälen und manchmal sogar grausam schuften müssten, um dann doch nur ein paar Mark für die Schicht zu bekommen! Als wenn sie nicht zusätzlich alle den Garten und ein Stück Feld halten müssten, dazu Ziege und Schwein, um über die Runden zu kommen! Und hatte der Steiger nicht immer hinter ihnen gestanden und geschrieen: Jungs, kloppt, es geht um Kohle? Und jetzt so!
Ja, da kann man schon verwirrt werden. Wilhelm jedenfalls ist es restlos, nachdem ihm dies durch den Kopf geschossen ist. Was soll er seiner Tochter sagen, die mit gläubigen Augen vor ihm sitzt und auf Antwort wartet? Er schüttelt ein paarmal den Kopf, versucht anzusetzen, bringt aber nur ein mühsames »Ich weiß nicht« hervor. Mehr ist von Wilhelm nicht zu erwarten. Anton, der bis dahin höflich geschwiegen hat, um dem Hausherrn das Wort zu lassen,

erkennt es sofort und legt nun seinerseits los: »Unsinn, alles Unsinn! Der Betraum ist das Wichtigste. Mann, komm zu dir! Glaubst du denn, du wärest weiser als der Allmächtige? Weißt du nicht, welche Kräfte im Berg stecken? Natürlich muss man Sicherheitsmaßnahmen treffen; aber wenn du die besten Vorkehrungen getroffen hast und hast alles aufs Beste vorgesorgt und hättest den Schutz des Allmächtigen nicht, wärest du ein elender Wurm und ein armseliger Wicht!«
Asnide läuft es bei diesen Worten ordentlich den Rücken herunter. Wie der das so sagt! Das klingt ja genau wie in der Bibelstunde bei Pastor Heuser. Wie ein Pastor spricht ihr Anton! Dabei ist er doch nur einfacher Schlosser bei Krupp. Asnide entdeckt plötzlich, dass sie ›mein‹ Anton denkt und wird ein wenig rot. Natürlich hat sie gemerkt, dass der Anton ein Auge auf sie geworfen hat, ist ja auch ganz normal, ist schließlich der Nachbarsjunge, ein ordentlicher Junge dazu; einer, der in die Bibelstunde des Pastors Heuser geht und fleißig ist. Nicht wie leider so viele junge Männer in der Siedlung, die in den Kneipen Schnaps trinken, große Reden schwingen, dann mit besoffenem Kopp Schlägereien anzetteln und am anderen Morgen zu blau sind, um auf Schicht zu gehen. Nein, Anton ist ein ordentlicher Junge, der es auch schon zu etwas gebracht hat. Er ist nicht Bergmann geworden wie sein Vater, sondern Schlosser bei Krupp und steht wegen seines Fleißes, seiner Ordnung und seines Gehorsams in hohem Ansehen bei seinen Vorgesetzten. Es kann gut sein, dass er einmal Meister wird. Sie – Asnide – wird dann Frau Meisterin sein. Sie muss sich eingestehen, dass das eine verlockende Aussicht ist. Einen Augenblick lang guckt sie Anton verliebt an, aber wie sie ihn da sitzen sieht mit seinem schmalen, strengen Gesicht, den fallenden Schultern und den unscheinbaren Haaren, da weicht dieses Gefühl schnell wieder von ihr.
Doch ein anderes Gefühl bleibt: Geborgenheit! O ja, in den Armen dieses Mannes, der wie ein Pastor reden kann und doch nur Schlosser ist, wird sie geborgen sein. Wie hat er gesagt? ... und hättest den Schutz des Allmächtigen nicht, so wärest du ein elender Wurm und ein armseliger Wicht! Hatten sie nicht neulich in der Bibelstunde ein ähnliches Wort besprochen? Wie hieß es doch gleich? Sie hatte neben Anton gesessen und gemerkt, wie er die Worte des Pastors in sich aufgesogen hatte. Wie hieß nur das Wort aus der Heiligen Schrift? Es war ganz ähnlich. Ach, richtig: ... und hätte der Liebe nicht, so wäre ich ein tönend Erz und eine klingende Schelle! Nicht wahr, das ist doch ganz ähnlich, genau parallel formuliert? Oder doch nicht?

Asnide ist verwirrt. Tönend Erz ... klingende Schelle, so geht es immerfort durch ihren Kopf. Was hat doch gleich der Pastor Heuser dazu gesagt? ... und hätte der Liebe nicht, Liebe nicht – ist das doch ein ganz anderes Wort? Warum geht ihr nur immer wieder ›tönend Erz‹ und ›klingende Schelle‹ im Kopf herum. Asnide kann es sich nicht erklären, findet die Lösung nicht. Wie soll sie auch! Das ist ja Theologie. Wie soll eine Bergmannstochter da mithalten?

Asnide wird aus ihren Gedanken gerissen, denn Anton redet weiter: »Wirklich, ich verstehe nicht, Fritz, wie du dich auf so etwas einlassen kannst. Hast du denn heute Morgen bei der Predigt geschlafen, als Pastor Heuser über das Wort gesprochen hat: Betet stets, in allen Anliegen?«

O nein, Fritz hat nicht geschlafen. Heute Morgen nicht, aber auch gestern nicht, als Julius Karbach ihm erklärt hat, warum er nicht am Gebet teilgenommen hat. Aber verwirrt ist Fritz jetzt doch auch ein wenig, weil alles auf ihn zuläuft. Er empfindet es als Last, die er nicht tragen mag. Er stößt es weg: »Sag es ihm doch selbst, ich hab Juls eingeladen, er kommt morgen nach der Schicht zu uns.« Mit den letzten Worten nickt er Asnide zu, gleichsam anzeigend: Koch einen Schlag mehr, er isst bei uns.

»So, so, er kommt zu euch!« Erstaunen und Befremden ist in Antons Stimme. Fritz hat schon viel von Juls erzählt. Offensichtlich ein interessanter Bursche! Er stammt aus dem Hessischen und ist ganz allein hier in der Stadt. Auf der Zeche kann man die verschiedensten Meinungen über ihn hören. Die einen sagen, er sei tüchtig, intelligent, heiter, die anderen, er sei arrogant, unverschämt und vorlaut. Aber das steht fest: Friedrich Giesbrecht, Gewerke des Bergwerksvereins – ›Aktionär‹ sagt man jetzt – hält die Hand über ihn und hat ihn auf die Bergschule geschickt. Mit Hermann Giesbrecht, Sohn des Gewerken, ist er beinahe befreundet, soweit zwei junge Männer derart verschiedener Herkunft überhaupt miteinander befreundet sein können.

Giesbrecht gilt als Außenseiter im Bergwerksverein. Ein Liberaler mit humanistischen Anwandlungen auf Grund humanistischer Bildung! Natürlich, dass die anderen das alles ganz anders sehen.

Anton jedenfalls ist gespannt, Juls endlich kennen zu lernen: »Ja, ich komme morgen dann rüber!«

Asnide hört bei dieser Ankündigung noch etwas anderes. Es ist wie ein Signal, das sagt: Achtung aufpassen! Doch weiter kann sie es nicht deuten.

Das Gespräch jedenfalls ist zu Ende. Ein Missklang ist in Asnides Garten gefallen. Der Kuchen schmeckt auf einmal nicht mehr, das Vogelgezwitscher ist nur noch ein Spatzenschilpen, das Dengeln der Sensen wirkt aufdringlich und penetrant, das Heu riecht muffig. Es stimmt alles nicht mehr an Asnides Kaffeetisch.

Montag – später Nachmittag – nach der Schicht. Ein Topf mit Stielmus und fettem Schweinefleisch dampft bei Steegmanns auf dem Tisch.
Jetzt sind andere Töne in der Luft. Klirren und Krachen der Kohlewagen von der Zeche her, Zischen von der Kokerei und von fernher dumpf: Krupps Hämmer.
In Wilhelm Steegmanns Tischgebet rasselt ein Güterzug. Die neue Eisenbahnlinie ist ganz in der Nähe. Nur fünf Minuten weiter, auf Altenessener Boden noch, ist die Station Essen. Da fahren seit ein paar Jahren dreimal täglich Personenzüge nach Dortmund/Hamm und nach Duisburg/Köln. Ist schon eine tolle Sache, solch ein Zug. Man kann jetzt viel besser reisen. Vor allem aber bringen die Züge Kohlen und Krupps Eisenbahnräder in alle Welt. Krupp hat da ein Patent. Seine Radkränze sind nahtlos, die besten in der ganzen Welt. Und werden hier gemacht, kaum eine Viertelstunde weit entfernt! Solch ein Zug rattert jetzt in Steegmanns Tischgebet: Komm, Herr Jesus ... rattata, rattata – Julius Karbach ist amüsiert – ... sei du unser Gast ... rattata, rattata!
Ja, Julius Karbach ist gekommen, sitzt am Tisch und langt mit in den Topf Stielmus hinein. Asnide ist ziemlich verwirrt. Juls ist mit ihrem Bruder Fritz nach Hause gekommen. Sie hat am Fenster gestanden und von weitem schon gesehen, wie sie die ›Gladbecker‹ entlang kamen und dann in den Schnieringskotten einbogen. Schon wie er da auf das Haus zukam, verspürte Asnide seine Wirkung. Ein großer, starker Junge, unbekümmert, voll und ganz er selber: Julius Karbach, Bergschüler und Knappe! So steht er kurz darauf vor Asnide und ist einfach da, ohne wenn und aber. Sagt lediglich: »Glückauf!«
Glückauf – sonst nichts und ist doch viel, wenn er es sagt.
Julius Karbach!
Genauso sitzt er jetzt am Tisch und löffelt Stielmus, ohne alle Schüchternheit, ganz selbstverständlich. In seiner Gegenwart ist alles klar. Da gibt es kein Verstecken, kein feiges Abwägen. Es ist alles eindeutig.

Glückauf – und es ist so!
Glückauf auch für Asnide?
Asnide spürt ein Gefühl in sich aufsteigen. Wo kommt das nur her? Aus der Brust, aus dem Herzen? Nein, tiefer! Aus dem Bauch, aus dem Magen? Noch tiefer!
Das Gefühl macht Asnide unsicher. Sie weiß nicht, was das ist und will es abschütteln. Aber Juls' Gestalt ist viel zu massiv in der kleinen Stube, als dass sie es könnte.
Da poltert Anton herein. Begrüßung – Vorstellung – Einladung mitzuessen – dankende Verweigerung: »Habe schon gegessen!« – und dann: Spannung! Bei Wilhelm, bei Fritz, bei Asnide!
Nicht so bei Juls!
Auch hier ist er völlig klar, unbefangen, eindeutig: »Du bist bei Krupp? ... Wie sieht es denn da so aus? ... Ihr habt eine Krankenkasse – eine gute Sache, aber wer bestimmt darüber? ... Ich habe einen Freund, den haben sie ausgeschlossen!«
»Das kann nicht sein!«
»Doch, ich weiß es. Keinen Pfennig hat er gekriegt!«
»Wer soll denn das sein?«
»Heinrich Jacoby!«
»Pah, Heinrich Jacoby!« Anton schnaubt es verächtlich über den Tisch. »Er ist mit besoffenem Kopp gefallen und hat sich das Bein gebrochen. Da soll die Kasse zahlen?«
»Er war nicht besoffen; er hat nach der Schicht in der ›Crone‹ noch ein Glas Bier und einen Schnaps getrunken. Dann ist er unglücklich gestolpert. Das kann jedem passieren!«
»Er braucht nicht Schnaps und Bier zu trinken!« Wie ein Bekenntnis schmettert es Anton in den Raum. »Dann hätte man ihn auch nicht ausgeschlossen.«
»Er hat aber doch bei euch gearbeitet – und war ein guter Arbeiter!«
»Ein guter Arbeiter säuft nicht Schnaps und bricht sich das Bein, geht erst gar nicht in die ›Crone‹.«
»Warum soll er nach der Schicht nicht ein Glas Bier und einen Schnaps trinken? Ist doch harte Arbeit, macht durstig! Der Alte verdient auch so noch genug an seiner Arbeit.«
»Ich bin da anderer Meinung. Man kann auch Wasser trinken, wenn man Durst hat.«
Damit ist das Gespräch zunächst einmal beendet.
Verärgerung bei Anton. Er will es sich zwar nicht eingestehen, emp-

findet aber, die erste Runde verloren zu haben, obwohl er doch die besseren Argumente hatte.

Die anderen haben mit zwiespältigen Gefühlen das Gespräch verfolgt. Wem sollen sie Recht geben? Beide haben ja Recht. Kein Mensch muss Bier und Schnaps trinken. Aber arbeiten, das muss man – und dann?

Es folgt eine peinliche Stille. Nur Juls empfindet offensichtlich kein Befremden. Die anderen haben längst aufgehört zu essen, er aber löffelt weiter in dem Stielmus herum.

Schließlich findet Anton wieder einen Ansatz: »Ich habe gehört, du hältst nicht viel vom Gebet?«

»Ich? Doch!« Nur dies: Doch! Sonst nichts! Völlig klar und eindeutig, ohne allen Vorbehalt, aber auch ohne dass es einer weiteren Erklärung bedürfte.

Verblüffung und erneute Spannung bei den anderen. Aufgeregt warten sie darauf, wie das Gespräch wohl weitergeht. Anton nimmt wieder das Wort: »Fritz hat uns erzählt, du hättest vorgestern nicht am Gebet teilgenommen!«

»Richtig!«

»Ja, Mann, warum?« Anton ist so verdutzt über diese knappe Antwort, dass er seine vorbereitete Rede über den Heiland Jesus Christus gar nicht herausbringt.

»Du kannst doch zu Hause beten. Ist ja deine Sache, ob du betest. – Glaubst du denn an den Sohn Gottes?« Wie ein Pfeil ist das auf Anton abgeschossen.

Der wappnet und wehrt sich reflexartig: »Natürlich!«

»Natürlich? Das ist doch nicht eine Sache der Natur, es ist deine ureigenste Sache und deine ganz persönliche Entscheidung!«

Anton wird mulmig zumute. Hat er einen Fehler gemacht? Wenn man es so wörtlich nimmt, hat Juls ja Recht. Ist nicht natürlich, das hat Pastor Heuser auch immer gesagt, sondern ein Geschenk des Heiligen Geistes, wenn ein Mensch Jesus Christus als seinen Herrn und Heiland erkennt und ihn anbetet.

Und trotzdem: »Wenn ich glaube, dann bete ich auch!«

»Sicher!«

»Na also!«

»Aber wieso auf der Zeche? Ist doch nicht Sache der Zeche, ob du betest. Die sollen für unsere Sicherheit sorgen.«

»Ja, wie denn? Der Berg ist gewaltig, und in ihm wirken geheimnisvolle Kräfte.«

»Wie denn? Bessere Bewetterung, besserer Ausbau, besseres Gedinge. In Bochum haben sie die Seilfahrt für die Kumpel eingeführt. Die fahren jetzt mit dem Korb ein, nicht mehr über die verdammten Leitern, wo alle Augenblicke einer verunglückt.«
»Ja, Mann, das ist alles schön und gut, aber wer soll das bezahlen? und vor allem: Willst du deswegen auf den Schutz Gottes verzichten?«
»Nein! Kapier doch endlich! Ob du an den Schutz Gottes glaubst, ist deine Sache. Steht das nicht sogar in der Bibel: Wenn du betest, so geh in dein Kämmerlein? Die Zeche aber soll für Sicherheit sorgen. Sicherheit, sage ich und nochmals: Sicherheit, größtmögliche Sicherheit!«
Anton schwirrt der Kopf, das ist etwas anderes, als er erwartet hat. Mit der Bibel ist er ihm gekommen. Aber auch sonst hat Juls' Logik sich in Antons Herzen festgehakt. Dennoch! Er kann den einzigen Trost im Leben und im Sterben nicht fallenlassen. Gibt es denn überhaupt Sicherheit und Geborgenheit außer bei Jesus Christus? Das kann doch nicht sein. Aber Anton spürt, er kann jetzt nichts mehr bringen, was die Waagschale zu seinen Gunsten bewegen würde. Er hat auch diese Runde verloren, obwohl er weiterhin überzeugt ist, dass er letztlich doch Recht hat. Er kann es jedoch nicht ausdrücken und den anderen vermitteln. Er beschließt: Ich muss Pastor Heuser fragen.
Das Gespräch quält sich noch ein wenig über die Runden. Man besichtigt den Garten, spricht über das Obst – Wilhelm hat Stachelbeeren gepflanzt, die tragen heuer zum ersten Male richtig.
Aber das ist alles ohne Bedeutung!
Die Frage taucht auf, wie Juls nach Hause kommt. Und findet eine überraschende Antwort: Vater und Sohn Giesbrecht werden am frühen Abend mit dem Wagen von Gladbeck vorbeikommen und Juls abholen. Mit dem Wagen!
Ganz ohne Stolz, wie selbstverständlich, sagt er das und ist doch nur Bergmann, angelegt auf Schacht Anna. Anton verschlägt es die Sprache und fast sogar den Atem. Die ganze, bisher so fest gefügte Ordnung, in der er die Welt gesehen hat, bricht zusammen. Er ist völlig verstört. Die Steegmanns hingegen sind voll aufgeregter Neugier: Juls wird von den Giesbrechts im Wagen mitgenommen? Wirklich?
So ist es!
Nach sechs Uhr rollt eine zweispännige, feine Kalesche, begleitet

vom Gejohle der Kinder aus der Siedlung, langsam in den Schnieringskotten. Steegmanns voller Stolz, Anton verlegen, mürrisch und ein wenig wütend, Juls aber völlig unbeeindruckt, erwarten die Giesbrechts auf der Straße.
Begrüßung, Schulterklopfen seitens der Giesbrechts – man muss sich unters Volk mischen, Nähe zur Belegschaft zeigen – Hermann Giesbrecht reicht sogar jedem die Hand; und Hermann Giesbrecht ist richtiger, junger Kavalier, hübsch, mit fein geschnittenem Gesicht und lockigem, schwarzen Haar.
Asnides Hand hält er länger fest. Länger, als dass man darüber hinwegsehen könnte wie über etwas, das keine Bedeutung hat. Dazu ist sein Blick so offenkundig, dass er alles sagt. Er sagt: Ich bewundere deine Schönheit und möchte dich gern haben.
Asnide spürt die Blicke Hermanns. Nicht im Herzen, nein tiefer, viel tiefer.
Und die anderen? Verstehen die auch, was Hermann da unausgesprochen gesagt hat? Offenkundig genug ist sein Blick ja gewesen; und leisten kann er ihn sich auch. Schließlich ist er der Sohn des reichen Gewerken und Asnide nur die Tochter eines einfachen Bergmanns.
Verabschiedung! Juls ist auch hier der gleiche, wie er immer ist: klar, eindeutig, heiter! »Vielen Dank! Es war nett von euch, mich einzuladen, es hat mir bei euch gefallen.« Und zu Asnide: »Du bist tüchtig und hübsch. Ich würde gern wiederkommen.«
.... und hübsch! Das hat er wahrhaftig gesagt, und man kann es ihm nicht übelnehmen, obwohl es doch ziemlich unverfroren ist. Ist es aber nicht! Ganz anders als Hermanns Blick! Bei Juls ist eben alles anders: klar, offen, ohne Hinterhalt oder Hintergedanken!
Asnide hat der Satz des Julius Karbach unendlich wohlgetan. Sie spürt ihn immer noch als leises Prickeln auf der Haut und hat ein schlechtes Gewissen dabei: Anton! Es ist zwar zwischen ihnen noch nichts ausgemacht, aber hat Anton nicht als Nachbarsjunge ein ganz natürliches Vorrecht?
Und was hätte Pastor Heuser wohl gesagt, wenn er den Satz des Julius Karbach gehört oder gar den Blick des Hermann Giesbrecht gesehen hätte?
Hat er aber nicht!
Die drei sind eingestiegen. Die Kalesche rollt nach Süden auf Essen zu davon. Dort wohnen Giesbrechts. Südlich der Stadt, auf Rüttenscheid zu, hat Friedrich Giesbrecht an der Kettwiger

Landstraße eine prächtige Villa gebaut. Unterwegs werden sie Juls wohl bei seinen Wirtsleuten in der Grabenstraße abladen. Oder werden sie ihn gar als Gast in ihre Villa mitnehmen? Zuzutrauen wäre es ihm, dem Julius Karbach!
Asnide liegt an diesem Abend noch lange wach. Auf einmal sind drei Männer in ihrem Leben. Anton Piepenbrock, Julius Karbach und Hermann Giesbrecht. Den Julius Karbach spürt Asnide auf der Haut. Das ist angenehm. Und den Hermann Giesbrecht? O Gott, sie darf dem gar nicht weiter nachdenken, Sünde ist das. Sie spürt ihn tief unten zwischen ihren Schenkeln. Aber wo spürt sie den Anton Piepenbrock? Im Herzen? Oder im Kopf? Oder am Ende überhaupt nicht? Irgendwo muss sie ihn doch spüren! Aber ob das nun das Herz oder der Kopf ist – Asnide liegt lange wach.

Nächster Tag: Bleischwere Sonne – Dunst – Staub – Hämmern und Rasseln in der Luft. Später Nachmittag, Betrieb auf Steegmanns Grundstück. Das heißt, Steegmanns Grundstück ist es genau genommen natürlich nicht, es gehört ja dem Bergwerksverein, Wilhelm ist nur der Mieter. Zugewiesene Werkswohnung – kleine Bude mit Garten, aber immerhin! Wilhelm ist mit seinen Kindern für sich. Ein Stall ist auch da. Steegmanns halten eine Ziege. Das heißt, Stall ist bald schon zu viel gesagt, ist nur ein winziges Kabuff, angebaut an das Haus. Aber wer wollte das dem Bergwerksverein zum Vorwurf machen? Ist doch schon großzügig, dass er diese Siedlung mit festen Häusern aus Stein gebaut hat. Da können sie nicht jedem Bergmann einen großen Stall und womöglich eine Scheune bauen, ist doch alles unproduktives Kapital.
Soll auch nur ein bisschen die Kosten für die Ernährung mindern. Ziege und so! Schließlich sind sie ja keine Bauern, nicht einmal Kötter, sind jetzt Industriearbeiter.
Eine Ziege nebenbei, das findet auch der Bergwerksverein ganz gut. Aber mehr sollte es nicht sein. Das kostet sonst zu viel Arbeitskraft, und die braucht der Kumpel für die Arbeit unter Tage. Es geht ja um Kohle, und da müssen sie tüchtig kloppen. Wie soll aber einer tüchtig kloppen, wenn er seine ganze Kraft bei den Viechern lässt und sorgen muss, wie er das Futter zusammenkriegt.
In der Kolonie sind sie aber längst dahintergekommen, dass eine Ziege zu wenig ist. Besser sind zwei! Und noch besser: zwei Schweine dazu!
Mit der Kraft, – das stimmt zwar. Solche Viecher machen ganz

schön Arbeit. Da musst du sehen, wie du Futter heranschaffst, du musst ein Stück Land dazupachten, Kartoffeln pflanzen und Rüben ziehen. Macht Arbeit, kostet Kraft, stimmt schon! Aber, verdammt noch mal, von den paar Groschen, die du von Schicht mitbringst, kannst du dir höchstens mal am Sonntag ein Stück Fleisch oder Speck leisten; und wie soll ein Bergmann bei Kraft bleiben und Kohle kloppen, wenn er nicht tüchtig was in die Rippen kriegt? Also: ein Schwein muss her. Aber wohin damit? Der Stall ist mit der einen Ziege schon überfüllt.

Da muss man eben anbauen. Das machen doch alle jetzt so. Giebelwand vom Stall raushauen, vorsichtig, dass die Ziegelsteine nicht kaputtgehen, dann die Seitenwände verlängern und den Giebel wieder einziehen, fertig!

Aber womit denn verlängern? Da muss man natürlich was organisieren. Auf der Zeche fällt ja immer mal was ab. Hier ein Brett, da ein Brett, auch mal ein paar Steine!

Einen fetten Fitsch haben sie gemacht, als das alte Bauernhaus auf dem Zechengelände abgebrochen und das neue Kesselhaus gebaut wurde. Da haben Monate lang Haufen abgebrochener Steine, Bretter und Balken herumgelegen, bis schließlich Gustav Schindler als erster auf den Gedanken gekommen ist, sich eine Karre voll von dem Bauschutt zu holen. In der Dunkelheit natürlich – ohne zu fragen – hätten ja was sagen können, wenn sie es noch gebraucht hätten, hätte ja auch längst schon etwas damit geschehen können. Ist aber nicht! Und so hat Gustav Schindler eine Karre voll von dem Zeugs geholt und seinen Stall damit ausgebaut. Ihm haben es dann viele nachgemacht. Wilhelm auch!

Zwar hatte Steiger Bammler eines Tages gemeckert, das wäre Diebstahl, aber unternommen hatte er nichts.

Das Ganze wäre in Vergessenheit geraten, hätte nicht irgendsolch ein Stinkstiefel die Angelegenheit in die Bibelstunde des Pastors Heuser getragen als ein Beispiel für Diebstahl und die um sich greifende Verwilderung der Sitten. Da war aber der gute Pastor Heuser geradezu leidenschaftlich geworden. und hatte gesagt, das wäre kein Diebstahl. Jesu Jünger hätten auch Ähren ausgerauft, die ihnen nicht gehörten, und das sogar am Sabbat. Denn wenn sich einer etwas nähme, um seinen Hunger zu stillen, dann dürfe er das auch vom fremden Felde tun; und wenn sich einer nähme, was er dringend brauche und ein anderer liegen und vergammeln lasse, weil er es nicht mehr brauche, so sei das geradezu eine gute Tat.

Es hatte danach noch eine heftige Debatte gegeben über die Frage, was denn ein Mensch dringend brauche; und auch da hatte der Pastor Heuser einiges gesagt, was den Teilnehmern der Bibelstunde merkwürdig in den Ohren geklungen hatte. Aber genau wusste es dann doch später keiner mehr wiederzugeben; das Wort von der guten Tat aber machte die Runde und gelangte auch zu den Ohren der Aktionäre des Berwerksvereins, die sogleich eine Sitzung anberaumten, in der über den guten Pastor Heuser heftig die Köpfe geschüttelt wurden. Selbst Friedrich Giesbrecht hörte man sagen: »Ich bin ja ein Liberaler, aber das geht zu weit. Hätten zumindest fragen müssen! Dann hätte man es ihnen ja gegen eine Anerkennungsgebühr überlassen können. So aber ... nein, das geht zu weit!«

Klar, ein Eingriff in fremdes Eigentum, das geht einem Liberalen allemal zu weit. Man erwägt im Bergwerksverein auch eine Beschwerde über Pastor Heuser beim Konsistorium, rät dann aber doch, erst noch einmal zuzuwarten. Beschlossen wird hingegen – um des grundsätzlichen, nicht um des tatsächlichen Wertes der Sache willen –, dass der Steiger Bammler eine Untersuchung durchführen und so die Besitzansprüche des Bergwerksvereins an dem Bauschutt sichern soll.

Das ist natürlich eine lustige Sache, denn der Steiger Bammler hat zum guten Schluss selbst noch eine Karre voll beiseite geschafft. So verläuft die Untersuchung denn im Sande. Bammler meldet nach einiger Zeit, dass er nichts habe herausfinden können; und die Herren sind es zufrieden. Es ging ihnen ja nicht ums Tatsächliche, sondern ums Grundsätzliche.

Wilhelm hat jedenfalls sein Material zusammen. Darum ist auch solcher Betrieb auf seinem Grundstück. Klar, es ist nicht sein Grundstück – Werkswohnung! Aber Steegmanns bauen den Stall aus, Wilhelm, Fritz, Asnide. Anton macht ebenfalls mit. Er ist ja der Nachbar. Genau so wird Fritz zu gegebener Zeit bei Piepenbrocks helfen.

Und Juls ist auch von der Schicht mitgekommen. Als Fritz ihm erzählt hat, was heute Nachmittag und Abend passieren soll, hat er sofort seine Hilfe angeboten und ist mitgekommen.

Da sind sie nun und bauen wie überall in der Siedlung den Stall.

Sie bauen.

Sie bauen die Stadt, die große Stadt.

Einen Stall doch nur!

Aber einen notwendigen Stall! Not wendend im wahrsten Sinne des Wortes: Hunger, Armut, Kärglichkeit! Hoffentlich!
Alle bauen: Bergleute, Arbeiter, sogar Frauen.
Sie bauen die Stadt, die große Stadt, die neue Stadt.
Das ist doch keine Stadt, höre ich den Einwand. So baut man Städte nicht. Das sind nur Bruchbuden, kümmerliche Kabuffs!
Doch! So vernehme ich ihre Antwort, so bauen wir die Stadt. Bauen sie mit dem Schutt des alten Bauernhauses, bauen unsere Ställe und machen die Stadt groß.
Wieder höre ich Einwände: Das ist doch kein Bauen; das ist doch nur ein zäher ungefüger Brei, den sie da anrühren, aber kein Bauwerk, erst recht keine Stadt!
Sie aber beharren: Doch, das ist eine Stadt, unsere Stadt!
Stadt? Ist ja nur mal eine Bürgermeisterei – Altenessen!
Was ist denn dann eine Stadt?
Bloß wenn sie da prächtige Bauten hinklotzen? Bloß wenn hohe Herrschaften breite Alleen anlegen und elegante Parks anpflanzen, kostbare Residenzen hochziehen – ist das dann eine Stadt? Potsdam, Berlin, Düsseldorf? Oder wenn reiche Handelsherren teure Kontore und hohe Beamte prächtige Villen bauen – ist das eine Stadt? Hamburg, Frankfurt, Leipzig?
Natürlich, der Gouverneur braucht keinen Stall für die Ziege. Dazu sind die Steine für Wilhelms Stall nicht ganz ehrenhaft erworben. Aber woher sind denn die Steine für die Gouverneursresidenz? Was ist an den Residenzen besonderes? Sind sie etwa notwendiger als die Ställe am Schnieringskotten? Und andererseits: Sind die Ställe in der Siedlung nicht wunderschön, schlank und fein gearbeitet. Warum führt an Asnides Garten keine Allee vorbei; und warum baut der Oberpräsident hier keine Villa? Warum bilden Villen und Residenzen Städte, Ställe aber nur einen Siedlungsbrei?
Das alles beschäftigt Wilhelm und die Seinen weniger, als sie am Nachmittag anfangen. Jetzt muss man sich auf die Arbeit konzentrieren. Juls hat sachkundig begonnen, den alten Giebel des Stalles auszuhauen. Ganz sorgfältig, geradezu zart macht er das, jeden Stein schonend. Ursprünglich wollte und sollte Anton das tun. Aber wie selbstverständlich hatte Juls den Hammer genommen und nach wenigen Schlägen schon war klar, dass er der richtige Mann für diese Aufgabe ist. Anton steht dumm da und weiß nicht, was er jetzt tun soll. Fritz putzt Steine aus dem Bauschutt. Wilhelm sägt die Bretter zurecht. Asnide hält sie ihm fest.

Sie arbeiten geruhsam, mit Pausen. Es kommt auch immer wieder ein Gespräch auf. Dabei dreht es sich dann doch vornehmlich um die Kommission, die neulich durch die Siedlung gegangen ist. Das hat sie derart erregt, dass sie immer wieder von neuem darüber reden. Herren vom Bergwerksverein und von der Bürgermeisterei waren durch die Siedlung gegangen und hatten überall beanstandet, dass jeder macht, was er will. Und das geht doch nun wirklich nicht! Verschläge, Buden, Kabuffs, dazu der Unrat! Immer auf die Wege und in die Gosse! Wie sieht das denn aus?

Ist ja richtig! Aber, verdammt noch mal, wer baut denn, bloß weil er Lust dazu hat, hier an und aus? Jakob Spindelmann hat zehn Kinder. Die wollen irgendwo schlafen. Da braucht er den Stall als Schlafraum. Und wo bleibt dann die Ziege? Die zehn Kinder wollen auch essen. Soll Jakob das alles von den paar Groschen, die er von Schicht mit nach Hause bringt, bezahlen? Also: Da müssen Spindelmanns doch etwas unternehmen. Ein Schwein muss her oder zwei und eine zweite Ziege.

Wo sollen die unterkommen? Ein Kabuff muss her. Ein paar Bretter, ein paar Steine – fertig!

Ist ja richtig! Sieht hässlich aus, wirklich kein schönes Bauwerk. Aber wie denn auch? Soll Jakob Spindelmann seinen Schweinen eine Residenz bauen und eine Allee anlegen, um sie auf den Anger zu treiben?

Nur damit es gut aussieht und eine richtige Stadt ist?

Plötzlich ist es passiert! Ein Nagel hat im Brett gestanden, der hat Asnides Arm aufgerissen. Wilhelms Säge war im Brett, das er gerade zuschneiden wollte, stecken geblieben. Mit einem Ruck hatte er sie freimachen wollen, da hatte Asnide, die das andere Ende festhielt, das Brett nicht halten können. Es war ihr aus den Händen geglitten, der Nagel war ein Stück den Unterarm entlanggefahren und hatte ihn aufgerissen. Ein erstickter Schrei aus Asnides Mund, vor Schreck geweitete Augen, die auf das hervorquellende Blut starren – und schon ist Julius Karbach zur Stelle. Wie selbstverständlich als erster! Er fasst den Arm, hebt ihn hoch und gibt seine Kommandos: »Holt Wasser und Verbandszeug!« Keinerlei Verwirrung bei ihm, ganz klar und eindeutig ist das, den anderen bleibt nichts übrig, als zu gehorchen. Leise sagt er dann zu Asnide: »Es ist Dreck hineingekommen, ich muss die Wunde aussaugen.« Und dann fährt sein Mund Asnides Arm entlang. Sein Mund auf ihrer Haut! Saugt daran, trinkt ihr Blut!

Juls' Mund auf Asnides Haut!
Küsse – Liebesküsse – Asnides erste Küsse von einem Mann! Sonderbare Küsse – wohltuende Küsse – herrliche Küsse. Sie brennen wie Feuer auf ihrer Haut, und doch wird Asnide froststeif unter ihnen.
Sie blickt Juls an und stellt fest, dass der bereits ihren Blick sucht. Braune, sanfte Augen hat er, und in ihnen ist wahrhaftig alles klar, nicht die geringste Heimlichkeit versteckt sich hinter ihnen. Fürsorge liest Asnide in diesen Augen und – mit Jubel und Erschrecken zugleich erkennt sie es – Begehren, Verlangen. Juls versteckt auch das nicht: »Du bist schön. Ich möchte dich ...«
Das letzte Wort bleibt ungesagt. Juls kann es nicht mehr herausbringen, denn Wilhelm und Fritz kommen aus dem Haus zurück, poltern dazwischen, bringen warmes Wasser und ein sauberes Leintuch. Asnides Wunde muss doch verbunden werden. Der Blickkontakt zwischen Juls und Asnide bricht ab, und da kann dann das Wort nicht mehr überspringen, es findet keine Bahn.
Ein einziges Wort nur, aber es fehlt jetzt – eine schmerzliche Lücke! Für Asnide schmerzlicher noch als die Wunde an ihrem Arm! Alle starren nun wieder darauf. Ganz eng ist es dadurch um Asnide und die Wunde geworden, so dass das Wort, das eine, das fehlende, nun vollends nicht mehr dazwischen passt.
Juls scheint auch das als Erster zu erkennen. Er schickt sich in die neue Lage, nimmt den Lappen und wäscht die Wunde und den Arm ganz vorsichtig und behutsam. Genauso wickelt er auch das Leintuch um den Arm und knotet die Zipfel zusammen.
So sacht und zärtlich ist er bei seinem Hantieren, dass Asnide ähnliche Gefühlsschauer wie bei seinen Küssen über den Rücken laufen. Auch denkt sie, dass jetzt wieder Raum da sein könnte für das Wort, das noch fehlt. Aber dann ist er fertig, und das Wort ist nicht gefallen.
Was nun?
Man kann ja nicht einfach wieder an die Arbeit gehen. Asnide ist doch verletzt. Vater Steegmann macht den Vorschlag, erst einmal einen Schnaps zu trinken. Das finden alle gut; Anton zwar nicht so ganz, aber in dieser Situation mag er nichts sagen.
Ob der Schnaps Raum und Bahn für das fehlende Wort schafft?
Sie sitzen am Tisch hinter dem Haus. Wilhelm holt die Flasche aus der Stube, sogar Gläser hat er mitgebracht, er schüttet ein, sie sitzen da, trinken und reden.

Aber das Wort ist nicht dabei. Wie sollte es auch? Ist ja nur reden. Dies und das und jenes, aber nicht das Wort, Gerede halt!
Und wie geht es weiter?
Gar nicht, es ist aus!
Eine Kutsche fährt – wie neulich – auf der Gladbecker Straße vorbei und biegt – wie neulich – in den Schnieringskotten ein auf Wilhelms Haus zu und – wie neulich – ist es der junge Giesbrecht, diesmal aber allein. Strahlend steigt er aus der Kutsche, schwenkt mit der einen Hand seinen grünen Jägerhut und hat die andere hinter dem Rücken versteckt. Plaudernd kommt er heran. Er sei bei Freunden gewesen. Sie hätten in der Bottroper Heide ein wenig gejagt. Nichts Besonderes, ein paar Hasen nur, aber immerhin doch so viele, dass man sie zu Hause nicht alle verwerten könne; und da habe er sich gedacht, es wäre wohl ganz nett, wenn er bei Steegmanns vorbeifahre und dort einen Hasen abliefere, für den man sicher Verwendung habe. Und außerdem habe er beim Jagen etwas Schönes gefunden, was er der Dame des Hauses – leichte Verbeugung vor Asnide und dann zu Wilhelm gewandt: er dürfe doch sicher einmal so sagen – allzugern überreichen möchte. Mit schwungvoller Bewegung holt er seinen Arm hinter dem Rücken hervor und hält Asnide ein Sträußchen Heiderosen vor die Nase. Ganz verwirrt und ungeschickt greift sie mit der Linken – die Rechte ist ja verletzt – danach.
Wortlos nach diesem Erguss sind auch die anderen. Was könnte man schon dazu sagen. Es passt ja alles nicht zusammen, steht schief da und läuft gegeneinander. Und Asnide fehlt einfach ein Wort. Das Wort!
Es ist wie eine Lücke zwischen ihr und allem anderen. Wie soll sie da nicht verlegen schweigen? Ein bisschen zustimmendes Gemurmel über den Hasen erhebt sich schließlich: »... große Ehre ...« und »... nicht nötig gewesen« und dergleichen. Aber was ist das? Gerede!
Hermann jedoch ist nicht zu bremsen. Er hat Asnides Verwundung bemerkt. Teilnahmsvoll erkundigt er sich. Die anderen sind es insoweit zufrieden, als sie nun etwas haben, über das man wenigstens reden kann. Er greift sich einen Stuhl und setzt sich zu den anderen an den Tisch. Wilhelm holt noch ein Glas und schenkt ihm von dem Korn ein. Eifrig greift Hermann danach. Er erhebt sich und lässt einen artigen Trinkspruch aus seinem Mund plätschern: »Gestatte mir, auf das Wohl unseres Bergwerks und seiner fleißigen Bergleute

zu trinken. Glückauf!« Er beschreibt mit der Hand, die das Glas hält, einen Bogen, will ansetzen, zögert einen Augenblick und fährt dann noch einmal mit der Hand auf Asnide zu und sagt: »Und besonders: à votre santé! – Auf Ihre baldige Genesung« fügt er hinzu, als er bemerkt, dass sich die anderen befremdet anschauen. Hermann Giesbrecht spricht französisch. Aber was soll das? Ist das etwa ein Wort? Nichts ist das!

Hermann indes ist nicht aufzuhalten. Er hat das Glas in einem Zuge ausgetrunken, es dann schwungvoll auf den Tisch geknallt, einmal mit der Zunge geschnalzt und gleich wieder das Wort – das Wort? Ach was! Das Gerede! – an sich gerissen.

Er habe noch eine Überraschung. Er werde Ende des Monats nach Clausthal gehen, um das Studium des Bergfachs aufzunehmen; und zum Abschied gedenke er in Übereinkunft mit seinem Vater am Samstag ein kleines Fest zu geben, und dazu lade er sie alle – freundliches Nicken in die Runde – herzlich ein. Mit seinem Vater sei er der Meinung, dass zu solch einem Fest eine Abordnung der Bergleute ihrer Schachtanlage und deren Familienangehörige unbedingt dazugehörten.

Wie man überhaupt die Zusammengehörigkeit von Bergleuten und Gewerken – hier heißt es auf einmal wieder ›Gewerke‹ statt ›Aktionär‹ – nach alter Bergbausitte viel mehr pflegen müsse, als das in der modernen Zeit zu geschehen pflege. Ja, und nun müsse er leider gehen.

»Juls, du kommst sicher mit, dann kann ich dich bei deinen Wirtsleuten absetzen.«

Ohne das perplexe Schweigen am Tisch zu beachten, erhebt er sich und gibt bei der Verabschiedung noch ein weiteres Versprechen von sich. Er wolle ja nichts gegen den Korn sagen, der habe wirklich vorzüglich geschmeckt, aber er habe da ein paar Flaschen französischen Cognacs für das Fest besorgt, der sei ein wahres Labsal für Leib und Seele. Er dürfe doch gewiss mit ihrem Kommen rechnen. Und zu Anton besonders: Es sei ihm eine große Freude, wenn er auch einen Kruppianer bei seinem Fest begrüßen könnte. Ohne Antwort oder Absage abzuwarten, reicht er ihnen huldvoll lächelnd reihum die Hand, nimmt Wilhelms Entschuldigung, das sei doch mehr etwas für die jungen Leute, in deren Namen er ergebendst für die Einladung danke, wobei er aber für sich bitte, sich entschuldigen zu dürfen, großmütig und schulterklopfend entgegen, macht noch eine tiefe Verbeugung vor Asnide und ist – nachdem er

aus dem Wagen heraus doch richtig noch den Hasen Wilhelm in die Hand gedrückt hat – verschwunden.
Fragendes, staunendes Sich-Anblicken bei den Zurückgebliebenen!
Anton findet als Erster Worte: »Ich geh nicht hin. Weiß dieser Mensch denn nicht, was wahres Labsal für die Seele ist?«
Aber die anderen sind jetzt nicht dazu aufgelegt, Antons Predigten zu hören.
Fritz sagt: »Ich würde schon gerne mal bei so etwas dabei sein!«
Darauf Wilhelm: »Dann geht doch hin!«
Asnide, schüchtern dazwischen: »Wir sollten vielleicht Pastor Heuser fragen!«
»Ach Quatsch, ihr geht dahin!« Wilhelm weiß selbst nicht, warum er sich so ereifert. Er hat gemerkt, dass da etwas nicht stimmt und will dahinterkommen, was es ist. Oder plagt ihn das Gewissen, weil er stolz ist, dass seine Tochter – denn so viel hat er gemerkt, dass sie der Grund ist – von einem reichen, jungen Mann eingeladen wird? Jedenfalls hat Wilhelm die Angelegenheit entschieden. Fritz und Asnide werden auf Hermanns Fest gehen. Schließlich sind beide keine Kinder mehr, erwachsene junge Leute vielmehr, denen man so etwas ruhig gönnen sollte, zumal solch eine Gelegenheit so schnell nicht wiederkehrt. Und Anton wird nicht gehen. Der Cognac bzw. Hermanns lockeres Reden über ihn hat es entschieden.
Anton verabschiedet sich. Ganz unwohl fühlt er sich, als er von dannen schleicht. Auch er hat etwas gemerkt, nämlich dass da etwas zwischen Juls und Asnide ist. Und dazu dieser unmögliche Kerl: Hermann Giesbrecht! Ein wenig weinerlich ist Anton zumute. Es war doch alles so klar. Asnide ist ein tüchtiges, ein frommes und ein hübsches Mädchen und dann auch noch Nachbarstochter. Da muss doch alles seinen Lauf nehmen. Ganz selbstverständlich war das für Anton bisher. Muss denn nicht alles so kommen, wie es kommen muss, wenn man nur geduldig wartet? Man ist doch füreinander bestimmt! Oder doch nicht? Auf einmal ist alles so kompliziert, so fraglich geworden. Er fühlt sich an den Rand gedrängt, ohne dass er etwas dagegen tun kann. Da ist plötzlich dieser Juls aufgetaucht und dazu noch der unverschämte Giesbrecht junior. Wie soll er – Anton – denn damit fertigwerden. Was soll er jetzt tun?
Im Nachbarhaus liegt Asnide in ihrem Bett und ist noch verwirrter. Juls' Küsse brennen in ihrer Wunde, und sein Blick lässt sie nicht los. Aber das Wort – das eine Wort – fehlt ihr. Was hat er sagen wollen?

›Küssen‹? Oder: ›lieben‹, ›umarmen‹, ›gewinnen‹, ›besitzen‹? Asnide darf nicht weiterdenken. Die Phantasie brennt in ihr wie Feuer, sie geht mit ihr durch, sie kann sie nicht zähmen. Sie verbietet sich die sündigen Gedanken, aber sie kann sie nicht vertreiben. Sie kommen immer wieder. Wollte er gar ›heiraten‹ sagen oder nur ›wiedersehen‹, ›näher kennen lernen‹? Oh, warum ist das Wort nicht gesprungen? Asnide will darauf warten und ihm die Bahn bereiten.
Des Weiteren gibt es da noch diesen Hermann Giesbrecht und seine Einladung. Ist es nicht unschicklich, auf solch ein Fest zu gehen? Asnide hat noch nie etwas ähnliches getan. Mit den Mädchen aus der Kolonie ist sie wohl mal auf der Kirmes in Essen gewesen. Das war aber auch alles. Soll man nicht lieber erst Pastor Heuser fragen? Aber wird der es gutheißen? Bestimmt gibt es ein Bibelwort, das dagegen spricht; und Asnide muss sich gestehen, dass sie das sehr schade fände. Dann fällt ihr ein: Juls wird ja auch auf dem Fest sein. Sie wird mit Juls auf einem Fest sein – ein wohltuender Gedanke. Mit dem schläft sie ein. Nur ganz schwach drängt sich in ihren Traum eine Warnung: Es ist aber Hermanns Fest, nicht Juls'! Nicht Juls!

Giesbrechts Fest ist in vollem Gang. Das Abendessen ist vorbei, der Tanz hat begonnen. Den ersten hat Asnide versäumt, weil ihr Tischherr, Wilhelm Mackscheidt, ein alter Gewerke, Witwer und über siebzig schon, nicht mehr tanzt. Brav hat sie neben ihm gesessen und sich seine faden Reden angehört. Beim zweiten schon ist dann Hermann auf sie zugeschossen und hat um den Tanz gebeten. So liegt Asnide denn in seinen Armen. Wohl ist ihr nicht dabei, aber ein bisschen stolz ist sie schon, dass Hermann direkt nach dem Pflichttanz mit seiner Tischdame – Emilie von Waldthausen, ein blasses, unansehnliches Bankierstöchterlein – sie zum Tanz geholt hat.
Aber wo ist Juls? Juls ist nicht zu sehen.
Am Nachmittag gegen vier war Asnide mit ihrem Bruder von Altenessen losgezogen. Unterwegs hatten sie Juls mitgenommen, der in der Grabenstraße beim Hufschmied und Eisenhändler Rossenbeck in Quartier ist. Zu dritt waren sie dann das letzte Stück zur Giesbrechtschen Villa an der Kettwiger Landstraße gegangen.
Gegen fünf waren sie dort angekommen und herzlich begrüßt und vorgestellt worden. Eine Menge Leute waren schon da. Viel vornehmes Volk! Asnide hatte die Namen nicht alle behalten, sie sagten

ihr kaum etwas: Stinnes, Waldthausen, Huyssen, und wie sie alle hießen! Aber das hatte sie behalten: bei der Vorstellung junger Leute hieß es immer: Sein Vater ist Bankier in ..., ihr Vater ist Direktor bei ..., sein Vater ist Hauptaktionär bei ... Und Sie? Sie war Asnide Steegmann, »... ihr Vater ist Mitarbeiter auf unserer Schachtanlage Anna!«
»Angenehm!«
»Sehr erfreut!«
Und dann wurde zum Essen gegongt. Eine riesige Tafel durch zwei Zimmer – Säle muss man besser sagen – war gedeckt. Daran anschließend lag eine geräumige Diele, die sich auf eine Terrasse hinaus in den Garten erweiterte. Hier saßen schon die Musiker, die nach dem Essen zum Tanz aufspielen sollten.
Eine schöne Villa, die Friedrich Giesbrecht sich da hat bauen lassen! Die stellt schon was dar, die kann sich messen mit den Villen hoher Herren in den großen Städten des Reichs. O ja, Friedrichs Villa könnte glatt in Potsdam oder Frankfurt oder wenigstens in Düsseldorf stehen. Aber sie steht hier in Essen an der Kettwiger Landstraße.
Und Asnide tanzt dort mit Hermann Giesbrecht, dem Sohn des großen Gewerken.
Doch wo ist Julius Karbach? Seit Beginn des Essens hat Asnide ihn nicht mehr gesehen. Wie konnte es dazu kommen? Jeder hatte einen vorbestimmten Platz. Fritz und Juls kamen mit den beiden Töchtern eines Prokuristen aus einem der Giesbrechtschen Betriebe ganz an eines der Enden der hufeisenförmigen Tafel. Asnide aber wurde als Tischdame dem alten Wilhelm Mackscheidt zugesellt und kam ganz oben, innen ins Hufeisen, schräg gegenüber vom Hausherrn und – welch ein Zufall – direkt gegenüber von Hermann Giesbrecht zu sitzen.
So ist das also! Asnide liegt in Hermanns Armen, und der drückt kräftig zu; und Asnide ist stolz und unwohl dabei. Sie wird gedrückt vom Sohn des großen Gewerken und Aktionärs Friedrich Giesbrecht, der eine prächtige Villa an der Kettwiger Chaussee gebaut hat. Aber Julius Karbach ist nicht da; und Julius Karbach müsste doch da sein, denn Julius Karbach hat noch ein Wort – ein notwendiges und immer noch fehlendes Wort – zu sprechen, und Asnide will ihm die Bahn bereiten. Wo wäre eine bessere Gelegenheit als beim Tanz? Wie aber soll das geschehen, wenn sie in den kräftig zudrückenden Armen des Hermann Giesbrecht liegt, und Juls gar

nicht zu sehen ist, und Stolz in ihr aufsteigt, Wurzeln schlagen, Feuer fangen, Boden gewinnen will? Wie denn?
Julius Karbach ist nach dem Essen beim Anheben der Musik aufgestanden. Nicht im Traum ist ihm eingefallen, seine Tischdame zum Pflichttanz zu führen. Er wollte Asnide holen, denn er muss ihr etwas Wichtiges sagen. Wo könnte das besser geschehen als bei Tanz und Musik?
Aber dann sieht er sie im Gespräch mit dem alten Mackscheidt; und plötzlich ist ihm, dem sonst doch alles so selbstverständlich ist, die Distanz bis zum oberen Ende der Tafel zu groß, als dass er es einfach wagte, sie zu überwinden. Ärgerlich über sich selbst geht er einen Augenblick auf die Terrasse, will sich sammeln, nimmt einen neuen Anlauf, will hinein und bis oben hin vordringen – da liegt Asnide in Hermanns Armen.
Und nun bricht es über ihn herein. Er fühlt sich plötzlich als Nichts! Er weiß nicht mehr, was er Asnide sagen will; er kann nicht einmal bis an das obere Ende des Saales gehen und das Mädchen dort um einen Tanz bitten. Gesenkten Hauptes trottet er in den Garten. Er hatte gedacht, das Wohlwollen Giesbrechts habe ihm eine Chance gegeben, aus dem trüben Tal des Nichts aufzusteigen und seiner Klugheit ein Haus zu bauen. Nun muss er sehen: was er da mit beiden Händen als Chance ergriffen hat, das hindert ihn jetzt, das Einfachste zu tun, was ein junger Mann tun kann, nämlich zu seinem Mädchen zu gehen und um einen Tanz zu bitten. Asnide liegt in Hermanns Armen! Es bricht alles zusammen und Juls lässt es brechen, kann sich nicht dagegen wehren, schüttet nur reichlich von Hermanns französischem Cognac hinterher, eine Art ohnmächtiger Rache.
Gegen zehn Uhr ist Juls bereits betrunken, pendelt zwischen der Terrasse und seinem Stuhl auf der Diele hin und her und schüttet weiter im Rhythmus dieses Pendelns französischen Cognac in sich hinein.
Fritz versucht derweil, guten Eindruck für die Familie Steegmann und für die Belegschaft von Schacht Anna zu machen. Er gibt sich alle Mühe und führt die Prokuristentöchter schön abwechselnd zum Tanz, ohne jede amouröse Regung. Einzig das Empfinden, eine Pflicht zu erfüllen, ja, überzuerfüllen, macht ihn ein wenig stolz. Aber es ist zu viel, als dass er es schaffen könnte, denn die Prokuristentöchter haben natürlich mit dem Instinkt der aufstrebenden Mittelklasse sofort gemerkt, dass da etwas faul ist, dass es nicht

mit rechten Dingen zugeht, wenn Asnide ganz da oben am Tisch sitzt. Das allein hätten sie vielleicht noch ohne Murren hingenommen. Man lernt in solchen Kreisen ja sehr bald, dass man sich als reicher Gewerke – und als dessen Sohn – Extravaganzen leisten kann und toleriert es, weil man hofft, eines Tages selbst dorthin zu gelangen. Aber nun kommt auch noch der Totalausfall von Julius Karbach dazu, und das können die beiden dann auch nicht mehr verkraften. Wo laden sie es ab? Auf Fritz, ausgerechnet Fritz! Der Arme muss sich manch dumme Bemerkung anhören über die Moral und das schlechte Benehmen, das in den unteren Kreisen herrsche und so weiter, und so weiter.

Da bricht es denn auch über Fritz herein. Ihm, der sich so viel Mühe gibt und mehr als seine Pflicht tut, wird nicht etwa Anerkennung zuteil; nein, man stößt ihn zurück, nagelt ihn irgendwo unten fest. Gegen elf Uhr bricht diese Erkenntnis wie ein Unwetter über Fritz herein. Er kann nicht mehr, sitzt nur noch auf seinem Stuhl und brütet vor sich hin, den Prokuristentöchtern Bestätigung für ihr maulendes Aufbegehren liefernd.

Und Asnide?

Asnide liegt um elf Uhr immer noch in den Armen von Hermann Giesbrecht. Unermüdlich ist der! Keinen Tanz lässt er aus. Ab und zu tanzt er wohl auch mal mit Emilie. Dann sitzt Asnide einen Tanz lang neben Wilhelm Mackscheidt und hört sich dessen Geschwätz über die Gewerkschaften im Bezirk an. Obwohl das recht langweilig ist, ist Hermann für Asnides Gefühl viel zu schnell wieder da. Es ist schon unanständig oft, dass er Asnide auffordert.

Und alle sehen es!

Emilie sieht es und weiß, dass dagegen nicht viel zu machen ist. Ihr Geld, das Erbe, das ihr zufällt, wird ihr zwar eine standesgemäße Ehe – mit Hermann oder einem anderen – sichern, ob aber auch die Liebe eines Mannes ...? Der alte Waldthausen sieht es, und es gefällt ihm gar nicht. Aber er versteht es. Nun ja, es ist zwar etwas demütigend für seine Familie, aber doch wieder nicht so schwerwiegend, als dass dadurch eine Verbindung mit dem Giesbrechtschen Kapital unmöglich würde. Eigentlich kann er Hermann seine Bewunderung nicht versagen. Er hat es ja auch so gemacht. Das Mädchen, das er sich da herangezogen hat, ist wirklich große Klasse. Waldthausen hat den nüchternen Blick eines Bankiers, der zugleich Industrieller ist. Mit diesem Mädchen kann sich seine Emilie nicht vergleichen. Sie braucht es aber zum Glück auch nicht. Sie hat ja Geld. Und deshalb stellt das einfache, schöne Mädchen in Hermanns Armen keine ernsthafte Gefahr dar. Soll er doch seinen Spaß mit ihr haben. Spaß muss sein. Spaß muss vor allem ein Industrieller haben, der solch gewaltige Unternehmen wagt, wie es jetzt an der Ruhr üblich geworden ist. Wer wird denn wegen eines Arbeitermädchens ein Zerwürfnis riskieren? Oskar von Waldthausen jedenfalls nicht!

Desgleichen sieht es der alte Giesbrecht und sieht es ebenfalls nicht gern. Er wird sich doch auf seinen Sohn verlassen können? Hermann hat bei der Bergmannstochter Feuer gefangen. Soll er, ist gar nicht schlimm! Eine kleine Liebschaft, ein paar schöne Tage und vielleicht Nächte! Nur etwas Ernstes darf nicht daraus werden. Das wäre furchtbar. So darf man Kapital nicht verschleudern. Aber das weiß Hermann ja selber. Er hat es ihm versprochen: nichts Ernstes, nur ein paar Tage vor Beginn des Studiums und eine Nacht!

Asnide liegt also in den Armen von Hermann Giesbrecht. Und was macht sie da? Ja, was macht man als Arbeiterkind in den Armen eines reichen Gewerkensohns? Man ist stolz, ist geschmeichelt; es tut einem wohl, auch einmal von der Sonne beschienen zu werden. Aber es bleibt zum Glück ein Vorbehalt, eine Bremse bei Asnide: Es ist der Falsche!

Da muss noch ein Wechsel geschehen! Es ist jedoch alles so leicht, es fließt und schäumt. Die Bremse will nicht fassen.

Und wo soll das alles hin?

Ja, richtig wohin? Elf Uhr schon vorbei! Sie muss nach Hause

Nach Hause? Wo denn? Die Bude in Altenessen?

Sicher!

Das Fließen und Schäumen ist aber doch so schön. Immer weiter, einfach so dahin: leicht und fließend! Die Bremse fasst nicht. Der Wein zwischen den Tänzen schwemmt alles weg. Und der Cognac! Einmal probiert – scheußlich! Widerliches Brennen in der Kehle! Dann aber wieder das Fließen und Schäumen – doppelt leicht!

Wohin? Hört das Fest denn gar nicht auf?

Doch es hört auf!

Die ersten brechen auf, in Kutschen mit Laternen! Asnide aber hat keine Kutsche, nicht einmal eine Laterne.

»Brauchst auch keine!« Hermanns Mund an ihrem Ohr: »Du brauchst nicht nach Hause, du kannst hier übernachten, bei mir!« Und nach einer kleinen Pause: »Ich liebe dich!«

Asnide will aufjubeln. Da ist ja das Wort.

Doch da packt die Bremse. Es ist der Falsche. Er hat das Wort gesprochen. Ein Blick noch in sein Gesicht – und alles ist vorbei! Asnide ist völlig nüchtern. Der Falsche, der Fremde hat das Wort gesagt.
Schnell weg hier!
Fritz ist da. »Wir müssen nach Hause!«
»Und Juls? Wir müssen Juls mitnehmen!«
»Ja, aber schnell!«
Dann sind sie unterwegs. Die Kettwiger Chaussee herunter, die Kettwiger Straße, die Viehofer, die Altenessener – ist ein mühseliger Weg. Zum Glück gibt ein blasser Mond ein wenig Licht. Zum Glück auch gibt es keine Stadtmauern und -tore mehr, die sie gezwungen hätten, die ganze Stadt zu umgehen. So sind sie eine Stunde nach Mitternacht zu Hause. Juls haben sie unterwegs verabschiedet. Hat kein Wort mehr gesprochen, war zu betrunken!
Auch Wilhelm Steegmann sagt kein Wort, obwohl es unanständig spät ist. Pastor Heuser wird es nicht gerne sehen, wenn er es erfährt. Aber die jungen Burschen in der Kolonie kommen manchmal noch viel später.

Montag mittag kurz vor zwölf Uhr – die Sirenen heulen. Was ist los? Ängstlich laufen Frauen, Kinder, Greise zur Zeche. Fragen – Rufen – keine Antwort.
Und dann: Schlagende Wetter! Ein Streb ist zu Bruch gegangen. Tote?
Man weiß noch nicht! Aber ein Dutzend Leute sind nicht mehr herausgekommen.
Man arbeitet an ihrer Rettung.
Erst allmählich gibt es weitere Nachrichten. Es besteht Hoffnung, dass sich die Verschütteten in den hinteren Teil des Querschlags gerettet haben. Man hat Klopfzeichen gehört und muss nun versuchen, zu ihnen zu gelangen.
Leicht gesagt – aber schwer getan!
Wer ist denn unten geblieben? Die Namen werden bekanntgegeben; und da hört es Asnide: Fritz und Juls sind dabei!
Asnide sinkt ihrem Vater, der neben ihr steht, in die Arme. Wilhelm hat heute Spätschicht, ist darum selbst nicht betroffen und kann Asnide stützen. Aber Fritz und Juls sind dabei.
Soll nun das Wort nie mehr gesprochen werden? Noch besteht Hoffnung. Kann gut sein, dass sie gerettet werden.

Ein Rettungsdienst wird eingerichtet, der sich zu den Eingeschlossenen durcharbeiten soll. Freiwillige – es ist nämlich gefährlich – werden gesucht. Viele melden sich, auch Leute, die nicht vom Pütt sind, und solche, die es nicht nötig hätten: Anton Piepenbrock und Hermann Giesbrecht!
Beifälliges Staunen – der Sohn des Gewerken macht bei den Rettungsarbeiten unter Tage mit. Alle Achtung! Sicher, dass er sich bald ablösen lässt, dafür muss man Verständnis haben. Er muss ja weg – zum Studium nach Clausthal, das wartet ja nicht. Das muss doch jeder verstehen, dass er da nicht länger in Altenessen auf Schacht Anna mit anpacken kann.
Ein Blick noch in Asnides Augen, als er sie auf dem Zechenplatz trifft, aber da regt sich nichts. Schade, denkt Hermann, dass es eine Affäre erst gar nicht geworden ist. Macht nichts, dumm gelaufen, später vielleicht, abhaken. Und dann ist er verschwunden.
Anton aber arbeitet unermüdlich mit. Eigentlich ist es gar nicht seine Aufgabe, er ist ja kein Bergmann, sondern Schlosser bei Krupp. Aber helfen, das muss man! »Einer trage des anderen Last«, steht in der Bibel. Anton hält sich dran! Voller Eifer ist er, spürt keine Müdigkeit, lässt sich nicht ablösen, schuftet immer weiter. Wie eine trotzige Genugtuung ist sein Helfen.
Dann sind sie durch, haben den hinteren Teil des Querschlags erreicht und finden sie: Fritz Steegmann, Julius Karbach, Heinrich Schindler, August Spindelmann. Halb erstickt und halb erschlagen von den niedergegangenen Brocken – aber lebend! Die anderen acht aber hat es erwischt. Sie sind aus dem zu Bruch gegangenen Streb nicht mehr herausgekommen.
Anton ist bei den ersten, die zu den Verschütteten vordringen. Fast apathisch sitzen und liegen sie auf den Gesteinsbrocken und auf dem Boden. Zwanzig Stunden sind seither vergangen. Fritz ist noch am besten dran. Er kann alles erzählen. Sie haben ein dumpfes Rollen gehört, dann sind sie gelaufen und gekrochen. Auf einmal hat es gepufft, Gestein ist herumgeflogen, aber da hatten sie schon den Querschlag erreicht, und dann war alles dunkel. Sie haben Klopfzeichen gegeben und gewartet und gewartet. Ja, und jetzt sind die Retter da. Dem Himmel sei Dank!
Am stärksten verletzt von den Geretteten ist Julius Karbach. Er hat Wunden am Kopf, die sehen schlimm aus. Juls muss ins Spital nach Essen. Die anderen drei werden auf der Sanitätsstube verarztet und können nach Hause gehen.

Zwei Tage später – Donnerstag – findet man die Leichen der anderen acht. Am Freitag ist die Beerdigung.
Am Sonntag besuchen Steegmanns Juls im Spital. Verlegen stehen sie im Krankensaal um sein Bett herum. Verlegen schaut auch Juls aus seinen Kissen auf die Besucher. Blass sieht er aus. Was soll er sagen? Die Forderung, dass das Wort – das eine Wort – gesagt werden muss, bevor man andere Worte sagen kann, steht unausgesprochen, aber wirksam im Raum. Aber hier geht das doch nicht! Und Asnide?
Hier, im Krankensaal, kann sie ihm auch nicht helfen. So bleibt es denn beim Gerede:
»Wird schon wieder werden!«
»War nett von euch vorbeizukommen!«
Auch der Arzt ist zur Stelle und hat gute Nachricht: »Ganz erstaunlich der Heilungsprozess! Noch zehn – vierzehn Tage, dann kann er entlassen werden!«
So kommt es denn auch, das heißt: fast! Für Montag, vierzehn Tage nach Steegmanns Besuch, ist die Entlassung vorgesehen. Aber gerade als er den Krankensaal verlassen will, bricht Juls zusammen. Seine Augen verdrehen sich, Schaum tritt ihm vor den Mund, der ganze Körper verkrampft sich. So liegt er auf der Erde. Eine Minute später ist alles vorbei. Sein Körper entspannt sich, er steht auf, als wenn nichts gewesen wäre, lächelt in die Runde, grüßt und verlässt den Krankensaal. Aber unten an der Pforte, als er den Entlassungsschein bekommen soll, passiert dasselbe noch einmal. Juls stürzt zu Boden. Diesmal ist es schlimmer. Er knallt mit dem Schädel auf eine Stufe der Steintreppe. Eine noch nicht völlig verheilte Wunde vom Unfall platzt wieder auf, und das Blut schießt über Juls' Gesicht. Nun kann von Entlassung natürlich keine Rede mehr sein. Der Arzt kommt gesprungen, die Wunde wird versorgt und Juls wieder ins Bett geschafft. Aber auch im Bett kehren die Anfälle wieder. Die Augen verdrehen sich, sein Körper krampft sich zusammen, Schaum tritt ihm vor den Mund, er lallt. Nach einer Minute ist alles vorbei. Aber die Anfälle wiederholen sich in halbstündigen Abständen. Zwischendurch ist Juls ganz normal. Solange er ruhig liegen bleibt, nimmt die Häufigkeit der Anfälle ab. Aber sobald er sich etwas besser fühlt und das Bett verlässt, häufen sie sich wieder.
Die Ärzte sind ratlos, wissen keine Hilfe, haben nur ein Wort zur Hand: Fallsucht, Epilepsie, wahrscheinlich verursacht durch die

schweren Verletzungen beim Unfall. Was macht man mit solch einem Mann?
Was kann geschehen?
Steegmanns kommen noch einmal zu Besuch. Juls liegt wieder blass in seinem Bett. Erschreckender jedoch ist etwas anderes: Das ist nicht mehr Juls, der da in den Kissen liegt. Das ist ein apathischer, abwesender Mensch. Asnide versucht, ihn mit ihrem Blick zu fassen; aber da ist nichts mehr zu fassen. Die Anfälle haben ganze Arbeit geleistet. Abwesend starrt Juls in die Runde.
Aber das Wort!
Er muss doch das Wort noch sagen.
Ja, wie denn?
Da ist kein Wort mehr. Es ist alles erloschen. Asnide sieht es und erschaudert.
Abschied mit Gerede: »Wird schon werden!«
Aber nichts wird werden. Die Anfälle bleiben. Was soll mit Julius Karbach geschehen? Er kann ja nicht ewig im Krankenhaus bleiben.
Friedrich Giesbrecht, der weiterhin – Gott sei es gedankt – seine Hand über Juls hält, gibt der Sache einen neuen Dreh. Er hat gehört, dass bei Bielefeld ein Heim entstanden sei, wo man solchen Kranken hilft. Ein Pastor von Bodelschwingh habe dort ein Werk angefangen, Bethel mit Namen, dort würden Fallsüchtige aufgenommen und behandelt. Wäre es nicht das Beste, Juls dorthin zu verbringen?
Friedrich Giesbrecht organisiert die Verlegung. Durch seine Beziehungen hat er zwei Kaiserswerther Diakonissen anheuern können. Die sollen Juls nach Bethel geleiten. Das ist kein einfacher Weg. Man muss zuerst mit der Bahn nach Dortmund und Hamm. Dann kommt das schwierigste Stück: mit der Post nach Bielefeld. Aber es geht, wenn ein so tatkräftiger Mann wie Friedrich Giesbrecht es organisiert.
Abschied von den Steegmanns an der Station Essen! Noch einmal versucht Asnide Juls mit ihrem Blick zu fassen, muss aber erkennen, dass es aussichtslos ist. Die vielen Anfälle zeigen ihre Wirkung. Zerstreut und fahrig, abwesend und verstört schaut Juls an Asnide vorbei.
O Juls, wo ist deine heitere Sicherheit, deine fröhliche Selbstverständlichkeit? Alles verschwunden und erloschen in den bösen Anfällen.

Ein Händedruck noch, schlaff, ohne Kraft und ohne Hoffnung, dann zerren die Diakonissen Juls in den Zug. Der Stationsvorsteher hebt die Kelle, die Pfeife ertönt, der Zug ruckelt an. Dortmund, Hamm – Bielefeld, Bethel.
Asnide steht ohne das Wort da.

Ein Vierteljahr ist Juls nun schon in Bethel. Einmal hat er eine Karte mit merkwürdig zerfahrenen Buchstaben geschrieben, kaum zu lesen.
Steegmanns beschließen daraufhin, Juls zu besuchen. Es ist zwar ein weiter Weg, eine Riesenaufgabe, aber Asnide drängt darauf. Anton bietet sich an mitzufahren. Ist etwas Triumphierendes in seinem Angebot. So sind sie denn eines Tages unterwegs: Wilhelm, Anton, Asnide.
Fritz ist zu Haus geblieben.
Dortmund, Hamm – Bielefeld, Bethel!
Sie treffen Juls, aber es ist nun ganz und gar nicht mehr Juls, es ist nur noch sein Körper. Und auch das nicht mehr ganz! Er trägt einen Helm, seine Nase ist blutig, aufgeschlagen, der Mund schief, Lallen. Ein Zug des Erkennens geht über sein Gesicht, als die drei eintreten. Ist doch noch etwas wach geblieben von seinem Geist, seiner Seele? Aber das stumpfe Sabbern kehrt sofort zurück. Asnide schlägt die Hände vors Gesicht.
»Juls!«
Sie ist doch gekommen, trotz allem das Wort noch zu hören. Aber da ist kein Wort, nur Sabbern.
»Juls!«
Fluchtartig verlassen sie das Zimmer, den Ort. Zurück! Bethel, Bielefeld – Hamm, Dortmund, Essen. Mühsam, aber es geht.
Vier Wochen später gibt Asnide Anton ihr Jawort. Ein Vierteljahr danach werden sie getraut. Pastor Heuser predigt über Psalm 37, Vers 4: Habe deine Lust am Herrn, der wird dir geben, was dein Herz wünschet.
Anton wird zwei Jahre später Vorarbeiter und sieben Jahre später Meister. Sie wohnen auf dem Cronenberg, haben dort eine Wohnung von Krupp. Eine feine Sache ist das. Was der Krupp von seinen Gewinnen für seine Arbeiter ausgibt, das ist beachtlich, das ist einmalig in Deutschland. Soll man da meckern, wie etliche aus dem Lasalleschen Arbeiterverein oder Bebels Sozis, weil der Alte im eigenen Haus Herr sein und bleiben will? Stimmt's nicht, dass

jedem ordentlichen Arbeiter schon nach kurzer Zeit Gelegenheit gegeben wird, eine Pension zu verzehren? Wo gibt es das denn sonst? Das sollen die Lasalleschen oder die Bebelschen doch erst einmal vorweisen. Anton jedenfalls hat keine Sympathie für sie. Soll der Alte ruhig mit eiserner Strenge regieren.
Folgsame und brave Leute haben davon nichts zu befürchten. Für sie tut der Alte was. So steht Anton treu ergeben auf der Seite Alfred Krupps, als die Bergarbeiter um mehr Lohn streiken. Als Anton den Aufruf des Alten in der Hand hat: »... erwarte und verlange volles Vertrauen, lehne jedes Eingehen auf ungerechtfertigte Forderungen ab, werde wie bisher jedem gerechten Verlangen zuvorkommen, fordere daher alle diejenigen, welche sich damit nicht begnügen wollen, hiermit auf, je eher desto lieber zu kündigen, um meiner Kündigung zuvorzukommen«, da kann er nicht mehr an sich halten. Mitten in der Schlosserei bringt er ein Vivat auf den Alten aus. Fast alle – fast – stimmen ein; mag sein, nicht alle ganz fröhlich, das empfindet auch Anton. Nachmittags bei Wilhelm Steegmann, den Piepenbrocks besuchen, wird es noch ärger. Pastor Heuser ist gerade da. Er hat Wilhelm besucht, weil der wegen seiner Staublunge gefeiert hat. Wilhelm kann Antons Begeisterung nicht teilen und knurrt nur. Als Anton dann noch seine Begeisterung mit Bibelsprüchen verziert: »bleibe im Lande und nähre dich redlich – redlich«, da wird auch der alte Pastor Heuser pampig. Er solle gefälligst nicht solchen Unsinn reden. Gestern habe man Spindelmanns Julchen beerdigt – Tuberkulose! Sei ja kein Wunder, habe nichts in die Rippen gekriegt. Da ist Anton nun doch betroffen und schweigt. Aber verstehen kann er es trotzdem nicht.
Vier Tage später bricht der Streik zusammen. Anton schreibt es Alfred Krupps Entschlossenheit zugute.

In den folgenden Jahren ist der Verdienst – auch Antons – schlechter. Krise! Das rechnet Anton den Bebelschen und Lasalleschen an. Asnide hat dann schon vier Kinder, drei Jungen und ein Mädchen. Aber sie wird weiter von dem Wort träumen, das nicht gesagt worden ist und doch hätte gesagt werden müssen.
Im achten Jahr dann wird die Nachricht vom Tode des Julius Karbach sie noch einmal erschüttern. Asnide hat dann ein weiteres Kind, ein zweites Mädchen. Aber immer noch kann sie die Träume nicht fahren lassen, in denen das Wort gesagt werden soll, das nicht gesagt worden ist. Was ist das eigentlich für eine Wort?

Von wem soll es denn gesagt werden?
Und was soll es bewirken?
Wessen Wort denn?

VII

Wenn ich den Ruhrschnellweg – früher Bundesstraße 1, jetzt Bundesautobahn 40 – entlangfahre, am Hauptbahnhof vorbei, Richtung Bochum, liegt linker Hand das Weigle-Haus. Das haben fast alle Essener Jungs mal besucht – damals zumindest. Durch dieses Haus ist viel Segen über die Stadt gekommen. Es ist nach seinem Gründer benannt: Pastor Weigle. Das war ein besonderer Mann. Der konnte glatt, wenn er einen jungen Mann auf der Straße traf, dem den Arm um die Schulter legen und sagen: »Fritz« – er kannte fast alle Essener Jungen mit Namen – »der Herr Jesus hat dich lieb!« Dann lud er ihn ins Jugendhaus ein, das er für die jungen Männer der Stadt – Anfang des Jahrhunderts schon – gebaut hatte. Das hat keinen unbeeindruckt gelassen. Es war nämlich echt, kam von Herzen und war keine Masche.

Ich weiß es von meinem Vater. Der hat sich wahrlich nicht viel um die Kirche gekümmert. Sein Herz schlug vielmehr für den DHV – Deutscher Handlungsgehilfen Verband, so eine Art Gewerkschaft, aber stockkonservativ, deutschnational bis auf die Knochen –, doch als der Pastor Weigle ihm am Viehofer Platz den Arm um die Schulter gelegt hat, hat es ihn zutiefst berührt. Das hat er sein ganzes Leben lang nicht vergessen.

Nur ein paar hundert Meter weiter liegt rechts der Wasserturm. Dahinter steht eine Gedenktafel für die von den Roten nach dem Kapp-Putsch Hingemetzelten aus der Bürgerwehr usw. »In Erfüllung ihrer Pflicht, getreu bis in den Tod ...«

Beides so eng beieinander? Das macht mich beklommen. Heutzutage liegt die Stadtautobahn dazwischen und hat eine tiefe Kluft zwischen beiden Gebäuden geschaffen. Manchmal denke ich, die Kluft ist noch viel tiefer als die Stadtautobahn; und dann denke ich auch: Das entspricht meiner Geschichte.

Nach dem großen Krieg

Eine milde, messinggelbe Sonne scheint über bunten Feldern. Letzte Herbsttage! Schön ist es auf den Bredeneyer Höhen in dieser milden Herbstsonne.
Fast so schön wie sentimentale Sehnsucht es auf die Wald- und Heidebilder gemalt hat, die über den Wachstuch-Sofas der Bergleute und der Kruppianer hängen. Die Gebildeten finden sie natürlich kitschig. Man kann es aber auch anders sehen: gute Bilder, wertvoll geradezu; denn so kann doch auch ein Bergmann mal einen Sonnentag, wo einem das Herz übergeht, weil alles so schön bunt und warm ist, beinahe miterleben. Braucht er doch nur das Bild über dem Sofa anzuschauen!
Denn nach Bredeney ist es weit. Als Arbeiter kommt man da kaum mal am Sonntag hin. Bleibt nur der Kaiserpark. Der ist freilich nicht so schön wie Bredeney, hat aber doch auch Bäume und sogar einen Teich, auf dem man Kahn fahren kann. Ein Park eben – nicht Natur! Die ist in Bredeney.
Asnide genießt die Natur an diesem Nachmittag. Sie geht den Torweg der väterlichen Villa entlang, tritt auf die Straße, läuft durchs Brucker Holt zum Wolfsbachtal und immer weiter bis nach Werden hinunter, denn es ist eine gewaltige Unruhe in ihr. Asnide will diese Unruhe bewältigen und Ordnung machen. Sie will ihre Gedanken sortieren und ihre aufgewühlte Seele zur Ruhe bringen. Aber sie steht vor einem großen Durcheinander. Was war doch gleich oben, und was war unten?
Und bleibt das so? Muss es so bleiben?
Zum Glück scheint der Krieg ja nun zu Ende zu gehen. Man spricht von Waffenstillstand. Aber ist das wirklich ein Glück? Sicherlich! Denn Günter, ihr Bruder, Oberleutnant im K II S – Infanteriebataillon 243, wird nun nicht mehr fallen. Als Held wird er mit dem EK I auf der Brust zurückkehren. In der großen Marneschlacht hat er es durch besondere Tapferkeit erworben. Mit seinem Zug hat er ein ganzes französisches Bataillon aufgehalten. Stolz hatte Günter geschrieben, ihm als Führer des Zuges habe man das EK I verliehen.
Und da hatte es mit Asnides Unruhe angefangen. Sie hatte Günter gefragt, was sie denn gemacht hätten, und ob er – Günter – besonders viel oder besonders gut geschossen hätte, oder warum man nur ihm und nicht allen Soldaten des Zuges das EK I verliehen habe;

und Günter hatte geantwortet, das ginge doch nicht. Wie sie sich das denn vorstelle? Das EK I könne doch nicht jeder kriegen. Er sei als Führer des Zuges dazu ausersehen worden; und er trage den Orden selbstverständlich stellvertretend für den ganzen Zug. Es sei auch ihr Orden – jedes Einzelnen.
Asnide hatte da einen Stachel gespürt. Er trägt ihn! Und es war ihr aufgefallen, wie viele Soldaten es gab und wie wenig Offiziere, und wie viele Offiziere – selbstverständlich stellvertretend für ihre Leute, aber eben selbstverständlich – Orden trugen. Waren etwa nur die Offiziere tapfer? Und war das vielleicht der Grund, warum das Heer jetzt ohne eindeutigen Sieg zurückkehrte?
Das war denn auch gleich der zweite Stachel in Asnides Herz. Das Heer kehrte zurück, aber man konnte schreckliche Dinge hören. Das deutsche Heer sei besiegt, und überhaupt: der ganze Krieg sei Wahnsinn gewesen. Militarismus nannten sie das; und es sei etwas Böses.
Gewiss steckten hinter all dem wieder die Sozialdemokraten, die Lasalleschen, die Bebelschen oder wie immer man diese vaterlandslosen Gesellen nannte.
Aber da stach es dann zum dritten Mal in ihrem Herzen. So ganz Unrecht konnte sie diese Parolen bei aller Bemühung nicht finden. War Krieg nicht tatsächlich etwas Böses? Und war es wirklich so über allen Zweifel erhaben, wie das in ihrem Elternhaus dargestellt wurde, dass Franzosen und Engländer schlechtere Menschen als die Deutschen waren? Asnide Diergardt, Tochter eines Direktors der Essener Creditanstalt, ist ein kluges Mädchen. Sie hat in diesem Jahr das Abitur an der Luisenschule gemacht, aber hier lässt ihre Klugheit sie völlig im Stich.
Hier tauchen Fragen auf, für die sie die richtigen Antworten nicht weiß, und sie möchte doch Antworten – richtige Antworten – haben.
Sie möchte eine eindeutige Verteilung von Gut und Böse, kennt aber die Maßeinheit nicht und vollzieht sie deshalb nach Gutdünken und eigenem Dafürhalten gemäß der Prägung in ihrem Elternhaus. Und das sieht dann so aus: Auf die gute Seite gehören Deutschland, der Kaiser, der Sieg über die Feinde des Reichs, die staatliche Ordnung, die Kirche!
Und auf die böse Seite gehören Frankreich, England, die Sozialdemokraten, die Unordnung, die Niederlage, die Revolution! Schrecklich, was da im vorigen Jahr in Russland geschehen ist.

Und wo ist der Waffenstillstand einzuordnen? Auf der guten oder der bösen Seite? Ist ja weder Sieg noch Niederlage, ist eben Waffenstillstand. Zu wenig? Genug? Misstrauen in ihre eigene Verteilung überkommt Asnide.
Und was ist mit dem Kaiser? Warum strahlt von ihm so wenig aus? Er war zwar kürzlich in der Stadt, aber es hatte merkwürdig schwach geklungen, was er gesagt hatte; so kleinlich, gar nicht richtungweisend. So kannte man ihn doch sonst nicht.
Schließlich noch ein vierter Stachel in Asnides Herz: Sie möchte wegen ihrer musischen Begabung die Kunstgewerbeschule besuchen, denn sie hat ein feines Gehör, spielt recht ordentlich Klavier, vor allem aber: sie kann malen. Das sagen alle. Ihre Lehrer, die Freunde des Hauses und besonders Professor Seidel, der an der Kunstgewerbeschule lehrt und auch zu den Freunden des Hauses Diergardt gehört.
O ja, Asnide Diergardt spürt eine Berufung zur Künstlerin in ihrer neunzehnjährigen Brust. Aber darf sie der so einfach folgen? Muss sie nicht vielmehr den Wünschen und Vorstellungen der Eltern gehorchen? Die wollen nämlich, dass Asnide eine standesgemäße Ausbildung genießt. Sie soll als Haustochter nach Düsseldorf in das Haus des Freiherrn von Camphausen, um zu lernen, wie man einem vornehmen Hauswesen vorsteht. Wenn sie wirklich begabt sei, könne sie ja immer noch studieren und dann auch gleich an der Akademie in Düsseldorf, hatte ihr der Vater versprochen, aber im Stillen dabei gedacht, dass es dazu wohl nicht mehr kommen werde, weil bis dahin sicher ein Mann für sie gefunden sei. Vor allem aber: erst einmal den vornehmen Haushalt erlernen, denn das ist wichtig für ein Mädchen von Stand.
Asnide ist auch hier ratlos. Sicher – vornehmer Haushalt, das ist gut, ebenso die Akademie, und Ungehorsam gegen die Eltern ist böse. Andrerseits ist die Kunstgewerbeschule in Essen ja wahrlich auch nicht böse. Aber sie steht eindeutig in geringerem Ruf als die Akademie in Düsseldorf. Ihr Herz schlägt für die Malerei – auch nichts Böses – und nicht für den vornehmen Haushalt. Was soll Asnide bloß tun? Die Akademie in Düsseldorf sagt ihr gar nichts, während der Professor Seidel ein Mann ist, der in ihr Herz geschaut hat, einer, der ihre Bilder verstanden hat, die Farben, die Formen. Ein Mann, der neue Ideen hat und die neue Malerei kennt! Eine Nolde-Ausstellung ist in Essen gewesen. Nolde! Bei den vornehmen Gesellschaften in Asnides Elternhaus hat man abfällig über diese

Klecksereien gesprochen, aber Seidel ist leidenschaftlich für ihn eingetreten, bis die anderen still waren, zwar nicht weil sie überzeugt, eher weil sie es müde waren. Asnide jedoch ist das Herz dabei aufgegangen. Bei diesem Mann – Seidel – möchte sie lernen und nicht die alten Sachen an der Düsseldorfer Akademie. Aber darf sie das? Kann sie es gegen die Eltern durchsetzen?
Unruhig, wie sie gegangen ist, kehrt Asnide zurück. Es ist kalt geworden. Der Abend ist schnell hereingebrochen. Nebel steigt aus dem Wolfsbachtal die Ruhrhöhen hinan. War nur noch ein letztes Aufflackern des Sommers. Es ist später Herbst, Ende Oktober 1918. Es dunkelt schon, als Asnide zu Hause anlangt. Man hat sich bereits Sorgen um sie gemacht.

Ein paar Tage später, Anfang November, am Hauptbahnhof! Die Soldaten kehren zurück. Der vaterländische Frauenverein hat in Verbindung mit dem Roten Kreuz und den Kirchen einen Dienst organisiert, der die heimkehrenden Truppen am Bahnhof mit heißem Kaffee oder Tee, belegten Broten und anderen Erfrischungen empfangen und versorgen, vor allem aber den heimkehrenden Helden Worte des Dankes, der Anerkennung und stolzen Zuspruchs sagen soll. Aber diese Worte bleiben ihnen – alles Damen der besseren Essener Gesellschaft, Asnide als Tochter eines Direktors gehört natürlich dazu – im Halse stecken, als sie die ›Helden‹ sehen. Müde, zerzaust, verwirrt, am Ende!
Schreckliche Worte, die Asnide da hören muss. Können das deutsche Männer sein, die solche Reden führen? Und besonders enttäuschend für sie: Rolf Bornewasser! Er steigt aus einem Abteil des Zuges, der an Bahnsteig 5 einfährt, und mit ihm steigen Leute seines Zuges aus; denn Rolf Bornewasser ist Leutnant, besser gesagt: war Leutnant. Er hat die Achselklappen abgerissen und sieht schrecklich zerlumpt aus. »Ohne Würde!«, fährt es Asnide durch den Kopf. Genau das Gegenteil von jenem namenlosen Offizier, der ihr gestern so imponiert hat. An der Hauptpost, wo er einen Brief aufgegeben hatte, wurde er von einem pöbelnden Haufen Soldaten gestellt, die ihm die Achselstücke herunterreißen wollten. »Der Militarismus ist tot, es gibt keine Offiziere mehr!«, hatten sie geschrieen. Er aber – der Offizier – hatte den Säbel gezogen und war wie ein König durch das feige zurückweichende Pack hindurchgeschritten. ›Wie Jesus durch die Leute von Nazareth‹, war es Asnide durch den Sinn geschossen. Es war ihr zwar ganz kurz bewusst geworden, dass

Jesus dabei keinen Säbel benutzt hatte. Aber das hatte sie verdrängt, um umso klarer und reiner das schöne Bild dieses vorbildlichen deutschen Mannes, dem sie in ihrer Fantasie die Gesichtszüge ihres Bruders Günter verlieh, in ihrer Brust zu bewahren.
Abends hatte sie sogar für ihn gebetet: »Herr Jesus, erhalte diesem Offizier die Kraft, so unerschrocken für Recht und Gerechtigkeit einzutreten und mache ihn zum Vorbild für die schrecklichen Männer, die ihn so bös attackiert haben, amen!«
Schreckliche Dinge geschahen in diesen Tagen. Und nun dieser Rolf Bornewasser! Schlampig, heruntergekommen, wie der gemeinste der Rekruten, von denen er umringt ist! Dabei war Rolf Bornewasser ein schmucker Bursch gewesen. Asnide kennt ihn. Er ist der Sohn des Lehrers an der Bredeneyer Schule. Gehört natürlich nicht ganz zur vornehmen Gesellschaft. Ist halt nicht Direktor bei Krupp oder sonst eines großen industriellen Unternehmens in der Stadt, auch nicht bei einer der vielen Banken, die es seit dem wirtschaftlichen Aufschwung Ende des vorigen Jahrhunderts in der Stadt gibt, ist halt nur Lehrer, aber auch in Bredeney braucht man Lehrer, und so gehören die Bornewassers eben doch dazu – ein bisschen wenigstens.
Jedenfalls war Rolf Bornewasser bei den Tanzstunden vor ein paar Jahren dabei gewesen, an denen Asnide teilgenommen hatte. Geheimrat Rauch – eine führende Persönlichkeit in der Stadt – hatte sie ausgerichtet. Nicht für alle, natürlich, sondern für die Söhne und Töchter aus den besseren Kreisen Bredeneys. Aber Rolf Bornewasser war dabei gewesen.
Und nun sah er so aus! Nicht zu fassen!
Dabei war er damals der netteste Junge in der Tanzstunde gewesen. So jedenfalls hatte Asnide es empfunden. Sie hätte ihn gern zum Partner gehabt, hatte sich heimlich sogar ein wenig in ihn verschossen; aber das ging natürlich nicht, denn wie gesagt: er war nur der Sohn des Lehrers und Asnide immerhin die Tochter eines Direktors der renommierten Essener Creditanstalt. Für Rolf war als Partnerin nur die Tochter eines Handlungsbevollmächtigten – nicht einmal eines führenden Unternehmens – in Frage gekommen, während sie – Asnide – als Partner den Sohn des Bergassessors Schülke hatte beanspruchen können. Ein fader und blasser Jüngling, aber schwerreiche Leute, die Eltern, Bergassessor und Direktor der Vater!
Und nun steht der heimlich angebetete, aber gesellschaftlich durch einen Graben von ihr getrennte Rolf Bornewasser zerlumpt und

abgerissen – ein ehemaliger Leutnant des Deutschen Reiches, unrasiert und ungepflegt – heruntergekommen der ganze Kerl, keine zehn Schritte von ihr entfernt auf dem Essener Hauptbahnhof, Bahnsteig 5.
Nur in seinen Augen glimmt ein Feuer. Ein dunkles, drohendes Feuer! Als Rolf die Stimme erhebt, bricht das Feuer aus: »Nieder mit dem Militarismus, der Krieg ist aus! Nieder mit den Verantwortungslosen, die uns in diesen unglückseligen Krieg geführt haben! Nieder mit allen, die ein schmutziges Geld verdient haben, indem sie Hass und Neid geschürt haben. Männer und Frauen dieser Stadt, wir wollen in Frieden leben und unsere Arbeit tun. Wir wollen nicht länger die Väter französischer und englischer Kinder erschießen, mit dem Ergebnis, dass sie sich wehren und uns erschießen. Wir wollen in Frieden leben mit den Bürgern und Arbeitern aller Nationen. Darum nieder mit allen Kreaturen, die die Nationen gegeneinander aufhetzen, so dass sie sich in unheilvolle Kriege verstricken und wir, die Arbeiter und Bürger, mit unseren Leibern ihren schnöden Verdienst und ihre hochmütige Macht absichern müssen. Männer und Frauen, Bürger und Arbeiter, unser Interesse ist es, im Frieden zu leben und zu arbeiten; lasst uns dieses Interesse wahrnehmen und nicht länger den Mächtigen helfen, ihre bösen Ziele zu verfolgen. Nieder mit dem Militarismus! Heil den Arbeitern und Bürgern dieser Stadt!«
Wie ein Keulenschlag wirkt die Rede auf Asnide. Rolf Bornewasser, Lehrerssohn aus Bredeney – und dann solche Worte! Wie kann ein Mensch nur so verdreht sein? Ist es nicht die heiligste Pflicht, Frauen und Kinder zu schützen vor den schnöden Feinden des Reiches, die uns den Ruhm nicht gönnen, den deutscher Name in der Welt hat? So hat es der Kaiser gesagt, der Vater, die Lehrer, überhaupt alle verantwortungsbewussten Menschen, die sie kennt. Und Günter, ihr Bruder, hat sein Leben dafür in die Schanze geschlagen und das EK I bekommen.
Aber indem sie an Günter denkt, werden auch ihre Skrupel wieder wach. Stimmt da vielleicht wirklich etwas nicht? Was Rolf gesagt hat, ist ja in der Tat ganz logisch. Nur weil sie uns unseren Ruhm nicht gönnen, braucht man wirklich nicht französischen Kindern die Väter totzuschießen. Und wenn man es nicht tut, werden sie vermutlich auch unsere Väter, Brüder, Männer nicht totschießen.
Aber die anderen haben doch angefangen!
Das stimmt so nicht. Wir haben angefangen.

Wir doch nicht! Die Österreicher! Weil sie den Thronfolger ermordet haben!
Sie? Wer sie?
Die Slawen, Serben!
Was haben die damit zu tun? Wieso erschießen deutsche französische und französische deutsche Väter, weil die Slawen – Slawen? ein Serbe! – den österreichischen Thronfolger ermordet hat?
Ist doch einfach und klar: Wir sind mit den Österreichern verbündet und die Serben mit den Franzosen.
Wir? Wer wir?
Sie? Wer sie?
Verbündet? Verbunden? Gebunden?
Angebunden, angeführt, angeschmiert!
Asnide schwindelt. Sie kriegt das alles nicht geordnet. Die Konturen verschwimmen ihr. Dabei wäre es doch so nötig, klar zu sehen. Schließlich steht sie auf dem Bahnsteig 5, Essen Hbf., keine zehn Schritte von Rolf Bornewasser entfernt.
Menschen haben sich um ihn geschart. Zustimmende, anerkennende Rufe werden laut, nachdem er geendet hat; aber auch Ablehnung und Pfuirufe – diese vielleicht sogar in der Überzahl – sind zu hören; was aber nur den Widerspruch der Befürworter weckt, ebenso wie die Beifallskundgebungen von den Andersdenkenden lautstark angegriffen werden. Der ganze Bahnsteig scheint sich in zwei Lager gespalten zu haben. Hin und wieder werden auch drohend Fäuste gereckt, aber es bleibt bei der Geste. Trotz aller Hektik und Verbissenheit liegt etwas Heiteres über der Szene. Man hört lachen, wenn einem Zwischenrufer ein Einwand gelungen ist, der wie ein Scherz klingt. Die Menschen begreifen noch immer nicht, welch ernste Stunde da heraufzieht und anbricht auf Bahnsteig 5, Essen Hbf.
Asnide aber spürt den ganzen Ernst auf jedem Quadratzentimeter ihrer Haut. Es kribbelt und fröstelt sie die Arme herauf und den Rücken wieder herunter. Wie in Hypnose geht sie ein paar Schritte auf Rolf und die ihn umgebenden Soldaten zu. Schließlich hat sie eine Kanne Tee in der Hand, dazu Pappbecher, und die soll sie ›den heimkehrenden Helden kredenzen‹, so hatte man ihnen bei der Einsatzbesprechung in der Erlöserkirche gesagt. Freilich, das waren hier keine heimkehrenden Helden. Das waren Soldaten, abgerissen und heruntergekommen, vom Gift des Vaterlandsverrates verseucht. Das haben die vornehmen Damen aus Rolfs Rede deutlich genug hören können. Dementsprechend drücken ihre Mienen eisige Ableh-

nung aus. Ganz steif haben sie sich gemacht und den Soldaten den Rücken gekehrt. Keine, die Anstalten machte, ihnen einen Tee oder einen Kaffee anzubieten.

Asnide aber muss einfach auf Rolf zugehen. Sie streckt ihm den Becher entgegen. Einen Becher mit heißem Tee für den heruntergekommenen, zerlumpten, ehemaligen Leutnant des deutschen Heeres, nun aber vom Gift des Vaterlandsverrates angefressenen Lehrerssohn Rolf Bornewasser.

Rolf hat Asnide nicht bemerkt und seinerseits auch keine Anstalten gemacht, um von den hochmütig blickenden barmherzigen, vornehmen Damen und höheren Töchtern einen heißen Schluck oder ein belegtes Brot zu erhalten. Er ist verstrickt in Diskussionen mit den Menschen um ihn herum: Bürger, Passanten, ehemalige Soldaten! Aber als der Becher auf ihn zukommt, muss er aufblicken. Er greift zu, und im gleichen Moment treffen sich ihre Blicke.

Asnides Blick sagt: Sieh her, ich bringe dir einen warmen Trunk. Du brauchst ihn, denn ich sehe, wie abgerissen und fertig du bist; und ich reiche dir diesen Becher, obwohl ich nicht verstehe und im Grunde sogar verabscheue, wie du so reden kannst. Bitte, erkläre es mir, denn ich verstehe es nicht!

Rolf nimmt den Blick auf. Zunächst ist es nur ein Wiedererkennen: Ach, du bist es, Asnide! Es sieht so aus, als ob auch in Rolf Erinnerungen an die Tanzstunden aufstiegen. Aber das wird rasch abgeblockt, zu fern ist es für ihn und zu unwirklich. Aber dann erreicht ihn die Frage in Asnides Blick. Sie erreicht ihn, aber er findet keine Antwort. Es ist zu viel, was da gesagt werden müsste. Der Brocken in seiner Kehle ist zu hart, als dass er ihn mir nichts dir nichts runterschlucken könnte.

Das würde dir glatt den Schlund zerreißen, Rolf Bornewasser. Du musst den Brocken zuvor fein säuberlich zerkauen, bevor du den Mund – und die Seele – zum Reden frei hast.

Und so sagt Rolf nur floskelhaft: »Ich hoffe, wir werden uns wiedersehen – zu Hause – dann werde ich dir alles erklären – alles!«

Rolf hat leise gesprochen, fast nur geflüstert, aber Asnide hat jedes Wort mitgekriegt. Es ist eine Beruhigung für sie, ein Versprechen, eine Verheißung: Er wird ihr alles erklären.

Alles? Alles!

Sein Blick, seine Augen beweisen es. Es ist Feuer darin, seltsames Feuer, nun aber nicht mehr dunkel und drohend, sondern warm, unsäglich warm.

Dann sind sie auch schon wieder getrennt. Soldaten, Bürger, Arbeiter reden auf Rolf ein, nehmen ihn in Beschlag, verwickeln ihn in Diskussionen, während zwei der älteren barmherzigen Frauen Asnide von diesem Haufen wegziehen. Wie kann dieses dumme Ding nur so instinktlos sein!

Wieder ein paar Tage später: Schreckliche Gerüchte gehen durch die Stadt: Revolution! Auflösung aller Ordnung! Chaos! Abgründe tun sich auf. Asnide spürt es körperlich: in der Brust, im Kopf, auf der Haut und im Bauch! Ganz schlecht ist ihr von den Schauergeschichten, die im Hause ihrer Eltern von Freunden und Bekannten erzählt werden. Revolution – das muss der Tod sein.
Und nun steht sie vor der Tür.
Was soll man tun?
Man wird ins Konzert gehen, einmal noch ein Fest mit der Musik feiern! Danach dann das Chaos, der Tod, die Revolution! Denn heute Abend findet im Saalbau das planmäßige Konzert des Essener Musikvereins unter Leitung von Professor Fiedler statt. Werke von Brahms und Beethoven stehen auf dem Programm. Und das Besondere: Eine junge Essener Pianistin spielt unter Begleitung des städtischen Orchesters das Klavierkonzert Nr. 1 in b-moll von Peter Tschaikowski. Eine junge Frau! Asnide sieht darin den Lichtstrahl einer neuen Zeit, die in der Kunst schon angebrochen zu sein scheint. Eine junge Frau am Flügel! Zeit der Kunst, des Verstehens, des Wohlklangs. Oh, wenn doch dieses Licht die dunklen Wolken barbarischer Revolution vertriebe, die allenthalben über der Stadt hängen!
Jedenfalls fühlt Asnide sich durch die junge Pianistin ermutigt, ihren Weg zu gehen, sich der Malerei zu widmen und an der Kunstgewerbeschule bei Professor Seidel zu studieren. Eine kühne Hoffnung, ein stolzer Traum gären in ihr: Eine Frau, die der Welt – oder doch zumindest ihrer Heimatstadt – durch ihre Kunst etwas zu sagen hat, das möchte sie werden. In der Musik ist ihr die Künstlerin des heutigen Abends zuvorgekommen, aber in der Malerei würde sie gerne die Erste, wenn schon nicht im Lande – sie weiß ja durch Professor Seidel von Paula Modersohn und Gabriele Münter – so doch in der Stadt sein.
Erwartungsvoll sitzt Asnide mit ihren Eltern – standesgemäß – in einer der vorderen Reihen des Saalbaus. Die Musiker sind schon auf ihren Plätzen und stimmen die Instrumente. Nicht ganz so

heiter waren die Mienen der Besucher, nicht ganz so unbeschwert die Plaudereien in den Wandelgängen. Manch sorgenvolles Gesicht war dazwischen, nervöse Gesten, fahrige Bewegungen, kurzangebundene Reden, ohne Charme, ohne Heiterkeit. Und mancher Sitz ist sogar – obwohl bezahlt – frei geblieben.
Aber nun ist Ruhe, Konzentration, Sammlung. Fiedler ist aufgetreten, hat seinen Anfangsapplaus bekommen, hebt den Taktstock. Musik erklingt. Süße Musik, gute Musik! Mit ihr ziehen Frieden, Harmonie, Heiterkeit, ja sogar Lust in die Herzen ein.
So empfindet Asnide es. Das Hektische, Ungewisse der letzten Tage fällt von ihr ab, stattdessen nimmt sie ein Strom friedvoller Gelassenheit auf. Musik, herrliche Musik! Die junge Frau am Flügel! Kunst! Wie großartig, gewaltig und hehr ist das! Und doch auch wieder heiter, verspielt, menschlich, ruhevoll!
Da fliegen die Türen auf – grässlicher Missklang! Menschen strömen herein. Abgerissene Gestalten: ehemalige Soldaten, Arbeiter, Studenten! Ein paar von ihnen springen aufs Podium, drängen Fiedler vom Pult.
Das ist sie also: die Revolution!
Die Kunst wird von ihrem angestammten Platz verdrängt. An die Stelle von Harmonie und Wohlklang, von innerer Zucht und Ordnung tritt das Geklapper brutal aufgestoßener Türen. Die Botschaft der Musik wird unterdrückt, stattdessen plärrt die Stimme einer der lumpigen Gestalten, die sich zum Wortführer der Gruppe gemacht hat, in den Saal: »Die Revolution ist eröffnet. Es gibt keinen Militarismus mehr!«
Mehr nicht! Aber für Asnide ist es schrecklich genug. Es sind nicht nur die Worte, es ist der Mensch, der da das Konzert unterbrochen hat. Es ist Rolf Bornewasser. Zum Glück erkennen die Eltern ihn nicht.
Und weiter?
Nichts weiter! Ist schon alles. Ein paar Worte noch einzelner Eindringlinge zu einigen Konzertbesuchern, ein Wort auch noch – nicht zu verstehen – Rolf Bornewassers an die Musiker, dann Rückzug.
So wie sie gekommen sind, verschwinden die abgerissenen Gestalten nach wenigen Minuten auch wieder. Die Türen schließen sich, Fiedler hebt den Taktstock. Nur eine Tür ist noch offen. Der junge Revolutionär, der als Letzter hindurchgegangen ist, hat ihr zwar einen Stoß gegeben, sie ist aber nicht ins Schloss gefallen. Ein Konzertbesucher, der in der Nähe sitzt, brüllt hinter ihm her: »Tür zu!«

Und wahrhaftig, der junge Mann kehrt um und schließt die Tür.
So beginnt die Revolution in meiner Stadt!
Fiedler hebt den Taktstock, Musik erklingt.
Harmonie? Wohlklang?
Ach nein! Wohlklang, das ist nun nicht mehr!
Probleme – Durcheinander – Wirrwarr – Ratlosigkeit – Versorgungsschwierigkeiten und vor allem: Gewalt – auf den Straßen und in den Betrieben.
Die Revolution ist ausgebrochen. Arbeiter- und Soldatenräte haben sich gebildet und übernehmen das Kommando. A- und S-Räte sagt man kurz.
Das sagt sich so leicht: ›übernehmen das Kommando!‹ Was soll man denn kommandieren, und wohin soll die Reise gehen?
Ratlosigkeit, mehr aber noch Verachtung für die Horden, die plötzlich etwas zu sagen haben wollen, in der besseren Gesellschaft! Indigniert und hochmütig verärgert nimmt man im Rathaus, in den Vorstandsetagen der Konzerne und vor allem in den Direktionszimmern der Banken das Geschrei der neuen Leute zur Kenntnis.
Man wird schon damit fertig werden.
Verstaatlichung des Bergbaus? Haha, zum Lachen! Woher sollen dann die Investitionen kommen?
Streik um höhere Löhne und bessere Arbeit? Haha, der Bürgermeister wird es ihnen schon verklickern. Die Streikführer kennen noch nicht einmal seinen Namen. Soll man das für möglich halten: reden ihn doch tatsächlich mit dem Namen seines Vorgängers an: »Oberbürgermeister Holle ...« Das wollen Revolutionäre sein? Sind ja hoffnungslos hinter der Zeit zurück. Seit einem halben Jahr ist doch nun schon ein anderer ›Ober‹: Hans Luther – ein tüchtiger Mann!
Der wird ihnen erst mal ein paar wirtschaftliche Grundbegriffe bei ihrer Demonstration für die Sozialisierung des Bergbaus auf dem Burgplatz erklären. Als wenn das so einfach ginge! Es müssen doch ganz gewaltige Probleme bewältigt werden. Bei Krupp z. B. muss man in kurzer Zeit 100 000 Leute abschieben. Der Krieg ist ja zu Ende; da braucht man Waffen und Munition nicht mehr. Die Produktion liegt weitgehend still. Die Belegschaft ist übersetzt.
Bei Krupp haben sie das Problem aber mustergültig und elegant gelöst: Abfindungen gewährt, Pensionskassenleistungen ausbezahlt, Sonderzüge beschafft und dann mit Sack und Pack gleich ab nach Lippe-Detmold.

In manchen Fällen hat es auch Schwierigkeiten gegeben. Klar doch! Wenn man so viele Leute abschieben muss, sind immer ein paar Querköpfe darunter, die sich nicht einfach abschieben lassen wollen.
Und da wollen diese Kerle streiken? Ja, wissen die denn nicht, dass in diesen harten Zeiten die Arbeit erste Bürgerpflicht ist? Hat doch sogar Ebert gesagt, Arbeit sei die Religion des Sozialismus. Dann muss es ihnen eben der Oberbürgermeister beibiegen. Und er tut es. Ein tüchtiger Mann, dieser Hans Luther! Er ist ja später auch noch ganz schön was geworden.
Seit einem halben Jahr ist er jedenfalls Oberbürgermeister in Essen. O ja, der versteht es, mit dem A- und S-Rat umzugehen, als wenn es Verkäufer bei C & A wären.
In der Tat haben es die hohen Herren immer noch leicht, mit den Revolutionären fertig zu werden, denn die haben lauter verrückte Ideen. Macht doch wahrhaftig der A- und S-Rat den Vorschlag, die Mieten nicht mehr an die Hausbesitzer, sondern an die Stadtkasse zu zahlen.
Gemeinwohl und so! Haben keine Ahnung, diese Burschen, wissen nicht einmal, was eine Hypothek ist und Kontokorrent. Man muss es ihnen alles erst erklären. Ein wilder Haufen! Die meisten sind einfach nur Abenteurer, dazwischen ein paar Idealisten, ferner Internationalisten, Pazifisten und viel Gesocks.
Die Herren sind eigentlich zu fein, mit diesen Leuten zu verkehren. Aber sie haben ja den Luther, Hans; der macht das schon. Der lässt sie mit ihren Gewehren ruhig ein bisschen herumballern – ballern sowieso hauptsächlich in Altenessen und Borbeck, bis Bredeney ist noch kaum einer gekommen. Untereinander sind sie sich auch nicht grün. Streiten sich dauernd. Wer hat denn nun die Macht, und wer übt die Hoheitsgewalt aus? Es gibt ja nicht einmal eine richtige Polizei. Nur diese verlotterten Haufen!
Muss alles der Luther machen; und der macht es auch.
Ja, sie haben es leicht, die hohen Herren, bei Krupp, bei den Banken, im Rathaus. Es ist keine einheitliche Truppe, die da die Macht ergriffen hat: Unabhängige Sozialisten, Sozialdemokraten, Spartakisten und die Gewerkschafter. Bei denen haben in meiner Stadt vor allem die christkatholischen ein Wörtchen mitzureden. Wirklich eine gemischte Gesellschaft, die nicht weiß, wem sie folgen soll, und wer ihr Herr ist. Sie wollen ja auch keine Herren mehr! Obrigkeit? Pah! Aber wer sagt das Wort, das die Richtung weist?

Ja, das ist schwierig. Die einzelnen Gruppen kriegen sich an die Köpfe, und dann fallen auch schon mal Schüsse. Ein tolles Durcheinander in meiner Stadt! Man blickt nicht mehr durch, und die Bevölkerung macht auch nicht mit. Das Zentrum und die christkatholischen Gewerkschaften haben noch immer viele Sympathien. Ist wohl ein Relikt aus früherer Zeit. War ja mal Stiftsland mit einer Fürstäbtissin an der Spitze.
Und die evangelischen Industriellen und ihre Vorstandsherren? Die machen natürlich erst recht nicht mit. Ein schlechter Boden für die Revolution!

Das hat sich schon vierzehn Tage nach Ausbruch gezeigt: Asnide ist wieder in der Innenstadt. Diesmal mit Fähnchen, denn ein heimkehrender Truppenteil zieht durch die Stadt. Den muss man würdig empfangen. Aber wie? Das ist eine delikate Angelegenheit. »Unbesiegt kehren unsere feldgrauen Helden in die Heimat zurück!« So hört man es aus Berlin. Also muss man sie wie Helden empfangen. Sicher: Der Militarismus ist tot, Pazifismus ist das Wort der Stunde. Aber die Truppen kommen ja auch nur, um sich aufzulösen nach Hause. Da muss man dann auch sagen: »Unbesiegt ...«
»Unbesiegt«, sagen sogar die meisten Roten und schmücken den Bahnhofsvorplatz mit lauter roten Fahnen. Aber schon ein paar Schritte weiter, in der Kettwiger Straße, da weht keine einzige rote Fahne mehr. Da ist alles schwarz-weiß-rot.
So werden die heimkehrenden Helden empfangen. Für den General gibt es ein Essen auf dem ›Hügel‹ mit all den hohen Herren. Das, freilich, ist dem A- und S-Rat merkwürdig vorgekommen. Vorsorglich hatten sie die Telefonleitungen überwacht und dabei ein Gespräch mitbekommen, das recht seltsam in ihren Ohren geklungen haben muss. Was da so gesprochen worden ist auf dem Hügel, das muss wohl in der Richtung zu verstehen gewesen sein, als ob die hohen Herren nun doch nicht bloß indigniert und hochmütig dem Treiben der plebejischen Horden zusehen, sondern vielmehr ›Nägel mit Köpfen‹ machen wollten, wie man so schön sagt. Nägel mit Köpfen. Da wird dann mit dem Hammer draufgeschlagen, auf die Köpfe.
Der Luther, Hans – unser ›Ober‹, ein ganzer Kerl (wie übrigens viele rheinische Oberbürgermeister in dieser Zeit, Jarres in Duisburg z. B., den haben die Kerle blutig geschlagen; er sollte eine rote

Fahne tragen, aber er hat sich standhaft geweigert) – der Luther, Hans, also hat das ganz energisch zurückgewiesen. Es sei absolut nicht an dem und so weiter. Ihm muss man einfach glauben, denn er ist ein tüchtiger und ehrenwerter Mann, der später sogar Reichskanzler geworden ist.
Als aber beim Durchmarsch der Division am Hauptbahnhof – wie gesagt: der Kommandeur tafelt gerade mit den hohen Herren auf dem ›Hügel‹ (so sagt man für gewöhnlich in Essen zur Kruppschen Residenz: Villa Hügel! Ist ja in ganz Deutschland bekannt. Kein Schloss übrigens, nur eine Villa!) – als also die Truppe am Hauptbahnhof vorübermarschiert und ein Offizier aus den grauen Kolonnen herausspringt und eine allzu aufdringliche rote Fahne an der Hauptpost abreißt, da ist dann doch der Teufel los; da werden die Kameraden vom A- und S-Rat nervös. Das können sie sich nicht bieten lassen. Da muss man zurückschlagen; und das tun sie auch. Sie nehmen Geiseln: Direktoren von Krupp, Bergassessoren, Geistliche! Die karren sie im Handelshof zusammen, denn dort haben sie ihr Hauptquartier. Beinahe hätte es ein großes Gemetzel gegeben, wären nicht ein paar Besonnene unter den Leuten vom A- und S-Rat gewesen. Die haben gesagt: Lasst uns erst noch mal nachhören, ob das mit der Gegenrevolution überhaupt stimmt. Der ›Ober‹ ist doch immer ein loyaler Mann gewesen und hat versprochen, nichts gegen den A- und S-Rat zu unternehmen. Solch ein honoriger Mann lügt doch nicht.
Und diese Leute setzen sich wahrhaftig durch. Erst soll Luther gefragt werden. Eine Abordnung des A- und S-Rates, fünf Mann hoch, fährt zum Hügel und wird auch höflich empfangen. Einfache Leute in Arbeiterkleidung im großen Saal der Villa Hügel! Ist sicher nicht oft vorgekommen. Muss toll ausgesehen haben, ein schicker Kontrast: Blaumänner und Gobelins! Das hat auch den Oberbürgermeister nicht unbeeindruckt gelassen. Er ist sofort bereit, die Missverständnisse auszuräumen, kehrt stehenden Fußes mit den Leuten vom A- und S-Rat in die Stadt zurück und lässt Krupp und den Kommandanten und die übrigen hohen Herrschaften allein an der Tafel weiterspeisen. Wirklich ein guter Mann, dieser Hans Luther! Weiß, was er tun muss. Unerschrocken stürzt er sich ins Getümmel, stellt sich dem gesamten A- und S-Rat im Handelshof. Da sitzen die Geiseln. Ein Häufchen Elend die einen, stolze Märtyrer der bürgerlichen Welt die anderen.
Und Luther redet und redet!

Und der A- und S-Rat redet und redet! Missverständnisse – Durcheinander – Anklage – Widerrede – hin und her, her und hin! Aber Luther schafft es. Um Mitternacht hat er die Geiseln frei. Alle gehen nach Haus.

Asnide ist natürlich schon längst gegangen. Als der Tumult um den Offizier, der die rote Fahne abgerissen hatte, immer größer wurde, hatte sie sich ängstlich zurückgezogen, war zur Freiheit gegangen und dort in eine Elektrische eingestiegen, um nach Bredeney zurückzukehren. Gerade als die Bahn abfährt, schwingt sich noch ein junger Mann aufs Trittbrett: Rolf Bornewasser! Gegenseitiges Erkennen – vorsichtiges Aufeinanderzugehen – Platz nehmen – gegenüber sitzen – verlegene, abtastende Blicke – nichtssagende Floskeln – leere Worte – peinliches Drumherumreden! Ach, was ist das nur für ein zäher Brei, der da zwischen den Menschen pappt! Sie sind bereits am Stadtgarten vorbei, an der Klarastraße schon, und noch immer ist kein vernünftiges Wort gewechselt worden. Nur: Wie geht es der Frau Mutter und ähnlicher Quatsch. Rolf hält es schließlich nicht mehr aus. Er sticht durch den Brei hindurch: »Du wunderst dich sicher, was aus mir geworden ist.« Aber da sind sie schon am Alfredusbad.

»Du wolltest mir alles erklären!« Unbewusst hat Asnide das Wort ›alles‹ betont.

»Ja, sicher! Alles! Ich war im Krieg, in Frankreich. Wir haben geschossen. Auf Väter kleiner Kinder, auf Männer junger Frauen, und ich habe mich gefragt, warum eigentlich. Und habe keine Antwort gefunden. Ich will, dass es anders wird. Das ist schon – alles!«

»Aber gibt es denn nicht wirklich Werte, ewige, heilige Werte, für die man mit seinem Leben eintreten muss?«

»Ich weiß es nicht. Aber das weiß ich: Ich bin nicht für ewige, heilige Werte eingetreten, ich habe nur geschossen. Auf Väter, auf Söhne, auf Brüder; und ich will nicht mehr schießen. Ich will, dass keiner mehr schießt.«

Da haben sie das Bredeneyer Rathaus erreicht – Endstation. Selbstverständlich wird Rolf, wie es sich gehört, Asnide nach Hause geleiten. So ergibt sich noch ein wenig Zeit, das Gespräch zu verlängern.

»Wenn die anderen uns aber doch zwingen, sollen wir zusehen, wie sie uns demütigen und unterdrücken?«

»Bist du sicher, dass es die anderen sind? Weißt du sicher, wer wen unterdrückt und demütigt? Wer hat denn ein solches Interesse daran, dass er mit dem Schießen anfängt? Und woran liegt das? Bist du dir da sicher, Asnide?«
Nein, sicher ist Asnide wahrlich nicht. Darum fallen Rolfs Worte wie schwere Steine in ihre Seele. Alles ist ungewiss.
Sie haben die Diergardtsche Villa erreicht. Asnide ist zu Hause. Zu Hause? Zumindest am Haus ihrer Eltern angelangt. Sie spürt, es fehlt noch etwas, es müsste noch etwas gesagt werden. Sie kann aber nicht länger mit Rolf vor dem Tor stehen bleiben. Das schickt sich nicht für eine höhere Tochter, das tun Dienstmädchen. Rolf einfach mit hineinnehmen geht auch nicht. Da müsste sie erst die Erlaubnis der Eltern einholen. So etwas muss in einem feinen Haus förmlich und mit Einladung geschehen. Rolf ist auch für einen Besuch viel zu schäbig angezogen, und Blumen für die Frau Mama hat er ebenfalls nicht. Was bleibt dann? Asnide findet keine Worte. Ein schüchterner Versuch noch, das Gespräch fortzusetzen: »War das jetzt alles?«
»Nein! – «
Wieder droht das Schweigen.
»Willst du mich nicht mal besuchen? Die Eltern würden sich freuen.«
Asnide erschrickt über die eigenen Worte. Werden sie sich wirklich freuen? Ist das nicht unschicklich, was sie da macht? Egal! Wie soll es denn sonst weitergehen? Asnide will mehr wissen, endlich Klarheit haben. Rolf muss ihr dazu verhelfen, das ist er ihr nach seinen aufrührerischen Reden schuldig. Die Zustimmung zur Einladung wird sie den Eltern schon abluchsen. Was auch draus wird – wenn er nur kommt.
»Gerne!«
»Mittwoch?«
»Mittwoch!«
»Bis dann!«
Ein letzter Händedruck, Asnide geht ins Haus. Sorgenvoll geht sie der Begegnung mit ihren Eltern entgegen. Aber dann läuft alles von selbst.
Schon in der Diele trifft sie auf die Mutter. Wie beiläufig sagt Asnide: »Ich habe Rolf Bornewasser getroffen. Er ist aus dem Krieg zurück. Ich habe ihn für Mittwoch auf ein Glas Wein eingeladen. Es ist euch doch recht?«
»Rolf Bornewasser? Interessant, mein Kind. Er ist Leutnant, hat das

EK II, nicht wahr? So so, der ist also auch zurück. Vater und Günter werden sich freuen. Es war klug von dir, ihn einzuladen. Die jungen Helden haben so tapfer gekämpft – und nun diese Enttäuschung. Sie brauchen jetzt unseren Zuspruch.« Und dann leise nachgeschoben: »Wie Günter!«
Richtig: Günter!
Günter ist auch seit etlichen Tagen schon zurück. Nicht so abgerissen wie Rolf Bornewasser, sondern in voller Montur und mit EK I auf der Brust immer noch prächtig anzuschauen. Ein deutscher Offizier vom Scheitel bis zur Sohle! Aber schweigsam! Nur wenige Worte waren ihm zu entlocken gewesen: »Wir haben unsere Pflicht getan, unermüdlich gekämpft, den Sieg vor Augen gehabt. Die Führung hat versagt!«
Dann hatte er sich auf sein Zimmer zurückgezogen. Dort hatte er sich eingeschlossen, Plato gelesen – Günter hatte angefangen Altphilologie zu studieren – und die Mutter hatte gesagt: »Lasst ihn, er braucht jetzt seine Ruhe.«
Dem Vater hatte das ganz und gar nicht gepasst. Er wollte gern mehr hören, wollte über den weiteren Weg des Deutschen Reiches diskutieren mit einem, der bei den großen Schlachten des Heeres dabei gewesen war, aber er hatte keine Mittel gefunden, den Sohn aus der Reserve zu locken. So hatte er sich brummend darein geschickt, dass Günter schwieg und auf seinem Zimmer die griechischen Philosophen las.
Günter also würde am Mittwoch auch dabei sein. So erleichtert Asnide ist, mit welcher Selbstverständlichkeit ihre vorschnelle Einladung für Rolf Bornewasser von der Mutter akzeptiert worden ist, so angstvoll ist sie, wenn sie daran denkt, wen sie da zusammenbringt. Die Mutter weiß offenkundig noch nicht, was aus Rolf Bornewasser geworden ist. Günter und Rolf – das muss Streit geben. Und dann auch noch der Vater! Er hat nicht einmal für den Sohn Verständnis. Wie soll da ein Gespräch mit Rolf Bornewasser laufen?
Zu allem Überfluss verkündet die Mutter auch noch: »Es trifft sich gut, Professor Fränkel wird am Mittwoch auch hier sein. Er hat eine wichtige Unterredung mit Vater!«
O Gott! Fränkel ist Beigeordneter der Stadt, rechte Hand des Oberbürgermeisters und bekannt für seine konservative Haltung. Was hast du da nur angerichtet, Asnide? Es muss eine Katastrophe geben.

Mittwochabend! Rolf ist erschienen. In bürgerlichem Aufzug! Dunkler Anzug, etwas altfränkisch und unpassender noch als seine abgerissene Uniform, empfindet Asnide, aber mit Blumen! Die Mutter ist entzückt. Man sitzt im Herrenzimmer und plaudert von alten Zeiten. Anekdoten aus der Tanzstunde werden erzählt, Zigarren gereicht, eine Flasche Wein – und dann noch eine – getrunken. Das Wort führen Vater Diergardt und Professor Fränkel. Parolen! Das deutsche Heer ist unbesiegt.... Die Kraft des deutschen Geistes hat sich durchgesetzt ... Die Feinde werden es anerkennen müssen ... ›Tiuschiu zuht gat vor in allen‹. Fränkel ist ein gebildeter Mann und zitiert Walther von der Vogelweide. Die Mutter ist entzückt. Sie beteiligt sich mit emphatischen Ahs und Ohs am Gespräch. Günter und Rolf schweigen. Dumpf brütend der eine, wachsam hin- und herblickend der andere. Asnide ist ratlos. Gleich muss es knallen. Und es explodiert tatsächlichg einer: Günter!
»Es stimmt doch alles nicht!«
Empörte Rückfragen von Vater Diergardt und Fränkel: »Wie kannst du nur ...« – ».... in diesem Haus nicht erwartet!« – »Du hast doch selbst ...« – »Sie können nicht leugnen, dass ...« – »Hast du nicht gehört, was ...« – »Wie wollen sie anders erklären ...« – »Denk an deine Kameraden!« So prasselt es über Günter herein. Aber es erreicht ihn nicht. Mit einer wegwerfenden Gebärde befreit er sich von diesem Floskelschwall. Vater Diergardt und Fränkel sitzen mit vorgebeugtem Oberkörper da, bereit, erneut auf Günter einzuhacken, wenn er noch etwas zur Verteidigung seiner ungeheuerlichen These zu sagen wagen sollte. Der aber denkt gar nicht daran. Er hat sich wieder in sein Schweigen eingekapselt. Mutter Diergardt hat die Hände vor der Brust zusammengelegt. Zum ersten Mal ist sie mit sich selbst im Unklaren. Sie weiß nicht, ob sie die Szene degoutant oder interessant finden soll. Asnide ist hellwach: Merkwürdig, vor wenigen Tagen noch hat sie all die Parolen, die sie von den beiden Alten gehört hat, ehrlich bejaht. Da hatte etwas in ihrem Herzen mitgeklungen, wenn von deutscher Ehre, deutscher Zucht die Rede war. So stark hatte sie das empfunden, dass ihr der Wunsch gekommen war, diese Gefühle mit Farben und Formen auszudrücken, sie zu malen. Und jetzt ist das restlos weg. Eben, als Fränkel vom heldenhaften Kampf des deutschen Heeres gesprochen hatte, war es Asnide regelrecht unwohl im Magen geworden. So hohl, so peinlich, so eklig erschien ihr plötzlich diese Redensart, die sie doch selbst vor wenigen Tagen noch hätte gebrauchen mögen.

Und dann hört Asnide Rolf reden.

Rolf hatte bisher höflich abgewartet, jetzt aber hat Vater Diergardt ihm das Stichwort gegeben, das er aufgreifen muss.»Denk an deine Kameraden!« Und da hört Asnide Rolf losssprudeln. Er hat sich auch vorgebeugt, spricht eindringlich, nicht laut, aber sehr schnell, so als hätte er Angst, unterbrochen zu werden. Mit kurzen, aber häufigen Handbewegungen unterstreicht er seine Aussagen.

Asnide hört es, sieht es; hört einen Prediger, einen Funktionär, einen Volkstribun! Was ist das nur für einer, der da redet? Unheimlich ist er ihr – und vertraut zugleich!

Vertraut! Vor wenigen Tagen noch hat es sie entsetzt, was er geredet hat. Jetzt klingt es für sie vertraut und – wichtiger noch – überzeugend.

»Gerade, weil wir an unsere Kameraden denken, können wir die alten Vokabeln von der Ehre des deutschen Vaterlandes nicht mehr hören. In den Schützengräben vor Verdun ist uns das vergangen. Wir sind missbraucht worden. Man hat uns in den Krieg geschickt, und wir haben brav drauflos geschossen. Auf Männer, die man uns als unsere Feinde hingestellt hat! In Rufweite haben wir uns in den Schützengräben gegenüber gelegen. Wir haben ihre Gesichter erkennen können und sie unsere – tagelang, nächtelang! Da haben wir uns gefragt: wieso eigentlich? Für wen denn? Wer oder was ist das: Vaterland, Ehre, Nation? Welche Gerechtigkeit verteidigen wir mit unseren Gewehren, mit denen wir in Gesichter schießen, die da fünfzig Meter vor uns im Dreck liegen? Man hat sie uns als Feinde dargestellt, jetzt aber können wir sehen, es sind Menschen mit Gesichtern, wie auch wir sie haben. Warum schießen wir sie tot, wem helfen wir damit, wem ist damit gedient, welche Ehre, welches Vaterland braucht, um zu bestehen, zerfetzte Gesichter, zerrissene Leiber?

Ein furchtbarer Verdacht hat sich da in unsere Herzen geschlichen, hat sich festgesetzt und ist groß geworden in Dreck und Schlamm an der Front. Der Verdacht, dass wir mit unserem Krieg nicht der Gerechtigkeit dienen, heilige Güter verteidigen, sondern lediglich die Interessen der Mächtigen befördern, die ihre Macht nur dann behalten können, wenn sie sie immer weiter ausdehnen; und wenn sie dann auf andere Mächtige stoßen, wenn deren Kreise ihre Kreise stören, dann erklären sie die heiligsten Güter der Nation in Gefahr, wo doch nur ihre Macht auf dem Spiel steht. Dann wollen sie, dass wir mit Kanonen und Gewehren ihre Feinde, die nicht unsere

Feinde sind, beseitigen. Das darf nicht länger sein! Wir haben es erkannt in den bitteren Schlachten um das Fort Douaumont und an der Marne: diesem System können wir nicht länger dienen. Der Militarismus ist tot und darf nicht wieder auferstehen.
Als nächstes brauchen wir eine neue Ordnung für unseren Staat, unsere Wirtschaft, unser ganzes Leben. Die Macht der Mächtigen muss beschnitten werden, damit nicht neue Konflikte entstehen. Die elementaren Bedürfnisse der einfachen Leute, der Arbeiter und Bürger müssen Fundament dieser neuen Staatsordnung werden. Dann wird Deutschland genesen!«
Gleichmäßig, beherrscht, aber auch sehr erregt hat Rolf gesprochen. Den beiden Alten hat es die Sprache verschlagen, fast die Luft genommen. Mühsam ringen sie nach Worten, spucken aus, was aus ihrer Seele – oder wo sonst – hervorquillt: »... das ist Verrat! – »Revolution ...!« – »... in Jahrhunderten Gewachsenes wird zerstört!« – »... die heilige Ordnung der Natur auf den Kopf gestellt!« »... das Unterste zuoberst gekehrt! – »... es lösen sich alle Bande frommer Scheu!« Fränkel zitiert wieder, diesmal Schiller; und es scheint, als ob er damit wieder Tritt gefasst habe: »Junger Freund, Sie sind auf einem gefährlichen Wege. Ich halte es Ihrer Jugend und dem Schweren zugute, das Sie auf den Schlachtfeldern erlebt haben. Aber glauben Sie einem alten Mann, der in seiner Jugend auch leidenschaftlich für eine liberalere Welt gekämpft hat: Niemand verstößt ungestraft gegen die heilige Ordnung, die uns gesetzt ist. Oben und unten, Gott und Mensch, das Volk und der Einzelne, gut und böse!
Sehen Sie sich doch nur an, was unter uns geschieht. Aufruhr, Streiks! Was soll denn daraus werden, wenn jeder nur um schnöden Mammons willen auf seinen Vorteil sieht und um des eigenen, egoistischen Zieles willen das Ganze gefährdet? Wie soll eine Wirtschaft gedeihen, wenn diese unmäßigen Forderungen erhoben werden? Was soll aus unseren Zechen, aus unseren Stahlwerken werden, wenn der Einzelne nicht mehr im Schweiße seines Angesichts sein Brot essen will, wie es uns von Gott verordnet ist, sondern meint, mit Hilfe dieser sinnlosen Streiks sich maßlose Forderungen erfüllen zu können. Ich will Ihnen sagen, was daraus wird: Wir werden nicht konkurrenzfähig auf dem Weltmarkt sein, unsere Betriebe werden in Konkurs gehen. Was wird dann aus unserer Stadt? ›Tages Arbeit, abends Gäste, saure Wochen, frohe Feste‹« – wieder ein Zitat, jetzt auch noch Goethe, wahrlich ein gebildeter

Mann, dieser Professor Fränkel – »das ist eine heilige Ordnung, die uns ein lebenswertes Leben schenkt und erhält. Streik? – Nein, das ist das Chaos!«
So abwegig seine Sprüche in Rolfs Ohren auch klingen, mit dem letzten hat Fränkel einen wunden Punkt berührt: die Streiks!
Ach ja, sie sind tatsächlich eine Plage. Nichts klappt mehr, weil immer gerade irgendwo gestreikt wird. Dazu die Pläne zur Verstaatlichung des Bergbaus! Nun ja, das ist auch bald wieder vom Tisch. Zu kurios, die Vorstellungen! Wie soll das denn klappen? Wie soll die gewaltige Maschinerie des Bergbaus ohne den persönlichen Einsatz des Unternehmers funktionieren? Wer trägt denn das Risiko, wenn es mal nicht klappt? Kein Absatz und so weiter! Dann sind doch die Bergleute die Dummen. Nein, nein, schon in ihrem eigenen Interesse muss man solchen Plänen widerstehen – sagen die Unternehmer.
Andrerseits: War der Bergbau nicht früher königliches Regal – halbstaatlich gewissermaßen? Ja, ja, das waren aber auch andere Zeiten!
Und weiter: Warum sollten die Bergleute nicht ein eigenes Interesse an ihrer Zeche haben? Ach was, die haben doch nur ihren Verdienst vor Augen, ihr persönliches, egoistisches Interesse; und das gefährdet das Ganze. Die Zeche ist nicht mehr konkurrenzfähig – bankrott – aus!
Wie ist das denn bei den Unternehmern? Haben die das Ganze im Auge und nicht ihren persönlichen Gewinn?
Das ist doch der Clou bei der Sache: Ihr Gewinn ist der Gewinn des Ganzen – sagen die Unternehmer!
Ja, die Streiks! Rolf ist sich in ihrer Bewertung ganz und gar nicht sicher. Er arbeitet seit einigen Tagen auf einer Zeche, weil er sich Geld verdienen will für ein Volkswirtschafts-Studium, das er im kommenden Frühjahr aufzunehmen hofft. Als Volkswirt, denkt er, könne er am ehesten und am besten an der neuen Ordnung, die er für das Deutsche Reich als unbedingt notwendig erachtet, mitarbeiten. Durch Fürsprache ist es ihm gelungen, auf ›Emil-Emscher‹ angelegt zu werden. Ist eine Schachtanlage von Hoesch in Altenessen. Schwere Arbeit – Streckenvortrieb am Emscher-Querschlag. Rolf ist Gedingeschlepper, muss die vollen Wagen mit dem losgehauenen Gestein zur Hauptförderstrecke schaffen. Harte Arbeit! Er tut sie aber gern, denn er lernt die Welt der Bergleute kennen. Aus seinen Gesprächen mit ihnen hört er, wie kümmerlich sie leben. Gewiss, sie leben, aber oft ist es doch nur Schinderei.

Manches von dem, was sie reden und vor allem, wie sie reden, gefällt Rolf auch gar nicht. Vom Saufen, von Weibern, von Schlägereien und Gewalttätigkeiten; er versteht aber auch, dass sie es schwer haben. Ihr Saufen ist ja nur der Versuch, in eine schönere Welt auszubrechen – Rausch, Betäubung!
Rolf mischt sich in ihre Gespräche ein. Sie lassen ihn, finden wohl auch ganz interessant, was er da von der neuen Ordnung erzählt, aber so ganz ernst nehmen sie ihn nicht; das spürt er deutlich. Nun ja, man muss Geduld haben. Geduld!
Wir sind ja auch noch gar nicht so weit; wir sind doch noch in Bredeney, in der Diergardtschen Villa und haben gewissermaßen die Pause, die nach Fränkels Rede entstanden ist, benutzt, um Rolfs Gedanken ein wenig zu folgen und müssen jetzt zurück; die Pause ist zu Ende, war eh schon viel zu lang, richtig peinlich. Aber was soll da jetzt noch passieren? Der Zwiespalt ist da – unüberwindlich. Keiner, der eine Brücke darüber schlagen könnte. Dennoch, irgendetwas muss noch gesagt werden. Man kann ja nicht einfach wortlos auseinander gehen.
Günter hatte nach Rolfs Rede einen Ansatz gemacht. Wie befreit hatte er ausgesehen und etwas sagen wollen. Aber Fränkel war ihm zuvorgekommen und hatte alles wieder totgeredet. Nun sitzt Günter wieder dumpf vor sich hinbrütend da.
Asnide hat mit sich selbst zu tun. Jedes Wort hat sie registriert und in ihr Herz gelassen. Nun sortiert sie alles fein säuberlich: rechts, links, oben, unten. Sie versucht ein Resumee und kann nicht verhehlen, dass ihr Herz Rolf Recht gibt. Asnide ist befremdet und ein wenig erschrocken über dieser Erkenntnis.
Frau Diergardt ist hilflos und überfordert. Schließlich rettet sie sich in ihre Rolle als Hausfrau und Gastgeberin und schafft es damit immerhin, die Pause zu beenden: »Rolf, möchten Sie noch ein Glas Wein?«
Nein, danke! Ich muss aufbrechen, um vier geht der Wecker.«
Erleichtert flüchtet man in einen schnellen Aufbruch. Mäntelanreichen – Händeschütteln – letzte Floskeln. Frau Diergardt bringt es tatsächlich fertig, von einem reizenden Abend, den man verbracht habe, zu sprechen. Professor Fränkel hat zum guten Schluss noch einen Ratschlag zur Hand: »Waren Sie nicht früher im Bibelkreis bei Pastor Bracht? Sie sollten zu ihm gehen – ein guter Mann!«
Ja, Pastor Bracht war ein guter Mann. Das muss Rolf bestätigen.

Aber er hat ihn vergessen. Pastor Bracht – ein guter Mann! Die erste Übereinstimmung dieses Abends. Ob das wohl ein Irrtum ist? Oder vertut sich da jemand?
Dann der Abschied von Asnide. Sie schauen sich an und können nichts sagen. Tastendes Verstehen ist in ihren Blicken. Vertrauen – Wünsche – Anfrage – Verwirrung – Ratlosigkeit.
»Werden wir uns wiedersehen?« Beschwörend und werbend klingt das.
»Gewiss!« Hoffnung, Zusage und Ringen liegt in diesem einen Wort.

Drei Tage später! Rolf braucht nicht zur Schicht. Es wird gestreikt. Die Forderung der Bergleute ist berechtigt. Sie müssen mehr verdienen, damit ihr Leben aus dem Kargen herauskommt. Ohne dem ist die neue Ordnung nicht möglich. Aber ist der Streik das rechte Mittel? Gedanken, die Rolf umtreiben. Er ist besorgt, denn er verdient nicht. Wie soll er da sein Studium finanzieren. Sein Vater, der Lehrer Fritz Bornewasser, kann es ihm nicht bezahlen. Doch Rolf begreift: Er muss jetzt Opfer bringen. Er darf sein persönliches Fortkommen nicht über das Wohl der Allgemeinheit stellen. Der Streik ist berechtigt.
So ist er zur Demonstration in die Stadt gefahren. Auf dem Burgplatz ist eine große Kundgebung. Worte – Reden! Erst die Gewerkschaftsfunktionäre, dann der Oberbürgermeister, Hans Luther: »Ruhe und Ordnung bewahren, das Ganze nicht gefährden!«
Fällt denen denn nichts Neues ein. Immer reden sie von Ruhe und Ordnung. Sozialer Fortschritt sei nur möglich, wenn alle ordentlich mit anfassen und vor allem die Ruhe bewahren. Aber dann bleibt doch alles beim Alten; das hat man lang genug gesehen. Es muss etwas geschehen, etwas Neues muss werden!
Andrerseits stimmt es ja: Was soll denn werden, wenn der Bergbau wegen der vielen Streiks Pleite macht? Was soll dann aus ihm, Rolf, werden? Er schüttelt es ab. Das ist nur sein persönliches Interesse und darf jetzt nicht zählen. Gemeinnutz geht vor Eigennutz. Allerdings: Gedeiht Gemeinnutz durch Streik? Wie auch immer, ein Neues muss in Bewegung gesetzt werden, das Alte muss fallen.
Die Versammlung auf dem Burgplatz ist beendet und löst sich auf. Gesprächsgruppen entstehen – wilde Diskussionen – aber nichts Neues!
Rolf geht gedankenschwer durch die ›Kettwiger‹ zum Hauptbahnhof und weiter zur ›Freiheit.‹

»Rolf, der Herr Jesus hat dich lieb!«
Ein Arm legt sich um Rolfs Schulter. Pastor Bracht! Rolf ist nicht etwa peinlich berührt. Nein, das ist die besondere Art von Pastor Bracht. Ist auch keine Bauernfängerei, der Mann ist durch und durch echt. So ist er eben. Er lädt die jungen Leute der Stadt in das Jugendhaus ein, das er gebaut hat, und freut sich, wenn sie kommen. Und die nehmen ihm das auch ab. Rolf auch!
»Ach, Pastor Bracht!«
»Rolf, hast du den Herrn Jesus noch lieb?« Verlegenheit nun doch bei Rolf Bornewasser, ehemaliger Leutnant des deutschen Heeres und Lehrerssohn aus Bredeney. Ja, durchaus, er hat den Herrn Jesus lieb gehabt. Pastor Bracht hatte es ihn in seinem Bibelkreis gelehrt, und Rolf hatte es angenommen. Mit Begeisterung war er ins Jugendhaus gegangen. Es war eine schöne Zeit. Sie haben in der Bibel gelesen, darüber gesprochen, diskutiert, war immer sehr interessant. Vor allem aber die lebensnahen Auslegungen von Pastor Bracht hatten es Rolf angetan und ihn gefesselt. Da war nichts abgestanden, muffig, weltfremd; alles war praktisch, klar und eindeutig. Aber dann war der Krieg ausgebrochen. Wie bringt man das überein, den Krieg und die Bibelstunden?
»Ach, Pastor Bracht ...«
Ja, Rolf Bornewasser, was ist? Was machst du mit dieser Frage des Pastors? Du willst eigentlich ›ja‹ sagen. Warum auch nicht? Aber du zögerst. Der Bibelkreis, das Jugendhaus, das war schön, aber es ist vergangen, dazwischen liegt der Krieg wie ein breiter Graben, den du nicht überspringen kannst.
Oder nicht überspringen willst?
Zurück über den Graben? Du willst doch nicht zurück. Du willst nach vorn. Etwas Neues in Bewegung setzen! Dein Ziel ist eine neue Ordnung. Passt aber nicht der Bibelkreis des Pastor Bracht vielleicht ganz gut dazu? Ja, warum eigentlich nicht? Das war doch immer ein fortschrittlicher Mann, für die Jugend aufgeschlossen. Was hat der Anstoß bei den Frommen erregt, als er mit seinen Jungen auf dem Emscher-Kanal Schlittschuh gelaufen ist oder in kurzen Hosen mit ihnen auf der Wiese geturnt hat. Hat doch wahrhaftig einer der frommen Vorsteher vom Jünglingsverein eingewandt, im Himmel würde auch nicht geturnt. Ist aber ganz schön abgeblitzt bei dem guten Pastor Bracht. Lange hat man auch in der Stadt darüber getuschelt, dass er eines Tages im III. Hagen gar den Kirchmeister auf der Straße stehengelassen hat, um einem Lehrjungen zu helfen,

der da mühsam einen schweren Handkarren durch die Stadt schob. Haben nicht Hunderte gesehen und verwundert den Kopf geschüttelt, als der Pastor Bracht mit einem kleinen Lehrjungen eifrig im Gespräch vertieft und feste mit am Handkarren schiebend durch die Straßen zog? War das vielleicht schon ein Stück der neuen Odnung? Einer trage des anderen Last. Geht es nicht vor allem darum, die da unten zu entlasten und denen da oben ein Stück Macht wegzunehmen, damit sie nicht länger denen da unten allzu viele Lasten auferlegen können? War nicht der allzu schwere Karren des Lehrjungen ein Symbol für die Sache, die es zu beseitigen galt?

Und Pastor Bracht hatte da angefasst, hatte etwas in Bewegung gebracht. Den Handkarren nur – oder doch mehr?

Aber ist das heute noch der alte Pastor Bracht? Rolf weiß, er hat Schweres durchgemacht. Die Söhne sind ihm gefallen. Im Steckrübenwinter ist er krank geworden und hat eine Schüttellähmumg zurückbehalten. Ein trauriges Bild bietet er jetzt. Zittrige Hände, zuckender Kopf, schütteres Haar; und war doch solch ein stattlicher Mann! Nur die Augen zeigen, dass Feuer in ihm brennt.

»Ich will den Menschen, die unten sind, helfen. Eine neue Ordnung muss werden!«

»Rolf, ich habe gehört, du machst auf der anderen Seite mit. Du warst bei der Demonstration!«

Auf der anderen Seite? Ist es denn doch die andere?

»Hat der Herr Jesus nicht auch den Menschen unten geholfen?«

»Rolf, sieh dir doch die Leute an, die jetzt alles durcheinander bringen. Das sind Feinde des Evangeliums. Sie zerstören nur. Junge, bist du denn blind? Sieh doch nur, wie sie mit ihren Waffen rumballern. Das ist keine neue Ordnung, das ist der Geist von unten, das Chaos. Kannst du dir vorstellen, dass der Herr Jesus mit einer Waffe herumgelaufen wäre?«

Ach ja, da hat der Pastor Bracht den schwachen Punkt voll getroffen: die vielen Waffen in der Bevölkerung! Das passt auch Rolf ganz und gar nicht. Aber was soll man dagegen tun. Man muss Geduld und Verständnis haben. Solch ein Umschwung bringt auch unliebsame Begleiterscheinungen mit sich. Natürlich ist er nicht mit allem einverstanden, was da so geschieht und unterbleibt. Es gibt zum Beispiel noch keine genau umgrenzte Gewaltenteilung. Grüne Polizei, blaue Polizei, Bürgerwehr und dazu die konkurrierenden Gruppen der Arbeiterräte! Und alle haben Waffen! Vorgeblich zum Schutz der Bürger!

Das ist schon ein Problem, das dringend gelöst werden muss. Aber wie? Ganz ohne Waffen geht es nicht, das muss Rolf zugestehen. Die gute Sache muss verteidigt werden.
»Ich bin auch gegen Waffen, Herr Pastor, aber man muss Verständnis für sie haben: Rosa Luxemburg und Karl Liebknecht sind ermordet worden. Sie haben Angst, dass die Reaktion wieder alles zunichte macht. Darum markieren sie starke Männer und ballern mit ihren Flinten herum. Die Sache aber ist gut!«
»Rolf, du bist auf einem falschen Weg. Komm zurück! Komm wieder ins Jugendhaus. Nur der Herr Jesus kann eine neue Ordnung schaffen durch Buße und Bekehrung. Menschlicher Idealismus reicht nicht aus, diese Welt und vor allem die Menschen zu ändern.«
Reicht nicht aus! Das denkt Rolf auch manchmal. Wir schaffen es nicht. Aber darf man deshalb die gerechte Sache fallen lassen? Darf man so etwas nicht erst sagen, wenn man alles, wirklich aber auch alles versucht hat?
Rolf will alles versuchen.
»Herr Pastor, ein möglicher Misserfolg darf uns nicht abschrecken, die gerechte Sache anzufangen!«
»Es ist keine gerechte Sache; es ist der Geist des Widersachers, der da am Werke ist. Komm zurück zu Jesus, komm ins Jugendhaus. Wir haben eine neue Dienstgruppe gegründet, die sich um Arbeitslose kümmert. Da kannst du jungen Menschen, die in Not geraten sind, helfen. Durch Jesus! Überleg es dir, Rolf!« Und nach einer Pause mit bedeutungsschwerer Stimme: »Auf Wiedersehn, Rolf!«
Da geht er hin, zitternd wie ein Greis und ist doch noch keine sechzig. Soll Rolf mit ihm gehen?
Rolf geht nach Hause und weiß gar nichts mehr. Zweifel ist in seine Seele gefallen. Die gerechte Sache – wie sieht sie aus? Dumpf brütend verbringt er seine Tage – und Wochen. Es passt alles nicht. Spartakisten – Streiks – Plünderungen – Gewalttaten: das kann doch nicht die neue Ordnung sein. Übergangserscheinungen – mahnt er sich zu Geduld. Aber wie lange noch Geduld haben? Es ist und bleibt eine gerechte Sache, ruft er sich zur Ordnung. Er diskutiert mit Freunden und Mitstreitern – aber der Zeifel bleibt. Das ist doch nur dein bürgerliches Gemüt und deine monarchistische Erziehung, die deine Skrupel nähren. Wo gehobelt wird, da fallen Späne. Oder steckt doch der Geist von unten dahinter?

Wahlen im März! Rolf wählt sozialistisch, aber das Zentrum wird stärkste Fraktion im Rathaus.
Im April sind Freicorps in der Stadt. Zu toll haben es die Spartakisten getrieben. Die Streiks sind unerträglich. Oder gehört das zu den Geburtswehen der neuen Ordnung?
Mai! Rolf beginnt mit dem Studium in Köln. Kalte Wissenschaft, aber kein Feuer. Feuer, das hat Pastor Bracht in seinen Augen. Jedoch nicht in den Händen! Die zittern wie die Hände eines Greises.
Juni. Versailles – große Bestürzung – Ratlosigkeit – Verbitterung! Aber was soll's!
Juli. Spaziergänge mit Asnide durch das Wolfsbachtal bis nach Werden – Sommersonne – Verliebtsein – Stirnrunzeln bei den Eltern Diergardt.
Es passt alles nicht!
Fragende Blicke von Asnide; es müsste noch so vieles gesagt und erklärt werden: »Rolf, du wolltest mir alles erklären!«
Aber Rolf kann gar nichts mehr erklären. Er weiß nur, es muss eine neue Ordnung entstehen, und er muss daran mitarbeiten. Aber wie? Er findet ja kein Gehör, steht dazwischen, ist hin- und hergerissen, voller Bedenken, wenn und aber, einerseits und andrerseits. Das lähmt. Lahme jedoch werden nicht gebraucht in diesen Tagen. Deine Kraft reicht nicht aus, Rolf!
Und immer wieder an den Wochenenden lange Spaziergänge und Gespräche – oft quälend – mit Asnide, bis in den Herbst.

Asnide! Vom ersten Augenblick an – vom Tage ihres Wiedersehens am Hauptbahnhof vor nun knapp einem Jahr – hat sie sich zu Rolf hingezogen gefühlt, obwohl ihre erste Begegnung wahrlich schockierend genug war, um sie auseinander zu treiben. Das Gegenteil ist geschehen. Warum nur? Schwärmerische Verliebtheit, aus Tanzstundentagen hinübergerettet? Ach nein! Das ist es: Rolf erscheint ihr als Mann, der einen neuen Weg weiß. Einen neuen Weg gehen, das ist nämlich genau das, was auch Asnide will. Darum wird sie von Rolf angezogen. Aber während sie selbst unsicher ist und ganz und gar nicht weiß, wo es lang geht, hatte sie von ihm bisher den Eindruck, dass er sehr wohl Bescheid wüsste. Asnide möchte sich bei Rolf anlehnen, Stütze und Geleit bei ihm finden. Ist es doch so schwer, einen neuen Weg zu gehen, wenn man nicht weiß, was bevorsteht. Es wäre gut für Asnide, wenn einer mit ihr ginge; es wäre schön, mit Rolf zu gehen.

Umso verwirrter, ja geradezu verängstigt ist Asnide, wenn sie Rolf jetzt so bedrückt erlebt. Warum grübelt er so viel? Weiß er doch nicht Bescheid? Kennt er den Weg auch nicht? Gerade jetzt wäre das wichtig. Asnide hat aus Unsicherheit die Entscheidung über ihre unmittelbare Zukunft immer wieder hinausgeschoben. Aber jetzt geht das nicht länger. Professor Seidel sowie auch die Eltern drängen sie. Wenn auch in verschiedene Richtungen! Im Augenblick sieht es so aus, dass sie wohl im November an der Handwerker- und Kunstgewerbeschule mit einem Malkurs anfangen wird. Ihr neuer Weg!
Und Rolfs Weg?
»Rolf, was wird aus uns?«
Achselzucken!
»Die Eltern sehen es nicht gern, wenn wir zusammen sind!«
Sie trennen sich.

Erst im Januar sehen sie sich wieder, und zwar an einem Sonntagnachmittag an der Straßenbahnhaltestelle vor dem Rathaus Bredeney.
Rolf ist zum Wochenende nach Hause gekommen und hat beschlossen, zu Pastor Bracht ins Jugendhaus zu gehen. Er muss mit dem Mann sprechen. Da steht Asnide an der Haltestelle. Freudig erregt und ohne jeden Vorbehalt nach der monatelangen Trennung geht sie auf ihn zu:
»O Rolf, ich will ins Kunstmuseum. Durch einen glücklichen Zufall ist eine kleine Ausstellung von Bildern der Malerin Paula Modersohn-Becker zustande gekommen. Professor Seidel ist hellauf begeistert. Ich muss die Bilder unbedingt sehen. Paula Modersohn-Becker hat die Menschen ganz neu gesehen.«
Die Menschen neu gesehen! Das ist für Rolf wie ein Signal. Das Jugendhaus und der Pastor Bracht verblassen vor seinem geistigen Auge:
»Kann ich mit dir kommen?«
»Gerne, Rolf!«
Die Straßenbahn bimmelt heran, sie steigen ein.
Es ist wirklich nur eine kleine Ausstellung, ein Dutzend Bilder vielleicht; aber sie nehmen Asnide und Rolf gefangen.
Nur wenige Besucher haben hergefunden. Wer versteht schon solche Bilder? Vor zehn Jahren ist eine Nolde-Ausstellung ähnlich aufgenommen worden. Sicher, ein paar Leute waren begeistert, aber die meisten haben diese Art zu malen abgelehnt: Klecksereien!

Ganz so schlimm ist es heute nicht. Sie haben vielleicht doch schon etwas gelernt, die Leute? In der Hauptsache aber doch auch bei dieser Ausstellung: Kopfschütteln. Das soll Kunst sein? Da fehlen doch alle Feinheiten, alle Glätte. Grob hingekleistert, schmucklos, flach, ohne Perspektive! Und dazu die Motive: Kinder, alte Frauen – stumpfsinnig, ohne Glanz!

Gerade vor Rolf und Asnide hat Friedrich Wilhelm Bergmann, Studienrat für Kunstgeschichte an der Helmholtzschule, mit seiner Familie den Ausstellungsraum betreten. Indigniertes Kopfschütteln: »Unter Kunst stelle ich mir etwas anderes vor! – Und was ist das? Eine nackte Frau! ›Selbstbildnis am 6. Hochzeitstag‹? Unverschämtheit, unzumutbar!« Die Töchter kichern. Bergmann verweist es ihnen mit einer herrischen Gebärde. Er dreht sich auf dem Absatz um und verlässt demonstrativ den Raum, die Familie folgt. Andere Besucher sehen darin ein mutiges Zeichen und ziehen ebenfalls ab. Rolf und Asnide sind allein – allein mit den Bildern der Paula Modersohn-Becker, die nun schon seit zwölf Jahren tot ist.

Aber ihre Bilder leben. Asnide weiß Bescheid. Professor Seidel hat ihr alles, was man über diese Frau weiß, berichtet; sie hat es begierig aufgesogen und gibt es nun fast wortgetreu an Rolf weiter: Eine junge Frau, die ihren Weg ganz konsequent gegangen ist, die sich freigemacht hat von ihren Lehrern und ihrer Zeit, die das gemalt hat, was sie gesehen hat. Und sie hat ganz neu gesehen: »Ich sehe, dass meine Ziele sich mehr und mehr von euren entfernen werden, dass ihr sie weniger und weniger billigen werdet. Und trotzdem muss ich ihnen folgen«, hat sie ihrer Schwester geschrieben. Eine Ausstellung in Bremen hat ihr katastrophale Kritiken eingetragen. Selbst ihr Mann hat sie nicht völlig verstanden, aber gefühlt hat er wohl doch etwas: »Verstanden wird sie von niemandem. Mutter Geschwister, Tanten, alle haben ein stilles Übereinkommen: Paula wird nichts leisten; sie nehmen sie nicht für Ernst«, steht in seinem Tagebuch. Und Rilke – der große Rainer Maria Rilke – war mit ihr befreundet. Vielleicht hat er auch etwas von ihrer Größe geahnt. Er hat nämlich – freilich erst später – ein Requiem für sie geschrieben. Sie ist mit 31 Jahren bei der Geburt ihres ersten Kindes, einer Tochter, gestorben:

»Denn das verstandest du: die vollen Früchte,
die legtest du in Schalen vor dich hin
und wogst mit Farben ihre Schwere auf.

Und so wie Früchte sahst du auch die Fraun
und sahst die Kinder so, von innen her
getrieben in die Formen ihres Daseins.
Und sahst dich selbst zuletzt wie eine Frucht,
nahmst dich heraus aus deinen Kleidern, trugst
dich vor den Spiegel, ließest dich hinein
bis auf dein Schauen; das blieb groß davor
und sagte nicht: das bin ich; nein: dies ist.«

Asnide hat diesen Teil des Requiems, das sie von Professor Seidel bekommen hat, auswendig gelernt und trägt das Gedicht Rolf vor. Der ist beeindruckt und jetzt ganz begierig, die Bilder der Paula Modersohn-Becker zu betrachten. Was hat sie geschaut und auf ihren Bildern dargestellt? Asnide und Rolf wollen es herausfinden.
Das Kind auf dem Stuhl: Gebunden, unsichtbar an den Stuhl gefesselt.
Oder doch nicht gefesselt? Geborgen vielmehr! Geborgen auf einem armseligen Stuhl in einer Bauernkate? Die Hände gottergeben in den Schoß gelegt. Gott ergeben? Wieso Gott? Kein Aufbegehren in diesem kleinen Mädchen. Warum ist da kein Aufbegehren? Man kann doch seine Hände nicht einfach in den Schoß legen. An den herabhängenden Mundwinkeln, an dem mickrigen, strähnigen Haar, überhaupt an der ganzen zusammengedrückten Gestalt kann man es erkennen, man sieht es dem Kind einfach an: es ist schon mancher Sturm über dieses Mädchen hinweggegangen und manche Last darauf gelegt worden. Und dennoch kein Aufbegehren! Leid, Not, Trauer vielleicht, aber auch nur wenig! Bedrückt! Doch es drückt sie nicht zu Boden. Da ist etwas, das hält sie aufrecht auf dem Stuhl. Was ist das nur?
Das nächste Bild: Wieder ein Mädchen, ein dreiviertel Mädchen nur, bis zum Schoß, sonst nichts, nicht einmal ein Hintergrund und auch kein Stuhl. Die Arme verschränkt, hängende Schultern, den Kopf geneigt und wieder die hängenden Mundwinkel, immer wieder hängende Mundwinkel. ›Worpsweder Bauernkind‹. Muss schon ein armes Volk sein da unten im Moor bei Bremen. Geschlagene Kreatur! Aber nicht zerschlagen, nicht einmal verschlossen! Geschlossen, das wohl, geschlossen in sich, und doch auch wieder offen! Offen? Ja! Aber wo denn? Wo sind diese armen Kreaturen denn offen?

Asnide entdeckt es zuerst: die Augen! Was sind das für Augen! Große, weit auseinander stehende Augen, die alles sehen, alles aufnehmen. Die ganze Welt geht da hinein. Sie sehen dich an und sehen zugleich an dir vorbei, durch dich hindurch, gucken nur, immer weiter und weiter, dringen durch bis ans äußerste Ende, in die weiteste Ferne und auch wieder ganz tief nach innen: sehende Augen.
Immer wieder auf den Bildern: Augen, die alles sehen. Viel armselige, mühselige und beladene Kreaturen, vorwiegend Frauen, Mädchen, aber immer wieder: Große, sehende Augen.
Was sehen diese Augen? Was geht durch sie hinein in die geplagten Körper, hält sie aufrecht und gibt ihnen Geborgenheit?
Es muss etwas Besonderes, etwas Neues sein! Etwas Neues! Rolf ist elektrisiert. Der neue Mensch – hier in den Bildern der Paula Modersohn-Becker? In den großen, sehenden Augen? Was ist das nur? Was hat sie da entdeckt?
Man müsste die Künstlerin fragen. Das geht nicht. Sie ist längst tot. Aber aus ihren Bildern guckt es dich an.
»Solche Augen möchte ich haben«, sagt Asnide.
»Ich habe solche Augen schon gesehen«, fällt Rolf plötzlich ein: »Pastor Bracht hat solche Augen.«
Wirklich, solche Augen? Ähnliche zumindest! Ist nicht so viel Weite drin, aber Feuer! Doch dann muss Rolf wieder an Pastor Brachts zittrige Hände denken. Die passen nicht dazu. Zu diesen Augen auf den Bildern gehören ruhige, zusammengelegte Hände, verschränkte Arme.
Rolf stutzt. Verschränkte Arme? Das ist ein Fehler. Natürlich passen zittrige Hände nicht zu diesen Augen. Aber gelassene denn? Gelassene doch auch nicht. Zu diesen Augen gehören eifrige, tätige Hände.
»Asnide, warum sind keine eifrigen, tätigen Hände auf diesen Bildern. Warum sind die Hände so untätig?« Rolf fragt es ratlos.
»Sie tragen Blumen, Rolf!«
Tatsächlich! Asnide hat den Blick schweifen lassen und es entdeckt. Rolfs Frage macht es ihr bewusst. Immer wieder tragen die Frauen Blumen in der Hand oder einen Zweig. Vor allem auf den Selbstbildnissen. Aber auch ›Clara Rilke‹ und ›die Armenhäuslerin‹ tragen Blumen, ebenso die Kinder.
»Ob das wichtig ist, eine Blume in der Hand zu halten?«
»Ich glaube ja, Rolf!«
Rolf mag diesen Gedanken, er lässt sich von ihm einnehmen. Ja, das

ist es: man müsste Zweige in den Händen halten, dann könnte ein Neues werden. Wo hat er das nur schon mal gehört oder gesehen: Zweige in den Händen der Menschen? Seine Gesinnungsfreunde, seine Mitstreiter haben Waffen, viel zu viele Waffen in den Händen. Sicher, es sind nicht die Waffen des Militarismus, es sind Waffen, die das Erreichte schützen. Es gibt ja keine richtige Schutzmacht, und man darf wirklich nicht alles der Reaktion überlassen; die machen nämlich kurzen Prozess, und alles ist wieder beim Alten. Aber es sind Waffen – tödliche Waffen!
Waffen sind altes Eisen, muss Rolf denken. Neu für ihn sind die Blumen.
Nachdenklich verlassen die beiden die Ausstellung und kehren nach Bredeney zurück.
Asnide ist hochgemut und wohlgestimmt. Sie ist sich jetzt ihrer Sache gewiss: Sie wird Malerin werden, die Ausbildung an der Kunstgewerbeschule absolvieren, vielleicht auch noch die Akademie besuchen, aber vor allem: Sie wird ihren Weg gehen wie diese Frau, Paula Modersohn-Becker. Sie wird malen, was sie sieht, und wie sie es sieht.
Und sie sieht etwas. Noch nicht viel, aber es reicht, um anzufangen. Sie sieht – verschwommen, noch im Nebel, aber sie sieht – den neuen Menschen: geborgen und frei!
Sicher, sie muss noch viel lernen. Das will sie ja auch. Es ist auch noch nicht ganz ihr Eigenes, was sie sieht. Da ist noch viel Aufgelesenes, Angenommenes, Geliehenes, aber sie ist auf dem Weg, und der Weg ist erkennbar. Ganz deutlich sogar!
So hochgestimmt und fröhlich ist Asnide, dass sie gar nicht merkt, wie nachdenklich und zerrissen Rolf ist. Rolf wird mit seiner neuen Erkenntnis nicht fertig. Gut, er wird kein Gewehr nehmen; ihm ist der Zweig, die Blume angemessen. Aber wie denn, um alles in der Welt? Was heißt das, einen Zweig zu nehmen? Was ist das überhaupt: ein Zweig?
Zum Abschied – Rolf hat Asnide natürlich bis vor die Haustür gebracht – noch eine kleine Sensation: Asnide ist so hochgestimmt, dass sie Rolf einen Kuss auf die Backe haucht, bevor sie schnell den Weg zum Portal hochläuft. Rolf ist so überrascht, dass er einen Augenblick lang seine Zerrissenheit vergisst. Eine Welle Glücksgefühls schwappt durch seinen Körper. Aber als er wieder zum Denken kommt, ist es um so schlimmer. Was soll denn werden? Natürlich ist er in Asnide verliebt und sie in ihn auch. Das ist jetzt

ganz klar. Aber wie soll das denn weitergehen? Soll er, darf er um dieses Mädchen werben? Die Familie schmeißt ihn mit seinen Ideen doch glatt raus.
Familie? Das ist doch Unsinn! Er will ja nicht die Familie, er will Asnide. Und wie soll das, bittschön, gehen? Selbst wenn er sein Studium erfolgreich abschließt, wird er kaum eine Anstellung finden. Bei den Ansichten, wie er sie vertritt, wird keine Firma sich das leisten wollen. Er kann allenfalls auf eine Stellung beim Staat oder bei der Stadt hoffen; und selbst das wird noch schwer genug und ohne Protektion gar nicht zu schaffen sein. Die werden gerade auf ihn warten!
Oder bei der Gewerkschaft? Rolf weiß, dafür ist er nicht radikal genug.
Oder nicht entschlossen genug? Zu zaghaft? Zu bürgerlich?
O Rolf, was soll werden?
Soll er doch lieber ein Gewehr nehmen und versuchen, revolutionäre Radikalität zu lernen? Ach nein, das geht nach den Bildern der Paula Modersohn-Becker nun nicht mehr.
Trotz der unterschiedlichen Ausgangslage doch auch ähnliche Gedanken bei Asnide! Was soll daraus werden?
Freudig erregt hatte sie die Ausstellung verlassen, getrost bei dem Gedanken, den eigenen Weg ein Stück weit gesehen zu haben, gewiss und fröhlich in der Erkenntnis, dass sie den nun auch gehen müsste – und gehen würde, gegen alle Zwänge und Traditionen, nur eigenem Erkennen und Empfinden verpflichtet.
Da war es vor der elterlichen Wohnung über sie gekommen, dass sie jetzt, bevor sie ins Haus ginge, einen Anfang machen müsse. Sie müsste ihre warmen Gefühle für Rolf – war das Liebe oder nur Verliebtheit? – ausdrücken; und so hatte sie ihn auf die Backe geküsst.
Freilich, jetzt auf ihrem Zimmer kommen ihr Bedenken, ob ihre Tat, auf die sie ein paar Minuten sehr stolz war, wirklich so befreiend und wegweisend war, wie sie gehofft hatte. Da war doch jetzt etwas in Gang gekommen, das nun auch zu einem guten Ende führen musste. Und zu welchem, bittschön? Muss man sich so etwas nicht viel genauer überlegen?
Wenn Rolf nun um sie wirbt, was soll sie dann ihren Eltern erklären?
Ach was! Asnide wischt alle Bedenken mit dem Schwung ihrer seelischen Hochstimmung vom Tisch. Sie wird, wenn es nötig ist, ihren Weg schon sehen; und was sie dann sieht, wird sie malen – und tun. Tun und malen!

Am Sonntag darauf ist Rolf dann doch im Jugendhaus. Es hat ihm keine Ruhe gelassen. So sehr er sich durch die Bilder der Paula Modersohn-Becker bereichert fühlt, so sehr wäre doch auch sein Gewissen belastet, wenn er den geplanten und versprochenen – hat er Pastor Bracht etwas versprochen? – Besuch jetzt nicht nachholen würde.
Rolf ist zwar anwesend, aber nicht so ganz. Es läuft alles an ihm vorüber. Zwar viele Gespräche – es sind noch weitere Studenten da. Es gibt lebhafte Diskussionen über Arbeitslosigkeit und das soziale Elend in der Stadt. Man müsste etwas tun, helfen, die Menschen sehen – aber an Rolf läuft es vorbei. Es kommt ihm so kraftlos vor. Und dann die Bibelstunde: Pastor Bracht ist bekannt für seine packenden und lebensnahen Auslegungen der Bibel; aber an Rolf läuft heute auch das vorbei. Er hört gar nicht richtig hin, versteht nicht, kriegt nichts mit. Schnappt lediglich zwischendurch ein paar Worte auf: »Herr Jesus Christus ...«, aber es hat keinen Bezug zu seinem Leben.
Stattdessen hört er Gewehrschüsse, Streikparolen, Forderungen der Arbeiter. Ja, richtig, das ist doch jetzt das Thema, das dran ist: Die Unterdrückung der erniedrigten Arbeiter, die berechtigten Forderungen der lohnabhängigen Massen, die ganze soziale Not, das muss doch jetzt auf die Tagesordnung. He, ihr da, ihr habt das falsche Thema. ›Einer trage des anderen Last‹, steht das nicht in eurer Bibel? Das muss doch jetzt gepredigt werden.
Die Bibelstunde ist zu Ende. Pastor Bracht betet, und plötzlich ist Rolf hellwach: »Herr, gib Augen, die was taugen, rühre meine Augen an; denn es ist die größte Plage, wenn am Tage man das Licht nicht sehen kann.«
Augen, die was taugen! Die Augen auf den Bildern der Paula Modersohn-Becker und die Augen des Pastor Bracht! Was seht ihr denn, ihr sehenden Augen? In der Ferne und in der Nähe? Seht ihr, was sich da zusammenbraut? Dagegen muss man etwas unternehmen. Ihr regt euch auf, dass so viele Arbeiter Waffen tragen. Ja, merkt ihr denn nicht: Ihr siebt Mücken aus und schluckt Elefanten – ach nein, ›Kamele‹ heißt es wohl. Merkt ihr nicht, was sich da von der anderen Seite heranwälzt und alles wieder vernichten will? Da muss man doch Licht hineinbringen. Licht, sage ich! Jawohl ... größte Plage, wenn am Tage man das Licht nicht sehen kann.
Ach ja, Licht! Ist kein Licht. Für Rolf schon gar nicht, alles düster! Kapp-Putsch! Die Reaktion greift brutal nach der Macht. ›Verbreche-

rischer Dumme-Jungen-Streich‹ habe ich irgendwo gelesen. Betonung dann aber bitte auf ›verbrecherisch‹, nicht auf ›Streich‹! Bricht zwar nach wenigen Tagen zusammen, die Gewerkschaften machen nicht mit: Generalstreik! Und ein großer Teil von Heer und Bürgerschaft auch nicht! Aber wer in diesen Tagen das lüsterne Abwarten auf den Gesichtern so mancher Industrieller, mancher Bankiers, und sogar mancher Beamten in der Stadt gesehen hat, der versteht das Grauen, das die Arbeiter überkommt. Alles verloren? Da stehen sie noch einmal auf. Plötzlich ist das Land voll von ihnen. Eine richtige Armee – wie im Krieg – marschiert auf die Stadt zu. Von auswärts kommen sie, von Dortmund, Wanne-Eickel, Gelsenkirchen, weniger aus Essen selbst. Zur Erinnerung: In Essen hat das Zentrum die meisten Stimmen, und ohne die christkatholischen Gewerkschaften läuft eh nichts.
Wüste Haufen sind das, die da auf die Stadt zumarschieren – und Rolf ist bei ihnen.
Als die Nachricht durchkommt, Freicorps haben Berlin besetzt, und Kapp hat die Position des Reichskanzlers an sich gerissen, da weiß Rolf, wohin er gehört. Er eilt in die Stadt und weiter nach Altenessen zu seinen Freunden von der Zeche. Aber sind das Freunde, was er da trifft? Die Kumpel von Schacht Emil-Emscher, mit denen er in den Semesterferien gearbeitet hat, das waren gewiss alles gewerkschaftlich organisierte Schreier, manche auch – heimlich oder offen – auf Seiten der Spartakisten. Und eine große Klappe hatten sie allesamt. Mit dem Mund haben sie wohl manches Mal einen umgelegt, aber Rolf hat es immer als Redereien abgetan. Sie mussten halt ihren Zorn loswerden. So haben sie dann auch manchem Bergassessor ›die Rübe abgehackt‹, mit Worten nämlich. Niemals aber, hat Rolf gedacht, sind diese im Grunde gutmütigen Burschen fähig, wirklich brutale Gewalt anzuwenden. Es sind doch keine Totschläger! Sicher, sie ballern schon mal herum, und das ist nicht gut. Aber man muss es verstehen: Sie lassen Dampf ab!
Doch jetzt? Der Haufen, der sich am Karlsplatz zusammengerottet hat, sind das noch gutmütige Burschen? Rolf ist mitten hineingeraten. Geraten? Wieso denn? War doch sein freier Entschluss! Ja sicher, aber doch nicht zum Totschlagen.
»Totschlagen? Wer will hier totschlagen. Kapierst du denn nicht? Wir müssen die mühsam erreichten Anfänge der neuen Ordnung schützen, sonst geht alles wieder in die Binsen, was wir der reaktionären Brut mit unserem Blut abgerungen haben!«

Der Kerl, mit dem Rolf spricht, kann reden, argumentieren, agitieren. Er hat Feuer in den Augen, loderndes Feuer, das aber nicht wärmt, sondern flackert und zündeln will. Rolf bekommt es mit der Angst zu tun. Ein fremder Kerl! Wo kommt er her? Es sind überhaupt so viele Fremde bei dem Haufen. Die eigenen Leute sind fast in der Unterzahl. Rolf sucht nach Bekannten, findet Willy Korsch und beruhigt sich. Das ist ein besonnener Mann, ruhig, vernünftig und unbescholten. Wenn der dabei ist ... Aber auch Willy Korsch trägt ein Gewehr. Rolf sucht weiter, da trifft sein Blick auf Franz Feldmann, Hermann Laubach, Fritz Milkereit. Ach ja, das sind auch keine Totschläger. Und dann steht Rolf plötzlich vor Peter Holthaus und Werner Lafonte. Sind Leute wie er, beide bürgerlicher Herkunft. Sie waren zusammen auf dem Burggymasium; sind dann vom Abitur weg in den Krieg gezogen, Offiziere geworden. Werner Lafonte sogar Hauptmann; und genau wie Rolf sind sie im Schlamassel der Schützengräben zur Besinnung gekommen. Eine neue Ordnung muss geschaffen und der Militarismus ausgerottet werden. Die beiden studieren Philologie, wissen aber noch nicht so recht, was sie einmal werden wollen. Studienräte vielleicht für Deutsch und Geschichte! Sind aber noch unentschlossen, zögern noch. Wohin denn auch als brave Bürgersöhne in solch turbulenten Zeiten? Aber heute ist alles klar, heute sind sie bei der Demonstration. Der bösartige Streich der Reaktion hat das Fass zum Überlaufen gebracht.
Erleichterung nun erst recht bei Rolf, Erleichterung aber auch bei den beiden:
»Wenn ihr da seid ...«
»Wenn du da bist ...«
Jawohl sie sind mit dabei, die Bürgersöhne. Sie werden mit demonstrieren gegen die verbrecherischen Anschläge der Reaktion und gleichzeitig aufpassen, dass ihrerseits keine Übergriffe geschehen.
Aber das ist keine Demonstration, was da vom Karlsplatz losmarschiert. Das ist Aufstand, Revolution, Putsch! Oder sogar Totschlag?
Der Haufen zieht die Altenessener Straße entlang. Schüsse fallen. Rolf spricht mit einem, der geschossen hat:
»Warum schießt du?«
»Wer sich der gerechten Sache in den Weg stellt, wird beseitigt. Freiheit und Menschenrechte müssen geschützt werden.«
»Aber es stellt sich uns doch keiner in den Weg.«

»Das Gesindel hat sich verkrochen, sitzt in seinen Höhlen und wartet nur darauf, dass wir Schwäche zeigen. Wir müssen ihnen mit Entschlossenheit begegnen.«
Und dann stellt sich dem Haufen doch etwas entgegen. Am Viehofer Platz werden sie von einer Salve Gewehrschüsse empfangen: Einwohnerwehr und grüne Polizei! Wütend erwidert der Haufen die Schüsse. Das ist wie im Krieg, eine richtige Armee, die rote Armee, stürmt den Viehofer Platz. Sie gehen in Deckung, schießen, Deckung, schießen und immer wieder: Deckung, schießen! Ha, das ist eine Lust, wie sie die Bastionen der Reaktion stürmen, die sich in den Häusern auf der Ostseite des Platzes verbarrikadiert haben. Ha, das wird ihnen nichts nützen. Die rote Armee ist stärker. Von Stoppenberg kommt ein zweiter Haufen gezogen. Die haben sogar Minen und Handgranaten dabei.
Rolf ist wie betäubt. Er hat noch einen Versuch gemacht, den Haufen auf friedliche Bahnen zu lenken. Halb im Schutz einer Litfaßsäule stehend hatte er geschrieen: »Nicht schießen, der Militarismus ist tot ... Sind doch Brüder, alle Brüder ... Recht und Freiheit für alle ... Nicht schießen!«
Ganz schrill hatte seine Stimme geklungen, hatte sich auch gegen den Gefechtslärm durchgesetzt. Die Kugeln waren ihm um den Kopf geflogen, aber es war ihm nichts geschehen. Dann war plötzlich der Fremde mit dem Feuer in den Augen bei ihm und riss ihn zurück: »Du Idiot, das ist doch die Reaktion!« Und weg war er wieder.
Rolf ist verzweifelt. Werner Lafonte und Peter Holthaus hat er aus den Augen verloren, Willy Korsch und Fritz Milkereit ebenfalls. Rolf ist ganz allein, obwohl eine Menge Leute um ihn herum sind. Aber alles Fremde!
Und dann ist der Viehofer Platz genommen. Sie haben einen von der grünen Polizei gefangen. Ein Auto ist urplötzlich zur Stelle; mit ihm fährt ein Unterhändler zum Rathaus. Die Stadt soll sich ergeben. Der Haufen jagt schießend hinterher. Schießen, schießen und immer wieder schießen! Rolf wird in dem Haufen mit weitergespült, die Viehofer Straße hinauf, an der Marktkirche vorbei – ein Gedanke wie ein Blitz: Hier predigt Pastor Bracht, aber der Blitz zündet nicht. Keine Konsequenzen! Es geht einfach nur weiter.
Gewimmel vor dem Rathaus! Der Oberbürgermeister steht mit beschwörend erhobenen Armen auf den Stufen, neben ihm der Unterhändler. Eine weiße Fahne flattert im Wind. Die Stadt hat sich ergeben.

Gott sei Dank, das Blutvergießen hat ein Ende. Aber nein, erst muss noch mit den reaktionären Banditen abgerechnet werden, die auf Arbeiter schießen, welche ihr Recht auf Freiheit und Menschenwürde verteidigen. Da müssen Menschen an die Wand gestellt werden und Köpfe rollen.

Rolf ist mitten drin in diesem Treiben. Er fühlt sich ja auch mit den aufbegehrenden Arbeitern verbunden, verflochten, weiß aber, das kann, das darf nicht sein. Der Militarismus ist doch tot. Warum dann diese sinnlose Schießerei?

Aber wer schießt denn noch? Und wieso wird noch geschossen?

»Die Besatzungen in der Hauptpost und am Wasserturm sind noch nicht verständigt, dass die Stadt sich ergeben hat.«

»Trick der Reaktion. Wir müssen sie mit Stumpf und Stiel ausrotten.«

Die Parole zündet. Der Haufen – die rote Armee – gerät in Bewegung. Zur Hauptpost und zur Steeler Straße, zum Wasserturm!

Rolf ist dabei, unentrinnbar dabei.

Vom Wasserturm wird tatsächlich geschossen. Wütend setzt die rote Armee zum Sturm an. Noch einmal springt Rolf aus dem Haufen heraus. Mit seiner schrillen Stimme schreit er in die Schießereien: Nicht schießen, ist Friede, Friiiiiede ...«

Grell schrillt sein ›Friiiiiede‹ zwischen die Fronten. Aber es ist zu spät. Es schwappt über ihn hinweg. Sie setzen zum Sturm an. Kapitulationsbereitschaft nun doch bei den Besatzern des Wasserturms. Unten kommen sie mit der weißen Fahne heraus, oben aber schießen sie weiter.

Missverständnis? Infamie? Egal – zu spät! Sie werden niedergemacht, gemetzelt – alle! Grausam, grausam!

Und dann ist endlich Ruhe, Friedhofsruhe, Todesstille. Auch Rolf schrillt nicht mehr, er liegt auf dem Pflaster, hat eine Kugel in der Brust und ist tot, einfach tot.

Es kann später auch keiner genau sagen, woher die Kugel kam. Eine kriminalistische Nachuntersuchung ist nämlich durchgeführt worden.

Allerdings war da alles schon wieder anders geworden. Deutsches Militär hatte die rote Armee vertrieben, Franzosen hatten mit Einmarsch gedroht, war ja entmilitarisierte Zone – kurz und gut, die Kriminalisten hatten auch nicht mehr einwandfrei feststellen können, woher die Kugel kam. Wahrscheinlich aber doch vom Wasserturm. Das war natürlich peinlich für die Leute in Bredeney:

der Lehrerssohn auf der falschen Seite! Gerne hätten sie es andersherum gesehen, ließ sich aber nicht verheimlichen oder unterschlagen, dass Rolf Bornewasser mit den roten Horden durch die Stadt gezogen war, wenn auch ohne Waffe. Dennoch: gerechte Strafe! Darüber ist man sich einig – in Bredeney jedenfalls. Wäre er in Bredeney geblieben, wäre ihm nichts passiert, denn da ist kaum ein Schuss gefallen.

So spricht man in Bredeney, zumindest einige Zeit später. Da darf man auch ganz offiziell so wieder reden; denn dann hat die Reichswehr dem roten Spuk ein Ende gemacht. In der Zeit davor hat es allerdings noch eine Menge Wirbel gegeben. Dutzende verschiedener Kommandos tauchen auf, errichten Dienststellen, geben Pässe aus, erteilen Befehle, durcheinander und sich gegenseitig widersprechend. Darunter sind auch regelrechte Banditen, die z.B. die Postkasse plündern. Aber, wie gesagt, nach kurzer Zeit vertreibt die Reichswehr diese Banden, der Spuk ist vorbei. In Bredeney hat man noch am wenigsten davon gespürt. Es folgt eine ruhigere Zeit. Ein Gewerkschaftskongress tagt in der Stadt, erstellt das ›Essener Programm‹, und Adam Stegerwald hält eine gewaltige Rede. Daraus hätte eine starke Mittelpartei entstehen können. Ist aber nicht! Doch eine ruhigere Zeit, die ist jetzt schon.

Und wo ist Asnide? Richtig, es sollte ja eine Geschichte von Asnide sein. Es ist aber schwer, sie bei dieser Geschichte in den Mittelpunkt zu rücken, denn sie ist ja ein junges Mädchen, und in diesem Kapitel geht es um große Geschichte und Politik. Was hat ein junges Mädchen damit zu tun? Selbst der Rolf hat trotz seines Engagements nichts ausrichten können. Er ist hinein- und dazwischengeraten und umgekommen. Durch ihn ist Asnide natürlich auch betroffen.

Aber mehr am Rande der Geschichte!

Jedoch mitten im Herzen!

Hinwiederum: das zählt in der großen Geschichte nicht!

Warum eigentlich nicht?

Wie die Geschichte zu Ende gegangen ist?

Irgendwer hat Rolfs Leiche nach Hause gebracht. Sie wird aufgebahrt.

So hat Asnide Rolf zum letzten Mal gesehen. Stumm, klaglos steht sie an seinem Sarg, kann nicht verstehen, was da geschehen ist, und ist doch die Einzige in Bredeney, die versteht, warum er gegangen und mit den Haufen der roten Armee gezogen ist. Aber das hilft nun alles nicht mehr. Bei der Beerdigung bricht sie dann

plötzlich unter Tränen zusammen. Indignierte Blicke! Aha, da hatte sich wohl etwas angesponnen. Ist besser so, wie es gekommen ist. Asnide spürt das arrogante besserwisserische Mitleid, möchte dagegen anschreien und bringt doch keinen Ton zustande.
Gedrückte Stimmung auf dem Friedhof! Nicht wegen der Trauer, nein, wegen der Ungewissheit! Noch wissen sie nicht, was man als freier Bürger in Bredeney sagen muss, die kriminalistische Untersuchung läuft ja noch. Sie wissen also noch nicht, ob sie sagen müssen: Junger, von den roten Horden sinnlos hingemetzelter Held!« Oder: »vom Zeitgeist in die Irre geführter Wirrkopf!« Verständlicherweise macht sie das unsicher.
Asnide aber hat sich in ein trostloses Schweigen verkrochen. Ja, es hätte eine spannende, eine rührende, eine schöne Geschichte aus dem flüchtigen Kuss am Gartenweg der elterlichen Villa nach den Besuch der Ausstellung von Paula Modersohn-Becker werden können. Rolf hätte um Asnide werben können ... und dann ... ja, was hätte sich daraus alles ergeben können! Nun aber ist ein Grab daraus geworden, das Grab eines jungen Mannes, der sich entschieden hatte, kein Gewehr zu nehmen. War das falsch? Gewiss nicht! Er hatte doch auf den Bildern der Paula Modersohn-Becker gesehen: Es ist wichtig, einen Zweig in der Hand zu halten!
Asnide bricht das Studium an der Kunstgewerbeschule bei Professor Seidel ab. Sie kann nicht mehr malen. Unter dem Kopfschütteln aller Verwandten und Bekannten wird sie Krankenschwester.
Es bricht eine schwere Zeit an: Inflation, Ruhrbesatzung durch die Franzosen! Geht aber alles vorüber.
Ende der zwanziger Jahre arbeitet Asnide im Huyssen-Stift, wohnt im Haus, kommt nur noch ganz selten nach Bredeney, rührt keinen Pinsel mehr an. Nur einmal gerät sie in Versuchung, doch wieder mit dem Malen anzufangen. Das Folkwang-Museum ist nach Essen gekommen und mit ihm das Selbstbildnis der Paula Modersohn-Becker mit Kamelienzweig. Einen großen Zweig – es ist wohl der größte auf ihren Bildern – trägt sie in der Rechten. Mit lächelndem Mund und weit offenen Augen schaut sie dich an und in dich hinein. Eine Zeit lang ist Asnide jeden Tag nach dem Dienst ins Museum gegangen, um davorzustehen und sich anschauen zu lassen. Dabei hat es mächtig in ihren Fingern gejuckt, das Malzeug wieder hervorzuholen. Aber dann hat sie es – warum auch immer – doch nicht getan und weiter ihr bescheidenes, zurückgezogenes Leben im Dienst an den Kranken geführt.

Es hat auch niemand mehr um ihre Hand angehalten, obwohl sie doch eines Bankdirektors – pensioniert inzwischen – Tochter war. Sie war halt niemandem aufgefallen; und so war ihr Leben ohne weitere große Erschütterungen der Seele dahingegangen. Dahin? Wohin? Ich weiß nicht. Durch die Jahre jedenfalls! Nur einmal noch hat etwas sie hart getroffen. 1937 haben sie das Bild der Paula Modersohn-Becker abgeholt, verhaftet sozusagen, weggeschickt nach München in die Ausstellung ›Entartete Kunst‹. Da ist Asnide in ihrem Zimmer zusammengebrochen, als sie es in der Essener Allgemeinen las. Noch am selben Tag hat sie das Angebot eines Pastors aus Borbeck, der im Huyssen-Stift lag – Nierensteine oder so etwas –, angenommen, als Gemeindeschwester bei ihm zu arbeiten; und dort ist sie bei einem Luftangriff des Jahres 1943 umgekommen.

Der Sachverhalt war folgender: Der Pastor hatte einen Juden auf dem Dachboden des Gemeindehauses versteckt. Der durfte bei den Bombenangriffen natürlich nicht in den Luftschutzkeller. Zu allem Übel war er auch noch krank geworden, brauchte Pflege, war wohl ein ziemlich schwieriger Fall, phantasierte dauernd, man musste ständig auf ihn aufpassen, damit er nicht irgendetwas Unüberlegtes tat, was alle in Schwierigkeiten gebracht hätte. Asnide hatte das übernommen und war bei ihm geblieben, auch als die Sirenen heulten und die Bomben fielen. Da hat es sie dann erwischt. Eine Sprengbombe war auf den rechten Flügel des Gemeindehauses gefallen. Der Luftdruck hatte Asnide herausgeschleudert und das nachstürzende Mauerwerk ihren Schädel zertrümmert. Als man sie aus dem Schutt zog, fand es sich, dass sie ihre Hand um den Griff eines Handfegers gekrallt hatte.

Auf diese Weise kam dann alles heraus, denn den Juden hatte man natürlich auch tot aus den Trümmern geborgen. Der Pastor sollte ins KZ, ist aber vorher gestorben. Vor Schreck! Oder waren es doch die Nierensteine? War halt schon ein älterer Mann.

Was mit der Leiche des Juden geschehen ist, weiß ich nicht; Asnide aber wurde von ihren Eltern heimgeholt und in der Familiengruft auf dem Friedhof an der Meisenburgstraße beigesetzt.

Das ging nicht ohne Peinlichkeit ab für den pensionierten Bankdirektor Wilhelm Diergardt und seine Frau Gemahlin Änne, geborene Baronin von Bruckerhoff; denn der Kreisleiter hatte sich höchstpersönlich der Sache angenommen und die Geschichte untersucht. Dabei hat er den alten Diergardts gegenüber keinen Zweifel daran gelassen, dass er den Tod der Asnide als eine gerechte Strafe ansehe für eine verräterische Volksgenossin, die, anstatt dem Vaterland zu dienen, sich mit Judensäuen abgegeben habe. Ja, er gab ganz unverblümt dem Verdacht Ausdruck, dass die alten Leute an der fragwürdigen Entwicklung und Gesinnung ihrer Tochter nicht unbeteiligt gewesen seien. Nur weil er Näheres nicht beweisen konnte, ließ er es dann dabei bewenden.

So konnte Asnide zu Grabe getragen werden. Der Pastor predigte bei der Trauerfeier über Offenbarung 7, Vers 9 und 10: Eine große Schar stand vor dem Thron und vor dem Lamm, angetan mit weißen Kleidern und mit Palmzweigen in ihren Händen.

VIII

Wenn ich schon mal zum Schwimmen ins Stadtbad gehe, und am Steeler Tor vorbeikomme, kann man die Alte Synagoge natürlich nicht übersehen. Ein gewaltiger Kuppelbau, aus massigen Quaderblöcken gefügt, riesige Fenster in den gewölbten Seiten, domähnlich, nur ein Turm fehlt.
Gottesdienste werden freilich nicht mehr da gehalten. Bis vor einiger Zeit hieß es ›Haus Industrieform‹ und beherbergte eine Industrieausstellung. Noch früher, bis zum Krieg, war es wirklich eine Synagoge mit Gottesdiensten usw. Eine der größten und berühmtesten in Deutschland sogar, von Professor Körner entworfen. Doktor Hugo Hahn war hier Rabbiner und Doktor Hirschland Vorsitzender der jüdischen Gemeinde.
Nach dem Krieg aber gab es kaum noch Juden in der Stadt. Für die war das Gebäude natürlich viel zu groß. Sie haben es abgestoßen, obwohl das Mauerwerk den Krieg heil überstanden hatte. Nicht eine Bombe ist auf die Synagoge gefallen, während das Viertel ringsum restlos niedergebombt worden ist. War schon recht merkwürdig!
Die Stadt hat es dann übernommen und eben ein Industriemuseum daraus gemacht. Weiß wohl heute keiner mehr, warum. Ob ihnen nichts Besseres eingefallen ist? Egal, jetzt heißt es wenigstens wieder Synagoge, und ist eine Art Gedenkstätte kultureller Art.
Ich aber kann die Erinnerung an damals, als es noch eine richtige Synagoge war, nicht loswerden. Seiner Zeit bin ich oft mit meinem Vater da vorbeigekommen. Fast jeden Samstag! Die Hollestraße entlang, die Bernestraße herunter, am Jahrhundertbrunnen vorbei und dann um die Ecke in die Steeler Straße zur Badeanstalt! Dabei hat mich jedes Mal die riesige Synagoge auf der anderen Straßenseite sehr beklommen gemacht. Ich war halt noch klein und hab immer weggeschaut, zum Jahrhundertbrunnen hin. Das ist ein Arbeiterdenkmal, mit arg idealisierten Arbeiterfiguren, die fast immer von Lausbuben mit Kreide beschmiert waren. Respektlos! Sah aber ganz lustig aus! Völlig übersehen ließ sich die gewaltige, düstere Synagoge jedoch nicht. Sie drängte sich auf. Ich hatte den Eindruck, sie wollte mit mir reden, hatte mir etwas zu sagen. Ich aber hatte nur Angst vor ihr. Mein Vater hat mir zwar manches von den Juden erzählt, war aber wenig Gutes. Seine Freunde waren sie nicht.
Als dann eines Tages der riesige Kuppelbau ausgebrannt dastand mit

rauchgeschwärzten Fensterhöhlen, war es für mich noch beklemmender.
Kein Wort hat mein Vater darüber verloren, allerdings auch nichts mehr über die Juden gesagt, auch nichts Schlechtes. Ich war ihm dankbar für dieses Schweigen, obwohl es mich zugleich noch mehr ängstigte.
Aber merkwürdigerweise konnte ich von nun an die Synagoge ansehen. Es war zwar immer noch etwas Beklemmendes dabei, aber bedrohlich wirkte sie nun nicht mehr. Es war, als wenn ihre toten, rauchgeschwärzten Fensterhöhlen-Augen mir zuschwiegen: Du brauchst keine Angst zu haben, ich bin fix und fertig, bin hingerichtet, kann nicht mehr.
Warum aber hatte ich dennoch Angst? Angst vor dem Schweigen meines Vaters? Angst vor dem Schweigen der Synagoge? Ich glaube, ich habe damals schon geahnt: Die Synagoge wird noch mal reden.

Die Jüdin

Asnide sitzt eines milden Septembertages am Klavier und spielt Mendelssohn. Ist gefährlich und gar nicht gut für Asnide, denn es ist eine besondere Zeit. Seit über fünf Jahren sind die Braunen am Ruder, und Asnide ist Jüdin, Dreivierteljüdin genauer, der Vater ist Halbjude, die Mutter war es ganz .
Was heißt denn ›ganz‹? Gar nicht ganz! Zur jüdischen Gemeinde hat sich die Familie der Mutter, die Brandenburgs, schon seit Generationen nicht mehr gehalten, waren alles liberale, aufgeklärte Leute, die nicht viel um Religion und Glauben gaben.
Asnides Vater ist sogar schon evangelisch getauft worden. Das hatten sich Asnides Urgroßeltern ausbedungen, als die arische – das heißt, damals sagte man noch: christliche – Martha Schedereit den Juden Ignaz Marxsen, Asnides Großvater, heiratete: »Dass die Kinder aber getauft werden!« Und zwar evangelisch, denn die Schedereits waren brave Protestanten.
Asnides Pech, dass der evangelische Halbjude Oskar Marxsen, Sohn von Ignaz und Martha und Asnides Vater, dann wieder die – wenn auch liberale – Volljüdin Sarah Brandenburg geheiratet hatte, denn dadurch war Asnide Dreivierteljüdin, das galt soviel wie ganz,

225

obwohl in Asnides Papieren weder ›evgl.‹ noch ›mos.‹ stand. Ihre Eltern hatten beide gleich starke, oder besser: gleich schwache Beziehungen zu ihrer Religionsgemeinschaft und sich deshalb nicht entscheiden können, wo sie ihre Tochter anmelden sollten. Es war unterblieben. »Soll selbst entscheiden, wenn sie erwachsen ist!« So hatte der Vater gesagt; aber genau das hatte Asnide nie gekonnt. Sie war zwar allgemein religiös erzogen worden – höheres Wesen, Tugend, Unsterblichkeit der Seele; das braucht man ja zur Erziehung, wie soll man sonst die Kinder zum Guten anhalten? – aber mehr war nicht gewesen. So war Asnide nun gar nichts. Das heißt, seit einiger Zeit gab es die Formulierung ›gottgläubig‹, ›ggl.‹ konnte man auf amtlichen Formularen in die entsprechende Spalte eintragen. Das machte sich ganz gut, besonders für Asnide. Möglicherweise ist sie wegen dieses ›ggl.‹ bisher noch nicht als Jüdin entdeckt worden; und natürlich auch, weil sie sehr zurückgezogen lebte.

Besser wäre freilich gewesen, hätte ihr Vater, Oskar Marxsen, eine reine Arierin zur Frau genommen, dann wäre Asnide nur Vierteljüdin so wie ihr Vetter Günter, und das ist ungefährlich. Bis jetzt jedenfalls! Vaters jüngere Schwester Gertrud nämlich – Halbjüdin natürlich auch – hatte den rein arischen Walter Sassenscheidt geheiratet. Darum ist Günter, Asnides Vetter, nun nur Vierteljude. Ungefährlich zur Zeit noch, wie gesagt.

Kurios ist dabei, dass Gertrud ihren Walter durch Asnides Mutter kennen gelernt hatte. Er war nämlich ein entfernter Verwandter – Vetter dritten Grades oder so ähnlich – von Sarah Marxsen, geb. Brandenburg; und nun weiß ich nicht, ob die gemeinsamen Vorfahren von Asnides Mutter und Günters Vater arisch-christlich waren und der Zweig der Familie, aus der Asnides Mutter stammte, zur falschen Zeit mosaisch geworden war, oder ob umgekehrt diese gemeinsamen Vorfahren zwar jüdisch waren, der Zweig aber, aus dem Walter Sassenscheid stammte, zur rechten Zeit ins christkatholische Lager abgebogen ist – das ist nämlich auch noch so ein Schlenker: Walter Sassenscheid kommt aus einer katholischen Familie, ziemlich streng sogar; Günter aber ist evangelisch, denn Günters Mutter, die Halbjüdin Gertrud Marxsen, Schwester von Asnides Vater, war ja evangelisch. Zur Erinnerung: hatten die Urgroßeltern sich ausbedungen: ›Dass mir aber die Kinder ...‹ Ja, also Kinder gehen immer mit der Mutter. Walter Sassenscheid hatte sich dem – obwohl aus streng katholischer Familie – gefügt, und so war Günter nun evangelisch, – also: obwohl ich nicht weiß, wieso Asnides Mutter jüdisch, Günters Vater aber arisch war bzw. ist, wo sie doch miteinander verwandt sind, das Ergebnis jedenfalls ist eindeutig und für Asnide verheerend: sie ist Dreivierteljüdin, Günter Vierteljude. Oder auch: Asnide ist Jüdin, Günter nicht! Das heißt: Das ist doch Quatsch! Was soll das denn: *ist* Jüdin? Wieso *ist* Asnide Jüdin? Was ist das denn für ein Sein und was für eine Zeit, in der sie dir dein Sein auf den Kopf stülpen wie einen Hut, den du nicht tragen willst, und der dir gar nicht passt.

Aber das ist Philosophie, und die gilt hier nicht. Bei Asnides Großeltern steht dreimal: Jude! Und dann bist du eben einer. Basta! Man muss doch unterscheiden können. Wo kämen wir sonst hin. Aber welche Folgen das hat!

Das heißt: So unterschiedlich ist das nun auch wieder nicht. Günter und Asnide haben so ziemlich das Gleiche durchgemacht. Günter wohl stärker noch betroffen, weil er jünger ist, damals fast noch ein Kind, nicht mal konfirmiert.

Walter Sassenscheid war bei der Behörde – weiß nicht, welche – aber höhere Laufbahn, Akademiker, tüchtiger Mann! Seine Vorgesetzten hielten viel von ihm, wollten ihn fördern, hatten aber diskret, doch eindeutig durchblicken lassen, dass die nichtarische Herkunft seiner Frau dem beträchtlich im Wege stünde. Walter hatte das angeekelt und entrüstet zu Hause erzählt, sogar erwogen, aus der Partei auszutreten. Er ist nämlich seit 33 Pg. Kein alter Kämpfer, beileibe nicht, aber Märzgefallener! Schon damals hatte man durchblicken lassen, dass es von nun an nützlich für die Karriere sei, wenn man Pg. vor seinen Namen schreiben könne. So war er beigetreten. Nicht groß aus Überzeugung, aber schlecht schien ihm die Sache wiederum auch nicht zu sein. Deutschnational war er sowieso, und ein bischen frischer Wind konnte nicht schaden.

Jetzt also merkte Walter Sassenscheidt, wie der Hase läuft; aber zu spät; denn obwohl also Walter dies zu Hause nur berichtet hatte, um seiner Entrüstung Luft zu verschaffen, und damit er nicht an seinem Ekel erstickt, hat seine Frau, Asnides Tante Gertrud, sofort die Konsequenz gezogen. Depressiv veranlagt war sie immer schon gewesen. Drei Tage später hat sie sich auf dem Dachboden erhängt.

Oskar Marxsen hatte zwar Asnide gegenüber Andeutungen gemacht, das sei nicht der einzige Grund, die Ehe sei von jeher nicht gut gewesen, und da stecke bestimmt auch noch ein Frauenzimmer

227

hinter, man werde ja sehen. Aber beweisen konnte er das natürlich nicht.
Viel wahrscheinlicher wollte Oskar Marxsen einfach nicht wahrhaben, welche Zeit in Deutschland angebrochen war.
Zwei Wochen später sind ihm dann die Augen aufgegangen, denn Asnides Mutter, Sarah, hatte längst verstanden, wo es hinging.
Man brauchte doch nur auf die Straße zu gehen, zum Kaufmann z.B., wenn man überhaupt noch bedient wurde! Warum war Oskar nur so schwer von Begriff? Er konnte doch an seinen Umsätzen ablesen, wohin es ging. Marxsens hatten ein kleines Geschäft in der Kettwiger Straße, gute Lage: Hüte, Schirme, Herrenartikel usw., aber seit einiger Zeit kaufte kaum noch einer bei ihnen. Die braunen Gesellen riefen offen zum Boykott auf: »Kauft nicht beim Juden!« und: »Juda verrecke!« hatten eines Nachts Schmierfinken auf die Schaufensterscheibe gepinselt. Oskar hatte die Polizei verständigt. Die war gekommen, hatte ›jaja‹ gesagt und – nichts getan.
Aber Oskar hatte immer noch nichts gemerkt.
Warum merkt Oskar nichts?
Oskar ist ja gar kein Jude, ist doch evangelisch und von der Abstammung her allenfalls Halbjude.
Und deine Frau, Oskar?
»Was hat die Frau mit meinem Geschäft zu tun?«
Außerdem kann Oskar sich nicht vorstellen, dass diese Barbarei in Deutschland, dem Land der Dichter und Denker, dem Land von Kant, Goethe und Schiller, von Dauer ist: »Das sind Übergangserscheinungen; die werden schon merken, wer ein wahrer Deutscher ist.«
Oskar hat den Weltkrieg mitgemacht. Langemarck! EK II bekommen!
Als Oskar also weiter nichts merkt, kann die überempfindliche Sarah nicht mehr. Wenn schon für ihre halbjüdische Schwägerin kein Platz mehr in dieser Stadt ist, dann für sie, die Volljüdin, deren halbjüdischer Mann noch immer nichts kapiert hat, doch erst recht nicht. Vierzehn Tage braucht sie noch, dann folgt sie ihrer Schwägerin, nur dass sie Gas wählt.
Jetzt endlich kapiert Oskar, viel zu spät natürlich; und nun ist auch für ihn kein Platz mehr in meiner Stadt. Aber Oskar ist noch hart und stark genug, um nicht zu resignieren. Er wandert aus. Es gelingt ihm. Er kann sogar sein Geschäft verkaufen, schlecht

natürlich, aber es reicht so gerade. Und dann ist Oskar Marxsen Knall auf Fall weg. Nach Amerika!
Asnide sollte selbstverständlich mitkommen. Aber sie ist dageblieben.
Warum ist Asnide nicht mit? Hat sie auch nichts kapiert?
Doch schon!
Asnide wollte nachkommen; aber jetzt noch nicht!
Denn Asnide ist ein selbstständiger Mensch, sechsundzwanzig Jahre alt und steht kurz vor ihrem Abschlussexamen als Pianistin. Sie studiert seit fünf Jahren an der Folkwangschule, und das muss erst noch zu Ende gebracht werden. So schlimm ist es ja nun auch wieder nicht, dass man deswegen Hals über Kopf und unter Verzicht auf das unmittelbar bevorstehende Examen das Studium abbricht. Zudem ist ihr Lehrer sehr von Asnide angetan. Er hat ihr seine Vermittlung angeboten, für eine Anstellung als Nachwuchspianistin, in einem städtischen Orchester vielleicht. Das wäre eine große Auszeichnung, wenn sie gleich als Pianistin anfangen könnte und nicht mühsam mit Klavierstunden für unbegabte, aber höhere Töchter ihr Brot verdienen müsste. Solch eine Chance schlägt man nicht einfach in den Wind!
Und darum bleibt Asnide!
Wenn es mit dem Engagement als Pianistin nicht klappt, wird sie ihrem Vater nach Amerika folgen.
Aber dann ist da auch noch etwas – oder besser: jemand – anders: Harald, Consemester von Asnide! Wenn sie nicht alles täuscht, hat er ein Auge auf sie geworfen. Asnide fände es wunderbar, wenn ihre Vermutung zuträfe, denn sie mag diesen Harald sehr gern. Sie hat noch keinen festen Freund oder gar Liebhaber gehabt, nur ein paar Schülerflirts, Tanzstundenbekanntschaften, nichts Ernsthaftes jedenfalls. Asnide ist nicht gerade eine Schönheit, aber doch recht apart mit ihrer zierlichen und dennoch fraulichen Figur und vor allem mit ihrem schwarzen Haar.
Harald war wohl der Hauptgrund für Asnides Bleiben.
Und letztlich ist ja auch noch gar nicht ausgemacht, dass sie Jüdin ist.
Wer sagt das denn? Wo steht das geschrieben? In ihren Papieren steht ›ggl.‹.

Das alles ist nun schon zwei Jahre her. Asnide hat keine Anstellung als Pianistin gefunden und Harald hat nicht um sie geworben. Er war eines Tages verschwunden. Aber Asnide ist auch nicht dem Vater nach Amerika gefolgt. Das Engagement ist immer wieder geplatzt, weil es letztlich doch noch einen Bewerber gab, der – angeblich – besser war.

Zuletzt hatte Asnide diese Bewerbungen auch nicht mehr mit aller Energie betrieben. Sie hatte nämlich gleich nach dem Examen – zwischenzeitlich hatte sie zunächst gedacht – mit Klavierstunden begonnen, dann aber bald gemerkt, dass man dabei ganz gut und vor allem zurückgezogen leben konnte. Sie hatte eine kleine Wohnung in der Rellinghauser Straße, zwischen Juliusstraße und Rolandstraße, zwischen Hauptbahnhof und Saalbau mieten können. da lebte sich's ganz gut. Keiner kannte sie näher – oder kaum einer – vor allem: keiner wusste – anscheinend, scheinbar – dass sie Jüdin ist.

›Ggl.‹ steht in ihren Papieren. Das ist das bevorzugte Glaubensbekenntnis der Braunen. Der Vater ist weg, die Mutter tot. Wer soll da noch Verdacht schöpfen? Warum also soll Asnide die Stadt verlassen? Es ist ja ihre Stadt, ihre Heimat. Sie hat ihre Jugend hier verbracht. Das kann man nicht so ohne weiteres beiseite schieben. Ihre Bekannten wohnen hier; das gibt man nicht einfach auf. Erst mal abwarten. Im Augenblick ist es relativ ruhig. Wenn es wieder schlimmer wird, muss man neu über das Auswandern nachdenken – dann! Vielleicht!

Asnide hat genug Schüler, um davon leben zu können. Es stellt sich auch heraus, dass es gar nicht so schlimm ist, Klavierstunden zu erteilen.

Einige Schüler sind richtig begabt. Es macht Asnide Spaß, ihren Fortschritt zu verfolgen.

Freilich: das Risiko bleibt. In ihrem Bekanntenkreis sind viele Juden, und die meisten ihrer nichtjüdischen Bekannten wissen, dass sie Jüdin ist. Wie? Ist das jetzt entschieden? Ist sie wirklich Jüdin? Asnide ertappt sich bei dem Gedanken: Ja, ich bin Jüdin! Ach was, meldet sich die Gegenstimme, das haben sie dir doch nur angehängt.

Nein, nein, du bist wahrhaftig Jüdin! Asnide will sich gegen diese Stimme zur Wehr setzen, kann es aber nicht. Sie schimpft mit dieser Stimme und lauscht doch geradezu verliebt auf sie. Es erfüllt sie mit Genugtuung, mit Stolz.

Kann das sein: Genugtuung? Wer hat da genug getan? Was ist genug und für wen? Und Stolz? Worauf ist Asnide stolz? ›Ggl.‹ steht doch in ihren Papieren!

Es klingelt. Asnide unterbricht ihr Klavierspiel, drückt auf den Türöffner. Es ist Günter, der da die Treppen – Asnide wohnt im dritten Stock – heraufpoltert. Günter kommt öfter. Seit ihre Mütter auf die gleiche tragische – tragisch? naja, man sagt so, ich weiß halt kein besseres Wort – Weise aus dem Leben geschieden sind, sitzen die beiden oft zusammen und erzählen sich was. Günter ist zwar erst sechzehn, zwölf Jahre jünger als Asnide, aber für sein Alter erstaunlich reif. Asnide freut sich, wenn Günter kommt, für sie ist es eine Abwechslung. Asnide lebt doch sehr zurückgezogen, mehr als ihr guttut, mehr vor allem, als sie sich eingesteht.

Günter weiß meist erstaunliche Dinge zu berichten. Die hört er von Pastor Wilms, denn Günter geht zu den Bibelstunden ins Jugendhaus.

Das ist zwar im Grunde verboten, denn kirchliche Jugendarbeit gibt es nicht mehr, gehört jetzt alles in die HJ, aber reine Bibelstunden kann man nicht so ohne weiteres verbieten; und da lässt sich dann auch noch manches andere machen. Der Pastor Wilms macht jedenfalls eine ganze Menge. Die Gestapo ist längst auf ihn aufmerksam geworden und lädt ihn alle Nase lang zum Verhör. Aber der Pastor Wilms lässt sich nicht einschüchtern; der sagt ihnen ganz unverblümt die Meinung. Der Mann hat Zivilcourage, behält den Mut – und den Humor. Beim zehnten Verhör hat er ihnen doch wahrhaftig einen Blumenstrauß mitgebracht: Jubiläum! Da haben sie natürlich dumm geguckt und sich solche albernen Späße verbeten. Es ginge schließlich um heilige Güter: Volk und Vaterland!

Günter also geht zu Pastor Wilms ins Jugendhaus und ist ganz Feuer und Flamme. Nach der Konfirmation – Günter ist evangelisch – haben eines Sonntags zwei fremde Jungen bei Sassenscheids geklingelt und Günter eingeladen. Er ist mitgegangen, einfach so, vielleicht auch, weil das damals gerade mit seiner Mutter passiert war. Jedenfalls hat ihn etwas gepackt, er ist dabei geblieben, auch als – oder gerade weil – der Fähnleinführer ihn, als es herauskam, vor versammelter Mannschaft furchtbar angeschissen hatte. Es wurde auch jetzt noch viel gehetzt, aber passiert war ihm bisher nichts. Nicht einmal vertrimmt hatten sie ihn.

Wenn Günter dann vom Jugendhaus nach Hause geht, schaut er oft bei Asnide rein und erzählt ihr noch was; eine halbe Stunde lang oder auch schon mal länger.

Heute ist er ganz außer Atem, als er vor Asnide steht, so schnell ist

er die Treppe heraufgerannt. Kaum dass er die Tür geschlossen hat, platzt er auch schon heraus:
»Weißt du es schon?«
»Nein, was denn? Setz dich erst mal!«
»Er hat vom Rath erschossen.«
»Vom Rath, wer ist das?«
»Botschaftsrat an der Deutschen Botschaft in Paris!«
»Und wer hat ihn erschossen?«
»Herschel Grünspan – ein Jude!«
Wie eine Explosion ist das: ein Jude!
Jetzt wird das Schikanieren wieder losgehen. Mein Gott, warum nur dieser Terror? Sie werden es hier zu spüren bekommen. Ob sie jetzt doch auswandern muss? Asnide will nicht auswandern. Glasklar erkennt sie es in diesem Augenblick: Sie will nicht weg, will bleiben.
»O Gott, was soll nur werden?«
Günter zuckt die Achseln: »Es ist schlimm! Wir haben heute darüber gesprochen, ob dieser Unrechtstaat überhaupt noch die Bezeichnung Obrigkeit verdient. Einige von uns überlegen, ob sie nicht in den Untergrund gehen sollen, um von da aktiven Widerstand zu leisten.«
»Aber wie denn, Günter?«
»Ich weiß nicht, aber es gibt sowas. Edelweißpiraten nennen die sich. Man müsste Kontakt zu denen aufnehmen.«
»Ach, Günter, du bist doch noch viel zu jung!« Einen Augenblick lang denkt Asnide an Günter, aber dann wird ihr wieder bewusst, es geht ja gar nicht um Günter, es geht um mich.
»Was wird denn jetzt wohl passieren? Wie soll ich mich verhalten? Sie werden sich rächen.«
»Es weiß doch niemand Bescheid, du lebst hier doch ganz privat!« Günter will Asnide beruhigen, merkt aber, dass das nicht so recht klappt.
»Ich bin Jüdin!« Asnide spricht aus, was Günter umgangen hat. Zum ersten Mal spricht sie es aus, jedes Wort betonend: »Ich bin Jüdin!«
Günter schweigt eine Weile und setzt dann neu an: »Die Juden sind das auserwählte Volk Gottes! – sagt Pastor Wilms«, schiebt er nach einer kleinen Pause nach.
»Was soll das? Wozu denn? Was habe ich davon? Dass sie uns quälen?«
Darauf weiß Günter verständlicherweise keine Antwort; er ist ja

auch erst sechzehn, wenn auch für sein Alter erstaunlich reif. Günter kommt sich schäbig vor. Er hat die Sache mit dem auserwählten Volk nur vorgebracht, um mit Asnide ein Gespräch über den Glauben anzufangen. So hat ihnen das der Pastor Wilms beigebracht: Es wäre die Aufgabe eines jeden Christen, nicht nur der Pastoren, für den Glauben und vor allem für Jesus Christus in der Familie, in der Schule oder im Beruf und sogar in der Öffentlichkeit einzutreten. Günter hatte das ernst genommen, war natürlich nicht überall damit angekommen. Im Fähnlein hatten sie ihm Prügel angedroht, wenn er nicht augenblicklich mit dem Stuss aufhöre. Aber der Pastor Wilms hatte gesagt, das mache nichts. Der Herr Jesus sei auch verspottet und verprügelt worden. Günter hatte das eingeleuchtet.
Noch unerquicklicher war es bei den Verwandten. Onkel und Tanten hatten zwar brav zugehört, wenn er sein Glaubenszeugnis ablegte, aber nicht verstanden, was sein Anliegen war und mit dummen Sprüchen reagiert. Jaja, immer anständig bleiben! Jugend zum Guten anhalten! Dankbare Gesprächspartnerin war ihm nur Asnide gewesen. Sie hatte zwar kritisch, aber aufmerksam zugehört, jedenfalls ernsthaft mit ihm gesprochen.
So wollte Günter auch heute über die – wie er fand – passende Einleitung vom auserwählten Volk auf den Herrn Jesus Christus zu sprechen kommen, der seiner menschlichen Natur nach ja auch Jude, seiner himmlischen Natur nach aber der Erlöser der ganzen Welt sei. So hatte er das bei Pastor Wilms im Jugendhaus gelernt.
In einer der letzten Bibelstunden war das gerade drangewesen, und Pastor Wilms war richtig in Fahrt geraten. Günter hatte vor Aufregung nicht still sitzen können und war auf seinem Stuhl hin- und hergerutscht. Also: die Juden seien und blieben ein für allemal das auserwählte Volk Gottes, auch wenn sie den Herrn Jesus Christus verworfen hätten. Wer das Volk Israel angreife, der greife den Augapfel Gottes an.
Und dann hatte er noch einige drastische Bemerkungen darüber fallen lassen, wie idiotisch die Judenpolitik Hitlers im Lichte der Bibel sei.
Günter hatte vor Erregung der Atem gestockt. Andrerseits hatte er vor Begeisterung über den Mut des Mannes mit den Beinen gestrampelt. Wenn jetzt ein Gestapo-Spitzel dabei war, dann war der gute Pastor Wilms am nächsten Morgen wieder dran. Und das nicht zu knapp! Heimlich hatte sich Günter ausgemalt, welche Figur er wohl bei solch einer Vernehmung machen würde. Es war eine gute Figur!

233

Eine ideale Mischung aus schlagfertigem, unerschrocken bekennendem Helden und stillem, zu allem bereiten Märtyrer. Und ein bisschen – uneingestandene – Angst war auch dabei.
Ja also: den Juden gelte auch weiterhin die volle Liebe Gottes, freilich nur durch Jesus; und das wollte Günter Asnide jetzt anbieten: Jesus, der Retter und Helfer in aller Not für sein Volk.
Aber Asnide kann nichts damit anfangen. Was heißt das ›Rettung durch Jesus‹, wenn der verblendete Herschel Grünspan den armen Freiherrn vom Rath ermordet hat und die braunen Horden das nicht vorbeigehen lassen werden, ohne sich an den Juden zu rächen? Asnide braucht jetzt Schutz vor den Nazis. Kann sie zu Jesus gehen? Wo ist der denn jetzt in meiner Stadt zu finden? Und wenn sie ihn findet, wird er sie gegen die braunen Horden schützen können? Günter merkt, hier ist er mit seinem Missionseifer gestrandet. Da müsste er jetzt schon Genaueres in der Hand haben. Auch ihm geht zum ersten Mal so richtig auf: Asnide ist Jüdin! Und denen geht es an den Kragen. Ja, zum Kuckuck, in der Bibelstunde von Pastor Wilms war doch alles sonnenklar gewesen. Es hatte ihm völlig eingeleuchtet, und er hatte keine Schwierigkeiten gesehen, es weiterzugeben: Jesus ist das Heil, auch für die Juden! Aber da steht nun seine Cousine Asnide – betroffen – und kann nichts damit anfangen. Günter ist ärgerlich über sich selbst, dass er nun mit leeren Händen dasteht, obwohl er doch Jesus darin hatte.
Das Gespräch tröpfelt noch ein bisschen so dahin. Günter kaut an seinem Ärger über seine Unzulänglichkeit herum; Asnide ist sowieso nicht bei der Sache, sie bewegt Schreckensbilder in ihrem Herzen, bosselt an Entschlüssen, die sie nicht zustande bringt. Bei der erstbesten Gelegenheit verabschiedet sich Günter. Asnide merkt es kaum, sie geht ins Bett, flüchtet in den Schlaf. Aber es sind nur neue Schreckensbilder, die sie dort findet.
Sie wacht früh wieder auf. Es ist noch dunkel, aber schon Krach auf der Straße. Was ist das? Laute Stimmen – Schreien – Rufen – Klirren zersplitternder Scheiben. Asnide stürzt ans Fenster. Blutroter Himmel hinter dem Hauptbahnhof! Schwach von Straßenlaternen erleuchtet: die Rellinghauser Straße! Asnide sieht einen Trupp Menschen, SA-Uniformen dazwischen, – und weiß alles!
Ein paar Häuser weiter ist die Sattlerei eines Juden. Von dort kommt der Krach. Asnide hat nie gesehen, dass jemand das Geschäft betreten hat. Sie selber auch nicht! Wann braucht man auch schon einen Sattler?

Doch, Asnide hätte neulich einen Sattler gebraucht: einen Riemen für ihren Koffer! Aber sie hat ihn am Viehofer Platz in der Kepa gekauft.
Er war dort billiger!
Das ist doch nicht wahr, Asnide! Du hast Angst gehabt, das Geschäft eines Juden zu betreten.
Jetzt ist es zu spät.
Asnide wird nie mehr Gelegenheit haben, beim Sattlermeister Roth zu kaufen. Sein Geschäft wird demoliert. Fenster, Türen, alles wird eingeschlagen. Der Mob wirft das Inventar auf die Straße und trampelt darauf herum. Starr vor Schrecken schaut Asnide von ihrem Fenster aus zu; Sie kann sich nicht abwenden und sieht konsterniert zu, wie da Tische, Stühle, Regale und alle möglichen Waren auf die Straße gepfeffert werden und eifrige Hände kaputtschlagen, was da auf die Straße fliegt.
Und andere stopfen sich heimlich was in die Taschen: Riemen, Lederzeug, das kann man doch brauchen.
Dann sind sie fertig und ziehen weiter in die Rolandstraße. Wohnen da auch Juden? Vorbei am Hotel Rolandseck! Auf der Hauswand ein großer Roland mit riesigem Schwert! Schaut aber nur zu, haut nicht drein mit seinem Schwert! Warum nicht? Weil es ein Irrtum ist. Die Straße hat ihren Namen gar nicht vom Roland; der gehört ja auch nach Bremen. Hier war früher das Rodeland der Stadt. Da haben die Bürger Holz zum Feuern geschlagen; ist Roland draus geworden, einfach verschliffen, hat aber mit dem Roland aus Bremen nichts zu tun. Nur der Name ist jetzt gleich. Deshalb hängt der Roland auch kraftlos an der Wand. Er kann gar nicht zuschlagen. Aber der Mob kann – und wird jetzt wieder roden.
Asnide jedoch ist beruhigt. Sie sind an ihrem Haus vorbeigezogen und haben sie nicht entdeckt. Der Lärm wird geringer. Sie legt sich wieder hin, will noch ein wenig schlafen. Es gelingt ihr aber nicht. Schreckensbilder, immer neue Schreckensbilder! Sie dämmert dahin, ein halbes Stündchen oder so. Dann wird der Lärm wieder stärker. Es pocht und knallt. Mein Gott, ist das ihre Haustür? Sind sie zurückgekommen?
Ja!
Irgendwer muss aufgemacht haben. Es poltert die Treppe herauf, donnert gegen die Etagentür. Asnide ist aufgestanden, steht reglos neben ihrem Bett, kann gar nicht aufmachen, selbst wenn sie wollte. Will aber auch gar nicht! Doch dadurch lassen die draußen sich

nicht mehr aufhalten. Es rammt etwas gegen die Tür, sie splittert, bricht auf, und der Mob quillt herein, stürzt ins Zimmer, fällt über die Möbel her. Einer nimmt einen Stuhl und haut damit das Fenster ein. Der Stuhl fliegt nach draußen. Jetzt ist ein Sessel dran. Da gerät Asnide in Fahrt, eine kalte Wut kocht in ihr hoch. Sie wirft sich auf den Kerl. Aber schon ist ein andrer zur Stelle und reißt sie zurück, schleudert sie gegen die Wand.

Das Nachthemd hat er ihr dabei zerrissen, vorne! Als er sieht, was dabei Schönes zum Vorschein kommt, werden seine Augen ganz groß und glupschig. Er will es genauer wissen; seine Hände schnellen vor und wollen zupacken. Doch da ist noch der andere, der inzwischen den Sessel durchs Fenster auf die Straße befördert hat: »Nimm die Finger von der Judensau, schämst du dich nicht, das ist Rassenschande. Das wird dem Gruppenführer gemeldet!« Erschrocken weicht der Missetäter zurück. Asnide ist erleichtert und entsetzt zugleich. Judensau! Das hat er gesagt, das hat sie gerettet.

Was heißt hier gerettet? Es wird zerstört, alles zerstört!

Sie haben das Klavier entdeckt und fallen darüber her. Es ist schwer, aber es sind ja genug Leute da; sechs, sieben, acht Mann hoch wuchten sie es ans Fenster, in die Höhe und hinaus, aus dem dritten Stock auf die Straße! Asnide bricht zusammen. Ihr Klavier, ihr Ein und Alles! Jetzt ist alles hin. Sie nimmt nicht mehr wahr, dass auch der größte Teil ihrer übrigen Möbel den gleichen Weg nimmt und auf der Straße landet. Sie haben ihr Klavier, ihr gutes, ihr schönes, teures, ihr mühsam erspartes, mit Entsagungen erworbenes Klavier auf die Straße geschmissen. Halb ohnmächtig liegt sie wimmernd am Boden, kriegt nicht mehr mit, wie die Bande ihr schändliches Werk vollendet und verschwindet.

Was nun, Asnide?

Asnide liegt am Boden und wimmert. Ewig kannst du da nicht liegen bleiben und wimmern. Eine Stunde oder so mag das angehn, aber dann musst du aufstehn, dann geht es weiter.

Was geht weiter? Das Leben!

Wieso geht das Leben weiter, wenn Asnides Klavier zerschmettert auf der Rellinghauser Straße liegt und ihre Wohnung nahezu leer ist?

Es geht tatsächlich weiter. Den Kleiderschrank haben sie nur umgestürzt und mit Fußtritten die Rückwand eingetreten. Er liegt halbzerstört im Zimmer. Asnide kramt unter seinen Trümmern ein paar Sachen hervor und kleidet sich an.

Und nun?
Sie muss weg. Aber wohin?
Da gibt es doch Verwandte und Bekannte, die müssen sie jetzt erst einmal aufnehmen. Professor Lehmbuch, ihr früherer Lehrer an der Folkwangschule? Nein, das kann sie ihm nicht zumuten. Er hat sie zwar bei mehreren Orchestern empfohlen, aber jetzt – das ist etwas anderes!
Oder die Walters? Ingrid Walter ist Asnides liebste Schülerin, die Eltern sind eindeutig gegen die Braunen, darum aber auch belastet. Sie haben zwar durchblicken lassen, dass sie jederzeit für Asnide zur Verfügung stünden, soweit es eben in ihrer Macht läge – Herr Walter ist Reichsbahnrat – aber nein, denen kann sie es jetzt auch nicht zumuten.
Bleiben die Sassenscheids, Verwandte! Blut ist doch ein dickerer Saft. Zu Sassenscheids wird Asnide gehen, die müssen sie aufnehmen.
Aber Sassenscheids sind keineswegs begeistert, als Asnide an ihrer Tür klingelt. Walter Sassenscheid erweckt den Eindruck, als wolle er sie gar nicht hineinlassen, so breitbeinig steht er im Türspalt. Günter muss eingreifen: »Nun lass sie doch erst mal herein!« Nur zögernd gibt sein Vater den Weg frei. Dann sitzt Asnide auf dem Sofa – im Mantel! Walter denkt nicht daran, sie zu bitten abzulegen. Stattdessen verlegene Phrasen! Ja, sie haben schon gehört. In der ganzen Stadt! Die Synagoge brennt!
»Wie haben sie dich nur gefunden? ... ungeheuerlich! ... da muss doch irgend so ein Schwein ... nicht zu fassen ... es weiß doch keiner, dass ...
Keiner?
Naiver Walter Sassenscheid!
»Was willst du jetzt machen?«
Große fragende Augen bei Asnide! Da merkt Walter Sassenscheid, dass er sich aufs Glatteis begeben hat und macht schnell einen Rückzieher. Beschwichtigungen! Wieder nur Phrasen: »Kommt Regen, kommt Sonne. Das war nur so ein Sturm ...« im Wasserglas, wollte er beinahe fortfahren, merkt aber, dass das allzu unpassend ist und rettet sich deshalb in weitere Phrasen: »Das wird sich alles wieder legen. Sollst mal sehen.« Und dann, besonders klug argumentierend: »Das Ausland wird das nicht so ohne weiteres hinnehmen. Sollst mal sehen, die müssen noch ganz kleine Brötchen backen. Nun geh erst mal nach Hause, leg dich ins Bett. Morgen sieht alles schon wieder ganz anders aus.«

Asnide hat nur gehört: »... geh erst mal nach Hause.« Sie wollen sie nicht haben. Ist ja auch klar, sie haben Angst. Asnide darf ihnen nicht einmal böse sein, obwohl sie voller Zorn ist. Steif steht sie auf und geht.
»Leg dich ins Bett«, haben sie gesagt. Als wenn sie noch ein Bett hätte! Liegt doch alles auf der Rellinghauser Straße und ist kaputt! Walter ruft ihr noch im Korridor nach: »Wenn du etwas brauchst ...? Wir können dir sicher das eine oder das andere abgeben!« Günter öffnet ihr die Tür, höflich, zuvorkommend; ist etwas von ›die Juden sind das auserwählte Volk‹ darin. Aber mehr weiß Günter auch nicht. Verlegen lässt er Asnide hinausgehen und weiß doch: Es müsste etwas geschehen. Aber was denn? Günter ist erst sechzehn, wenn auch für sein Alter erstaunlich reif.
Also doch zu den Walters! Aber Walters sind nicht da. Jedenfalls öffnet auf ihr Klingeln niemand die Tür. Dabei hätte sie schwören mögen, dass sie Schritte im Haus gehört hat. Ob man sie den Torweg heraufkommen gesehen hat?
Bei Professor Lehmbuch probiert sie es erst gar nicht mehr. Sie kehrt zurück in die Rellinghauser Straße. Wohin auch sonst? Auf der Straße liegen immer noch die Trümmer ihrer Möbel. Asnide klaubt zusammen, was einigermaßen heil geblieben ist, die Matratzen vor allem. Mühsam schleppt sie es nach oben. Passanten gehen vorbei, wechseln auf die andere Straßenseite und blicken krampfhaft weg. Niemand hilft – natürlich. Von den Hausbewohnern lässt sich keiner blicken, ebenfalls – natürlich.
Schließlich hat sie, was noch zu gebrauchen ist, oben, sitzt inmitten ihrer ramponierten Habseligkeiten, möchte weinen, kann aber nicht und überlegt. Was soll ich jetzt tun? Asnide hat ein paar Mark gespart, knapp zweitausend. Soll sie jetzt dem Vater nachfolgen und auswandern? Wie macht man so etwas? Reichen 2000 RM aus? Asnide will und will doch nicht. Soll sie – oder doch lieber nicht? Zu anstrengend ist ihr dieses Grübeln. Nach den ausgestandenen Strapazen sinkt sie auf ihren Matratzen zusammen und schläft ein. Klingeln lässt sie wieder auffahren. Es ist schon Nachmittag. Wer kann das sein?
Es ist Günter. Er war im Jugendhaus. Eine Schweinerei sei das, hat der Pastor Wilms gesagt und man müsse den armen Juden unbedingt helfen. Und Günter hilft. Asnide ist ihm dankbar. Er hat Handwerkszeug mitgebracht. Der Tisch wird zusammengeflickt, sogar einen Sessel kriegt er halbwegs wieder hin. Vor das zerbrochene

Fenster nagelt er Bretter und Pappe. Licht fällt trotzdem genug ein. Es ist noch ein zweites Fenster im Raum. Ganz wohnlich ist es wieder in Asnides Behausung, als Günter geht. Und Günter kommt jetzt jeden Tag. Hilft! Bringt am dritten Tag sogar einen Glaser mit – hat Pastor Wilms vermittelt, ist ein Bekannter von ihm aus der Bibelstunde –, der repariert das Fenster.
Die Wogen glätten sich. In den Zeitungen ist zwar noch toller Wirbel. Immer wieder: »... spontaner Ausbruch gerechten Volkszorns gegen die Schmarotzer ... Schuld ist das Weltjudentum! ... Brunnenvergifter!« und dergleichen Unsinn mehr. Aber ansonsten ist es ruhig. Niemand tut Asnide etwas zuleide. Die Schüler sind fast alle wiedergekommen, auch Ingrid Walter. Asnide hat sie natürlich nach Hause schicken müssen. Sie hat ja kein Klavier mehr. Das war wirklich hinüber, konnte auch Günter nicht mehr flicken, obwohl er sich bei den Reparaturen von Asnides Möbeln als sehr geschickt erwiesen hat. Alle Schüler wollen weitermachen, wenn Asnide wieder ein Klavier hat. Nur Helmut Berghaus und Eva Brause haben nichts mehr von sich hören lassen. Um die aber ist es nicht schade.
Soll Asnide weitermachen? Die zweitausend Mark in ein neues – gebrauchtes – Klavier stecken oder auswandern? Wer hilft ihr bei dieser Entscheidung? Sie spricht mit Günter darüber, aber der – sechzehn, wenn auch für sein Alter schon sehr reif – ist doch zu jung, um ihr dabei zu helfen. Er weiß nur: die Juden sind das auserwählte Volk. So hat es Pastor Wilms gesagt, und der Mann ist absolut vertrauenswürdig.
Man muss ihnen helfen! Also hilft Günter. Und das ist viel für einen Sechzehnjährigen – auch für einen gereiften. Mehr kann man von ihm wirklich nicht verlangen.
Mit wem aber soll Asnide sonst darüber sprechen?
Mit Pastor Wilms! Klar doch, von ihm hat Günter all seine Weisheit, muss ein feiner Mensch sein, dieser Pastor Wilms. Zu ihm wird sie gehen. Sicher wird er ihr helfen.
So steht Asnide eine Woche später vor Pastor Wilms' Haustür. Günter hat die Begegnung vermittelt. Pastor Wilms hat sich extra Zeit für Asnide genommen, er ist ja ein viel beschäftigter Mann.
Aber wie fängt man solch ein Gespräch an? Einerseits ist alles sonnenklar: Asnide braucht Hilfe. Andererseits: Wie soll ein Pastor, der selber bei den Braunen in Verruf steht, einer Jüdin helfen? Dafür ist er ja nicht ausgebildet. Darauf ist er auch nicht vorbereitet.
Ein paar einleitende Phrasen: »Vielen Dank für Ihre Bereitschaft. ...

sicher nicht leicht für Sie.« Und: »... schreckliche Zeit. ... der Satan feiert Triumphe! ... würde Ihnen gerne helfen, werde aber selbst von diesen Kerlen überwacht!« Und dann, flüssiger werdend: »Das Einzige, was ich Ihnen wirklich voll und ganz und ohne alle Einschränkung geben kann, ist die frohe Botschaft von dem Heiland Jesus Christus, der allen Schaden, allen Kummer heilt.«
»Aber ich weiß nicht, was ich tun soll. Soll ich auswandern. Was muss ich dazu unternehmen? Welche Schritte müsste ich tun? Reicht mein Geld? Bin ich überhaupt Jüdin? Werden sie nicht erst recht auf mich aufmerksam, wenn ich jetzt auswandern will? Ich will doch im Grunde auch gar nicht weg, aber ich bin Jüdin. Ach was, ich bin es nicht. Wer bestimmt das denn, dass ich Jüdin bin? Mein Gott, was soll ich bloß tun? Soll ich bleiben oder gehn?«
Asnide sprudelt die Fragen nur so aus sich heraus, ohne Pause, hott und hü, ja und wieder nein!
Und da ist dann plötzlich etwas zwischen ihnen: Verlegenheit – Befremden – ein Graben! Asnide ist irritiert, weil er vom Schaden redet, den Christus heilt. Ihr Schaden ist doch, dass sie angesichts des Naziterrors keinen Ausweg weiß. Kann ihr Schaden anders geheilt werden, als dass ihr jetzt jemand den Weg weist nach Amerika oder sonst wohin und ihr hilft, ihn zu gehen?
Aber der Pastor Wilms ist genau so irritiert und befremdet. Wieso kommt die junge Frau damit zu ihm? Soll er entscheiden, ob sie auswandern oder bleiben soll? Das hängt doch mit der Frage zusammen, ob sie nun Jüdin ist oder nicht. Sie weiß es ja selbst nicht, wie kann er es dann wissen? Von Günter weiß er, dass sie nicht zur jüdischen Kultusgemeinde gehört. Aber das ist für die Nazis sowieso egal. Und woher soll er wissen, was Auswandern kostet und wie es zu bewerkstelligen ist? Oder muss man sich in Zeiten wie diesen um so etwas kümmern? Auswandern ist eine komplizierte Sache. Sicher, es gibt da Organisationen, an die man sich wenden kann: die Reichsvertretung der Deutschen Juden, den Jüdischen Hilfsverein. Aber die sind doch seit dem Mord an vom Rath verboten, oder? Die Nazis haben selbst eine Stelle geschaffen, die die Auswanderung betreibt. Aber darf man sich so ohne weiteres an die wenden? Das könnte gefährlich werden. Außerdem muss man ein Land finden, in das man auswandern kann. So einfach ist das alles nicht. Vor allem aber: die junge Frau weiß ja selber nicht, was sie will und soll. Weiß nicht, ob sie gehen oder bleiben soll; weiß nicht einmal, ob sie Jüdin ist. In den Augen der Nazis sicher. Aber haben

die Belege, Dokumente darüber? Ein Bibelspruch geht dem Pastor Wilms durch den Kopf: Bleibe im Lande, und nähre dich redlich! Gerade zur rechten Zeit kommt ihm dieser Vers in den Sinn. Er erinnert ihn an sein Metier; und so nimmt er denn den Faden christlicher Verkündigung, den Asnide ihm abgeschnitten hatte, wieder auf. Er tut das auch ganz unbefangen, da er weiß, dass Asnide dem Glauben nach zumindest keine Jüdin ist: »Ich bin ganz sicher, das Problem, in das Sie jetzt geraten sind, ist ein Ruf Jesu an Sie, ihm Ihr Leben zu übergeben. Christus ist für uns alle gestorben, aber Ihnen gilt sein Ruf besonders, doppelt gewissermaßen, denn Sie gehören zu Gottes auserwähltem Volk. Jesus ist der Einzige, der Ihnen wahrhaft helfen kann. Vertrauen Sie sich ihm im Gebet an. Sie werden erleben, dass Sie auf Ihre Fragen eine Antwort bekommen.«

Hilflos steht Asnide vor dieser Predigt. Was soll sie tun? Was rät er ihr?

»Soll ich denn nicht auswandern? Ich habe zweitausend Mark gespart. Können Sie mir dafür nicht Papiere besorgen, dass ich zu meinem Vater nach New York kann?«

Nun ist es wieder an Pastor Wilms befremdet zu sein. Sie ist über seine Botschaft achtlos hinweggegangen. Eben wusste sie noch nicht, was sie wollte, jetzt ignoriert sie seine Botschaft und will Auswanderungspapiere. Ja, soll er ihr die beschaffen? Er hat damit noch nichts zu tun gehabt, aber man darf sich in solcher Lage wohl nicht darum drücken. Ein Unbehagen beschleicht ihn bei dem Gedanken, dass er die Auswanderung dieser Frau in die Hand nehmen, ja, sogar entscheiden soll, ob Auswanderung das Richtige für sie ist. Sie will nicht, das ist ganz klar. Das hat sie selbst gesagt, und Günter hat es ihm auch so geschildert. Aber muss sie vielleicht? Müsste sie ...? Hilft er ihr wirklich, wenn er ihr zur Auswanderung verhilft? Vielleicht stellt sich ja noch heraus, dass sie wirklich keine Jüdin, keine richtige jedenfalls, ist.

Wilms ist Pastor mit Leib und Seele, die Bibel ist ihm oberste Richtschnur. So weiß er: das Heil findet ein Mensch nur in Jesus Christus.

Das gilt für alle Menschen, für die Juden, Gottes auserwähltes Volk und für diese Frau, die nicht weiß, was sie will und ist, und auch nicht, wie es um ihre Zugehörigkeit zum Volk Israel bestellt ist.

Das sagt er ihr auch noch einmal. Asnide aber springt darauf partout nicht an. Sie will wissen, ob sie auswandern soll oder nicht.

»Wie soll ich denn bleiben, ich habe ja kein Klavier mehr.«
Bei dem Wort ›Klavier‹ kommt dem Pastor eine Erleuchtung. Richtig, sie hat kein Klavier mehr. Die Braunen haben es ihr aus dem Fenster geworfen. Günter hat es erzählt. Das wird vielleicht sogar der Hauptgrund sein, warum sie jetzt weg will, wenn sie überhaupt weg will. Klar, damit hat sie ihr Geld verdient und außerdem hing sie natürlich auch daran. Wenn sie wieder ein Klavier hätte, würde sie von Auswanderung wahrscheinlich gar nicht mehr reden. Der Bibelspruch fällt ihm wieder ein: Bleibe im Lande und nähre dich redlich. So ist es. Wenn sie ein Klavier hat, kann sie sich auch wieder redlich nähren, und alles andere findet sich dann schon: ob sie Jüdin ist, ob es denen jetzt an den Kragen geht, oder ob es nur ein vorübergehender Sturm ist, und auch, ob sie das Heil in Jesus Christus findet.
Ein Klavier jedenfalls kann er ihr besorgen; er ist ganz sicher, dass er ihr dabei helfen kann. Hat nicht erst neulich nach der Bibelstunde einer ihn gefragt, ob er nicht jemanden wüsste, der ein gebrauchtes Klavier kaufen möchte?
So schnappt denn Pastor Wilms nach dem Wort ›Klavier‹, obwohl er das nicht ganz redlich findet und ihm unbehaglich dabei zumute ist. Er hat zwar schon oft erlebt, dass seine Botschaft auf Ablehnung gestoßen ist, gottlose Burschen aus dem Segeroth, ebenso wie höflich-kalte aus Bredeney, aber hier, bei der jungen Frau, ist es etwas anderes. Ihre Augen! Und dann: das auserwählte Volk! Das ist für ihn beileibe keine Redensart, das ist ihm bitter ernst. Sie gehört dazu, versteht nichts von Jesus, ist aber zu ihm gekommen. Die hat ihm doch nicht der Zufall, die hat ihm der Herr Jesus ins Haus geschickt. Warum versteht sie dann nichts? Ob es daran liegt, dass er so wenig über die Auswanderung weiß? Er weiß wirklich wenig davon, und das macht ihn verlegen. Er muss sich mal umhören, hat ja viele Verbindungen.
Aber jetzt zum Klavier! Also, sie hat kein Klavier mehr. Nun, da müsste doch etwas zu machen sein. Was, sie hat zweitausend Mark gespart? Ja, da ist er ganz sicher, dass er ihr helfen kann. Das wird er schon irgendwie deichseln. Asnide kriegt ihr Klavier, da braucht sie sich keine Sorgen zu machen. Das ist so gut wie sicher. Ganz bestimmt wird er ein gebrauchtes Klavier auftreiben, für zweitausend Mark immer, wahrscheinlich sogar billiger, das wird keine vierzehn Tage dauern. Asnide kann getrost nach Hause gehen.
O ja, Pastor Wilms ist sehr erleichtert, als Asnide ihm dankt. Sie

nimmt seine Hilfe an. Er hat also doch helfen können. Die Sache mit den Auswanderungspapieren hat ihm sehr zugesetzt. Ist es ein Fehler, darüber nicht Bescheid zu wissen? Muss er sich um so etwas jetzt auch kümmern? Gehört das zu seinen Aufgaben als Pastor? Eben – Pastor!
Ein Hirte muss sich um alles kümmern. Aber gerade als Pastor konnte er bei ihr doch nicht ankommen. Von Jesus hat sie nichts wissen wollen. Er überlegt, ob er jetzt, da die Spannung zwischen ihnen auf Grund der abgesprochenen Hilfsaktion gewichen ist, ein drittes Mal versuchen soll, von Jesus zu ihr zu sprechen. Aber er spürt, dass das nicht rechtens und nicht gut wäre und er es bleiben lassen muss.
So ist denn Asnides Problem entschieden durch den Pastor Wilms, der nicht weiß, ob man zögernden Juden zur Auswanderung raten und diese dann betreiben muss, wohl aber, wie man an gebrauchte Klaviere kommt.
Und das weiß er wirklich! Schon in der nächsten Woche kommt Günter angestürmt.
»Morgen kommt dein Klavier. Der Pastor hat eins aufgetrieben. Ich soll zwar nichts sagen, aber ich weiß auch, von wem. Hat der Frau eines Prokuristen von Krupp gehört. Kostet nur 650 Mark!«
Triumphierend endet Günter seine Rede. 650 Mark ist billig. Für eine Jüdin sowieso. Aber auch sonst ist das Klavier, das da anderntags auf einem Kruppschen Laster angeliefert wird, seine 650 Mark allemal wert. Eine saubere Leistung von Pastor Wilms! So gut wie ihr voriges ist es natürlich nicht, aber für Klavierstunden reicht es dicke.
Klavierstunden! Asnide gibt Klavierstunden und lebt. Die Schüler sind tatsächlich alle wiedergekommen. Im Hause nimmt keiner Notiz von ihr. Die Mieter wechseln schnell, keiner kümmert sich um den anderen, der Besitzer wohnt in Stuttgart und kennt sie gar nicht. Wer kennt schon Asnide? Die Behörden zumindest nehmen ebenfalls keine Notiz von ihr. Freilich, die Stürmer vom 9. November, die haben sie gefunden. Aber ob das nicht einfach private Denunziation war? Irgendwer, der Asnide übel will! Wer könnte das sein? Oder einer, von dem die Namen und Adressen weiterer Juden erpresst worden sind? Sicher, so wird es gewesen sein!
So lebt denn Asnide zurückgezogen, bescheiden, ein bisschen kümmerlich, auch verschüchtert, viel allein, manchmal auch von Zweifeln geplagt, ob es nicht besser gewesen wäre auszuwandern,

aber unbehelligt weiter in der Rellinghauser Straße. Einen Winter, ein Frühjahr, einen Sommer und dann: Krieg!
Im Radio senden sie lauter Siegesmeldungen, Asnide empfindet sie als Niederlagen. Es gibt jetzt Lebensmittelkarten. Man bekommt sie vom Ernährungsamt. Asnide hat keine bekommen. Was nun?
Da ist wieder die Angst. Was steckt dahinter? Warum habe ich keine Lebensmittelkarte erhalten?
Was ist zu tun? Nachforschen, natürlich! Aber dann muss sie aus ihrer Deckung heraus. Ob das gut ist? Lieber nicht nachforschen. Doch ohne Lebensmittelkarten kann man kein Brot kaufen; und das hält keiner lange aus. Bleibe im Lande und nähre dich redlich? Geht gar nicht ohne Lebensmittelkarte.
Also geht Asnide aufs Amt; und da kommt dann alles ans Licht. Asnide wird in der Kartei gar nicht geführt. Unerklärlich! Naja, Fehler kommen überall vor. Muss auch noch festzustellen sein, wieso der Fehler entstanden ist und Asnide nicht in der Kartei steht. Und sie finden es heraus! Die Karte ist abgelegt worden, zusammen mit der ihres Vaters, schon seit dessen Auswanderung.
Ein simpler Irrtum! Deshalb also hat Asnide nie etwas von den Behörden gehört. Und sie hat es ihrer Tarnung zugeschrieben! Tarnung?
Ach was, sie ist doch gar keine Jüdin, ›ggl.‹ steht in ihren Papieren.
»Doch, du bist«, sagt da etwas in ihr.
In ihr? Ist gar nicht in ihr, ist vielmehr der Leiter des städtischen Ernährungsamtes, ein ausgesucht höflicher, zuvorkommender Mann, der Asnide wirklich sehr freundlich behandelt hat, solange er befürchten musste, dass seiner Dienststelle ein Fehler unterlaufen sei. Jetzt aber, da er festgestellt hat, dass er nur eine Judensau aus seinen abgelegten Karteikarten ausgekramt hat, wird er sachlich: Unverschämtheit, ihm die Zeit zu stehlen! Was dieses Judenpack sich nur einbilde! Sie solle sich gefälligst zum Teufel scheren.
Es ist also nicht nur vergeblich – Juden erhalten keine Lebensmittelkarten –, dass sie zum Amt gegangen ist, jetzt ist auch alles ans Licht gekommen. Es nutzt nichts, dass Asnide den Kopf einzieht und sich trollt, nunmehr ist aktenkundig, dass sie für die Nazis Jüdin ist.
Was das bedeutet? Der Amtsstellenleiter ruft es drohend hinter ihr her: Sie werde schon sehen, was sie davon habe, den nationalsozialistischen Staat hinters Licht führen zu wollen. Das sähe dem feigen Judenpack mal wieder ähnlich, sich zu verstecken und dann aus

dem Dunkeln zu agitieren. Aber sie, sie kämen ihnen schon auf die Schliche. Er werde an entsprechender Stelle Meldung machen.
Erst als sie draußen ist, kapiert Asnide. Man wird sie verhaften und ins KZ bringen. O Gott, Asnide hat so viel davon gehört, es aber für Übertreibungen gehalten und so getan, als wenn diese Erzählungen hinter vorgehaltener Hand sie nichts angingen. Sie hat gedacht, wenn sie nur still und zurückgezogen lebe, würde niemand sie entdecken. Jetzt muss sie erkennen: sie hat es nur einem Fehler vom Amt zu verdanken, dass sie von den Behörden unbehelligt geblieben ist. Nun aber werden die braunen Schergen alles nachholen.
Wo soll Asnide hin?
Zu Pastor Wilms!
Natürlich! Der hat ihr geraten zu bleiben.
Hat er das? Oder hat er ihr nur ein Klavier besorgt? Ist doch dasselbe!
Also hin!
»Pastor Wilms ist in einer wichtigen Besprechung mit einem Amtsbruder«, wird ihr ausgerichtet, als sie bei seiner Dienststelle vorspricht. Aber Asnide lässt sich nicht abspeisen, es ist dringend, sie muss den Pastor unbedingt sprechen, sofort. Ein wenig widerstrebend lässt er sie vor. Der Amtsbruder, ein Pastor Küper, will taktvoll das Zimmer verlassen, es wird ihm aber bedeutet, er könne ruhig bleiben. So setzt er sich mit einem Buch ein wenig abseits an den Schreibtisch.
Asnide berichtet: Ihr Erlebnis, ihre Befürchtungen! Pastor Wilms hört aufmerksam zu, ist betroffen, erschüttert. Vielleicht sollte man dem Gedanken an Auswanderung doch nähertreten? Ja, er hat sich inzwischen erkundigt, aber große Hoffnungen kann er Asnide nicht machen.
Also: es gibt da jetzt die Auswanderungszentrale, leitet ein Herr Heydrich. Die Auswanderung wird auch befürwortet, aber es gibt zu wenig Aufnahmeländer, und jetzt im Krieg ist natürlich fast gar nichts mehr zu machen. Es gehen zwar noch Transporte über Russland nach Shanghai; aber wenn nicht auszuschließen ist, dass sie von der Gestapo gesucht wird, ist das natürlich auch keine Möglichkeit. Er – Pastor Wilms – wolle sich aber gerne weiter umhören, nur im Augenblick … Wenn er etwas fände, würde er ihr Bescheid geben. Jetzt solle sie erst mal nach Hause gehen. Die Drohung des Leiters vom Ernährungsamt müsse man vielleicht doch nicht so ernst nehmen, sie habe sich ja nichts zu Schulden kommen lassen.

Asnide steht auf der Straße. »... nach Hause gehen«, das hat doch schon mal jemand zu ihr gesagt. Nach Hause! Ja, wo ist sie denn in meiner Stadt zu Hause?
Asnide irrt durch die Straßen. Stundenlang! Durch die Kettwiger, die Limbecker, die Grabenstraße und zurück durch die Viehofer, und dann wieder: Kettwiger, Lindenallee, Limbecker!
Asnide ist müde und hungrig, sie hat kein Zuhause. In der Rellinghauser Straße wartet womöglich schon die Gestapo. Asnide hat Angst.
Sie steht vor der Auslage eines Bäckers. Es ist nicht viel im Schaufenster, ist ja Krieg, aber immerhin so viel, dass Asnide ihren Hunger richtig spürt. Sie starrt auf die Brötchen, minutenlang. Als sie aufschaut, blickt sie in das Gesicht eines Mannes. Den kennt sie doch? Richtig, das ist der Amtsbruder von Pastor Wilms.
»Sie haben Hunger?« Asnide nickt. »Kommen Sie mit!«
Sie folgt und kommt so in das Haus von Pastor Küper in der Ribbeckstraße: Warmes Essen – ein wenig ausruhen – dann berichten! Ihre ganze Geschichte erzählt Asnide; und es tut gut, einmal alles von A bis Z erzählen zu können, ohne dass jemand unterbricht. Pastor Küper jedenfalls hört, ohne selbst ein Sterbenswörtchen zu sagen, zu und entscheidet, als sie fertig ist: »Sie müssen erst einmal hierbleiben. Es war schon richtig, dass Sie nicht nach Hause gegangen sind. In Ihrer Wohnung wartet unter Umständen tatsächlich schon die Gestapo. Wir müssen erst abwarten, ob der Amtsstellenleiter wirklich Meldung gemacht hat. Oben ist noch ein Bett für Sie!«
Ja, auf dem Boden, direkt unter dem Dach des Pfarrhauses ist behelfsmäßig ein Zimmer ausgebaut, eine Kammer mehr, eigentlich sogar nur ein Verschlag, aber es reicht. Gedacht ist es als zusätzliches Gastzimmer. Küpers haben oft Besuch. Da ist es gut, wenn man einen zusätzlichen Schlafplatz hat. Dann kann eines der Kinder – Küpers haben vier Mädchen – auf den Boden ziehen und dem Gast das Kinderzimmer freimachen.
Die Kammer wird Asnides Bleibe.
Oder sogar ihr Zuhause?
Zumindest ist sie hier gut versteckt, hat ihr Essen und ein Dach über dem Kopf. Aus dem kleinen Dachfenster blickt sie direkt auf die riesige, ausgebrannte Synagoge. Seltsam: ein Gefühl der Wärme und Geborgenheit fließt vom Anblick der mächtigen Ruine in ihr Herz.

In dieser Dachkammer lebt Asnide nun still vor sich hin; es bleibt ihr auch gar nichts anderes übrig. Sie kann nicht raus, das wäre viel zu gefährlich. Was der Pastor da macht, ist sowieso schon tollkühn. Wenn es rauskommt, ist er dran. Asnide weiß es.
Nicht einmal ein paar Sachen hat sie noch aus ihrer Wohnung holen können; denn als am nächsten Tag Frau Pastor mal unverfänglich in der Rellinghauser Straße nachsehen wollte, war – wie befürchtet – die Gestapo in der Tat schon da. Frau Küper hatte sich so gerade noch unbemerkt zurückziehen können. Nachmittags war dann ein Möbelwagen vorgefahren und hatte – Pastors Kinder hatten es vom Tor der Aktienbrauerei, wohin sie geschickt worden waren, um Eis zu holen, beobachtet – Asnides Hab und Gut abtransportiert. Drei Wochen später stand ein neuer Name auf der Türklingel. Ein anderer Mieter war eingezogen.
Asnide bleibt bei Pastor Küper in der Ribbeckstraße.
Vorerst!

Es werden dreieinhalb Jahre daraus.
Und was für Jahre!
Dreieinhalb Jahre, in denen Asnide nicht aus dem Haus kommt, nur am Fenster ein bisschen frische Luft schnappen kann! Ist sonst zu gefährlich! Das heißt, im ersten halben Jahr ist sie schon mal im Garten gewesen und in der ganzen übrigen Pfarrwohnung, hat Dorothee und Gudrun – Pastors Ältesten, dreizehn und vierzehneinhalb Jahre – Klavierunterricht gegeben. Asnide möchte sich ein wenig nützlich machen, wenn sie sonst schon nichts einbringen kann. Sie hat ja noch nicht einmal Lebensmittelmarken und muss mit durchgefüttert werden. Das ist nicht so einfach. Pastors können es nur, weil nebenan eine Bäckerei ist und der Bäcker dem Pastor wohlgesonnen und im Übrigen auch eingeweiht ist.
Der steckt ihm manches zu. Brot sowieso, aber auch mal Fett, Eier, Zucker, Mehl! So kommen Küpers mitsamt ihrem Gast ganz gut über die Runden. Asnide revanchiert sich – wenn man das so nennen kann – mit Klavierstunden. Vor allem Dorothee, Pastors Älteste, ist sehr begabt. Mit ihr macht es direkt Spaß zu üben.
Dadurch ist Asnide natürlich häufig in Küpers Wohnung, und das ist bald ein Problem. Es kommen nämlich viele Leute ins Pfarrhaus. Küpers haben offene Türen. Gemeindeglieder stehen oft unversehens im Wohnzimmer. Asnide hat keine Gelegenheit mehr, sich zurückzuziehen, also muss man sie vorstellen: »Ist unsere Cousine

Erika aus Lüneburg!« Oder: »Tochter Elvira eines Studienfreundes aus Kassel!« Aber als dann eines Tages Frau Menke, treues Frauenhilfsmitglied, lautstark die Familienähnlichkeit bewundert zwischen der Nichte aus Böblingen und der Cousine aus Lüneburg, die neulich zu Besuch war, da wissen Küpers, dass es so nicht länger gutgehen kann. Asnide muss in ihrem Verschlag auf dem Söller verschwinden.

Eine harte Sache ist das, tagaus, tagein auf so engem Raum beschränkt zu sein.

Es muss aber sein!

Damit hört verständlicherweise auch der Klavierunterricht auf. Ganz allerdings nicht. Asnide bespricht mit Dorothee und Gudrun die Stücke oben in ihrer Kammer, dann üben die Mädchen unten am Klavier, und wenn alle Türen offen stehen, hört man es oben ganz gut. Asnide kann dann, wenn die Mädchen wieder zu ihr hochkommen, begutachten, wie sie gespielt haben. Ist ein bisschen mühsam, aber es geht.

Und was macht Asnide sonst den lieben, langen Tag? Sie liest viel, auch christliche Bücher, die Bibel vor allem, Altes und Neues Testament! Sie will dahinterkommen, wieso der Pastor Küper das macht. Der riskiert doch Kopf und Kragen. Aber die Bücher verwirren Asnide mehr, als dass sie ihr Antwort geben. Mit dem Pastor selbst kann sie nicht darüber sprechen, der sagt immer nur: »Ach, lassen Sie doch, ist doch klar!«

Wieso ist das für ihn klar, möchte Asnide gerne wissen, und was ist für ihn klar? Dass man helfen muss? Aber der kommt doch in Teufels Küche, wenn es herauskommt. Ob er keine Angst davor hat? Ist für einen Pastor vielleicht auch Teufels Küche noch klar?

Und noch etwas tut Asnide: sie komponiert! Dafür hat früher nur selten die Zeit gereicht. Jetzt hat sie massenhaft davon. Es sind natürlich alles nur einfache Stückchen, kleine Sachen, mal ein Lied dazwischen, möglichst etwas, das sie auf ihrer Flöte spielen kann, wirklich nichts Besonderes, ganz auf Dorothee zugeschnitten, denn die muss es spielen. Asnide kann es dann bei offenen Türen oben mitanhören. Zum Geburtstag kriegt jeder in der Familie ein kleines Ständchen komponiert. Asnide schreibt es, Dorothee führt es auf, und alle haben Freude daran.

Das Leben wäre zu ertragen, wenn die Angst nicht wäre. Die Gestapo ist längst auf Pastor Küper aufmerksam geworden. Sie will ihm etwas am Zeug flicken, will ihn hereinlegen, damit sie

ihn aus dem Verkehr ziehen kann. Seit Kriegsbeginn lasten etliche zusätzliche Aufgaben auf Küpers Schultern, denn viele Pfarrer sind zum Kriegsdienst eingezogen worden. Küper selbst ist schon Mitte fünfzig, hat sehr spät geheiratet, kommt für den Kriegsdienst nicht mehr in Frage – vorerst wenigstens!
Küper ist ein wichtiger Mann der Bekennenden Kirche in Essen. Dementsprechend möchte die Gestapo ihn gerne ausschalten. Alle Augenblicke ist sie in seinem Haus. Man holt ihn ab zu Verhören oder sie durchsuchen das ganze Pfarrhaus. Manchmal haben sie auch nur ein paar Fragen und ziehen dann wieder ab. Aber man kann nie sicher sein, ob sie nicht im nächsten Moment wieder auf der Matte stehen. Auch spät abends und morgens früh! Das ist natürlich ein großes Problem. Abgesehen von den Papieren der Bekennenden Kirche, die dann schnell versteckt werden müssen: Was geschieht mit Asnide?
Da hat der Pastor vorgesorgt. Zunächst hat er eine Klingelanlage von der Küche im Parterre auf den Boden gelegt. Immer wenn die Gestapo erscheint, findet sich eine Gelegenheit, die Klingel zu betätigen. Dann verschwindet Asnide. Von ihrer Kammer führt nämlich noch ein kleines Türchen in eine Abseite unter die äußerste Dachschräge. Dort wird allerlei Gerümpel aufbewahrt. Man kann nicht drin stehen oder gehen, nur auf allen Vieren kriechen. Da kommen die Gestapoleute natürlich auch noch hin. Aber nun kommt der Clou: Von dieser Abseite führt ein Durchbruch ins Nachbarhaus, wo der Bäcker lebt. Es ist nämlich ein Doppelhaus. Beide Hälften gehören der Kirche. die eine bewohnen Küpers, die andere ist langfristig an den Bäcker vermietet. Das Dach ist gemeinsam. Der Durchbruch ist mal geschlagen worden, als für beide Haushälften Zentralheizung angelegt worden ist. Sie war so leichter zu installieren. Später ist dann das Loch nur mit einer Platte abgedichtet worden. Da kann man leicht was arrangieren. Die Platte hängt jetzt lose an zwei Haken. Man nimmt sie einfach ab, klettert hindurch und hängt sie wieder vor. Es müsste einer schon sehr scharf hinsehen, wenn er etwas merken sollte. So genau hat es die Gestapo jedenfalls bisher nicht getan. In die Abseite sind sie schon hineingekrochen und haben mit ihren Taschenlampen darin herumgeleuchtet. Aber den Durchbruch haben sie nicht entdeckt.
Und Asnide also auch nicht!
Denn jedes Mal, wenn die Klingel ertönt, kriecht sie in des Bäckers Haus hinüber, der im Übrigen eingeweiht und einverstanden ist.

Wenn es herauskommt, weiß er halt von nichts. Die Abseite, die sich auf seiner Seite an der entsprechenden Stelle befindet und in die Asnide hineinkriecht, wenn sie des Pastors Haus verlässt, wird von ihm seit Jahren nicht benutzt. Dicke Staubschichten an der Tür werden ihn im Falle eines Falles entlasten.

Obwohl dieser Fluchtweg also sicher ausgeklügelt zu sein scheint, ist die ganze Prozedur doch für alle recht aufregend, besonders allerdings für Asnide. Sie meint immer, die Gestapo-Beamten müssten ihr Herz klopfen hören, wenn sie da in der Abseite herumleuchten. Es ist ja nur ein Brett zwischen ihnen und ihr. Aber es geht alles gut.

Oft ist es auch blinder Alarm. Dann kommen sie gar nicht bis auf den Boden herauf, sondern beschäftigen sich unten mit dem Pastor und seiner Frau, stellen dumme Fragen und kramen im Arbeitszimmer des Pastors herum. Manchmal nehmen sie ihn auch mit. Aber länger als 36 Stunden haben sie ihn nie festgehalten, weil sie ihm halt nichts nachweisen können; sie täten es gerne.

Viermal sind sie insgesamt bis in Asnides Abseite gekommen. Das hat ihr aber auch gelangt. Diese Aufregung! Einmal war es besonders schlimm. Sie hatten Verdacht geschöpft. Asnide hatte zwar immer, bevor sie ihren Fluchtweg antrat, die Spuren ihrer Anwesenheit gelöscht, Essensreste zum Beispiel beseitigt und das Bett sorgfältig gerichtet, aber so ganz ließ sich das verständlicherweise nicht immer bewerkstelligen. Es war ihnen aufgefallen, dass die Kammer geheizt war, obwohl es doch angeblich nur ein zusätzliches Gastzimmer wäre, das nur bei Bedarf gebraucht würde. Der Pastor wusste das zu erklären: Just heute würde eine liebe Nichte aus Reutlingen erwartet, der man das Zimmer schon gerichtet habe. Der Gestapo-Mensch hatte das geschluckt, freilich mit einem misstrauischen Blick; und dieser Blick hatte den Pastor gewarnt. Pass auf, die prüfen das nach! Deshalb hatte er – weil natürlich keine Nichte erwartet wurde –, sich um Ersatz bemüht, was gar nicht so einfach war. Wer will schon mit der Gestapo zu tun haben? Aber schließlich war die Tochter eines Kollegen aus dem Süden der Stadt bereit, die Rolle – mit einer gewissen Lust sogar – zu spielen. Als gegen Abend dann der Gestapo-Fritze tatsächlich wieder auftauchte, um sich von dem Besuch der ›lieben Nichte‹ zu überzeugen, wurde er mit einem waschechten, vorher sorgfältig eingeübten, schwäbischen »Grüeß Gott« empfangen. Das hat ihn nachhaltig überzeugt. Asnide hatte von da an einigermaßen Ruhe in ihrer Kammer.

Das heißt, Ruhe kann man nicht so generell sagen. Ruhe vor der Gestapo, das schon! Aber etwas anderes kommt jetzt zum Zuge, was vielleicht noch gefährlicher ist: Bombenangriffe! Einzelne Flieger hatten schon länger die Stadt angegriffen. Jetzt werden es mehr. Die Angriffe häufen sich. Es ist unheimlich. Man muss in den Bunker oder doch mindestens in den Luftschutzkeller. Wo aber soll Asnide hin? Nun erweist sich, was oben ein Vorteil ist, ist unten ein Nachteil. So wie es oben ein gemeinsames Dach gibt, hat man unten im Keller auch einen Durchbruch und einen gemeinsamen Luftschutzraum für beide Haushälften geschaffen. Da gehen dann alle hin: Pastors, der Bäcker mit seiner Familie und eben Fritz Hörster samt Frau, die mit in der anderen Haushälfte wohnen. Er ist kleiner Angestellter bei der Stadt, aber strammer Parteigenosse, Blockwalter sogar, jedenfalls 150prozentiger Nazi. Und das ist der Grund, warum Asnide nicht mit in den Luftschutzkeller kann. Zunächst ist das nicht schlimm. 1940 und 1941 ist noch nicht viel los. Nur ein paar feindliche Flugzeuge und vereinzelte Bomben! Wenn die Sirene ertönt, stellt sich Asnide an ihr kleines Fenster, schaut zur Synagoge herüber und wartet ganz gespannt, was wohl geschieht.
Worauf wartet sie, und warum schaut sie zur Synagoge hin?
Eine merkwürdige Stimmung zieht in ihr Herz ein. Sie hat Angst. Angst vor den Bomben! Und wartet doch auf sie! Denn stärker als ihre Angst ist ihr Stolz. Ich throne hier oben und sehe auf alles herab. Ihr aber, ihr Gestapoleute müsst euch vor den Bomben ducken, im Keller verkriechen und könnt mir gar nichts tun.
Küpers allerdings sitzen auch im Keller.
Ihr Leben zieht an Asnides Auge vorbei. Es war trotzdem schön!
Die Musik!
Asnide hört während der Luftangriffe Musik. Pastors haben einen alten Plattenspieler aufgetrieben und ihr hingestellt. Ein paar Platten sind auch da, Mendelssohn-Bartholdy vor allem. Asnide ist glücklich, dass sie diese Musik hören kann. Aber immer, wenn eine Platte unter dem kratzenden Geräusch der Nadel ausläuft, kratzt es auch in ihrem Herzen. Was wird werden? Wird der braune Spuk unter den Bomben der Aliierten zusammenbrechen? Und dann? Asnide wird wehmütig. Sie muss an Harald denken. Warum ist der nur so plötzlich verschwunden? Warum ist nichts draus geworden? Es ging halt nicht, sie ist ja Jüdin.
Asnide hat nie einen richtigen Freund gehabt. Das ist eine Wunde in

ihrem Herzen, die in den Bombennächten besonders heftig brennt. An die Zukunft mag Asnide gar nicht denken.
Und doch wartet sie.

1942 wird es ärger mit den Bombenangriffen. Aber immer noch sind es vereinzelte Aktionen im Stadtgebiet. Wenn man sie jedoch über Tage miterleben muss, ist es schon ziemlich schwer zu ertragen.
Dann kommt Stalingrad! Für das deutsche Heer eine Katastrophe, für Asnide ein Hoffnungsschimmer! Jetzt muss der braune Spuk doch bald ein Ende haben. Gibt es vielleicht doch eine Zukunft für Asnide?
Und dann kommt der 5. März 1943 und mit ihm der erste Großangriff auf die Stadt. Angefangen hat es ganz harmlos. Gegen 21 Uhr gibt es Alarm. Das Radio – Drahtfunk – meldet: »Starke Bomberverbände nördlich von Venlo im Anflug auf das Ruhrgebiet!«
Kurz darauf geht das Feuerwerk auch schon los. Brandbomben – Sprengbomben – Luftminen – Bombenteppiche! ›Teppich‹, so nennen sie das, soll heißen: Bombe neben Bombe! Was haben sich Tommys und Amis wohl dabei gedacht? Naja, sie wollten wahrscheinlich die Kruppsche Fabrik treffen. Ausschaltung der deutschen Rüstungsindustrie, das kann man ja verstehen! Sie haben aber mehr als die Rüstungsbetriebe die Wohnviertel im Süden und Osten der Innenstadt getroffen.
Ein ungeheures Elend! Das ganze Viertel um die Synagoge brennt: die Schützenstraße, Ribbeckstraße, Steeler Straße, Alfredistraße, Bernestraße, alles brennt. Die Straßenausgänge sind durch brennende Trümmer verstopft. Hauptsächlich Stabbrandbomben haben sie geworfen. Das sind ganz fiese Dinger, sechseckige Stäbe, etwa fünfzig Zentimeter lang, kaum zehn Zentimeter im Durchmesser, schlagen durch bis ins Erdgeschoss oder gar in den Keller, brennen die Häuser von unten an. In einer zweiten Angriffswelle haben sie dann aber auch Sprengbomben und Luftminen geworfen. Die Leute stürzen aus den Kellern und wollen dem Flammenmeer entrinnen, aber es gibt kein Entweichen, die Straßenausgänge sind versperrt. Eine Flammenwand tut sich da auf.
Und kein freier Platz im ganzen Viertel.
Doch, einen freien Platz gibt es: die Synagoge!
Mitten im Flammenmeer hat sie dennoch keinen einzigen Treffer abbekommen. Brandbomben hätten ihr auch nichts mehr anhaben

können, hier ist das Feuer schon vor viereinhalb Jahren gewesen. In der Synagoge strömen die Menschen zusammen. Das ganze Viertel rettet sich aus den Trümmern ihrer brennenden Häuser in die ausgebrannte Synagoge. Auch Pastor Küper mit seiner Familie sowie die übrigen Bewohner des Doppelhauses an der Ribbeckstraße sind schließlich mit Mühe aus ihrem Luftschutzkeller hervorgekrochen, in die Synagoge geflüchtet und so dem Inferno der Flammen entkommen. Gegen Mitternacht sitzt der Pastor mit vielen Geretteten in der Synagoge, ringsumher das Meer von Flammen, die noch immer nicht verlöscht sind. Nichts hat der Pastor gerettet, als was er auf dem Leibe trägt. Er erinnert sich an die Losungen der Herrnhuter Brüdergemeinde, die er in der Jackentasche mit sich trägt. Er holt sie heraus, schlägt auf und findet unter dem 5. März das Wort des Propheten Amos, Kapitel 3, Vers 6: Ist auch ein Unglück in der Stadt, das der Herr nicht tue?
Und Asnide?
Richtig, Asnide ist bei diesem Luftangriff ums Leben gekommen. Verbrannt, zerfetzt – wer weiß!
Sie hat wohl wie gewöhnlich am Fenster gestanden und den Blick nicht von der Synagoge gewendet. Angst, Stolz und Wehmut werden dann in ihrem Herzen gestritten haben und wahrscheinlich hat – als die Bomben fielen – die Angst gesiegt. Ob sie dennoch die Synagoge im Blick gehalten hat? Was hat sie da wohl gesehen? Oder ob sie sich vor Angst auf den Boden geworfen und das Gesicht mit den Händen bedeckt hat?
Jedenfalls sind zunächst Brandbomben auf das Haus gefallen, sind bis zur ersten Etage durchgeschlagen und haben von dort das ganze Haus in Brand gesteckt. Das haben die Experten später festgestellt. Ob Asnide dabei schon ihr Teil abbekommen hat oder erst später, als eine drei-Zentner-Sprengbombe auf die Nordecke des Hauses, just da, wo Asnides Kammer war, fiel, wer will das sagen? Sicher ist, dass spätestens die Sprengbombe ihr den Rest gegeben hat.
Der Luftschutzkeller aber hat gehalten. So konnten sich die übrigen Bewohner des Doppelhauses – der Pastor ebenso wie der Nazi – retten. Von Asnide ist nichts übrig geblieben. Nicht einmal ihre Leiche hat man gefunden. Zerfetzt, verbrannt!
In der Synagoge jedoch, ein paar Meter weiter, haben in jener Nacht viele Rettung gefunden, denn – wie gesagt – da war das Feuer schon gewesen. Und das alles unter der Losung: Ist auch ein Unglück in der Stadt, das der Herr nicht tue?

Unter diesem Wort und mit dem Blick auf die Synagoge ist Asnide gestorben, umgekommen.
Ob sie das Flammenmeer ringsum noch gesehen hat? Und die ausgebrannte, aber ansonsten unversehrte Synagoge inmitten der Flammen?
Ob ihr das etwas gesagt hat?
Ob sie bis zuletzt gewartet oder gar noch etwas gesehen hat?

IX

Wenn ich schon mal ein Konzert besuche und vom Hauptbahnhof die Huyssenallee zum Saalbau hinaufgehe, staune ich immer wieder, was aus dieser Straße geworden ist. Früher – vorm Krieg – bin ich da auf dem Mittelstreifen unter Bäumen Rollschuh gelaufen. Das kann man sich heute fast nicht mehr vorstellen. In die Rolandstraße – da hab ich mal gewohnt – war nach dem Krieg eine Straßenbahnschleife gelegt worden. Die ist inzwischen schon wieder verschwunden. Jetzt fährt die Straßenbahn unterirdisch, fast wie eine richtige U-Bahn.

Hier steht nun auch das neue Opernhaus, das ›Aalto‹. Die Pläne dazu – berühmte Pläne vom finnischen Stararchitekten Alvar Aalto – waren schon in die Architekturgeschichte eingegangen, bevor das Haus überhaupt gebaut worden war. Sie haben jahrelang in irgendwelchen Schubladen gelegen, weil die Ausführung der Pläne zu teuer war, die Stadt kein Geld hatte und sich den Bau nicht leisten konnte. Aber dann hat es doch noch geklappt.

Ja, so eine Stadt ist schon ein kompliziertes Gebilde. Warum konnte sich die Stadt – ausgerechnet diese Stadt – so lange das neue Theater nicht leisten?

Nun, es gab ja doch auch noch das alte Opernhaus, das ›Grillo‹ und dazu die Humboldtaula. Das war doch ausreichend.

Ausreichend?

Sicher! Was braucht denn eine Stadt? Ein neues Opernhaus? Sind nicht Erholungsmöglichkeiten, Grünanlagen, Freizeitplätze für alle wichtiger?

Wie steht es denn damit? Da kann die Stadt doch einiges vorweisen. Gruga, Baldeneysee, die sind doch bekannt, berühmt geradezu. Sieh sie dir nur an. Reicht das nicht?

Oder was braucht meine schöne, alte Stadt noch mehr?

Ja, was braucht eine Stadt?

Wie gesagt: das Aalto ist schließlich doch noch gebaut worden.

Wie schön!

Die begabte Tochter

In der Aula der Luisenschule ist der Vorhang gefallen. Polternder Beifall von Schülern, Lehrern und Eltern füllt den Raum.
Der Beifall gilt ihr: der Oberprimanerin Asnide Scharenberg. Nicht ihr allein, aber ihr vor allem! Denn sie hat die Hauptrolle gespielt: Anouilhs Antigone!
Das Ganze ist eine Aufführung des Laienspielkreises, den Studienrat Brand vom Burggymnasium vor einem Jahr mit Schülern seiner und Schülerinnen der Luisenschule gegründet hat. Brand hat es verstanden, Begeisterung für das Theater und für die Schauspielerei zu wecken; und nun ist die Aufführung solch ein Erfolg geworden.
Ohne Frage, sie – Asnide – hat den größten Anteil daran. Sie hat durch ihr Darstellungsvermögen der Aufführung Format verliehen. Das ist nicht Angeberei, das werden am Montag auch die Zeitungen schreiben. Viele rühmende Worte werden aus den Federn der Lokalreporter aufs Papier fließen ... erstaunliches Einfühlungsvermögen ... atmosphärische Ausstrahlung ... dominierende Weiblichkeit und noch manches andere!
Asnide freut sich. Aber just in dem Moment, als sie sich mit ihren Mitspielern vor dem Auditorium verbeugt und die Freude des Erfolgs voll in sich aufsaugen will, da kriecht ein Unbehagen ihren Rücken herauf. Es hat aber keine Möglichkeit sich festzusetzen, denn Studienrat Brand ist plötzlich mit einem Strauß Rosen auf der Bühne und überreicht ihn Asnide, während der Beifall der Aula zu einem misstönenden, nahezu krakeelenden Lärmen anschwillt.
O ja, Asnide ist glücklich. Das Unbehagen ist durch die Rosen wie weggewischt. Der Applaus flutet wie eine warme Woge durch ihren Körper, ein leichtes Prickeln und Kribbeln steigt in ihr hoch, die Arme entlang in die Brust, in die Beine und in den ganzen Leib.
Aber dann kehrt das Unbehagen zurück, zieht den Rücken hinauf, setzt sich fest und bleibt.
Asnide wehrt sich gegen das Unbehagen. Sie möchte den Glanz dieser Stunde über den Augenblick hinaus festhalten, möchte ihn wie eine ständige Glut in sich bewahren, möchte für sich festschreiben, was eine Zeitung im Lokalteil ein wenig überschwänglich ausdrücken wird: Dieses Mädchen ist zur Schauspielerin geboren! Aber genau an dieser Stelle findet das Unbehagen in ihrem Rücken Worte: Wie ist das denn, Asnide, bisher wolltest du immer Ärztin

werden. Ist das nicht ein ernsthafterer und sinnvollerer Berufswunsch? Und ist der jetzt durch solch eine simple, wenn auch gelungene Laienspielaufführung vom Tisch?
Aber der Erfolg!
Was besagt schon der Erfolg? Doch nur, dass du Talent hast, Asnide! Und das kann dir nicht neu sein. Wenn es ein Problem gibt, dann allenfalls dies, dass du zu viel davon hast.
Ja, Asnide hat Talent, viel Talent!
Geschäftliches zum Beispiel!
Das hat sich während der letzten Osterferien herausgestellt. Asnide hatte im Betrieb des Vaters gearbeitet. Nicht weil es nötig gewesen wäre, sondern aus Prinzip! »Der Vorzug, wohlhabend zu sein, verpflichtet zu verantwortungsvollem Lebensstil!« Das ist eine Maxime von Asnides Vater, die auch sie willig anerkennt. Deshalb darf man als höhere Schülerin nicht die gesamten Ferien einfach fürs eigene Vergnügen verwenden, sondern muss arbeiten, so wie es junge Leute ohne höhere Schulbildung sowieso und viele höhere Schüler wegen finanzieller Schwierigkeiten im Elternhaus tun müssen. Darüber hinaus ist es für jeden jungen Menschen heilsam, zu schmecken, was arbeiten heißt. Asnide hatte es bereitwillig auf sich genommen und eine besondere Erfahrung dabei gemacht.
Der Vater war plötzlich krank geworden, und zu aller Erstaunen hatte Asnide – zwar von ihrem Vater vom Krankenbett aus angewiesen, aber doch mit großer Selbstverständlichkeit – den Betrieb geleitet. Kopfschüttelnd, aber bewundernd nehmen es die Mitarbeiter zur Kenntnis, wie das Fräulein Scharenberg, gerade neunzehn Jahre alt, mit leichter Hand den Laden laufen lässt. »Ganz schön talentiert, das Mädchen«, das muss selbst Jürgen Kulick zugeben; und der ist immerhin der smarteste Vertreter des Betriebs.
Der Betrieb, das ist der ›Getränkegroßhandel Werner Scharenberg‹ in Rüttenscheid, ursprünglich nur ein kleiner Bierverlag – Essener Aktienbier und Stauder-Pils hatte schon Asnides Großvater verkauft –, aber ihr Vater hatte einen Großhandel daraus gemacht. Hauptsächlich durch Coca-Cola! Werner Scharenberg nimmt den Herstellern, die auf der Kaninenberghöhe ihren Hauptbetrieb für Deutschland aufgemacht haben, große Posten des Getränkes ab und vertreibt es in der ganzen Umgebung. In den fünf Jahren seit der Währungsreform ist die Klitsche, die er von seinem Vater übernommen hat, zu einem respektablen Großhandel angewachsen.
Und Asnide hätte durchaus das Zeug, solch einen Betrieb einmal

zu leiten. Das hat sich in den Osterferien deutlich gezeigt. Diese Erkenntnis ist für Asnide aber eher bedrückend und verwirrend als erfreulich, denn seit Kindertagen ist immer nur die Rede davon gewesen: Asnide wird Ärztin! Sie selbst hat nie etwas anderes gesagt, und auch sonst hat niemand in ihrer Umgebung je etwas anderes geraten, vorgeschlagen oder angedeutet als immer nur wie selbstverständlich: Asnide wird Ärztin! Vor allem als sich in der Mittelstufe herausstellte, dass sie für naturwissenschaftliche Fächer begabt und interessiert ist – Biologie, Chemie, Physik, Mathematik, diese Fächer gehen ihr als Einziger in der Klasse leicht von der Hand –, da hätte es allseits nur Kopfschütteln hervorgerufen, wenn jemand in Frage gestellt hätte, dass Ärztin der passende Beruf für Asnide sei. Studienrat Schwarzbach hatte wegen der Verbindung ihrer naturwissenschaftlichen Begabung mit einem aufgeschlossenen, freundlichen Wesen sogar formuliert: zur Ärztin prädestiniert! Geschäftsfrau, Ärztin, ist das nun auf einmal vom Tisch? Künstlerin plötzlich? Schauspielerin? Auch dazu begabt? Es gibt ein Vorbild. Schon einmal hat eine bekannte Schauspielerin an der Luisenschule Abitur gemacht: Ruth Leuwerik!

Den Anspruch, den der Betrieb des Vaters an sie stellt, und der sich aus dem Erfolg in den Osterferien herleitet, kann Asnide leicht zurückweisen. Das hat kein Gewicht. Es war alles eingespielt und lief wie von selbst. Außerdem war der Vater – wenn auch im Krankenbett – letztlich doch da. Sie war nur Verbindungsperson zwischen ihm und dem Betrieb gewesen. Wenn man kontaktfreudig und intelligent ist, dazu auch mit Zahlen umgehen kann, mag so etwas schon mal vierzehn Tage lang gut gehen. Zudem haben sich alle überschlagen, ihr behilflich zu sein. Nein, nein, dieser Erfolg kann keine Ansprüche an Asnides Leben stellen.

Aber du spürst doch, Asnide, dass das noch nicht alles ist: Das Aufleuchten in den Augen deines Vaters, als sie ihm von deinem Geschick berichtet haben, das hast du deutlich – um nicht zu sagen: überdeutlich! – wahrgenommen. Und die vielen Anspielungen seither – natürlich immer halb gefrozzelt –, die hast du entlarvt. Du weißt, wie ernst jedes Wort im Grunde ist, wie viel Hoffnung dahinter steckt. Bist du sicher, dass eine Karriere als Geschäftsfrau für dich nicht mehr in Frage kommt?

Karriere – welch scheußliches Wort! Was ist das überhaupt? Du weißt es nicht, Asnide? Es wird dich treffen, denn du hast viel Talent.

Zu viel Talent! Kann man denn auch zu viel davon haben? Geschäftsfrau, Ärztin, Schauspielerin – das ist zu viel!
Der nächste Tag ist ein Sonntag. Asnide ist früh auf den Beinen, obwohl sie erst spät ins Bett gekommen ist. Erst hatten sie in einer kleinen Kneipe in der Dreilindenstraße den Erfolg begossen; später hatte dann Vater Scharenberg in einem Anflug von ihm sonst fremder Großzügigkeit die ganze Gesellschaft zu einem Glas Sekt in die ›Platte‹ eingeladen. Er hatte ein halbes Dutzend Taxen bestellt, und damit waren sie dann nach Bredeney gezogen: Der Laienspielkreis, ein paar Lehrer, an der Spitze natürlich Studienrat Brand und auch ein paar Eltern und Freunde!
Es war auch nicht bei einem Glas Sekt geblieben. Asnide hatte einen Blick auf die Rechnung werfen können, die ihr Vater schließlich zu bezahlen hatte. Es waren weit über vierhundert Mark gewesen. Er hatte lächelnd die Brieftasche gezogen und ohne mit der Wimper zu zucken gezahlt. Asnide war stolz auf ihren Vater gewesen.
Aber nicht nur stolz! Sie hatte in dem Lächeln ihres Vaters noch etwas anderes gesehen. Etwas, das sie noch nicht ganz deuten konnte, das ihr aber Vorsicht signalisierte. Warum war der Vater so großzügig und schenkte ihr diese Feier? Er musste doch gemerkt haben, dass Asnides neuerlicher Erfolg seine eigenen Hoffnungen und Vorstellungen vom Werdegang seiner Tochter zunichte machen konnte. Warum feierte er dann diesen Erfolg in einer für ihn ungewohnten Art? War das Lächeln vielleicht Resignation gewesen? Nein, lächelnde Resignation passte ganz und gar nicht zu Werner Scharenberg. Sein Lächeln war auch eher verschmitzt als resignierend gewesen. Werner Scharenberg ist ein gewitzter Geschäftsmann, der seine Trümpfe raffiniert und trickreich auszuspielen versteht. Vielmehr ist zu befürchten, dass auch seine Gönnerlaune wieder nur ein ›zur rechten Zeit gezogener Trumpf war, der gestochen hat, ohne dass es bemerkt worden ist.
Gönnerlaune! Natürlich, das ist es! Bei Asnide zündet eine Erkenntnis: Er wollte mit seiner Großzügigkeit Asnide von ihrer neuen Bindung loskaufen.
»Ich lade euch ein zu einem Glas Sekt!« Das hieß im Klartext: »Nun gut, ihr habt da etwas Schönes gemacht. Es ist euch auch wirklich gut gelungen. Du bist ein tüchtiges Mädel, Asnide. Das habe ich immer gewusst. Aber nun lass es auch dabei bewenden, häng dein Herz nicht daran, tu nicht so, als wenn das etwas wäre, das dich jetzt ganz gefangen nehmen müsste. Du hast deinen Erfolg gehabt.

Das ist sicher eine Bereicherung für dich. Ich hab es anerkannt, jetzt trinken wir noch ein Glas Sekt darauf, und damit ist die Sache dann erledigt!«

Asnide geht ein Licht auf. Als Ritus des Abschiednehmens und des Beendigens war das gemeint, was der Vater da zelebriert und mit dem Umzug von der kleinen Kneipe in der Dreilindenstraße in die vornehme ›Platte‹ wirkungsvoll in Szene gesetzt hatte. Von ihm war es als Loskaufopfer gedacht, das er darum auch lächelnd dargebracht hatte. Gibt es so etwas denn? Das grenzt ja an Magie! Opfer? Loskaufopfer gar?

Hoho, du hast doch Ähnliches im Sinn gehabt, Asnide. Warum sonst bist du heute Morgen so früh aufgestanden, anstatt dich nach deinem Erfolg und der anschließenden langen Feier tüchtig auszuschlafen? Weil du dir vorgenommen hattest, in die Kirche zu gehen! Gleich nach dem Spiel hattest du beschlossen: Morgen gehe ich in die Messe.

Was willst du da, Asnide?

Du willst opfern, ganz wie dein Vater! Du willst ein Dankopfer darbringen, indem du in die Kirche gehst und betest: Lieber Gott, ich danke dir für den Erfolg! Und du kommst dir großartig dabei vor, weil du zugibst, dass es nicht nur dein Verdienst ist, was dir den Erfolg beschert hat, sondern ebenso Begabung.

Begabung! Da hat dir einer was gegeben, und nun trägst du dem mit deinem Dankopfer Rechnung. Das ist Magie.

Asnide wird bei ihren eigenen Gedanken angst und bange. Sie kann sich nämlich nicht verhehlen, dass sie im Grunde noch mehr will. Sie hat in Gedanken ihr Gebet schon weitergesponnen: Lieber Gott, wenn ich schon so hübsch bescheiden bin und dir die Ehre gebe, dann bin ich es doch sicher auch wert, dass du mir diesen Erfolg erhältst! Was sind das nur für Gedanken! Ganz schäbig kommt sich Asnide plötzlich vor.

Sie hat sich, während ihr das alles durch den Kopf geschossen ist, wie mechanisch angekleidet, ein Brot gestrichen und gegessen, sowie ein Glas Cola getrunken. Im Haus ist es noch still. Sie überlegt einen Augenblick, ob sie einen Mantel anziehen soll, entscheidet sich dagegen und tritt auf die Straße.

Ein wenig Morgenkühle liegt zwar noch in der Luft, aber man kann schon ahnen, dass es warm werden wird. Ein schöner, messinggelber Frühsommertag schickt sich an, seine Runde zu machen. Asnide geht die Straße hinunter. Aber was ist das? An der Ecke wendet sie sich nach rechts, obwohl sie zur Kirche doch nach links gehen müsste. Sie eilt zur Rüttenscheider Straße und wendet sich dann nach Süden. Ungeheure Gedanken wirbeln ihr durch den Kopf. Den Wunsch und den Entschluss, die Messe zu besuchen, kann sie nicht länger gegen die Bedenken des eigenen Herzens aufrecht erhalten. Sie sind ihr zwischen den Fingern zerronnen. Um ein Opfer zu bringen, muss man gläubig sein. Ist sie das? Auf diese Frage weiß sie keine Antwort. Zweifellos ist sie religiös erzogen worden, ist fristgerecht zur ersten Heiligen Kommunion gegangen, hat sonntags normalerweise die Messe besucht. Aber warum eigentlich? Aus Überzeugung? Mehr aus Gewohnheit! Den Eltern zuliebe!

Werner Scharenberg ist – bei aller geschäftliche Raffinesse – ein gläubiger Mensch. Jedenfalls schätzt Asnide ihn so ein. Sie weiß aus seinen Erzählungen, dass er die während des Krieges an der Front erlebten Bewahrungen auf seine Gebete zurückgeführt hat. Und auch heute noch macht es ihm nichts aus, selbst vor Spöttern zu bekennen, dass er beten für eine sinnvolle Tätigkeit hält: Asnide hat das von ihm übernommen, ohne viel darüber nachzudenken. Erst heute wird ihr klar, dass sie sich niemals persönlich mit der religiösen Frage befasst hat.

Alles nur übernommen!

Andrerseits: wenn der Vater gläubig ist, wieso hat er sich dann scheiden lassen? Dafür muss man Verständnis haben. Kriegsschicksal! Der Mann ist im Feld, die Frau lernt einen anderen kennen, geht mit ihm durch. Klar, dass auf diese Art und Weise eine Ehe kaputt geht. Das darf man nicht als Indiz gegen die Gläubigkeit des Vaters werten.

Die Mutter ist wieder verheiratet. In Süddeutschland! Es besteht aber kein Kontakt zu ihr.

Werner Scharenberg aber hat nicht wieder geheiratet. Asnide wüsste auch nicht, dass da irgendwelche Frauengeschichten wären, obwohl der Vater noch keine fünfzig Jahre alt ist. Er wird wohl echt gläubig sein.

Wie aber steht es damit bei Asnide?

Gläubig? Nun ja, was sonst? Ungläubig doch erst recht nicht!

Was glaubt Asnide denn? Sie sieht im Augenblick keine Möglichkeit, diese Frage zu klären und will sie deshalb verscheuchen. Es ist ja auch noch so viel anderes zu bedenken und zu entscheiden. Die Sache mit ihrem Beruf zum Beispiel. Hängt das nicht aber vielleicht zusammen?

Inzwischen ist Asnide an der Rüttenscheider Brücke angekommen und biegt in die Wittekindstraße ein. An der Ecke eine große Reklametafel: Mach mal Pause, trink Coca-Cola! Asnide ist unangenehm berührt. Am Bahnhof Rüttenscheid überfällt es sie von neuem: Das Ruhrrevier trinkt Stauder-Bier!
O Asnide, der Getränkegroßhandel wartet auf dich. Sie will aber nicht. Was denn?
Sie will Künstlerin, Schauspielerin werden, das ist doch klar. Aber darf sie ihrem Willen so einfach folgen? Muss sie nicht Ärztin werden oder Geschäftsfrau?
Was heißt hier ›dürfen‹, ›müssen‹? Wer soll das denn befehlen oder entscheiden? Das muss sie doch ganz alleine tun.
Wirklich? Antigone muss ihren Bruder begraben, egal, was draus wird.
Gut! Aber spielt denn die Begabung keine Rolle?
Doch, aber Begabung heißt: dir ist da was gegeben. Wer hat das getan? Und zu welchem Ziel und Zweck? Hat nicht vielleicht doch der liebe Gott mitzureden? Wer gibt sonst die Begabungen? Wäre es demnach nicht besser gewesen zur Messe zu gehen?
Inzwischen ist Asnide am Uhlenkrug angelangt. Ein Plakat verrät ihr: heute Nachmittag spielt hier der ETB gegen Erkenschwick. Asnide muss an Walter Hülshoff denken, der ist im ETB: Sie kennt ihn seit Ostern. Er ist Jurastudent und hat während der Osterferien ebenfalls in Vaters Betrieb gearbeitet und zwar im Lager und im Versand. Walter hatte vom ersten Tag an versucht, mit Asnide zu flirten. Sie hatten sich täglich getroffen, wenn Walter die Lieferscheine in der Buchhaltung, wo Asnide arbeitete, abgab; und diese kurzen Begegnungen waren seinerseits immer ein Feuerwerk erotischer Anspielungen und verliebter Blicke gewesen. Walter war im Flirten ausgesprochen begabt. Asnide fühlte sich geschmeichelt und konnte ihrerseits gut mithalten, ohne sich tiefer zu engagieren. Walter sah blendend aus; er war ein sportlicher Typ, vor zwei Jahren Stadtjugendmeister im Tennis gewesen, ein wohlerzogener, schöner junger Mann!
Aber dann hatte Asnide plötzlich Chefin sein müssen, als der Vater krank wurde, und ihr Verhältnis zu Walter Hülshoff hatte sich geändert.
»Stellen Sie die Lieferung für Grünberg zusammen. Sechs Fässer Pils ...« und Walter Hülshoff hatte dienstfertig geantwortet: »Selbstverständlich Fräulein Scharenberg!« Kein Gag, kein Witz,

nicht einmal ein frech vertraulicher Blick! Asnide hatte es erleichtert, mehr aber noch erstaunt registriert. Walter Hülshoff hatte etwas Subalternes an sich. Er gehorchte: »Selbstverständlich, Fräulein Scharenberg!« Das war nicht einmal ironisch.

Asnide ist bei der Schillerwiese angelangt, da überfällt sie ein neues Problem. Ganz tief sinkt es in sie hinein und steigt wieder hoch in ihre Brust, in ihren Kopf: Ich bin allein. Einsam marschiere ich hier die Wittekindstraße entlang. Das wird bestimmt schon bald anders sein. Dann wird einer mitgehen: ein Freund, ein Bräutigam, ein Ehemann. Asnide erschrickt und ist doch von der Logik ihrer Vision von vornherein überwunden. Natürlich wird sie irgendwann verheiratet sein. Was denn sonst! Sie wird doch nicht sitzenbleiben. Lächerlicher Gedanke! Die Männer sind ja jetzt schon hinter ihr her. Klar, denn Asnide ist nicht nur begabt und wohlhabend, sie ist auch hübsch! Ein vollentwickeltes junges Mädchen, nahezu ein bisschen üppig, keine auffallende Schönheit, aber sehr apart mit ihren dunklen, großen, beweglichen Augen, dem tiefschwarzen Haar und den weichen Bewegungen! Körper und Beine sind nicht gerade besonders schlank, aber sehr weiblich, rund, fließend. Wie gesagt: fast ein wenig üppig.

Das war übrigens bei der Rollenverteilung ein Problem gewesen. Anouilh hatte sich die Antigone wohl etwas anders vorgestellt: ein bisschen mickrig, flachbrüstig! Als sie bei der ersten Leseprobe an die Stelle kamen, wo Antigone sagt: »Und außerdem habe ich noch gar keinen richtigen Busen«, da hat es in der Runde mächtig gegluckert. Asnide hatte einen roten Kopf bekommen und das Geschick verflucht, das ihr ausgerechnet an diesem Tage beim Ankleiden einen enganliegenden Pullover in die Hand gespielt hatte. Studienrat Brand hatte die Situation retten wollen, indem er etwas von notwendigen Streichungen gemurmelt hatte, was die Sache natürlich nur verschlimmert hatte. Asnide hatte von da an darauf geachtet, dass sie bei den Proben immer weite Blusen trug, und so hatte die Sache auf sich beruhen können. Denn wenn auch in puncto Busen Asnide den Anforderungen des Schriftstellers nicht entsprach – oder genauer gesagt: deutlich übersprach –, so war sie doch von der Ausstrahlung her eindeutig die, die für diese Rolle in Frage kam.

Also: die jungen Männer sind hinter Asnide her. Sie weiß es und muss etwas draus machen.

Aber was? Eine Ehe?

Nun ja, das steht wohl immer am Ende.

Aber bis dahin?
Was bedeutet das überhaupt: Ehe? Besonders für eine Frau! Asnide will doch selber etwas werden.
Schauspielerin am liebsten!
Ärztin am besten?
Geschäftsfrau am notwendigsten?
Auf jeden Fall ist es ein Problem. Wie passt ein Mann zu diesen Berufen?
Kann man als Schauspielerin überhaupt einen Mann gebrauchen? Das geht doch gar nicht! Du kannst nicht bis elf Uhr die Iphigenie proben, und dann gehst du nach Hause, wickelst dein Baby und kochst deinem Mann Spinat mit Ei.
Oder kann Ehe auch anders sein? Könnte man anders mit einem Mann zusammenleben? Was müsste das für ein Mann sein? Walter Hülshoff sicher nicht! Aber ein Mann müsste schon sein, sonst ist man selbst auch nicht richtig Frau.
Dann vielleicht Holger Delbrüggen? Der ist auch hinter Asnide her. Ein interessanter Mensch übrigens: jüngerer Freund von Studienrat Brand, studiert Theaterwissenschaften, war bei den Proben zur Antigone so oft wie möglich dabei, hat manchen guten Tipp zur Einstudierung beigesteuert, weiß viel über Theater und Literatur, sieht auch ganz passabel aus, ohne sich an diesem Punkt mit Walter Hülshoff messen zu können. Von Holgers Wissen und Können fühlt Asnide sich angezogen. Wenn sie zur Schauspielschule geht, wird sie an ihm sicher einen hilfreichen Förderer haben, von dem sie auch viel profitieren kann. Aber dennoch wärmt dieser Gedanke sie nicht. Ein Vorbehalt ist da. Asnide spürt: Holger ist blasiert, hat große Rosinen im Kopf, redet verächtlich über alles und jeden, tut so, als wenn er mit Leichtigkeit die ganze Welt in die Pfanne hauen könnte. Werner Scharenberg hatte, als die ganze Clique nach einer Probe in seinem Haus noch ein paar Kästen Bier schlachtete, seinen Eindruck über Holger in eine Redensart gefasst, die er gerne benützte: »Der meint auch, sein Köttel, der röch!« Asnide muss daran denken, just als sie die Frankenstraße überquert und in die Pirolstraße einbiegt.
Und dann käme im Augenblick noch Günter Tappert in Betracht, der auch schon ein Auge auf Asnide geworfen hat. Er ist Arztsohn, studiert selber Medizin. Doktor Tappert ist ein Schulfreund von Werner Scharenberg. Asnide kennt Günter seit Kindertagen. Sie haben gewissermaßen zusammen – wenn auch nicht in der Gosse –

so doch im Garten auf dem Rasen gespielt. Er ist ein grundsolider Typ, zuverlässig, intelligent, äußerlich ein bisschen mickrig. Aber nicht von der Art, über die man Witze reißt; eher ein Mensch, vor dem man Respekt hat, weil man spürt, der hat noch etwas in der Hinterhand oder im Koffer oder sonstwo. Den kann man auch nicht so einfach aufs Kreuz legen, der erscheint einem irgendwie über. Man weiß nicht, wieso und warum, nur irgendwie eben! Von da ist es dann nicht mehr weit bis zur Angst. Asnide muss sich eingestehen, dass sie vor Günter Angst hat. Ein wenig nur! Aber es könnte schnell mehr werden. Könnte ich mit Günter zusammen als Ärztin tätig sein? Asnide fühlt sich bei dieser Vorstellung unbehaglich, sie löst keine Lust in ihr aus, diesen Gedanken weiterzuspinnen und einen Traum daran zu wagen.

Lauter Hürden und Hindernisse tauchen vor ihrem inneren Auge auf. Ein Verdacht festigt sich in ihr und steigt hoch: Kann ich bei meinen Vorhaben überhaupt einen Mann gebrauchen?

Gebrauchen! Wie das klingt! Ist doch ein völlig falsch gewähltes Wort!

Was denn aber sonst? Wie willst du es denn ausdrücken, Asnide?

Als Asnide in den Wald eintritt, ist ihr ganz übel. Solch glanzvolle Begabungen und doch nur trübe Aussichten! Verdammt, warum lässt sich kein bunter Traum aus ihren Überlegungen weben? Wo Asnide auch ansetzt, schon nach wenigen Gedankenschritten steht sie vor unübersteigbaren Hürden. Wie sie den Faden auch spinnt, schon nach wenigen Augenblicken fühlt sie den Knoten unter den Fingern: unentwirrbar!

Fang noch mal von vorne an, Asnide! Bei der Antigone!

Ach ja, das ist ein schöner Anfang: Schauspielerin, Kunst, Theater, die große Literatur, eine schöne, eine großartige Sache!

Und du kannst es, Asnide, du schaffst es.

Schon möglich! Aber wie? Allein?

Sicher allein! Ein Mann steht dir dabei doch nur im Weg. Der will selber Karriere machen und braucht dich lediglich als Staffage. Schauspielerin und liebende Gattin, das passt nicht. Brav im Hintergrund stehen und die Gäste des Mannes bewirten: Geschäftsfreunde, Studienfreunde und was es sonst noch für Freunde sein mögen, – »Gnä' Frau, Ihre Hammelkeule, wirklich ganz große Klasse, superb« – das ist doch eine miserable Rolle. Wer erst mal an der Rampe gestanden hat, taugt nicht mehr dazu, nur noch im familiären Hintergrund zu spielen.

Asnide möchte jedenfalls anders Frau sein. Nicht nur Urquell, ewigweiblich, Weltenschoß und Hingabe, alles verzeihen, da sein, wenn man gebraucht wird; sondern: ganz vorne dabei sein, an der Rampe aktiv mitmischen, da wo die Dinge in Bewegung gesetzt werden und an den Rädern gedreht wird. Das muss doch möglich sein! O ja, Asnide ahnt es, weiß es. Aber sie weiß auch: das ist ein harter Job, das fällt dir nicht in den Schoß. Dafür musst du kämpfen – und zahlen! Darüber hinaus musst du manches abschreiben. Die Ehe wahrscheinlich! Jedenfalls so, wie du dir das bisher vorgestellt hast, mit Mann, Familie und Heim. Willst du das, Asnide? Und bist stark genug dafür?

Naja, ein Liebhaber wird sich sicher finden. Abenteuer werden dir allemal offen stehen. Sexuell wirst du nicht viel entbehren müssen, so wie du gebaut bist. Aber willst du das, Asnide? Abenteuer? Schau dich selber an: Voller Busen, runde Hüften. Du sehnst dich nach Hingabe. Jetzt schon! Das ist für dich kein abgestandenes, überlebtes Klischee falsch verstandener Weiblichkeit; es ist Wirklichkeit, deine Wirklichkeit. Du sehnst dich nach einem Partner und willst ihn ganz, ohne Befürchtungen und Einschränkungen. Darum wächst in dir das Unbehagen, wenn du an Walter Hülshoff denkst. Der kann den Raum nicht füllen, den du für dein Gegenüber bereithältst. Tennisspielen und flirten, das versteht er großartig, aber dir ist das zu wenig.

Und bei Holger Dellbrüggen ist es genauso. Rein fachlich als Theatermensch ist er dir hochwillkommen. Du suchst seine Nähe, er fasziniert dich. Stundenlang kannst du mit ihm über Regiemöglichkeiten bei den ›Räubern‹ reden, da wird er deinen höchsten Ansprüchen gerecht. Aber wenn du deine Gefühle zeigst, ist bei ihm ein weißer Fleck; dann reagiert er mit seiner Ironie, und du weißt, dass du bei ihm immer frieren wirst.

Warum brauchst du auch so viel Gefühl, Asnide?

Bei Günter Tappert schließlich wirst du immer, wenn es darauf ankommt, allein sein. Deine Schauspielerei wird er als extravagantes Hobby einer begabten Frau abtun. Als Ärztin wirst du es bestenfalls bis zu seiner Assistentin bringen. Und wenn du in den Getränke-Verlag deines Vaters einsteigst, wirst du dafür von ihm nur den gutmütigen, aber darum umso schwerer zu ertragenden Spott des Intellektuellen über Stauder-Pils und Coca-Cola hören. Knoten! Wie du den Faden auch knüpfst, Knoten!

Asnide ist währenddessen den Berghang hinabgestiegen und ist

jetzt an der Kluse. Hier ist es noch verhältnismäßig kühl, obwohl die Sonne schon hoch steht. Asnide ist seit über einer Stunde unterwegs. Es geht auf halb zehn zu. Die Spaziergänger werden zahlreicher. Im Garten der Kluse sitzen die ersten Frühschöppler. Asnide hat Durst. Soll sie einkehren? Der Gedanke an Coca-Cola und Stauder-Pils vertreibt diesen Einfall. Sie geht weiter, unterquert die Lerchenstraße und tritt auf der anderen Seite wieder in den Wald. An der nächsten Waldkreuzung hält sie ein und überlegt: soll sie hochsteigen zur ›Heimlichen Liebe‹ und dann weiter zur Isenburg und zur ›Schwarzen Lene‹? Vom Strandbad Baldeney her hört man Rufen, Schreien, Lärmen – unangenehm eigentlich in der stillen Natur, aber Asnide fühlt sich von dem Lärm plötzlich angezogen. Sie möchte unter Menschen sein und steigt hinab zum Baldeneysee. Was soll sie aber im Strandbad? Sie hat doch weder Badezeug noch Handtuch mitgenommen. Also nicht ins Strandbad!
Wohin dann? Hinter der Eisenbahnbrücke links: Seeterrassen! Guter Gedanke! Asnide hat jetzt wirklich Durst. Noch ist es ziemlich leer, zehn Uhr erst. Sie findet einen Tisch für sich allein, direkt am Geländer zum See, bestellt eine Limonade, lässt den Blick schweifen, erholt sich von ihren Gedanken und genießt die liebliche Landschaft.
Ja, wahrlich, hier ist es schön!
»Der Kohlenpott« – so sagen sie gutmütig herablassend – »hat auch seine schönen Seiten, sollte man gar nicht meinen, hätten wir nie hier vermutet!« Solch ein Schwachsinn! Asnide ärgert sich und begreift, dass sie auch hier auf verlorenem Posten kämpft. Das ist so ein festgefahrenes Vorturteil: der Ruhrpott! Und jetzt darf jeder seinen Vorurteils-Mist da hineinkippen.
›Pott‹, das sagen sie wahrhaftig und meinen es auch so. Man muss noch froh und dankbar sein, wenn sie dabei an Kochpott, Milchpott, Marmeladenpott denken und nicht an Pisspott.
Du kannst dich auch nicht gegen diese Infamie wehren!
Aber raushalten kannst du dich, Asnide; denn du bist ein hübsches junges Mädchen aus wohlhabender Familie und lebst auf der schönen, auf der Sonnenseite. Dich betrifft diese Infamie doch nicht.
Asnide will sich aber nicht raushalten. Sie will mitmischen.
Warum dürfen sie hochmütig-dreist und ungestraft feststellen, dass das liebliche Land und der glitzernde See gar nicht zum Ruhrgebiet passen, und warum dürfen sie dann blauäugig-dumm bekennen: Hätten wir gar nicht gedacht, mitten im Kohlenpott!?

Warum denn nicht? Warum soll es ausgerechnet hier nicht schön sein?
Ruhrpott! Das dürfen sie sagen, ohne dass ihnen eine Seilscheibe auf den Kopf fällt.
Kohlenpott! Sie sind zu doof, um zu wissen, wie es richtig heißen müsste: Kohlenpütt nämlich! Aber was das ist, wissen sie nicht. Den Pütt kennen sie nämlich nicht, den abgeteuften Schacht, das Bergwerk. Und die Arbeit da unten, die kennen sie erst recht nicht. Aber groß daherreden vom Ruhrpott, dazu hätten sie ein Recht, meinen sie. Als wenn es ein Scheißkübel wäre, in dem sie auch noch rumrühren dürften!
Wut steigt in Asnide hoch, will laut werden. Aber eine andere Stimme mischt sich ein und will beschwichtigen. Mensch, Asnide, was hast du damit zu tun, du knuspriges, junges Mädchen, hinter dem die Männer her sind? Let it be!
Oh, wieder diese Knoten! Es ist immer dasselbe; dauernd fühlt sie sich in eine Rolle gedrängt, die sie nicht spielen will.
Natürlich brauchte Asnide sich um den ganzen Kladderadatsch nicht zu kümmern. Sie ist eine höhere Tochter aus wohlhabendem Hause und könnte das Leben genießen, ohne groß Fragen zu stellen. Sie brauchte Probleme erst gar nicht an sich heranzulassen. Außerdem ist sie klug und begabt, so dass ihr alles offen steht; und dann ist sie auch noch charmant und hübsch, hat keinerlei Schwierigkeiten im Umgang mit Menschen. Im Gegenteil: Sie laufen ihr nach und fressen ihr geradezu aus der Hand. Aber Asnide kann diese Rolle nicht spielen, kann das Ganze nicht wie ein Geschenk für sich vereinnahmen. Sie spürt die Verpflichtung: Ich muss etwas daraus machen, Dinge in Bewegung setzen, Steuerräder drehen! Sie fühlt sich herausgefordert, etwas zu tun: Außerordentliches, Ungewöhnliches, Bedeutendes!
Aber was denn, wie denn?
Du, Asnide? Ein Mädchen mit vollem Busen! Da möchte doch jeder Mann gern einmal hinlangen; und dann ist es vorbei mit dem Drehen. Dann darf eben keiner hinlangen! Und du meinst, du könntest das durchhalten? Zweifel steigen in ihr auf. Knoten!
Ihr Blick schweift über den See, will in Schönheit schwelgen, Sonnenschein genießen, Lieblichkeit speichern. Aber da ist die Zeche Carl Funke im Weg, und auf der anderen Seite des Sees liegt Zeche Pörtingsiepen mittendrin in all der sonnenglitzernden Lieblichkeit. Der Pütt!

Qualm, Rauch, Asche! Wie zur Bestätigung fliegt just in diesem Augenblick ein Rußflöckchen auf ihre Tischdecke. Der Wind kommt heute aus Südost. Asnide möchte das Blau des Wassers und des Himmels, das Grün der Wälder und Wiesen, das Weiß der Wolken und Segel genießen, aber das Schwarz des winzigen Rußflöckchens drängt sich dazwischen, wird übergroß und verdeckt alles andere. Warum müssen die verdammten Zechen denn auch am Sonntag qualmen? Ist halt doch ein Scheißkübel – Ruhrp...! Nein, ist es nicht! Nein, und nochmals: nein! Ist ein Pütt, ein Schacht, eine Zeche, ein Bergwerk. Und unten machen sie Kohle. Arbeiter, Knappen, Bergleute – ehrbare Arbeit! Ehrbar? Ach was, man bekommt 'ne Staublunge davon!

Egal, ohne Bergleute wäre ganz Deutschland im Eimer. Wenn die nicht nach dem Krieg rangeklotzt hätten, wäre das Wirtschaftswunder ausgeblieben. Ludwig Erhard gilt ja wohl als dessen Vater, aber die Kohlen hat der nicht losgehauen, das haben die Bergleute gemacht.

Und oben haben sie dann damit geschoben.

Aufbau der Städte, der Verwaltungen, der Wirtschaft – großartig! Und dann reißen sie ihre Witzchen: »Katernberg? – musse de Mädchen ers abpuzzen, bevor de se küsst, licht der Kohlenstaub von Zollverein drauf!« He, du Scheißer aus ..., ach, was weiß ich, wo du her bist! – ist das vielleicht witzig? Schämst du dich nicht, so zu reden? Ruhrpott sagst du? Ja, muss man dir da nicht sofort mit dem Pisspott eins über den Schädel ziehen?

Asnide denk dran, du bist ein Mädchen aus gutem Haus und mit runden Hüften. Selbst wenn es nur Gedanken von dir sind, findest du nicht zumindest das Vokabular unpassend?

»Ist doch auch gar nicht bös gemeint«, melden sie sich wieder zu Wort, »halt nur ein deftiger Ausdruck, ein bisschen grob vielleicht, aber ehrlich und geradheraus, so wie hier die Menschen sind!«

Was sagst du da? Deftig? Bisschen grob? Geradheraus? Schon wieder solch ein Schwachsinn. Wo hast du den bloß her? Wieso sollen denn die Männer hier deftiger sein als anderswo, oder gröber, oder gerader heraus? Die Arbeit geht ihnen ein bisschen mehr auf die Knochen, ein bisschen ungesunder ist sie. Das ist es! Und da nimmst du dir das Recht, Mist über sie auszukippen? Wenn hier etwas grob ist, dann ist es die Arbeit von vielen, allzu vielen. Aber die Menschen, die sind zart. Zumindest genau so zart wie anderswo auch! Die pfeifen auf ›grob‹ und ›deftig‹ und sehnen sich

nach Zärtlichkeit, genauso wie du. Warum soll ein Bergmann nicht zärtlich sein und sich nach Zärtlichkeit sehnen?
Aber ich seh schon, das will nicht in deinen aufgeblasenen Schädel, du Armleuchter aus ... Ach, ich sag es nicht, geht ja doch nicht in deinen Bumskopf!
Und du, Asnide? Wie und was willst du daran ändern? Willst du als Kinderärztin ihrem rachitischen Nachwuchs Vitamin D spritzen? Ja, großartig!
Oder willst du als Schauspielerin auf den Ruhrfestspielen Betriebsräten und ausgewählten Rennomierkumpeln die sittlichen Werte der deutschen Klassik nahebringen? Iphigenie – Goethe, Schiller? Ja, prima!
Fast möchte man dir zu einer Karriere als Bierverlegerin raten. Das ist doch befriedigender; denn Stauder-Pils, das mögen sie immerhin. »Das Ruhrrevier trinkt Stauder Bier!« Das ist doch Scheiß-Reklame! Ja, wenn schon!
Asnide spürt Unruhe in sich aufsteigen. Sie möchte aufbrechen, ihren Unmut totlaufen.
Da kommt schwungvoll ein VW-Kabriolet auf den Parkplatz gefahren. Fünf junge Leute in Weiß springen heraus und stürmen auf die Terrasse. An ihrer Spitze: Walter Hülshoff!
»Ah, welch angenehme Überraschung, Fräulein Scharenberg. Darf ich bekanntmachen ...!« Vorstellungsgeplätscher! Asnide ist gefangen. Jetzt kann sie nicht mehr so ohne weiteres weg. Walter versucht, sie mit nichtssagendem Geschwätz mit Beschlag zu belegen. Sie sind schon ganz früh beim Etuf gewesen, haben Tennis gespielt, wollen jetzt eine Pause einlegen und sind vom Etuf herübergekommen, um einen Drink zu nehmen, zu dem er – selbstverständlich nun auch sie, Asnide – einlade, da er vorgestern Geburtstag gehabt habe: »Herr, Ober bringen sie uns doch ...!«
In Walters Gefolge ist zunächst einmal Peter Heintke, ein mickrig Kerlchen, aber stinkreich. Er studiert irgendwas, Jura oder Betriebswirtschaft. Ihm gehört das Kabrio. Walter und er sind ein erfolgreiches Gespann: Peter hat Geld und Auto, und Walter ist der sportliche schöne Mann mit sex appeal. Es ist eine für beide nützliche Verbindung, die sie da eingegangen sind. Das belegen auch die drei Mädchen, die weiter zum Gefolge gehören. Der Figur nach Klasse, ansonsten Gänse! Sie sind vom Lyceum in Bredeney! Asnide hat sie alle drei schon bei irgendwelchen Anlässen gesehen. Sie haben nur Flirts, Feten und Mode im Kopf. Asnide verachtet sie. Mit einer von

ihnen, der kleinsten, Iris Schülke, ist sie neulich in der Humboldtaula zusammengetroffen. Sie hatten ›Minna von Barnhelm‹ gesehen. Durch Zufall hatte sich in der Pause ein Kreis von Schülern gebildet, in dem Asnide und diese Iris Schülke die einzigen Mädchen waren. Asnide hätte gern über das Stück diskutiert, hatte viele Fragen zur Rolle der Frau in der Gesellschaft, hätte die Rollen der Minna und der Franziska abklopfen mögen: Ist nicht die Figur des verführerischen Kammerkätzchens Franziska vom Spiel her zwar eine dankbare Rolle, im Grunde aber doch eine Beleidigung für jede Frau?
Sie war jedoch mit ihren Fragen gar nicht durchgedrungen. Iris hatte es verstanden, die Jungen mit Partygeschnatter in ihren Bann zu ziehen, und Asnide war darüber so zornig geworden, dass sie noch vor Schluss der Pause den Kreis verlassen hatte. Damals war es gewesen, dass sie sich die Anwesenheit Holger Delbrüggens sehnlichst gewünscht hatte. Mit dem hätte man angeregt und engagiert debattieren können.
Und nun ist sie also dieser Clique ausgeliefert. Asnide weiß gar nicht, was sie tun soll. Es plätschert um sie herum munter weiter: »Neulich bei Wilkens ... das war ja wirklich Spitze ... da war doch dieser ... und wie der dann anfing ... also ich hab mich schimmelig ... wisst ihr übrigens schon, dass ... und Klaus auch nicht mehr mit ...!«
Unerträglich! Asnide hält es nicht länger aus, sie muss etwas unternehmen. Abrupt steht sie auf: »Ich muss weiter! Ich mache eine Wanderung um den See. Kommst du mit, Walter?« Ganz unverschämt guckt sie ihn dabei an.
Das Ganze schlägt ein wie eine Bombe. Walter weiß überhaupt nicht, wie er sich verhalten soll. Asnide hat ihn einfach geduzt. Andrerseits ist er im Flirten erfahren und hat ihren Blick genau registriert. Das war verheißungsvoll. Der Charmeur in ihm wird wach und kommt langsam in Fahrt. Junge, da tut sich was auf, das musst du mitnehmen. Aber kann er das so einfach: die anderen sitzenlassen?
In Peter Heintkes Blick hingegen kommt etwas Lauerndes, Lüsternes.
Hat dieser Kerl ein Glück! Wenn ihm doch auch mal solch ein Angebot gemacht würde! Andrerseits – wenn Walter verschwindet, ist er mit den drei Bienen allein im Auto – auch keine schlechte Perspektive, die er dann Walter zu verdanken hätte. Nüchtern analysiert

Peter den Sachverhalt und ist sogleich bereit, ihrer Freundschaft einen weiteren Bewährungspunkt gutzuschreiben.
Die drei Gänse aber haben wie auf Kommando die Köpfe gehoben. Das ist doch wohl nicht möglich, so direkt den Mann anzugehen und ihn anderen auszuspannen. Das ist gegen die Spielregeln. Gar keine Worte finden sie; zum ersten Mal verschlägt es ihnen die Sprache. Als Asnide das sieht, fühlt sie sich wieder wohler. Sie hatte nämlich plötzlich Angst vor der eigenen Courage bekommen. Als das Geschnatter für sie unerträglich wurde, hatte Asnide zunächst einfach nur weggewollt. Aber dann hatte sie der Hafer gestochen und sich vorgenommen: den Walter spann ich ihnen aus. Ich will sehen, ob ich das nicht schaffe. Und so hatte sie sich denn weit vorgewagt und Walter eingeladen mitzukommen und dabei leise befürchtet, es könnte zu weit gewesen sein.
Als sie jetzt aber sieht, welche Wirkung sie erzielt hat, jubelt ihr Herz. Walter ist schon fast gefügig. Total verwirrt, stottert er irgendwas daher: »Äh, ja, wirklich sehr freundlich ... natürlich mit großem Vergnügen ... aber, äh ...« Was die Gänse empfinden, empfindet auch er: Es ist gegen die Spielregeln; man kann nicht so ohne weiteres die anderen sitzenlassen. So versucht er denn ein paar Einwendungen zu machen und murmelt: »Ich weiß allerdings nicht ...« Doch Asnide hat ihn bereits fest im Griff, beziehungsweise im Blick. Ein Augendeckelklappern, ein schelmischer, verheißungsvoller Blick, dazu ein paar begütigende, regelnde Worte: »Die anderen kommen heute auch mal ohne Sie aus. Ich brauche Sie«, und Walter ist vollends geschmolzen. Schon lüftet er seinen Hintern, um sich zu erheben und zu verabschieden, da macht Asnide, die triumphierend ihren Sieg registriert hat, eine Kehrtwende um 180 Grad. Mit einem Ätsch-Blick zu den drei Mädchen setzt sie, Reue vorspielend, ihre Rede fort: »Ach, es ist wahr, es wäre nicht recht von mir, Sie den anderen zu entführen. Entschuldigen Sie bitte. Auch für mich ist es vielleicht besser, heute allein zu sein. Ich werde das Boot nehmen und nach Haus Scheppen übersetzen. Auf Wiedersehen!«
Eh die fünf sich aus ihrer Starre lösen und irgendeine Reaktion zeigen können, ist Asnide zum Steg gelaufen. Verdutzt schauen sie sich an, aber da hat Asnide schon das Dampferchen der Baldeneyseeflotte bestiegen und ist fort.
Sie fährt über den See. Gewissensbisse melden sich und plagen sie. Was hat sie da nur angestellt! Bloß um den drei Gänsen zu zeigen: Seht her, ich kann mithalten und bin euch über; wenn ich will,

spann ich euch jeden Mann aus, hast du das getan, Asnide. Hast du da nicht selbst das Bild der Frau, das dir vorschwebt, besudelt und eine Rolle gespielt, die dir im Grunde zuwider ist? Eben, das war doch nur gespielt, beruhigt sie sich.
Gespielt? Rolle? Wieso denn? Das warst doch du selber, Asnide, die es den drei Gänsen zeigen wollte!
Sie erschrickt über dieser Erkenntnis, hat aber keine Zeit, weiter darüber nachzudenken, denn das gegenüberliegende Ufer ist schon ganz nahe. Das Boot beginnt mit dem Anlegemanöver, und Asnide schiebt ihre Erkenntnis zur Seite, um sich dem zuzuwenden, was da jetzt auf sie zukommt.
Und das ist die Zeche Pörtingsiepen, die dick und breit daliegt. Das Dampferchen legt an. Asnide ist eine der Ersten, die herausspringen. Sie läuft um das Haus Scheppen und den kleinen Hafen herum und biegt ins Pörtingsiepen ein. Aus der Einfahrt der Zeche kommen gerade ein paar Kumpel: Reparaturschicht oder sowas – Kötter aus Fischlaken wahrscheinlich – Hände in den Hosentaschen – Dubbelschachtel unter den Arm geklemmt – gedrungene Gestalten – schwerfälliger Gang. Man sieht, dass sie Knochenarbeit leisten. Asnide starrt sie an, ohne es zu merken. Ja, das sind die Menschen hier im Ruhrgebiet. Wie eine Last liegt die Arbeit auf ihnen und drückt sie zu Boden. Sie aber nehmen es willig an, murren nicht, fluchen wohl mal; aber dann spucken sie in die Hände, packen wieder zu und rammen den Pickhammer in die Kohle. Arbeiten und schuften, kloppen Kohle, während der Staub ihren Lungen zusetzt. Sie aber schuften weiter. Wagen um Wagen kloppen sie voll Kohle, ohne Murren, ohne Widerstand, nur ab und an mit einem kräftigen Fluch auf den Lippen. Kohle und Kohle und nochmals Kohle!
Deutschland lebt davon: Wirtschaftswunder! Warum nur leben die Bergleute weiter so bedrückt? Weil es ein merkwürdiges Wunder ist!
Wenn die Kohle erst mal ans Tageslicht kommt, dann schlagen die Bosse in Bredeney und Stadtwald die Hand darüber und verscherbeln die Kohle weiter – ›verkaufen‹ sagen sie hochtrabend. DKBL: Deutsche Kohlen-Bergbau-Leitung! – nach Düsseldorf, nach Hamburg, nach München. Da sitzen dann noch größere Bosse, die machen in ihren Betrieben den Reibach mit der Kohle und streichen die dicken Gewinne ein. Tragen natürlich auch das Risiko! Ist ja klar. So ist das eben in der freien Welt und in einer markt-

wirtschaftlichen Ordnung: Initiative, Risiko, Engagement, Einsatz, die müssen hoch vergütet werden, wer wollte sonst das Risiko übernehmen. Die Knochen hinhalten, das kann schließlich jeder. Deshalb hast du bei uns auch das Recht, viel Geld mit dem zu verdienen, was andere mit ihren Knochen bezahlt haben. Du trägst ja das Risiko.
Aber wie ist das eigentlich? Ist das Risko schwerer als ein Pickhammer? Verdammt! Da muss doch dran zu drehen und eine Änderung zu erzielen sein.
Willst du das etwa tun, Asnide? Du, ein Mädchen? Ein begabtes zwar, aber eben doch ein Mädchen! Wo und wie willst du denn drehen und ändern? Ja, zum Teufel, warum denn nicht?
Diese Männer, die ihr da entgegenkommen, müssen von Kohlenstaub und Knochenarbeit erlöst werden. So darf es doch nicht weitergehen. Sie halten ihre Knochen hin, und die anderen machen ihren Reibach damit. Und dann reden sie auch noch hochmütig vom Kohlenpott und vom Dreck in der Luft, und wie die Industrie das ganze Land kaputt macht; und großmütig plädieren sie dann für die Ruhrfestspiele: Wo die Arbeit ist, da soll auch die Kultur sein. Ein hanebüchener Unsinn! Da muss doch einer herkommen, der eine neue Ordnung schafft. Sie, die Bergleute, sind doch die rechtmäßigen Herren über Deutschlands Reichtum. Wer führt ihre Sache, ficht ihre Belange aus?
Diese Frage liegt auf Asnides Gesicht. Einer von ihnen sieht es, versteht es aber nicht. Er sieht nur das hübsche, junge Mädchen, das ihn anstarrt. Mit Erstaunen nimmt er es wahr und macht das Beste daraus: »Hallo, Mädchen, wollen wir zwei mal ...« Die vage Andeutung verklingt. Mit scheppernden Lachen haben die anderen den Witz aufgenommen, Asnide aber ist so erschreckt, dass sie einen Satz zur Seite macht, beinahe im Straßengraben landet, nur mit Mühe das Gleichgewicht wiederfindet und dann zu laufen beginnt, um von diesen Männern wegzukommen. Lachend schauen die Kumpel hinter ihr her. Erst in Kückelmanns Busch hält Asnide mit dem Laufen ein, während wilde Gedanken sie bestürmen:
Das hat doch alles keinen Zweck. Du bildest dir da was ein. Die merken doch gar nichts. Die sind alle abgestumpft und im Übrigen ganz zufrieden, haben nur ihre dumpfen Instinkte: Fressen, Saufen; und wenn sie dann noch mal ein hübsches Mädchen anpöbeln können, dann ist das schon ein prickelndes Abenteuer für sie. Wie willst du die aus diesem Dunkel herausführen?

Und wohin? Die haben keinerlei höhere Interessen.
Wer redet denn von höheren Interessen? Man darf sie nicht in ihrer Knochenarbeit steckenlassen!
Aber wie denn, Asnide? Und wohin? Auf die Ruhrfestspiele etwa?
Schwerfällig stiefelt Asnide über die Fischlakener Hänge, erreicht die Knappenstiege, den Lürsweg, den Viehauser Berg. Es ist unwahrscheinlich schön hier oben: der weite Blick, ringsum sanfte Hügel, kleine Büsche und Wäldchen, grüne Felder und Wiesen – ein liebliches Land und darüber eine warme Sonne!
Es ist Mittag geworden. Asnide spürt keine Müdigkeit. Ein leichter Wind weht aus Südost und macht selbst die Mittagshitze erträglich. Immer weiter marschiert Asnide. Vor ihr liegt Werden. Die grünen Turmspitzen der alten Abteikirche leuchten zu ihr herauf. Sie steigt den Viehauser Berg herab bis zur Forstmannstraße und wendet sich dann nach rechts. Dort liegt hinter der Dückerstraße die Luciuskirche, fast tausend Jahre alt, älteste Pfarrkirche Deutschlands. Amüsiert muss Asnide an Studienrat Herrmann – Kunst und Geschichte – denken, wie er bei einer kunstgeschichtlichen Exkursion von dieser Kirche geschwärmt, ihre edlen, schlichten Formen – zwar trotzig, klobig, erdverbunden, aber deutlich, klar und rein – gerühmt hatte; und dann sein Geschimpfe, welche Schande es sei – und wem man dafür alles den Hals umdrehen müsse –, dass diese Kirche in der Kunstgeschichte so vergessen und immer noch nicht restauriert worden sei, nachdem man sie in irgendwelchen napoleonischen Streitereien als Pferdestall missbraucht habe. Ja, der gute Studienrat Herrmann! Sein Eifer – oder Übereifer? – hatte auf Asnide abgefärbt. Noch jetzt hat sie sein glühendes Gesicht vor Augen, wenn es – durch entsprechende Schülerfragen hervorgelockt – wieder einmal aus ihm herausbrach, und er die Stadt als einen Quell deutscher Kunst feierte. Besonders bei einem Festvortrag in der Aula zur 1100-Jahr-Feier von Stift und Stadt Essen hatte er durch seinen Enthusiasmus die Schülerinnen belustigt, zum Teil aber auch – wie zum Beispiel Asnide – begeistert. Essen war in diesem Vortrag Brückenkopf byzantinischer Kunst auf noch barbarischem, germanischem Boden gewesen, nämlich als die Äbtissinnen Mathilde und Theophanu den Grundstein zum Münsterschatz legten.
Und Werden war der Hort der Literatur. Er brauche nur zwei Worte zu sagen: der Codex Argenteus und der Heliand, als dessen Entstehungsort nun wohl doch das Kloster Werden gelten müsse. Ja, und

dass an eben dieser Stelle frommer Bürgersinn die älteste – erhaltene – deutsche Pfarrkirche errichtet habe, zeuge vom wachen Geist der Bürger in dieser Region für die Aufgaben ihrer Zeit. Besonders das Letzte hat Asnide stärker beeindruckt und nachhaltiger in ihr gewirkt, als sie zugeben mag. Was ist denn ihre Aufgabe in dieser Zeit, und wie und woran soll sie sie erkennen?
Eine Vision geistert durch Asnides Brust: Wäre es nicht möglich, dass sie berufen ist – nachdem der Bau der Kunst in der Stadt durch das Folkwangmuseum als hervorragende Heimstatt moderner Malerei sozusagen eine dritte Säule erhalten hat – nun auch die vierte Säule zu errichten und damit den Bau zu vollenden? Asnide träumt: Eine große schauspielerische Leistung – ihre schauspielerische Leistung – führt zu einer neuen Art des Spielens und Darstellens und schließlich zu einer neuen Schauspielschule. Ganz neue Räume des Herzens und der Seele werden erschlossen. Die Menschen strömen herbei, nicht nur Bildungsbürger, auch die Arbeiter. Ach ja, usw. usw. Holger Delbrüggen kommt ebenfalls in diesem Traum vor. Er ist der Regisseur, der diese neue Art des Spielens als ›Essener Schule‹ publik macht.
An dieser Stelle blendet Asnide sich aus ihrem Traum aus. Sie merkt, er ist peinlich, unrealistisch, kindisch. Und doch bleibt es ihr Traum, sie kann ihn nicht davonjagen. Besonders der Anfang steckt wie ein Haken in ihrer Seele. Berufen ... Von wem denn? Wozu und Wie? Aufgaben der Zeit! Welche denn? Die Geschundenen und Geplagten im Lande führen und leiten, womöglich zu neuen ... ja, was?
Ganz hohl und leer fühlt sich Asnide. Wie soll sie nur ihren Weg erkennen? An der Luciuskirche ist nichts zu sehen. Nur, dass die Restaurierungsarbeiten offensichtlich begonnen haben. Muss Asnide warten, bis sie abgeschlossen sind? Restaurierung – Restauration – Asnide ist voller Fragezeichen. Sie wendet sich von der Kirche ab und geht durch die Heckstraße zum Markt. In den Beinen spürt sie nun doch die Müdigkeit. Dementsprechend ist sie froh, als sie auf dem Fahrplan feststellt, dass bereits in fünf Minuten ein Bus von Wuppertal kommen muss, der sie nach Hause bringt.
Der Bus kommt, ist nur schwach besetzt, Asnide steigt ein, gleich in der ersten Reihe sitzt Holger Delbrüggen. Fröhliches Erkennen, Asnide nimmt neben ihm Platz. Natürlich! Was auch sonst? Aber Asnide, bei anderen Anlässen von Holgers Anwesenheit angenehm angeregt, spürt, heute macht die Begegnung die Sache kompliziert. Trotzdem entwickelt sich bald ein lebhaftes Gespräch. Holger war

in Wuppertal und hat mit dem dortigen Intendanten wegen einer Anstellung nach seinem Examen im nächsten Semester verhandelt. Stolz, aber ohne Angeberei berichtet er, dass er im Frühjahr als Assistent anfangen kann. O ja, Holger ist schon wer. Er wird seinen Weg machen.
Ja, und was wird nun aus dem Fräulein Scharenberg nach dem Abitur? Voller Teilnahme erkundigt sich Holger nach Asnides Plänen, und sie spürt zum ersten Mal so etwas wie Wärme an ihm. Ob sie nicht doch die Verpflichtung fühle ...? Nach seinen, natürlich nicht unbedingt kompetenten, Erkenntnissen wäre sie doch ... Sicher habe sie auch selbst ...
Ganz geschickt macht er das. Ist nicht einfach Lobhudelei, und auch nicht bloß Flirt. Asnide kann sich seinem Reden jedenfalls nicht völlig entziehen. Es bleibt etwas in ihrem Herzen hängen.
Aber was ist das? Eitelkeit oder Berufung?
Berufung? Wer ruft denn da? Kann Holger berufen?
Der Bus keucht den Werdener Berg hinauf. Asnide weiß keine Antwort und stottert sich etwas zurecht: »Ja, sicher doch, natürlich ... aber andrerseits ... und dann ist da auch noch ...« Ausflüchte, sinnloses Gerede!
In Asnides Kopf häufen sich die Gedanken wie Steine eines Puzzles. Aber sie kennt das Bild, das dazugehört, nicht. Sie findet nicht einmal einen Anfang, das Bild richtig zusammenzusetzen.
Natürlich ahnt sie Aufgaben und Dienste – in einem lieblichen Land, über das eine große Unordnung hereingebrochen ist – sieht schwer arbeitende Menschen – auf vergeblichen Wegen – belastet – aber womit? Das alles macht ihr den Kopf schwer, lastet auf ihrem Herzen, zerrt an ihrer Seele.
Der Bus hat die Höhe erklommen und rattert durch die Zeunerstraße.
Ach ja, was hat Holger da gerade gesagt? Richtig: Schauspielschule!
Gewiss ... vielleicht ... weiß nicht so genau ... wäre sehr verlockend, zumal sie sicher damit rechnen könne, in ihm einen verständnisvollen Mentor zu haben.
Nach anfänglichem Stocken plätschert es ganz munter von ihren Lippen, ist aber nur Gewäsch. Meilenweit ist Asnide weg. Holger merkt es. Er guckt sie an: aufmerksam, eindringlich, sucht ihren Blick:
»Asnide!« Ganz lieb kommt das aus seinem Mund. Überhaupt ist er

heute anders als sonst: milder, weicher. Ist Holger doch anders, als sie bisher gedacht hat? Er hat braunes, lockiges Haar und braune Augen. Irgendeine Stelle in ihr registriert das und assoziiert dazu: er ist weich und zart.

»Asnide, was ist mit Ihnen?« Viel Wärme und Verständnis liegt in diesem Satz, und Asnide springt darauf an. Sie fasst Vertrauen und öffnet sich:

»Ich weiß gar nichts mehr. Wozu bin ich da? Und was soll ich tun? Ich möchte so vieles, aber darf ich einfach das tun, wozu ich Lust habe und was mir Spaß macht? Die Menschen, Holger, sehen Sie doch die Menschen, sie tragen Lasten. Wer nimmt sie ihnen ab? Ich möchte helfen, aber ich weiß nicht wie und wo; ich habe Angst, das Falsche zu tun. Wozu sind wir da, Holger? Wissen Sie, wozu Sie da sind?«

Schon dass er nicht mit einer ironischen Bemerkung ihren Wortschwall kontert, sondern mit leicht gesenktem Kopf zuhört und schweigt, als sie geendet hat, empfindet Asnide wohltuend und erleichtert sie ungemein.

Der Bus rollt weiter. Links liegt jetzt das Montagsloch. Da war vor zwei Jahren die Schlussveranstaltung des Evangelischen Kirchentags, auf der Gustav Heinemann den berühmten Satz gesagt hat: Die Herren dieser Welt gehen, unser Herr kommt.

Erst nach längerer Pause antwortet Holger, bedächtiger und zögernder, als es sonst seine Art ist: »Ich denke, wir sind da, um zu leben!«

»Aber was ist das: Leben?«

Wieder ein Augenblick des Zögerns, dann mit Nachdruck: »Ich weiß es nicht, aber ich will es herausfinden; und dazu mache ich Theater!«

Asnide ist von der Antwort beeindruckt, aber das spielt jetzt keine Rolle mehr, denn der Bus hält am Haumannshof. Asnide muss aussteigen. Holger könnte weiterfahren, er wohnt Nähe Stadtgarten. Doch er steigt mit aus. Solch ein Gespräch darf man nicht einfach abbrechen.

Ist aber schon abgebrochen!

Als sie auf der Straße sind und auf die Rüttenscheider zumarschieren, kommt es nicht wieder auf, was sie vorhin im Bus verbunden hatte. Es ist weg, einfach weg.

Vielleicht ist es im Bus sitzengeblieben, während sie ausgestiegen sind?

Was ist das überhaupt gewesen, was da zwischen – bei, in, mit, unter – ihnen war? Jedenfalls: es ist weg!
Bei ihnen geblieben ist nur ein fachlich interessantes aber kühles Gespräch. Holger versteht dabei natürlich zu brillieren und sich entsprechend in Szene zu setzen. Es bezieht sich auch alles auf seinen letzten Satz: Er spielt Theater um herauszufinden, was das Leben ist. Das belegt er nun, indem er seine Theorien und Erkenntnisse kundtut: König Lear und Beckett – Joyce und Genet nicht zu vergessen – und natürlich T. S. Elliot – obwohl natürlich ... – und immer wieder selbstverständlich Brecht.
Das rauscht alles so daher. Es ist schon großartig, welche Vorstellungen dieser junge Mann entwickelt, welchen Durchblick, welche Urteilskraft er hat, und welche geschliffenen, witzigen Formulierungen ihm vom Munde ließen. Esprit!
Aber es ist nicht wie im Bus. Es ist der alte Holger. Asnide friert.
Zum Glück ist es nicht weit bis zu ihrem Haus. Holger muss sich wohl oder übel verabschieden. Ein paar Worte noch vor der Haustür – die Bitte um ein Wiedersehen – vage Aussichten: nächste Woche, vielleicht – ein etwas längerer Händedruck! Fast ist es Asnide, als käme ›es‹ wieder. Aber sie merkt recht bald, dass das eine Täuschung ist. Was jetzt in Holgers Blicken funkelt, das ist Flirt, Werbung. Immerhin: unangenehm ist Asnide das nicht.
Sie stürmt ins Haus. Im Wohnzimmer sitzt Günter Tappert. Nanu?
Er erhebt sich linkisch, hat ein betretenes Gesicht: »Dein Vater! Nichts Ernsthaftes, aber Vater meinte ... da bin ich gleich mit ...«
Asnide ist schon weiter, die Treppe hoch und stürzt ins Schlafzimmer des Vaters. Da liegt er und lächelt schwach. Gottlob! Ganz normal sieht er aus. Doktor Tappert sitzt neben dem Bett und hält sogleich eine Beruhigungsrede:
»Nein, nein, nichts Besonderes, absolut kein Grund zur Aufregung, nur ein kleiner Kreislauf-, ach was, -kollaps wäre viel zu viel gesagt. Eine Störung des Herzrhythmus, kleine Unregelmäßigkeiten!« Er habe eine Spritze gegeben, ein paar Tabletten dagelassen, zusammen mit ein paar Tagen völliger Ruhe wäre alles in einer Woche ausgestanden und vergessen.
Asnide weiß nicht, ob sie ihm glauben soll. Der Anblick des Vaters bestätigt zwar die Rede des Arztes. Werner Scharenberg liegt ruhig, entspannt und zufrieden in den Kissen, sein Gesicht zeigt eine gesunde Farbe. Nur müde ist er und schlapp; doch das kann bereits

die Wirkung der Medizin sein. Aber irgendwas in der Rede Doktor Tapperts hat Asnide stutzig gemacht. Er hat allzu offensichtlich den Fall heruntergespielt. Warum nur?
Doktor Tappert drängt zum Aufbruch: »Der Vater muss jetzt schlafen.«
Ein Kuss noch, und Asnide verlässt das Schlafzimmer des Vaters. Unten im Wohnzimmer weitere Beschwichtigungen: »Wirklich nichts Ernstes, kein Grund zur Beunruhigung. – Übrigens, ich muss noch einige Krankenbesuche machen. Das wird etwa zwei Stunden dauern. Ich komme dann noch mal vorbei; wenn er dann schläft, können wir gewiss sein, dass alles in Ordnung ist. Günter, Asnide sollte jetzt nicht allein bleiben, vielleicht leistest du ihr Gesellschaft. Ich nehme dich dann nachher mit nach Hause!«
Doktor Tappert geht. Draußen hört man seinen Wagen starten – abgekartetes Spiel. Asnide ist ärgerlich, weiß aber nichts dagegen zu tun. So sitzen die beiden da und schweigen. Günter macht einige Anläufe zum Gespräch, aber Asnide macht es ihm wahrlich nicht leicht. Auf die Frage, was sie denn den ganzen Tag gemacht habe, berichtet sie lustlos, lässt dabei das Wichtigste weg. Aber als das Gespräch dann wieder zu versanden droht, kommt Asnide eine Idee. Sie trägt nach, dass sie unterwegs Walter Hülshoff und später auch Holger Delbrüggen getroffen habe und erzielt damit bei Günter die vermutete und erwünschte Wirkung, denn Günter ist das offensichtlich unangenehm. Eifersüchtig wäre zu viel gesagt; aber unangenehm, das ist es. Günter möchte, dass Asnide jetzt für ihn da ist, aber sie ist weit weg und erzählt ihm obendrein von anderen Männern. Ausgesprochen unangenehm ist ihm das. Asnide spürt es, ärgert und freut sich zugleich. Sie empfindet Günters Anwesenheit als hinterlistig, denn sie hat den Kopf voller Gedanken, brauchte Ruhe und Alleinsein. Dazu kommt die Krankheit des Vaters, die Asnide nicht einschätzen kann – und nun sitzt dieser Günter da, will mit ihr flirten, will um sie werben, oder was er sonst will. Vielleicht will er ja auch mehr. Ernsthafteres!
Warum sagt er es dann nicht?
Sei nicht so anspruchsvoll, Asnide. Du kannst doch auch nicht alles sagen. Als wenn das so einfach wäre!
Stattdessen redet Günter von seinem Studium in Köln. Morgen fährt er wieder hin. Asnide hört mit einem halben, mit einem viertel Ohr zu und hängt im Übrigen ihren Gedanken nach. Dann weiß Günter nichts mehr zu erzählen, kann aber die Stille auch nicht

ertragen, sucht ein neues Thema, findet es und sprudelt von neuem los. Das nächste Semester!
Günter wird nach Tübingen gehen. Unbeschreiblich schön sei es dort.
Und dann beschreibt er es doch! Er war über Pfingsten unten, hat sich eine Bude für das neue Semester besorgt und berichtet nun von einer Stocherkahnfahrt auf dem Neckar, einer Mondscheinwanderung zur Wurmlinger Kapelle, einem Tagesmarsch durch den Schönbuch zur Burg Hohenentringen und bis zum Städtchen Herrenberg. Asnide wird ein bisschen aufmerksamer, hört jetzt mit einem dreiviertel Ohr zu. Sie kennt Tübingen. Eine Cousine ihres Vaters hat einen Schwaben geheiratet und wohnt im Nachbarort. Irgendwelche Ferien hat sie dort verbracht. Sie kann sich ein Bild machen von dem, was Günter erzählt und ertappt sich bei der Frage, ob sie es wohl schön finden würde, mit Günter im Mondschein zur Wurmlinger Kapelle zu wandern oder einen Tag lang mit ihm durch den Schönbuch zu laufen und gibt sich die ernüchternde Antwort: Es wäre ihr zwar nicht unangenehm, aber das ist ja wohl entschieden zu wenig. So etwas muss man mit jauchzendem Herzen denken, oder aber besser gar nicht. Asnide erkennt, dass sie nicht verliebt ist. In Günter noch weniger als in Walter oder Holger! Bei den beiden ist wenigstens gelegentlich ein leichtes Prickeln auf der Haut zu verspüren, ein bisschen jedenfalls. Aber bei Günter? – Nichts!
Er ist allenfalls als angehender Mediziner interessant. Wenn sie auch Medizin studiert – was liegt dann näher, als einen Mediziner zu heiraten. Gleichzeitig aber schrillt eine Alarmglocke: Vorsicht! Kann man – kann ich – mit Günter zusammenarbeiten? Er ist ehrgeizig, hat sich schon in Obersekunda mit medizinischen Fragen befasst und wird sicher Karriere machen.
Und was soll Asnide dabei? Wo bleibt sie?
Mehr als die Rolle einer Assistentin, erkennt Asnide, wird sie bei ihm nie erhalten. Das wiederum würde er gewiss schick finden: eine medizinisch gebildete Frau zu haben, der er noch beim Mittagessen Vorträge halten könnte über die medizinischen Probleme, die ihm gerade vorgekommen sind, und die sich das dann fachkundig anhört, vielleicht auch mal eine kluge Frage dazu stellt, die er dann noch küger beantworten kann. Aber Partnerin, Mitarbeiterin, das sieht Asnide glasklar, wird sie bei ihm nie sein!
Und bei Holger? Bei Walter oder einem anderen? Asnide geht auf: Es ist nicht ein Problem Günter, es ist das Problem Mann. Wenn

sie selber etwas werden will, dann muss sie auf einen Mann als Partner verzichten. Denn das gibt es einfach nicht, dass sie etwa Ärztin, Schauspielerin oder Unternehmerin wird, und neben ihr ist ein Mann, der Hand in Hand mit ihr arbeitet. Das lässt der sich doch nicht gefallen. Entweder ist er ein lahmer, subalterner Typ, oder aber er bastelt an der eigenen Karriere. Dann bleibt für sie nur die Rolle der Assistentin oder der verstehenden Gattin im Hintergrund.
Das aber will Asnide nicht!
Dann musst du eben auf Ehe und Familie verzichten und musst dich begnügen mit Flirts, Affären, Bettgeschichten. Die kannst du wahrscheinlich immer haben bei deiner Figur, deinem Aussehen.
Das aber will Asnide nicht!
Das kann ja auch kein Mensch aushalten. Asnide zumindest nicht! Sie sehnt sich doch jetzt schon nach dem Einen, der sie ganz versteht, dem sie alles sagen kann. Ein Leben lang ohne den Menschen, mit dem man unverbrüchlich und über alle Schwierigkeiten hinweg fraglos zusammengehört? – Unmöglich! Wie soll sie das aushalten? Asnide ist da sehr moralisch und konservativ.
Was soll nur werden? Asnide brütet vor sich hin. Günter merkt es plötzlich, unterbricht sein Gerede, ist betroffen:
»Asnide, ist was? Machst du dir Sorgen um deinen Vater?«
Die ist froh, dass er ihr die Ausrede gleich mitliefert: »Ja, ja!«
»Ich bin sicher, dass Vaters Spritze hilft.« Angeberisch fachsimpelnd nennt er den Namen des Medikaments: »Ein gutes, sicher wirkendes Mittel!«
Beruhigungen, die gar nicht erbeten sind!
Günter bemüht sich, seinen Worten Wärme beizulegen und versucht, die Wärme körperlich zu übertragen. Er legt Asnide die Hand auf die Schulter. Die ist sofort hellwach und merkt, das ist jetzt nicht nur eine freundschaftliche Geste, das ist der Versuch eines Mannes, das Weib, das er sich auserkoren hat, zu greifen. Sie lässt es geschehen, setzt sich seinem Versuch ganz bewusst aus und wartet, ob sich etwas in ihr regt. Aber da springt kein Funke. Ganz sachlich kühl kann sie die Hand auf ihrer Schulter ertragen: kein Prickeln, kein Herzklopfen – nichts!
Nicht einmal verlegen macht sie diese Hand, die nun schon etliche Sekunden dort auf ihrer Schulter liegt. Fast ein wenig ironisch lächelnd erträgt sie es, dass er immer noch keine Anstalten macht, sie wegzunehmen und weiß: Sie wird diese Hand so schnell nicht ergreifen.

Günter hingegen wird es von Sekunde zu Sekunde schwerer, seine Hand dort zu behaupten. Ihn macht es verlegen, dass sie so kühl bleibt.
Nur lästig wird ihr die Hand allmählich; und als sie ihr zu lästig wird, blickt sie einmal aus den Augenwinkeln auf sie herab. Das ist zu viel für Günter, das kann er nicht ertagen. Hastig nimmt er die Hand weg, weiß aber nicht, wohin damit, versteckt sie hinter seinem Rücken. Ziemlich albern wirkt er damit. Zum Glück für ihn klingelt es gerade. Doktor Tappert kehrt zurück. Noch ein Blick ins Krankenzimmer: Tatsächlich, Werner Scharenberg schläft tief und ruhig. Es nimmt alles seinen Lauf, und alles scheint seine Ordnung zu haben.
Noch einmal beruhigende Sprüche! Doktor Tappert tätschelt Asnide die Wange: »Kopf hoch, Mädchen, in ein paar Tagen ist alles vorbei!«
Warum nur diese albernen Sprüche? Asnide ist unmutig und verärgert. Doktor Tappert deutet es als Trauer und macht immer weitere Anstrengungen, Asnide mit seinen Sprüchen aufzumuntern, bis sie sich schließlich resignierend ein Lächeln abringt: »Schon gut!«
Da ist er zufrieden und räumt das Feld. Günter hat sich derweil im Hintergrund gehalten. Jetzt ist der Abschied von ihm fällig. Er versucht, in seinen Händedruck alles an Werbung und Begehren hineinzulegen, wessen er nur immer fähig ist. Aber es ist zu wenig. Er möchte Asnide mit seinem Blick fangen und beeindrucken, die aber kann ihn ohne Regung mühelos aushalten. Sie überlässt ihm ihre Hand ohne Antwort, hält seinem Blick ausdruckslos stand. Bedröppelt schleicht er davon.
Asnide ist allein! Allein mit ihren Gedanken! Da fällt die Antigone über sie her. Ihre eigene Rolle im Spiel, der Sprecher, Kreon, Ismene und alle Figuren des Spiels stehen auf einmal um sie her und reden auf sie ein.
Sie, Asnide, muss jetzt auch in Wirklichkeit – nicht nur im Spiel – Antigone sein, das Mädchen, »das sich allein gegen die Welt stellen wird«, und sie »muss ihre Rolle durchhalten bis zum Ende.«
Ja, aber Antigone weiß auch, was sie tun muss. Im Spiel sind die Rollen klar: »Jeder tut, was er muss. Er muss uns töten lassen, und wir müssen unseren Bruder bestatten. So sind die Rollen verteilt.«
Asnide aber wehrt sich gegen die Rollen, die ihr angeboten werden. Sie hat den Eindruck, ihre ist noch gar nicht dabei. Wieso sonst

machen die drei ihr offen stehenden Möglichkeiten sie so ratlos? Auf keinem dieser drei Wege »wird sie ganz sie selbst sein können.« Und Anide will »ganz sie selbst sein« wie Antigone, will »nein sagen zu allem, was mir missfällt.« Wie Antigone! Ja, wie Antigone!
Aber Antigone sagt auch: »Ich muss nein sagen und sterben.« O Asnide, kannst du das auch sagen?
Sie weiß es nicht, ist sich nicht schlüssig.
Asnide ist ein fröhliches Mädchen und lebt gerne. Insofern ist ihr das Wort der Antigone zu groß; aber doch auch wieder nicht allzu groß!
Asnide denkt: ja, ich könnte sterben wie Antigone, aber es müsste etwas Großes, etwas Absolutes sein, für das ich mein Leben lassen könnte. Hier hat sie Antigone nicht verstanden und nur ganz entfernt geahnt, wieso das Bestatten der Leiche ihres Bruders für sie so wichtig sein konnte. Dafür hatte sie allenfalls ein tolerierendes, niemals aber ein engagiertes Verständnis aufgebracht. War Poleinekes es denn wert, das Leben dafür zu lassen? War überhaupt ein Mensch das wert?
Unverständlich auch, dass Antigone sich so fraglos in ihre Rolle schickt: »Wenn mein Bruder noch lebte und von einer Jagd nach Hause gekommen wäre, hätte ich ihm die Schuhe ausgezogen, hätte ihm zu essen gegeben und ihm sein Bett bereitet.« Und daraus erwächst dann solche Gewissheit?
Asnide-Antigone denkt an den Dialog mit Kreon: »Warum wolltest du deinen Bruder beerdigen? – Weil ich es muss. – Du weißt, dass ich es verbot. – Und trotzdem musste ich es tun. Er war mein Bruder!«
Woher hat Antigone nur diese Gewissheit? Asnide weiß gar nichts! Was Kreon über das Leben sagt, fällt ihr ein: »Greife es fest mit deinen Händen, halte es auf. Du wirst sehen, dann nimmt es eine einfache, feste Gestalt an.«
Aber wo soll Asnide denn zugreifen? Man müsste wohl ganz fest an etwas Großes glauben, wenn man so zupacken wollte wie Antigone. Woran hat Antigone denn so fest geglaubt?
Und was glaubst du, Asnide?
Ach, Asnide war heute nicht einmal in der Messe und hatte es doch fest vorgehabt. Ob es daran liegt, dass sie hinsichtlich ihres Weges so ungewiss ist? Unsinn, was hat die Messe damit zu tun? Meinst du, da hätte eine Stimme gesagt: werde Schauspielerin oder: werde Ärztin!?

Leise regt sich eine neue Erkenntnis in Asnide: Nicht das ist entscheidend, welchen Beruf ich ergreife, sondern, was ich aus meinem Beruf – und meinem Leben – mache. Was zu tun ist, liegt ja klar am Tag, genau so wie bei Antigone. Ich muss den geplagten Kreaturen in dieser Stadt, den Geschundenen in dieser Landschaft an der schönen Ruhr helfen.
Aber wie um alles in der Welt soll das gehen? Sie steht doch von vornherein auf der falschen Seite. Wie soll sie eigentlich an die Menschen herankommen, an die Bergleute, die Männer am Hochofen, in den Kokereien, im Walzwerk? Das deprimierende Erlebnis vor dem Tor von Pörtingsiepen fällt ihr ein. Hat nicht Ismene Recht? »Versuche nicht etwas, was deine Kräfte übersteigt.«
Wollen die überhaupt, dass ihnen geholfen wird? Und was wäre die rechte Hilfe für sie? Mehr Geld und bessere Arbeitsbedingungen? Ist das schon Hilfe? Müsste da nicht mehr hinzukommen? Ein großes Ziel? Dazu lassen die sich doch gar nicht anstiften. Die leben dumpf und stumpf nach ihren Instinkten: Essen, Saufen, Weiber, dazu vielleicht ein Hobby – Tauben, Fußball, Schalke, Rot-Weiß, ETB, mehr aber auch nicht!
Oder?
Jedenfalls wäre es unendlich schwer, sie für anderes zu interessieren!
Wie denn auch, Asnide? Weißt du etwas anderes, etwas Großes? Welche hohen Ziele gedenkst du ihnen denn vorzustellen, Ziele, die du selbst verfolgst?
Und doch: so leicht lässt Asnide sich nicht aus dem Feld schlagen. Sicher hat sie große Ziele: die Solidarität mit den Geschundenen und Benachteiligten in diesem Landstrich, die Entwicklung freundlicherer Lebensbedingungen für alle im Revier, Einsatz für die arme, abgestumpfte Kreatur in den eintönig grauen Straßen, unter den schlotenden Kaminen, in dem trostlos geordneten Durcheinander der großen Betriebe.
Das sind doch Ziele, große Ziele!
Aber wie willst du sie verfolgen, Asnide? Als Ärztin, Schauspielerin, Geschäftsfrau, immer bist du viel zu weit weg von ihnen. Und dann noch eins: Als Frau hast du da erst recht keine Chance!
Ja, das ist das größte Problem: Sie ist eine Frau! Das kann sie nicht aus der Welt schaffen und will es auch gar nicht. Sie wartet ja geradezu auf den Partner, den Einen, dem sie sich ganz öffnen kann. Im Spiel ist es ihr bei der Szene mit Hämon immer heiß den

285

Rücken heruntergelaufen, obwohl es nur Heini Rehbein war, der den Hämon spielte, ein pickelgesichtiger Oberprimaner von der ›Burg‹, wahrlich in allem das Gegenteil von dem, was sich Asnide von einem Liebsten erträumte; aber wenn sie an die Stelle kam, wo sie vor Hämon beschwörend zu fragen hat: »Deine starken Arme, die mich umschließen, sie lügen nicht? Und deine Hände auf meinen Schultern, die schöne Wärme, das unendliche Vertrauen, das mich erfüllt, sobald ich meinen Kopf an deiner Brust berge – das alles lügt nicht?« – da konnte sie alles um sich her vergessen.

Heini hatte es anfangs seiner Ausstrahlung zugeschrieben und nach den Proben manchen Annäherungsversuch gemacht, war aber kräftig abgeblitzt. Das wiederum hatte ihn schwer getroffen und auf sein Spiel abgefärbt. Es war von da ab unsicherer, befangener, hölzerner geworden. Asnide aber hatte es überhaupt nichts ausgemacht. Sie hatte jedes Mal die gleiche, verhaltene Leidenschaft in diese Worte legen können, was Heini nur wieder neu irritierte.

Asnide aber hatte erkannt, dass es ihrem ganzen Wesen entsprach, diese Worte eines Tages auch wirklich dem Mann zu sagen, dem sie sich ganz öffnen würde. Und auch das andere würde sie dann sagen: Wie glücklich bin ich »deine Frau zu sein – so ganz deine Frau, auf die du, ohne zu denken, deine Hände legen kannst wie auf etwas, das dir ganz sicher gehört.«

Ja, Asnide, und wie soll dann deine Solidarität mit den Geschundenen und Benachteiligten im Revier aussehen? Wie willst du dann noch an den Dingen drehen?

Gewiss doch, das muss möglich sein!

Mit Günter Tappert freilich nicht. Das hat sich eben gezeigt, als er seine Hand auf ihre Schulter gelegt hatte. Das war ein Test gewesen, den er nicht bestanden hatte. Diese Hände würde sie nicht mit Antigones Worten begrüßen.

Aber Walters auch nicht!

Und Holgers? Wohl ebenfalls nicht!

Asnide ist plötzlich hungrig. Seit dem Morgen hat sie nichts mehr gegessen. Sie geht in die Küche und streicht sich ein Butterbrot; sie sucht etwas zu trinken und findet im Kühlschrank Bier und Coca-Cola. Beides kann sie heute schlecht vertragen. Darum greift sie zur Milch, obwohl sie die sonst so gut wie nie trinkt.

Und dann ist sie müde. Sie nimmt noch ein Bad und geht, obwohl es erst sieben Uhr ist, ins Bett. Vorher schaut sie noch einmal beim

Vater rein, aber der schläft fest. Die Spritze tut ihre Wirkung. Asnide lässt die Tür offen und ist bald eingeschlafen.

Alles nimmt seinen Gang. Der Vater gesundet in der Tat sehr schnell. Drei Wochen später ist er schon wieder im Betrieb. Die großen Ferien – die letzten vor dem Abitur – beginnen. Asnide kann beruhigt für drei Wochen mit einer Tante nach Sylt fahren. Badeurlaub – herrliches Wetter – Strandbekanntschaften – Flirts: Asnide genießt es, freilich mit einem Schuss schlechten Gewissens. Sie müsste an einer Entscheidung arbeiten.

Ach was, Asnide, genieße den Sommer. Du brauchst nichts zu entscheiden. Es passiert doch eh alles, wie es kommen soll.

Wer steckt denn dahinter? Steckt überhaupt wer dahinter?

Eine Woche kann sich auch Werner Scharenberg freimachen. So gut hat er seinen Betrieb in Schuss. Vierzehn Tage intensiver Arbeit – und alles läuft wie am Schnürchen. O ja, Werner Scharenberg ist ein tüchtiger Getränkegroßhändler.

Er stößt zu den beiden auf Sylt, und es wird eine vergnügliche Woche, die leider nur allzu schnell vergeht.

Und dann ist wieder Alltag.

Asnide arbeitet fürs Abitur. Nicht, dass sie es nötig hätte! Sie ist eine glänzende Schülerin, hat hervorragende Noten. Aber man darf nicht so ziellos dahinleben. Man muss arbeiten: an sich und für andere. Und weil Asnide nicht so recht weiß, wie und wo man an sich und für andere arbeitet, so arbeitet sie halt fürs Abitur in der Hoffnung, dass das schon das Richtige sei und alles Weitere sich finden werde.

Und es findet sich auch alles: ihr zwanzigster Geburtstag im Oktober, dann Weihnachten pünktlich am 25. Dezember, der Jahreswechsel, Anfang Januar die schriftlichen Abiturarbeiten, Ende Februar die mündliche Prüfung.

Asnide bekommt ein hervorragendes Abiturzeugnis. In den naturwissenschaftlichen Fächern hat sie überall eine Eins, in den Sprachen eine Zwei. Das ganze Zeugnis von oben bis unten nur Einsen und Zweien, selbst in Handschrift.

Nur in Deutsch hat sie versagt.

Asnide hätte in Deutsch nicht geprüft zu werden brauchen. Aber weil sowohl der Abituraufsatz wie auch die Vorzensur eine Idee besser als eine Zwei waren, Asnide schon während der gesamten Oberstufe auf dem Sprung war, auch in Deutsch eine Eins zu bekom-

men, sich auch kein anderes Fach für das ›Mündliche‹ aufdrängte, hatte der Direktor höchstpersönlich vorgeschlagen – nicht ohne Hinweis auf die Verdienste von Fräulein Scharenberg in der Laienspielgruppe – Asnide auf eine Eins in Deutsch hin zu prüfen. Studienrat Weber drückt ihr also ein Exemplar von Rilkes Stundenbuch in die Hand mit einem Zettel, auf dem er die Aufgabe notiert hat:
Interpretieren Sie das Gedicht auf Seite 91f. Zeigen Sie ....
Asnide liest:

Da leben Menschen, weißerblühte, blasse,
und sterben staunend an der schweren Welt.
Und keiner sieht die klaffende Grimasse,
zu der das Lächeln einer zarten Rasse
in namenlosen Nächten sich entstellt.

Sie gehn umher, entwürdigt durch die Müh,
sinnlosen Dingen ohne Mut zu dienen,
und ihre Kleider werden welk an ihnen,
und ihre schönen Hände altern früh

Die Menge drängt und denkt nicht, sie zu schonen,
obwohl sie etwas zögernd sind und schwach,
nur scheue Hunde, welche nirgends wohnen,
gehn ihnen leise eine Weile nach.

Sie sind gegeben unter hundert Quäler
und, angeschrien von jeder Stunde Schlag,
kreisen sie einsam um die Hospitäler
und warten angstvoll auf den Einlaßtag.

Dort ist der Tod. Nicht jener, dessen Grüße
sie in der Kindheit wundersam gestreift,
der kleine Tod, wie man ihn dort begreift;
ihr eigener hängt grün und ohne Süße
wie eine Frucht in ihnen, die nicht reift.

Asnide fällt in dieses Gedicht hinein wie in ein Loch. Sie sitzt drin und kann nicht wieder raus. Von allen Seiten drängt es auf sie ein, aber von ihr geht nichts aus, kein Wort, kein Satz. Asnide ist gefan-

gen. Sie will sich befreien, sie liest das Gedicht danach:
O Herr, gib jedem seinen eignen Tod.
Das Sterben, das aus jenem Leben geht,
darin er Liebe hatte, Sinn und Not. – aber es wird nur schlimmer!
Sie liest das Gedicht davor:
Denn, Herr, die großen Städte sind
verlorene und aufgelöste;
wie Flucht vor Flammen ist die größte, –
und ist kein Trost, dass er sie tröste
und ihre kleine Zeit verrinnt.

Da leben Menschen, leben schlecht und schwer,
in tiefen Zimmern, bange von Gebärde,
geängsteter als eine Erstlingsherde;
und draußen wacht und atmet deine Erde,
sie aber sind und wissen es nicht mehr.

Da wachsen Kinder auf an Treppenstufen,
die immer in demselben Schatten sind,
und wissen nicht, dass draußen Blumen rufen
zu einem Tag voll Weite, Glück und Wind, –
und müssen Kind sein und sind traurig Kind.

Da blühen Jungfraun auf zum Unbekannten
und sehnen sich nach ihrer Kindheit Ruh;
das aber ist nicht da, wofür sie brannten,
und zitternd schließen sie sich wieder zu.
Und haben in verhüllten Hinterzimmern
die Tage der enttäuschten Mutterschaft,
der langen Nächte willenloses Wimmern
und kalte Jahre ohne Kampf und Kraft.
Und ganz im Dunkel stehn die Sterbebetten,
und langsam sehnen sie sich dazu hin;
und sterben lange, sterben wie in Ketten
und gehen aus wie eine Bettlerin.

– und Asnide ist vollends eingemauert.
Als Studienrat Weber sie eine halbe Stunde später holt, führt er ein völlig hilfloses Wesen in den Prüfungssaal. Keinen einzigen vernünftigen Satz kriegt sie heraus. Nicht einmal richtig lesen kann

sie: »... stauben sternend an der schweren Welt.« Unterdrücktes Lachen bei den Referendaren und verweisender Blick des Direktors, der als erster ahnt und begreift, dass hier etwas Schweres über einen jungen Menschen hereingebrochen ist. Aber so sehr er sich bemüht, Asnide da herauszuführen, es will ihm nicht gelingen. Zu gewaltig ist das, was auf sie eingedrungen ist. So betroffen ist sie, dass sie nur zu ein paar stammelnden Worten fähig ist; es ist richtig peinlich, wie sie da fassungslos und abwesend ein paar sinnlose Wortfetzen in den Raum entlässt. Der Direktor macht einen letzten Versuch: eine Unterbrechung! Fünf Minuten Pause, um zur Besinnung zu kommen! In dieser Pause wird Studienrätin Hungsdorf ausgeschickt, diskret zu erkunden, ob vielleicht ein körperliches Unwohlsein ..., Fräulein Scharenberg könnte ja schließlich ihre Tage sehr plötzlich und heftig ... Frau Hungsdorf macht das auch wirklich sehr taktvoll, aber nichts da! Das ist nicht körperlich, das ist überhaupt nicht in Asnide, das ist um sie herum. Ganz dicht und hoch um sie herum! Es nimmt ihr den Atem und alle Sicht. Darum kann sie keinen zusammenhängenden Satz herausbringen, auch nach Ende der Pause nicht. Es ist nichts zu machen. Die Prüfung wird abgebrochen. Lange, gutwillige Diskussionen folgen: »... unerklärlich ... Verständnis zeigen.« Aber letzten Endes bleibt nichts anderes übrig, als die mündliche Prüfung von Fräulein Scharenberg im Fach Deutsch für ›mangelhaft‹ zu erklären; und auch die Gesamtnote muss bei allem Verständnis – einmaliges, unerklärliches Versagen usw. – wenigstens auf ›befriedigend‹ heruntergesetzt werden.
So ziert also Asnides Reifezeugnis neben lauter Einsen und Zweien eine Drei in Deutsch.
Asnide nimmt es als Zeichen. Es musste wohl alles so kommen.
Es? Wer oder was ist das nur, dieses ›Es‹?
Asnide wird nicht Theaterwissenschaften studieren, nicht zur Schauspielschule gehen, sondern, wie schon von jeher über sie gesagt, und wie es jetzt wieder durch die naturwissenschaftlichen Einsen bestätigt worden ist, Medizin studieren, Ärztin werden.
In der Messe am Sonntag nach der Entlassungsfeier betet Asnide: »Ich danke dir, lieber Gott, für das gute Abiturzeugnis und auch für die Drei in Deutsch.« Und – als ihr bei diesem Nachsatz Bedenken kommen und ihr komisch zumute wird – noch einmal kräftig und halblaut gesprochen, so dass der Banknachbar befremdet aufsieht: »Ja, auch für die Drei in Deutsch!«

Damit ist die Sache für Asnide geklärt.
Der Vater spendiert ihr für das trotz allem ausgezeichnete Abitur einen Skiurlaub in der Schweiz. Asnide fährt zum ersten Mal allein in die Ferien. Dem Vater hatte es nicht ganz gepasst, er hatte aber nichts zu sagen gewagt. Er hatte wohl selbst gemerkt, wie lächerlich das gewesen wäre. Asnide wird noch in diesem Jahr volljährig.
Drei sonnige Winterwochen verbringt Asnide in Adelboden, lebt das Leben einer jungen Dame aus reichem Haus: Skifahren, Tanzen, Flirten, nichts Ernstes, alles nur so leicht dahin, wie das Skifahren. Ein Rest schlechten Gewissens ist diesmal schnell ausgeräumt. Es ist ja das letzte Mal, dass sie einfach so dahinlebt. Jetzt beginnt das Studium. Da wird sie mit allem Ernst arbeiten: an sich und für andere!
Zu Hause dann noch einige Wochen der Vorbereitung, ein bisschen Helfen im Betrieb, dann steht der Mai vor der Tür. Semesterbeginn! Asnide will sich in Münster immatrikulieren, hat natürlich auch schon ein Zimmer in der Stadt. Aber just am 2. Mai, als sie endgültig nach Münster umziehen will, kriegt Werner Scharenberg morgens in der Frühe seinen nächsten Herzanfall; und diesmal ist es schlimmer. Doktor Tappert lässt sofort den Krankenwagen kommen. Werner Scharenberg muss ins Hospital. Vier Wochen! Danach immer noch viel Bettruhe!
Und Asnide?
Asnide kann jetzt natürlich nicht weg. Das Sommersemester muss sie opfern. Ist ja nicht die Welt! Sie pflegt den Vater und schirmt ihn gegen den Betrieb und gegen neugierige Besucher ab, damit Werner Scharenberg seine Ruhe hat. Alle Kontakte zu ihm müssen durch sie geknüpft werden. Und so kommt es, dass bei der allmählichen Besserung des Vaters und mit dessen zunehmendem Interesse für die Außenwelt, Asnide mehr und mehr zur Schaltstelle zwischen Betrieb und Chef wird. Die Probleme der Firma werden an sie herangetragen, von ihr gefiltert, gewogen, geprüft, geschmeckt – was weiß ich, was sie damit macht –, jedenfalls: nur was Asnide für gut und zuträglich befindet, lässt sie an den Vater heran. Alles andere wird von ihr abgeblockt oder von ihr abgeschieden, ausgeschieden, entschieden.
Und Asnide macht das ausgezeichnet.
Mit Takt und Charme tritt sie vor den leitenden Herren des Betriebes auf, aber auch mit Bestimmtheit. Jeder spürt, das ist Fleisch vom Fleisch und Geist vom Geist des ›Alten‹. Es klappt alles wie

am Schnürchen. Niemand muckt auf oder rebelliert, keiner mokiert sich oder macht sich lustig, grinst.
Ende August ist Werner Scharenberg soweit wiederhergestellt, dass Asnide sich mehr und mehr zurückziehen kann. Sie versucht den September über, ihr Studium so gut wie möglich vorzubereiten. Es ist nicht so einfach, zum Wintersemester anzufangen. An der Uni ist man darauf eingerichtet, dass die Anfänger direkt nach dem Abitur zum Sommersemester kommen. Soll Asnide vielleicht noch bis zum Frühjahr nächsten Jahres aussetzen? Eine Zeit der Prüfung wäre damit gewonnen. Ein verlockender Gedanke! Aber sie verwirft ihn auch schnell wieder. Asnide wird nächsten Monat 21 Jahre alt. Durch den Krieg hat sie bereits anderthalb Jahre verloren. Jetzt noch einmal ein ganzes Jahr? – das wäre zu viel. Außerdem ist sie ja froh, dass sie ihre Entscheidung fürs Medizinstudium getroffen hat. Darin will sie sich jetzt nicht wieder unsicher machen lassen. Nein, nein, sie wird trotz der Schwierigkeiten im November endgültig mit dem Medizinstudium beginnen.
Tagelang sitzt sie bei Elke Sudhölter, Klassenkameradin, fast Freundin, die – so wie Asnide es vorhatte – im Sommersemester in Münster angefangen hat, Medizin zu studieren. Sie schnüffelt in deren Lehrbüchern und Kollegheften herum, merkt aber bald, dass diese Art der Vorbereitung oder des Selbststudiums nicht viel nutzt; obwohl Asnide nicht den Eindruck hat, es wäre schwer zu verstehen, was da drin steht. Aber es hat keinen Bezug zu ihrer Wirklichkeit, ist fremd, leer, hohl, kalt. Sie ist befremdet über diese Gefühle und will sie abschütteln. Wenn ich erst an der Uni bin, wird das alles anders sein. Jetzt auf dem Trockenen muss es ja leer und kalt sein. Aber es ist schwer, sich selbst zu überreden.
O Asnide, was machst du dir Sorgen. Es muss doch alles kommen, wie es kommen muss.
Und so kommt es auch!
Als erstes kommt Hans Heinrich Holthaus, ein Diplom-Volkswirt. Werner Scharenberg hat ihn engagiert, um in der Betriebsleitung entlastet zu sein. Und noch etwas war dabei: Werner Scharenberg hat ja gemerkt, wie gut seine Tochter mit dem Betrieb fertig wird, so dass es ein Leichtes wäre, sie mit Hinweis auf seine Krankheit dort noch stärker einzubinden. Aber das käme ihm schäbig vor. Insgeheim ist es natürlich sein größter Wuinsch, dass seine Tochter einmal den Betrieb übernimmt, aber laut sagen wird er das nie. Er ist stolz auf seinen Getränkegroßhandel. Es war nur eine Klitsche,

als er die Firma übernahm, und jetzt ist ein beachtlicher Betrieb daraus geworden. Freilich, der Geruch von Bierkeller und Brausebude haftet ihm immer noch an. Wenn also seine Tochter etwas anderes – Besseres? – werden will – Ärztin, Akademikerin –, dann kann er das verstehen, obwohl es ihm wehtut. Aber ihr etwas in den Weg legen, oder auch nur Einfluss auf sie nehmen, das will Werner Scharenberg nicht, bei Gott! Und das ist ihm ganz ernst, denn Werner Scharenberg ist ein gläubiger Mensch, obwohl er nicht so genau weiß, was er da glaubt. Ein Gefühl mehr! Ein Gefühl, das ihm sagt, es wäre nicht richtig, Asnide Steine in den Weg zu legen. Deshalb also engagiert er Hans Heinrich Holthaus. Das ist ein junger Mann, Ende zwanzig, hat zwei Jahre nach dem Studium als Direktionsassistent beim Kruppschen Konsum gearbeitet. Jetzt ist er der erste Akademiker in Werner Scharenbergs Firma. Dementsprechend wird er von den Kollegen begutachtet: neugierig, neidisch, hämisch, ängstlich, skeptisch. Jürgen Kulick hat wieder mal als Erster entdeckt, welch ein Witz sich mit seinen Initialen machen lässt: Ha-Ha-Ha! Und wie Jürgen es ausspricht »hahaha«, da sieht es so aus, als ob Hans Heinrich Holthaus vom ersten Tage an seinen Spitznamen weghätte.
Aber Spitznamen haften an ihm nicht!
Er ist ein völlig unscheinbarer Mensch. Mittelgroß, mittelblond, mittelschön. Wo man auch anfängt mit der Beschreibung, immer fällt einem als erstes das Wort ›mittel‹ ein. Man kann ihn deshalb gar nicht aussagekräftig beschreiben, und man behält seine Erscheinung nicht, wenn man ihm nur einmal begegnet. Wer aber länger mit ihm zu tun hat, der erlebt es ganz anders. Hans Heinrich Holthaus ist auch in seinem Auftreten eher unscheinbar. Er lässt sich nicht provozieren und provoziert selber niemanden; er ist sachlich, aber nicht unpersönlich; er ist interessiert, aber gefühlsmäßig eher verschlossen; er verfällt nicht in plumpe Kameraderie, hält aber auch nicht künstlich Abstand; er schreit nicht, lässt sich aber auch nicht durch grobe Töne – der Verkaufsfahrer etwa – beeinflussen. Kurzum, er ist auch in seinem Auftreten völlig ›mittel‹. Das aber mit solcher Konsequenz, dass er wie eine Lokomotive wirkt. Was sich ihm in den Weg stellt, wird – behutsam fast – beiseite geschoben, aus dem Wege geräumt; und alles, was sich hinter ihm formiert, das zieht er unwiderstehlich mit sich nach vorn.
Schon nach drei Wochen ist allen Mitarbeitern das ›hahaha‹ vergangen, ganz einfach, weil es im Zusammenhang mit Hans Heinrich Holthaus unpassend ist.

Hans Heinrich Holthaus ist also gekommen, ein wahrer Glückstreffer für den Betrieb. Jetzt könnte Asnide getrost nach Münster zum Studium gehen. Aber ein anderer kommt, und ein anderer geht.
Der Tod kommt, und Werner Scharenberg geht.
Innerhalb von drei Tagen ist es geschehen, eine Woche nach Asnides 21. Geburtstag. Es war der dritte Herzanfall, und diesmal hilft keine Spritze von Doktor Tappert und kein Krankenhaus. Werner Scharenberg stirbt. Stirbt zufrieden und gelassen, versehen mit den Tröstungen der heiligen, katholischen Kirche. Denn: Werner Scharenberg ist – bzw. war – ein gläubiger Mensch.
Indessen, mehr noch als die letzte Ölung durch den Kaplan von Sankt Andreas, die er schon nicht mehr richtig wahrgenommen hat, hat ihn die Einstellung von Hans Heinrich Holthaus getröstet. Er weiß seinen Betrieb versorgt und in guten Händen. Wenn er jetzt stirbt, kann da noch etwas werden, wachsen, entstehen. Fast will es scheinen, als wenn Werner Scharenberg sich mit der Einstellung des Hans Heinrich Holthaus freigekauft und seinen Herzinfarkt nicht bekommen, sondern genommen hätte, unbewusst vielleicht nur, aber wirksam: So, Asnide, nun habe ich für den Betrieb gesorgt, du bist frei. Ein letzter Trick des von der Bühne abtretenden Werner Scharenberg?
Denn natürlich ist Asnide jetzt nicht frei. Zumindest nicht für das Studium! Erst müssen die Erbschaftsangelegenheiten geregelt werden. Das ist kompliziert genug. Viele juristische Probleme! Asnide ist Eigentümerin des Betriebes. Aber was heißt das? Solch ein Betrieb will geleitet sein.
Nun, das macht doch Hans Heinrich Holthaus!?
Gewiss, er tut das, gut sogar!
Aber nicht allein! Das wäre zu viel verlangt. Er ist ja erst seit kurzer Zeit im Betrieb und kann diese Aufgabe nicht ohne die Eigentümerin bewältigen. Die beiden müssen sich schon zusammensetzen.
Und so sitzen die zwei zusammen. Tagelang! Und manchmal bis tief in die Nacht! Hans Heinrich muss sich in alles hineinarbeiten, und Asnide muss ihm helfen, so gut sie kann. Viel Kopfzerbrechen macht ihnen die Konkurrenz, die ihre Stunde gekommen sieht. Überall werden ihnen Kunden mit fiesen Reden abspenstig gemacht:
»Da geht doch jetzt alles drunter und drüber. Keine Leitung in dem Betrieb! Eine dumme Göre an der Spitze, dazu ein junger Schnösel von der Universität, der von Tuten und Blasen keine Ahnung hat! Auf lange Sicht seid ihr bei denen schlecht bedient.«

Die besten Mitarbeiter versucht man abzuwerben, viel Ärger!
Asnide möchte manchmal ihre Wut hinausschreien, Hans Heinrich bleibt gelassen. Beide aber reagieren auf diese Schwierigkeiten mit erhöhtem Arbeitseinsatz. Denen werden wir es zeigen! Und so sitzen Asnide und Hans Heinrich Holthaus noch länger zusammen und arbeiten noch heftiger. Das Wintersemester geht darüber natürlich auch hin. Aber sie schaffen es. Zu Ostern sind sie über den Berg. Bis Mai hat sich der Betrieb so weit konsolidiert, dass Asnide zum Studium gehen könnte.
Aber da verlobt sie sich mit Hans Heinrich Holthaus.
Überraschend? Ach, eigentlich nicht!
Ist doch klar: wenn zwei junge Leute so intensiv miteinander arbeiten, bis in die Nächte beieinandersitzen, auch wenn es nur um Bilanzen und Statistiken geht, dann stellt sich das doch fast wie von selbst ein.
Es ist keine große, stürmische Liebe zwischen den beiden, eher ein stilles Vertrautsein: Wir zwei können es miteinander, wir arbeiten Hand in Hand und schaffen etwas gegen eine Welt voller Widersacher.
Genugtuend und befriedigend ist das. Aber ist es auch Liebe? Warum denn nicht?
Sicher, wenn Asnide von einem Mann geträumt hat, dann hat sie ihn sich nicht wie Hans Heinrich Holthaus vorgestellt. Aber ist der reale Hans Heinrich nicht mehr? Ein verlässlicher Partner? Es ist nichts Aufregendes an ihrer Liebe, aber Asnide fühlt sich durch Hans Heinrichs Ausgewogenheit und Regelmäßigkeit geborgen.
Wie es sich abgespielt hat?
Ganz einfach: Nach einer langen Sitzung bis weit nach Mitternacht hatte Asnide – ganz harmlos – den Vorschlag gemacht, zur Entspannung noch ein Glas Wein zu trinken. Hans Heinrich hatte eingewilligt. Asnide war in den Keller gestiegen und hatte – zufällig oder absichtlich? – eine Flasche schweren Port erwischt. Den hatten sie gemeinsam getrunken und zwar ziemlich schnell, es war ja schon spät, was wiederum zur Wirkung hatte, dass selbst Hans Heinrich ein wenig aus sich herausgegangen war. Er hatte von seiner Kindheit und seinem Studium erzählt. Asnide hatte danach das Gefühl, dass sie ihn recht gut kenne. Als er sich dann um vier Uhr früh verabschiedete, da hatte er – vielleicht weil es sowieso schon eine unanständige Uhrzeit war – als Letztes gesagt:

»Ich liebe Sie, Fräulein Scharenberg!«
Und als Asnide daraufhin nicht irgendwelche Gebärden des Entsetzens, oder Erschreckens, ja nicht einmal der Abwehr machte, sondern nur lächelte, hatte er die Arme um sie gelegt und – sie wehrte sich nicht – sie an sich gezogen und – sie wehrte sich immer noch nicht – geküsst.
Asnide wiederum war das alles nur folgerichtig und konsequent vorgekommen; und als er mit seinem Kuss nicht aufhörte, hatte sie ihn wiedergeküsst.
Das also war die heimliche Verlobung, im Herbst an Asnides 22. Geburtstag folgte die öffentliche, Pfingsten des folgenden Jahres die Hochzeit.
Immer noch arbeiten Asnide und Hans Heinrich zusammen, Hand in Hand, haben alles gemeinsam, machen alles gemeinsam. Ein tüchtiges, ein gutes Paar.
Freilich als im Jahr darauf das erste Kind – eine Tochter – geboren wird, da muss sich Asnide natürlich ein wenig vom Betrieb zurückziehen. Vom Medizinstudium ist immer noch die Rede, manchmal wenigstens. Aber das ist wohl doch nur mehr ein Traum. Hans Heinrich weiß es schon lange und lächelt.
Als dann in den folgenden drei Jahren noch eine Tochter und schließlich ein Sohn geboren werden, da muss sich Asnide fast völlig aus dem Betrieb zurückziehen. Sicher, sie ist noch auf dem Laufenden. Hans Heinrich ist nicht der Mann, der irgendwas vertuschen oder verheimlichen würde, aber in der Leitung des Betriebes steht sie nun nicht mehr. Das macht Hans Heinrich allein und zwar gut, wie sich versteht.
Asnide lebt als Hausfrau und Mutter von drei Kindern – und ist glücklich dabei.
Nur manchmal, wenn sie ins Theater gehen, bricht noch etwas auf. Nicht gleich ein Vulkan, eine kleine Blase nur, die emporbrodelt, ein Erinnerungsrülpser sozusagen: Da war doch noch etwas!
Aber der schlechte Geschmack danach ist immer wieder schnell hinuntergespült. Hans Heinrich trägt viel dazu bei. Er ist auch hier ›mittel‹, das heißt, er hat vom Theater wenig Ahnung, ist aber nicht ungebildet, vor allem jedoch ist er ein talentierter Zuhörer und ein immer interessierter, anpassungsfähiger, einstellungsbereiter Gesprächspartner; und das ist in solchen Augenblicken für Asnide wichtig.
So hat das, was da in ihr – manchmal noch – emporbrodeln will,

keine Chance. Es wird durch die moderate Art des Hans Heinrich Holthaus sofort absorbiert.
Asnide lebt also bürgerlich-glücklich, volkshochschul-bildungsbewusst als Hausfrau mit ganztägiger Haushaltshilfe – steuerabzugsfähig – so vor sich hin.
Das heißt: so vor sich hin ist das gar nicht! Asnide kümmert sich intensiv um ihre Kinder und deren Wohlergehen. Das ist doch schon eine Menge in solch hektischer, schnelllebiger Zeit. Was sie sonst noch an Zeit aufbringt, widmet sie dem Betrieb: den sozialen Fragen und Belangen vor allem! Das ist doch was und wird auch entsprechend honoriert.
Asnide wäre nämlich nicht dazu verpflichtet. Freiwillige Sonderleistungen des Arbeitgebers, nennt man das wohl. Allerdings, Jürgen Kulick hat mal wieder eine geringschätzige Bemerkung dafür parat: Sozialklimbim!
Die Ehe mit Hans Heinrich Holthaus ist gut. Mit ihm kann man überhaupt keinen Streit bekommen, allenfalls eine sachliche Auseinandersetzung führen.
Ein wahrer Segen ist dieser Mann für den Betrieb und die Familie, denn in seinem Einflussbereich gerät nichts ans Kochen oder Dampfen, da geht alles bei gemäßigten Temperaturen vonstatten.
Ein wahrer Segen!? Oder doch nicht? Wird da unter den Teppich gekehrt? Wird da immer wieder gelöscht, was gewaltig kochen und brodeln will? Wird eingelullt, was kräftig schreien möchte?
Einmal sieht es so aus. Aber bei diesem einen Male ist es dann auch geblieben. Es war auch viel später. Asnide ist da schon eine reife Frau von vierzig Jahren, ihre älteste Tochter Unterprimanerin und siebzehn. Die kommt eines Tages mit der Nachricht nach Hause, dass sie mit der Theater-Arbeitsgemeinschaft der Schule vorhaben, Brechts ›Guten Menschen von Sezuan‹ zu spielen und sie für die Rolle der Shen Te vorgesehen sei.
Asnide kennt das Stück – allzu gut! Shen Te war für sie so etwas wie ein geheimes Ideal. Wie sie wollte Asnide gern sein oder wenigstens werden.
Jedenfalls bricht unter der Erwähnung dieses Stückes alles über Asnide herein, was sie einmal für wichtig befunden hat und dem sie sich ganz hatte widmen wollen.
Schon dieses Plusquamperfekt in ihren Gedanken quält sie und macht sie wütend. Sie reißt an ihren Fesseln und entdeckt, dass ihr ganzes bürgerliches Glück – Mann und Kinder – diese Fessel ist.

Es ist auch nur ein paarmaliges, nicht einmal völlig entschlossenes Rütteln. Mit vierzig, Familie, Eigenheim und mittelständischem Betrieb im Rücken ist da nicht viel zu machen. Den Rest besorgt Hans Heinrich mit seiner besänftigenden Art. Er hat so viel Verständnis und – noch besser: eine plausible Erklärung für alles.
So ist denn auch dieser etwas heftigere Ausbruch von Asnides Leidenschaft in klare Bahnen gelenkt und bürgerlich kanalisiert.
Oder auch schlicht abgewürgt!
Als dann das ganze Theaterprojekt auch noch – weil zu hoch gegriffen – platzt, kehrt die Ruhe vollends wieder ein.
Ruhe?! Friedhofsruhe nur vielleicht? Ich weiß es nicht.
Eine in ihrer Familie zufriedene Asnide wartet, wartet – aber worauf?
Ganz tief innen glimmt ein Funke, der möchte Flamme werden und signalisiert – manchmal, zuweilen, immer wieder, vielmals, nahezu beständig: da ist doch noch was!
Oder wer!

X

Wenn ich am Hauptbahnhof zu den Bahnsteigen der U-Bahn hinabgehe oder -fahre, bin ich immer sehr beeindruckt. Jetzt hat meine Stadt also auch eine U-Bahn! Zur Zeit sind es ja mal erst ein paar Kilometer – mehr eine Unterpflaster-Straßenbahn – aber immerhin: vom Porscheplatz bis Heissen fährt sie schon. Bald kommt der Abzweig zur Universität hinzu und dann immer mehr Strecken.
Richtig, eine Universität hat die Stadt Essen jetzt auch. Manche – vor allem Auswärtige – sagen allerdings: Gesamthochschule! Ob das weniger ist? Ich weiß es nicht so genau. Jedenfalls steht die Universität jetzt wie eine gewaltige Burg eingangs des Segeroths. Früher, vorm Krieg, war das eine berüchtigte Gegend. Dorthin hätte ich alleine nie gedurft. Das hätte meine Mutter nicht erlaubt, denn selbst Polizisten sind da nur zu zweit Streife gegangen.
Aber jetzt ist es Universitätsviertel! Was alles so aus einer Stadt wird! Ja, wirklich! Am Hauptbahnhof hat man sie für die U-Bahn zwanzig Meter tief aufgegraben. Ob ihr das nicht wehgetan hat? Ach was, das merkt die doch gar nicht. Sie ist ja auch im Lauf der Zeiten schon so oft umgekrempelt worden, dass die Wühlerei für die U-Bahn den Kohl nun auch nicht mehr fett macht.
Wenn ich nur an den Krieg denke! Alles zerteppert, Bombentrichter an Bombentrichter, klaftertief aufgerissen der Boden, Straßen und Plätze zerschrunden.
Und jetzt ist alles wieder aufgebaut, breiter, höher, großzügiger, eleganter, gewaltiger!
Gewalt? Also doch Gewalt?
Kein Fleckchen ist unberührt geblieben, alles von Grund auf umgekrempelt.
Grund? Welcher Grund denn?
Neu und schön und groß, so steht es alles da. Guck dir nur das Rathaus an, das am Porscheplatz gebaut worden ist und den RWE-Turm gegenüber vom Aalto-Theater. Alles ist anders geworden, erneuert und verschönert, vergrößert.
Und was ist geblieben? Loosen, Wertheim und Cramer & Meermann gibt es nicht mehr. Und Krupp? Allenfalls ein Schatten von früher!
Ist das noch meine Stadt?
Meine liebe, alte Stadt?

Die Verkäuferin

Ganz schwach hört man die Glocken des Münsters. Feierabend! Zufrieden, fast glücklich, verlässt Asnide das Haus Cramer & Meermann, wo sie Verkäuferin bei den Handschuhen ist. Sie überquert den Zebrastreifen und beschließt, den sonnigen, warmen Abend zu nutzen und noch ein wenig durch die Stadt zu bummeln.
Feierabend – auf einmal leuchtet dieses Wort vor ihr auf: Feier-Abend!
Was ist denn zu feiern?
Nun, das ist ganz klar, denn Asnide hat jetzt drei Wochen Urlaub. Eine Woche wird sie tüchtig ausschlafen und zu Hause herumfaulenzen und dann wird sie für vierzehn Tage mit einer Jugendreise von Touropa nach Mallorca fliegen!
Trotzdem will sich Feierstimmung nicht so recht einstellen. Asnide ist plötzlich sehr nachdenklich. Ihr ganzes Leben taucht vor ihrem geistigen Auge auf. Wie in eine unendlich lange, gerade Straße blickt sie in ihre Vergangenheit; und als sie den Kopf wendet, ist die Straße auf der anderen Seite genauso lang und gerade – und ganz grau: Asnides Zukunft.
Menschenskind, Asnide, was wird aus dir? Zweiundzwanzig Jahre bist du alt. Was ist in diesen Jahren gewesen, und was wird sein?
Asnide steht vor den Schaufenstern von Boecker. Pelze sind ausgestellt. Sommerpreise, besonders billig, ach nein: nicht billig, preiswert!
Ob sie sich hier vielleicht mal als Verkäuferin bewerben soll? Boecker gilt unter den Kaufhäusern als vornehm. Das behauptet zumindest Hanna Ahrens. Die wohnt auch in der Mülheimer Straße in Frohnhausen wie Asnide – die beiden sind zusammen in die Schule gegangen – und ist Verkäuferin bei Boecker – nicht bei den Pelzen, Damenoberbekleidung –, und sie betont bei jeder sich bietenden Gelegenheit, welch nobles Haus die Firma Boecker sei. Auch sei sie bereit, ein gutes Wort für Asnide einzulegen, falls sie sich dort bewerben wolle. Obwohl Asnide überzeugt ist, dass das alles nur Angeberei von Hanna ist, so fühlt sie dabei doch einen Stich in der Brust. Pelzmoden verkaufen – das wär doch was! Ein Ziel!
Aber wieso denn? Das ist doch kein Ziel!
Feierabend, Feier-Abend! Asnide ist über den Kennedy-Platz geschlendert und steht vor weiteren Schaufenstern: C & A, Loosen. Feierabend auch da. Asnide betrachtet die Auslagen, aber da ist nichts, was zur Feier Anlass böte. Nichts Besonderes!

Wieso erwartest du denn Besonderes, Asnide? Hinter welcher Besonderheit bist du denn her? Und wo soll das Besondere sein? In deinem Leben oder in den Schaufenstern?
Nicht einmal das ›Wachsame Hähnchen‹, das da zwischen Loosen und C & A steht, ist ja was Besonderes; und das ist immerhin das Wahrzeichen der Stadt.
Aber nichts Besonderes!
Du entsinnst dich dunkel an deine Schulzeit, Asnide? Heimatkunde: Irgendwann im Mittelalter soll ein Hahn durch sein Kikeriki die schlafende Stadt vor einem anrückenden Feind gewarnt haben. Ein altes Essener Schützenlied besingt die Geschichte. Ist aber eindeutig nur eine Dublette der Sage von den Capitolinischen Gänsen. Gibt Dutzende davon.
Nichts Besonderes also!
Macht sich aber als Wahrzeichen trotzdem ganz gut. Steht – wie gesagt – zwischen C & A und Loosen, gegenüber der Johanniskirche und bewacht heuer ...
Ja, was bewacht das ›Wachsame Hähnchen‹ eigentlich?
Die Kaufhäuser, die Kirche?
Weiß der Kuckuck!
Nichts Besonderes!
Was soll auch besonders sein? Asnide ist die Tochter des Kraftfahrzeug-Schlossers Werner Trappmann und seiner Frau Hilde. Sie hat noch zwei jüngere Brüder, die auch beide die Kfz-Schlosserei lernen. Der ältere der beiden will später noch zur Ingenieurschule gehen. Alle zusammen bewohnen eine abgeschlossene Etage mit vier Zimmern, Küche und Bad in der Mülheimer Straße, und hinter dem Rüdesheimer Platz haben sie noch einen Schrebergarten. Der ist Werner Trappmanns ganzer Stolz und ganzes Glück. Den hat er tiptop in Ordnung; seine freie Zeit verbringt er nahezu ausschließlich dort.
Asnide kann das durchaus nachempfinden. Sie hilft dem Vater oft bei mancherlei Arbeiten im Garten. Aber trotzdem bleibt es Werner Trappmanns Steckenpferd und sein Garten. Asnide ist da nur Gehilfin und manchmal sogar nur Gast.
Und was könnte man sonst von Asnides Leben berichten?
Nichts Besonderes!
Volksschule, Kommunion, Schulabschluss, Lehre und jetzt schon im dritten Jahr bei Cramer & Meermann.
Richtig: Freunde?

Doch! Drei oder vier! Diskothekenbesuche, ein bisschen Knutschen und Fummeln, aber mehr nicht. Asnide ist noch mit keinem ins Bett gestiegen. Dazu hat sie es nie kommen lassen. Oder ist es dazu bloß nicht gekommen?
Es? Merkwürdiges Wort: Es! Was soll das nur heißen?
Traurig ist Asnide jedoch nicht über dieses Defizit. Sie ist zwar auch sentimental veranlagt und träumt davon, einen Mann zu finden, der ganz allein ihr gehört, der sie ganz versteht, und dem sie ganz und gar zugetan ist. Aber wie soll das gehen, woher soll der kommen? Ist das nicht nur ein schöner und besonders an sonnigen Sommerabenden kräftig umtreibender, aber letztlich nichtiger Traum?
Nein, nicht nur Traum! Asnide spürt, da ist eine Lücke, eben doch ein schmerzlich empfundenes Defizit, es fehlt ihr etwas. In Gedanken hängt sie dem nach. Sie möchte laufen, wandern, zum Baldeneysee und immer weiter, Hand in Hand mit dem Geliebten, liebliche Musik summt in der Luft, Sonne, weiße Wolken, blauer Himmel, weite Wiesen, Felder mit reifem, wogendem Korn – und Asnide schreitet hindurch, der Geliebte neben ihr.
Der natürlich ganz anders sein müsste als Fred Karmann. Mit dem war sie in der Tanzstunde; und auch anders als Jürgen Rohwedder. Der kam danach, mit ihm war es schon heftiger. Ist dann aber doch auseinander gegangen. Warum? Nur so!
Stattdessen geht Asnide an den Schaufenstern von Loosen entlang. Hier hat sie gelernt und ist weggegangen, als sie merkte, dass sie immer noch das Küken war, das man herumschubsen konnte, auch als sie längst die Lehre aus hatte.
Gegenüber liegen die Johanniskirche und das Münster. Asnide achtet nicht sonderlich drauf, aber übersehen kann man die beiden natürlich auch nicht; und so fällt ihr prompt ein: außer Weihnachten ist sie seit mindestens drei Jahren nicht mehr in der Messe gewesen. Früher ist sie regelmäßig gegangen, auch zur Beichte. Aber später haben sich die Eltern nicht mehr darum gekümmert, da ist es dann mehr und mehr unterblieben, bis es schließlich ganz aufgehört hat.
Warum eigentlich?
Im Münster ist Asnide nur ein einziges Mal gewesen. Sie entsinnt sich.
Es war während der Lehre, eine Besichtigung, mit der Berufsschule, unter dem Thema ›Kunstschätze der Heimat‹. So etwas sollte auch eine Verkäuferin kennen. Ein paar Dinge hatte Asnide sogar behal-

ten, weniger, weil sie ihr gefallen hatten, vielmehr weil der Lehrer
– wie hieß der doch gleich? – so dafür geschwärmt hatte. Die ›Goldene Madonna‹! Eine ganze Reihe von Superlativen hatte er aufgefahren: ... älteste Madonnenfigur ... bedeutendste ... schönste ... nördlich der Alpen ... oder so ähnlich. Erstaunlich, so etwas ausgerechnet hier in Essen. Woher nur? Weitere Begeisterung aber hatte Asnide nicht aufbringen können. Wenn sie ehrlich war, musste sie sogar zugeben, dass sie die ›Goldene Madonna‹ gar nicht schön fand. Die starren Augen, der kleine Mund, die ganze Figur herrisch, eckig. Ganz anders als Asnide sich Maria vorstellte: wie Tante Lottes Maria nämlich! Tante Lotte war echt fromm, nahm jedes Jahr an der Wallfahrt nach Neviges teil und hatte eines Tages eine liebliche Madonnenfigur mitgebracht, die jetzt auf ihrem Sideboard stand. Schön blau und golden und vor allem: viel weicher und fließender als diese spröde Frau im Münster. Zudem hatte sie nur 17,50 DM gekostet, wie Tante Lotte stolz versicherte. ›Devotionalienwerk Kevelaer‹ stand auf einem Schildchen am Sockel.
Weiter waren noch Kreuze in der Schatzkammer zu sehen gewesen, gar nicht groß, fünfzig Zentimeter allenfalls, und der Lehrer war wieder ins Schwärmen geraten über der Schönheit und Anmut dieser Goldschmiedearbeiten. Asnide hatte auch das nicht nachempfinden können. Die vielen Perlen und Steine waren ihres Erachtens recht primitiv gefasst, plump und klobig. Und das Entzücken, das er – richtig, Grotkamp hieß der Lehrer – den Email-Bildchen an den Balkenenden bekundete, hatte Asnide vollends ratlos gemacht. Sicher, dass man früher – vor tausend Jahren oder so – schon Derartiges machen konnte, war gewiss was Besonderes. Aber im Übrigen waren die Bildchen doch recht ungenau, unnatürlich, unregelmäßig, wie Kindermalereien. Das Kreuz, das Tante Lotte über der Wohnzimmertür hängen hatte, musste nach Asnides Geschmack als kunstvoller gelten. Es war viel präziser gefertigt, der feine Zierrat akkurater ausgearbeitet. Wenn es auch nicht aus Gold war – was macht das schon bei einem Kreuz? Und die Bildchen an den Balkenenden wirkten ebenfalls echter und natürlicher.
Die ganze Führung hatte Asnide mehr bedrückt als erfreut. Sie hatte Grotkamp echte Begeisterung abgespürt, sie aber ganz und gar nicht teilen können. Andrerseits war sie so klug zu erkennen, dass der Lehrer ein gebildeter Mann war, den sie nicht einfach als Spinner abtun konnte, so dass sie den Fehler bei sich suchen musste. Es war wie ein verschlossener Raum, und sie war ausge-

sperrt. Schließlich hatte sie die Sache seufzend abgetan mit dem Gedanken: das ist halt Kunst, und davon versteh ich nichts.
Asnide geht weiter. Buchhandlung Baedecker! Bücher – auch eine fremde Welt für Asnide! Aber vielleicht ist es notwendig, sie kennen zu lernen? Asnide hat nur wenig Bücher gelesen. Ein paar Lore-Romane und Ähnliches. Eine Ahnung steigt in ihr hoch. Womöglich ist es auch wichtig, gute Bücher zu lesen, Asnide; vor allem, wenn du dich nach einem Liebsten sehnst, der Hand in Hand mit dir durch den Wald, die Felder und die Wiesen streift, der dich ganz versteht, der in dein Herz schauen kann und dich kennt – dann ist das sicher einer, der gute Bücher liest. Und dann musst du das auch tun, Asnide. Aber die Bücher ängstigen sie.
›Zum Hundertjährigen von Hermann Hesse‹ entziffert sie eine Auslage und ist ganz erschlagen: hundert Jahre!
Asnide geht weiter. An der I. Dellbrügge muss sie warten. Die Ampel ist rot. Rechts liegt das Opernhaus, das ›Grillo‹. Auch dort ist Asnide erst ein einziges Mal gewesen, ebenfalls während der Lehre. War von der Industrie- und Handelskammer organisiert: ›Figaros Hochzeit‹. Eindrucksvoll, aber ehrlich gestanden, letztlich doch langweilig! Ein zweiter Besuch im Opernhaus – Silvester vor ein paar Jahren, mit Jürgen Rohwedder, als es gerade ganz heftig war, es gab Feuerwerk – war geplant, aber da hatten sie keine Karten mehr gekriegt.
Und wieder stellt sich das gleiche Gefühl ein: Asnide, um den Mann zu finden, der dich völlig umfängt und an die Hand nimmt, dürftest du am Theater nicht so einfach vorbeigehen – und an der Kirche auch nicht!, schiebt eine innere Stimme nach.
Warum denn die Kirche?
Naja, wenn du den Mann suchst, der dir treu ist, ganz treu, der unbedingt und unverbrüchlich zu dir steht, – musst du dann nicht in die Kirche gehen?
Das ist doch Aberglauben!
Aber zumindest die Kreuze aus dem Münsterschatz und die ›Goldene Madonna‹ bewundern, müsstest du. Denn wenn es den Mann gibt, den du dir da erträumst, dann ist es bestimmt ein kultivierter und kulturell beschlagener Mensch, der solche Kostbarkeiten zu würdigen weiß.
Die Ampel springt auf grün. Einen Augenblick zögert Asnide, ob sie zum Opernhaus gehen soll, wenigstens mal den Spielplan anschauen, aber dann überquert sie doch die Fahrbahn und geht

weiter die Kettwiger Straße entlang. Wieder Schaufenster! Und besonders: Deiter – Juwelier – Schmuck! Asnide ist fasziniert. Funkeln und Glanz! Und gar nicht fremd! Glanz und Herrlichkeit, die sie versteht, dort im Fenster, direkt vor ihren Augen! Asnide fühlt sich wohl in diesem Glanz. Endlich Besonderes! Eine schwere, goldene Kette, ein Armband, passend dazu – wie müsste das herrlich zu ihrem blauen Ballkleid mit dem weiten Ausschnitt aussehen! Oder der Brillantring dort rechts! Nein, das Kollier in der Mitte: drei feine Goldketten halten eine Brillantbrosche. Ein großer Diamant in der Mitte und sieben, acht, zehn, zwölf immer noch recht ansehnliche Diamanten drum herum! Wie das funkelt! Ist das ein letzter Sonnenstrahl, der hier ins Schaufenster fällt? Geht doch gar nicht, das Fenster liegt zwar nach Westen, aber auch im Schatten der gegenüberliegenden Häuser. Das ist vielmehr ein Scheinwerfer, der aus der Eckleiste direkt auf das Prunkstück gerichtet ist und es optimal ausleuchtet. Farbensprühend, funkelnd liegt es da. Asnide kann den Blick gar nicht von dieser Kostbarkeit wenden. So etwas einmal am Halse tragen, auf einem großen Fest, in prachtvoller Robe, aller Blicke auf sich gerichtet fühlen und dann mit stillem, feinen Lächeln durch den großen, hohen Saal schreiten – das wäre Herrlichkeit! Asnide schaut auf das Lichtfunken sprühende, glänzende, gleißende, hoheitsvoll glitzernde Prachtstück, vergisst die Welt, die Stadt, den Abend und sieht alles:
Sie sieht ihr Leben, ihre Vergangenheit. Die endlos lange Straße ist auf einmal nicht mehr grau. Sie blickt in eine bunte Landschaft. Da ist ein Spaziergang mit den Eltern in der warmen Nachmittagssonne an der Meisenburg, ein gewaltiger Sonnenuntergang in der Gruga, Ballspiel mit dem Vater auf der Schillerwiese, Sommerfest in der Gartenkolonie, Kartoffelfeuer. Es wird schon dunkel, aber Asnide darf noch aufbleiben, bekommt sogar ein Glas Bowle ab. Der warme dunkle Abend, das leuchtende Feuer, die rote Glut – voller Wärme und Schönheit ist diese Erinnerung.
Und dann – Asnide ist jetzt schon älter, fünfzehn oder sechzehn – Ausflug mit der Jugendgruppe des Turnvereins zur Wottelkirmes nach Heisingen. Karussellfahrten, türkischer Honig und in Lauerstellung, auf dem Sprung: die jungen Männer! Bürschchen zwar noch, selbst mal erst siebzehn oder achtzehn Jahre, aber eben: Jungen. Blicke, schüchterne Versuche bei wilden Karussellfahrten den Arm schützend um die Schultern der Mädchen zu legen! Und

das herrliche Gefühl, ein bisschen den Eindruck zu erwecken, diesen Schutz – aus welchen Gründen auch immer – abzulehnen; aber eben ein bisschen nur, um ihn dann andrerseits voll zu genießen.
Abends dann Hähnchenessen im Bierzelt und Tanz! Ein wüstes Geschiebe natürlich, aber herrlich, mittendrin zu sein und dann auch noch mit den Jungen. Zum Abschluss Feuerwerk mit vielen Ahs und Ohs! Dann der Rückweg durch den stockfinsteren Wald und dabei verstohlene Küsse. Untergehakt und singend ziehen sie durch den Schellenberger Wald zum Stadtwaldplatz, Endstation der Straßenbahn. Ihre Lieder schallen in der Dunkelheit besonders schön. Alles alte Kamellen, gewiss, aber herzanrührend in solch samtener Nacht. Der Übungsleiter ist ein alter Jugendbewegter, hat die Klampfe dabei und ist unermüdlich. ›Wenn die bunten Fahnen wehen ...‹, ›Wir wollen zu Land ausfahren ...‹, ›Wilde Gesellen vom Sturmwind durchweht ...‹, ›Hoch auf dem gelben Wagen ...‹, ›Hab um den Hals ein gülden Band, daran die Laute hangen.‹ Nur schade, dass nach der ersten Strophe den meisten der Text ausgeht, so wird der Gesang immer dünner, bis schließlich nur noch der Übungsleiter zu hören ist.
Viel zu schnell ist der Stadtwaldplatz erreicht. Straßenbahn – Heimfahrt – Ende.
Schließlich noch die Tanzstunde! Abschlussball im Saalbau unter funkelnden Kronleuchtern im ersten langen Abendkleid. Aufgeregte Erwartung! Gerüchte machen die Runde, der Herr Bundespräsident, Dr. Dr. Gustav Heinemann werde beim Fest dabei sein, ein Verwandter sei unter den Tanzschülern. Aber dann doch nur: Fred Karmann, Jürgen Rohwedder usw. Da verschleiert sich das Bild und wird trüb. Es schmerzt Asnide in den Augen und sticht in die Nieren.
Lass dich nicht erschrecken, Asnide, dreh deinen Kopf und sieh in die Zukunft. Sieh die lockenden bunten Bilder, sieh das weite dunstige Land, die sanften Hügel unter der warmen Sonne, die schönen Wälder der Ruhr und den lustigen See. Und dann geh hinein in dieses Land, nimm es in Besitz, es ist dein.
Und Asnide steigt durch rauschende Wälder auf sonnenflimmernden Pfaden in die grüne Aue hinab, umrundet den silbernen See und strebt auf weichen Rainen, vorbei an goldgelben Feldern, in weites, offenes Land; und mit ihr zieht, alles umfassend, alles bereitend, alles bergend: er, der Geliebte. Frohlockend spürt sie seinen Schritt in ihrer Spur.
Dann wird die Musik lauter, die bisher nur leise und lieblich im Hintergrund gespielt hat, wird festlicher, strenger, fordernder. Ein

Tor tut sich unter Posaunenschall ganz weit auf, regenbogenfunkelnde Lüster erhellen einen smaragdglänzenden, festlichen Saal, und Asnide schreitet, in ein weißes, kostbares Gewand gekleidet, und angetan mit goldenem Stirnreifen durch ein Spalier fackeltragender, ›Vivat‹-rufender Menschen ins Innere der großen Halle, wo sie mit Beifall empfangen wird.
Ist das der Saalbau, die Villa Hügel?
Ach nein, dieser Saal ist größer, prächtiger, edler!
Auf welches Fest bist du geraten, Asnide, und wem zu Ehren wird es gefeiert?
Sie weiß es nicht.
Und wer führt dich zum Tanz auf diesem unverhofften Fest?
Der Liebste! Er ist ja mit auf dieses Fest gekommen und nur um ein Geringes hinter ihr. Jedoch, sie kann sein Angesicht nicht sehen. Wenn sie sich umdreht, schwindet sein Bild. Ein Schatten nur, ein Schemen, zurückweichend ins Dunkel. Nur vor ihr ist es hell.
Undurchdringlich hell!
Gläsern wie das Meer, kristallklar, undurchdringlich!
In dieses Licht musst du hinein, Asnide.
Was ist in dem Licht? Sie kann es nicht erkennen.
Asnide bemüht sich, mit ihren Augen einzudringen in den hellen Glanz, vermag aber nur unvollkommen, Einzelnes zu erahnen.
Da ist ein Buch.
Was für ein Buch?
Ein altes Buch!
Ein Buch des hundertjährigen Hermann Hesse?
Viel älter! Ein Buch mit sieben Siegeln!
Und weiter?
Die ›Goldene Madonna‹ auf hohem Thron, im Licht. Aber auf ihrem Schoß nicht das Kind, sondern ein Löwe! Oder ein Lamm?
Mitten im Licht!
Ein Gesang, dem niemand sich entziehen oder widersetzen kann, hebt an. Asnide stimmt mit ein und ist ganz auf dem Fest.
Und dann ist plötzlich alles vorbei.
Dunkel!
Als Asnide aus diesem Dunkel wieder auftaucht, steht sie allein vor den Schaufenstern von Deiter. Wie lang hat sie nur hier gestanden? Es ist schon spät, acht Uhr durch, kaum noch Menschen in der Stadt. Nur einige, wenige, die durch die ›Kettwiger‹ nach Hause hasten.

Nach Hause! Asnide du könntest, du müsstest längst zu Hause sein.
Wo ist Asnide denn zu Hause?
Wo man auf dich wartet!
Wirklich? Warten sie?
Ein Blick noch auf das kostbare Schmuckstück! Wo ist es denn bloß?
Es liegt noch immer am selben Fleck. Aber es ist jetzt viel unansehnlicher, unscheinbar geradezu. Natürlich, das Licht fehlt, der Scheinwerfer bestrahlt es nicht mehr. Daher also das Dunkel. Der Scheinwerfer ist ausgeschaltet. Eine Panne? Sparmaßnahme wohl eher! Es lohnt halt nicht. Wer ist denn schon abends noch in der Stadt?
Asnide trottet zum Hauptbahnhof, fährt mit der Rolltreppe ins Untergeschoss, marschiert den Gang entlang zur Haltestelle, fährt wieder mit der Rolltreppe auf den Bahnsteig herunter. In wenigen Minuten kommt die U-Bahn. Drei Stationen bis zur Wickenburg wird sie damit fahren und um halb neun zu Hause sein.
Asnide steht an der Bahnsteigkante, starrt in das Dunkel und wartet. Da kommt das Licht mit leisem Surren aus dem dunklen Schacht herangefahren. Licht, helles Licht, Glanz und Herrlichkeit kündendes Licht schießt aus dem Dunkel heran, und Asnide taucht in dieses Licht, in diesen Glanz hinein. Das Summen, die Musik werden stärker, schwellen an zu machtvollem Tönen und Klingen, und das Licht verschlingt alles.
Asnide fällt in dieses Licht hinein.
Mit leichten, kreisenden Bewegungen löst sie sich vom Boden, schwebt über der Bahnsteigkante und ist mitten im Licht.
Der U-Bahn-Fahrer hatte, als er die schwankende Gestalt über die Bahnsteigkante torkeln sah, mit aller Gewalt gebremst, aber es war zu spät gewesen. Der Schienenräumer hatte Asnide erfasst und arg zusammengestaucht.
Nein, Asnide ist nicht tot. Sie lebt, man kann den Puls noch fühlen. Eine Bahre ist schnell zur Stelle. Man trägt die Verunglückte nach oben. Da wartet schon der Krankenwagen. In den Städtischen Krankenanstalten – nicht doch! Heißt jetzt: Universitäts-Klinikum – leisten die Ärzte gründliche Arbeit. Sie operieren, nähen, verbinden und können wahrhaftig das Leben der Asnide retten. Freilich, eine Querschnittslähmung steht zu befürchten, und einen Schaden im Gehirn können sie nicht ausschließen. Aber sie lebt.
Lebt Asnide?
Wirklich, sie lebt. Lächelnd und bewusstlos liegt sie in ihren Kissen.

Die Familie besucht sie; sie sind erschüttert; sie weinen und gehen wieder. Der Vater ist ganz ratlos. Warum sie nur so lächelt? So hat sie sonst nie gelächelt. Als ob sie etwas Schönes auf sich zukommen sähe!

Epilog

Wochen-, monate-, jahrelang liegt Asnide im Klinikum bewusstlos in den Kissen. Dann aber, eines schönen Tages, völlig unerwartet, wacht sie wunderbarerweise auf, als wäre nichts geschehen, als hätte sie nur geschlafen.
Langsam kommt sie zu sich, blickt um sich, schaut in den Spiegel, erinnert sich mühsam an sich selbst und erkennt sich wieder. Sie steht auf.
Im Schrank liegen und hängen ein paar Kleidungsstücke: Unterwäsche, Rock, Bluse, Mantel! Ihre? Sie scheinen zu passen – einigermaßen jedenfalls! Sie zieht sich an und verlässt das Zimmer. Niemand hält sie auf.
Sie geht über Flure und Treppen zur Pforte. Niemand hält sie an. Sie verlässt das Haus, das Klinikum. Niemand hält sie zurück. Asnide geht und geht und sieht sich um. Die Stadt! Sie geht in die Stadt hinein. Hier ist sie zu Hause. Das hier ist ihre Stadt!
Zu Hause!?
Wo denn aber bloß? Sie kann sich so schlecht erinnern. Es will ihr einfach nicht einfallen.
Asnide geht und geht und kommt zur Rüttenscheider Straße. Staunend sieht sie das Schild: U-Bahn! Sie steigt in den Schacht hinab und studiert das Streckennetz. Drei Linien gibt es schon: Die 11 von der Gruga/Messe – Messe-Essen, Essen jetzt auch Messestadt, Messe-Essen fast ein Reim – bis zum Berliner Platz; dann die 17 von der Margarethenhöhe nach Altenessen und die 18 vom Berliner Platz nach Heissen/Mülheim. Alle natürlich über den Hauptbahnhof!
Ein Zug kommt. Asnide steigt ein und fährt zum Hauptbahnhof. Alles neu und fremd und – unterirdisch! Am Hauptbahnhof steigt sie aus – blaue Beleuchtung, unheimlich, heimelig – und kehrt zurück ans Licht.
Die ›Freiheit‹ bietet einen vertrauten Anblick mit den alten Hochhäusern. Aber da ist auch die RAG – Ruhrkohle – neu! Ja, gibt es denn noch Kohle in der Stadt? Ist doch – wie der Stahl – längst abgewandert nach Norden. Aber der Schreibtisch ist hiergeblieben. Essen, die Energiestadt! Ruhrgas und RWE müssen auch irgendwo hier sein.
Ein kleines Stück nur geht Asnide in die Rellinghauser Straße hinein.

Da ist schon der RWE-Tower. Ein riesiges Tor davor, wo führt es bloß hin, für wen öffnet es sich?
Gegenüber in der Rolandstraße: das Aalto-Theater. So also sieht das aus. Ein Riesenkasten mit merkwürdig kleinen Fenstern! Daneben der Saalbau. Das Orchester, das dort spielt, heißt jetzt: ›Essener Philharmonie‹. Der Saalbau soll umgebaut werden, verrät eine Ankündigung, größer, schöner, besser!
Über die Hyssenallee kehrt Asnide zurück zum Bahnhof, geht durch die Unterführung, steht vor dem Hotel Handelshof. Hier beginnt die alte Stadt. Vertrautes Bild! Das große Transparent: ›Essen – die Einkaufsstadt‹, ja, das kennt Asnide. Aber Horten ist nicht mehr, ganz zu schweigen von Defaka. Das gibt es ja auch schon ewig lang nicht mehr! Ebenso Peeck & Cloppenburg nicht mehr im Eick-Haus! Doch die Kettwiger Straße ist noch die alte. Das Grillo, das Münster, das Baedeker-Haus! Aber Loosen nicht mehr! Jetzt ist Peeck & Cloppenburg da. Wertheim ist verschwunden. Früher hat hier das Rathaus gestanden. Alles weg! Aber die Marktkirche, fast tausend Jahre alt, die ist noch da.
Doch so wie sie jetzt dasteht, ist sie mal erst fünfzig Jahre alt. Sie war ja im Krieg völlig von Bomben zerstört. Zuvor aber hat die Marktkirche – Sankt Gertrud – seit dem 11. Jahrhundert bestanden, und im 16. Jahrhundert hat die Stadt hier gegen den Willen der Äbtissin die Reformation eingeführt. In Anbetracht dessen ist sie beim Wiederaufbau eigentlich schlecht weggekommen. Sie wirkt doch recht kümmerlich, regelrecht ein wenig mickrig zwischen all den Geschäftshäusern. Deshalb soll sie ja auch umgebaut werden. Ein Anbau soll sie wohl etwas repräsentativer machen. Ein bisschen mehr Glanz? Bedeutsamkeit?
Weiter zur Limbecker Straße. Was ist das? Verhängte Schaufenster bei Cramer & Meermann. Ach, Cramer & Meermann gibt es schon lange nicht mehr. War danach Marks & Spencer. Aber die haben auch schon wieder aufgegeben, wie ein Plakat in den verhängten Schaufenstern verrät. Sie eröffnen aber demnächst wieder – in Frankfurt und Stuttgart. Naja, fein doch!
Am anderen Ende der ›Limbecker‹: Karstadt – Stammhaus – Althoff!
Wird auch umgebaut. Soll ein Erlebnis-Einkaufs-Spaß-Center werden. Daneben war mal das Kaufhaus vom Kruppschen Konsum. Aber Krupp gibt es wohl gar nicht mehr in der Stadt?!
Dahinter ist die alte Stadt dann auch schon zu Ende. Der Berliner

Platz, ein Riesending, macht sich dort breit und wirkt wie eine moderne Wüste. Verkehrswüste! In der Ferne dann die Uni! Von weitem gar nicht hässlich. Postmoderne! Wie aber sieht sie von Nahem und gar von Innen aus?
Und dann ist da doch noch etwas Altes: die ehemalige Kruppsche Maschinenhalle! Jetzt: Colosseum! Asnide geht hin, tritt näher. Ein Musical wird hier gespielt: Joseph! Daneben ein Plakat: Letzte Vorstellungen.
Das Musical ›Joseph‹ wird aufgegeben.
Asnide ist elektrisiert. Joseph, die Geschichte kennt sie. Das hat die Messdienergruppe vor Jahren gespielt, da war Asnide gerade mal zwölf Jahre alt. Sie gehörte natürlich nicht zu den Messdienern, aber für den Chor wurden auch Mädchen gebraucht; und so war Asnide eben doch dabei gewesen. Den Text hatte der Kaplan nach der Bibel verfasst, eine eindrückliche Geschichte.
Asnide ist fasziniert, sie ist fast zu Hause. In der Manteltasche findet sich ein Portemonnaie mit Geld. Sie löst eine Eintrittskarte und sitzt im Zuschauerraum. Joseph! Eine wunderbare Geschichte, die Geschichte eines Träumers »vom Traum verführt«! Die Geschichte von Vater Jakobs Liebling, vorgezogen vor seinen Geschwistern, »die waren nur zweite Wahl«, mit einem bunten Rock – »The Amazing Technicolor Dreamcoat« – ausgezeichnet. »Joseph saß bei seinem Dad auf dem Schoß. – Wie vom Traum verführt!«
Neid und Wut bei den Brüdern wachsen. Erschwerend kommen Josephs hochmütige Träume dazu: Sie binden Garben und die Garben der Brüder verneigen sich vor Josephs Garbe. »Es ragte meine Garbe Korn im Traum so stolz empor, eure Garben, alle elf, verneigten sich davor. Die meine war ein Meisterwerk aus goldnem Sonnenschein, eure waren mickrig, grün und eher etwas klein.« Und ein anderes Mal: Elf Sterne und sogar Sonne und Mond verneigen sich vor dem zwölften – Josephs – Stern. Das geht selbst Vater Jakob zu weit: »Vom Traum verführt!«
Die Brüder können Josephs – vermeintliche?! – Arroganz nicht länger ertragen und wollen ihn töten. Sie tun es dann aber doch nicht, sondern verkaufen ihn als Sklaven nach Ägypten. Dem Vater bringen sie den blutbefleckten, bunten Rock, den Dreamcoat. Ein wildes Tier hat ihn wohl zerrissen?! »Ein Engel mehr schwebt am Himmel, er klebt sein Sternchen darauf. Ein Platz bleibt leer an der Tafel, ein Tränchen mehr im Gesicht.«
Joseph aber macht in Ägypten Karriere. Zunächst in Potiphars Haus.

Aber die ist bald zu Ende, denn: »Frau Potiphar war wunderschön, griff sich jeden Kerl mit Haut und Haar.« Auch Joseph: »Komm und lieb mich, Süßer. Joseph wollte wiederstehen. Eines Tages war sie stärker. Joseph schrie umsonst.« Und Potiphar schreit auch: »Joseph, du wirst im Loch zu Staub. Hätt' ich's nicht gesehen, hätt' ich's nicht geglaubt.«
Asnide stutzt. Hatte das nicht beim Kaplan in der Messdienergruppe anders gelautet. Hatte da nicht Joseph sich mit seinem Widerstand durchgesetzt und Treue und Keuschheit bewiesen: »Wie sollte ich denn nun ein solch großes Übel tun und gegen Gott sündigen?« Und als sie nach ihm griff und bei seinem Kleid erwischte, gehorchte er ihr nicht, sondern ließ sein Kleid und floh.
Hatte der Kaplan da eine gereinigte Fassung für Messdiener verfasst, oder hatte das Musical die Geschichte liberalisiert und dem Zeitgeist angepasst?
Egal! Joseph macht auch im Gefängnis mit Träumen Karriere. Er kann als einziger Pharaos Traum deuten: Sieben magere Kühe, sieben magere Ähren fressen sieben fette Ähren und sieben fette Kühe. Bedeutet: Sieben fette, sieben magere Jahre. Die sieben mageren Jahre sind so mager, dass sie den Überschuss der reichen Jahre mit aufzehren. Joseph macht eine Blitzkarriere: aus dem Gefängnis zur Nummer zwei in Ägypten, direkt hinter Pharao. Er wird Organisator und Verwalter des Überschusses zur Vorsorge für die mageren Jahre. »Joseph, Pharaos Nummer zwei, Joseph, steh Ägypten bei.«
Und dann kommt es, wie es kommen muss: Die mageren Jahre fressen in der Tat alles auf. Hungersnot überall! Nur Ägypten hat dank Josephs Vorsorge genug Nahrungsmittel. Aber bei Jakob und seinen Söhnen herrscht Not. »In Kanaan war's einst so schön, die große Zeit, sie musste gehn. Verrückt, seit wir Joseph verloren, läuft alles echt unangenehm.« Einziger Ausweg: in Ägypten versuchen, Nahrungsmittel zu bekommen. Also ziehen die Brüder Josephs nach Ägypten und müssen sich natürlich vor Joseph – den sie nicht erkennen – beugen:
»Einschleim, einschleim, krümm, bieg, bück, fall. Anbet, kriech, schmarotz überall.« Josephs Traum hat sich erfüllt. Aber er nimmt nicht Rache. Es gibt ein Happyend. Nach einem Zwischenspiel mit Benjamin, der des Diebstahls verdächtigt wird – wobei die Brüder sich als rechtschaffen erweisen, so dass Joseph so etwas wie Läuterung bei ihnen feststellen kann –, gibt dieser sich seinen

Brüdern zu erkennen und verzeiht ihnen großmütig. Es folgt ein fulminantes Finale.

Joseph: »Die Welt und ich, steh'n still und hoffen, die Augen offen, wie vom Traum verführt.«

Dann alle: »Gebt mir mein Träumerkleid, mein phantastisch buntes Kleid!«

Der Vorhang fällt. Tosender Beifall, viele Vorhänge, dann gehn die Ersten. Der Zuschauerraum leert sich. Nur Asnide sitzt noch in ihrem Sessel. Sie ist ganz erschlagen und überwältigt von dem Gesehenen und Gehörten. Eine wunderbare Geschichte!

Aber da ist noch ein Vorbehalt, darum bleibt sie sitzen. Sie hat das unüberwindliche Gefühl eines Defizits, es fehlt etwas. Das müsste erst noch kommen. Was ist das bloß? Etwas ganz Wichtiges! Asnide denkt angestrengt nach, und dann fällt es ihr ein: In der Messdienergruppe hatte Joseph als Schlusssatz gesagt: »Ihr gedachtet es böse zu machen, Gott aber gedachte es gut zu machen!« Und nachdem der Beifall geendet hatte, war der Kaplan noch einmal mit der Bibel in der Hand vor den Vorhang getreten, hatte sie aufgeschlagen, diesen Satz noch einmal vorgelesen und dann den Leuten einen guten Heimweg gewünscht.

Das hatte Asnide gefehlt. Aber jetzt, nachdem sie sich erinnert hat, kann sie befriedigt aufbrechen.

Sie geht die Treppe hinunter durchs Foyer, sieht noch einmal die Ankündigung: Joseph, letzte Vorstellungen! Und dann ein Plakat: Jesus Christ, Superstar, Rockoper von Andrew Lloyd Webber und Tim Rice kommt nach Essen ins Colosseum.

Asnide liest es und freut sich: Jesus Christ ... kommt nach Essen. Sie ist zufrieden und glücklich und geht nach Hause.